KB250021

괴테
시와 진실(하)

— 나의 생애에서 —

괴테 지음 | 박환덕 옮김

범우

이 도서의 국립중앙도서관 출판시도서목록(CIP)은 e-CIP 홈페이지(http://www.nl.go.kr/cip.php)
에서 이용하실 수 있습니다.(CIP제어번호: CIP2006002437)

제 3 부

나무는 자라도 하늘까지는 닿지 않게 되어 있다

제11장

 제젠하임의 정자에서 평범한 사건과 불가능한 사건을 특별히 재미있게 뒤섞어서 이야기를 끝냈을 때, 이미 이전부터 매우 기이한 관심을 나타내며 듣고 있던 여인들은 기묘한 내 이야기에 완전히 매혹된 것처럼 보였다. 여인들은 이 이야기를 서로 돌려가면서 읽기도 하고, 또는 타인들과 함께 낭독할 수 있도록 글로 써보라고 나에게 간청했다. 나는 방문을 빈번히 하고, 또한 더욱 친근해질 수 있는 기회를 얻게 될 구실이 생겼다고 생각했기 때문에 더욱 기꺼이 그것을 받아들였다. 우리들은 잠시 뿔뿔이 흩어졌다. 모두가 이처럼 번거로운 하루를 보낸 날 밤에는 다소 맥이 풀리지 않을까 염려하고 있던 것 같았다. 친구는 이런 염려에서 나를 구해주었다. 왜냐하면 철저한 태도로 연구에 임하는 근면한 대학생인 그는 오늘밤을 드루젠하임에서 묵고서 내일 아침 일찍 스트라스부르크로 돌아가고 싶다고 말하면서, 곧 우리들을 위해서 작별인사를 할 기회를 얻어냈기 때문이다.

 입을 다문 채 우리는 숙소에 도착했다. 나는 나대로 마음 속에 미련이 있었으며, 그 친구는 자기 나름대로의 의중意中에 다른 생각을 품고 있었는데, 그는 숙소에 도착하자 곧 그것을 내게 털어 놓았다. "정말 이상한 일이야"라고 그는 말문을 열었다. "자네가 그 이야기를 생각해 낸 일 말야. 그 이야기가 특별한 감명을 준 것을 자넨 알 아 차렸었나?"

"물론" 하고 나는 대답했다. "언니가 두세 군데서 지나칠 정도로 웃었고, 동생이 고개를 내저었고, 또한 자네들이 의미심장하게 마주 보고, 거기에 자네 자신이 거의 정신을 잃은 것처럼 보인 것을 내가 몰랐을 리가 있겠나. 그래서 나도 어찌할 바를 몰랐던 것만은 사실이야. 왜냐하면 선량한 어린이들에게 알려주지 않는 편이 더 나은, 그리고 그 모험가[1]의 인물로 인하여 당연히 연상될 남자에 대한 좋지 않은 생각을 갖게 하는 것은 아무래도 좋지 않을 것이라는 생각이 머리에 떠올랐기 때문이었지."

"아니, 그렇지 않아" 하고 그는 말했다. "자네가 말하는 것은 당치 않아. 더욱이 거기까지는 자네도 짐작할 수 없었겠지. 그 선량한 어린이들은 자네가 생각하고 있는 것만큼 그러한 사실에 대해서 결코 모르는 것은 아닐세. 주위에 있는 많은 친구들 덕분으로, 여러 가지로 생각할 수 있는 기회도 있고, 또한 라인 강 건너편에는 자네가 다소 과장하여 동화처럼 이야기를 꾸몄지만, 자네가 이야기한 것과 똑같은 부부가 정말 있단 말이야. 남편은 키가 크고 건장하고 무뚝뚝하며, 아내는 남편 손바닥에 올려놓을 만큼 귀엽고 애교덩어리란 말야. 부부간의 이런저런 사정이나 내력 역시 자네 이야기와 똑같아. 그래서 아가씨들은 자네가 그 부부에 대해서 잘 알면서 장난으로 이야기하는 것이 아닌가 하고 정색을 하고 나에게 물을 정도였단 말이야. 나는 그렇지 않다고 잘라 말했지. 사정이 그러니만큼 자네 그 이야기를 쓰지 말고 버려 두는 것이 좋을 걸세. 꾸물거리면서 적당히 핑계나 대고 있으면 반드시 변명할 길이 생길 걸세."

나는 매우 놀랐다. 왜냐하면 나는 라인 강 쪽에서건 건너편에서건

---

1) 괴테가 말한 동화의 주인공 레이몬드(Raymond)를 말함.

그 지방의 부부들이 사는 모습에 대해서는 생각해 본 일도 없었기 때문이다. 그러기는커녕 내가 어떻게 그런 이야기를 생각해 냈는지조차 알 수 없을 정도였다. 그런 재미있는 이야기를 사실과 관련시키지 않고 머릿속에서 그려보는 것이 좋았고, 또 그것을 딴 사람들에게 들려주면 그들 역시 좋아하리라고 생각했던 것이다.

나는 시로 돌아와서 다시 일을 시작했지만, 일이 전보다 힘이 드는 것을 느꼈다. 천성이 활동적인 인간은 분에 넘치는 계획을 세우고는 과중한 일에 허덕이는 법이다. 그럼으로써 사실 또 일이 잘 되기도 하지만 마지막에는 육체적으로나 정신적인 고장이 생겨서 역량이 계획을 따라가지 못한다는 것이 밝혀지게 마련이다.

나는 다소 우수한 성적으로 학위를 얻기 위해서 필요한 만큼의 노력을 기울여 법학을 공부했다. 의학에 관한 것도 나의 흥미를 끌었다. 그것은 자연을 모든 방면에서 해명해주지는 않지만 어느 정도 인식시켜 주었기 때문이었다. 나는 또 교제나 습관상 의학과 관련이 있었다. 사교를 위해서는 나도 약간의 시간과 주의를 기울이지 않을 수가 없었다. 왜냐하면 이집 저집에서 나는 많은 사랑과 존경을 받았기 때문이다. 그런데 이 모든 것도 만일 헤르더가 나에게 부과한 문제가 끝없이 나의 마음을 억누르지 않았다면 어쩌면 계속해서 지탱해 나갈 수 있었을 것이다. 그러나 헤르더는 내 눈을 가리고 있던 독일문학의 빈곤한 장막을 갈기갈기 찢어버렸던 것이다. 그는 나의 여러 가지 선입관을 무자비하게 파괴해 버렸다. 그에 의하면 우리 조국의 하늘에서 빛을 잃지 않고 있는 것은 몇 개의 큰 별에 지나지 않는다는 것이다. 그 외의 것은 모두 잠깐 비쳤다 사라지는 유성流星에 지나지 않는다는 말이다. 그뿐 아니라 내가 나 자신에 대해서 지니고 있던 희망과 공상은 그에 의해서 위축되어 버렸고 자신의 능력에 실망을 느끼기 시작했을 정도였다. 그러나 동시에 그는 자기가 걸어 가려고 생각한 찬란한 대도大道로 나를 이끌어갔다. 나의 마음으로 스위프트[2], 하만[3] 등 그가 좋아하는 작가들에게 쏠리게 하여, 억누르는 것보다 한층 강력한 힘으로 나를 뒤흔들어 놓았다. 이 같은 여러 가지 혼란에다 이번에는 내 속에서 정열의 싹이 트기 시작했다. 이 정열은 나를 삼켜버릴 기세를 보이면서도 이러한 혼란한 상태에서 나를 떼어놓기는 하였으나, 그 상태를 초월하지는 못했다. 게다가 신체의 고장까지 끼어들었다. 그게 무엇이냐 하면 식사를 마치고 나면 목이 졸리는 것같이 답답하게 느껴졌던 것이다. 이것은 하숙에서 늘 즐겨마시던 적포도주를 끊자 쉽게 없어졌다. 제젠하임에 갔을 때에는 견디기 어려운 이 고통이 없어졌기 때문에 거기에 가 있는 동안 이중의 즐거움을 맛보았다. 그러나 시로 돌아와 평소의 식사를 하면, 다시 불쾌한 고통이 나타나곤 했다. 이런 모든 일들이 쌓이다보니 나는 말수가 적어졌고 침울하게 되어갔다. 그리고 나의 외모도 이런 심경心境과 일치되어 갔던 모양이었다.

식사를 하자마자 예의 고통이 심하게 덮쳐왔기 때문에 전보다도 더욱 우울한 기분으로 임상강의臨床講義에 출석하고 있었다. 선생[4]은 우리를 쾌활하고 활달하게 다루며 병상에서 병상으로 끌고 다녔다. 중대한 증세를 자세히 설명해 주고 병의 일반적 경과를 진단하고 독특한 경험에서 나오는 이론理論없는 지식을 여러 가지 형태로 제시해 주었다. 그리고 히포크라테스인가 싶게 훌륭한 처치로 그는 언제나 시간의 끝을 장식하게 마련이었던 결론을 내리는 것이었다. 이 모든 것이 나를 그 선생에게로 이끌어 갔다. 그리고 잠깐 넘겨다보는 정도인 전공 이외의 학과가 더욱 흥미있고 좋아졌다. 나는 병의 상태란 것을 이때까지와는 다른 눈으로 보게 되었다. 그것을 치유, 즉 인

---

2) 스위프트(J.Swift, 1667~1745). 아일랜드의 풍자 작가. 유명한 《걸리버 여행기》의 작가. 헤르더는 스위프트의 작품을 애독하였다.
3) 하만(J.G.Hamann, 1730~1783). '북방의 마술사'로 불린 쾨니히스베르크 태생의 신비주의 문학가. 헤르더에게 많은 영향을 미쳤다.
4) 슈트라스부르크의 대학 교수 에르만(Ehrmann)을 가리킴.

간의 형태와 정신의 회복이 가능할 것 같은 생각이 들게 하는 개념으로서 보는 것을 배우게 되었다. 따라서 환자에 대한 혐오감이 차츰 줄어들었다. 선생은 나를 특이한 청년으로 여기고 아마도 특별히 눈여겨 보며 내가 일시적으로 궤도를 벗어나 그의 시간에 출석하는 것을 너그럽게 보아주고 싶었던 것 같았다. 그런데 그 날은 여느 때처럼 실제로 관찰한 것을 그 병에 관계되는 학설을 설명함으로써 강의를 끝마치는 것이 아니었다. 선생은 쾌활하게 이렇게 말하였다. "여러분, 이제부터 며칠 동안 휴가입니다. 그 휴가를 여러분의 사기를 앙양하는 데 이용하시오. 연구란 그저 진실하고 근면한 것만을 요구하는 것이 아니오. 쾌활하고 자유로운 정신으로 해야 하는 겁니다. 걷거나 말을 타고 아름다운 이 지방을 돌아다니시오. 여러분의 육체를 움직이도록 하시오. 이 지방 분들에게는 늘 보는 풍경이 즐거울 것이며, 타향에서 온 분들은 새로운 인상을 받고 좋은 인상을 남길 것입니다."

이러한 권고가 딱 들어맞는 것은 사실은 우리 두 사람뿐이었다. 또 한 사람인 그에게도 이 처방이 나에게처럼 잘 납득이 가면 좋겠다는 생각이 들었다. 나는 하늘의 소리를 듣는 것 같았다. 나는 될 수록 서둘러서 말을 준비하고 몸차림도 깨끗이 하였다. 바일란트를 부르러 심부름을 보냈으나 그는 집에 없었다. 그렇다고 나의 결심이 꺾이지는 않았다. 그러나 유감스럽게도 준비에 시간이 걸렸기 때문에 생각한 것처럼 일찍 출발할 수가 없었다. 부지런히 말을 달렸으나 달이 나의 정열적인 계획을 비추고 있었다. 바람이 불고 음산했다. 나는 그 여자를 만나는 것을 내일 아침까지 기다릴 수 없어 계속 말을 달렸다.

제젠하임에 도착해서 마굿간에 말을 집어넣었을 때는 이미 밤도 깊어 있었다. 목사님 댁에 아직도 불이 켜져 있는지를 주인에게 물었더니 아가씨들이 방금 집으로 돌아갔다고 말하며 누군가 손님이

한 분 오신다는 이야기를 들은 것 같다고 말했다. 그것은 나에게 재미없는 일이었다. 즉 나는 나 혼자만 그 집 손님이 되기를 바랐던 것이었다. 늦기는 했지만 선객先客이 되기 위해서 나는 급히 그 집을 나섰다. 두 자매는 마침 문 앞에 앉아 있었다. 아가씨들은 그다지 놀란 것 같지도 않았다. 프리데리케가 "그것 봐, 오셨지!" 하고 올리비어 귀에 대고 내가 겨우 알아들을 정도로 속삭이는 것을 듣고 놀랐다. 두 사람은 나를 방으로 안내했다. 거기에는 간단한 밤참이 준비되어 있었다. 모친은 십년지기처럼 다정하게 나를 대했다. 그런데 언니는 불빛에 나를 물끄러미 쳐다보더니 갑자기 큰 소리로 웃어댔다. 언니는 그렇게 신중한 성격이 아니었던 것이다.

처음에는 이처럼 약간 기묘한 응대가 있더니 이야기는 곧 다정하고 명랑하게 이어져나갔다. 그리고 이날 밤 나에게 숨겼던 일을 다음날 아침에야 알게 되었다. 즉 프리데리케는 내가 올 것이라고 예언했던 것이다. 누구나 자기 예언이 적중하면 그것이 슬픈 예감일 때라도 다소 자랑스럽게 느끼지 않는 사람이 있겠는가? 그게 무슨 예감이든 일어난 사건과 들어맞으면 그것으로 본인은 자기를 남보다 뛰어나다고 생각한다. 즉 자기는 멀리 떨어져 있는 일을 알아낼 수 있을 만큼 섬세한 감각感覺을 가졌다고 생각할 것이고, 혹은 필연적이기는 하나 애매한 인연을 알아낸 만큼 예민하다고 생각하게 될 것이다. ― 올리비어가 나를 보고 웃었던 이유도 비밀에만 붙여둘 수가 없었다. 언니는 이번에 내가 모양을 내고 훌륭한 옷차림을 한 것을 보고 매우 재미있었다고 고백했다. 그와는 반대로, 프리데리케는 이런 옷차림으로 간 것을 나의 허영이라고 여기지 않고 오히려 자기 마음에 들고 싶은 소망에서 그런 것이라고 좋게 해석해 주었다.

아침 일찍이 프레데리케는 산책을 가자고 나를 불러댔다. 그녀의 어머니와 언니는 몇 사람의 손님들을 맞이할 준비로 분주했다. 나는 사랑하는 소녀와 나란히 걸으며 존경하는 헵벨[5]이 우리 눈앞에 펼쳐

주는 일요일 아침의 빛나는 전원을 즐겼다. 소녀는 식구들이 기다리고 있는 손님들에 대해서 이야기했다. 그리고 모든 오락을 가능한 한 함께 질서있게 즐길 수 있도록 힘써달라고 부탁했다. 소녀는 말하기를, "언제나 각자 제멋대로 흩어져 놀게 돼요. 농담을 해도, 유희를 해도 잠깐 동안이에요. 그래서 결국 한 패는 카드 놀이를 하고, 다른 패는 미친 듯이 춤을 추는 수밖에 없게 돼요."

우리는 식사 전후에 할 일에 대해서 계획을 세우고, 서로 새로운 사교적 유희의 지식을 교환하며 즐거운 시간을 보냈다. 그때 종소리가 울리고 우리는 교회로 불려갔다. 교회에서도 소녀 옆에 있었기 때문에 무미건조한 그녀 아버지의 설교도 긴 줄 모르고 있었다.

사랑하는 사람 옆에 있으면 언제나 시간 가는 줄을 모르는 법이다. 그러나 나는 그 사이에도 특별한 생각에 잠겨있었다. 방금 아무 거리낌없이 나에게 보여준 이 소녀의 여러 가지 특징을 나는 다시 생각해 보았다. 분별있는 명랑함, 자아의식을 따르는 소박함, 앞일을 잘 생각하는 태평함, 이렇듯 조화되기 어려운 여러 성질이 이 소녀에게 있어서는 동시에 나타나고 있으며, 그 외모는 매우 우아한 특징을 갖추고 있었다. 그런데 나는 그때 나의 거리낌없는 명랑함을 흐리게 할 정도로 진지한 성찰을 하지 않을 수 없었다.

그 정열적인 소녀[6]가 내 입술에 저주와 신성神聖을 베푼 이래(왜냐하면 깨끗하게 해준다는 것은 저주와 신성 양자를 함께 갖고 있기 때문에) ― 그것이 미신에서 오는 생각이지만 ― 나는 그것이 정신적 타격을 줄까 두려워 어떤 소녀에게도 키스하는 것을 경계하고 있었던 것이다. 그래서 의미가 깊건 얕건 이런 황홀한 맛을 꽃같은 아가씨에게서 뺏지 않고는 못 배기도록 젊은이를 몰아세우는 모든 정욕情慾을

5) 헤벨(J.P.Hebel, 1760~1826). 그의 시 《Sonntagsfrühe》를 말함. 괴테는 이 시를 걸작품으로 추켜 세운 일이 있다.
6) 제9장 끝부분에 기록된 무용교사 루친데를 말함.

나는 극복했다. 그러고 보니 극히 예의바른 모임에 있어서까지도 이렇듯 고통스런 시련이 나를 기다리고 있었다. 쾌활한 젊은이들이 모여서 함께 어우러지도록 만드는 예의 교묘한, 이른바 사소한 장난에 있어서도 대체로 벌을 주는 것이 중심이 되며, 벌로써는 키스가 큰 가치를 갖게 되는 것이다. 그러나 나는 어떠한 일이 있어도 키스는 하지 않기로 결심했다. 어떤 결함이나 장애는 우리로 하여금 평소에는 생각지도 않던 행동으로 이끌어 가는 법이다. 그와 같이 나는 그 입장을 빠져나오며 동시에 모인 사람들에 대해서 이익은 될지언정 손해는 되지 않도록 하기 위해서 내가 지니고 있는 재능과 기지를 모조리 짜냈다. 벌을 주기 위해서 시詩가 요청되면 대개는 나에게 부탁했다. 나는 언제나 미리 준비해 두고 있었기 때문에 그럴 때는 주부主婦나 혹은 나에게 제일 다정하게 해준 여인을 찬양하는 시를 내놓을 수가 있었다. 만일에 어쩌다가 나에게 키스의 벌이 가해질 경우에는 누구에게나 만족할 수 있는 말을 구사하여 그 자리를 모면하도록 애썼다. 또한 그런 것에 대해서는 미리 잘 생각해 둘 시간적 여유가 있었기 때문에, 가지각색의 말재주에는 부족함이 없었다. 그러나 즉흥적으로 한 것이 언제나 제일 잘된 말이었다.

우리가 교회에서 집으로 돌아와 보니 벌써 여러 곳에서 모여든 손님들이 유쾌하게 웅성거리고 있었다. 드디어 프리데리케는 손님들을 모아, 예의 아름다운 광장으로 산책을 나가자고 권하며 안내했다. 거기에는 미리 다과가 준비되어 있었고, 사람들은 사교댄스를 추며 점심 시간이 되기를 기다리고 있었다. 이때 나는 프리데리케의 동의를 얻어, ─ 그렇다고 그녀가 내 비밀을 알아채지는 못했지만 ─ 벌칙 없는 유희를 하며 만일 벌이 있더라도 키스는 제외하자고 함으로써 그것을 밀고나갈 수가 있었다.

나와 안면이 전연 없는 손님들은 이내 나와 내가 사랑하는 소녀 사이의 관계를 눈치챘는지 내가 피하려고 남몰래 애쓰고 있던 것을 장난삼아 나에게 강요하려고 무던히도 애썼다. 그럴수록 나는 더욱더 교묘하고 빈틈없이 처신하지 않을 수 없었다. 대체로 이런 모임에서는 젊은 사람들 사이에 싹트는 애정이 발각되면 본인을 당황하게 한다든가, 그 사이를 더욱 두텁게 하는 짓을 하는 것이다. 그런가 하면 또 나중에 두 사람의 열정이 뚜렷해지면 반대로 두 사람을 떼어 놓기 위해서 기를 쓰게 된다. 말하자면 사교적인 인간에게는 재미있게 흥만 돋우어주면, 자기가 하는 일이 유익한 것이건 해로운 것이건 아무래도 좋은 것이다.

이날 아침 나는 다소 주의를 기울인 결과 프리데리케의 존재를 알 수가 있었다. 즉 그녀는 나에게는 언제나 변함없는 여자였다. 농부들이 이 소녀에게 특별히 공손하게 인사하는 것을 보아도 그들에게 친절하며 호감을 얻고 있다는 것을 알 수가 있었다. 집에서는 언니가 어머니를 돕고 있었다. 육체적으로 힘이 드는 일은 일체 프리데리케에게 시키지 않았다. 사람들 말에 의하면, 그 소녀의 가슴을 걱정해서 모두 그녀를 아껴준다는 것이다.

여인에 따라서는 특히 실내에서 보아 우리들 마음에 드는 사람과 밖에서 더욱 아름답게 보이는 사람이 있다. 프리데리케는 후자에 속했다. 그녀가 비탈진 샛길을 걸어갈 때처럼 그 태도와 모습이 매력적인 때도 없다. 그 동작의 아름다움은 꽃이 만발한 대지와도 같았고, 그 얼굴의 흐릴 줄 모르는 명랑한 빛은 백옥 같은 하늘과 비견할 듯이 보였다. 그녀는 자기를 감싸고 있는 이 상쾌한 정기精氣를 집에까지 가지고 갔다. 그녀는 분규를 조정하고 불쾌한 일에서 오는 인상을 가볍게 씻어내는 재주가 있다는 것도 이내 알 수 있었다.

사랑하는 여인에게서 느끼는 가장 순수한 기쁨은 그녀가 타인을 즐겁게 해주는 것을 보는 일이다. 손님들 속에서 갖는 프리데리케의 태도는 일반적으로 친절했다. 산책을 나가면 모든 것에 생기를 주는 정령精靈처럼 이리저리 뛰어다니며, 여기저기 나타나는 공간을 적절하게 메우는 것이었다. 그 동작의 민첩하기란 앞에서 이미 극찬한 바 있지만, 그녀는 뛰어다닐 때가 가장 귀여웠다. 아기 사슴은 싹트는 들판을 넘어 경쾌하게 뛰어갈 때 그의 천분을 남김없이 발휘하는 것처럼 보이지만, 그녀도 무슨 잊어버린 물건을 가지고 올 때라든가, 분실물을 찾을 때든가, 떨어져 있는 팬들을 불러 온다든가, 무슨 필요한 것을 준비한다든가 하기 위해서 들판이나 언덕을 넘어 경쾌하게 달려갈 때, 자기의 특징과 태도를 가장 선명하게 나타내는 것처럼 보였다. 그럴 때 그녀는 절대로 숨을 헐떡이는 일이 없고 태도의 균형도 잃지 않았다. 그러므로 딸의 가슴을 염려하는 양친의 걱정은 여러 사람에게는 과장된 것으로밖에 여겨지지 않았다.

그녀의 아버지는 때때로 우리를 따라 목장이나 들판을 걸었다. 그러나 좋은 말상대를 얻지 못했다. 그래서 내가 상대를 했고, 그는 반드시 자기가 좋아하는 화제를 반복했으며, 제의提議 중인 목사관 건축에 대해서 자세하게 빠뜨리지 않고 이야기를 하는 것이었다. 특히 공들여 제작한 설계도를 다시 꺼내어 검토하며 이것저것 개량할 점을 생각해 보지 못하는 것을 한탄하고 있었다. 나는 그것에 대해서 대답하기를 설계도를 대신 만드는 것은 쉬운 일이라고 했다. 일이 어찌되었든 우선 중요한 평면도를 만들어 주겠다고 제의했다. 그는 매우 좋아하며 필요한 측량에 학교 선생의 힘을 빌리도록 하겠다며, 선생을 재촉해서 측량자를 다음날 아침 일찍이 준비하도록 하기 위해 어느샌가 사라졌다.

그녀의 아버지가 가버린 뒤 프리데리케가 말했다.

"당신은 참 친절하셔요. 아버지의 약점을 감싸주시고, 또 이야기에 싫증을 내는 사람들처럼 아버지를 피하거나 도중에 말을 끝내버리지 않으시니 말이에요. 하지만 솔직하게 말씀드리겠어요. 다른 사람들은 이 건축사업을 원하지 않고 있어요. 그 일은 조합으로서도 비용이 많이 들 것이고 우리도 역시 그래요. 새 집, 새 가구! 손님들에겐 새 집이라고 해서 더 편한 것은 없을 거예요. 그분들은 완전히 낡은 집에 익숙해지셨으니까요. 지금 사는 집만 가지고도 충분히 손님들을 접대할 수 있고, 새 집은 더 넓은 집이면서도 더 마음이 답답할 거예요. 사정이 그렇게 되어 있어요. 하지만 아버지를 계속 도와주세요. 정말 고마워요."

우리와 한패였던 한 여인이 프리데리케에게 두서너 편의 소설에 대해서 그것들을 읽었느냐고 물었다. 그녀는 안 읽었다고 대답했다. 이 소녀는 별로 독서를 하는 편이 아니었다. 그녀는 명랑하고 도덕적인 인생의 즐거움 속에서 자라났고, 또 그에 적합한 교육을 받고 있었다. 나는 〈웨이크필드〉가 혀끝까지 나왔으나 감히 이 책을 그녀에게 제공할 수가 없었다. 사정의 유사성이 너무나 뚜렷했고 또 너무나 의미심장했던 것이다. "소설 읽기를 참 좋아해요" 하고 그녀는 말했다. "소설 속에는 자기가 비슷하게 되고 싶은 훌륭한 사람들이 나오니까요."

집 측량은 이튿날 아침에 실시되었다. 나는 학교 선생보다 이런 일에는 익숙해 있지 못하여 상당한 시간이 걸렸다. 가까스로 대충 설계도가 이루어졌다. 선량한 부친은 자기의 계획을 나에게 말했다. 내가 이 설계도를 더욱 편리하게 완성하기 위하여 휴가를 청했을 때, 이에 별다른 이의가 없었다. 프리데리케도 기분좋게 나를 환송해 주었다. 그녀는 나의 사랑을 확신하고 있었으며, 나 역시 그녀의 사랑을 확신하고 있었다. 60리 가량의 길도 별로 먼 것 같지 않았다. 우편 마차로 드루젠하임까지 오는 데도 어렵지 않았으며, 또 이 마차편이나 보통 혹은 특급 파발꾼 편으로 연락을 취하는 것도 큰 일로 생각되지 않았다. 그럴 때에는 게오르게가 운송인의 역할을 하기로 되어 있었다.

도시에 도착하자 나는 아침 일찍부터 — 이제 늦잠을 잘 생각은 하지도 못했기 때문에 — 설계도에 관한 일에 몰두했고, 그것도 될 수록 깨끗이 그렸다. 그 동안에 나는 그녀에게 책을 보냈으며, 책갈 피에 애정을 담은 짤막한 글을 써 보냈다. 이내 답장이 왔으며, 그녀 의 경쾌하고 아름다우며 정성어린 필적은 나를 기쁘게 했다. 내용도 문체도 모두 자연스럽고, 선량하고 애정이 어린 데다 정성껏 쓴 것 이어서 전에 그녀에게서 받은 좋은 인상이 언제까지나 되살아나 점 점 새로워지는 것이었다. 나는 아름다운 그녀의 인상을 몇 번이고 떠올리며 더욱 기뻐했으며, 가까운 장래에 오랫동안 그녀와 다시 만 나고 싶은 희망이 간절해졌다.

그런데 저 훌륭한 교수의 권고는 이제 필요하지 않게 되었다. 그 는 적당한 시기에 나를 철저히 치료해 주었다. 그러므로 나는 교수 와 그의 환자도 다시 만나고 싶은 마음이 나지 않았다. 프리데리케 와의 서신왕래는 더욱 빈번해졌다. 그녀는 라인 강 건너편 친지들도 모이게 된 연회에 나를 초대했다. 그래서 전보다 장기간 머물 준비 를 해야 했다. 나는 준비를 갖추고 커다란 여행 가방을 우편 마차에 실었다. 그리고 몇 시간 뒤에는 벌써 그녀 옆에 도착해 있었다. 나는 번잡한 여러 손님들을 만났지만, 부친을 한쪽으로 불러 설계도를 건 네주었다. 그것을 보고 그는 대단히 기뻐했다. 나는 설계도를 그리 면서 생각했던 점을 그에게 말해주었다. 그는 너무나 기뻐서 어쩔 줄 몰라하며, 특히 제도가 깨끗하게 된 것을 칭찬했다. 제도는 내가 어렸을 때부터 배워온 것이었고, 이번에는 최고급 용지를 사용해서 특별한 노력을 기울였던 것이다. 그러나 그는 나의 충고에는 아랑곳 하지 않고 기쁜 나머지 설계도를 여러 사람 앞에 내놓았기 때문에, 마음 좋은 이 집 주인의 기쁨도 순식간에 부서지고 말았다. 희망했 던 관심과는 동떨어지게 일부 사람들은 이 귀중한 작품을 조금도 소 중히 여기지 않았으며, 또 다소 이 방면에 통한다고 자부하는 일부 사람들은 사태를 더욱 악화시켰다. 그들은 도면이 제도법에 어긋난 것이라고 비난했으며, 집 주인이 잠시 딴 데로 주의를 기울인 사이에 깨끗한 이 도면을 초고草稿처럼 취급하여 그 중 한 사람이 자기의 개량안을 짙은 연필로 부드러운 종이 위에 쓱쓱 그어댔기 때문에 처음의 깨끗한 맛은 다시 찾아볼 수 없게 되고 말았다.

자신의 기쁨이 무참하게 파괴당하여 격분한 이분에게 나는 나 자신도 이 도안을 초고로 생각했으며, 이것에 대해서 서로 상의하고 나서 다음에 새로 제도할 생각이었다고 설득해 보았지만, 그것으로 그를 위로할 수는 없었다. 그러한 모든 노력에도 불구하고 그는 역시 기분이 몹시 상했는지 그 자리를 떠나버리고 말았다. 프리데리케는 나에게 아버지에 대한 배려와 또 손님들의 무례함에 대한 참을성을 감사히 생각했다.

그러나 나는 그녀 옆에 있었기 때문에 고통도 불만도 느끼지 않았다. 손님들은 젊고 다소 시끄러운 친구들이었는데, 한 노신사는 그들을 능가하려고 애를 써서 그들보다도 더욱 괴상한 거동을 해 보였다. 이미 아침 식사 때부터 포도주가 푸짐하게 나왔다. 점심식사는 식탁이 넘칠 정도로 무엇하나 부족한 것이 없는 잔치였으며, 사람들은 따뜻한 날씨에 피로할 정도로 운동을 마친 뒤였기 때문에 더욱 맛있게 음식을 먹었다. 그리고 그 노관리老官吏가 약간 지나친 행동을 했지만, 젊은이들도 그에게 못지 않았다.

나는 프리데리케 곁에 있어서 한없이 행복했다. 말이 많고 쾌활하고 기지를 부리고 법석댔지만, 감정과 존경과 애착으로 알맞게 절제했다. 같은 입장에서 그녀도 허물이 없고 쾌활하고 무슨 일에나 흥미를 나타내 보였다. 우리들은 모임의 분위기를 위해 힘쓰고 있는 것 같았지만, 실은 우리 두 사람만을 위해서 마음을 쓰고 있었다.

식사 후에 모두 그늘을 찾아 사교적인 유희를 시작했다. 드디어 벌칙 놀이 차례가 왔다. 벌을 가함에 있어 모든 종류의 일이 극단에까지 이르게 되었다. 요구되는 몸짓, 사랑의 흉내, 수수께끼, 모든 것이 한이 없고 무모한 오락이 되어 갔다. 나 자신도 여러 가지 장난을 치며 이 무모한 오락을 더욱 심하게 했다. 프리데리케는 여러 가지 익살맞은 생각을 해내어 두각을 나타냈다. 나에게는 그녀가 전에 없이 귀엽게 보였다. 일체의 우울증과 미신적인 망상은 내 마음 속에서 사라지고 말았다. 그래서 내가 진정으로 사랑하는 애인에게 키스할 기회가 왔을 때, 나는 조금도 주저하지 않았다. 그리고 이 기쁨을 반복하는 것을 더욱 주저하지 않았다.

음악을 듣고자 하는 모든 사람들의 희망이 마침내 이루어졌다. 연주가 시작되자 너도 나도 서둘러 춤을 추었다. 춤은 시종일관 알레만데 무용, 왈츠 그리고 윤무輪舞의 차례로 추어졌다. 이 국민무도는 누구에게나 익숙했다. 나도 역시 비밀로 나에게 춤을 가르쳐 준 그 여선생의 명예를 충분히 발휘했다. 걷고 뛰며 달리듯이 춤추던 프리데리케는 내가 능숙한 상대였기 때문에 몹시 기뻐했다. 우리는 거의 둘이서만 추었는데, 모두 그녀에게 너무 난무하지 말라고 충고하는 바람에 이내 중지하지 않으면 안 되었다. 그 대신 우리는 단둘이서 손을 잡고 산책을 했다. 그리고 조용한 장소에 가서 열렬히 포옹하며, 사랑을 고백했다.

유희에서 떨어져 나온 나이든 사람들이 우리를 끌고 갔다. 가벼운 저녁 식사 때에도 사람들은 자제할 줄을 몰랐다. 밤중까지 무도회가 계속되고, 점심 때와 다름없이 건강을 위해 축배의 술을 권하며 흥겨워했다.

나는 겨우 두서너 시간 깊은 잠을 자고는, 그때까지 가시지 않은 흥분으로 잠을 깼다. 근심과 후회가 무방비 상태로 누워있는 인간을 습격하는 것은 이런 때 이런 상태인 경우가 보통이다. 이때 나의 상상력은 바로 생생한 환상을 그려냈다. 루친데가 열렬한 키스를 하고 나서 격정을 안은 채 나에게서 뒷걸음질을 치면서 양볼이 빨개지고 불꽃 같은 눈으로 자기 누이동생을 위협하는 저주의 말을 하고 있다. 그로 인해서 알지도 못하는 죄없는 사람까지 자기도 모르게 위협하고 있다. 프리데리케가 그녀와 마주 서 있는 것이 보인다. 프리데리케는 이 광경에 몸이 마비되어 새파랗게 질려서 자기는 전연 알지도 못하는 저주의 결과를 예감하고 있다. 나는 중간에 서서 그 불행을 예언하는 키스를 피하지 못할 것처럼 이 이상한 사건의 정신적인 영향을 피할 수가 없다. 프리데리케의 연약한 몸은 다가오는 불행을 재촉하는 것처럼 보였다. 그리하여 나를 향한 그녀의 사랑은 재앙을 몰고 올 것같이 생각되어 나는 산너머 멀리로 달아나버리고 싶었다.

그러나 나로서는 그보다 더 고통스러운 것이 마음 밑바닥에 자리 잡고 있었다는 것을 숨기고 싶지 않았다. 내 마음 속에 그런 미신이 커가고 있었던 것은 실은 어떤 종류의 자부심 때문이었다. 즉 내 입술은 ─ 정화淨化되었던 저주를 받았든 간에 ─ 전보다 훨씬 뜻깊은 것으로 생각되었다. 한편으로는 그 매혹적인 우월감을 유지하기 위해서 다른 한편으로는 단념만 하면 죄없는 처녀를 욕되게 하지 않아도 되는, 그 때문에 많은 죄없는 즐거움을 포기하고 나는 나의 금욕적인 행실에 대해서 자부심에 찬 만족감을 느꼈다.

그러나 이제는 모든 것이 사라져 다시는 돌이킬 수 없게 되어버렸다. 나는 평범한 상태로 되돌아갔다. 가장 사랑하는 이를 해치고 회복하기 어려운 상처를 주어버렸다고 나는 생각했다. 그래서 나는 예의 저주를 면치 못하고, 저주는 내 입술을 통하여 내 마음 속으로 되돌아와 버렸다.

이러한 모든 것이 사랑과 정열, 술과 춤으로 달구어진 내 혈관 속에 회오리쳤으며, 나의 상념想念을 어지럽히고 나서 감정을 건드렸다. 그래서 어제의 그 흐뭇한 환희와는 반대로, 끝없는 절망의 구렁텅이 속으로 빠져버린 것처럼 느껴졌다. 다행히도 덧문 틈으로 아침 햇살이 비쳐 들어왔다. 아침해는 암야暗夜의 모든 마력을 꺾어버리고 나를 다시 일어나게 해주었다. 나는 곧 문 밖으로 나왔다. 전과 같지는 않았지만 이내 원기를 회복했다.

미신이란 다른 여러 가지 망상妄想이 마찬가지로 우리의 허영심을 북돋워 주지 못하고 그것을 방해하여 감수성이 예민한 사람을 상하게라도 하게 되면 아주 맥없이 그 위력을 잃어버리게 되는 것이다. 그렇기에 우리는 마음먹기에 따라서는 미신을 떨쳐버릴 수 있다는 것을 쉽게 알 수 있다. 우리들은 미신에게서 빼앗은 모든 일이 우리에게 이로운 것이 많으면 그만큼 우리들은 미신을 쉽게 떨쳐버린다. 프리데리케의 용모, 그녀의 사랑, 그 주위에 있는 사람들의 명랑함, 이 모든 것이 나에게 가장 행복한 날의 한가운데 있으면서 불길한 밤의 새(鳥)들을 마음 속에 간직하려 한다고 비난했다. 나는 그러한 밤새를 영원히 마음 속에서 쫓아낸 것으로 믿었다. 사랑하는 소녀가 차츰 간격없이 의지하는 태도는 나를 몹시 기쁘게 했다. 그리고 그녀가 이번에 작별을 할 때 다른 친구들이나 친척들을 대하듯 나에게도 거리낌 없이 키스를 해준 것이 나를 무척 행복하게 했다.

시에는 여러 가지 할 일과 오락거리가 나를 기다리고 있었다. 그러나 나는 거기에 몰두하지 않았다. 그리고 이제는 나의 습관이 된 사랑하는 이와의 규칙적인 서신 교환을 통해 나의 마음을 자주 그녀에게 집중시키곤 했다. 편지 속에서도 그녀는 전과 다름이 없었다. 무엇인가 새로운 사실을 말하거나, 혹은 이미 알고 있는 사실을 인용해서 말하거나, 경쾌하게 묘사하거나, 또는 우발적으로 기술하거나 간에, 마치 붓을 손에 들고, 역시 몸도 가볍게, 그리고 위태롭지 않게 오가고, 달리고, 뛰어오르는 것같이 보였다. 나도 즐겨 그녀에게 편지를 썼다. 왜냐하면 그녀를 생생하게 그리다 보면 그녀를 보지 않아도 나의 사랑은 두터워 갔고, 그렇기에 편지 속의 말은 서로 마주보고 하는 말보다 도리어 더 즐겁고 더 귀하게 생각되었기 때문이다.

미신은 완전히 모습을 감추지 않을 수가 없었다. 이 미신은 연전에 받은 인상에 근거가 있다고 하겠다. 그러나 시대의 정신, 청년기의 성급함, 사려깊은 사람들과의 교제, 이러한 것들이 모두 미신과는 상극이었기 때문에, 내 주위에서 이 망상의 고백을 웃음거리로 듣지 않을 사람을 찾아보기란 어려웠던 까닭도 있었으리라. 하지만 무엇보다 나쁜 것은 그러한 망상은 자취를 감춘 후에도 젊은이들로 하여금 자기의 때이른 애정이 아무런 영속적인 결과도 기대할 수 없다는 생각을 품게 하는 그러한 상태에 대해 진지하게 관찰하는 습관을 남긴다는 점이다. 나는 이러한 미신에서부터 탈피할 수는 없었기 때문에 오성悟性이나 상념이 한층 더 나를 괴롭혔다. 빼어난 처녀의 그 진가를 이해함에 따라 나의 정열은 점점 더 높아만 갔다. 그리하여 이렇게도 사랑스럽고 선한 것을 아마도 영원히 잃어버리지 않으면 안 될 시기가 가까워졌다.

우리는 한동안 조용하고 즐거운 마음으로 생활을 계속하고 있었다. 그런데 어느 날 나의 친구 바일란트가 어처구니없는 장난을 했다. 그는 《웨이크필드의 시골 목사》란 책을 제젠하임에 들고 왔다. 그리하여 낭독에 관한 것이 화제가 되었을 때 마치 아무렇지도 않은 듯이 그것을 나에게 건네주었다. 나는 당황함을 억제할 수가 있었다. 그리하여 가능한 한 힘차게 그리고 솔직하게 낭독해 나갔다. 듣는 사람들의 안색도 이내 밝아졌으며, 서로의 신상을 비교해 보는 것도 그들에게는 조금도 불쾌한 일이 아닌 것같아 보였다. 일찍이 그들은 라이몬트와 멜루지네[7]에서 우스꽝스러운 자신의 모습을 발견하게 되었던 것이다. 그러나 이번에는 거울 속에 결코 추하게 비쳐지지 않는 자기 모습을 보게 된 것이다. 그리하여 자기네와 정신이나 감정이 서로 닮은 사람들이 글 속에 있다는 것을 아무도 공공연히 말하지는 않았지만 그것을 부정하지도 않았다.

훌륭한 소질을 갖춘 사람은 누구나 교양을 쌓아감에 따라서, 자기

---

7) 제2부 참조.

들은 이 세상에서 이중의 역할, 즉 현실적인 역할과 또 하나 관념상의 역할을 하지 않으면 안 된다는 것을 깨닫는다. 모든 숭고한 것의 근원은 그러한 감정 속에서 찾아낼 수가 있다. 어떠한 현실적 역할이 우리에게 부과되어 있는가에 대해서는 우리들은 너무나도 명백하게 경험하나, 제2의 역할에 대해서는 그것을 명확히 하기가 쉽지 않다. 인간은 그보다 숭고한 사명을 지상이나 또는 천상天上이나 현재와 미래의 그 어느 쪽에서 구한다 하더라도 역시 외부에서의 간단 없이 교란하려 드는 영향을 받으면서 내부적으로는 끝없는 동요를 계속하기 때문에 마침내는 자기에게 가장 잘 어울리는 것이 이른바 정당한 것이라고 단정할 결심이 생기는 것이다.

자신을 보다 숭고한 것에 동화시키려고 한다든지 또는 보다 높은 것과 어깨를 겨루고자 한다는 것은 정말 죄없는 시도이겠지만, 소설 속의 등장 인물을 자기 자신과 견주어 보는 젊은이의 본능도 아마 이러한 시도중 하나이리라. 이 본능은 극히 순진한 것이며 또한 이 것을 나쁜 버릇이라고 노할 사람이 있을지라도 지극히 해가 없는 일인 것이다. 그것은 우리가 따분해서 미칠 지경이라든가 열성적인 위안에 손을 내밀지 않을 수 없을 때, 우리들의 심심풀이가 되어 주는 것이다.

소설의 해독害毒에 관한 탄식은 번번히 되풀이되고 있지만, 정숙한 처녀가 혹은 유쾌한 젊은이가 자기들보다 행복하거나 또는 불행한 인물의 입장에 자기 자신들을 대치시켜 본다는 것이 도대체 무슨 불행이란 말인가? 또한 인간의 모든 아름다운 요구를 멀리해야 할 만큼 시민생활이 그렇게 가치있는 것이며, 혹은 나날의 요구가 그렇게도 인간을 완전히 점령해 버린단 말인가?

독일 교회에 종교적인 세례명을 대신하여 종종 세례를 베푸는 목사의 빈축을 사면서 역사적인 또는 문호적인 세례명이 침투해 들어왔다. 그것은 소설이나 시의 사소한 부산물임에 틀림없다. 별다른 깊은 뜻은 없더라도 다만 듣기 좋은 이름을 자기 아이에게 명명하여 품위를 높이려 하는 것도 가상하다 하겠다. 이렇게 공상 세계와 현실 세계를 결부시킴으로써, 그 인간의 전생애에 걸쳐 우아한 빛을 더해 주는 것이 된다. 우리들이 베르타라는 어감이 좋은 이름으로 부르는 아이를 우르젤블란디네[8]라는 이름으로 불러야 한다면, 그 아이를 모욕하는 것이라 생각되리라. 사실 교양있는 인간으로서, 더욱이 연애하는 사나이로서는 그러한 딱딱한 이름은 부르기가 거북하리라. 공상적인 사건을 한결같이 우스꽝스럽게 배척해야만 할 것으로 여기는 것은 냉혹하고 편협된 판단을 내리는 이 세상 인심으로는 비난받을 것이 없지만, 그러나 인간성을 이해하는 사려깊은 식자識者로서는 이러한 가치를 존중할 줄 알아야만 하는 것이다.

한 장난꾸러기가 그들의 마음에 어쩔 수 없이 일으킨[9] 이러한 비교는 아름다운 라인 강가에서 사랑에 취해있는 연인들을 위해서는 몹시도 즐거운 결과를 빚어냈다. 우리는 거울에 비친 자기의 모습을 바라볼 때는 자기를 돌이켜 반성해 보지는 않지만 자기를 느끼고 만족해한다. 정신적인 영상을 바라보고 있을 경우에도 역시 마찬가지다. 이 영상으로 하여 우리는 자신의 행동이나 성향性向, 습관이나 특성을 그림자를 보듯 알게 되며, 그것들을 형제와 같은 친숙한 마음으로 붙잡고 포용하려 한다.

우리들이 언제나 함께 있는 버릇은 점점 더 반석같이 굳어만 갔다. 나는 다른 사람들에게는 이 집 식구로밖에 비치지 않았다. 어떠한 결과가 될 것인지는 생각지도 않고 그저 되어가는 대로 내버려두었다. 어떠한 부모도 어느 기간은 딸자식이나 아들을 이런 불안정한 상태에 방임해 둔 채 되어가는 대로 내맡기는 것 외에 다른 도리가 없을 것이다. 그 결과 사태는 우연히도 고정적인 일생에 관한 사

---

8) Ursula Blandina의 단축형 Urselbrandine.
9) 《웨이크필드의 시골 목사》를 낭독할 수 있었음을 말함.

실이 되어버리고, 또한 오랫동안 벼르던 계획을 나타나게 하는 것도 좋은 일일 것이다.

　사람들은 프리데리케의 성품이나 나의 진실성으로 미루어 십분 믿어도 좋다고 생각하고 있었다. 내가 죄 될 것이 없는 가벼운 애무까지도 그와 같이 이상할 정도로 절제했기 때문에, 나의 진실성에 대한 유리한 선입감을 가지고 있었다. 당시의 그 지방의 풍습대로 아무도 우리들을 감시하는 일 없이 방임하고 있었다. 그리하여 소수 또는 많은 사람들이 어울려 그 지방을 산책했으며, 근교에 사는 친구들을 방문하는 것은 우리들 마음대로였다. 라인 강 양쪽 기슭에 자리하고 있는 하게나우, 프르루이, 필립스부르크, 오르테나무 등 일찍이 제젠하임에 모였던 삶들이 각기 흩어져 사는 여러 고장을 찾아다녔다. 그들은 한결같이 다정한 주인으로서 환대해 주었고, 부엌이든 술창고든 또는 정원·포도원 할 것 없이 모든 것을 다 개방해서 접대해 주었다. 라인 강의 섬들도 여러 번 우리들의 뱃놀이의 목적지가 되곤 했다. 거기서 우리는 맑은 라인 강 물속의 서식물들을 무자비하게 잡아서 끓이고 굽고 튀기고 하였다. 그리고 우리는 아마 그곳 고기잡이의 기분 좋은 움막에 오래 묵을 뻔했으나 무서운 라인 강의 모기떼가 몇 시간 후에 우리들을 쫓아내지 않았더라면 그곳 어부들의 평온한 움막에서 떼를 써가면서도 오래오래 머물렀을 것이었다. 예정보다 빨리 집에 돌아와 더 바랄 것이 없을 만큼 계획도 성공하고 또한 사랑하는 사람들끼리의 정도 두터워질 거라고 생각했던 이 유쾌한 소풍에, 참을 수 없는 장애물이 침입한 것에 대해 마음 좋은 아버지인 목사의 면전에서 나는 신을 비방하는 조로 불평을 토로했다. 이 모기만 보아도 착하고 현명한 하나님의 피조물이라고 생각할 때, 이 세계가 하나님의 피조물이라는 생각을 나에게서 빼앗아 가기에 족하다고 단언했다. 이에 대해서 경건한 노신사는 기를 쓰고 내 말을 부인하며, 이 모기나 그 밖의 다른 해충은 인간 최초의 조상이 낙원에 있었을 때에 다만 기분좋게 붕붕거릴 따름이었지 결코 피를 빠는 일은 없었을 것이라고 나에게 설교했다. 나는 금방 노여움이 풀리는 것 같았다. 노한 사람을 달래는 데는 미소만 자아낼 수 있으면 그만인 것이다. 그러나 나는 원죄의 부부를 낙원에서 내쫓는 데 번쩍이는 검을 든 천사는 필요 없었을 것이므로, 그들을 몰아 낸 것은 티그리스 강이나 유프라테스 강의 모기떼였다고 상상하는 것을 용서해야 한다고 확언했다. 이리하여 이번에는 내가 그를 웃겼다. 그 것은 이 선량한 사람이 익살을 이해하는, 혹은 적어도 그러한 언사를 가볍게 웃어넘길 수 있는 사람이었기 때문이다.

이러한 좋은 지방에서 계절마다 매일 매일을 향락할 수 있다는 것은 정말 한층 더 마음을 가다듬게 해주고 정신을 고양高揚시키는 일이었다. 이 맑게 갠 하늘, 애인과 나란히 혹은 그녀 가까이에 있는 이 따뜻한 방, 이 모든 것을 즐기기 위해서는 그저 현재에 마음을 내맡기기만 하면 되었다. 에테르와 같은 맑은 아침이 몇 달이나 계속되며 우리를 행복하게 해주었으며, 하늘은 넘쳐 흐르는 이슬로 대지를 적시며 찬란히 빛났다. 그리고 이러한 풍경이 너무나 단조롭게만 보이지 않도록 때로는 이쪽, 때로는 저쪽 먼 산들의 봉우리에 구름기둥이 서곤 했다. 그 구름은 며칠, 아니 몇 주일 동안이나 맑은 하늘을 가리는 일없이 움직이지 않고 서 있었다. 지나가는 소낙비도 대지에 활기를 주며 더한층 푸르름을 더하였다. 아직 마르지 않은 이슬은 돌아오는 햇살을 받아 반짝거렸다. 암회색의 거의 검게 보이는 하늘의 띠의 두 가지 빛깔이 가장자리를 이루고 있는 두 겹의 무지개는 내가 일찍이 본 것보다 아름답고 다채롭고 훨씬 똑똑하게 보였으나 그것보다는 훨씬 더 빨리 사라져버렸다.

이러한 환경 속에 있으니 뜻밖에도 오랫동안 느끼지 못하던 시흥詩興이 다시 살아나게 되었다. 나는 프리데리케를 위해 유명한 곡에 맞는 가요歌謠를 여러 수 지었다. 그것들은 예쁜 한 권의 작은 책자가 되기에 족했을 것이다. 남아 있는 것은 극소수이다. 이러한 시편들은 나의 다른 작품집 속에서 쉽게 찾아볼 수 있으리라.

그러나 나는 자신의 특이한 연구[10]와 그 밖의 사정 등으로 인해 이따금 도시로 되돌아가야만 했다. 그런데 그것이 우리의 사랑에 새로운 생명력을 불어넣어 주었으며, 그리하여 이러한 아기자기한 애정 관계에 있어 일반적으로 끼기 쉬운 불쾌한 일을 모두 방지해 주었다. 그녀는 나와 떨어져 있는 동안 나를 위해 일했고, 내가 다시 돌아올 때를 위해서 무엇인가 새로운 놀이를 고안해 내곤 했다. 그녀와 떨어져 있는 나는 새로운 선물이나 새로운 착안으로 그녀에게 신선한 느낌을 주려고 애를 썼다. 당시는 아침 그림을 그린 리본이 유행하기 시작하고 있었다. 나는 곧 몇 장의 그림을 그리고 이번에는 예상한 것보다 오래 도시에 머물러 있어야 했기 때문에 그 리본에다 짤막한[11] 시를 곁들여 그녀에게 보냈다. 그녀 아버지의 부탁을 받은 완전한 새 건축 설계도를 약속한 것보다 훨씬 훌륭하게 그리기 위해서 나는 어느 젊은 건축 전문가를 설득해서 나 대신 그려주도록 부탁했다. 그는 나에 대한 호의와 그에 못지않게 제작에 대해 흥미를 가졌으며 그 밖에도 그와 같이 마음에 드는 가정의 환대를 받을 수 있다는 희망으로 더욱 열성을 내게 된 것이다. 그는 집의 평면도 및 단면도를 작성했다. 뒤뜰과 정원도 빠뜨리지 않았다. 이 규모가 크고 호화로운 계획이 아주 쉽게 실현시킬 수 있는 것처럼 보이게 하기 위해서 상세하고 매우 저렴한 견적서까지 곁들여 놓았다.

우리들은 이 친절한 수고의 증거로 인해 최고의 환대를 받았다. 선량한 그녀의 아버지는 우리들을 그를 위해서 수고를 아끼지 않는 호의를 가지고 있는 것을 알고 있었기 때문에 또 한 가지의 부탁을 했다. 그는 예쁘기는 하지만 단색인 그의 경마차에 꽃무늬 장식을

---

10) 의학상의 연구에는 흥미를 잃고, 학위논문에 관한 준비와 알사스의 고대사를 연구하고 있었다.
11) 괴테의 단편의 시 《Mit einem gemalten Band (그려진 리본과 함께)》를 말함.

그려보라고 했다. 우리는 그 부탁을 쾌히 승낙했다. 페인트며 붓이며 그 밖의 필요한 물품들을 가까운 읍의 잡화점이나 약종상藥鍾商 등에서 사왔다. 그런데 웨이크필드에서 겪었던 것과 똑같은 실패까지도 여기서 고루 갖춰야 했는지, 힘을 다해서 모든 색채로 다 그려놓고 나서야 비로소 우리는 시간이 아무리 지나도 마르지 않는 가짜와니스를 사용했다는 것을 알게 되었다. 햇빛이나 바람에 말려도 맑은 날씨나 흐린 날씨나 아무 소용이 없었다. 그러는 동안은 낡은 마차를 쓰지 않을 수 없었다. 그래서 우리는 이 장식을 그릴 때보다 더 힘들여 벗겨낼 수밖에 없었다. 딸들이 바탕을 상하지 않게 천천히 조심해서 해보라고 간곡히 부탁했기 때문에 이 일은 몇 배나 더 귀찮게 되었다. 그러나 이러한 공작을 하고나니 그 마차의 바탕은 본래의 윤기를 되찾을 수는 없었을 것이다.

그러나 이런 재미없는 작은 사건이 있었다고 해서 우리들은 프림로스[12] 박사의 그의 사랑스런 가족들처럼 유쾌한 생활에 끼치는 피해를 본 것은 아니었다. 왜냐하면 갖가지 뜻하지 않은 행운이 우리에게, 또 친구들에게, 그리고 이웃에 찾아왔기 때문이었다. 즉 결혼, 아기의 세례, 상량上樑, 재산 상속, 복권 당첨 등을 서로 알리며 즐거움을 나누었기 때문이다. 우리는 이 모든 기쁨을 서로 자기 것처럼 나눠 가졌으며, 또한 이것을 재치와 사랑으로 높은 경지로 끌어올릴 수 있었다. 나는 이 외에도 전성기에 있는 가정이나 사교계에 발을 들여놓은 일이 한두 번이 아니었다. 이러한 빛나는 시기에 얼마간의 공헌을 했노라 자부해도 좋겠지만, 한편 그렇기 때문에 더 빨리 그 시기가 우리들에게서 사라져버렸다는 것에 대해서 가책을 느끼지 않을 수 없었다.

그런데 우리들의 사랑은 또한 그 밖에도 이상한 시련을 겪어야 했

---

12) 프림로스(Primrose) 박사: 《웨이그필드의 시골 목사》의 주인공.

다. 시련이란 말은 적절한 표현이 못 되었지만, 나는 그렇게 부르고 싶다. 내가 친숙하게 지내는 이 시골집의 집안 사람들을 보니 도시에서도 명망이 높고 재산도 많은 분들이 있었다. 도시에 있는 친척 중 젊은 층들은 자주 제젠하임으로 오곤 했다. 그러나 그들의 어머니나 백모들처럼 이제는 멀리 걸어다닐 수 없는 노인들은 시골 살림살이에 대해서라든가, 딸들이 자꾸 예뻐져 가는 일에 대해서나, 그밖에 내가 그 집안에서 후대를 받고 있는 일 등에 관해서 여러 가지로 소문을 듣고 있었다. 그래서 그분들은 우선 나와 가까이 지내고 싶다는 말을 했으며, 나 역시 여러 번 그들의 가정을 방문했고 친절한 대접을 받았다. 그런 뒤 그들은 또한 시골 친척들에 대해 예의를 갖추는 의미에서 그들을 대접할 의무가 있다고 생각하고는 우리들 모두가 한 자리에서 만나기를 바랬다.

이 일에 관해서 오랫동안 서로서로 교섭했다. 그녀의 어머니는 집안 일을 내던지고 갈 수도 없었으며, 올리비어는 자기 성격에 맞지 않는 도시생활을 싫어했고, 또한 프리데리케도 역시 탐탁지 않게 여겼다. 이 같은 사정으로 인해 자꾸만 질질 끌어왔으나, 내가 아침 두 주일 동안 시골에 갈 수가 없게 되었으므로, 비로소 결정을 보게 되었다. 왜냐하면 우리들이 서로 얼굴을 맞대지 못할 바에야 다소 무리를 해서라도 도시에서 만나려 했기 때문이었다. 이로 인하여 시골 풍경 속에서만 보아왔던 이 여성들을 즉 살랑거리는 나뭇가지, 흐르는 시냇물, 꽃이 만발한 풀밭, 멀리 몇십 리고 펼쳐진 지평선을 등진 채로만 보아왔던 그들의 모습을, 나는 이제 처음으로 넓은 방이기는 하지만 도시의 옹색한 장소에서 융단·거울·시계·도자기·인형들 속에서 보게 된 것이었다.

사랑하는 것에 대한 관계는 결정적인 것으로서 환경은 그다지 중요한 의미가 없는 법이다. 그러나 인간의 감정은 환경이 어울리고 자연스럽고 익숙한 것이기를 요구한다. 나는 눈앞에 있는 일체의 사물에 민감했기 때문에 이 순간의 모순에 순응할 수가 없었다. 그녀의 어머니의 은근하고 품위있는 몸가짐은 이 환경에 적합하여 다른 여인들과 조금도 다른 점이 없었다. 그와 반대로 올리비어는 바닷가에 끌어올린 물고기처럼 못견뎌 하는 표정이었다. 시골에서 그녀가 내게 특별히 할 이야기라도 있을 때, 뜰에서는 소리를 쳐 나를 부르고, 들판에서는 자기 곁으로 오도록 나를 창가로 끌고 갔다. 그녀 자신도 무례한 짓으로 생각했든지 당황하는 것 같았다. 그녀는 이미 내가 다 알고 있는 아무짝에도 쓸모없는 말만 했다. 즉 자기는 죽어도 못 견딜 것 같으니 라인 강가나 혹은 라인 강 건너로 혹은 터키에라도 좋으니 달아나고만 싶다고 말했다. 한편 프리데리케는 이러한 환경에 처하고 보니 참으로 주목할 만했다. 사실 그녀에게도 이 장소는 어울리지 않았다. 그러나 그녀는 주위의 상황에다 자기를 적용시키려 하지 않고, 보기좋게 환경을 자기 자신에게 순응하도록 하는 것이었다. 시골에서 손님들을 접대하는 것과 똑같은 태도를 여기서도 취했다. 그녀는 순간순간을 활기있게 대했다. 모임을 초조하게 만드는 법이 없이 모든 일을 생기있게 만들고, 원래 모임이란 권태로 인해 불안해지는 법인데, 이 모임은 이 여자 덕분으로 안정할 수 있었다. 이리하여 이 여자는 도시에 사는 아주머니들이 시골의 유희나 오락을 소파에 앉아서 꼭 한 번 보고 싶어하던 소원을 만족시켜 주었다. 이 일을 충분히 만족하도록 놀이를 하고 나서 의복이며 장신구며 그 밖에 프랑스 풍의 복장을 한 조카들의 훌륭한 모습을 바라보며 부러워하는 빛 없이 감탄하고 있었다. 나에 대해서도 프리데리케는 보통 때와 다름없이 경쾌한 태도를 취했다. 그녀는 자기의 욕망이나 생각을 다른 누구보다도 먼저 나에게 알렸고, 또 그렇게 함으로써 나를 자기의 하인쯤으로 인정했으나, 이거야말로 그녀가 나에게 준 유일한 특전으로 생각되었다.

이 하인의 역할을 체재중인 어느 날 그녀는 신뢰하는 마음으로 나에게 요구했다. 즉 부인들이 나의 낭독을 듣고 싶어한다는 것을 밝혔던 것이다. 이 집 딸들은 내 낭독에 대해서 많은 이야기를 듣고 있었던 것이다. 왜냐하면 제젠하임에서 나는 언제든지 요구하는 대로 무엇이건 읽어주었기 때문이었다. 나는 즉석에서 이를 승낙하였으나 몇 시간 동안 정숙히 해줄 것을 당부하자 곧 승낙이 되었다. 그래서 어느 날 저녁 나는 《햄릿》[13] 전부를 중간에 한 번도 쉬지도 않고 되도록 작품의 진의眞意가 통하도록 청년에게 주어진 원기와 정열을 다해서 낭독했다. 나는 박수갈채를 받았다. 프리데리케는 때때로 깊은 한숨을 쉬며 양볼에 홍조를 띄웠다. 외모로 보아 쾌활하고 침착한 태도와는 달리 감동하기 쉬운 부드러운 마음을 나타내는 이 두 가지 특징은 나에게는 그리 새로운 사실이 아니었으며, 그것이야말로 나의 노력에서 얻은 유일한 보수였다. 그녀는 나로 하여금 낭독에 대한 감사를 기쁘게 받아들이게 했고, 또한 나로 인해, 나를 통해 얻게 된 사소한 자랑을 그녀의 귀여운 태도로 표시했다.

이 도시 방문은 오래 계속될 성질이 아니었지만 결국 출발이 지연되었다. 프리데리케는 자기의 사교적 의무를 다했고 나도 게을리하지 않았다. 그러나 시골에서 그렇게도 풍부했던 여러 가지 오락거리도 이내 도시에서는 소멸되고 말았다. 그리고 날이 갈수록 언니가 갈피를 잡지 못해서 상태는 더욱 더 비참해졌다. 모이는 사람들 중에서 독일풍의 차림을 하고 있는 것은 이 두 자매뿐이었다. 프리데리케는 다른 옷으로 차려입을 것은 염두에도 없었고 어디를 가도 부끄러울 것이 없다고 생각했기 때문에 자기를 다른 사람과 비교하려고도 하지 않았다. 그러나 올리비어는 이와 같이 훌륭하게 차린 사람들이 모인 가운데 하녀같이 눈에 띄는 복장을 차리고 나타나는 것을 도저히 참을 수가 없었다. 시골에 있었을 때는 다른 사람의 도시

---

13) 이 때에 괴테는 빌란드의 독일어 번역본을 사용했다.

복장이 거의 눈에 띄지도 않았으며, 원하지도 않았다. 하지만 도시에 와보니 시골 티가 나는 복장을 감출 수가 없었다. 도시의 여자들이 모든 점에 있어서 능숙하고 게다가 전연 대조적인 환경에서 오는 수많은 사소한 일들이 합쳐져 모든 일이 흥분하기 쉬운 그녀의 가슴 속을 며칠 동안이나 뒤흔들어 왔기 때문에, 나는 프리데리케의 간청도 있고 해서 그녀를 위로하기 위해 매우 세심한 주의를 기울이지 않으면 안 되었다. 나는 격렬한 장면이 일어날까 두려워했다. 그녀가 내 발아래 엎드려서 현재 상태에서 구해달라고 천지신명께 맹세하는 순간을 생각했다. 그녀는 자기 생각대로 행동할 때는 더할 나위 없이 선량했다. 그러나 이와 같은 압박에 부딪히면 이내 불쾌해지고, 드디어는 절망에까지 쫓기는 수가 있었다. 그래서 나는 모친도 올리비어도 원했고 프리데리케도 반대하지 않았기 때문에 출발을 재촉하도록 힘썼다. 나는 언니와는 정반대인 프리데리케를 칭찬하지 않을 수 없었다. 나는 그녀가 아무런 변함도 없이 이 같은 환경 속에서 나뭇가지에 앉은 새처럼 자유로운 태도를 보니 얼마나 기쁜지 모르겠다고 그녀에게 말했다. 그녀는 귀엽게 대답하기를, 내가 현재 여기 있으며, 내가 자기 옆에 있어만 주면 이대로 가만히 있고 싶다고 했다.

드디어 나는 그들이 떠나는 것을 전송하고 나니 마음 속의 짐이 가벼워진 듯했다. 왜냐하면 나의 감정은 프리데리케와 올리비어의 중간 상태에 있었기 때문이었다. 나는 올리비어처럼 몹시 불안한 감정은 없었으나, 결코 프리데리케처럼 태평하지도 않았던 것이다.

원래 나는 학위를 얻기 위해서 슈트라스부르크에 왔기 때문에 주 목적을 부수적인 일처럼 여겼던 것은 물론 내 생활의 무질서에서 온 것이었다. 시험에 대한 걱정은 쉽사리 잊어버렸으나, 논문만은 생각지 않을 수가 없었다. 왜냐하면 프랑크푸르트를 출발하면서 나는 논문을 쓰겠다고 부친과 약속을 했고, 또 나 자신도 굳게 결심했기 때문이다. 아무리 여러 가지 많은 일을 할 수 있다고 믿는 것은 잘못이다. 그러나 청년은 더 성장하려면 오히려 이런 입장에 빠지지 않으면 안 된다. 법률학과 그 방면의 모든 전문서의 개관을 나는 상당히 입수할 수 있었고, 개개의 법률 문제도 내 흥미를 끌었다. 또 나는 저 훌륭한 라이저[14]를 모범으로 삼았기 때문에 나의 적은 지식으로 상당한 성적을 올릴 수 있으리라고 믿고 있었다. 때마침 법률학에 있어서도 일대 변화가 일어나고 있었다. 즉 재판은 더욱 공정하게 시행되어야 한다는 것이었다. 모든 관습법은 나날이 위태로워지는 상태였고, 특히 형법 부문에 있어서는 일대 개혁이 박두하고 있었다. 나에 대해서 말하자면, 전부터 과제로 삼고 있었던 법률 자료 수집을 완성하려면 한없이 많은 것이 나에게 부족한 것을 느꼈다. 나에게는 참된 지식이 부족했고 내심內心의 영향이 조금도 이러한 대상으로 나를 끌고가지 않았다. 게다가 외부로부터의 자극이 부족했을 뿐만 아니라 전혀 다른 분야로 나를 몰아넣었다. 도대체 내가 흥미를 느끼려면 그 일에서 무슨 수확을 얻을 수 있는 것이어야만 했다. 즉 나에게 효과적이라고 생각되며, 또 기대를 갖게 하는 무엇인가를 그 일에서 인정해야만 했다. 그래서 나는 몇 가지 자료를 기억하고 있었고 수집도 하고 있었다. 내 손으로 발췌집拔萃集도 만들었고, 또 내가 주장하려는 생각이나 개개의 요소를 조직하려고 할 때의 형식도 등을 음미해 보았다. 이런 식으로 한동안 공부를 했다. 그러나 현명하게도 얼마 안 가서 성공이 불가능하다는 것, 특수한 제목을 논술하려면 특별하고 영속적인 노력이 필요하다는 것을 알게 되었다. 그뿐만 아니라 대가는 못 되더라도 최소한의 노력을 한 사람이 아니고는 그 같은 특수한 문제를 훌륭히 완수하는 것은 절대로 불가능하다는 것도 알게 되었다.

---

14) 뷔텐베르크 대학의 법률학 교수 아우구스틴 폰 라이저(Augustin von Leyser, 1683~1752).

내가 당황한 사정을 이야기했더니 내 친구들은 나를 비웃었다. 왜냐하면 개개의 명제命題에 대한 연구는 논문에 대해서와 마찬가지로, 아니 어쩌면 그보다도 더 훌륭하게 논술할 수 있기 때문이라는 것이었다. 슈트라스부르크에서는 그것이 불가능한 일이 아니라는 것이었다. 나는 이 활로活路를 택하고 싶은 생각이 들었다. 그러나 그 일을 아버지에게 써 보냈더니 아버지는 본격적인 일을 바란다고 했다. 아버지는 내가 그럴 마음만 먹고 상당한 시간을 들이기만 하면 충분히 해낼 수 있다는 것이었다. 그래서 나는 무슨 일반적인 제목 중에서 나에게 능숙한 문제를 택해야 할 필요를 느꼈다. 나는 세계사보다도 교회사 방면에 오히려 정통했다. 그리고 공공연하게 인정된 신앙 시설인 교회가 두 방면에 있어서 갈등 상태에 있으며, 장래에도 여전히 갈등을 끌고 가리라는 것이 전부터 나의 흥미를 끌었던 일이다. 즉 교회는 한편으로는 국가를 상대로 자기가 상위를 차지하려 하고 있고, 또 한편으로는 개인을 상대로 모든 개인을 자기 산하에 모으려고 하면서 영원한 투쟁을 계속하고 있는 것이다. 국가는 국가대로 주권을 교회에 넘겨주려고 하지 않는다. 한편 개인은 교회의 강권에 반항하고 있다. 국가는 공공적·일반적 목적을 위해서 모든 것을 요구하고, 개인은 또 가정적이고 심적이고 정적인 목적을 위해서 모든 것을 내놓으라고 요구한다. 나는 어려서부터 교회가 때로는 상층과 때로는 교구원敎區員과 마찰을 일으키던 여러 가지 동요를 목격해 왔다. 그래서 나는 입법자인 국가가 종교에 관한 일을 규정할 권리를 가지고, 성직자들은 그에 따라서 설교하고 행동해야 하며, 한편 속인俗人은 외면적으로, 그리고 공적으로 그것을 엄숙한 기준으로 살아야 한다고 지극히 엄중하게 규정하고 있었다. 또 각자가 멋대로 생각하고 느끼고 마음먹은 일은 문제 삼지 말아야 한다고 생각했다. 나는 그것에 의해서 모든 충돌이 일시에 해소된 것으로 믿고 있었다. 그래서 나는 이 근본 사상의 전반前半을 나의 논제로 택했다. 즉 입법자는 승려이거나 속인이거나 기피하는 것이 허용되지 않는 어떤 종류의 종교상의 일을 제정할 권리가 있을 뿐만 아니라 의무까지도 있다는 것이다. 모든 공인된 종교는 국가 지도자·왕·권력자들에 의해서 도입되었으며, 기독교까지도 그 예에서 벗어나지 못한 것이라는 점을 나타냄으로써 이 논제를 반은 역사적으로, 반은 논리적으로 전개시켰다. 신교新教의 사례가 눈앞에 있었다. 이 논문은 원래 아버지를 기쁘게 해주기 위해서 쓴 것이고 심사에 통과되지 않았으면 하는 것이 나의 절실한 소망이었기 때문에 대담하게 일을 진행시킬 수 있었다. 게다가 베리시의 손으로 내 글을 인쇄시키는 데 참을 수 없는 혐오감을 느꼈다. 또 헤르더와의 교제는 나 자신의 미숙한 점을 너무나도 뚜렷이 드러냈던 것이다. 아니 자기에 대한 일종의 불신감까지도 그와의 교제를 통해서 완전히 굳어졌던 것이다.

이 일은 완전히 나 자신의 생각으로 진행되었고, 라틴어로 말하고 쓰는 것 또한 용이했기 때문에 이 논문에 소비한 시간은 매우 유쾌하게 지나갔다. 취급한 문제는 적어도 근거가 있었다. 서술을 강연체로 써놓고 보니 그다지 어색한 편도 아니고 전체적으로도 원만했다. 나는 이것을 끝내자마자 라틴어에 능통한 사람과 함께 재검토를 했다. 그분은 나의 문체를 전체적으로 좋게 해주지는 못했으나 분명한 오류는 수월하게 고쳐 주어서, 남에게 보여도 부끄럽지 않을 정도의 것이 되었다. 나는 깨끗이 정서한 것 한 부를 곧 아버지에게 발송했다. 아버지는 평소에 생각하고 있던 문제가 하나도 취급되지 않은 것을 탐탁히 여기지는 않았지만, 완전히 신교도적인 생각을 갖고 있던 아버지로서는 그 기도企圖가 대담한 점에 충분히 만족했다. 나의 기발한 착상은 인정받게 되었고, 노력에 대한 칭찬도 받았다. 그리고 아버지는 이 작은 논문의 발표가 큰 반향을 불러일으키리라고 기대했다.

그리고 나는 이 한 편을 학부에 제출했다. 다행히도 학부에서 현명하고 친절하게 취급해 주었다. 활기있고 분별있는 학부장[15]은 우선 나의 작품에 대해서 찬사를 아끼지 않았다. 그런 다음 작품에 대한 의문점을 이야기했다. 그는 의심스런 부분을 차츰 위험스런 것으로 생각하고 이 작품을 학위 논문으로 공개하는 것은 유익하지 않을 것이라는 결론을 내렸다. 그리고 학부 당국에 학사 후보생으로서 내가 장래가 대단히 유망한 사색적인 청년이라는 것을 시인해 주었다. 그래서 이 문제를 지연시키지 않도록 오히려 개개의 문제에 대해서 나와 토론할 것을 당국은 희망한다는 것이었다. 후일에 내가 이 논문을 현재대로, 혹은 더욱 연구해서 라틴어나 그 외의 언어로 출판할 수도 있을 것이며, 그것은 나 개인적으로도 또한 신교도로서도 어디서나 용이한 일이며, 그때는 더욱 순수하고 일반적인 칭송을 받으리라는 것이었다. 나는 그의 권고로 인해서 얼마나 마음의 짐이 덜어졌는가를 이 친절한 분에게 숨길 수가 없었다. 그는 이 거절로 인해 나를 슬프게 하거나 화를 내게 하지 않기 위해서, 그는 하나하나 새로운 논거를 제시했는데, 그것을 듣는 동안 나의 마음도 가벼워졌다. 그리고 나의 예상과 달리 그 논거를 반박하지도 않고 오히려 극히 타당한 일로 생각하여 모든 일을 그의 충고와 지도에 따라 처리할 것을 약속했을 때 그의 마음도 역시 가벼워졌다. 그리하여 나는 다시 복습 교사와 함께 노력을 하였다. 몇 개의 논제가 선택되고 인쇄에 붙어졌다. 그리고 토론은 나의 식탁 친구들을 반대론자로 삼고 이루어졌는데, 매우 흥미진진하게 진행되었다. 그것도 필경 《로마 법전》을 판독하는 종래의 나의 연습이 크게 도움이 되어, 내가 꽤 공부를 많이 한 사람으로 인정되었기 때문이다. 훌륭한 관례적 잔치로 행사는 끝났다.

한편 아버지는 이 작품이 논문으로 정식으로 인쇄되지 않은 것을

---

15) 프리드리히 에를린(Friedrich Ehrlen)교수를 말함.

매우 불만스럽게 생각했다. 왜냐하면 아버지는 프랑크푸르트로 귀환할 때, 그것으로 명예를 장식하리라고 기대했기 때문이었다. 그래서 아버지는 특히 그것을 출판하게 하고 싶었던 것이다. 그러나 나는 단지 윤곽만을 그린 재료는 후일에 더욱 완성할 필요가 있다고 그에게 설명해 주었다. 그러기 위해서 아버지는 원고를 소중하게 보관해 두었다. 몇 년 뒤 나는 그때까지도 그것이 아버지의 서류 속에 보관되어 있는 것을 보았다.

1771년 8월 6일 나는 학위를 받았다. 그 다음날 셰플린[16]이 75세로 세상을 떠났다. 그리 가까운 접촉은 없었으나 이분은 나에게 큰 영향을 끼쳤다. 왜냐하면 같은 시대의 탁월한 인물을 마치 유난히 큰 별과도 비교할 수 있는 것이기 때문이다. 그것이 지평선 위에 걸려 있는 한 우리들의 시선이 거기로 향하는 까닭에, 그러한 인물이 완성한 것에서 힘을 얻고 교양을 얻게 됨을 느끼는 것이다. 아낌없이 베푸는 자연은 셰플린에게 훌륭한 풍채를 주었다. 날씬한 몸매, 온화한 눈, 이야기를 좋아함직한 입 등 철저히 유쾌한 모습이었다. 자연은 또 정신적 천분을 그의 사랑하는 이분에게 아낌없이 주었다. 그의 행복은 타고난 것이며 평화롭게 완성된 결과이지 악착스럽게 노력해서 얻은 것은 아니었다. 그는 과거와 현재를 하나로 합치는 경향, 즉 생활 관심에다 역사 지식을 연관시킬 수 있는 행복한 사람 중 하나다. 바덴 지방에서 태어나 바젤과 슈트라스부르크에서 교육받은 그는 혜택받은 땅이며 조국의 새로운 영토에 속한 낙원과 같은 순수한 라인 계곡의 사람이었다. 그는 역사적 대상이나 고고학적 대상에 관심이 끌려 그와 같은 대상을 풍부한 상상력으로 흡수하여 지극히 편리한 기억력으로 섭취했다. 배우는 것도 가르치는 것도 열심이었기 때문에, 연구면에서나 실생활에서나 똑같이 전진해 갔다. 이

---

16) 요한 다니엘 셰플린(Johann Daniel Schöpflin, 1694~1771). 1720년 이래 슈트라스부르크 대학에서 역사학 및 웅변학 교수로 봉직함.

내 그는 아무 거슬림도 없이 단연 두각을 나타내게 되었다. 그는 학계와 시민 사회에서 용이하게 지위를 확보했다. 왜냐하면 역사 지식은 어디를 가나 환영을 받는 것이며, 사교적인 성격은 도처에서 교제 관계를 맺을 수 있기 때문이다. 그는 독일·네덜란드·프랑스·이탈리아를 편력하고 당시의 모든 학자들과 접촉했다. 또 군주와도 회담했다. 그러나 그의 원기있는 요설饒舌로 인해서 연회나 접견 시간이 길어지면 궁신들에게는 귀찮은 존재였다. 그 대신에 그는 정치가들의 신뢰를 받았으며, 그들을 위해서 철두철미한 해설을 해주기도 하고, 도처에서 최대로 재능을 발휘할 무대를 얻었다. 여러 곳에서 정주해 달라고 간청했으나, 그는 슈트라스부르크와 프랑스 왕실에 대한 충성을 고수했다. 그의 변함없는 독일적인 성실성은 슈트라스부르크에서도 인정되어 그를 내심으로 적대시하던 유력한 집정관인 클링글린에 대해서까지 사람들은 그를 비호했다. 원래 교제를 좋아하고 이야기를 좋아하는 그는 지식이나 일에 있어서와 같이 교제 또한 광범위했다. 그가 여자를 싫어하는 성격은 일생 변함이 없었기 때문에 여자와 교제하는 사람들이 기분좋게 낭비하는 많은 시간을 절약할 수 있었다는 사실을 모른다면, 그가 어디서 그렇게 많은 시간을 얻었는지 누구나 알 수 없었을 것이다.

더군다나 그는 통속적인 저술가였고 또한 대중적인 연설가였다. 그의 논문이며 연설 식사式辭는 특별한 날에 의례 식의 제일 첫머리를 장식하였다. 그뿐 아니라 그의 대저大著《알자스 해설》은 실생활과 관련이 있으며, 이 저서에서 그는 과거를 재생시켜 퇴색한 상像을 신선하게 하였고, 석비·석상에 다시 생명을 부여했고, 마멸되거나 파괴된 비명碑銘을 독자의 눈앞에 생생하게 떠오르게 해주었다. 그는 알자스와 그 근방에 이와 같은 활동을 실현시켰다. 그는 바덴과 팔츠에서는 고령에 이르기까지 끊임없는 영향력을 유지하고 있었다. 그는 만하임에 학술원을 창설하고 죽을 때까지 원장의 지위를 차지하고 있었다.

　나는 단 한 번 그를 위해 개최했던 횃불 세레나데의 밤[17]에 이 탁월한 인물에게 접근한 일이 있었다. 보리수가 온 하늘을 덮고 있는 낡은 수도원 뜰은 우리들의 송진 불꽃을 밝게 비추기보다는 연기로 가득 채웠다. 음악이 끝나자, 그는 내려와서 우리들 가운데로 걸어왔다. 여기야말로 진실로 그에게 적합한 장소였다. 날씬하고 체격이 좋은 쾌활한 이 노인은 경쾌하고 자유로운 태도로 위엄있게, 자애로운 아버지같이 우리들 앞에 서서 우리들을 존경하는 태도로 현학적인 느낌이 전혀 들지 않는 호의에 찬 연설을 했다. 그는 자주 초대를 받고 왕이나 귀족들에게 공개석상에 서서 연설을 할 때와 같은 태도로 우리를 대해주었기 때문에, 그 순간 우리들은 스스로가 상당한 인물이나 된 듯한 기분이 들었다. 우리들은 큰 소리로 만족의 뜻을 표시했고 나팔과 북소리가 연이어 울려 퍼졌다. 그리고 사랑스럽고 희망에 부푼 대학생들은 흐뭇한 마음으로 집을 향해 흩어져 갔다.

　그의 제자이며 동학인同學人인 코호[18]나 오베를린[19]과는 전부터 매우 친근한 사이였다. 고대 유물에 대한 나의 관심은 열렬했다. 이 두 사람은 셰플린의 알자스에 대한 대저의 증거자료를 많이 소장하고 있는 박물관을 나에게 여러 번 관람시켜 주었다. 나는 이 저서에 대해서는 고대의 유적을 현지로 가서 구경했던 지난 여행이 끝난 뒤에야 비로소 자세히 알게 되었다. 그리하여 그 후부터는 여러 소풍 때마다 라인 계곡을 로마 령으로서 눈앞에 생생하게 그려볼 수가 있었으며, 또 왕년의 여러 가지 꿈을 현실적으로 그려낼 수 있었다.

　이 방면에 대해 내가 어느 정도 알까말까 했을 때, 오베를린은 나의 관심을 중세기의 유적 쪽으로 향하게 했다. 그리고 그 시대의 남

---

17) 1770년 11월 24일. 그의 재직 40년 축하식전.
18) 빌헬름 폰 코호(Wilhelm von Koch, 1737~1813). 법률학 교수.
19) 당시에는 중고등학교 교사였으나, 후에 대학의 철학 및 논리학 교수가 되었다.

아 있는 폐허·유물·인장·문서 등에 관한 지식을 나에게 주었다. 그뿐만 아니라 소위 중세기 연애시인이나 영웅시인에 대한 애호심을 나에게 심어주려고 노력했다. 이 성실한 사람에게도 또 코호 씨에게도 나는 많은 신세를 졌다. 만일 그들의 의도나 소원대로 일이 진행되었더라면 나의 일생의 행복을 그들에게 감사해야 했을 것이다. 그러나 사정은 다음과 같았다.

일생 동안 국가법학國家法學이란 고등 분야에서 활약하고 있으면서, 그 학문이나 혹은 같은 계통의 학문 연구로 인해서 두뇌가 뛰어난 인물이 궁정이나 내각에서 획득한 명성이 크다는 사실을 셰플린은 잘 알고 있었다. 그래서 셰플린은 민법학자의 상태에 대해서 참을 수 없는, 오히려 부당한 혐오를 느끼고 있었으며, 같은 생각을 자기 주위 사람들에게도 불어넣어 주었던 것이다. 잘쯔만의 친구였던 저기 두 사람은 호감을 갖고 나를 주시하고 있었다. 외부의 대상을 정열적으로 파악하는 일, 또 그 대상의 장점을 드러내어 그것에 독특한 가치를 부여할 수 있는 나의 서술법을 그들은 나보다도 더 높이 평가하고 있었다. 나의 조그만, 아니 빈약하다고도 말할 수 있는 민법상의 연구를 그들이 모를 리 없었다. 그들은 내가 얼마나 용이하게 타인과 동조할 수 있는가를 알 수 있을 정도로 나를 충분히 인식하고 있었다. 내가 대학생활을 즐기고 있는 것도 비밀히 하지 않았다. 그래서 그들은 처음에는 지나가는 말로, 그러나 후에는 더 철저히 나를 역사·국가법·웅변술 방면으로 이끌어가려고 생각했다. 슈트라스부르크 자체가 많은 편의를 제공했다. 베르사이유에 있는 독일 고등법원에 들어갈 수 있는 전망과 셰플린의 공적에까지는 도달하지 못하리라고 생각했지만, 그가 보여 준 전례는 모방할 생각까지는 일으키지 않는다 하더라도, 그것과 겨루고 싶은 마음으로 자극하는 것이었다. 그런 재능이란 아마도 그렇게 노력함으로써 길러지는 것이리라. 즉 그 재능을 자랑하려는 자에게도 도움이 되고, 또 자기 자신을 위해서 이용하려는 자에게도 유용한 재능으로 길러질 것이다. 이들 나의 후원자들과 더불어 잘쯔만은 나의 기억력과 언어의 뜻을 파악하는 재능에 큰 가치를 부여했고, 그렇게 함으로써 그들은 자기들의 의도나 제안에 이유를 붙이려고 애썼다.

그런데 어찌해서 그 모든 것이 허사로 돌아갔는가, 또 내가 프랑스 편에서 독일 편으로 다시 넘어간 것은 무슨 까닭인가 하는 것을 여기에 밝혀두고 싶다. 종전대로 이야기를 돌리는 데 있어 약간의 일반적 관찰을 말할 것을 용서해 주기 바란다.

개인의 순수하고 조용하며 끊임없는 진보를 서술할 수 있는 전기傳記는 드문 것이다. 우리들의 생애는 우리를 포함하는 전체와 마찬가지로 이해할 수 없는 방법에 의해서 자유와 함께 필연적으로 이루어진 것이다. 우리들의 의욕이란 어떠한 사정이 있더라도 행동을 하게 될 그런 것의 예고豫告인 것이다. 그러나 이런 사정들은 그들의 독특한 방법으로 우리들을 잡는 것이다. '무엇'은 우리들 속에 존재하고 있다. '어떻게'는 좀처럼 우리 마음대로 되지 않는다. '왜' 하고 우리들은 질문해서는 안 된다. 따라서 우리들이 '왜'라고 질문한 것을 비난하는 것도 당연한 일인 것이다.

나는 어려서부터 프랑스어를 좋아했다. 나는 프랑스어를 움직이는 실생활 속에서 배웠고, 그 말을 통해서 움직이고 있는 실생활을 배웠다. 문법도 모르고 수업도 받지 않고 교제와 실습에 의해서 제2의 모국어처럼 내 것이 되어버렸다. 그런데 나는 그것을 한층 더 자유자재로 구사하고 싶었다. 그 때문에 두 번째 유학으로 다른 대학을 제외하고 슈트라스부르크를 택했던 것이다. 그러나 유감스럽게도 여기서 내 희망과는 정반대의 것을 경험하게 되어, 프랑스어나 프랑스식 풍습과는 오히려 등을 지게 되어버렸다.

대개 예의를 존중하려고 애쓰는 프랑스인은 그들의 언어로 말을 거는 외국인에 대해서는 관대했고, 무슨 틀리는 점이 있더라도 조소하거나 직접 꾸짖거나 하지 않을 것이다. 그러나 자기 나라 말의 오류를 범하는 것은 참을 수 없는 것 같아서 그들은 한 번 말한 것과 똑같은 말을 딴 표현으로 반복하여 말해 주며, 또한 사용해야 할 것을 어느 정도 예의있게 강조하며, 이런 방법으로 총명하고 주의깊은 사람들을 정확하고 타당한 방향으로 이끄는 방법을 알고 있는 것이다.

누구나 진지하게 생각하고, 자기가 제자라는 태도를 취할 정도로 자기를 부인한다면 얻는 것도 많고 진보도 하겠지만, 늘 어느 정도의 굴욕적인 기분을 느끼게도 한다. 또한 실제 문제를 위해서 이야기할 때, 너무나 중단을 당하는 것 같은, 오히려 말머리를 돌리려는 것 같은 기분을 느껴서 견디다 못해 대화를 중단해 버린다. 이러한 사실은 누구보다도 나에게 빈번한 일이었다. 왜냐하면 나는 언제나 흥미있는 이야기를 하고 있다고 믿고, 그것에 대해서 무엇인가를 들으려고 했고 반드시 표현에만 주의하고 싶지는 않았기 때문이었다. 나의 프랑스 말은 다른 외국인의 프랑스어보다 훨씬 불완전한 말이었기 때문에 번번히 이런 일이 일어났다. 나는 하인, 시종, 보초, 노소老少 배우, 연극애호가, 농부, 용사들로부터 말씨나 억양을 배웠던 것이다. 그리고 이 혼란된 어법은 또 하나의 기묘한 성분으로 인해서 더 한층 혼란을 일으켰다. 즉 나는 프랑스인의 캘빈파 목사의 설교를 좋아했고, 또한 일요일의 보켄하임의 산책까지도 설교를 듣는다는 이유로 허락이 되었을 뿐 아니라 오히려 요구되어 있었으므로 더욱 기꺼이 그 교회를 찾아갔다. 그러나 그것으로 그친 것도 아니었다. 왜냐하면 나는 청년시절에 16세기 독일정신에 매우 마음이 끌렸는데, 이 애착은 곧 이 빛나는 시기의 프랑스인들에게까지 이르렀던 것이다. 몽테뉴, 아미요, 라블레, 마로 등은 나의 친구가 되었고, 또 내 마음속에 흥미와 경탄을 불러일으켰다. 그래서 내 말 속에는 이 모든 가지각색의 요소가 복잡하게 혼란을 일으키고 있었기 때문에 그 기묘한 표현으로 인해서 듣는 사람은 도대체 무슨 말인지 뜻을 알 수 없게 되어버렸다. 그뿐 아니라 교양있는 프랑스인은 그 이상 공손히 내 말을 고쳐주려 하지 않고 정면으로 비난하며 선생 같은 태도로 가르쳐 줄 수밖에 없게 되었다. 그러므로 이곳에서도 전에 라이프치히에서와 같은 경험을 했으나, 이번에는 다른 지방의 언어처럼 나도 내 지방의 방언으로 말해도 좋다는 내 고향의 권리를 내걸 수가 없었기 때문에 이 타향에서는 결국 지방에서의 전통적 관례에 따르지 않을 수 없었다.

악령이 우리들의 귀 속에 다음과 같이 속삭이지 않았더라면, 아마도 우리는 이런 경우에도 참고 복종했을 것이다. 즉 "프랑스어로 말하려는 외국인의 모든 노력은 영원히 아무 효과가 없을 것이다. 왜냐하면 프랑스어의 가면을 쓰고 있지만, 훈련된 귀는 독일인인지 이탈리아인인지 영국인인지 잘 구별해 내기 때문이다. 누구나 참아 주기는 하겠지만, 민족 고유의 언어 정신이 깃든 성전聖殿의 폐부에는 용납되지 않을 것이다" 하고.

다만 몇몇 예외는 인정되었다. 그와 관련해서 폰 그림[20]의 이름을 들었다. 그러나 셰플린 자신도 본전에는 이르지 못했다는 것이었다. 그가 일찍이 완전한 프랑스어로 자기를 표현할 필요성을 통찰하고 있었다는 것은 누구나 인정했다. 또 누구에게나 의사를 전달하려 했고 특히 고위층 사람들과 회답하고자 하는 그의 성향은 시인是認되었다. 게다가 그는 자기가 등장하는 무대에서는 그 지방의 언어를 완전히 자기 것으로 만들려고 노력하고, 되도록 자기를 프랑스식의 사교가 · 연설가로 만들려고 노력한 것은 모든 이들의 칭찬을 받았다.

그러나 그가 모국어를 부인하고 외국어를 위해서 바친 노력이 무슨 이득이 있겠는가? 아무도 그것으로 만족시킬 수 없다면 말이다. 사회에서는 그를 교만하다고 했다. 마치 자부심이나 자만심 없는 자

---

20) 프리드리히 멜키오르 폰 그림(Friedrich Melchior Baron von Grimm, 1923~1807)남작. 파리 주재 독일 외교관. 루소 및 여러 프랑스 문학자와 교류가 있었다.

기 심정을 타인에게 전하고 싶거나 전할 수 있는 인간이 있기라도 하듯이 세상사와 언어에 정통한 상류층 인사들은 그는 본래 회화를 하느니보다는 오히려 논하고 탐구하는 쪽이라고 단언했다. 논하고 탐구하는 것은 독일인의 유전적·근본적 결점이며, 회화는 프랑스인의 중요한 장점이라고 일반적으로 인정되고 있었다. 대중 연설가로서도 그는 회화 이상은 성공하지 못했다. 충분히 연구를 쌓은 왕이나 귀족에 대한 연설을 그가 인쇄하면 신교도인 그에게 원한을 품은 예수회파 사람들은 그 어법이 비프랑스어적인 점을 주목하여 지적해 냈다.

이런 점에 대해서 우리 스스로를 위로하거나 또는 이 수척한 노인이 받는 비난을 젊은 사람으로서의 우리들이 참는 대신 이 같은 학자연한 공정치 못한 비판에 대해서 격분하며 실망했다. 그리고 오히려 이 현저한 예에 의해서 프랑스인은 모든 일이 그것에 의해서 일어나는 듯한 외적 조건에 너무나 구속되기 때문에 사건 그 자체를 통해서 그들을 만족시키려는 노력은 허사라고 믿게 되어버렸다. 그래서 우리들은 프랑스어를 전면적으로 배척하고, 종전보다 더 맹렬하고 진지하게 헌신하겠다는 반대의 결심을 굳혔다.

우리들은 실생활에 있어서도 이 점에 대해서 기회와 관심을 찾아볼 수가 있었다. 알자스는 프랑스에 예속된 지 그리 오래되지 않았기 때문에 아직도 그만큼 노소간에 이전의 제도나 풍습이나 말과 복장에 대해서 절실한 애착이 남아있었다. 피정복자는 부득이 그 존재의 절반을 잃는다 해도, 나머지 반을 자발적으로 포기하는 것은 자기의 치욕이라고 생각한다. 그러므로 지나간 좋은 시대를 상기하고 또 행복한 시기가 다시 돌아온다는 희망을 길러줄 수 있는 것에 대해서는 모든 것을 꼭 붙들고 놓지 않는 법이다. 슈트라스부르크의 주민들은 서로 떨어져 있었지만 마음으로는 서로 연결된 작은 단체를 이루고 있었다. 이 단체는 프랑스의 주권하에서 상당한 토지를 점유하고 있었던 많은 독일 귀족 시민에 의해서 나날이 증가되고 또 보충되고 있었다. 왜냐하면 부친이건 자식이건 공부나 용무로 장기간 혹은 단기간 동안 여하튼 슈트라스부르크에 체류하고 있었기 때문이다.

우리들의 식탁에서도 독일어 이외에는 이용하지 않았다. 잘쯔만은 매우 고상하게 프랑스어를 사용하고 있었는데, 그의 노력이나 행동을 보면 의심할 바 없는 완전한 독일인이었다. 레르제는 독일 청년의 표본으로 내세울 가치가 있으리라. 마이어 폰 린다우는 훌륭한 프랑스어를 쓰려고 애를 쓰지 않고 좋은 독일어로 느릿느릿 이야기했다. 그 외의 사람들 중에는 프랑스의 명언이나 풍습에 마음을 둔 사람도 있었으나, 그 사람들도 우리와 함께 있는 동안은 기꺼이 전체의 기풍에 따라서 처신하고 있었다.

우리들은 언어에서 국가 정세로 눈길을 돌렸다. 실제로 우리 국가 헌법에는 그다지 찬양할 만한 점이 없다. 우리들은 그것이 법의 남용만으로 구성되어 있다는 것을 인정하였지만, 현재 행해지고 있는 프랑스 헌법보다는 우수한 것이었다. 그것은 프랑스 헌법은 완전히 법을 무시한 남용으로 문란하여 그 정부는 잘못된 방향으로만 위력을 발휘하는 상태여서 전도가 암담했고, 사태의 전면적 개혁을 공공연히 예언해도 어쩔 도리가 없었기 때문이었다.

이와 반대로 눈길을 북쪽으로 돌리면 거기서는 북극성 프리드리히[21] 가 우리들을 향해서 광채를 발하고 있었다. 독일, 유럽, 아니 전 세계가 이 별의 주위를 돌고 있는 것처럼 보였다. 그가 무슨 일에 있어서나 탁월했던 것은 프랑스 육군이 프로이센식 병사 훈련법을 채용하고 심지어 프로이센 장교까지 채용하게 되자 더욱 뚜렷하게 드러났다. 그 외에 우리들은 그의 외국어에 대한 지나친 사랑을 너그

---

21) 프리드리히 대왕을 말함.

럽게 봐 주었다. 왜냐하면 그가 사랑하는 프랑스의 시인·철학자·문학자들이 계속해서 그를 화나게 했고, 또 그를 침입자로 인정하고 대해야 한다고 공공연히 말한 것을 이해할 수 있었기 때문이었다.

그러나 우리들 프랑스인들로 하여금 프랑스인에게 등을 돌리게 한 것은, 무엇보다도 독일인 전체를, 또한 프랑스 문화를 추구하는 왕까지도 취미를 갖지 못했다는 무례한 주장을 반복하였기 때문이었다. 노래의 후렴인 양 모든 비판에 따라다니게 마련인 이 문구에 대해서, 우리들은 이 주장을 무시함으로써 마음의 평정을 얻으려고 애썼다. 그러나 이 말이 맞는가 틀리는가를 규명하는 일은 쉬운 일이 아니었다. 왜냐하면 이미 메나제[22]가 프랑스 작가들은 모든 것을 다 가지고 있으나 취미만은 없다고 말했다고 우리에게 단언하는 사람이 있었고, 또 실제로 우리는 살아 움직이고 있는 파리로부터 최근의 저술가들은 모두 취미가 결핍되어 있으며, 볼테르조차도 이 최대의 비난을 완전히 면할 수는 없을 것이라고 듣고 있었기 때문이다. 전부터 늘 자연을 스승으로 삼아야 한다는 교육을 받았기 때문에 우리는 감정의 진실과 솔직, 그리고 감정의 단적이고 솔직한 표현 이외는 무엇이건 인정하지 않으려 했다.

우정·사랑·동포애
그것들은 저절로 흘러나오는 것이 아닌가.

라는 말은 우리들 소수의 유랑민적인 대학생 단체가 늘 그것으로 서로를 의식하고 고무시킨 구호이며 함성이었다. 이 잠언은 우리들의 사교적인 연회의 기초를 이루고 있었던 것이며, 이런 연회 때는 물론 사촌 미헬이 낯익은 독일풍으로 몇 날 밤이고 계속 방문해 주었다.

---

22) 프랑스의 문학자 질스 메나쥬(Gilles Menage)를 말함. 그는 당시를 '악취미의 세기'라고 일컬었다.

이상의 이야기에서 외면적인 우연한 동기나 개인적인 특성만을 찾아내려고 하는 자도 있겠지만, 프랑스 문학은 그 자체가 노력하는 청년을 끌어들이는 것보다는 배척하는 것 같은 성격을 지니고 있었던 것이다. 그리고 이 두 가지를 가지고서는 삶의 향락과 자유를 구하는 청년들을 즐겁게 할 수 없는 것이다.

16세기 이래 프랑스 문학은 한 번도 진전이 중단된 일이 없었다. 오히려 발전을 촉진시켰다. 일반적인 주장에 의하면 프랑스 문학은 이미 백년 전에 최전성기에 서 있었다는 것이다. 그리고 행운의 상태로 인해서 한때 풍만한 결실을 보았고, 또 다행히 수확을 거둬들였기 때문에 18세기의 훌륭한 재능을 지닌 자들도 공손히 그 유산으로 만족할 수밖에 없었다는 것이다.

그러나 동시에 희곡을 비롯해서 매우 많은 것들이 시대에 뒤떨어져버렸다. 희극은 더욱 졸작이었지만, 그래도 새로운 흥미를 첨가해서 생활이나 풍습에 맞도록 몇 번이고 개작改作해야만 했다. 비극은 대부분 극장에서 그 모습을 감추고 말았다. 그리고 볼테르는 자기가 도저히 따라가지 못했다고 평했던 선구자 코르네이유가 얼마나 결함이 많았던가를 보여주기 위해서, 이제 자기에게 주어진 중대한 기회를 놓치지 않고 코르네이유의 작품을 출판했다.

그 시대의 경이驚異였던 이 볼테르는 거의 1세기에 걸쳐서 자신이 고무해 오고 지배해 오던 문학과 함께 그 자신도 늙어갔다. 다소 활동적이고 운이 좋았던 동년배의 많은 문학자들이 그 옆에 존재하고 무위無爲의 생존을 계속했으나 그들도 점점 사라져 가고 말았다. 사회가 작자에게 느끼는 영향은 점점 강해졌다. 왜냐하면 명문 출신, 고관, 부유한 사람들로 이루어진 상류사회 사람들이 중요한 오락으로 문학을 택한 관계로 문학이 완전히 사교적이고 귀족적인 것이 되어버렸기 때문이다. 상류계급 사람들과 문학자들은 서로를 교화했으나 서로를 망칠 수밖에 없었다. 왜냐하면 일반적으로 고귀한 것은 거부적인 것으로 프랑스의 비평도 거부적이고 부정적이고 비방적인 것이기 때문이다. 상류층 사람들도 이런 비판으로 작가들을 대했다. 그보다 조금 더 버릇없는 작가들은 자기 동료들뿐만 아니라 자기 보호자들에 대해서도 그런 비평을 했다. 대중을 설복시키지 못했던 자는 대중을 경탄시키려 했고 혹은 순종함으로써 환심을 사려고 애썼다. 그리하여 교회나 국가의 핵심을 동요시킨 것을 제외하더라도 볼테르 자신이 조류에 휩쓸려 일반에게 무시당하지 않기 위해서 자기의 모든 우세한 힘을 이용할 필요가 있었던 문학계의 동요가 발생했다. 이미 그는 완전히 늙은 고집쟁이 어린애라고 불리고 있었다. 끊임없이 계속되는 그의 노력을 늙은이의 무의미한 노력이라고 보았다. 그가 일생 동안 고집하고 또 자기의 시간을 바쳐가며 보급했던 그의 원리를 이미 아무도 존경하려 하지 않았다. 신앙고백으로 인해 일체의 무신론적인 사상과 무관하다고 늘 언명했으나, 사람들은 그의 신까지도 존경하지 않았다. 그리하여 조상인 동시에 족장族長인 그 자신이 가장 연소한 경쟁자 같이 현재의 순간에 마음을 기울이며 새로운 보호자를 찾아나섰다. 자기편 사람들에 대해서는 과분한 호의를 표시하고 적대자들에게는 지나치게 악의를 표시했다. 또 열렬한 진리애를 위해서 노력하는 것처럼 보이면서 진실치 못한 허위와 행동을 하지 않으면 안 되었다. 일생이 초기보다도 한층 예속적인 상태로 끝난다면 바쁘고 화려한 일생이 도대체 무슨 가치가 있겠는가? 이런 상태가 얼마나 참을 수 없는 것이라는 것을 그의 뛰어난 두뇌와 화내기 쉬운 예민한 성격이 알아차리지 못했을 리가 없었다. 그는 때때로 엉뚱하고 변덕스런 방법으로 울분을 터뜨렸으며, 불쾌감을 거침없이 드러내고 상도常道를 벗어난 공격의 술책을 쓸 때도 있어 그럴 때는 자기편이건 적이건 대개 불만의 태도를 표시했다. 왜냐하면 누구나 그와 대항할 수는 없었으나, 그보다는 앞뒤를 잘 본다고 믿고 있었기 때문이었다. 언제나 노인의 판단에만 귀를 기울이는 민중은 쉽사리 건방져지는 법이다. 미숙한 두뇌에 받아들여진 원숙한 판단보다 더 쓸모없는 것은 없다.

독일적인 자연애와 진리애를 가진 우리 젊은이들에게는 자기 자신과 타인에 대한 성실성이 생활 및 수학修學의 최선의 지도자로서 눈앞에 떠오르고 있었으므로, 볼테르의 파벌적인 부실성이나 존경해야 할 대상을 왜곡시키는 것이 더욱 더 비위에 거슬렸다. 그에 대한 반감은 날이 갈수록 심해졌다. 그는 종교나 그 근거가 되는 종교서를 소위 매승賣僧들에게 타격을 줄 목적으로 끝없이 비방했다. 그것은 나를 적지않이 불쾌하게 했다. 게다가 그는 '노아의 홍수'의 전설을 근거없는 것으로 만들기 위해서 모든 조개의 화석을 부인하고 그것을 단순한 조화의 장난으로밖에 인정하지 않는다는 말을 들었기 때문에 그에 대한 신뢰를 완전히 상실하고 말았다. 왜냐하면 바스트베르크[23]에서 목격한 바에 의하면 건조한 옛날의 해저海底 위, 즉 그 원주原住 동물의 탈각脫殼 밑에 서있다는 것이 뚜렷해졌기 때문이다. 실제로 이 산들은 전에는 파도로 뒤덮혀 있었다. 나에게는 노아의 홍수 이전이냐 노아의 홍수 그 당시냐 하는 것은 문제가 아니었다. 요컨대 라인 계곡은 거대한 호수, 끝없는 항만이었던 것이다. 아무도 나에게서 이런 생각을 버리게 할 수는 없는 것이다. 차라리 나는 육지나 산악에 대한 지식을 더 많이 가지려고 생각했다. 거기서 어떠한 결과가 나올지도 모르기 때문이다.

그래서 프랑스 문학은 그 자체에서, 그리고 볼테르 때문에 고색창연한 것이 되어버렸다. 이 뛰어난 인물에 대해서 몇 가지 관찰해 보려고 한다.

활동적이고 사교적인 생활, 정치, 대규모의 영리사업, 이 세상 군주들과의 관계 그리고 자신을 지배자로 올려놓기 위한 이 관계의 이

---

23) 제2부 제10장 참조.

용 등, 이러한 것들을 목표로 볼테르의 염원과 노력은 청년시절부터 집중되고 있었다. 이 사람처럼 자기 독립을 위해서 타인에게 의뢰한 인간도 달리 없었다. 그는 사람들을 사로잡는데도 성공했다. 국민들은 그의 손아귀에 있었다. 그들의 적대자들이 평범한 재주를 다하여 증오를 일으켜도 소용이 없었다. 그에게 손상을 입힐만한 것은 아무 것도 없었다. 그는 궁정과 화해하지 못하는 대신 외국 왕들의 후대를 받았다. 예카테리나 대왕, 프리드리히 대왕, 스웨덴 구스타프, 덴마크의 크리스티안, 폴란드의 포니아투스키, 포이센의 하인리히, 브라운슈바이크의 카알 등은 그의 신하임을 공언했다. 교황들까지도 어느 정도 양보하면 그를 순종시킬 수 있을 것이라고 생각했다. 요셉 2세는 그와 서먹서먹한 사이였는데, 그렇다고 해서 이 군주의 명성을 높인 것도 아니었다. 왜냐하면 그처럼 훌륭한 분별력과 좋은 마음을 지닌 그가 좀더 총명하고 좀더 인물을 잘 평가하였더라면 그 자신이나 그의 계획에 불리함을 초래하지는 않았을 것이기 때문이다.

나는 여기서 요약하여 어느 정도 연관성 있게 말했으나, 당시에는 종잡을 수 없었고 우리를 계몽하지도 못하는 일시적인 풍설로서, 또 영원히 조화를 이루지 못하는 불협화음으로서 우리들 귀에 울려왔다. 항상 들려오는 것은 선배들의 찬미소리뿐이었다. 사람들은 산뜻하고 새로운 것을 요구했다. 그러나 언제나 가장 새로운 것을 바라지는 않았다. 벌써 오래 전에 폐장이 되어버린 극장에서 한 애국자는 프랑스의 국민적인 민심을 앙양시키는 작품을 상연했고, 또 《칼레의 포위》는 열광적인 갈채를 받긴 했지만, 이러한 작품들까지도 이내 이와 동류의 애국적인 작품들과 함께 무가치하고 어떤 의미로 보나 배척해야 할 것으로 여겨졌다. 소년시절에 내가 항상 재미있게 읽었던 데뚜세[24]의 풍속 묘사는 빈약한 것이라고 했으며, 이 존경해

---

24) 프랑스의 극작가. 레싱은 이 작가를 극구 칭찬한 바 있다.

야 할 인물의 이름도 잊혀지고 말았다. 그러한 작가들을 들자면 한이 없다. 내가 그런 작가들과 그 작품에 대해서 최근의 문학 조류에 몸담고 있는 한 사람에게 어느 정도의 관심을 표시했을 때, 시골뜨기 같은 비평을 한다는 비난을 면치 못했다.

그리하여 우리들은 다른 독일인들에게는 점점 더 불쾌한 존재가 되었다. 우리들의 심정이나 본질적인 특성에 의하면 대상의 인상을 굳게 파악하고 그것을 서서히 굳혀나가며, 부득이한 경우에도 가능한 한 서서히 포기하기를 바랐다. 우리들은 성실주의와 계속적인 노력에 의해서 모든 사물에서 무엇인가가 얻어지는 것이며, 일관된 열성를 통해 비판과 더불어 비판의 근원까지도 발표할 수 있는 점에까지 마침내 도달해야 한다고 확신하고 있었다. 우리들은 위대하고 훌륭한 사회가 우리들에게 많은 이익을 주고 있다는 것도 알고 있었다. 즉 루소는 진실로 우리들의 뜻에 맞기 때문이다. 그러나 그의 생애나 운명을 관찰해 보면, 그가 완수한 일체의 업적에 대한 최대의 대가로서 그가 남의 눈에 띄지도 않은 채 망각되어 파리에서 살았다는 것 외에는 아무것도 없었다.

우리들은 백과사전 편찬인들에 관한 이야기를 듣거나 혹은 그 거대한 저작의 한 권을 펼치면 마치 큰 공장의 무수히 움직이는 실꾸러미와 방직기 속을 지나가고 있는 것처럼 느껴진다. 우리는 한 조각의 천을 완성하기 위하여 필요한 모든 사항을 관찰함에 있어서 그저 요란스런 소리와 눈도 머리도 돌아버릴 것 같은 기계 장치나 갖가지 복잡하게 얽히고 설킨 설비를 이해하지 못함으로써 자기 몸에 걸치고 있는 상의에 대해서까지도 역겨운 느낌을 가지게 되는 것이다.

디드로는 우리들과 매우 가까웠다. 일반적으로 그는 프랑스인으로부터 모든 점에 있어서 비난을 받는 투철한 독일인이었다. 그러나 그가 서 있는 지점은 너무나 높고 또 시야는 지나치게 광범위해서, 우리들은 결코 그와 대항하거나 어깨를 겨룰 수가 없었다. 그러나 그의 위대한 화술에 의해서 유명해지고 고상해진 그의 자연아自然兒들[25]은 우리들을 매우 즐겁게 했고, 그의 작품에 나오는 용감한 밀렵자[26]나 밀수업자들은 우리들을 매혹시켰다. 이들 천민은 그 후 독일 문단에 만연하게 존재했다. 이리하여 루소처럼 사교적 생활에 대해 혐오감을 느꼈고 현존하는 모든 것이 멸망하는 것처럼 생각했던 그 무서운 세계 변혁의 보이지 않는 도화선을 쳐놓은 것도 역시 그였다.

그러나 우리들로서는 이러한 관찰을 우선 잠깐 밀어두고 이 두 사람이 예술에 대해서 어떠한 영향을 주었는가 하는 것을 말하는 것이 마땅하리라고 생각한다. 이 방면에 있어서도 그들은 우리들을 예술로부터 자연으로 몰아갔다.

모든 예술의 최고 과제는 가상을 통해서 더한층 높은 현실의 착각을 주는 것이다. 그러나 가상을 지나치게 현실화함으로써 결국 평범한 현실만이 남게 하는 것은 잘못된 노력이다.

우대는 관념적인 장소로서 측면 전후에 놓인 배경의 원근법 응용에 의해서 최고의 이익을 얻어왔던 것이다. 사람들은 제멋대로 이 편의를 포기하고 무대의 측면을 막고 실제로 방의 벽을 만들려고 했다. 작품 그 자체도, 배우의 연기법도, 요컨대 모든 것이 이 같은 무대에 일치해야만 했으므로, 완전히 새로운 연극을 만들지 않으면 안 되었다.

프랑스 배우들이 예술적으로 극치를 이룬 것은 희극에서였다. 파리에 머물며 궁신들의 외부 생활이나 남녀 배우들과 상류계급의 연애 사건 등 모든 일을 사교생활의 가장 숙련된 솜씨로 무대 위에 옮겨놓는데 공헌했다. 이 점에 있어서는 자연을 사랑하는 사람들도 거의 비난할 점을 찾지 못했다. 그러나 그들은 만일에 서민생활 속에

---

25) 디드로(Diderot)의 작품 《Le fils natural》 및 《Le pére de famile》에 나오는 인물을 말함.

26) 밀렵자나 밀수입자는 디드로의 《Les deux amis de Bourbonne》 중에 나온다. 독일에 있어서는 실러의 《군도群盜》에서 이것을 볼 수 있다.

서도 부족할 것이 없는 엄숙한 비극적 제재를 자기들 작품 속에 도입하여 산문을 고상한 표현에도 이용하고, 또한 부자연한 운문의 낭독이나 동작을 차츰 축출한다면 일대 진보를 이룰 수 있다고 생각한다.

고래의 엄격하고 운율적이며 기교를 다한 비극조차도 혁명의 위협을 받고, 다만 위대한 재능과 전통적인 힘으로써만 피할 수 있었던 것은 매우 주목할 만한 일이었으나, 일반적으로는 그리 주목을 끌지 못했다.

즉 품위있는 특수한 연출법으로 격조를 높이고 힘들여 그 역할을 연출함으로써 오프레느라는 배우가 자연적인 것과 일상적인 것에서 멀리 떠나있었던 배우 르켕에 대항해서 모든 부자연함에 대해 선전포고를 하고, 그의 비극을 연출함으로써 최고의 진실을 표현하려고 노력했다. 이와 같은 방법은 파리 연극인들의 방법에 맞지 않았던 것 같았다. 그는 고립되어 있었지만, 다른 배우들은 서로 결속해 있었다. 그래서 끝까지 완고하게 자기 의도를 고집했던 그는 스스로 파리를 떠나 슈트라스부르크를 통과했다. 거기서 우리들은 그가 〈신나〉[27]의 아우구스트나 〈미트리다트〉[28]나 그 밖의 그런 종류의 역을 매우 박진감있게 자연적 기품을 나타내며 연기하는 것을 보았다. 무대에 선 그는 키가 크고 잘 생긴 남자였다. 건장하다기보다는 후리후리했고, 당당한 모습은 아니나 기풍있고 인상이 좋은 사람이었다. 그의 연기는 신중하고 차분했지만 냉철하지는 않았다. 필요한 대목에서는 상당히 강력하기도 했다. 매우 노련한 배우로서, 예술적인 것을 완전히 자연으로 바꾸고 자연을 완전히 예술화할 수 있는 극히 드문 사람이었다. 원래 이런 사람들은 그 장점이 오해를 받고 언제나 사이비 자연주의설을 유발하는 법이다.

그래서 나는 또 하나 짧막하나마 드문 한 기원을 이룬 작품에 대

27) 꼬르네이유의 비극.
28) 라신느의 비극.

해서 말하려고 한다. 그것은 루소의 《피그말리온》이다. 이 작품에 대해서는 여러 가지 말이 많을 것이다. 왜냐하면 신기한 이 작품도 역시 예술을 자연 속에 용해시키려고 하는 잘못된 노력으로 말미암아 자연과 예술 사이를 동요하고 있기 때문에 우리가 여기서 보는 예술가는 완전한 작품을 만들어내면서 자기의 이념을 자기 밖으로 예술적으로 표현하고 그것에 더 고도의 생명을 덧붙여준 것에 대해서는 만족을 느끼지 않고 있다. 아니 그에 의하면 이념은 땅 위의 생활 속으로, 그 자신 곁으로 끌어내려야 한다는 것이다. 그는 정신과 행동에서 이루어진 최고의 것을 관능의 가장 비속한 작용에 의해서 파괴하려고 하는 것이다.

이런 모든 것들과 우리에게 영향을 준 그 밖의 많은 것, 올바른 것, 어리석은 것, 진실한 것, 어느 정도 진실한 것들이 더욱 더 개념을 혼란시켰다. 우리들은 많은 사로邪路와 우로迂路를 방황했다. 이리하여 독일 문학의 혁명이 여러 방면에서 준비되었다. 이 혁명에는 우리들이 증인이었고, 의식적이건 무의식적이건, 자발적이건 아니건 간에 어쩔 수 없이 협력했던 것이다.

우리들에게는 철학적 방법으로 계몽이나 격려를 받으려는 충동이나 집착도 없었다. 종교적인 문제에 대해 우리는 자기가 이미 계몽되었다고 믿고 있었다. 그래서 프랑스의 철학자들과 승려간의 분쟁에 대해서는 대체로 무관심했다. 소각을 선고받은 금단禁斷의 서적은 그 당시 큰 물의를 일으켰으나 우리에게는 아무런 영향도 끼치지 않았다. 나는 우리가 호기심으로 손에 든 《자연의 체계》[29]를 대표적으로 말하겠다. 이 같은 서적이 어째서 위험한지 우리들은 이해할 수가 없었다. 이 책은 음산하고 망령같이 생각되며 그것을 참고 읽어내는 데 힘이 들었고, 마치 유령이 앞에 나타난 것같이 몸서리쳐질

---

29) 《System de la nature》(자연의 체계)는 1770년에 익명으로 출판되었다. 디드로의 친구 홀다히 (Holdach)의 저서이다.

정도였다. 저자는 서문에서 노쇠한 자기가 무덤 속에 들어감에 있어 자기 세대와 후세에 진리를 알려주고 싶다고 단언하고 있으며, 그것이 그가 특히 이 책을 추천하는 이유라고 믿고 있다.

우리들은 그를 조소했다. 왜냐하면 이 세상의 귀엽고 좋은 것은 원래 노인들에게는 하나도 존중되지 않는 법이라고 생각했기 때문이다.

"낡아 빠진 교회의 유리창은 어둡다! — 버찌나 딸기 맛이 어떤가는 어린애나 참새에게 물어봐야 한다!"

이 말은 우리들이 즐겨 입버릇처럼 하던 말이다. 그래서 우리는 노인의 진수를 가리키는 그 책이 무미하고 살풍경한 것으로 생각되었다. 모든 것은 필연적이어야 하며 따라서 신은 존재하지 않는다고 한다. 그러나 도대체 왜 필연적으로 신은 존재하지 않는단 말인가 하고 우리들은 반문했다. 그때 물론 우리들은 밤과 낮, 춘하추동, 기후의 영향, 육체적·동물적 상태 등이 필연성을 회피할 수 없다는 것을 인정했다. 그러나 우리들은 자기 마음 속에 완전히 자의로 나타나는 그 무엇이 있음을 느꼈으며, 또한 이 자의에 대항하려고 애쓰는 그 무엇도 느꼈던 것이다.

우리는 더욱 이지적이 되어 자기 자신을 외적 사물로부터 아니, 한 걸음 나아가서 자기 자신으로부터 더욱 독립시키려는 희망을 버릴 수가 없었다. 자유란 말은 설령 어떤 미망迷妄을 나타내고 있다 하더라도 없어서는 안 될 만큼 아름답게 울려 퍼진다.

우리들 가운데 아무도 이 책을 끝까지 읽은 사람이 없었다. 왜냐하면 이 책을 펴들었을 때 가졌던 기대감이 어그러지는 것을 느꼈기 때문이었다. 자연의 체계라는 이름이 붙어있었기 때문에 우리들은 실제로 우리들의 우상偶像인 자연에 대해서 무엇을 알아낼 수 있으리라고 기대했다. 물리학·화학·천문학·지리학·박물학·해부학 및 그 밖의 것들을 우리들로 하여금 최근에 이르기까지 여러 해 동안 언제나 아름답게 장식된 대우주에 주목하게 했던 것이다. 우리들은 태양·별·유성·달·산·계곡·강·바다 등에 대해서, 또 그 속에서 살며 움직이고 있는 모든 것에 대해서 좀더 일반적이고 상세하게 알고 싶었다. 그것들을 알아갈수록 보통 사람에게는 해롭게 보이고, 승려에게는 위험하게 여겨지고, 국가에는 용납할 수 없다고 생각되는 것들이 많이 나타나리라는 것을 우리들은 의심치 않았다. 이 작은 책자는 훌륭하게 시련을 이겨내리라고 기대했다. 그러나 지구가 그의 모든 피조물被造物과 더불어 모습을 감추어버린 이 책의 황량하고 무신론적 반야半夜는 우리들에게 얼마나 공허하게 느껴졌는가! 물질은 영원히 존재하며 영겁의 시초부터 움직이고 있고, 이 좌우상하 모든 방향으로 향한 운동과 더불어 즉시 존재의 무한한 현상이 나타난다는 것이었다. 만일 저자가 우리 눈앞에 소위 움직이는 물질로 실제로 세계를 구성시켜 보였더라면 우리들도 그가 말하는 모든 것에 대해서 만족했을지도 모른다. 그러나 그도 자연에 대해서는 우리들처럼 거의 아무것도 모르는 것 같았다. 왜냐하면 약간의 일반적 개념의 기초를 이루어놓고는 이내 그것을 무시하고 자연보다도 높은 자연이라고 생각되거나, 자연 속에 있으면서 보다 높은 자연이라고 생각되는 것들까지도 물질적이고, 무겁고, 움직이고는 있으나 방향도 형체도 없는 자연으로 바꾸어 놓으려고 했다. 그리고 그렇게 함으로써 매우 많은 수확을 얻었다고 그는 믿고 있었다.

그러나 이 책이 우리들에게 조금이나마 해를 끼쳤다면, 그것은 우리들이 모든 철학, 그 중에서도 형이상학形而上學에 진심으로 혐오嫌惡를 느끼게 되어 그 상태가 지속된 반면에 생생한 지식·경험·행위·노력에 그만큼 더 열렬히 헌신하게 되었다는 사실이다.

이리하여 우리들은 결국 프랑스 국경에서 일시에 프랑스적인 모든 것에서 벗어나 해방되었다. 그들의 생활양식은 너무나 고정적이고 고상하며, 그들의 문학은 냉정하고 비판은 부정적이며 철학은 난해하면서도 불충분하다고 생각되었기 때문에 만약 오래 전부터 다른 영향이 더 높고 더 자유롭고 진실한 동시에 시적이기도 한 세계관과 정신적 향락에 대한 밑바탕을 우리들에게 마련해 주었고, 처음에는 암암리에 적절하게 작용하여 점차적으로 공공연하고 강력하게 우리들을 지배하지 않았더라면 우리들은 적어도 시험삼아 살아있는 그대로의 자연에 자기를 맡겨버렸을 것이다.

두말 할 여지도 없이 지금 나는 셰익스피어를 가리켜 하는 말이다. 또 다음과 같이 말하면 더 이상 보충할 필요가 없을 것이다. 셰익스피어는 독일 국민들에 의해서 다른 국민들에게보다, 아니 그 자신의 국민에게서보다도 깊이 인식되었다. 우리들은 우리들 서로가 주지 않는 모든 공정·타당·관대한 대우를 충분히 그에게 주었다. 탁월한 인물들은 셰익스피어를 가장 호의에 찬 영광 속에 나타내려고 노력했다. 나는 언제나 그의 명예나 이익이 되는 설과 또는 그를 변호하는 설에 찬동했다. 이 비범한 천재가 나에게 끼친 영향에 대해서는 전에 말한 바가 있다. 또한 나는 그의 업적에 대해서 연구를 했고 사람들의 찬동을 얻은 바 있다. 나는 그의 위대한 공적에 관한 고찰의 보충을 여기에 삽입하고 싶은 유혹을 느꼈으나, 내 말을 듣고 싶어하는 독자 제군에게 그것을 보고해야 할 시기가 올 때까지는 우선 이상과 같은 일반적 설명으로서 충분할 것이다.

여기서는 어떻게 해서 내가 그를 알게 되었는가 하는 것만을 말하고자 한다. 그것은 라이프치히 시대의 일이었으며, 도드[30]의 《셰익스피어의 정수精粹》를 통해서였다. 여러 작가들을 단편적으로 소개하는 이러한 선집에 대해서는 여러 가지 이론도 있겠지만, 이것들은 여러 모로 좋은 영향을 끼쳤다. 사실 우리들은 한 개의 작품 전체를 그 가치대로 섭취할 수 있을 정도로 냉정하거나 현명하지 못하다.

---

30) 영국의 선교사.

어느 서적에서 자기와 직접 관계가 있는 부분에 줄을 긋지 않는가? 특히 철저한 교양을 지니지 못한 젊은 사람들이 훌륭한 부분에서 흥분하는 것은 칭찬해야 할 일이다. 내게 있어 앞서 말한 작품으로 특징지워지는 시기를 나의 일생에서 가장 아름다운 시기로서 지금껏 기억하고 있다. 그의 뛰어난 개성, 위대한 격언, 적절한 묘사, 유머러스한 필치 등 하나하나가 모두 강력하게 내 가슴을 울렸다.

그때 비일란트의 번역이 나왔다. 이것을 순식간에 탐독하고 나서 친구들이나 지인들에게 알리고 추천했다. 우리 독일인은 외국인의 여러 저명한 작품들이 쉽고 경쾌한 형식으로 번역된 이점을 갖고 있다. 맨먼저 비일란트, 다음엔 에셴부르크[31]에 의해서 산문으로 번역된 셰익스피어는 일반적으로 알기 쉽고, 또 어느 독자에게나 적합한 작품으로서 급속히 보급되었으며, 대단한 영향을 끼쳤다. 나는 리듬과 운을 중히 여겼다. 이 양자를 통해서 시는 비로소 시가 되는 것이다. 그러나 근본적으로 깊이 작용하는 것, 참다운 감화와 이익을 주는 것은 산문으로 번역해 놓아도 여전히 작자의 것으로 남아 있는 법이다. 이때 순수하고 완전한 내용이 남지만, 그것이 사실 없는 경우도 눈부신 외관으로 인해서 있는 것처럼 보이고 또 실제로 있어도 가려져 있는 경우가 많다. 그래서 나는 소년을 교육하는 초기에는 시로 번역하는 것보다는 산문으로 번역하는 것이 더 유익하다고 생각한다. 왜냐하면 모든 것을 농담의 자료로 이용하지 않고는 못배기는 소년시절은 말의 음향이나 음절의 억양에 흥겨워, 모방적인 구조의 형식으로 제멋대로 장난을 해서, 가장 고상한 작품의 깊은 내용을 파괴하는 것을 볼 수 있기 때문이다. 그래서 나는 제일 먼저 호메로스의 산문 번역을 기획해야 하지 않을까 하는 것을 고려해 보도록 권하는 것이다. 그러나 물론 그 번역은 현재 독일 문학이 서 있는 단

---

31) 요한 요하임 에셴부르크(Johann Joachim Eschenburg, 1743~1822). 독일에서 최초로 셰익스피어의 전 작품을 번역한 사람.

계에 부합한 것이라야 할 것이다. 이것과 앞서 말한 것을, 광범위한 경험을 가장 잘 이용할 줄 아는 존경하는 교육가의 고찰에 일임하겠다. 다만 나는 이 제안을 함에 있어 루터의 성서 번역을 상기해 주기 바라는 바이다. 즉 이 탁월한 인물이 여러 가지 문체로 엮어져 있는 저작과 그 저작의 시적·역사적·명령적·교훈적 음조를 마치 한꺼번에 생겨난 것처럼 모국어로 우리들에게 전해 준 것은, 원전의 개개의 특징을 하나하나 모방하려고 했던 것보다 한층 종교에 위대한 공헌을 했다. 그 뒤 욥기記와 시편과 기타 찬미가를 원시 형식으로 우리에게 감상시키려고 애쓴 사람도 있었으나, 그 시도는 허사로 끝났다. 영향을 끼치려는 대중에 대해서는 단순한 번역이 언제나 가장 훌륭한 번역인 것이다. 원작과 경쟁해 보려는 비판적인 번역은 원래 학자들 간의 위안으로 소용되는 것이다.

셰익스피어는 우리 슈트라스부르크 친구들 사이에 번역 또는 원서를 통해서, 단편 또는 전집으로서 또는 발췌나 초본에 의해서 많은 영향을 끼쳤다. 그래서 우리는 세상 사람들이 성서에 정통한 것처럼 점점 셰익스피어에 골몰하여, 그를 통해서 알게 된 그 시대의 장점이나 단점을 모방하여 담화했고, 또 그의 재롱에 의해서 최대의 기쁨을 맛보았고, 또 번안을 하거나 감히 독창을 통해서 그와 경쟁하기도 했다. 이런 경우 내가 다른 누구보다도 깊이 셰익스피어에 열중했던 것이 적지않이 도움이 되었다. 무언지 보다 높은 것이 내 머리 위에 떠돌고 있는 것 같다고 하는 나의 즐거운 고백은 나의 친구들에게도 전염되어, 그들도 모두 이런 사고방식에 젖게 되었다. 우리들은 그의 업적을 좀더 상세하게 인식하고 그것을 이해하고 또 식견을 가지고 비판할 수 있는 가능성도 부인하지는 않았다. 그러나 우리는 그렇게 하는 것을 후일까지 보류했다. 우선 당장에 우리들은 그저 기꺼이 감흥에 젖고 그를 생생하게 모방하려고 노력했다. 그리고 이와 같은 향락 속에서 이러한 즐거움을 우리들에게 가져다 준

이 인물에 대해서 검토하지 않고 흠도 가려내지 않고 무조건 숭배하는 것이 우리들은 즐거웠다.

그 당시 이 활기있는 우리 친구들은 어떤 일을 생각하고 말했으나, 토론했는가 하는 것을 직접 알고 싶은 사람은 《독일의 특성과 예술에 대하여》[32]라는 책 속에 셰익스피어에 대한 헤르더의 논문이나, 또는 《사랑의 헛수고》의 번역을 첨부한 렌쯔의 《연극 평론》[33]을 읽으면 된다. 헤르더는 셰익스피어의 본질을 가장 깊은 곳까지 파고들어 갔으며 그것을 훌륭하게 표현하고 있다. 그러나 렌쯔는 연극의 인습에 대해서 우상 파괴자적인 태도를 취했고, 무엇에 있어서나 셰익스피어적 방법에 따라서 취급했다고 말하고 있다. 이제 이 재능이 풍부하고 기발한 인물에 대해서 언급할 기회가, 그에 대해서 말해 보는 것도 알맞은 때라고 하겠다. 나는 슈트라스부르크 체류가 끝날 무렵에 비로소 그와 알게 되었다. 그의 교제 친구들은 내 친구들과는 달라서, 우리들은 좀처럼 만날 수가 없었다. 그러나 우리들은 상면할 기회를 얻었다. 그리고 서로 같은 시대의 청년으로서 같은 것을 생각하고 있었기 때문에 기꺼이 흉금을 터놓았다. 그는 몸집은 작았으나 보기 좋은 몸매였다. 귀엽게 생긴 자그마한 머리의 품위있는 모습과 깨끗하고 약간 우둔한 듯한 용모가 잘 어울렸다. 파란빛의 눈, 금발 머리, 요컨대 북쪽 청년들 사이에서 가끔 찾아볼 수 있는 자그마한 남자였다. 그는 비교적 짧은 시, 특히 자기 자신의 시를 매우 훌륭하게 낭독했고, 글씨도 달필이었다. 그의 기질은 영어의 휘지컬(whimsical)이란 말로 아주 잘 표현되고 있다고 생각된다. 이 말은 사전에서 보듯이 참으로 많은 특징을 하나의 개념에 포함하고 있는 말이다. 사실 그런 까닭에 셰익스피어와 같은 천재의 파격과 성장을 누구보다도 잘 느끼고 모방할 수 있었다. 앞서 말한 번역이

---

32) 이것은 1773년 봄에 간행되었다.
33) 이것은 1774년에 익명으로 출판되었다.

유일한 증거다. 그는 원작자를 매우 자유롭게 취급하고 또 결코 간결하거나 충실하지도 않았다. 그러나 그는 선배들의 갑옷이나 어릿광대의 자켓을 몸에 딱 맞게 입어낼 줄 알고 선배들의 몸짓과 같은 것을 재미있고 우습게 해냈기 때문에 그런 일을 흥겨워하는 사람들로부터 박수갈채를 독차지했다.

어릿광대 같은 실없는 행동이 특히 우리들을 즐겁게 했다. 우리들은 렌쯔를 특히 은총받은 인간이라고 찬양했는데, 그 이유는 공주님의 화살에 맞아 쓰러진 사슴의 〈비문〉을 다음과 같이 만드는 데 성공했기 때문이다.

아름다운 공주는 활을 쏘아
아기사슴의 생명을 맞혔다.
아기사슴은 무거운 잠에 빠져
불고기를 제공할 것이다.
사냥개는 멍멍! —— Hirsch(사슴)에 L자를
붙이면 Hirschel(아기사슴)이 된다.
그러나 로마자의 L을 붙이면
50마리의 사슴이 된다.
나는 두 개의 L을 붙여 Hirschell이라고 써서
백 마리의 사슴을 만들어 냈다.

누구나 젊었을 때는 떠들고 싶어하는 경향을 거침없이 표면에 나타내다가 세월이 가면 완전히 없어지지는 않더라도 차츰 속에서 사라지게 마련이다. 우리는 바로 이렇듯 떠드는 경향의 전성기에 있었던 것이다. 우리는 독창적인 해학에 의해서 우리의 위대한 거장을 찬양하려고 했다. 예를 들면 사나운 말을 타고 부상을 입었던 Rittmeister(명기사名騎士)를 취급한 다음의 작품처럼, 그런 것을 친구들 앞에 내놓아 다소라도 호평을 받으면 우리들은 영광으로 여겼다.

> 이 집에 Ritter(기사) 한 분이 살고 있나니.
> 동시에 그는 meister名人이니라.
> 둘을 합쳐 꽃다발을 만든다면
> Rittmeister(기병대의 기사)가 될 것이다.
> 그가 승마의 명인이라면
> 그런 이름도 당연하겠지만,
> 명인도 말에 끌려다니며 실수를 하면,
> 자기에게도 자손에게도 재난이 있으리!

이런 것들에 대해, 그것이 어릿광대에 적합한 것이냐 아니냐, 또 진실하고 순수한 어릿광대 기분에서 나온 것이냐, 혹은 뜻이나 이해가 부적당하고 허용할 수 없는 방법과 혼합되어 있는 것이냐 하는 것이 진지하게 토론되었다. 여하간 이 같은 기묘한 기분의 경향은 큰 신뢰를 받고 있던 레싱이 그의 《연극론》에서 최초의 신호를 올려주었기 때문에 한층 세력을 얻어 퍼져갔고, 여러 사람들이 그것을 따르게 되었던 것이다.

이런 쾌활한 친구들 사이에 끼어 나는 상부 알자스 지방으로 자주 유쾌한 여행을 할 수 있었다. 그러나 그런 친구들과 함께 갔기 때문에 별로 이렇다 할 교훈을 얻지 못하고 돌아왔다. 기회가 있을 때마다 우리에게서 생겨나온 많은 짧은 시 구절들은 아마도 유쾌한 여행기를 장식할 수 있었겠지만 그것들은 이내 흩어지고 말았다. 몰스하임수도원의 회랑에서 우리들은 창유리에 그려진 색채화를 보고 경탄했다. 콜마르와 실레트시타트 사이에 있는 비옥한 지방에서는 케레스에게 바치는 익살맞은 찬미가를 불렀고, 한편 이같이 다량의 곡물의 소비에 관한 상세한 설명과 자랑을 들었으며, 곡물은 자유무역이냐 보호무역이냐 하는 중요한 문제가 재미있게 토론되었다. 엔지스하임에서 우리들은 교회당에 거대한 운석[34]을 매달아 놓은 것을 보고, 당시의 회의적 경향에 따라서 사람들의 경신輕信을 조소했다. 이와 같은 하늘에서 생겨난 산물은 우리 밭 위에 떨어지지 않는다 하더라도, 우리들의 진열실에 보관해 두어야 할 물건이라는 것은 예상도 하지 못했던 것이다.

나는 오틸리엔베르크를 향해서 백 명이나, 아니 천 명이나 되는 신자들과 성지를 순례했던 일을 지금도 인상깊게 기억하고 있다. 로마 성벽의 기초석이 아직도 남아있는 여기서 한 아름다운 백작의 딸이 경건한 마음에서 스스로 폐허나 암석 틈새에 살고 있었다는 이야기가 있다. 순례자들을 감동시키는 예배당에서 멀지 않은 곳에 있는 그녀가 물을 긷던 샘터를 내게 보여주며 여러 가지 흐뭇한 이야기도 들려주었다. 내 마음에 그렸던 그녀의 모습과 이름은 나의 마음 속 깊이 새겨졌다. 이 두 가지를 나는 오랫동안 잊지 않고 마음 속에 간직하였다가 만년에 쓴 작품 속의 한 처녀[35]에게 주었다. 그것은 내가 늙어서의 아가씨였지만 나의 사랑은 젊었을 때와 다를 바가 없었다. 이 아가씨의 모습은 경건하고 순수한 마음을 가진 사람들에게 깊은 회의로 받아들여졌던 것이다.

이 산꼭대기에서도 아름다운 알자스 지방의 장관이 언제나 같으면서도 새롭게 내려다보였다. 원형 극장에서는 어디에 자리를 잡으나 관중 전체를 남김없이 둘러볼 수 있었다. 여기서도 멀고 가까운 숲·암석·언덕·산림·밭·목장·촌락 등을 마찬가지로 한 눈에 내려다볼 수 있었다. 지평선 근방의 바젤까지도 보이는 듯했으나 보였다고는 단언할 수 없다. 그러나 멀리 스위스의 푸른 산들은 이때도 그 위력을 우리에게까지 떨치며 손짓을 했다. 그러나 그 권유에

---

34) 1492년 12월에 이 땅에 커다란 운석이 떨어졌다. 이것은 280파운드나 되었다고 한다.
35)《친화력親和力》에 나오는 여성 오틸리에.

따를 수 없었기 때문에 안타까운 심정을 남겨 놓았다.

　나는 이와 같은 놀이와 쾌락에 몰두하여 마침내 그것에 도취할 정도에까지 이르렀으나, 그것은 바로 그때 프리데리케에 대한 애정관계가 내 마음을 괴롭히기 시작했기 때문이었다. 이와 같이 청년이 목적 없이 품은 애정은 밤하늘에 던져진 폭탄과 비교할 수 있다. 이 폭탄은 완만한 빛줄기를 끌며 하늘로 올라가서 일순 별 사이에 섞여 거기에 머물러 있는 것처럼 보이다가 올라가선 탄도彈道를 아까와는 반대로 그리며 내려와서, 마침내 그 운동이 끝나는 곳에 파멸을 가져오는 것이다. 프리데리케는 전과 조금도 다름이 없었다. 그녀는 이 관계가 가까운 장래에 끝날지도 모르는 것을 생각지도 그리고 생각해 보려고도 하지 않는 것 같았다.

　올리비어는 역시 내가 떨어져 가는 것을 섭섭하게 여겼지만, 그로 인해서 프리데리케 같은 타격을 입지는 않았지만, 그녀보다 훨씬 앞을 내다보았으며 또한 솔직했다. 그녀는 예상되는 나와의 이별에 대해서 이야기를 했다. 그리고 그녀 자신도 그랬지만 동생이 단념을 하도록 노력했다. 소녀가 자기 애정을 고백했던 상대방 남자를 단념하는 경우, 똑같은 고백을 여자에게 했던 청년이 여자를 단념하면서 빠지는 괴로운 경우처럼 더 괴로울 경우는 여간해서 없다. 남자는 언제나 괴로운 역할을 하게 마련이다. 왜냐하면 성인이 되어가고 있는 그에게는 이미 어떠한 상태의 전망이 기대되며 경박한 태도는 그에게 어울리지 않기 때문이다. 몸을 빼는 소녀의 이유는 언제나 그럴 듯하게 보이지만 남자편은 절대로 그렇게 보이지 않는 법이다.

　그러나 달콤한 정열이 우리들을 어디로 이끌어 갈 수 있는지 어떻게 예견像見할 수 있겠는가? 왜냐하면 우리들은 현명하게도 정열을 단념한 후에도 여전히 그것을 버릴 수가 없기 때문이다. 아름다운 습관은 — 설령 방법은 변할지라도 — 우리들을 즐겁게 하는 것이다. 나의 경우도 역시 그러했다. 비록 프리데리케라는 존재가 나를 불안하게 만들었으나, 그녀가 없는 곳에서는 그녀를 생각하고 그녀를 상대로 이야기하는 것처럼 즐거운 일은 없었다. 나는 좀처럼 가지 않았다. 그러나 그 대신 편지 왕래는 더욱 활기를 띠었다. 그녀는 자기의 나날의 행동을 명랑한 기분으로, 자기의 감정을 상냥하게 눈에 보이는 것처럼 적어 보냈다. 나는 그녀의 장점을 호의와 열정을 가지고 머릿속에 그려냈다. 그녀가 눈앞에 없으니까 마음이 편했다. 그리고 내 마음 속에 넘치는 정은 멀리 떨어져서 이야기함으로써 더욱 더 격렬해졌던 것이다. 이러한 순간에는 장래의 일에 대해서는 전혀 백지 상태였으나 시간이 지남에 따라서, 그리고 절박한 일들로 인해서 나는 완전히 마음이 산란해졌다. 이제까지 나는 현재의 일, 눈앞의 일에 항상 활발한 관심을 두었고, 그럼으로써 여러 가지 일을 수행할 수가 있었던 것이다. 그러나 어떤 장소를 떠나야 할 경우에 늘 있을 수 있는 일이지만, 마지막이 가까워오자 만사가 한꺼번에 밀어닥쳤다.

또 한 가지 삽화적인 사건이 나의 마지막 며칠을 빼앗아 갔다. 그것은 어느 별장에서 열린 훌륭한 사람들의 모임에 내가 참석한 데서 생긴 일이었다. 그 별장에서 보면 대성당의 전면과 그 위에 솟아있는 탑은 참으로 장엄하게 보였다. 어느 분이 "전체가 완성되지 못했고 탑이 하나밖에 없는 것은 유감스런 일이다"라고 말했다. 그 말에 대해서 나는 이렇게 대답했다.

"나도 그 탑이 완성되지 못한 것을 유감으로 생각합니다. 왜냐하면 네 개의 나선螺線이 묘한 모습으로 되어 있었기 때문입니다. 본래는 그 위에 다시 네 개의 가는 첨탑尖塔을 세울 예정이었겠지요. 그리고 어울리지 않게 십자가가 서 있는 중앙부 위에도 훨씬 더 높은 첨탑을 세워야 했을 것입니다."

내가 언제나 그렇듯이 열심히 이러한 의견을 말하자 키가 작달막한 쾌활한 남자가 나에게 말을 걸며 이렇게 물었다.

"그런 이야기는 누구한테 들으셨습니까?"

"탑 자신한테요" 하고 이렇게 대답했다. "나는 이 탑을 오랫동안 주의해서 관찰했고 깊은 애정을 기울여 온 까닭에 드디어 탑이 공공연한 비밀을 마침내 나에게 고백할 마음을 먹었던 것입니다."

"탑이 당신에게 거짓말은 하지 않았어요" 하고 그분이 대답했다. "그것은 내가 잘 알고 있습니다. 왜냐하면 나는 그 건축물을 위해서 임명된 관리니까요. 우리 문서과에 설계의 원래 도면이 보존되어 있습니다만, 거기에도 그렇게 되어 있습니다. 당신께 보여드릴 수도 있습니다."

나는 그것을 볼 기회가 왔으므로 곧 호의를 베풀어 줄 것을 제의했다. 그는 귀중하기 이를데 없는 그 족자를 나에게 보여주었다. 나는 완성되지 않는 첨탑을 얼른 유지에 그렸다. 그리고 이러한 귀중한 물건을 일찍 알지 못한 것을 유감으로 생각했다. 그러나 사물의 관조와 고찰을 통하여 고심한 끝에 비로소 어떤 개념을 파악한다는 것은 나에게 부여된 운명이기도 하다. 그런 개념을 만일 타인이 나에게 전해주었더라면, 아마도 그것은 내 마음을 그다지 끌지 못했을 것이고 또 풍부한 결실도 가져오지 못했을 것이다.

이처럼 분주하고 혼란한 와중에도 한 번 프리데리케를 만나보고 싶은 마음을 누를 수가 없었다. 잘 기억되지 않으나 어쨌든 괴로운 나날이었다. 말 위에서 그녀에게 악수를 청했을 때, 그녀 눈에서는 눈물이 흘러나왔다. 거기서 작은 길로 말을 타고 드루젠하임으로 갔는데, 그때 세상에서 보기 드문 예감이 나를 사로잡았다. 즉 나를 향해서 나와 같은 길을 향해 말을 타고 오는 나 자신을, 육안이 아닌 심안心眼으로 보았던 것이다. 더구나 이제까지 입어보지도 못했던 금빛이 섞인 엷은 회색옷을 입고 있었다. 내가 꿈을 흔들어 떨구어 버리자, 순간 그 모습은 사라져버리고 말았다. 그러나 8년 후에, 이 꿈에서 보았던 옷을 일부러가 아니라 우연히 입고서 프리데리케를 다시 방문하기 위해 이³⁶⁾길을 통과한 것은 신기한 노릇이었다. 여하간 이러한 일이 어떠한 것이건 이 신기한 환영은 이별의 순간에 나에게 어느 정도 마음의 안정을 주었다. 아름다운 알자스를 거기서 얻은 모든 것들과 함께 영원히 버리고 떠나는 고통을 덜 수 있었다. 나는 드디어 이별의 흥분에서 깨어나 평온하고 쾌활한 여행을 계속하여 평상시의 자신을 되찾았다. 만하임에 도착하자, 잔뜩 호기심을 안은 채 그렇게도 유명한 고대 미술관을 관람하러 달려갔다. 이미 라이프 치히에서 빙켈만이나 레싱의 저서를 읽었을 때, 이러한 중요한 미술품에 관한 설은 많이 들었으나 그것을 실제로 본 일은 거의 없었다. 왜냐하면 라이프치히 미술원³⁷⁾에는 아버지 라오콘과 케스터네츠를 끼고 있는 목양신 판 외에는 주조물이 하나도 없었기 때문이다. 또 물론 외저가 즐겨 이런 초상에 대해서 이야기한 일들은 마치도 수수께끼 같은 소리들이었다. 대체 왜 세상 사람들은 초심자에게 예술의 궁극에 관한 개념을 주려고 하는 것일까?

페르샤펠트 관장은 나를 친절하게 영접해 주었다. 그리고 관원중 한 사람이 나를 진열실까지 안내해서 문을 열어준 다음에는 마음대로 관찰할 수 있도록 혼자 두고 나가버렸다. 이제 나는 넓고 네모진 그리고 몹시 천정이 높은, 거의 정사각형을 이루고 있고 접어올리는 커튼 밑의 유리창을 통해서 위에서 채광이 잘 되어있는 방 안에 서서 가장 황홀한 기분에 직면했다. 고대의 가장 뛰어난 조각들이 벽을 따라 진열되어 있을 뿐만 아니라 실내 가득히 오밀조밀하게 놓여 있었으며, 그것은 헤치고 지나가야 하는 조각의 숲이었고, 뚫고 나가야 할 수많은 이상적인 민중의 집회이기도 했다. 이들 뛰어난 조각들은 모두 커튼을 올렸다 내렸다 함으로써 가장 알맞은 광선 속에서 볼 수가 있었다.

---

36) 1779년 카를 아우구스티누스와 함께 한 스위스 여행.
37) 라이프치히의 미술학교.

뭐라고 형용할 수 없는 집단의 첫인상을 묵묵히 아로새기며 나는 내 주목을 가장 많이 끄는 조각 쪽으로 걸어갔다. 그것은 벨베데레의 아폴론이었다. 거상으로 알맞은 크기, 날씬한 체격, 감동의 자유로운 표현, 박진감에 넘치는 시선 등에 의해서 이것이 모든 다른 것들보다 훨씬 더 우리의 감각을 압도하며 승리를 얻고 있는 것을 부인할 사람은 없을 것이다. 다음에 나는 여기서 처음으로 자식들과 함께 있는 라오콘으로 눈을 돌렸다. 나는 이 조각에 대해서 전에 언급되고 논쟁되었던 일들을 떠오르는 대로 머릿속에 그려보았다. 그리고 나의 독자적인 관심을 얻어보려고 노력했다. 그러나 나는 이리저리 헤매기만 했다. 죽어가는 투사는 나를 오랫동안 붙잡고 놓아주지 않았다. 그러나 나는 특히, 문제시되고 있기는 하나 귀중한 유물인 카스토르와 폴룩스의 군상群像에 의해서 가장 행복한 순간을 얻은 것을 감사해야 할 것이다. 나는 수용적 관조에 대해서 즉석에서 설명을 하는 것은 불가능한 일이라는 것을 모르고 있었다. 나는 억지로 성찰을 해보려고 했다. 그러나 조금도 명백한 것을 파악할 수 있을 것 같지 않았다. 그러나 이같이 많이 수집되어 있는 군상들이 저마다 이해하기 쉽고 어느 작품이나 자연스럽고 그 차제가 중요성을 띠고 있는 것만은 느낄 수가 있었다.

그러나 나의 최대의 주의는 라오콘에 쏠렸다. 그리고 왜 그는 소리를 칠 수 없는가 하는 유명한 의문에 대해서 나는 그가 소리를 칠 수가 없는 것이라고 스스로에게 들려줌으로써 혼자 해결지었다. 삼인상三人像의 모든 몸짓과 움직임이 군상의 최초의 착상에서부터 나에게 분명해졌다. 주상의 기교적이면서 부자연스런 자세는 두 가지 동기로 합성되어 있었다. 즉 하나는 뱀에 대항하고 있는 것이고, 또 하나는 우선 물리는 것을 피하려고 하는 것이었다. 이 고통을 누르려면 아무래도 하복부가 당겨져서 소리지르는 것이 불가능할 수밖에 없는 것이다. 나는 작은 아들은 뱀에 물리지 않았다고 판단했다.

그 밖에 군상의 교묘한 점을 해석하려고 애썼다. 나는 이것에 대해서 외저에게 편지를 보냈다. 그러자 그는 나의 해석에 특별한 주의를 하지 않고 다만 나의 좋은 의도에 일반적인 격려로 대답했을 뿐이었다. 그러나 나는 다행히도 이상과 같은 견해를 고집하여, 마침내 그것이 나의 모든 경험과 확신과 결합하여 나중에 《프로필레엔》을 간행함에 있어서 이 견해를 피력했던 것이다.

이와 같이 많은 뛰어난 조형미술을 열심히 관찰한 후, 나는 또 고대 건축, 즉 거기서 원당圓堂의 한 기둥의 모형을 발견했던 것이다. 이 거대하고 우미優美한 아칸더스식 엽형장식葉形裝飾을 일별함으로써 나의 북구 건축에 대한 신앙이 다소 동요하기 시작한 것을 부인하지 않겠다.

이 중대한 그리고 전 생애를 통해서 줄곧 나에게 영향을 끼친 이 젊은날의 관조는 그러나 바로 그 다음 시기에는 그다지 영향을 미치지 않았다. 나는 이런 서술로 한 장章을 끝내느니보다는 오히려 시작하고 싶었다. 왜냐하면 이 훌륭한 진열실을 나와 문이 닫혀지자마자 나는 자기 자신으로 되돌아가기를 원했고, 그뿐 아니라 그 조각들이 오히려 무거운 짐으로 생각되어서 나의 상상에서 밀어내려고까지 했던 것이다. 그래서 우회를 거듭한 끝에 비로소 이 세계로 되돌아올 수 있었던 것이다. 그러나 분석적인 비판을 삼가고 향락하면서까지 자기 속으로 받아들이는 이러한 인상이 암암리에 풍부한 수확을 거두는 것은 참으로 귀중한 일이다. 청년은 비판적 태도를 취하려 하지 않고 우수하고 훌륭한 것을 탐구하거나 분석함에 있어, 오로지 자신에게만 영향을 끼치게끔 내버려둔다면 이와 같은 최대의 행복을 누릴 수가 있을 것이다.

제12장

　이렇게 해서 방랑자인 나는 처음보다는 건강하고 명랑해져 돌아왔으나, 전체적으로는 약간 과도한 긴장감을 나타내고 있어서 정상적인 건강 상태를 나타내지는 못하고 있었다. 집에 돌아오자마자 나는 어머니를, 질서를 매우 좋아하는 아버지의 꼼꼼한 성격과 여러 면에서 정상을 벗어난 성격 사이에 끼어, 여러 가지 사건들을 조절하고 처리하지 않으면 안 될 입장으로 몰아넣었다. 나는 마인쯔에서 만난 하프를 켜는 소년이 몹시 마음에 들어서, 때마침 대목장도 박두했기 때문에, 이 소년에게 프랑크푸르트로 오라고 권유하고 숙소도 마련해 주고 도와주겠다고 약속했다. 이 사건 속에 일생 동안 나에게 그렇게도 많은 손해를 끼친 성벽이 다시금 나타나게 된 것이다. 즉 나는 자기보다 어린 사람들이 주위에 모여들어 나에게 의뢰하는 것을 좋아했고, 그 때문에 결국 그들의 운명을 짊어지고 화를 입게 되는 것이었다. 여러 차례 불쾌한 일을 당하면서도 타고난 이 충동은 억제하기가 어려웠고, 이 충동은 어느 때나 걸핏하면 결과를 뻔히 알고 있는데도 나를 함정에 빠뜨리기 일쑤였다. 어머니는 나보다 더 일을 분명하게 보았다. 대목장을 떠돌아다니는 장돌뱅이 풍각쟁이가 이런 좋은 가정에서 여관이나 주막으로 빵을 벌기 위해서 나다니는 것이 아버지에게는 얼마나 이상하게 생각되었겠는가를 예측하고 있었으므로 어머니는 그 소년을 이웃에게 소개했다.

그 소년도 마음이 편했다. 몇 년 후 내가 그 소년과 다시 만났을 때, 그는 놀랍도록 자라긴 했으나 우둔해졌고 그의 재능도 그리 진보하지 못했다. 부지런한 어머니는 조정과 무마술撫摩術의 첫 시도의 결과에 만족했으나 그녀의 이런 무마술이 가까운 장래에 크게 필요하게 되리라고는 생각도 못 하고 있었다. 아버지는 또 오랜 도락이나 일에 만족한 생활을 하여, 모든 장해와 지연에도 불구하고, 자기의 계획을 수행하는 사람처럼 유쾌했다. 나도 학위를 받았고 시민으로서의 앞길이 창창한 단계적 경력의 제1보를 내디뎠던 것이다. 나의 논문은 아버지의 칭찬을 받았다. 아버지는 그것을 정독하고 장차 출판하기 위해서 여러 가지 준비를 하느라고 분주한 나날을 보냈다. 알자스에 체류하는 동안 나는 많은 단시短詩 · 논문 · 여행기 등과 같은 수상록을 썼는데, 그것들을 항목별로 나누어 정돈하고 또 완성하라고 재촉하는 일이 아버지의 재미였다. 이리하여 아버지는 나 자신이 그 중의 어느 하나도 인쇄되기를 바라지 않는다는 종래의 완강한 반감도 머지않아 없어지리라는 기대를 품고 기뻐했다. 누이동생 주위에는 분별있고 애교스러운 여자들이 많이 있었다. 누이동생은 지휘자의 태도를 취하지 않았지만, 자연적으로 지휘자의 지위를 확보하고 있었다. 왜냐하면 그녀의 총명함이 많은 일을 통찰하고 선량한 마음씨가 여러 가지 일을 조정할 수 있었기 때문이었다. 또 경쟁자가 되려고 하기보다는 신뢰받는 친구의 역할을 하는 입장에 섰기 때문이다. 나보다 나이가 많은 친구나 지식인 중에서 호른[1]은 나의 충실한 친구이며 유쾌한 상대였다. 리제[2]와도 친밀해졌으나, 그는 끈덕진 반대를 통해 내가 빠지기 쉬운 독단적인 열광에 대해서 의문과 부정을 제시하여 나의 통찰력을 연마하고 음미하지 않고는 못배

---

1) 프랑크푸르트에서 변호사업에 종사하고 있었다.
2) 괴테보다 3년 연상자. 프랑크푸르트의 빈민 구제기금 관리자.

기게 했다. 그 밖의 사람들도 이 모임에 참가했지만, 그 사람들에 대해서는 뒤에 가서 말하겠다. 그러나 나의 출생 도시에 있어서의 새로운 체류를 즐겁고 유익하게 해주었던 사람들 가운데서는 뭐니해도 실로서[3] 형제가 제일이었다. 형인 히에로니무스는 학식이 깊고 기품있는 법률학자였고, 법률 고문으로 널리 신뢰를 받고 있었다. 나무랄 데 없이 질서정연한 몇 개나 되는 방의 서적과 서류 속에 묻혀 사는 것이 그가 가장 좋아하는 생활이었다. 거기서 나는 언제나 쾌활하고 친절한 그를 발견했다. 많은 사람들의 모임에 참석했을 때도 그는 유쾌하고 붙임성있게 행동했다. 왜냐하면 그의 사고방식은 폭넓은 독서를 통해 온통 고전미로 장식되어 있었기 때문이다. 그는 기회있을 때마다 재간이 넘치는 라틴어 시를 통해서 좌석의 흥을 돋구는 일을 잊지 않았다. 지금도 나는 그가 쓴 여러 가지 풍자적인 이행시를 갖고 있는데, 이 이행시는 내가 프랑크푸르트의 누구나 다 아는 기인들을 익살맞게 그린 몇 장의 초상화 밑에 그가 적어넣은 것이다. 나는 때때로 장차 내가 해나가야 할 생활과 일의 진로에 대해서 그와 상담을 했는데, 만일 나의 다방면에 흐르는 경향과 정열과 취미가 나로 하여금 그 진로로부터 이탈하게 하지 않았더라면 그는 내가 가장 신뢰하는 지도자가 되었을 것이다.

동생 게오르그는 연령에 있어서 훨씬 나와 가까웠다. 그는 뷔르켐베르크의 오이겐 공작 아래에서의 근무를 사퇴하고 트레프토브에서 이곳으로 돌아와 있었다. 독일문학이나 외국문학에 대한 개관도 남에게 뒤떨어지지 않았다. 그는 전과 같이 각국어로 쓰는 것을 즐겨했지만, 그것은 별로 내 마음을 감동시키지 못했다. 왜냐하면 나는 결국 독일어에만 전심전력했고 외국어는 가장 우수한 작가들의 작품을 원서로 어느 정도 읽어낼 수 있을 만큼밖에 수련하지 않았기

---

3) 제4장 끝부분에 나왔음.

때문이다. 그의 성실성은 전과 조금도 다름이 없었다. 오히려 세상을 알게 되었기 때문에 그는 선의의 의견을 전보다도 한층 엄격히 완고할 정도로 고집했다.

이 두 친구를 통해 이내 메르크⁴⁾와 알게 되었는데, 헤르더가 이미 슈트라스부르크로부터 나에게 그에 대해서 좋게 알려주었다. 내 생애에 막대한 영향을 끼친 독특한 이 인물은 다름슈타트 출생이었다. 그의 젊었을 때의 교육에 대해서는 말할만한 것을 알지 못하고 있다.

학업을 마친 후 그는 어느 청년을 데리고 스위스로 가서 잠시 그 지방에 체류하는 동안 부인을 얻어 돌아왔다. 내가 그를 알게 되었을 때, 그는 다름슈타트의 육군 경리관이었다. 천성이 총명하고 이지적인 사람으로 특히 근대문학에 대해서는 대단히 훌륭한 지식을 갖고 있었고, 또 모든 시대 모든 지방에 걸쳐 세계와 인간의 역사에 통달해 있었다. 정확하고 예리한 판단을 내리는 것은 그의 천부적인 재능이었다. 착실하고 과감한 사무가이며 완전무결한 계산가로서 사람들은 그를 존중했다. 어떤 모임에나 쉽사리 나타나는 성격이며 그 신랄한 독설물을 두려워하지 않는 사람들에게는 참으로 유쾌한 친구였다. 그는 키가 크고 마른 체격이었으며, 오똑 솟은 코가 유난히 눈에 띤다. 담청색, 오히려 회색이라고 할 수 있는 그의 눈은 주의깊게 움직이는 시선이 호랑이의 그것과 같았다. 라바터의 《관상학》이 그의 옆모습을 우리에게 상기시켜 주고 있었다. 그의 성격에는 놀라운 모순이 있었다. 천성적으로 성실하고 고상하며 신뢰할 수 있는 인간이면서도 그는 세상에 대해서 울분을 느끼고 있었고, 이와 같은 울분을 마음 속에 자아낸 결과 의도적으로 무뢰한, 아니 악한이 되려는 억제할 수 없는 충동을 느끼고 있었다. 어떤 순간에는 이

---

4) 요한 하인리히 메르크(Johann Heinrich Merck). 다름슈타트의 약제사의 아들. 1791년에 자살했다. 《파우스트》에 나오는 메피스토펠레스는 이 사람 자신이라고 전해지고 있다.

해심이 많고 침착하고 친절한가 하면, 다음 순간에는 마치 달팽이가 뿔을 내밀 듯이 타인의 기분을 상하게 하고 때로는 해를 끼치는 일도 하는 것이었다. 그러나 만일 누구나 자기가 위험의 염려가 없다는 것을 알면 그 위험한 것과 관계해 보고 싶어지는 법이다. 나도 그가 그의 나쁜 측면을 절대로 나에게 보이지 않으리라 신뢰하는 감정을 갖고 있었기 때문에 그와 함께 생활하며 그의 좋은 특징을 받아들이는데 한층 더 큰 애착을 갖게 되었던 것이다. 그러나 이 같은 도덕적으로 불안한 정신, 타인을 악의적으로 심술궂게 취급하고자 하는 욕망이 한편으로 그의 사교적 생활을 망쳤으며, 또한 조심스럽게 마음 속에 도사렸던 또 하나의 불안정은 그의 내심의 즐거움과 모순되고 있었다. 즉 그는 호사가적인 창작욕을 느끼고 있었고 산문이건 운문이건 자유롭고 기교있게 표현할 수가 있었으며, 그 당시 문예가 사이에 어울려 한 역할을 할 수 있는 역량을 가지고 있었기 때문에 더욱 이 충동에 쏠렸던 것이다. 나는 지금도 그가 쓴 매우 대담하고 횡포하고 스위프트적인 노기에 찬 운문의 서한들을 가지고 있지만, 이것들은 인물이나 사건에 관한 독창적인 견해로 보아도 매우 뛰어난 것이면서도 동시에 타인을 손상시키는 필치로 씌어진 것이기 때문에 현재 이것을 공개할 생각은 조금도 없으며, 오히려 없애버리거나 독일문학의 숨은 알력軋轢의 귀중한 기록으로서 후세를 위해 보존해야 할 것이다. 그러나 그는 무슨 일에 있어서나 부정적이고 파괴적인 태도로 덤볐기 때문에 그 자신도 불쾌했다. 그래서 흔히 나에게 모범과 모사물模寫物[5]에 대한 기쁨을 느끼며 저절로 솟아오르는 나의 천진난만한 표현욕이 부럽다고 말했다.

하여간 그의 문학적 도락도 만일에 그가 공업이나 상업 방면에도 진출하려는 억제할 수 없는 충동을 느끼지 않았더라면 해가 되기보

---

5) 시적으로 형상화된 것을 말함.

다는 이익이 되었을 것이다. 왜냐하면 그가 일단 자기의 능력을 저주하기 시작했고, 제작하는 재능에 대한 요구를 충분히 천재적으로 실현시키지 못하고, 정신이 산란해지면 이내 조형미술이건 문학이건 포기해 버리고, 재미있고 동시에 돈벌이도 될 수 있는 공업적·상업적 사업을 생각하는 것이기 때문이었다.

다름슈타트에는 이 외에도 교양이 높은 사람들의 모임이 있었다. 백작령伯爵領의 대신인 고문관 폰 헤세, 페테젠 고수, 벵크 총장, 그 밖의 이 지방 주민들 그리고 이같이 훌륭한 사람들 외에 낯선 인접 지방 사람들이나 관객들이 교대로 여기에 참석했다. 폰 헤세 고문관의 부인과 그의 누이동생인 플라크슬란트 양은 보기 드문 아름다움과 소질을 지니고 있었다. 헤르더의 약혼자이기도 한 누이동생은 그녀 자신의 개성과 또 이처럼 탁월한 남자에게 애정을 품고 있다는 점에서 이중으로 사람들의 흥미를 끌었다.

이 사람들이 나에게 얼마나 활기를 주고 격려를 해주었는가 하는 것은 이루 다 말할 수 없다.

그들은 내가 완성한 작품이나 손을 대기 시작한 작품을 읽어주면 기꺼이 들었다. 그리고 내가 마음 속에 계획하고 있는 것을 터놓고 자세히 이야기하면 나를 격려해 주었으며, 내가 새로운 구상이 머리에 떠올라 전에 시작했던 것을 뒤로 미루어버릴 때는 나를 비난했다. 《파우스트》는 이미 진척되어 있었고 《괴츠 폰 베를리힝겐》도 점차 머릿속에 구상되어 갔다. 15세기와 16세기의 연구에 분주했고 저 대성당의 건축이 내 마음 속에 매우 엄숙한 인상을 남겨놓았다. 이 인상은 이러한 나의 작품에 대해서 적합한 배경이 될 수 있었던 것이다.

이 건축에 대해서 생각하고 공상한 것들을 나는 정리했다. 여기서 내가 특히 주장한 것은, 첫째로 이 건축법은 '독일식'이라고 해야지 '고딕식'이라고 해서는 안 된다는 것, 또 외국 것이 아니고 우리나라의 것으로 보아야 한다는 것이었다. 둘째로는 그리스인이나 로마인의 건축은 전연 다른 근원에서 태어난 것이므로, 독일 건축을 그들 건축과 비교해서는 안 된다는 것이다. 그리스·로마 건축에 있어서는 우리들보다도 좋은 기후 속에 있기 때문에 지붕을 원주 위에 올려놓는 그 한 가지 결과로써 탁 트인 벽면이 생겨났다. 그러나 기후에 대해서 철저한 보호책을 강구하고 주위를 모두 벽으로 둘러싸야만 했던 우리는 육중한 벽면에 많은 변화를 주고, 외관상 벽면이 트여있는 것같이 보이게 하며, 동시에 넓은 벽면을 바라볼 때에도 엄숙하고 유쾌하게 보이도록 하는 양식을 발견해 낸 천재를 찬양해야 할 것이다. 첨탑尖塔에 대해서도 그렇게 말할 수가 있다. 첨탑은 내부를 향해서 천공을 이루는 둥근 천정과는 달리 외부를 향해서 천공으로 솟아오르며, 기초에 놓여있는 신전의 존재를 멀리 주위 일대의 지방에 알리는 것이어야 한다. 이 장엄한 건축물의 내부는 오직 시적인 관찰과 경건한 마음으로만 할 수 있는 것이다.

이와 같은 견해에 대해서는 현재도 그 가치를 부정하려 하지 않지만, 만일에 내가 그것을 명확하고 분명하게 알기 쉬운 문체로 《독일 건축에 대해서, 고故 에르비니아 시타인 바하에게》라는 책자를 썼더라면, 그것을 출간했던 그 당시에 이미 더 큰 영향을 끼쳤을 것이며, 또 우리나라의 건축 애호가들의 주목을 더욱 빨리 환기시킬 수 있었을 것이다. 그런데 나는 하만과 헤르더에게 현혹되어 이같이 간단한 사상과 고찰을 기이한 언어와 문구의 연기 속에 은폐했고, 내 마음속에 비친 빛을 내 자신과 타인을 위해서 어둡게 만들어버렸던 것이다. 그런데도 불구하고 이 책자는 환영을 받았으며, 헤르더가 편찬한 《독일의 특성과 예술에 대하여》 속에 다시 한 번 수록되었다.

이제 나는 나의 취미에서 한편으로는 문학적 혹은 다른 목적으로 조국의 고전 문헌을 열심히 연구했으며, 그것들을 눈앞에 그리려고 했다. 그러나 때때로 성서연구나 종교적 관심으로 마음이 딴 곳으로 벗어날 수도 있었다. 그것은 16세기에 그처럼 찬란한 광채를 뿜고 있던 루터의 생애와 업적이 나로 하여금 성서로 또 종교적인 감정과 견해에 대한 고찰로 유인하지 않고는 놓아두지 않았기 때문이었다. 성서라는 것이 서서히 완성되어 갔으며 시대마다 수정이 가해지고 집성되어 간 저작물이라고 보는 견해는 아직도 결코 지배적인 것이 아니었고, 하물며 내가 참가했던 친구들 사이에서는 받아들여지지 않았던 생각이기 때문에 나의 조그마한 자부심을 즐겁게 했던 것이다. 성서의 주요한 의미에 관한 것은 루터의 표현에 따랐으나 세부에 있어서는 물론 슈미트의 축어적인 번역을 참조했다. 이때 나의 미약한 헤브라이어 지식도 될수록 활용하려고 했다. 성서에 모순이 포함되어 있는 것은 오늘날 아무도 부정할 수 없겠지만, 그 당시의 사람들은 이 모순을 제거하기 위하여 가장 명확한 부분을 기초로 해서 이것과 맞지 않는 그다지 명확하지 않은 부분을 전자에 부합시키려고 노력했다.

이와는 반대로 나는 어떤 부분이 사물의 뜻을 가장 잘 표현하고 있는가를 검토해서 찾아내려고 하였으며 이 부분을 방패삼아서 다른 부분은 날조하여 삽입된 것이라며 배척했다. 왜냐하면 그 당시 이미 내 마음 속에 어떤 근본적인 견해가 확립되어 있었기 때문이었다. 이 견해가 내 마음 속에 집어넣어준 것이지, 내 마음 속을 자극시켜 줄 것인지, 그렇지 않고 나 자신의 사색에서 자연히 발생한 것이니 그 점에 대해서는 아무 말도 할 수 없지만 근본적인 견해란 다음과 같은 것이다. 우리들에게 전승되는 것, 특히 문서에 의해서 전승되는 것에 있어서 가장 중요한 것은 작품의 기초 · 내용 · 의미 · 방향인 것이다. 여기에 근원적인 것, 신적인 것, 작용하는 것, 침해할 수 없는 것, 파괴할 수 없는 것이 존재하고 있으며, 시간도 외부의 영향도 혹은 조건도 이 내적인 근본 본질을 해칠 수도 없는 것이다. 적어도 육체의 질병이 발달한 정신을 침범할 수 있는 이상은 할 수 없다. 이리하여 언어나 방언이나 습관이나 문체, 마지막으로 문자도 역시 일체의 정신적 저작의 육체로 보아야 한다. 이것들은 물론 내적인 것과 밀접히 관련되어 있지만 악화와 파괴의 위험 속에 놓여있는 것이다. 말할 것도 없이 어떠한 전승이라 할지라도 그 성격상 완전히 순수하게 전해지고 있는 것은 아니며, 설령 순수하게 전해져 있다고 하더라도 시간이 흐름에 따라 언제나 완전하게 이해되는 것이 아니다. 순수하게 전해지지 않는 것은 그것이 전승되는 기관의 불충분함 때문이며, 완전히 이해하지 못하는 것은 시대와 장소의 차이, 특히 인간의 능력과 사고방식의 차이 때문이다. 그래서 해석자들은 절대로 의견이 일치되지 않는 법이다.

그런 까닭에 특히 우리의 뜻에 맞는 서적의 핵심이나 특성을 규명하는 것은 우리들 각자가 해야 할 일이다. 더구나 이 경우 그 서적이 우리들 자신의 내부와 어떠한 관계를 갖느냐 혹은 그 서적이 갖고 있는 생명력에 의해서 우리 자신의 생명력이 어느 만큼 자극을 받으며 영양을 취하게 되는가 하는 것을 우선 고려해야 한다. 이와 반대로 우리들에 대해서 아무런 작용도 주지 않거나 의문의 여지가 있는 모든 외부적인 것은 비판에 맡기면 된다. 비판이란 것은 그것이 전체를 잘게 썰어 해체하는 수가 있어도 우리들이 고집하는 본래의 기초를 빼앗아가지는 못할 것이며, 우리들이 일단 파악한 확신을 일순간이나마 당황하게 하지 못할 것이다.

신앙과 직관에서 생기는 이 확신은 우리가 중요하다고 인정하는 모든 경우에 적용되고 또 힘을 준다. 그것은 또 나의 도덕적·문학적 생활 구조의 기초를 이루고 있다. 그리고 그것은 설령 개개의 경우 잘못된 적용에 끌려들어가는 수도 있을지 모르나, 확실하고 풍부하게 늘어가는 자본이라고도 볼 수 있는 것이다. 이런 생각에 의해 성서는 나에게 친근한 것이 되었다. 나는 성서를 마치 신교도들이 으레 종교 교육을 받을 때 하듯이 몇 번이고 읽었다. 그뿐 아니라 앞에서도 시작하고 뒤에서도 시작하며 띄엄띄엄 읽기도 하여 이에 통달했다. 〈구약성서〉의 애처로운 소박함이 군데군데의 대목에서 내 마음을 끌었다. 물론 전체적으로는 참된 모습을 나에게 나타내려 하지 않았지만, 그래도 성서 중의 각 편의 여러 가지 특질에 대해서 나는 당황하지 않았다. 나는 각 권의 뜻을 차례대로 내 마음 속에 정확히 그려낼 수가 있었다. 그리고 대체로 성서에 대해 너무나 많은 애정을 기울였기 때문에, 앞으로 다시는 이 책 없이 지내리라고는 생각도 못할 정도였다. 실로 이 감정면에서 나는 모든 조롱으로부터 보호를 받고 있었다. 왜냐하면 나는 그러한 조롱의 불성실을 당장에 간파했기 때문이었다. 나는 이런 조롱을 싫어했을 뿐만 아니라 그것에 대해서 격분할 때조차 있었다. 지금도 기억하고 있지만, 어린애 같은 열광적인 격분에 휩쓸려 만일에 내가 볼테르를 잡을 수 있으면 그의 작품 《사울》로 인해 그를 교살하리라고 생각했을 정도였다. 반대로 충실한 연구라면 어떤 종류의 것이건 나를 매우 기쁘게 했다. 동방의 지방색이나 풍속에 관한 설명으로 더욱 많은 해명의 빛을 던져주는 것을 나는 기쁨으로 받아들였다. 이리하여 나는 이다지도 가치있는 전승에 의해 나의 통찰력을 계속 훈련해 나갔다.

내가 전에 이미 모세 제1경이 우리들에게 이야기해 주는 태고 세계의 상황에 정통하려고 노력했던 것은 여러분도 잘 알고 있는 일이다. 나는 이제 한 발짝씩 순서를 밟아 그 일을 다시 착수하려 했기 때문에 오랫동안 중단해 온 끝에 제2경을 손에 들었다. 그런데 이 어찌된 차이란 말인가! 마치 소년 시절의 풍요함이 내 생활에서 소멸한 것처럼 제2경은 제1경과 커다란 심연에 의해서 떨어져 있는 것을 발견한 것이다. 지나간 시대가 흔적도 없이 망각되어 있는 것이 벌써 제2경의 다음과 같은 뜻깊은 몇 마디 속에 나타나 있었다. "여기 요셉을 모르는 새로운 왕이 이집트에 나타나다."

그러나 무수한 하늘의 별과 같이 수많은 국민들도 역시 이제 이루어진 약속이 지난 날 별이 총총한 하늘 아래서 그 조상들이 여호와로부터 받았던 것이라는 사실을 거의 망각해 버린 것이다. 나는 모세 제5경을 말할 수 없는 노력과 불충분한 참고서와 부족한 실력으로 독파했지만, 그때 나는 뜻밖에도 매우 기묘한 생각에 이르렀다. 나는 판에 새겨져 있던 것은 우리가 말하는 십계가 아니었다는 점, 또 이스라엘인이 사막을 방황한 것은 40년간이 아니고 극히 짧은 동안이었다는 것을 발견한 듯한 느낌이 들었다. 또 모세의 성격에 대해서 전연 새로운 해석을 내릴 수 있다고 자부했다.

〈신약성서〉역시 나의 검토 아래서는 온전할 수가 없었다. 나는 이것에 대해서도 나의 분석욕으로 용납지 않았지만, 나의 애정과 호의로 나는 "복음서의 작가들이 아무리 서로 모순되어도, 복음서 자체에 모순이 없으면 상관없다"라는 유익한 말에 찬성했다. ― 나는 이 분야에서도 여러 가지 발견을 할 수 있으리라고 믿었다. 저 성령강림제聖靈降臨祭에 영광과 광명 속에 내려주신 여러 가지 말에 대해서도 나는 혼자서 다소 별다른 해석을 내리고 있었지만, 이 해석은 많은 찬성자를 얻기에 충분치 못했다.

루터 파의 주요한 교의의 하나이며 헤른후트 교단에 의해서 한층 더 예리하게 된, 인간의 죄과는 지배적으로 우세하다는 설에 나도 내 생각을 합치시키려 했으나 이렇다 할 성공을 거두지 못했다. 그러나 이 교의의 많은 술어를 내 것으로 만들 수 있었다. 그래서 나는 시골의 한 목사가 동료에게 보내는 것처럼 꾸민 어떤 편지 속에서 이 술어를 이용했다. 그 서한의 주제는 그 당시의 유행어였던 '관용'이라는 말이었는데, 그것은 우수한 사람들 사이에서 쓰여지던 말이었다.

뒤를 이어 쓰여지는 이들 문장을 나는 공중 앞에 내놓아 내 재능을 시험해 보려고 다음해 자비로 출판하여 그것을 기증도 하고 가능한 한 팔아보려고 아이헨베르크 서점에 넘겼다. 그러나 그로 인해서 나에게 배당된 이익은 별로 없었다. 이 저작에 대해서 여기저기서 비평이 있었고 호평도 받았으나 그것도 이내 잠잠해졌다. 나의 아버지는 이 저작들을 조심스럽게 서고書庫에 보존해 두었다. 그렇지 않았더라면 그것을 한 부도 갖지 못했을 것이다. 나는 이런 종류의 작품을 그밖에 찾아낸 같은 종류의 미발표 작품과 함께 나의 신판의 작품집에 첨가할 예정이다.

내가 이런 단편들을 신비로운 문체로 쓰게 된 것이나 또 그것을 출판한 것도 본래가 하만의 유혹을 받았기 때문이었다. 그러므로 여기서 감화력이 풍부한 존경할만한 인물을 떠올려보는 것도 마땅한 일이라고 생각한다. 그는 아직까지도 우리나라에 위대한 비밀로 남아있거니와 당시 우리에게도 역시 비밀이었다. 그의 저서인 《소크라테스 회상록》은 세상의 이목을 집중시켰고, 특히 현혹적인 시대정신과 융합하지 못하는 사람들에게 애호를 받았다. 사람들은 이 책을 읽고는 그가 세계와 문학에 관해서 정통한 지식을 갖고 있으며, 어떤 신비적인 것, 탐구하기 힘든 것을 인용하며, 그것에 대해서 전연 독자적인 표현으로 의견을 표명하는 매우 사색적이고 학식이 풍부한 인물이라는 것을 알았다. 그는 당시 시류時流 문학을 지배하고 있었던 사람들로부터는 물론 난해한 사상을 지닌 열광자로 간주되었으나, 향학열에 불타는 청년들은 그에게 마음이 끌렸다. 그뿐인가! 반은 농담으로, 반은 엄숙한 마음으로 '국내의 은자隱者'라고 불렸고, 여하한 종교 단체에도 귀의하지 않고 보이지 않는 교회를 쌓아올리고 있던 저 경건한 사람들까지도 그에게 주목했다. 클레텐베르크 양이나 그녀의 친구 모저에게도 이 '북방의 마법사'의 출현은 기쁜 일이었다. 사람들은 그가 궁핍한 가운데서도 이처럼 고상한 인품을 간직해 온 것을 알고는 그를 더욱 가까이했다. 이처럼 욕심이 없는 남자에게 주 장관인 폰 모저의 권세로서 평범하고 안락한 생활을 알선해 주는 것은 쉬운 일이었을 것이다. 그러나 일이 잘 되어 두 사람간에 인연이 맺어져 하만은 쾨니히스베르크에서 다름슈타트를 향하여 먼 여행을 떠나게 되었다. 그러나 때마침 장관이 자리를 비우고 없었으므로 이 괴팍한 남자는 무슨 생각을 했는지 즉석에서 돌아가고 말았다. 그러나 두 사람 사이의 친밀한 편지 왕래는 끊임없이 계속되었다. 나는 지금도 쾨니히스베르크에 살던 그가 자기의 후원자에게 보낸 두 통의 편지를 소유하고 있지만, 그것은 그 필자의 놀랄만한 위대함과 성실성을 증명하고 있다.

   그러나 이같이 좋은 관계도 오래 가지 못했다. 이들 경건한 사람들은 자기들 나름대로 그를 경건한 사람으로 생각했다. 그들은 그를 북방의 마법사로서 정중하게 대했으며, 또 그도 언제까지나 존경할만한 태도를 나타내리라고 믿고 있었다. 그러나 그는 이미 《구름, 소크라테스 회상록 후편》에 의해서 약간 반감을 사고 있었는데, 이제 또 《문헌학자의 십자군》을 출판했던 것이다. 이 책 표지에는 뿔이 돋친 판 신神의 옆얼굴이 그려져 있을 뿐만 아니라, 처음 어느 페이지에는 큰 수탉이 발가락에 악보를 끼우고 병아리들을 앞에 세워놓고 박자를 취하고 있는 우스꽝스러운 목판화가 있었다. 저자는 이것을 통해서 자기가 시인하지 않는 일종의 교회 음악을 조롱조로 취급하려고 했던 것이다. 그래서 호의를 갖고 있던 사람이나 예민한 사람들 중에는 불만이 일어났고 그것을 저자에게도 주의해 주었으나 그는 그것을 받아들이려고 하지 않았고, 대신 그들과 그 이상 친밀하게 교제하는 것을 중지해버렸다. 하지만 헤르더는 자기 약혼자나 우리들과는 늘 통신을 계속했기 때문에 이 기이한 인물의 머릿속에서 나오는 것은 무엇이건 즉시 우리에게 전해 주었다. 그 중에는 《쾨니히스베르크 신문》에 게재된 평론이나 서평도 있었는데, 모두가 특색 있는 것뿐이었다. 나는 그가 저술한 것을 거의 완벽하게 수집하였고, 그밖에 언어에 관한 헤르더의 현상 논문에 대해서 언급한 극히 중요한 평론 원고도 가지고 있다. 이 논문에서 그는 헤르더의 시론에 대해서 독특한 방법으로 놀라운 섬광을 던져주고 있다.

　나는 하만의 작품을 출판하거나 알선할 희망을 포기하지 않겠다. 이 중요한 문서가 다시 공중의 눈앞에 나타났을 때 비로소 저자의 성격과 본질을 좀더 자세히 논의할 수 있다고 생각한다. 그러나 나는 잠깐 여기서 몇 마디 그에 관해서 말하고자 한다. 그것은 특히 그에 대해서 호의를 가지고 있는 훌륭한 사람들이 아직 생존해 있어서 그들의 찬동과 편달이 있으면 나로서는 매우 기쁜 일이기 때문이다. 하만의 모든 발언의 결론은 "인간이 성취하려고 하는 모든 일은 그것이 행동에 의해서 태어나는 것이건 말을 통해서 혹은 그 밖의 어떠한 방법에 의해서 생겨나는 것이건 그것은 총체적인 힘의 결합에서 나와야 한다. 무엇이건 분리된 것은 배척하지 않으면 안 된다"라는 것이다. 이 얼마나 멋진 원칙인가! 그러나 이행하는 것은 어려운 일이다. 물론 생활과 예술에 관해서는 타당할 것이다. 이와는 반대로 언어를 매개로 하는, 더구나 시적으로 전달하지 않는 경우에는 커다란 곤란이 나타난다. 왜냐하면 언어가 무엇을 말하고 나타내기 위해서는 전체에서 분리하지 않을 수 없고 개별화하지 않을 수 없기 때문이다. 인간은 무엇을 말할 때 그 순간은 일면적으로 되지 않을 수 없다. 분리 없이는 여하한 전달도, 학설도 존재할 수 없다. 그러나 하만은 이러한 분리를 단호히 반대하고 그가 통일적으로 느끼고 상상하고 생각한 것을 그대로 통일성을 잃지 않고 말하려 했고, 타인에 대해서도 같은 것을 요구했기 때문에 그 결과 자기 자신의 문제나 또 타인이 제작할 수 있는 모든 것에 대해서 반대하기에 이른 것이다. 그는 이 불가능한 것을 성취하기 위하여 모든 요소를 놓치지 않았다. 자연과 정신이 유명幽冥 속에서 합치는 가장 심오하고 신비스런 직관, 이와 같은 결합을 통해 분출되는 빛나는 오성의 섬광, 이 같은 영역에서 떠오르는 의미깊은 형상, 승려와 속인의 구별없이 저작가의 투철한 금언金言, 그 밖에 해학을 첨가할 수 있는 것, 이 모든 것이 그의 문체와 그의 표현의 놀라운 전체를 형성하고 있는 것이다. 그런고로 만일 우리가 낮은 곳에서 그와 친하게 사귈 수도 없고 높은 곳에서 그와 거닐 수도 없으며, 그의 눈앞에 떠도는 형상을 파악할 수도 없으며, 혹은 무한히 광범한 문헌 속에서 암시된 부분의 뜻을 조금이라도 발견할 수 없다면, 그것을 연구하면 할수록 더욱 더 주위는 희미해지고 어두워질 뿐이다. 그러나 그의 풍자는 주로 생활에 대해서나 문학에 대해서나 그 당시를 지배하고 있던 일정한 특성에 대한 것이었기 때문에, 이 암흑은 해가 갈수록 더할 것이다. 내가 수집한 것 중에는 그의 글의 교정쇄가 몇 개 있는데, 그는 여백에다 자필로 풍자의 대상이 된 문구를 인용해 놓았다. 그 부분을 펼쳐보면 거기에도 모호한 이중의 빛이 보인다. 그것은 우리에게 매우 흥미있게 보이나, 다만 이 경우에 우리들은 보통 '이해'라고 하는 것을 단념하지 않으면 안 된다. 이 책자들은 그 자체만을 놓고 고찰할 수 있는 것이 아니라, 말하자면 이 책자가 논하는 신탁을 피난처로 삼는 기회를 기다려야 하기 때문이다. 이런 점에서도 무신적巫神的이라고 부를 만한 가치가 있다. 이 책자들은 어느 부분에 숨겨진 뜻이라도 여러 가지 방식으로 우리들을 감동시키고 자극하기 때문에 언제 펼쳐보아도 늘 새로운 것을 발견하는 것 같다.

　나는 그와 얼굴을 대한 적도 또 서신을 통한 직접적인 교섭도 없었다. 내가 보는 바에 의하면 그는 생활 관계나 친교 관계에 있어서 극히 분명한 것 같았고, 또 인간 상호관계에 대해서나 자기와 타인과의 교제에 있어서도 극히 올바른 감정을 가지고 있었던 것 같았다. 내가 본 그의 서한은 모두 훌륭했으며, 그의 저작보다 훨씬 명석했다. 그것은 서한에서는 시대나 환경과의 관계, 또 개인적인 관계가 한층 뚜렷하게 나타나있기 때문이었다. 그러나 나는 이 서한들을 통해서 다음 사실만은 확실히 추측할 수 있다고 생각했다. 즉 그는 소박하게 자기 재능의 우월을 믿고, 자기가 늘 서신의 상대방보다 약간이라도 현명하다고 생각하여, 상대방에 대해 친절하다기보다는 빈정대는 태도를 취했다. 이것은 다만 개별적인 경우에만 그렇다고 할지라도 내가 알고 있는 대부분의 경우가 그러해서 내가 그 사람과 친근해지고 싶은 희망을 품지 않았던 원인도 여기에 있었다.

이와 반대로 헤르더와 나 사이에는 다정한 문학적 교제가 매우 활발하게 계속되었다. 다만 이 교제가 평온하고 순수하게 계속되지 못한 점만은 유감이었다. 그러나 헤르더는 여전히 그의 조롱과 힐책을 중지하지 않았다. 메르크 같은 사람은 적지않이 격분했지만 그는 마침내 나까지도 인내력을 잃어버리게 했던 것이다. 그런데 헤르더는 모든 저작자들 중에서 스위프트를 가장 존경하는 것같이 보였기 때문에 그도 역시 우리들 사이에서 스위프트처럼 수도원장이라고 불렸다. 그런데 이것은 여러 가지 오해와 불만을 자아내는 동기가 되었다.

그럼에도 불구하고 우리들은 그가 비케부르크에서 임관되었다는 소식을 듣고 매우 기뻐했다. 이 임관은 이중의 영예를 가져왔다. 그것은 그의 새 후원자[6]가 기인이기는 하지만 견식이 있고 고결한 인물로서 명성이 높았기 때문이었다. 토마스 압트[7]가 헤르더에 앞서 이 직무에 봉사하며 세상에 이름을 떨치고 있었다. 조국은 그의 죽음을 애도했으며, 그의 보호자가 그를 위하여 기념비를 세워준 것을 기뻐했다. 이제 헤르더는 요절한 압트의 뒤를 이어, 일찍이 세상이 그의 선임자에게 걸었던 기대를 그가 모두 충족시켜야 했다.

이 일이 일어났던 시기의 이 같은 임관은 이중의 영광과 가치를 주었다. 왜냐하면 독일 제후들의 대다수는 이미 폰 리페 백작의 예를 따라 단지 학식이 있고 본래 실무에 능숙한 인물뿐만 아니라, 재

---

6) 프리드리히 빌헬름 에른스트 폰 샤움부르크 리페(Friedrich Wilhelm Ernst von Schaumburg-Lippe)를 말함.

7) 토마스 압트(Thomas Abbt, 1938~1766). 철학자, 저술가, 할레대학 교수. 《Von Tode fürs Vaterland》 등의 저서가 있음.

능이 있고 전도유망한 인물들을 임용했기 때문이었다. 즉 클로프시토크는 바덴의 변경백邊境伯인 칼의 초빙을 받았으나 그것은 본래 실무를 수행하기 위해서가 아니라 오히려 그의 존재에 의해서 상류사회의 기품과 이익을 가져오는 것이 목적이었다. 이 초빙에 의해서 모든 유익한 것, 아름다운 것에 주의를 아끼지 않았던 훌륭한 군주의 명성이 높아지는 동시에 클로프시토크에 대한 존경도 적지않이 높아지지 않을 수 없었다. 그가 쓴 모든 작품은 사랑을 받았고 존중되었다. 우리들은 그의 송가頌歌와 애가哀歌를 정성껏 베껴두었다. 그래서 헤센 다름시다트 백작 부인 카롤리네가 《클로프시토크 작품집》을 편찬하여 얼마 안 되는 부수 중 하나가 우리 수중에 들어와 우리가 수집한 수기手記를 보충할 수 있게 되었을 때 우리들의 기쁨은 형용할 수가 없었다. 이리하여 우리들에게는 최초의 낭독법이 오랫동안 가장 마음에 들었다. 그뿐인가, 우리들은 작자 자신이 후에 가서 배척했던 시를 읽어도 항상 유쾌하고 기뻐했다. 아름다운 영혼에서 흘러나오는 생명은 비판을 통해서 전문화되는 일이 적으면 적을수록 자유롭게 영향을 끼치는 것은 분명한 사실이다.

클로프시토크는 그의 성격 행실을 통해서, 저자 자신을 위해서나 재능이 풍부한 타인을 위해서도 명망과 위엄을 자아낼 수 있었다. 그리하여 이번에는 가정 상태의 안정과 개선에 있어서도 클로프시토크의 덕을 보게 되었다. 즉 전에는 출판업자들이 대개는 중요한 학문적인 전문 서적이나 이익이 많지 않은 장기적인 출판물을 취급했다. 문학적인 작품을 제작하는 것은 신성한 일로 취급되어, 보수를 받거나 또는 보수를 올리거나 하는 일은 거의 성직을 매매하는 것처럼 생각했다. 저자와 출판업자는 야릇하기 짝이 없는 관계에 놓여 있었다. 양자는 일반적으로 생각하고 있듯이 보호자이며 피보호자였다. 저술가는 재능이 있다는 점 외에도 일반적으로 대중으로부터 극히 도덕적인 인간으로 생각되어 존경을 받았고, 어떤 정신적인 높은 위치를 차지하고 있었다. 그리고 작품의 성공이 즉 보수라고 생각하고 있었다. 출판업자는 스스로 다음 지위를 감수하면서 막대한 이익을 취하고 있었다. 그러나 재정 상태가 좋은 출판업자를 빈곤한 시인의 상위에 올려놓았다. 이리하여 만사가 훌륭한 균형을 유지하게 되었으며 서로가 관용과 감사로 대하는 예도 적지 않았다. 브리이트코프와 고트세트는 일생 동안 한집에서 살았다. 인색이나 비열, 특히 저작권 침해 같은 일은 아직 유행하지 않았다.

그런데도 불구하고 독일 저술가들 사이에 광범위한 운동이 일어났다. 그들은 자기들의 빈곤하지는 않으나 매우 여유없는 생활과 저명한 출판업자의 재산을 비교해 보았다. 그들은 또 겔레르트나 라베너 같은 시인의 명성이 얼마나 높은가, 그리고 일반에게 애호를 받는 독일 시인들도 다른 소득으로 생활을 하지 않는 한 궁핍한 생활을 면치 못할 것이라는 사실을 관찰했다. 그보다 약간 뒤떨어진 평범한 중류 작가들도 자기들의 경우를 개선하고 출판업자에게 의존하지 않으려는 강한 의지를 가지고 있었다.

이때 클로프시토크가 나타나서 그의 《학자 공화국》의 예약 가격을 시도했다. 비록 《구세주》의 후편은 내용과 취급 방법으로 인해 이전에 전편이 순수무구한 시대에 나타났을 때만큼의 효과를 거두지는 못했지만, 이 송가의 출판으로 많은 사람들의 정신과 감정을 한몸에 모았던 이 시인에 대한 존경심은 변함이 없었다. 그에게 호의를 갖고 있던 많은 사람들(그들 가운데는 큰 세력을 가진 자도 적지 않았다)은 자진해서 1루이도르로 정해진 예약금 지불에 응했다. 그것은 책에 대해서 지불한다기보다도, 이 기회에 저자의 조국에 대한 공로에 보답하는 것이 지당한 일이라고 여겨졌기 때문이었다. 그래서 누구나 할 것 없이 쇄도해서 이 일에 참가했다. 돈이 많지 않은 소년·소녀까지도 그들의 저금통을 열었고, 남자건 여자건 또 상류계급이건 중류계급이건 간에 이 신성한 희사에 참가했다. 이리하여 약 천명[8] 가량의 예약자가 모였다. 기대감은 최고도에 이르렀고 촉망은 더 말할 나위 없었다.

그러나 그 후 이 저작이 출판되었을 때 세상에도 기묘한 결과를 나타낼 수밖에 없었다. 물론 그 책은 크나큰 가치가 있기는 했지만 결코 일반의 흥미를 끌지 못했다. 클로프시토크의 시와 문학에 관한 견해가 고대 독일의 드루이드교의 형식으로 서술되어 있었으며, 진위에 대한 원칙이 간결한 격언적 문구로 암시되어 있지만, 이 기이한 형식 때문에 교훈적인 것이 많이 희생되고 말았다. 이 책은 저술가나 문학자에게는 무한히 귀중한 것이며 지금도 그렇지만, 오직 그 사람들 사이에서만이 효과적이고 유익할 수 있는 종류의 것이었다. 적어도 자기가 생각을 해본 사람이면 이 사상가를 따라갈 수가 있었으며 또 참된 것을 찾고 소중히 여길 줄 아는 사람이면 이 심오하고 성실한 인물에게서 배울 점을 발견했다. 그러나 문학 애호가나 일반 독자들은 전혀 계몽을 받지 못했으며, 그들에게는 이 책이 닫혀진 채였다. 그래도 이 책은 모든 사람들 손에 들어갔다. 그리고 누구나 충분히 이용할 수 있는 책을 기대하고 있었으나, 대다수는 아무 흥미도 찾아볼 수 없는 책을 받았다. 누구나 다 의아해했으나 저자에 대한 존경심이 너무 컸기 때문에 불평불만이 전혀 일어나지 않았다. 젊은 부인들은 손실을 감수했고 비싼 돈으로 산 일부를 농담을 섞어 가며 타인에게 선물했다. 그래서 나 자신도 친밀한 여인들로부터 책 몇 권을 기증받았으나 지금은 한 권도 남아있지 않다.

작가로서는 성공적이지만 독자들로 보면 실패한 이 계획은 그 뒤 얼마 동안은 예약출판이나 전불금前拂金 같은 것은 생각지도 못하는 나쁜 결과를 초래했다. 그러나 그런 희망은 일반에게 널리 퍼져있었기 때문에 이런 계획이 새로 일어나지 않을 수 없었다. 실제로 데사

---

8) 실제로는 3천 6백 명

우 서점이 이 계획을 대규모로 시도해보려고 나섰던 것이다. 이번에는 학자와 출판사가 손을 잡고 기대할 수 있는 이익을 분할할 예정이었다. 이런 계획에 대한 필요성은 오래 전부터 통감하고 있던 터라, 이번에도 큰 기대를 걸었으나, 이것도 오래 유지하지 못하고, 애석하게도 관계자들은 짧은 기간 동안 서로 손해만 보고 헤어져버렸다.

　그러나 신속한 연락이 이미 문학 애호가들 사이에 시작되고 있었다. 《문예년감》[9]이 모든 젊은 시인들을 결속시켰고, 잡지가 시인들을 다른 저술가들과 연결시켜 놓았다. 나의 창작욕은 한이 없었으나 이미 창작해놓은 것에 대해서는 무관심했다. 다만 사교장에서 내가 즐겁게 이런 작품들을 낭독하여 나 자신에게도 다른 사람들에게 기억을 새롭게 할 때만 이것들에 대한 애착을 새로이 느끼는 것이었다. 여러 사람들이 나의 대소 작품들에 대해서 기꺼이 관심을 나타냈다. 왜냐하면 나는 다소라도 창작에 대해서 애착이 있고 기량에 자신이 있는 사람들에게는 자기 방식대로 무엇이건 독창적으로 써보라고 촉구했고, 동시에 나 자신도 여러 사람들로부터 새로운 시작을 집필할 것을 요구받았기 때문이다. 이같이 기대 이상의 촉구와 권유는 각자에게 여러 가지로 유익한 영향을 주었다. 하등의 이론적인 지도도 없이 자유로운 심정을 지닌 수많은 젊은이들에 의해서 그들 각자가 타고난 성격에 따라 아무런 고려도 하지 않고 행해진 이러한 교란과 창작, 이러한 상호부조, 이러한 주고받기에서 저 유명한 명예와 불명예가 상반하는 문학의 한 시대가 생겨난 것이었다. 이 시기에 천재적인 젊은 사람들의 한 패가 아마도 그들 연령에 걸맞는 대담무쌍한 태도로 나타나서 전력을 다하여 많은 기쁨과 좋은 것을 만들어냈으나, 그 힘을 남용해서 수많은 불쾌감과 재난을 초래했던 것이다. 이 원천에서 솟아난 작용과 반작용을 서술하려는 것이

---

9) 1770년에 창간되었다.

바로 이 편의 주제인 것이다.

그런데 젊은 사람들이 사랑에 의해 고무되지 않는다면, 혹은 어떠한 종류의 것이건 연애가 그들 마음 속에 생생하게 움직이고 있지 않는다면, 그들은 도대체 무엇에서 최대의 관심을 찾아낼 것이며 또 어떻게 동년배들의 관심을 끌 수 있겠는가? 나는 조용히 잃어버린 나의 사랑을 탄식하지 않을 수 없었다. 이 때문에 나의 마음은 한결 부드럽고 너그러워졌다. 그래서 내가 지난날 실책이나 결점을 전혀 느끼지 않고 안하무인격으로 매진했던, 그 찬란했던 시대보다도 친구들에게 한층 정다운 존재가 되었다.

헤어지자는 편지에 대한 프리데리케의 회답은 나의 마음을 갈기갈기 찢어놓았다. 그것은 나를 닮으려고 하고 나를 모범으로 삼아서 스스로를 훈련한 바로 그 필적이며 정신이며 감정이었다. 이제 비로소 나는 그녀가 받은 타격을 느꼈다. 그러면서도 이 타격을 보상해 주기는커녕 덜어주는 것조차 불가능했다. 그녀의 모습이 생생하게 떠오르며 그녀를 잃어버린 허전함을 언제나 느꼈다. 가장 곤란했던 것은 나의 불행을 스스로 용서할 수 없는 것이었다. 그레트헨은 다른 사람에게 빼앗겼고 안네테는 나를 버렸지만 이번에는 죄가 나에게 있었다. 나는 아름다운 마음에 깊은 상처를 주었던 것이다. 이리하여 우울한 회한의 시기는 위로해 주는 애정도 없어 지극히 고통스러웠고, 또한 도저히 참을 수 없는 것이었다. 그러나 인간은 살기를 원한다. 그래서 나는 성실하게 남의 일에 관여했다. 즉 나는 그들 사이의 알력을 풀어주었고 또 나 같은 길을 걷지 않도록 서로 헤어지려는 사람들을 결합시키기 위해 노력했다. 그래서 나는 늘 '상담역'이라고 불리었고, 또 근방 일대를 잘 돌아다녔기 때문에 '방랑자'라 불렸다. 다만 넓은 하늘 아래, 계곡이나 높은 산이나 들이나 숲에서만 얻을 수 있었던 이 같은 위로를 얻는 데는 프랑크푸르트가 가장 적합했다. 이 도시를 중심으로 해서 다름슈타트와 함부르크가 놓여

있고 이 안락한 두 개의 도시는 양쪽 궁정 신하가 인척 관계에 있었기 때문에 친밀한 사이였다. 나는 노상에서 살며 심부름꾼처럼 산악과 평야 사이를 왕래하는 것이 습관이었다. 때때로 나는 혼자서 혹은 친구들과 함께 나의 고향 도시를 아무 인연 없는 장소처럼 지나갔으며, 파르가세의 어느 주막에서 식사를 하고는 계속해서 넓은 세계와 자유로운 자연을 방황했다. 나는 걸으면서 진기한 찬가나 주신酒神인 박카스의 노래를 읊었다. 그 중 하나인 〈방랑자의 폭풍우의 노래〉라는 제목이 붙은 노래는 아직까지도 기억하고 있다. 도중에 무서운 폭풍우를 만나 그 속을 뚫고나가야 했을 때, 나는 무의미한 노래를 열창했던 것이다.

내 마음에는 감동도 없고 열중할 일도 없었다. 나는 여인들과의 모든 관계를 의식적으로 피했다. 그래서 멍하니 넋을 놓고 있는 나의 주위를 사랑에 사로잡힌 정령精靈이 살며시 날아다니고 있었던 것을 오랫동안 모르고 있었다. 어느 우아하고 사랑스러운 여인이 남몰래 나를 사모하고 있었으나, 내가 전혀 눈치를 채지 못했기 때문에 그 부인과의 즐거운 교제에 있어서 한층 더 명랑하고 유쾌한 태도를 나타낼 수가 있었다. 수년 뒤 그 여인이 세상을 떠난 후, 비로소 감추어진 순결한 사랑을 알고 나는 감동하지 않을 수가 없었다. 그러나 나에게는 죄가 없었으므로 이 죄없는 여인을 순수하고 성실한 마음으로 애도할 수가 있었다. 게다가 이 발견이 때마침 내가 하나도 격정에 휩쓸리지 않고 다행히도 나 자신과 나의 정신적 경향에 따라 생활하던 시기에 해당하므로 한층 아름다운 마음으로 그 여인을 애도할 수가 있었다.

그러나 프리데리케가 처한 고통이 나를 괴롭히던 때여서, 전에 하던 대로 이번에도 또 시작詩作에서 구원을 받으려고 했다. 나는 이러한 자책적 참회를 통해서 내적 면죄를 받기에 합당하도록 상례적인 문학적 고백을 시도했다. 〈괴츠폰 베를리힝겐〉과 〈클라비고〉에 나오는 마리라는 여성과 그의 애인 역할을 하고 있는 두 사람의 나쁜 인물은 이와 같은 참회적 관찰의 결과라고 할 수 있을 것이다.

그러나 청춘시절의 상처나 질병은, 유기적 생명의 건전한 조직이 병적 조직을 밀어낼 수 있으며 건강을 회복할 시간적인 여유를 주어 신속하게 극복할 수 있게 마련이다. 내 경우도 다행히 좋은 기회를 얻어 신체운동을 했기 때문에, 좋은 결과를 가져왔다. 그리하여 이런 운동으로부터 자극을 받아 원기를 회복했고 새로운 삶의 기쁨과 향락을 되찾게 되었다. 승마가 차츰, 저 어슬렁거리며 우울하고 힘들고 게다가 느리고 목적도 없는 방랑을 해결해 주었다. 그래서 훨씬 빠르고 유쾌하고 용이하게 목적지에 도달할 수 있었다. 우리보다 젊은 사람들은 다시 검술을 시작했다. 특히 겨울에 접어들면서 전연 새로운 세계가 우리들 앞에 전개되었다. 즉 나는 재빨리 이제까지 해보지도 않던 스케이팅을 해볼 결심을 하여, 단시간 동안에 연습과 연구와 끈기를 통해서, 남보다 별로 뛰어나려고 하지는 않았으나 즐겁고 떠들썩한 스케이트장에서 함께 즐길 수 있는 정도까지는 될 수 있었던 것이다.

우리들이 이 새롭고 즐거운 운동을 시작하게 된 것도 클로프시토크 덕분이었고, 또 이 유익한 운동에 대한 그의 열성 때문이었다. 이같은 열성에 대해서는 그의 사적인 서간이 증명하고 있으며 그것에 대한 송가는 의심할 여지가 없는 증거를 제시하고 있다. 나는 지금도 명확히 기억하고 있지만, 서리가 내린 어느 맑은 아침에 잠자리에서 일어나면서 그의 시구를 혼자서 읊은 적이 있었다.

건강한 기분에 벌써 마음이 즐거워,
강기슭 따라 멀리 지쳐 나가고
수정水精 같은 얼음판 위에 흰 줄을 긋는다.
밝아오는 겨울날의 햇빛이

조용히 호수를 비추누나.
별처럼 반짝이는 서리는
밤이 그 위에 뿌려 놓은 것.

　꾸물거리고 동요하던 나의 결심은 즉시 결정되었다. 그래서 나 같은 연령의 초보자가 적당히 연습할 수 있는 장소로 즉시 달려갔다. 과연 이 운동은 클로프시토크에 의해서 장려될 만한 가치가 있었다. 그것은 우리들로 하여금 활발한 소년들과 접촉을 시켰고 청년들에게 그들의 관절을 마음껏 움직이게 하였으며, 굳어가는 노년을 방지하는 데도 적합했다. 우리들은 이 오락을 한없이 즐겼다. 이같이 눈부신 태양의 하루를 빙상에서 보내고도 부족해서 우리들은 밤이 깊도록 이 운동을 계속했다. 왜냐하면 다른 운동이 신체를 피로하게 하는 것과는 반대로 이 운동은 신체에 항상 생기를 주었기 때문이다. 얼어붙은 넓디넓은 밤의 빙판 구름 사이로 나타나는 보름달, 질주하는 우리들의 신체를 스치는 시원한 밤바람, 몸을 움츠리게 하는 천둥 같은 얼음 깨지는 소리, 우리들 자신의 운동에서 나오는 이상한 반향, 이런 모든 것이 오아시스를 방불케 하였다. 이 친구, 저 친구 할 것 없이 클로프시토크의 송가를, 반은 가락을 붙여 낭송조로 읊었다. 이리하여 먼동이 틀 무렵 우리들이 모이면, 우리의 기쁨의 창조자에 대해서 끝없는 찬사가 울려나온다.

　질주하는 말이나
　무도회에서도 얻을 수 없는 건강과 환희를
　우리에게 마련해 준
　그대여 영원하라!

　이런 감사는 어떠한 지상적 행위를 정신적 격려에 의해서 순화하고 훌륭히 보급할 수 있는 사람만이 받을 수가 있는 것이다.

그것은 마치 어려서 이미 놀랄 만큼 지능이 발달한 재간있는 소년도 허락만 받으면 지극히 단순한 어린애의 유희로 다시 돌아가듯이, 우리들도 가장 엄숙한 일에 대한 사명을 너무도 쉽사리 잊어버리고 말았다. 그런데 때때로 혼자서 하게 되는 이 운동, 경쾌하게 공간을 떠도는 것과 같은 이 운동이 당분간 잠들어 있었던 나의 여러 가지 내적 욕구를 또다시 자극했다. 그래서 나는 이 운동 덕분에 전부터의 계획을 한층 신속히 완성하게 되었던 것이다.

독일 역사상 비교적 어두웠던 수세기는 전부터 나의 지식욕과 상상력을 자극했다. 괴츠 폰 베를리힝겐의 시대를 배경으로 하여 희곡화하려는 생각은 나에게 매우 즐겁고 가치있는 일이었다. 나는 중요한 문헌을 열심히 읽었다. 다트의 《공안론구公安論究》에 모든 주의력을 집중했다. 나는 열심히 이 책을 연구하여 그 진기한 부분을 가능한 한 구체적으로 그려냈다. 도덕적·시적인 목적으로 행해진 이 같은 노력은 다른 방면에도 이용할 수 있었다. 이번에 나는 베츨라프로 가게되었고 나에게는 역사적 지식도 충분히 갖추어져 있었다. 왜냐하면 그곳의 고등법원은 공안법公安法에 의해서 생겨난 것이고, 그 역사는 독일의 혼란된 여러 사건을 해결하는 실마리가 되기 때문이다. 재판소와 군대의 상태는 한 나라의 상태에 대해 가장 정밀한 관찰을 내리게 해준다. 재정에 대해서는 그 영향이 대단히 중요시되고 있지만, 그런 것은 그다지 중요한 것이 못 된다. 왜냐하면 전체가 결핍될 때면 개인이 고생하며 모아놓은 것을 빼앗아 가면 되기 때문이다. 그러면 국가는 언제나 부유해질 수 있는 것이다.

내가 베츨라르에서 부딪친 일은 결코 큰 의미가 있는 것은 아니다. 그러나 만일 독자들이 내가 이곳에 도착했던 당시의 좋지 못한 순간을 밝히기 위해서 고등법원의 약사略史를 경시하지 않는다면, 내가 이곳에서 견문한 것보다 깊은 흥미를 자아낼 수 있을 것이다.

지상의 군주들이 탁월하게 되는 것은 주로 그들이 전시에는 가장 용감무쌍하고 대담한 사람들을, 평시에는 가장 현명하고 공정한 인물들을 자기 주위에 모을 수 있기 때문이다. 독일 황제의 궁정에는 이런 사람들로 이루어진 재판소가 있으며, 황제가 국내를 순찰할 때면 언제나 따라다녔다. 그러나 이와 같은 세심한 주의나 남독일에서 적용되었던 시바벤 법이나 복독일에서 적용되었던 작센 법이나 또는 이 법률들을 유지하기 위해서 임명된 재판관이나 동등한 자격을 갖춘자의 중재 재판이나 또는 계약에 의해서 승인된 중재 재판관이나 성직聖職에 의해서 알선되는 온건한 화해도 모두 기사들의 격렬한 투쟁심을 진정시키지 못했다. 이 투쟁심은 독일인에 있어서는 내란이나 외국 원정 특히 십자군 원정에 의해서, 그뿐 아니라 재판의 관례 자체에 의해서 자극되고 조성되어 드디어는 습관이 되어버렸다. 황제에게나 유력한 계급에게도 분규는 매우 불쾌한 것이었다. 이것으로 인해서 소시민 상호간에도 성가신 일들이 생겼지만 그들이 한 패가 될 때는 유력한 계급에게도 걱정거리였다. 내부에 대해서 질서가 파괴된 것과 같이 외부에 대해서도 모든 힘이 마비되어 버렸다. 더군다나 비밀재판이 조국의 대부분을 압박하고 있었다. 비밀재판이 얼마나 무서운 것인가 하는 것은 그것이 '비밀재판'으로 타락하고 마침내는 개인의 손에 들어간 일을 생각하면 쉽게 이해할 수 있을 것이다.

　　이와 같은 해독을 다소나마 방지하기 위하여 여러 가지 방책이 강구되었으나 소용이 없었다. 마침내는 국회가 독자적으로 한 개의 재판소를 만들 것을 긴급 동의했다. 그러나 이 동의는 그것이 비록 선의에서 나온 것이라 할지라도 결국에는 국회 권한의 확장과 황제 권력의 제한을 의미하는 것이었다. 프리드리히 3세 치하에서는 이 문제가 지연되었으나, 그 아들 막시밀리안은 외부의 배석판사를 파견했다. 배서판사의 정원은 24명이어야 했지만, 처음에는 12명으로 만족해야 했다.

인간이 일을 계속함에 있어 범하는 일반적인 오류는 역시 고등법원의 최초이자 영원한 근본적인 결함이 되었다. 목적은 컸지만 사용수단이 불가능했다. 배석판사의 수가 너무나 적었다. 어떻게 그 인원으로 곤란하고 광범위한 문제를 해결할 수 있겠는가! 그러나 누가 제도의 완비를 촉진시키겠는가! 황제는 자기에게 이익이 되기보다 손해가 되는 제도를 후원해 줄 리가 없었다. 오히려 그가 자기 자신의 재판소, 즉 추밀원樞密院을 완전한 것으로 만든 것은 당연한 일이었다. 한편 의회의 관심을 살펴보면 의원들에게는 원래 출혈을 중지시키는 것만이 문제가 되고, 상처가 치료되었는가의 여부는 그리 문제가 되지 않았다. 게다가 또 새로운 지출을 보게 되었다. 이 시선에 의해서 모든 군주들은 명확한 목적을 위해서 그런 것이지만 그들의 신하들을 증원한다는 것은 처음에는 아무도 분명히 알지 못했던 모양이었다. 그러나 사람이란 흔히 필요한 것을 위해 돈을 내기를 꺼리게 마련이다. 유익한 것을 가까스로 소유하고 나면 누구나 그것으로 만족하는 것이다.

배석판사도 처음에는 수수료로 생활해야 했다. 그 후 국회에서 약간의 수당을 지불했지만 모두가 사소한 금액이었다. 그러나 이 크고 현저한 요구를 충족시키려고 자진해서 유능하고 근면한 사람들이 모여들어 재판소가 설치되었다. 여기서는 단지 악惡의 경감이 문제이며 그것을 근절하는 것이 문제가 아니라는 것을 그들이 통찰했는지, 또 이런 경우에 흔히 있듯이 사소한 노력으로 많은 업적을 올리려는 희망을 안고 좋아했는지는 단언하기 어렵다. 요컨대 재판소는 부정을 방지했다기보다는 치안 방해자를 처벌하는 데 도움이 되었다. 그러나 법원이 일단 소집되자, 그 자체내에 일종의 힘이 생겨서 법원에 속하는 사람들은 자기가 놓인 높은 지위를 자각하고 자기의 정치적 중요성을 인식했다. 그리고 눈부신 활동으로 확고한 명성을 얻으려고 노력했다. 그들은 간단히 처벌할 수 있고 또 그럴 필요가 있는 모든 사건을 민첩하게 처리해서, 그들이 활동력이 있고 훌륭한 인물이라는 인상을 전국에 떨쳤다. 반면 보다 복잡한 내용을 가진 사건, 즉 본래의 소송 사건은 지연되었다. 그러나 그것은 결코 화가 되지는 않았다. 국가로서는 소유권이 안전하고 확실하다는 사실만이 중요하며, 소유가 정당한가의 여부에 대해서는 별로 개의치 않는다. 그래서 심리가 늦어진 소송이 차츰 증가하여 막대한 수에 달해도 그로 인해서 국가가 손해를 입는 일은 없었다. 폭력을 행하는 자에 대해서는 물론 준비가 되었기 때문에 문제없이 처분할 수가 있었다. 기타 법률상 소유권을 다투는 사람들은 생활해나가면서 응분의 향락을 누리거나 궁핍을 맛보았으며, 사망하고 파멸하고 화해했다. 그러나 이것은 요컨대 사적인 가족의 행·불행에 지나지 않았으며 국가는 차츰 평온해졌다. 왜냐하면 고등법원에서는 불순자에 대한 법적 강권이 주어져 있었기 때문이다. 만일에 파문을 선고할 권한이 있었더라면 더 한층 효과가 있었을 것이다.

그러나 그 후 배석판사의 수가 혹은 증가하고 혹은 감소되어 자주 재판이 중단되거나 재판 장소가 변칙적으로 이전하는 바람에 이 같은 미결 사건이나 소송 서류는 한없이 증가할 뿐이었다. 그런데 전화戰火를 피하기 위해서 시파이어 문서의 일부가 아샤펜부르크로, 일부는 보름스로 이송되었으며 일부는 프랑스인의 수중에 들어갔다. 프랑스인은 국가의 문서를 점유했다고 믿었으나, 나중에는 누가 운반만 해준다면 이 서류 뭉치를 처분해 버리고 싶었을 것이다.

베스트팔렌 강화회담에 참석했던 유력한 인사들은 그 시지푸스[10]의 돌을 치우는 데 어떠한 지레가 필요하다는 것을 잘 알고 있었다. 그래서 50명의 배석판사를 임명하기로 했지만 그만한 수가 실제로

---

10) 그리스 신화에 나오는 왕.

임명된 적은 한 번도 없었다. 거기에 필요한 경비가 막대했기 때문에 이번에도 그 반수로 만족해야 했다. 그러나 관계자 전원이 이 사건에서 받는 그들의 이익을 인식할 수 있었더라면 모든 일이 용이하게 해결되었을 것이다. 25명의 배석판사에게 급료를 지불하려면 약 10만 굴덴이 필요했다. 독일 국가로서는 그 두 배의 금액일지라도 쉽게 지불할 수 있었을 것이다. 그러나 교회의 재산을 징수해서 고등법원에 내주자는 제안은 통과되지 않았다. 왜냐하면 두 종파가 이같은 희생을 승낙할 리가 없었기 때문이다. 구교도는 이 이상의 손실을 원하지 않았고, 신교도는 획득한 것을 전부 자기들 내부의 목적을 위해 사용할 것을 원했던 것이다. 국가가 두 종파로 분열해 있었던 것이 이번에도 역시 여러면에 있어서 최악의 영향을 끼쳤다. 이리하여 국가는 자기가 창설한 법원에 대한 관심을 상실해갔다. 권력이 있는 사람들은 이 협정에서 탈피하려고 애썼다. 고등법원에 공소되지 않는다면 소장이 점점 더 자주 요구되었다. 유력한 사람들은 지불을 지연했고, 미력한 사람들은 그러지 않아도 지불 명부 속에서 여분으로 착취당하고 있다고 믿고 있었기 때문에 가능한 한 지불을 지연시켰다.

그래서 지불날이면 봉급의 부족액을 조달하는 것이 얼마나 곤란한 일이었는지 모른다. 그 때문에 고등법원은 새로운 일이 생겨서 새로운 시간의 손실을 입혔다. 전에는 연례적인 감사監事가 이 일을 면하게 해주었다. 군주 자신이나 그 고문관들이 2, 3주일 혹은 2, 3개월간 법정 소재지에 가서 금고를 검열하고 체납액을 조사하고 징수하는 일을 맡아왔다. 또 그들은 법률 및 재판 수행 사무가 교착 상태에 빠지거나 무슨 부정이 개입하려고 하는 경우, 이를 제거할 수 있는 권한이 있었다. 이처럼 그들에게 법원제도의 결함을 발견하여 그것을 제거하는 임무가 있었으나, 회원의 개인적 범죄를 조사하여 처벌하는 것은 후일에 가서야 비로소 그들의 임무 일부가 되었다.

그러나 소송 당사자들은 그들의 희망을 한순간이라도 연장하려고 언제나 상급심上級審을 요구함으로써, 이들 감사관들은 또 재심 재판소를 구성하게 되었다. 사람들은 처음에는 여기서 명백하고 확실한 사건에 관해서만 재심리를 요구했으나, 나중에는 분쟁의 해결이 지연되고 무기연기가 되어있는 모든 사건에 관한 재심리까지도 기대하기에 이르렀다. 이 외에 이 재심 재판소 성립에 공헌한 것은 국회에의 상소와 두 종파의 투쟁이었다. 두 종파는 서로 상대방을 제압하려고 하지는 않았지만, 최소한 서로 상대방과 균형을 유지하려고 노력했던 것이다.

만일에 이 법정이 이 같은 장애도 없고 이같이 방해하고 파괴하는 조건도 없이 존재할 수 있었더라면 어떻게 되었을까 하는 것을 생각해 보면, 그것은 매우 놀랄 만큼 중요한 것으로 발전했을 것이라고 생각된다. 만일에 처음부터 충분한 인원이 임명되고 이 사람들에게 충분한 생활이 보장되어 있었더라면, 유능한 독일인들로 구성된 이 단체가 도달할 수 있었던 거대한 세력은 거의 예측할 수 없었을 것이다. 다만 수사적으로 그들에게 주어진 '앙피크티오니아 회의원會議員' 이란 존칭에도 실제로 그들은 합당했을 것이다. 사실 그들은 장관으로서도 또 회원으로서도 존경할 만한 중간 세력에까지 향상할 수가 있었던 것이다.

그러나 이 법원은 이같이 거대한 세력과는 동떨어져, 칼 5세 때와 30년 전쟁 이전의 짧은 기간을 제외하고는 겨우 명맥을 이어나갔을 뿐이었다. 왜 이처럼 벌이도 안 되는 비참한 일에 종사하려는 사람이 있었는지 때때로 이해하기 곤란한 일이었다. 그러나 인간이 매일매일 종사하고 있는 일은 설사 그 속에서 하등의 결과를 가져올 가망이 보이지 않아도, 그가 그 일에 대해서 기량만 있으면 그것으로 만족하는 것이다. 특히 독일인은 이러한 강인한 기질이 있으며, 가장 훌륭한 인물들이 3세기를 통해서 이런 일과 문제에 종사해 왔다.

만일 이런 인물들의 초상화를 모아놓은 특수한 화랑이 있다면 지금도 역시 사람들의 관심을 일으키고 용기를 북돋을 것이다. 왜냐하면 이와 같은 무정부 시대야말로 유능한 인물이 가장 확고한 지위를 차지하고, 선행을 하려는 사람은 적합한 자리를 얻게 되기 때문이다. 예를 들자면, 퓌르스텐베르크[11] 휘하의 상급 법원의 간부들은 지금도 사람들로부터 감사하는 마음으로 기억되고 있다. 그리고 이 탁월한 인물의 사망과 동시에 악폐가 충만한 시대가 시작되었다.

그러나 이 같은 전후前後 시대의 결함은 유일한 근원에서 발생한 것이었다. 즉 배심원의 수의 부족에서 발생했다. 배석판사는 확정된 순서에 따라 일정한 질서에 의해서 논고를 하도록 규정되어 있었다. 그들은 누구나 언제 자기의 순번이 돌아오는지 또 자기가 담당하는 소송 중에서 어느 것이 그것에 해당하는지도 잘 알고 있었다. 그것에 대해서 그들은 노력을 했고 준비도 할 수 있었다. 그런데 이제 미결 사건이 산적함에 따라 비교적 중요한 사건을 선택하여 순서를 가리지 않고 심리해야 할 것을 결정하지 않으면 안 되었다. 그러나 어느 사건이 다른 사건보다 중요하냐는 판단은 중요한 사건이 쇄도한 때에는 극히 곤란한 일이며, 또 선택이라는 것이 이미 편파를 초래한다. 그런데 여기에 또 하나의 곤란한 경우가 발생했다. 즉 사건 보고자가 곤란하고 복잡한 사건으로 자기 자신도 고통을 받고 재판소도 괴롭혀서 드디어는 아무도 판결을 내려주는 사람이 없게 되었다. 그리하여 원고와 피고는 화해하거나 갈라서거나 죽거나 혹은 처음의 뜻을 바꾸거나 했다. 그래서 법원은 독촉을 받는 사건만을 취급하기로 했다. 법원 측에서는 원고와 피고가 사건에 대해서 갖은 지속적인 인내성을 확인하려고 했다. 그리하여 이것이 크나큰 피해를 초래하는 단서가 되었다. 왜냐하면 자기의 사건을 의뢰하려면 어쨌

---

11) 1718~21년까지 고등법원장이었다.

든 어느 누구에게 의뢰해야 하며, 그럴 바에는 자기 사건을 담당하는 자에게 의뢰하는 것이 제일이기 때문이다. 법규대로 그것이 누구인가를 비밀에 부치는 것은 불가능한 일이었다. 왜냐하면 많은 직원들이 듣고 알고 있으니 어떻게 숨길 수가 있겠는가? 그리고 신속한 심리를 부탁하는 이상, 당연히 자기에게 좋게 해주도록 부탁하는 것은 물론이다. 그것은 자기 사건을 재촉하는 것은 스스로 자기가 정당하다는 것을 인정하는 증거이기 때문이다. 그러나 직접 부탁하는 일은 하지 않을 것이다. 틀림없이 처음에는 하급 관리를 통해서 공작을 추진할 것이며, 우선 이 하급 관리와 친해져야 했던 것이다. 이리하여 모든 음모와 수회收賄의 문이 열렸던 것이다.

요제프 황제는 자신의 발의로 또 한편으로는 프리드리히의 예를 따라서 우선 눈을 군대와 사법에 돌렸다. 그는 고등법원에 주목했다. 종래의 부정과 유포된 법의 남용은 그의 눈을 피할 수밖에 없었다. 여기에서도 근본적으로 모든 것을 뒤집어엎어 시정해야 했다. 황제에게 유리한가 불리한가 불문에 부치고, 성공의 가능성도 고려하지 않고, 감사 제도를 제안하여 그의 개설을 너무 서둘렀다. 이제까지 160년간 공식적인 감사 제도는 형성되지 않았었다. 17명의 배석판사로서는 도저히 서류를 처리할 수가 없었기 때문에 미결 서류가 산적했고, 그것은 매년 증가했다. 2만건의 소송사건이 밀려있었고, 매년 60건을 처리할 수 있었으나 한편으로 그 두 배가 되는 건수가 늘어갔다. 게다가 적지않은 건수의 재심리가 임건 판사들을 기다리고 있었다. 이것은 무려 5만건에 달했다. 그 밖에 여러 가지 악습이 재판의 진행을 방해하고 있었다. 배후에서 이루어지고 있던 몇 사람의 배석판사의 배신 행위는 그 중에서도 가장 한심스런 일이었다.

내가 베츨라르로 가게 되었을 당시에는 감사제도는 이미 수년 전부터 실시되고 있었으며, 부정 관리는 정직당했고 조사는 순조롭게 진척되고 있었다. 독일 국법의 전문가나 대가들은 이 기회를 이용하여 그들의 의견을 발표하여 일반 민중의 이익을 도모했기 때문에 근본적이고 친절한 저서가 수없이 출판되어 약간의 예비지식만 있으면 이 저서들을 통해서 근본적으로 배울 수 있었다. 이 기회에 헌법이나 또 그것을 논술한 저술을 소급해서 조사해 볼 때 그저 기적적으로 목숨을 보존해 온 병든 시체와도 같은 기괴한 상태가 무엇보다도 학자들의 흥미를 끌었다는 사실은 주목할 만한 일이었다. 왜냐하면 연구의 성과보다도 개개의 수직과 전개展開에 더욱 힘을 쓴 존경할만한 독일적 근면성이 여기서 끊임없는 새로운 일에 대한 무진장의 기회를 발견했기 때문이었다. 학자들은 제국과 황제의 약한 국회의원과 강대한 국회의원 혹은 구교도와 신교도를 대립시켰으나, 언제나 흥미의 차이에 따라서 당연히 의견 차이가 생겼고 항상 새로운 논쟁과 반박의 기회가 있었던 것이다.

나는 가능한 한 모든 이 같은 고금의 상황을 상상하고 있었으므로 베츨라르 체류에 그리 즐거움을 기대하지 않았다. 위치는 좋지만 건물이 형편없는 소도시에서 이중의 세계를 발견한다는 것은 결코 즐거운 일이 아니었다. 한편으로는 그 지방에 낡은 인습적인 세계, 다른 한편으로는 전자를 예리하게 비평하는 임무를 띠고 있는 외국인의 새로운 세계, 심판하는 동시에 심판을 받기도 하는 법원, 자기들도 언제 범죄의 심판 속에 끌려들어갈지 모른다는 공포와 근심 속에 싸여있는 많은 주민들, 오랫동안 훌륭한 인물로 여겨졌다가 가장 파렴치한 죄를 저질러 불명예스런 형벌을 받고있는 저명한 인사들, 이런 모든 것이 쌓여져 가장 비참한 광경을 이루어, 원래가 복잡한 데다 범죄에 의해서 더욱 혼란해진 것처럼 보이는 이런 일에 나는 도저히 그 이상 깊이 들어가고 싶지 않았다.

내가 지식에 대한 탐구욕보다는 환경을 전환해보려는 마음으로 약간 주저한 후 이 지방으로 왔을 때, 나는 여기서 독일 민법과 국법 외에는 이렇다 할 학문적인 공기에 접촉한 일이 없으며 또 문학적인 교제도 없으리라고 예상했다. 그런데 의외에도 무미건조한 까다로운 사람들 대신에 세 번째 대학생활이 나를 맞이해주었기 때문에 나는 얼마나 놀랐는지 모른다. 나는 어느 여관의 큰 식당에서 젊고 쾌활한 공사관원의 거의 전부와 한자리에 있었는데, 그들은 나를 친절히 대해주었다. 그들이 점심 식사 때의 회합에서 낭만적인 연극처럼 번잡을 떠는 것을 나는 첫날부터 알게 되었다. 즉 그들은 재간과 쾌활함을 나타내며 《기사의 식탁》을 연출하고 있었던 것이다. 상좌에는 군사령관이 앉았고, 그 옆에 수상, 다음에 국가 중신들이, 다음에 기사들이 고참 순으로 자리잡고 있었다. 그와는 달리 그 자리에 우연히 참석한 외래객들은 말석을 감수해야 했다. 외래객들은 대화를 거의 이해하지 못했다. 왜냐하면 이 회합에 있어서의 용어는 기사의 용어 이외에도 여러 가지 암시로 이루어졌기 때문이었다. 누구나 할 것없이 기사명騎士名의 별명이 붙어있었다. 그들은 나를 성실한 자, '괴츠 폰 베를리힝겐'이라고 불렀다. 괴츠라는 명칭을 얻은 것은 내가 이 독일의 조상에 대해 흥미를 갖고 있었기 때문이었으며, 성실한 자라고 불린 것은 내가 알게 된 후로 이 훌륭한 친구들에게 진심으로 호감과 존경을 표시했기 때문이었다. 나는 폰 킬만젝 백작[12]에게 적지않은 은혜를 베풀었다. 그는 누구보다도 근엄하고 재간이 매우 풍부하여 믿을만한 인물이었다. 폰 구에[13]는 본성을 이해할 수 없는 설명하기 어려운 인물이며, 건장하고 큼직한 몸매로 하노버 인ㅅ다운 풍채를 한 명상적인 사람이었다. 그는 여러 가지 재능에 부족한 점이 없었다.

이 사람은 사생아일 것이라는 억측이 나돌았는데, 사실 그는 일종

---

12) 당시 어떤 소송사건으로 인해서 비츨러에 체류하고 있었다. 괴테와 동년배. 백작이 아니고 남작이었다.
13) 아우구스트 지그프리드 폰 구에(August Siegfried von Gouè, 1743~1789). 브라운슈바이크의 재판관으로 여러 편의 극을 썼다.

의 신비스런 거동을 좋아하고 자신의 진실한 소망이나 의도를 갖가지 기행奇行으로 은폐하고 있었다. 그는 군사령관의 지위를 차지하려고 애쓰지는 않았지만, 사실상 이 신기한 기사단의 중심 인물이었다. 그 무렵 마침 이 기사단의 수령 자리가 비어있었으나 그는 오히려 딴 사람을 그 자리에 선출하여 그 사람을 통해서 자기의 세력을 떨쳤다. 그는 또 많은 사소하고 우발적인 사건을 중요한 일처럼 보이게 하고 그것을 소설 형식으로 실행해 나가는 재주가 있었다. 그러나 이러한 모든 행동에는 하등의 진지한 목적을 찾아낼 수 없었다. 그가 하는 일은 다만 자기나 동료들이 진척되지 않는 업무에서 느끼는 권태를 풀어주고 공허한 방안을 거미줄로나마 메워주는 그런 것이었다. 더구나 이 어처구니없는 바보짓은 표면상 몹시 진지하게 연출되었기 때문에 풍차를 성城으로 취급하고 풍차 주인을 성주로 취급하고 혹은 《하이몬의 제 아이들》을 경전으로 취급하여 의식이 치루어질 때 그 가운데 몇 구절을 낭독해도 아무도 우습게 여기지 않았다. 기사의 임관식도 여러 기사단에서 차용해 온 전래의 표징으로 거행되었다. 그 외에 또 이 장난의 중요한 원인이 된 것은 공공연한 것을 비밀로 취급하는 일이었다. 사건을 공공연하게 취급하면서 그것에 대해서 침묵을 지켜야 했다. 이 기사단원의 명부는 제국의회의 연감처럼 위엄있게 인쇄되어 있었다. 그리고 만일 가족들이 이 일을 감히 조소하거나 가소로운 일이라고 공언할 때면 그 벌로 그들은 집안의 근엄한 주인이나 친척을 설득하여 기사단에 가입시켜 임관식을 받게 될 때가지 언제나 음모를 계획했던 것이다. 그 결과 그 가족들이 화를 내는 것을 보면 마음 속으로 짓궂은 기쁨을 느끼는 것이었다.

이 기사단에는 또 하나의 기묘한 조합이 붙어있었다. 그것은 철학적이고 신비적인 것이어야 했는데, 원래는 명칭을 갖고 있지 않았다. 제1단계를 '과정過程'이라고 부르고 제2단계를 '과정의 과정',

제3단계를 '과정에 대한 과정의 과정', 제4단계는 '과정의 과정에 대한 과정의 과정' 이라고 불렀다. 이렇듯 순위가 높은 뜻을 해명하는 것이 조합원의 의무였고 해명은 소책자로 인쇄되어 있었는데, 이 책자는 그 기묘한 말을 더욱 기묘하게 설명하거나 부연하고 있었다. 그리고 이런 일을 하는 것이 그들이 가장 좋아하는 오락이었다. 베리시의 어리석음과 렌쯔의 광기가 여기서 결합한 것처럼 보였다. 다만 한 가지 다시 말해 둘 것은 이 같은 가면 밑에는 목적이라고 할 만한 흔적을 발견할 수 없었다는 점이다.

나는 이러한 익살극에 대해서 스스로 상담역도 되었고, 처음에는 《하이몬의 네 아들》 가운데서 성서 발췌를 정리해서 제일祭日이나 축제 때 어떻게 낭독해야 하는가에 대해서 제안했고, 또 나 자신 악센트를 붙여 낭독할 줄도 알았지만, 이런 일을 이 때까지 싫증이 나도록 해왔던 것이다. 그래서 내가 프랑크푸르트나 다름슈타트의 환경을 잃고 적적해했을 때 고터[14]를 발견한 것이 얼마나 기뻤는지 몰랐다. 그는 진정한 애정으로 나와 사귀었으며 나도 역시 마음으로부터 우러나는 호의로 그에게 보답했다. 그는 온순하고 명랑하고 쾌활한 마음씨의 소유자이며, 그의 재능은 세련되게 정리되어 있었다. 그는 프랑스 식의 우아함을 끝까지 고집하고, 영문학에 있어서는 도덕적이고 유쾌한 대상을 취급하기를 좋아했다. 우리는 많은 즐거운 시간을 함께 보냈다. 서로 지식과 계획과 취미를 이야기했다. 그는 나를 격려하며 여러 조그만 작품을 쓰도록 했는데, 그것은 당시 그가 괴팅겐 파 사람들과 교섭이 있어서 《보이에 연간시집》을 위해서 나의 시 몇 편을 요구했기 때문이다.

이것으로 인해서 나는 젊고 재능이 풍부하며 후일 다방면에서 활약한 괴팅겐 파 사람들과 다소 접촉하게 되었던 것이다. 시톨베르크

---

14) 프리드리히 빌헬름 고터(Friedrich Wilhelm Gotter, 1746~1799). 작센 고터의 사절청 서기관. 그는 또한 시인이었다.

백작 형제, 비르거, 포스힐티 등이 종교적·사상적인 면에서 클로프시토크를 중심으로 모여 있었고 클로프시토크의 영향은 모든 방면에 미치고 있었다. 이처럼 끊임없이 그 범위를 확대해가던 독일 시인결사詩人結社의 내부에서는 여러 가지 많은 문학적인 수확과 더불어 또 하나의 다른 정신이 발전하고 있었다. 이 정신에 대해서 나는 적당한 명칭을 붙일 수는 없으나, 혹자는 이를 '독립의 요망'이라고 불러도 좋을 것이다. 이 정신은 평화 속에 특히 사람이 본래 예속적이 아닐 때 발생하는 것이다. 사랑이란 전쟁 때에는 횡포한 폭력을 가능한 한 참는 법이다. 육체적으로 또는 경제적으로도 손해를 느끼지 않는다. 강제를 치욕이라고 생각하는 사람도 없으며, 시대에 봉사하는 것은 결코 수치스런 봉사가 아니라고 생각한다. 적으로부터나 내 편으로부터나 고통을 당하는 것에 익숙해져서 소망을 가질 뿐이지 의향이란 것은 없다. 그와는 반대로 평화시에는 인간의 자유정신은 점점 두드러지는 것이다. 자유로우면 자유로울수록 자유를 원하는 법이다. 우리들을 지배하는 것은 아무것도 용서하지 못한다. 우리들은 압박당하는 것을 원치 않으며, 또 아무도 압박을 당해서도 안 된다. 그리고 병적이라고 해도 좋은 이 민감한 감정은 아름다운 정신 속에서 정의감이라는 형태로 나타난다. 이 같은 정신과 마음이 그 당시 도처에서 나타나 극히 소수의 사람들이 압박을 당하는 경우에도 이 사람들을 우연적인 압박에서 해방시키려고 했다. 이리하여 일종의 윤리적 투쟁이 일어났으나, 이것은 주권에 대한 개인의 간섭이며, 그 발단은 찬양할 만한 것이었으나 뒤에는 헤아릴 수 없는 비참한 결과를 초래하고 말았다.

볼테르는 칼라스[15] 일가를 보호함으로써 세상의 주목을 끌었고 존경을 받았다. 독일국으로서는 주지사에게 반항하여 일어선 라바터

---

15) 장 칼라스(Jean Calas)는 종교적 반감의 희생양이 되었다. 볼테르는 《Sur la tolèrance》를 출간하여 그를 변호했다.

의 계획[16]이 한층 이목을 끄는 중대한 사건이었다. 청년의 혈기와 결합한 미적 감각은 전진하려고 노력하는 것이며 조금 전까지만 해도 관직에 취직하기 위해서 학문을 연구했는데, 이제는 관리의 감독자가 되려고 나서기 시작했다. 그리고 극작가나 소설가들이 작품 속의 악한을 대신이나 관리 속에서 찾아내기를 무엇보다도 좋아하는 시대가 다가왔다. 이것이 원인이 되어 반은 공상적이고 반은 실제적인 운동과 반동의 세계가 성립되었다. 우리는 그 후 이 운동과 반동의 세계 속에서 신문·잡지의 집필자들이 정의의 깃발 아래 일종의 열광에 사로잡혀 야기시켰던 지극히 격렬한 고발과 선동을 경험했던 것이다. 그때 그들은 공중을 설득하여 진정한 법정은 그들 앞에 있는 것이라고 믿게 하고는 더욱 대담무쌍하게 서둘러 일에 착수했다. 그러나 어리석은 짓이었다! 왜냐하면 공중은 집행권이 없으며 더구나 분열하는 독일에 있어서 여론은 아무에게 이익이나 해가 되지 않았기 때문이었다.

물론 우리 젊은 사람들 사이에는 비난받아 마땅한 이러한 종류에 대해서 무엇보다도 강제되지 않고 있었으나, 이와 비슷한 일종의 관념이 우리들을 지배했다. 그것은 시와 도덕과 고귀한 노력이 융합한 것이며, 원래 유해한 것은 아니라 할지라도 아무 효과가 없는 것이었다.

클로프시토크는 이미 《헤르만의 전투》에 의해, 또 이 충격을 요제프 2세에 바침으로써 세상에 굉장한 자극을 주었다. 여기에는 로마인의 협박을 물리치고 자기네를 해방시킨 독일인이 눈부시고 힘차게 묘사되어 있다. 그리고 이 모습은 국민의 자존심을 각성시키는 데 참으로 적합했다. 그러나 애국심이란 평화시에 있어서 각자가 자기의 영역을 지키고 자기의 직분을 다하며 자기의 일과에 열중함으

16) 라바터는 불공정한 처사를 한 주지사 펠릭스 그레벨(Felix Grebel)을 탄핵하여 파면시키고, 피해자에게 보상을 하게 했다(1762~63).

로써 일가의 안녕을 도모하는 것이므로, 클로프시토크에 의해서 각성된 애국적 감정도 그 당시는 그 힘을 시험해보고 아무런 대상도 발견하지 못했다. 프리드리히는 연합국을 상대로 독일인의 명예를 건졌지만, 국민 각자는 이 위대한 군주에게 박수갈채와 경의를 표함으로써 그의 승리에 참가하는 것이 국민 각자에게 허용되었다. 그런데도 대체 그 앙양되고 용감했던 반항심은 이제 어디로 사라지고 말았는가? 그것은 어떤 방향을 취하고 어떤 결과를 가져와야만 했는가? 처음에 그것은 다만 시적 형식으로 나타났다. 즉 이 같은 충동과 자극에 의해, 후에는 그렇게도 비난하고 근소했던 음유시[17]가 쏟아져 나왔다. 그러나 투쟁할 외부의 적도 없었으므로 사람들은 폭군을 만들어냈다. 군주와 신하들이 그 표본으로서 그들의 모습을 처음에는 일반적으로 나중에는 차츰 특수한 점에 이르기까지 제공해야 했다. 이리하여 시가詩歌는 내가 앞서 비난했던 사법권에 대한 간섭에 대해 맹렬한 태도로 나왔다. 그 당시의 시가 군주이건 귀족이건 간에 모든 상부층을 배격하는 정신으로 씌어진 것은 주목할 만한 일이다.

나에 대해서 말하자면 여전히 시작을 자기 감정이나 기분의 표현으로 이용했다. 《방랑자》 같은 소품이 이 시대에 만들어졌다. 그것들은 《괴팅겐 연간 시집》에 수록되었다. 시대의 병적인 경향이 내 속에도 잠입했는지는 모르지만, 나는 그 후 곧 《괴츠 폰 베를리힝겐》에 의해서 해방되려고 노력했다. 이 작품에서 나는 건실하고 정직한 남자가 전란의 시기에 어쩔 수 없이 법률과 행정권을 대행하려고 결심했으나, 선망이 높은 원수에게 이중의 마음을 먹고 방역을 음모하는 협의를 받는 것같이 생각되어 절망에 빠지는 과정을 묘사한 것이었다.

클로프시토크의 송가를 통해서 독일문학 속에 들어온 것은 북쪽의 신화라기보다 이들 신의 명칭들이었다. 나는 평상시에 나에게 주

---

17) 고대 켈트 족의 음유 시인의 작품을 모방한 것.

어진 것은 무엇이건 잘 이용했는데, 이 명칭들만은 도저히 이용할 생각이 없었다. 그것은 다음과 같은 이유에서였다. 나는 《옛다》[18]의 이야기를 이미 오래 전에 말레의 《덴마크 사》[19]의 서문에서 알게 되어 이내 그것에 정통했고, 모임이 있을 때 권유를 받으면 들려주던 이야기들 중에서 내가 가장 좋아하는 것중 하나였다. 또 헤르더는 나에게 레제니우스[20]를 주어 나의 영웅 전설의 지식을 풍부하게 해 주었다. 그러나 이 모든 것들은 내가 아무리 그것의 가치를 존중한 다 해도, 나의 시작 권내에 받아들일 수가 없었다. 그것들이 아무리 훌륭히 상상력을 자극한다 해도 감성적 관조와는 인연이 없었던 것이다. 한편 그리스 신화는 세계의 위대한 예술가들에 의하여 눈으로 볼 수 있고 용이하게 상상할 수 있는 형태로 변형되어 아직도 우리 눈앞에 존재하고 있었다. 나는 대체로 내 작품 속에 신들을 등장시키지 않았는데, 그 이유는 신들은 그들의 주거를 내가 묘사할 수 있는 자연계 밖에 가지고 있었기 때문이다. 유피테르를 보탄으로 대치하고, 마르스 대신에 토르를 갖다 놓고, 남쪽의 윤곽이 명확한 형상 대신에 몽롱한 형상을, 그뿐인가, 단지 언어의 음향만을 내 문학 속에 끌어넣는데 어찌 내 마음이 움직이겠는가? 북방의 신들은 형체가 없는 오시안의 영웅들과 연결되어 있으며, 다만 그보다도 더 거칠고 거인적이었다. 한편 나는 그 신들을 쾌활한 동화의 세계로 끌어갔다. 왜냐하면 북방의 신화 전체에 일관하는 유머러스한 특징이 나는 무척 좋았으며, 또 주목할 가치가 있었기 때문이다. 북방의 신화는 완전히 자기 자신과 희롱하고 있는 유일한 신화처럼 생각되었다. 여기서는 기이한 신들의 계보가 아니라 모험을 좋아하는 거인·마술사·괴물들이 배치되어 있는데, 이들은 통치에 관여하는 최고의 인

---

18) 에다(Edda). 북유럽의 신화 전설집.
19) Mallet, Introduction à l' histoire de Danemak(1755~66) 덴마크 사史.
20) 《Edda Islandorum》의 저작자.

물들을 현혹시키고, 농락하고, 마지막에 이르러서는 수치스럽고 불가피한 몰락으로 집어넣겠다고 위협하는 따위의 짓만 하는 듯했다.

인도印度의 우화에 있어서는 나는 똑같다고는 할 수 없지만 비슷한 흥미를 느꼈다. 나는 그것을 다퍼의 《여행기》에서 비로소 알게 되었고, 대단한 흥미를 가지고 이내 나의 동화의 창고 속으로 끌어넣었다. 그 중에서도 람의 제단은 특히 내가 사람들에게 이야기를 들려주어 성공한 것이다. 이 동화의 인물들은 가지각색이었는데도 원숭이 하누만은 언제나 나의 청중들로부터 총애를 받았다. 그러나 이와 같은 기형적이고 초형적인 괴물들은 나를 시적으로 만족시키지 못했다. 그것들은 나의 마음이 항상 추구하여 마지않았던 진실에서 너무나 먼 것이었다.

그러나 이러한 모든 비예술적인 괴물에 대해서 나의 미적 감각은 가장 훌륭한 힘에 의해서 보호받게 되었다. 만일 과거의 위대한 작품이 다시 떠올라 일반에게 보급되는 날이 온다면, 이런 문학시대야말로 언제나 행복한 것이다. 왜냐하면 그런 작품들은 완전히 새로운 영향을 끼치기 때문이다. 호메로스의 광휘가 또다시 우리들에게 새로이 빛을 던졌다. 그 빛은 원래 이 같은 출현을 크게 조성했던 시대정신에 들어맞는 것이었다. 왜냐하면 그 당시의 사람들은 언제나 자연을 목표로 삼고 있었기 때문에 드디어 고대의 작품까지도 이런 면에서 관찰하는 것을 배웠던 것이다. 여러 여행자들이 성서의 해명을 위해서 한 일을 다른 사람은 호메로스에 대해서도 했다. 이 일은 귀이스[21]에 의해 시작되었고 우드가 촉진했다. 그 당시는 매우 진기했던 원본에 대해서 괴팅겐의 한 평론이 우리들에게 그 의도를 알려주었고 그 의도가 어느 정도 실행되었는가를 가르쳐주었다. 우리들은 이제 호메로스의 시에서 긴장하고 과장된 영웅들을 찾아볼 수 없었

---

21) 귀이(Guys), 〈Historie litèrarie de la Gréce〉(1773년에 독일어역). 다음에 든 위트의 작품은 〈Essay on the original genius and writings of Homor〉(1773년에 독일어역).

으며, 고대의 현실을 방영하고 있는 진상을 보았다. 우리는 이 진상을 가능한 한 우리에게로 끌어당기려고 노력했다. 그러나 우리들은 호메로스 속의 여러 인물의 성격을 이해하기 위해서 근대 여행자들이 기술하듯, 미개민족과 그들의 풍습을 알아야 한다는 주장에 완전히 납득할 수가 없었다. 왜냐하면 호메로스의 시 속에서 유럽인이거나 아시아인이거나 이미 높은 문화 수준에 서 있으며, 트로이 전쟁 시대가 누리고 있던 문화보다 한층 높은 수준에 도달해있는 것으로 묘사되어 있는 것은 부정할 수 없기 때문이다. 그러나 앞의 원칙은 그 당시 지배적이었던 자연 존중과 일치하는 것이며, 그런 뜻에서 우리들은 그것을 인정하려 했던 것이다.

내가 이 같은 고차원적 의미의 인류학과 우리에게 가장 밀접하고 가장 애호받는 문학에 관한 일에 종사하고 있을 때에도 내가 베츨라르에 체류하고 있다는 사실을 느끼지 않는 날이 없었다. 검열사무의 상황이나 이 사무에 관하여 더욱 늘어가는 장애, 새로운 결함의 발견 등의 이야기를 듣지 않는 때가 없었다. 이곳에서 단지 외면적 의식을 위해서 뿐만 아니라 심각한 사무를 위해서 집합하고 있었던 것이다. 그러나 여기서도 나는 초대를 받은 손님들이 그 신분이 너무나 고귀해서 임석하지 않았던 저 대관식 날의 자리가 반 정도나 빈 식탁 광경을 생각지 않을 수 없다. 사실 이번에는 손님들이 참석은 했지만 더욱 좋지 못한 징조를 인정하지 않을 수 없었다. 전체의 부조화와 각 부문의 반목이 늘 표면에 나타났다. 그리고 군주들이 서로 흉금을 터놓고, 의견을 피력하고 이 기회에 원수元帥에게서 뭔가 좀 탈취할 수 없는지 부딪쳐보아야 할 게 아니냐고 서로 이야기하던 것은 숨길 수 없는 사실이었다.

직무의 소홀과 태만, 부정이나 수회 등에 관한 길고 긴 세세한 풍문이 선善을 요망하고 그 의기로 자기의 마음을 수양하여 모든 젊은 사람들에게 주는 인상이 얼마나 불쾌했던가 하는 것은 성실한 사람이라면 누구나 느꼈던 일이다. 이러한 사정 아래서 어찌 법률이나 사법관에 대한 존경심이 일어나겠는가? 설령 검열제도의 효과에 절대적인 신뢰를 갖는 사람이 있다 할지라도, 진보적이고 쾌활한 청년들에게는 여기서 하등의 광명을 찾아내지 못했다. 소송 형식에만 구애되고 있다는 사실은 모든 일이 지연되는 원인이었다. 다소라도 수완을 보이고 중요시되려면, 언제나 부정한 자, 즉 규탄을 받는 자와 결탁하여, 억지로 발라 맞추거나 몸을 잘 피하는 검술적 책략에 익숙해야 했다.

그래서 이와 같은 일에 마음이 엇갈리어 문학적 제작이 하나도 성공할 것 같지 않아서, 나는 여러 번 미학적 사색에 잠겼던 것이다. 도대체가 이론을 따진다는 것은 창작력의 결핍 혹은 정지를 의미하는 것이다. 전번에는 메르크와 함께였지만 이번에는 여러 번 고터와 함께 창작에 있어서 취해야 할 원리를 발견하려고 노력했다. 그러나 이 일은 나도 그리고 그 사람들도 성공할 것 같지 않았다. 메르크는 회의가懷疑家요 절충주의자였지만, 고터는 가장 자기 마음에 드는 것을 주장했다. 줄처의 이론도 발표되었는데, 이것은 예술가보다 예술 애호가들에게 맞는 것이었다. 그의 견지에서 말하면 도덕적 효과가 첫째로 요구되고 있는데, 그렇게 되면 창작하는 계급과 수용하는 계급 사이에 이내 분열이 생기는 것이다. 왜냐하면 훌륭한 예술작품은 도덕적 효과를 갖고 있으며 또 가지게 될 수도 있겠지만, 예술가에게 도덕적 목적을 요구하는 것은 그 사람의 일을 파괴시키는 것이기 때문이다.

옛날 사람들이 이런 중요한 문제에 관해서 말한 것을 나는 별로 순서적으로 연구하지는 않았지만 2, 3년 전부터 불규칙하게나마 열심히 읽었다. 아리스토텔레스, 키케로, 퀸틸리아누스, 롱기누스 등 한 사람도 소홀히 하지 않았다. 그러나 나에게는 아무 소용이 없었다. 왜냐하면 이 사람들은 모두 내게 결여되어 있는 경험을 전제로 삼고 있었기 때문이었다. 그들의 예술 작품은 무한히 풍부한 세계로 나를 인도했으며, 대개는 이름만 남아있는 훌륭한 시인이나 웅변가의 공적을 전개시켜주었다. 그들은 또 고찰을 하기 위해서는 우선 고찰의 대상이 되는 것이 우리 앞에 풍부하게 존재해야 한다는 것, 또 자기 재능과 타인의 재능을 알려면 우선 자기가 무언가를 해보아야 하며 실패해봐야 한다는 사실을 나에게 강조했던 것이다. 나는 옛시대의 여러 훌륭한 것들을 알게 되었다. 하지만 그것은 언제나 학교나 책에서 얻은 지식에 지나지 않으며, 조금도 살아있는 지식이 아니었다. 내가 이렇게 말하는 것도 특히 유명한 웅변가들의 글을 읽을 때, 그들이 오로지 인생에 있어서 자기를 교육했다는 것, 또 그들의 개인적 감정의 성격을 동시에 고찰하지 않고는 그 예술의 특색에 대해서 언급할 수 없다는 것이 현저하게 나타나기 때문이다. 이것은 시인의 경우에는 그다지 심한 것 같지 않았다. 그러나 여하한 경우라도 자연과 예술은 오로지 인생을 통해서 접촉하는 것이므로 나의 모든 사색과 행동의 결과도 옛날의 그 기획 이상으로 나가지는 못했다. 그 기도란 내면과 외면의 자연을 탐구하고 깊은 애정으로 그것을 모방하면서 자연 그 자체로 하여금 지배하게 하는 일이었다.

내 마음 속에 있으면서 주야로 머물러 있었던 이러한 여러 가지 영향에 대해서 두 개의 큰, 아니 거대한 소재가 내 앞에 놓여 있었다. 내가 이 풍만한 소재를 어느 정도 소중히 여기기만 하면 무슨 뜻 깊은 것이 생겨날 수가 있었던 것이다. 그 소재중 하나는 고대이며 괴츠 폰 베를리힝겐이 생존하고 있던 시대에 해당했고, 또 하나는 새 시대이며 그 불행한 전성기가 〈베르테르〉 속에 그려져 있다.

제1작품을 위한 역사적 준비에 관해서는 이미 언급했고 제2작품의 윤리적 동기에 대해서 설명을 해야 할 것이다.

내부의 자연을 그 특성에 따라서 자유롭게 활동시키고 외부의 자연을 그 특성에 따라서 나에게 영향을 끼치게 한다는 나의 기도는 나를 신비스런 경지로 몰아넣었다. 이러한 경지에서 〈베르테르〉가 구상되었고 또 씌어졌던 것이다. 나는 내면적으로는 자기에게 인연이 없는 모든 것에서 자기를 개방시키고 외부세계를 애정을 다하여 관찰했다. 이리하여 인간을 위해서 훨씬 낮은 존재에 이르기까지 적어도 지각할 수 있는 모든 존재가 각각 저마다의 방식으로 나에게 영향을 끼치도록 노력했다. 그로 인해서 자연계의 개개의 대상과 신기한 친화관계가 생겼고 전체와의 친밀한 공명과 공감이 생겨, 그로 인해서 마음이나 지방의 변화, 밤과 낮 및 계절의 바뀜, 기타 발생할 수 있는 여하한 변화도 전부 나의 심금을 울리는 것이었다. 화가의 눈이 시인의 눈과 마주쳤다. 정다운 강물의 전망으로 생기 있게 살아있는 아름다운 전원의 풍경은 고독을 바라는 나의 경향을 더하게 했고, 모든 방면으로 뻗어나가는 나의 조용한 관찰을 도와주었던 것이다.

그러나 내가 저 제젠하임의 가족적 단란함을 떠나 이제 다시 프랑크푸르트와 다름슈타트의 친구들을 떠난 이래 내 가슴 속에는 메울 수 없는 공허가 남아있었다. 그래서 나는 애정이 조금이라도 모습을 가리고 나타난다면, 그것이 모르는 사이에 살며시 다가와서 어떠한 좋은 결심을 꺾어버리고 말 것 같은 심경에 놓여 있었다.

이제 저자가 의도한 바가 이 단계에까지 진행되고 보니 비로소 저자는 가벼운 마음으로 일에 착수할 수 있을 것 같다. 왜냐하면 이 책도 이제부터는 본래 그것이 의도하였던 것이 되기 때문이다. 이 책은 독립된 것으로 예고되지 않았다. 이것은 오히려 한 작가의 생애의 틈새를 메우고, 많은 단편을 보충하고, 잃어버린 갖가지 모험의 추억을 보존하는 것이 목적이다. 그러나 이미 이루어진 일들은 두번 다시 반복할 수도 없는 것이다. 설령 작가가 이제 여기서 우둔해진 그의 정신력을 환기시키려고 애를 써도 소용이 없을 것이요, 또 그 정신력으로 라인 계곡의 체류를 그다지도 아름답게 해주었던 그 정다운 교제 관계를 재차 눈앞에 떠오르게 하려 해도 소용이 없을 것이다. 다행히도 수호신이 벌써 이 일을 염려해주어 시인을 격려해서, 시인이 아직 그럴 힘이 있었던 청년 시절에, 방금 지나간 경험을 파악하고 묘사하여 좋은 기회를 놓치지 않고 대담하게 공개하게 해주었던 것이다. 여기서 〈베르테르〉에 대해 말하고 있는 것은 두말할 필요도 없는 것이다. 그러나 이 작품 속에 묘사한 인물들과 여기에 표현되어 있는 마음의 움직임에 관해서는 점차적으로 말할 참이다.

고등법원으로 파견되는 사람들에 끼어 장래의 경력을 위해 견습을 하고 있던 젊은 사람들 중에 우리들이 간단히 '신랑'이라고 부르는 사람이 있었다. 그는 조용하고 변함없는 침착한 태도, 명확한 의견, 확고한 언동으로 두각을 나타내고 있었다. 쾌활한 활동과 끈기 있는 근면으로 인해서 상관의 촉망을 받았으며, 근간 임관되리라고 기대되고 있었다. 그는 이것으로 자격이 갖추어졌기 때문에 자기의 기질과 희망에 잘 맞는 어느 여자와 약혼할 결심을 했다. 이 여자는 그녀의 어머니가 사망한 후 많은 어린애들을 데리고 주부의 역할을 하며 매우 부지런히 일했고, 홀아비인 아버지를 혼자서 돌보고 있었기 때문에, 장래에 신랑되는 사람도 자신과 장래의 자기 자식들을 위해서 그녀에게 같은 기대를 할 수 있어 행복한 가정을 꿈꿀 수가 있었다. 그러나 이 같은 생활 목적을 제외하고서라도 누구나 그녀가 탐나는 여인이라는 것을 인정했다. 그녀는 타인에게 격렬한 정열을 일으키지는 않으나 누구에게도 호감을 갖게 하는 여자였다. 날씬하고 귀엽게 생긴 몸매, 순진하고 건전한 성품, 거기서 나오는 명랑한 일상생활의 생기, 알뜰한 살림 솜씨, 이 모든 것이 그녀에게 부여되어 있었다. 이런 것들을 바라보는 것이 나에게는 언제나 유쾌했으며, 이러한 특징을 지니고 있는 사람들과 교제하는 것을 좋아했다. 이런 사람들을 위해서 실제로 도움이 될 일을 할 수 있는 기회가 반드시 있었던 것은 아니었으나, 나는 젊은이의 주변에는 늘 있게 마련인 노력도 비용도 들이지 않고 용이하게 얻을 수 있는 그런 소박한 기쁨을 그 누구보다도 이런 이들과 나누었다. 여자라는 것은 상대방에게 보이기 위해서 몸을 치장한다. 서로 경쟁을 하여 아무리 몸을 치장해도 지칠 줄을 모르는 존재이다. 그러나 친구요, 장래의 신랑이 될 사람 앞에서 검소하고 청초한 차림을 하는 것은 오로지 당신만을 위해서 하는 차림인 것이오, 그렇게 해서 일생 동안 허식도 사치도 없이 계속해 나갈 수 있다는 무언의 보증을 하는 여자가 나에게는 가장 사랑스러웠다.

이런 여자들은 그렇게 자기 일에만 분주한 것이 아니다. 그들에겐 외부 세계를 관찰한 시간도 있고, 또 외부 세계에 순응하여 그것을 따를 만한 여유도 있다. 그들은 노력하지 않아도 현명하고 분별있는 사람이 되며 자기 교양을 위해서 많은 책이 필요치 않다. 그가 약혼한 여자는 이런 사람이었다. 신랑은 어디까지나 정직하고 솔직해서 자기가 존경하는 사람이면 누구든 자기 약혼자에게 소개했고, 자기는 하루의 대부분을 일에 몰두했기 때문에, 약혼자가 가사를 마치고 언제나 사람들과 담화하고 혹은 남녀 친구들과 소풍을 나가 즐겁게 노는 것을 기뻐했다. 로테는(왜냐하면 그녀는 결국 이렇게 부르는 것이 낫겠기에) 두 가지 의미에서 담백했다. 첫째로는 그녀의 천성이 특수한 애정보다는 일반적인 호의에 향해져 있었으며, 둘째로는 일생을 그녀와 운명을 함께하겠다고 공언한, 그녀에게 어울리는 남자에게 일생을 바치기로 결심하고 있었기 때문이었다. 그녀 주위에는 청명한 바람이 불고 있었다. 사실 부모가 어린애들에게 끊임없이 주의를 기울이고 있는 것을 보면 참으로 기분이 좋다. 그러나 형제자매 사이에서 똑같은 광경을 보면 더욱 아름답다. 전자의 경우 우리는 오히려 자연적 본능과 시민적 관습을 보는 것 같지만, 후자에 있어서는 선택과 자유로운 심정을 보는 것 같다.

이제 모든 속박에서 완전히 해방된 새 손님인 나는 이미 다른 남자와 약혼했기 때문에 아무리 친절한 대접을 받아도 구애求愛라고는 생각지 않고 더욱 기쁘게 그것을 받을 수 있는 그 아가씨 앞에서도 평온한 마음으로 지내고 있었다. 그러나 얼마 안 있어 나는 거기에 끌려들어가서 꼭 붙들리고 말았다. 너구나 젊은 두 사람으로부터 참으로 친근한 대접을 받았으므로 나는 어찌할 바를 몰랐다. 현재에 대해서 조금도 만족을 느끼지 않았기 때문에 게으르고 꿈에 잠겨 있던 나는 때마침 자기에게 결핍된 것을 한 여자 친구에게서 발견했던 것이다. 이 여자는 일 년의 일에 마음을 쓰고 살면서도 단지 현재의 순간을 위해서 살고 있는 것처럼 보였다. 그녀는 즐겨 나의 동반자가 되었다. 나는 그녀의 옆을 떠날 수가 없게 되었다. 왜냐하면 그녀는 나에게 일상생활의 중개역할을 했기 때문이다. 이리하여 우리는 여러 가지 나날의 일 속에서, 혹은 농장에서, 혹은 밭이나 목장에서, 혹은 채소원이나 화원에서 떨어질 수 없는 반려자가 되었다. 약혼자도 여가에는 함께 참여했다. 우리 세 사람은 붙어다니는 것이 습관이 되었으며, 어찌하여 이렇게 떨어질 수 없는 사이가 되었는지 알수가 없었다. 이렇게 우리는 즐거운 한 여름을 보냈다. 이것이야말로 한 편의 순수한 독일적 목가였다. 이 목가에 풍요한 토지가 산문을 주었고, 순결한 사랑이 시를 제공했다. 우리는 익어가는 논두렁을 거닐며 이슬 젖은 아침의 상쾌한 기분을 느꼈다. 종달새의 노래소리, 메추리의 우짖는 소리는 마음을 즐겁게 하는 음악이었다. 더운 날이 계속되고 무서운 폭풍우가 별안간 닥쳐와도 두 사람은 더욱 가까워지기만 했다. 그리고 가정의 사소한 괴로움도 계속되는 애정 앞에 가볍게 사라지고 말았다. 이렇게 평상시의 하루하루가 계속되어 가도 그 날이 마치 축제일 같았다. 달력 전체를 빨갛게 인쇄하고 싶을 정도였다. 저 《신 엘로이즈》 속의 행복하고도 불행했던 친구에 대해서 예언한 '애인의 발밑에 앉아 그는 삼베를 짤 것이다. 오늘도 내일도 모레도, 아니 일생 동안 베를 짜기를 원할 것이다' 하는 말을 기억하고 있는 사람은 내 말을 이해할 것이다.

나는 다음에는 그 이름이 여기서 자주 나오는 한 청년에 대해서 다소 필요한 만큼 언급해야겠다. 그의 이름은 예루살렘[22]이며 예민한 자유사상을 가진 신학자의 아들이었다. 그도 역시 어느 파견관 아래서 일하고 있었는데, 그의 풍채는 호감을 주었고 중간키에 체격이 좋았다. 얼굴은 길기보다는 둥근 편으로 온화하고 조용한 표정이었으며, 그 밖의 점에 있어서도 아름다운 금발 청년에 어울렸다. 더구나 푸른 눈은 말을 한다기보다 사람을 매혹한다고 할 수 있었다. 그의 복장은 저지방 독일인 사이에 관례가 된 영국식에 따른 차림이었다. 즉 푸른 연미복에 황갈색의 조끼와 바지, 거기에 꺾어 접은 갈색 장화였다. 필자는 한 번도 그를 방문한 적도 없으며, 또 필자 집에서 그와 만난 일도 없었다. 때때로 친구 집에서 그와 만났을 뿐이다. 이 청년은 말이 적은 편이었고 호감을 주었다. 그는 여러 가지 작품에 관심이 있었는데, 특히 쓸쓸한 풍경을 그려서 그 적막한 정취를 나타낸 소묘나 스케치를 좋아했다. 이런 그림 이야기가 나오면 그는 게스너의 동판화를 이야기하며 그것을 토대로 연구해보도록 호사가들을 격려했다. 그는 가사제도나 가장극 따위의 것에는 거의 라기보다 전연 흥미가 없었고 자기 자신과 자기 사상 속에서 살고 있었다. 어느 친구의 부인에게 열렬한 연정을 품고 있다는 소문이 있었으나, 공개 석상에서 그들 두 사람이 한 자리에 있는 것을 본 사람은 하나도 없었다. 그에 관해서는 영국문학에 종사하고 있다는 것 이외는 별로 할 이야기가 없었다. 그는 유복한 집안의 아들로서 소심하게 일에 구애될 필요도 없었고, 서둘러 직장을 구할 필요도 없었다.

게스너의 동판화는 전원 풍경에 대한 관심과 흥미를 높여주었다.

---

22) 카를 빌헬름 예루살렘(Karl Wihelm Jerusalem). 1747년 볼펜부텔(Wolfenbuttel)에서 태어나다. 브라운슈바이크 볼펜비터 사절의 비서. 괴테와 함께 라이프치히에 있었으나, 교제는 없었다.

그리고 우리의 좁은 교제사회에서 열광적으로 환영을 받은 한 편의 작은 시詩는 그 이래 우리들로 하여금 딴 것에 대해서는 아무것에도 주의를 하지 않게 했다. 골드스미드의 《황촌荒村》은 우리 같은 고양 수준에서 우리 같은 사고방식을 가진 친구들에게는 누구에게나 마음에 드는 것이었다. 거기에는 우리들 눈으로 몹시 보고 싶었던 것, 사랑하고 존중하고 우리 청년의 의기로 활발하게 참여하려고 현재 열렬히 찾고 있던 것, 그런 모든 것이 생생하고 힘차게 묘사되어 있지 않고, 지나가 버리고 소멸한 존재로 그려져 있었다. 시골의 축제와 축제일, 교회의 헌당식獻堂式과 대목장, 그때 비로소 최초로 모이는 마을 보리수 아래의 장로長老들의 엄숙한 모임, 이윽고 젊은이들의 왕성한 무도욕舞蹈慾이 이것을 몰아내고 게다가 교양있는 사람들까지 거기에 참석한다. 이 같은 오락이 한 사람의 성실한 시골 목사에 의해서 알맞게 완화되고 모양좋게 다듬어졌다. 목사는 궤도를 벗어나는 일이나 싸움이나 불화를 일으킬 수 있는 원인을 곧바로 조종하고 진압시킬 줄 알았다. 이 시 속에서도 우리는 정직한 웨이크필드를 낯익은 그 친구들 속에서 발견했으나 그는 이미 현실적인 모습으로가 아니라, 애가哀歌 시인에 의해 가냘픈 애조哀調로 불려나온 환상으로서였다. 시인이 순박한 그 옛날을 우아한 애수로 불러내려고 의도했던 것만으로도 이 묘사의 착상은 이미 훌륭한 것이었다. 또 이영국 작가는 모든 의미에 있어 이런 유쾌한 의도를 얼마나 훌륭하게 성공시키고 있는 것일까! 나는 무엇보다 사랑하는 이 시에 대한 열광을 고터와 나누었다. 그래서 둘이서 이 시의 번역을 계획했으나, 나보다도 그가 성공했다. 그 이유는 나는 원작의 미묘한 뜻을 너무 세밀하게 독일어로 모방하려고 노력했기 때문에, 개개의 부분은 잘 들어맞았지만 전체와는 결코 일치하지 않았기 때문이었다.

사람들이 말하듯이 동경 속에 최대의 행복이 있다면, 그리고 진실한 동경은 도달할 수 없는 것에만 향해야 하는 것이라면, 우리들은 여기서 지금 그 방황한 자취를 더듬고 있는 청년을 가장 행복한 청년으로 만들기 위한 모든 조건을 발견할 수 있었던 셈이다. 혼처를 정한 여성에 대한 애정, 외국 문학의 걸작을 자기 나라 문학에 도입하여 그것을 동화하려는 노력, 자연의 사물에 말로서 뿐만이 아니라 기술다운 기술도 없이 연필과 화필로 묘사하려는 노력, 이 모든 것이 마음을 설레이고 가슴을 죄는 데 충분했을 것이다. 그러나 이같이 달콤한 고민에 괴로워하는 자들을 이런 상태에서 떼어놓고 또한 그들의 불안을 조성하기 위하여 다음과 같은 일이 일어난다.

기센에 휘프너[23]라는 법학 교수가 있었다. 그는 자기 전문 분야에 정통했다. 사색적이고 유능한 인물로서 메르크나 실로서에 의해 인정되었고 매우 존경을 받고 있었다. 나는 전부터 이미 그 인물과 만나기를 희망하고 있었기 때문에 이 두 친구가 문학상의 문제에 대해서 상담하기 위하여 그를 방문할 계획을 세웠을 때, 이 기회에 나도 기센에 갈 것을 희망했다.

그러나 우리들은 즐겁고 평온한 시대에는 원기에 넘쳐 늘 하기 쉬운 일도 일을 솔직하게 쉽사리 진행시키지 않고 어린애들처럼 참으로 진실한 용건에 대해서도 어떻게 장난을 쳐보고 싶은 것이어서, 나는 무명의 사람으로 나타나고 싶어하는 나의 욕망을 여기서 또한 번 만족시킬 수 있었다. 어느 맑은 날 아침 해뜨기 전에 나는 혼자 베츨라르를 떠나 라인 강을 따라서 아름다운 계곡을 올라갔다. 이런 도보여행이 또다시 나를 지극히 행복하게 했다. 나는 시를 짓고 연결하고 기록하며 조용히 나 자신과 대화를 나누며 유쾌하고 즐거운 기분이 되었다. 나는 영원히 모순된 이 세계가 나에게 미숙하고 너절하게 떠맡긴 것을 정리했던 것이다. 목적지에 도착한 나는 휘프너의 주택을 찾아 그의 서재를 두드렸다. "들어오십시오" 하고 말했을

---

23) L. J. 프리드리히 회프너(L. J. Friedrich Höpfner). 메르크와 친교가 있었다.

때, 나는 공손히 그의 삶 앞에 나타났다. 다시 말해서 대학에서 귀가하는 도중에 저명인사의 면식面識을 얻고 싶어하는 학생으로서 나타났다. 나에 대해 자세히 묻는 그의 질문에 대해서 나는 이미 준비가 되어있었다. 내가 그럴 듯하고 평범하게 말을 꾸며댔더니 그는 만족했다. 그리고 내가 법학부 학생이라고 진술한 것도 좋아했다. 왜냐하면 나는 그의 법학생으로서의 업적을 알고 있었으며, 또 그가 때마침 자연법을 연구하고 있는 것을 알고 있었기 때문이었다. 그러나 대화는 여러 차례 중단되었다. 그는 내가 방명록에 이름을 쓰고 곧 떠나주기를 기대하는 것처럼 보였다. 그러나 나는 시종일관 꾸물거리고 있었다. 그것은 실로서가 꼼꼼한 사람이라는 것을 알고 있었으므로 그가 반드시 오리라는 기대를 가지고 있었기 때문이다. 그는 정말 왔다. 그리고 그는 친구 휘프너의 환대를 받으며 옆에서 나를 보고서도 모르는 척했다. 그러나 휘프너는 대화 속에 나를 끌어들여 참으로 인정미와 친절함을 보여주었다. 나는 드디어 작별인사를 하고 여관으로 달려가서 메르크와 급히 몇 마디 말을 나누고 금후의 일을 상의했다.

친구들은 휘프너를 식사에 초대하고 동시에 저 크리스티안 하인리히 시미트를 초대하려고 했다. 그는 사실 큰 역할을 하지는 못했으나, 하여간 독일 문학계에 있어서 한 역할을 했던 것이다. 계획의 목표는 원래 그에게 있었고 그가 범한 여러 가지 죄에 대해서 재미있는 방법으로 벌을 주게 되어 있었던 것이다. 손님들이 식당에 모였을 때, 나는 급사를 시켜서 나도 함께 식사할 것을 허락해 주겠는가 하고 물었다. 엄숙한 표정이 오히려 얼굴에 잘 어울리는 실로서는 자기들의 다정한 담화를 제3자로 인해서 방해받고 싶지 않다며 거절했다. 그러나 급사가 재차 간청했고 또 휘프너가 나를 방해가 되지 않는 사람이라고 보증했기 때문에 나도 참석하도록 허가를 내렸다. 식사가 시작될 무렵에는 나는 겸손하고 수줍어했다. 실로서와 메르크는 조금도 거리낌없이 마치 외래인이 있는 것도 잊은 듯이, 여러 가지 문제에 대해서 공공연하게 떠들어댔다. 문학상의 중요한 사건들과 저명한 인사들이 화제가 되었다. 그때 나는 다소 대담한 태도를 보였다. 실로서는 때때로 점잔을 피우고 메르크는 약간 조소하는 태도로 나를 힐책했으나, 나는 조금도 구애하지 않고 공격의 화살을 전부 시미트에게로 쏘았다. 그것들은 내가 잘 알고 있는 그의 급소를 예리하고 정확하게 찔렀다.

나는 식탁에 나온 1리터의 포도주를 사양했다. 그분들은 계속 고급 포도주를 주문했고, 나에게도 권유하지 않을 수 없었다. 여러 가지 시사문제가 토의된 후 화제는 일반적인 것으로 옮겨져서, 작가가 존재하는 한 언제나 반복되는 문제, 즉 문학은 융성기에 있느냐 또는 쇠퇴기에 있느냐, 진보하고 있느냐 후퇴하고 있느냐 하는 문제가 화제가 되었다. 노인과 청년, 신진과 은퇴자 사이에서 특히 의견의 일치를 볼 수 없다는 문제에 대해서 활발하게 논의했다. 그러나 이것에 대해서 명확한 양해를 성립시키려는 의도는 아무도 가지고 있지 않았다. 드디어 나는 말을 받아 이렇게 말했다.

"제가 보는 바에 의하면 문학에도 계절이 있어서, 자연의 경우와 같이 서로 교체하고 어떤 현상을 이루며 그것이 차례로 반복됩니다. 그래서 나는 문학의 어느 시기를 전체로서 칭찬하거나 비난할 수 있다고 믿지 않습니다. 특히 시대에 의해서 나타나는 어떤 종류의 재사才士들을 높이 추켜서 칭찬하고 이와 반대로 다른 사람들을 비난하고 경시한 것은 좋다고 볼 수 없습니다. 봄이 오면 밤꾀꼬리의 목청도 가다듬어져 노래가 나오고 뻐꾹새의 목청도 한가지입니다. 보는 눈을 즐겁게 해주는 나비도, 불쾌한 기분을 자아내는 모기도 다같이 태양열에 의해 솟아나는 것입니다. 이 점에 주의하면 똑같은 한탄을 10년마다 새로이 듣지 않아도 될 것입니다. 그리고 이것저것 불만의 뿌리를 근절시키려고 쓸데없는 노력을 하지 않아도 좋을 것입니다."

그 자리에 있던 사람들은 도대체 내가 어디서 이 같은 지혜와 관용을 얻었나 하고 경탄하며 나를 쳐다보았다. 나는 끝까지 침착하게 말을 계속해서 문학상의 현상과 자연계의 사물을 비교했다. 그런데 어찌해서 내가 연체동물에까지 언급했고, 그것에 대해서 여러 가지 기묘한 이야기까지 끌어냈는지는 나 자신도 모르고 있었다. 나는 말하기를, 이런 동물도 일종의 체구뿐만 아니라 일정한 형체를 가지고 있다는 것을 부정할 수가 없다. 그리하여 그것들은 살아있는 정액체에 불과한 것이다. 그러나 바다는 이런 주민들도 받아들여야 한다고 했다. 내가 지나친 비유를 한 것도 그 자리에 있는 시미트나 그런 종류의 비개성적인 문학자들을 지적하기 위한 것이었으나 결국 너무 과장된 비유는 무의미하다는 주의를 받았다. "그러면 육상陸上으로 돌아갑시다" 하고 나는 대답했다. "송악(담장나무) 이야기를 합시다. 앞서 말한 동물이 뼈가 없듯이, 이것은 줄기가 없습니다. 그러나 어디나 기어 올라가면 거기에 착 달라붙어 주인 역할을 하고 있습니다. 그놈은 결코 더는 무너질 수 없는 낡은 돌담에나 붙어 있어야 할 놈이라 새로운 건물에서 제거되어야 한다는 것은 당연한 일입니다. 그놈은 나무의 양분을 흡수합니다. 그러나 가장 참을 수 없는 것은, 그놈이 말뚝에 기어 올라가게 되면 자기의 잎이 그것을 에워싸고 있다고 해서, 여기에 있는 것은 살아있는 나무줄기라고 단언하는 경우입니다."

사람들은 나의 비유가 애매하고 소용이 없는 것이라고 비난했는데도 불구하고, 나는 모든 기생충적인 생물에 대해서 더욱 신랄하게 공격했으며, 그 당시의 나의 자연에 관한 지식이 허락하는 한 상당히 멋지게 설명했다. 마지막에 나는 모든 독립적인 사람들을 극구 칭찬하고 철면피한 사람들을 저주했다. 식사가 끝나자, 나는 휘프너의 손을 힘주어 잡아 흔들며 그를 이 세상에서 가장 훌륭한 사람이라고 말했으며, 그를 비롯해서 모든 사람과 진심으로 포옹했다. 정직한 새 친구는 정말 꿈이라도 꾸고 있는 것 같았다. 그러나 드디어 실로서와 메르크가 이 수수께끼를 풀었다. 그래서 폭로된 이 장난에 한바탕 웃음을 터뜨렸고 시미트 자신도 호응했다. 우리들은 시미트의 실제 공적을 인정했고 그의 취미에도 흥미를 기울였기 때문에 그도 다시 기분을 돌렸다.

이와 같이 재치있는 서막은 당초의 목표였던 문학적 회담을 한층 활기있도록 격려했다. 때에 따라 미학자 문학자 혹은 그 이상의 역할을 했던 메르크는 사상이 온건하고 식견이 풍부하며 여러 부문에 지식이 깊은 실로서를 격려하여 그 해에 《프랑크푸르트 학예보學藝報》를 편찬하라고 권했다. 그들은 기세에서는 위프너와 기타 대학교수들을, 또 다름슈타트에서 공로가 있는 교육가 벵크 학장, 기타 많은 훌륭한 사람들과 교제를 하고 있었다. 이 사람들은 각자 자기가 전공하는 학문에 있어서 역사적이고 이론적인 지식을 충분히 가지고 있었다. 그리고 하나의 시대 정신이 그들을 한 정신에 의해서 활동하게 하였던 것이다. 이 신문의 첫 2년간은(왜냐하면 그 후 이 신문은 다른 사람의 손으로 넘어갔기 때문이다) 그 관찰이 얼마나 광범위했고 전체적 개관이 얼마나 순수했으며 일하는 사람들의 의지가 얼마나 성실했는가에 대해서 경탄할 만한 증거를 제시하고 있다. 인도적인 것, 세계시민적인 것이 장려되었으며, 유능하고 명실공히 유명한 인사들은 모든 종류의 간섭으로부터 보호되었다. 그들의 적으로부터도 또 전승傳承한 것을 악용하여 교수를 해치는 학생들로부터도 보호되었다. 다른 잡지들, 예를 들면 베를린의 《문고文庫》라든가, 《독일 메르쿠르》 등에 관한 비평은 가장 흥미로운 것이었다. 그때 많은 전문 분야에 걸친 숙달과 식견과 공정성은 참으로 경탄할 만한 것이었다.

나에 대해서 말하자면, 그들은 내가 본격적인 비평가가 되기에는 부족한 것이 너무 많다고 생각하고 있었다. 나의 역사 지식은 맥락이 없고 세계의 역사나 학술이나 문학의 역사는 다만 어느 시대에 한해서 나의 흥미를 끌었고, 이러한 학문의 대상은 부분적으로 또는 전체적으로 흥미를 느꼈을 뿐이었다. 그러나 사물을 그의 연관에서 떼어놓아도 생명을 주고 그것을 생생하게 눈앞에 떠올릴 수 있는 능력이 나로 하여금 어느 세기나 학문의 어느 부분이든 그 전후에 관한 아무 지식 없이도 환하게 알 수 있게 했다. 동시에 어떤 종류의 이론적·실천적 정신이 내 마음에서 눈을 떴기 때문에 나는 사물에 관해서 그것이 어떠했는가 하는 것보다 그것이 어떻게 존재해야 한다는 것에 대해서 설명할 수가 있었다. 그리고 이 설명은 하등의 철학적인 연관은 갖지 못했으나 비약적으로 적절한 바가 있는 것이었다. 게다가 나에게는 매우 쉽게 사물을 이해하는 능력과 타인의 의견이 나의 확신과 완전히 모순되지 않는 이상, 그것을 호의로서 받아들이는 힘이 있었다.

더구나 이 문학 단체[24]는 빈번히 통신이 왕래했고, 또 서로 주소가 가깝기 때문에 자주 개인적으로 이야기할 기회를 가질 수 있는 혜택이 있었다. 처음으로 책을 읽은 사람이 보고를 했고 때로는 보고의 보충자가 나타났다. 사건을 토론하여 관련성을 찾아내고 마지막으로 결론이 나면 한 사람이 기록을 했다. 이 때문에 많은 평론은 활기가 있는 동시에 견실했고 완전한 동시에 명쾌한 것이었다. 나에게는 때때로 기록 역할이 주어졌다. 그 친구들은 내가 그들이 쓴 글에 풍자를 삽입하거나 또 내가 자신있고 특히 관심있는 문제에 대해서 독자적인 견해를 표시하는 것을 허락해 주었다. 만일에 전술한 신문의 2년분이 가장 확실한 기록을 나에게 제공해 주지 않았던들, 그 시대의 참된 정신과 감각은 내가 묘사하고 고찰하여 재현하려고 애를 써도 아마 헛수고로 그쳤을 것이다. 이 신문 중에서 내가 썼다고 인정

---

24) 《프랑크푸르트 학예신보》에 관계한 사람들의 단체.

되는 발췌는 같은 종류의 다른 논문과 함께 차후 적당한 장소에서 발표될 것이다.

이같이 지식과 의견과 소신을 활발하게 교환하는 사이에, 나는 어느새 휘프너와 더욱 친근해졌으며, 그를 좋아하게 되었다. 우리 두 사람만 있을 때면 나는 이내 나의 전공인 동시에 그의 전공인 학문에 대해서 서로 이야기를 했으며, 논리에 무리가 없는 종합적인 설명과 가르침을 받았다. 나는 그 당시 책이나 담화에서는 배울 수 있지만 연속적인 대학 강의에서는 배울 수 없는 것이 있음을 아직 명확히 의식하지 못했다. 책은 한 부분에 머물 수도 있고 지나간 것을 다시 볼 수도 있지만, 말로 하는 강의나 선생은 그것을 허락하지 않는 것이다. 강의 시초에 때때로 어떤 사상에 사로잡혀 그것을 추궁하고 있으려면 그 다음 강의 내용으로 진도가 나아갈 수 없게 된다. 법률 강의 역시 마찬가지였다. 그래서 나는 휘프너와 담화하는 기회를 빈번히 가졌던 것이다. 그도 역시 좋아서 나의 의문이나 주지하는 점에 대해 설명을 해주었으며, 또 내 지식의 간격을 메워주었다. 그래서 나의 마음 속에는 기센에 있는 그 사람 집에 체류해 베츨라르에 있는 애인과도 너무 떨어지지 않고 그의 배움을 받고 싶은 소망이 간절했다. 나의 두 친구는 처음에는 알지 못했으나 후에는 의식적으로 나의 이 희망에 반대하려고 애를 썼다. 그것은 그들 자신이 이곳을 떠나려고 서두르고 있었을 뿐 아니라, 각자가 나를 이곳에서 끌어내는 일에 관심이 있었기 때문이었다.

실로서가 나에게 고백하기를, 자기는 나의 누이동생과 일단은 친구로서 또 더욱 가까운 관계에 이르러 그녀와 결혼하기 위해서 서둘러 직장을 찾고 있다는 것이다. 이 고백은 나를 약간 당황하게 했다. 나로서도 이런 일은 벌써 누이동생의 편지 속에서 알아낼 수 있었어야 했을 것이라고 생각했다. 그러나 우리들은 자부심을 손상시킬지도 모르는 것에 대해서는 자칫하면 그대로 지나치는 법이다. 나는 이때 비로소 누이동생에 대해서 질투를 하고 있다는 것을 실제로 느꼈다. 이러한 질투의 감정은 내가 슈트라스부르크에서 돌아온 이래 우리들 남매간의 관계가 한층 친밀해졌기 때문에 마음 속에서 더욱 숨길 수 없는 것이었다. 우리들은 떨어져 있던 동안에 일어난 사소한 감정 문제나 연애나 기타 사건을 서로 통고하며 그 때문에 얼마나 많은 시간을 소비했던가! 또 상상력의 분야에서 새로운 세계가 눈앞에 떠오르면, 그때마다 반드시 누이동생을 그곳으로 이끌어가지 않았던가? 또 자신의 변변치 못한 작품들이나 널리 보급된 세계 문학을 하나하나 누이동생에게 소개하지 않고는 못 배겼다. 그래서 나는 《호메로스》 중에서 그녀가 우선 흥미를 느낄만한 부분을 즉석에서 번역해주었다. 클라크의 직역을 가능한 한 훌륭히 독일어로 읽어 내려갔다. 나의 낭독은 흔히 운율이 있는 어법과 어미로 변했지만, 형상形象을 생생하게 잡아내고 또한 활기있게 발음했기 때문에, 흐트러진 배어법配語法에서 오는 모든 장애가 제거되었다. 내가 성심껏 읽어주었기 때문에, 누이동생도 성심껏 따라왔다. 이렇게 해서 우리는 하루의 대부분을 즐겼다. 그 대신 그녀의 친구들이 모일 때에는 이구동성으로 늑대 펜리스와 원숭이 하누만을 읽어달라고 했다. 그래서 나는 토르와 그의 하인이 마술사인 거인에게 우롱당하는 저 유명한 이야기의 전부를 언제나 반복해야만 했다. 그래서 이 시는 나에게 매우 깊은 인상을 남겨주었기 때문에, 지금도 나의 상상력이 기억해 낼 수 있는 가장 가치있는 것에 속하고 있다. 나는 누이동생을 다름슈타트의 친구들 속으로 끌고 들어갔다. 그리고 나의 방랑이나 이별도 우리들의 사이를 더욱 굳게 맺어놓지 않을 수 없었다. 왜냐하면 나는 내가 부딪힌 모든 일을 편지로 그녀와 교환했고, 아무리 짧은 시라도 또한 그것이 감탄부호에 지나지 않은 것이라도 즉석에서 전해주었으며, 내가 받은 모든 서신과 그것에 대한 모든 회답도 보여주었기 때문이다. 이러한 모든 열렬한 애정도 내가 프랑크푸르트를 떠난 후 중단되었다. 베츨라르 체류 중에 이 같은 서신 왕래는 많은 수확이 없었다. 아마도 로테에 대한 애정이 누이동생에 대한 주의를 방해했을지도 모른다. 여하간 누이동생은 고독을 느꼈고, 아마도 소홀히 여겨지는 것을 느낀 것 같았다. 그래서 더욱 용이하게 인품이 있는 남자의 성실한 구애求愛를 받아들인 것이었다. 이 남자는 근엄하고 말이 적고 신뢰와 존경의 가치가 있는 인물이며, 이제까지 아끼던 애정을 그녀에게 열렬히 쏟아냈던 것이다. 나도 물론 거기에 따르지 않으면 안 되었고 친구에게 그의 행복을 주지 않을 수 없었다. 그러나 나는 만일에 오빠인 내가 집에 있었더라면, 그 친구가 이렇게까지 일을 진행시키지 못했으리라고 속으로 자신있게 스스로 말하지 않을 수 없었다.

친구이며 장차 매부가 될 그는 물론 나의 귀향을 갈망했다. 그것은 뜻밖에도 여성의 따뜻한 애정을 받게 된 이 남자는 한층 자유로운 교제를 절실히 원하고 있었는데, 그것이 나의 주선으로 이루어질 수 있기 때문이었다. 그래서 그가 얼마 안 있어 이 지방을 떠날 때, 곧 내가 그의 뒤를 따르겠다는 것을 나에게 약속하게 했다.

메르크는 때마침 한가해서 나는 그에게 기센 체류를 연장할 것을 희망했다. 그러면 나는 하루의 몇 시간을 친근한 휘프너와 보낼 수 있고, 그동안 메르크는 《프랑크푸르트 학예보》를 위해서 시간을 소비하면 되었다. 그러나 그를 설득시킬 수는 없었다. 마치 애정이 매부를 쫓아낸 것처럼 증오도 없이 그 친구를 대학에서 쫓아냈던 것이다. 왜냐하면 사람이란 누구나 타고난 반감이 있는 법이다. 어떤 사람들은 고양이를 특히 멀리하며, 또 어떤 사람들은 이런 것 저런 것이 마음 속에 반감을 일으키는 것이다. 그처럼 메르크에 있어서는 그 당시 기센에서 한없는 횡포에 빠지고 있었던 대학생 전부가 불구대천의 적이었다. 그들은 나를 조금도 괴롭히지 않았다. 나는 그들을 나의 사육제극謝肉祭劇의 하나의 가장자假裝者로 이용할 수 있었을 정도였다. 허나 메르크에게는 낮에는 그들의 모습이, 밤에는 그들의 소음이 기분을 잡치게 하는 것이었다. 그는 청춘시절의 가장 아름다운 시절을 프랑스령 스위스에서 지냈고, 그 후 궁정 사람들이나 사교계의 인물이나 실업가들 혹은 교양이 풍부한 문학가들과 재미있게 교제를 해왔다. 그는 이와 같이 그의 일생을 교양있는 교제 관계 속에서 보낸 사람이었기 때문에, 그와 같은 난폭한 행동이 그를 격분케 한 것은 극히 당연한 일이었다. 그러나 학생들에 대한 그의 반감은 실로 맹렬했으며, 분별있는 사람에게는 당연히 있을 법한 일이었다. 물론 그는 학생들의 괴상한 외모나 태도를 그의 독특한 기지로 묘사하여 나를 웃긴 적도 한두 번이 아니었다. 하지만 휘프너의 초대도, 나의 권유도 아무 소용이 없었다. 나는 그와 함께 황급히 베즐라르를 향해서 떠나야 했다.

나는 메르크를 로테의 집에 소개해주고 싶은 생각을 억제할 수가 없었다. 그러나 그가 이 모임에 나타났다는 사실은 나에게 조금도 유익하지 못했다. 왜냐하면 메피스토펠레스가 어디에 나타나건 조금도 축복을 가져오지 않듯이, 그도 역시 나의 애인에 대한 냉담한 태도로 말미암아 나를 동요시키지는 않았지만 나를 조금도 즐겁게 해주지 못했다. 바로 이같이 생기있는 명랑함을 자기 주위에 퍼뜨릴 뿐 그 이상 아무것도 요구하지 않는 날씬하고 화려한 여인은 메르크에게는 그리 매력이 없다는 것을 내가 만일 기억하고 있었더라면, 이렇게 될 줄 미리 알 수 있었을 것이다. 그는 이내 로테의 친구 중에서 유피테르의 아내 같은 여성을 하나 택했다. 그러나 자기 자신이 그 이상 친밀한 관계를 맺을 여지가 없었기 때문에 나에게 이같이 화려한 모습의 여인의 사랑을 구하려 노력하지 않는다고 통렬히 비난했다. 그는 또 내가 전연 자신의 이익을 이해하지 못한다고 말하며, 여기서도 시간을 낭비하는 내 나름의 도락道樂을 본다는 것이 불쾌하기 그지없는 일이라고 말했다.

친구에게 자기 애인의 장점을 알리는 것은 그 친구도 역시 내 애인에게 매혹을 느껴 탐을 낼지도 모른다는 위험성이 있다. 친구의 반대로 인해서 우리들의 애정을 현혹시킬지도 모르는 반대의 위험성도 결코 적은 것은 아니다. 물론 이번의 내 경우는 그렇지 않았다. 왜냐하면 그녀의 사랑스러운 모습은 아마 쉽사리 지워버릴 수 없을 만큼 내 마음속에 깊이 파묻혀 있었기 때문이었다. 그러나 그 친구의 개입과 그러한 충고는 드디어 내게 이곳을 떠날 결심을 촉진시켰다. 그는 바로 처자를 데리고 떠나려 했던 라인 강 여행을 참으로 매력있게 들려주었다. 그래서 나도 늘 선망으로 타인의 이야기로만 듣고 있던 이 지방의 풍경을 이번에는 내 눈으로 직접 구경하고 싶은 동경심이 일어났다. 이리하여 그가 떠난 다음 나는 샤를로테와 작별했다. 물론 프리데리케 때보다는 깨끗한 마음으로 작별했지만 괴로워하지 않을 수 없었다. 이번의 관계도 친근함이 더해질수록 상대편의 관대함에 기대게 되고 나로서는 정당함을 넘어설 정도로 정열적이 되었던 것이다. 이에 대해 그녀와 그녀의 약혼자는 그 이상 아름답고 정다울 수가 없을 정도의 절도를 지켜서 쾌활하게 대해주었다. 그리고 거기에서 일어나는 평온함은 나로 하여금 모든 불안감을 잊어버리게 했던 것이다. 그러나 이 모험에도 종말이 절박한 것은 숨길 수 없는 사실이었다. 왜냐하면 이 사랑스러운 아가씨의 결혼도 근간 기대되는 이 젊은 청년의 승진을 기다릴 뿐이었기 때문이었다. 그리고 인간은 어느 정도 결단력이 있으면 어쩔 수 없는 일도 깨끗이 받아들이려고 하는 법이다. 그래서 나도 불가피한 사정에 의해서 쫓겨나기 전에 자진해서 떠나려고 결심했다.

제13장

　나는 아름다운 계절에 코블렌츠에 있는 라 로슈 부인[1] 댁에서 메르크와 만나기로 약속을 해두었었다. 짐은 프랑크푸르트에 부치고 도중에 필요할지도 모르는 것은 라인 강을 내려가는 선편에 부쳤다. 그리고 굴곡이 많고 아름다운, 그리고 강변의 변화가 다양한 강을 걸어 내려갔는데, 스스로 결정은 내렸지만, 마음은 조용하고 생기있는 자연이 참으로 고마운 그런 상태에 있었다. 그림과 같은 또는 그림보다 더 아름다운 풍경의 아름다움을 발견하는 데 익숙했던 나의 눈은 원근遠近의 경치, 관목이 무성한 바위, 햇빛을 받는 나뭇가지, 습기찬 계곡, 우뚝 솟아있는 성城, 멀리서 유혹하는 푸른 연봉連峰들을 마음내키는 대로 바라보았다.

　나는 오른쪽 강변을 따라 걸었다. 강은 발밑에 나지막히 조금 떨어져서 흐르는데, 일부는 우거진 버드나무에 가리워져서 햇빛에 반짝이며 흐르고 있었다. 그때 이런 풍물을 그 아름다움에 어울리게 그릴 수 있었으면 하는 옛날의 소망이 다시 마음 속에 떠올랐다. 마침 나는 왼손에 좋은 주머니칼을 갖고 있었다. 그런데 그 순간 마치 명령을 내리듯이 마음 속 깊은 곳에서 다음과 같은 소리가 울려나왔다.

---

1) 추밀고문관 폰 라 로슈(von La Roche)의 부인으로 교양이 풍부하고 빌란트와 친숙했다.

"그 칼을 서슴지 말고 강 속에 던져라. 그것이 물 속에 떨어지는 것을 보게 되면, 나의 예술가로서의 소망은 이루어질 것이며, 만일 칼이 물에 떨어지는 것이 우거진 버드나무에 가리워 보이지 않으면 소원도 노력도 버려야 한다."

이런 우연한 생각이 가슴 속에 떠오르자 나는 곧 그것을 실행했다. 그 칼은 여러 가지 기구들이 달려 있어 매우 쓸모있는 것이었지만, 그런 것은 생각지도 않고 쥐고 있던 왼손을 추켜들어서는 칼을 힘차게 강물 속에 던져버렸다. 그러나 고대인을 통탄하게 했던 신탁神託의 사람을 미궁에 빠뜨리던 애매함을 나도 경험하지 않으면 안 되었다. 칼이 강에 떨어지는 것은 버드나무의 마지막 가지에 가리워 보이지 않았지만, 칼이 갑자기 떨어지는 반동으로 물이 기운좋은 분수처럼 공중에 튀어올랐고, 나도 확실히 그것을 보았다. 이 현상을 나는 아전인수격으로 해석하지 않았다. 그리고 그로 인해서 식탁의 해석이 들어맞는 그런 동기까지 갖게 되었다. 적어도 그 순간만은 외계에 염증을 느껴 상상력과 감정에 빠져 있었던 것이어서 바일부르크, 림부르크, 디츠와 낫사우 등 절경의 위치에 놓인 성들과 마을들을 하나하나 무심히 지나갔다. 대개는 혼자였지만 종종 잠깐 길손과 어울릴 때도 있었다.

이렇게 즐거운 여행을 며칠 동안 한 다음 나는 엠스에 도착했다. 거기서 몇 차례 기분좋게 목욕을 하고 나서 보트에 몸을 싣고 강을 내려갔다. 거기에서는 옛날의 라인 강이 눈앞에 전개되었다. 오베를란슈타인의 절경이 나를 황홀하게 했다. 그러나 무엇보다도 훌륭하고 장엄하게 보인 것은 완전무결하게 구축되어 힘차고 위풍당당하게 서 있는 에렌브라이트슈타인 성城이었다. 그것과 가장 좋은 대조를 이루고 있는 것이 그 밑에 자리잡고 있는 타알이라는 촌락이었다. 여기서 나는 추밀고문관樞密顧問官인 라 로슈 씨의 주택을 쉽게 찾아낼 수 있었다. 메르크로부터 미리 통지가 있었기 때문에, 이 품위를 갖춘 가족들은 나를 매우 친절히 대해주었으며, 이내 나를 그들 가족의 한 사람으로 취급해주었다. 모친과는 문학적 혹은 감상적 경향에 있어서 친밀했고, 부친과는 쾌활한 세속적 관심면에 있어서, 딸들과는[2] 내가 청년이라는 점에서 친밀했다.

계곡 맨끝, 강보다 조금 높은 장소에 자리잡고 있는 이 저택에서는 강의 하류까지 한눈에 들어왔다. 방들은 천정이 높고 넓었으며, 화랑처럼 그림들이 줄을 이어 걸려 있었다. 사면에 나있는 창문들은 부드럽게 비치는 햇살을 받아 뚜렷하고 생생하게 드러나보이는 자연의 그림 액자를 이루고 있었다. 이렇게도 상쾌한 아침과 멋있는 저녁을 나는 이제껏 본 일이 없었다.

나 혼자서 이 집의 손님으로 있는 것은 그다지 오랫동안은 아니었다. 여기서 때로는 친구간의 애정을 위해 개최하게 되어있는 집회에 로이히젠링도 초대를 받아 뒤셀도르프에서 왔던 것이다. 근대 문학에 정통한 이 사람은 많은 여행을 했고, 특히 스위스에 체류하는 동안에는 많은 사람을 사귀었으며, 또한 그는 유쾌하고 사교성이 있었기 때문에 사람들에게서 많은 사랑을 받았다. 그는 여러 친구들과 주고받은 친밀한 서한이 들어있는 여러 개의 작은 상자들을 가지고 다녔다. 왜냐하면 그 당시는 어떤 개인에게 이야기나 편지를 한다는 것은 동시에 여러 사람을 향해 하는 것으로 간주되는 것이 그 당시 사람들의 공통된 경향이었기 때문이다. 사람들은 자신의 마음 속을 들여다봄과 동시에 타인의 마음을 살폈다. 정부는 이러한 서한에는 무관심했고, 탁시스 우편[3]은 정말 신속했으며, 봉함의 안전도 보장되었고 우편 요금도 염가여서 이 같은 도덕적·문학적인 서신교환이 널리 유행되었다.

---

2) 막시밀리아네 오이프로지네(Maximiliane Euphrosyne)와 루이제(Luise) 자매. 17세와 16세였다.
3) 1867년까지 독일의 제諸연방에서는 투른(Thurn)과 탁시스(Taxis)의 두 제후諸侯가 관리하는 우편제도가 행해지고 있었다.

이런 종류의 서한, 특히 고명한 인사들의 서한은 정성껏 수집되어, 다정한 친구들의 모임이 있을 때는 발췌되어 낭독되는 것이었다. 사람들은 정치적 논쟁에는 그다지 흥미가 없었기 때문에, 도덕적 세계에 널리 정통하게 되었다.

로이히젠링의 작은 함 속에는 이런 의미에서 많은 보물이 간직되어 있었다. 유리에 본델리[4]의 서한이 높이 평가되었다. 그녀는 사회에 공헌한 두뇌가 좋은 부인으로서, 또한 루소의 친구로서 유명했다. 그 비범한 인물과 다소라도 교제가 있는 사람이라면 누구나 루소로부터 발산되는 영광에 힘입어, 그의 이름 아래 여기저기서 일종의 비밀 단체를 만들고 있었다.

나는 이와 같은 낭독이 있을 때에는 기꺼이 그 자리에 참석했다. 왜냐하면 나는 그것을 통해서 하나의 미지의 세계로 옮겨져 최근에 일어났던 많은 사건들에 관해서 그 내막을 알 수 있었기 때문이었다. 물론 전부가 내용이 풍부한 것은 아니었다. 쾌활한 사회인이며 사무가였던 라 로슈 씨는 가톨릭 교도이면서 전에는 책을 써서 수도사修道士나 사제들을 조소한 일이 있었는데, 여기서도 일종의 친목관계, 즉 아무 가치도 없는 많은 사람들이 저명한 인사들과 교제하며 뽐내고, 결국에 덕을 보는 것은 전자이며 저명한 인사는 아무런 이득도 없는, 그런 관계가 있다고 생각하고 있었다. 이 정직한 인물은 함이 열리면 대개 자리를 떴다. 그러나 만약 몇 통의 서한이 낭독되는 것을 듣는 일이 있을 때에는 언제나 풍자적인 비평이 터져 나왔다. 그 중에서도 한 번, 그는 다음과 같이 말한 적이 있었다.

"어떤 서신들을 접하면, 내가 전부터 늘 믿고 있던 것, 즉 부인들은 편지를 그저 핀으로만 봉하더라도 편지가 개봉되지 않고 상대방 주소에 도착하리라는 것이 틀림없다는 생각이 굳어집니다. 부인들

---

4) 1731년 베를린에서 태어나다. 이지적인 부인으로 빌란트도 그녀의 인물에 매료되었다.

은 얼마든지 봉답을 절약할 수 있습니다."

그는 같은 방법으로 언제나 실생활이나 업무의 범위 밖에 있는 모든 것을 조롱했다. 그리고 이 점에 있어서 그의 주인인 동시에 선생이었던 마인츠 선제후국選諸侯國의 재상宰相 시타디온 백작[5]의 기질을 따랐다. 백작은 분명히 그가 소년시절에 가졌던 현세에 대한 집착과 냉정한 감정을 어떠한 신비적인 것에 대한 경건한 마음을 넣어주기에는 아무래도 적합하지 않은 인물이었다.

여기서 백작의 매우 실제적인 정신에 대한 일화를 이야기하는 것이 적당할 것이다. 백작이 양친이 없는 라 로슈를 귀여워하고 자기 제자로 삼았을 때, 백작은 아직 소년이었던 그에게 비서의 역할을 맡겼던 것이다. 백작은 그에게 편지를 주어 회답을 쓰게 했고, 속달편지를 작성하게 했다. 이런 문서를 소년은 또한 정서淨書하거나, 때로는 암호로 쓰기도 하고, 봉함하고 겉봉을 써야만 했다. 이런 상태를 수년 간 계속했다. 소년은 청년이 되고, 이제까지 다만 능력이 있다고 자만하고 있던 것을 실제로 수행할 수 있게 되었을 때 백작은 그를 큼직한 책상 앞으로 데리고 갔다. 책상 속에는 편지와 소포들이 전부 봉해진 채로, 견습시절의 연습물로 보존되어 있었다.

백작이 자기 제자에게 요구하고 있던 또 한 가지의 연습은 일반 사람들의 찬성을 얻지 못했을 것이다. 라 로슈는 자기 주인인 백작이 자필로 편지를 쓰는 수고를 덜어 주기 위해서 백작의 필적을 정확하게 모방해야만 했던 것이다. 이 대필의 재능은 사무상으로 이용되었을 뿐만 아니라, 연애 사건에도 이 젊은 청년은 자기 선생의 대역을 해야 했던 것이다. 백작은 어느 고귀하고 재능있는 부인과 열렬한 연애관계에 있었다. 백작이 밤늦게까지 그 부인과 함께 있을 때, 그의 비서는 집을 지키면서 열렬한 연애편지를 수정했다. 백작

---

5) 1768년에 세상을 떠나다. 빌란트의 비호자로 알려져 있다.

은 그 중에서 마음에 드는 것을 골라 그날 밤으로 즉시 그것을 애인에게 보냈다. 부인은 물론 그것으로 자기의 열렬한 숭배자가 꺼질 줄 모르는 정열에 불붙고 있다고 굳게 믿지 않을 수 없었다. 젊었을 때의 이러한 경험은 그 청년에게 연애편지에 대해 좋은 관념을 주지는 못했을 것이다.

두 명의 성직자 선제후選帝侯에게 봉사했던 그에게는 성직자 기질에 대한 화해할 수 없는 증오가 굳게 뿌리박고 있었다. 그것은 아마 독일에서는 성직자들이 여러 지방에서 거칠고 무취미하고 정신을 부패시키는 추태를 연출하고, 그것으로 인해서 모든 종류의 교양이 방해되고 파괴되는 것을 보아온 데서 나타난 것 같았다. 그가 출판한 《성직자의 기질에 관한 서한》은 굉장한 인기를 끌었다. 그것은 많은 신교도와 구교도들로부터 크게 환영을 받았다.

라 로슈는 감상이라고 부를 수 있는 모든 것을 싫어했다. 자기 자신도 그렇게 보이는 것을 단호히 피했다. 그러나 맏딸에 대한 아버지다운 따뜻한 애정은 숨기려고 하지 않았다. 그 딸은 참으로 귀여웠다. 몸집은 크다기보다 작은 편이고 청초하게 보였다. 날씬하고 품위있는 모습, 까만 눈에다 더할 수 없이 깨끗하고 혈색이 좋은 얼굴이었다. 딸도 아버지를 따르고 기질까지도 비슷했다. 활동적인 사무가였던 부친은 대부분의 시간을 직무상의 일에 빼앗기고, 찾아오는 손님들도 본래 자기보다는 부인을 만나러 오는 사람이어서, 사교적 모임이 그에게는 아무런 즐거움도 주지 못했다. 식탁에서 그는 명랑하고 재미있었다. 그리고 최소한 자기 식탁에서만은 감상적인 자극제를 가까이하지 않으려고 노력했다.

라 로슈 부인의 기분이나 사고방식을 알고 있는 사람은 (수명이 긴 많은 저술로써, 부인은 모든 독일인에게서 존경을 받고 있었다) 아마 이 점에서 가정적으로 원만하지 못했으리라고 생각했을 것이다. 그러나 절대로 그렇지 않았다. 그녀는 참으로 경탄할 만했고, 나는 그녀와 비교할 만한 여자를 보지 못했다. 날씬하고 우아하며 키는 큰 편이며 고령에 이르도록 모습이나 태도에 어떤 우아함을 지니고 있었다. 부인의 이와 같은 우아함은 귀족 사회의 부인과 상류 시민사회 부인의 태도의 중간쯤에 위치하고 있었다. 복장으로 말하면, 그녀는 수년간 같은 옷을 입고 있었다. 날개가 달린 조그마한 모자는 작은 머리와 갸름한 얼굴에 매우 잘 어울렸다. 그리고 갈색 혹은 회색 의복은 만나는 사람들에게 조용하고 위엄있는 느낌을 주었다. 말도 잘 했고 자기가 한 말에 정취情趣를 섞어 늘 의미심장하게 만들 줄 알았다. 그녀는 누구에 대해서나 똑같은 태도를 취했다. 그러나 이런 것으로만은 부인의 특색을 나타내지 못했다. 그것을 말하는 것은 어려운 일이다. 그 부인은 모든 것에 대해서 관심이 있었으나, 아무것도 그녀에게 영향을 주지 못했다. 모든 것에 대해서 온화했고, 모든 것을 참을 수 있었고 고통을 당하는 법이 없었다. 남편의 농담에도 친구들의 애정에도 어린애들의 애교에도 모두 한결같이 대했다. 따라서 이 세상의 선善이나 악惡에 의해서, 혹은 우수한 혹은 졸렬한 문학작품에 의해서 마음을 빼앗기는 법이 없이, 언제나 자기 자신을 보존하고 있었다. 여러 가지 슬프고 괴로운 운명에 부딪혔는데도 불구하고, 부인이 고령에 이르기까지 자신을 유지할 수 있었던 것은 이와 같은 성격 탓이었다. 그러나 불공평하지 않기 위해서, 나는 다음과 같은 이야기를 하지 않을 수 없다. 그 당시 황홀할 정도로 아름다웠던 어린 두 아들에게는 때때로 부인이 늘상 보여주던 것과는 다른 표정을 보여주고 있었다.

이와 같이 내가 매주 유쾌한 새로운 환경에서 잠시 세월을 보내고 있을 때 메르크가 가족을 데리고 왔다. 그러자 여기에 새로운 친화관계親和關係가 성립되었다. 두 부인은 서로 친근했고, 메르크는 세상사와 실무에 능통하고, 학식있고, 많은 여행을 한 라 로슈와 친밀히 교제했다. 어린이들은 어린이들끼리 합쳤고, 딸들은 내게로 쏠렸다.

그 중에서도 맏딸이 이내 내 마음을 끌었다. 지나간 정열이 완전히 꺼지기도 전에 새로운 정열이 우리들 마음 속에 싹트기 시작하는 것은 매우 유쾌한 느낌을 주는 것이다. 마치 태양이 떨어질 무렵에 반대편에서 달이 뜨는 것을 보고 좋아하면서, 두 하늘의 광선에서 오는 이중의 빛을 즐기는 것과도 같다.

이제 집 안이나 집 밖에서도 여러 가지 오락에 부족한 것이 없었다. 우리들은 근방을 돌아다녔다. 라인 강 이쪽의 에렌브라이트슈타인과 건너편 카르타우제에도 올라갔다. 거리와 모젤 교橋, 라인 강을 건너 주는 나룻배, 이 모든 것들이 우리에게 각양각색의 즐거움을 주었다. 새로운 성城은 아직 축조되지 않았다. 우리들은 성이 세워질 예정인 부지로 안내되어, 그 설계도도 보았다.

그러나 이와 같은 유쾌한 상태 속에서도, 내부에는 부조화의 싹이 트기 시작했다. 이 부조화의 씨는 교양이 있는 사람들의 모임이건 교양이 없는 사람들의 모임이건 대개는 불쾌한 결과를 나타내는 법이다. 냉정하고 동시에 성급한 메르크는 얼마 안 가서 왕복 서간書簡의 낭독을 묵묵히 듣고 있을 수가 없었고, 그 속에 나오는 사건이나 인물 또는 그 관계에 대해서 빈정거리는 말을 입 밖에 내기 시작했다. 그러던 그는 나에게 몰래 그 서한 속에 숨어있는 여러 가지 놀라운 사건들을 밝혀주었다. 물론 정치적 비밀에 관한 것을 말한 것은 아니었고, 또 어떤 사건과 관련이 있는 이야기도 아니었다. 그는 다만 나에게, 특별한 재능도 없으면서 능숙하게 자기 세력을 만들어 낼 줄 알고, 여러 사람들과 교제하여 자기를 이렇다는 인물로 내세우려 노력하는 사람들에 대하여 주목하게 했을 뿐이었다. 이때부터 나는 그런 인물들을 전보다 더 잘 알게 되었다. 그러한 인물들은 늘 장소를 옮기며, 여행자로서 여기저기에 나타남으로써 사람들에게는 호기심어린 특별대접을 받는 특혜가 있었다. 이런 호의에 대해서는 질투를 받거나 방해를 받는 일이 없었다. 왜냐하면 이런 일은 하나의 관습이었기 때문이다. 그것으로 인해 여행자는 누구나 대접을 받았고, 그 지방 사람들은 자주 불편함을 경험했다.

그것은 어떻든, 그때부터는 혼자서 여기저기 여행을 하며 도시마다 체류하고, 적어도 두서너 가정에서 세력을 얻으려고 노력하는 이런 종류의 사람들에 대해서 우리들은 일종의 불안하고 질투적인 주목을 하게 되었다. 나는 이런 부류의 인간들 중에 마음이 약하고 소심한 한 사람을 〈파터브라이〉에서 묘사했고, 더 유능하고 강건한 또 한 사람을 장차 소개할 예정이었던 사육제극 속에서 묘사했다. 그 극은 '사튀로스 혹은 신의 제물이 된 숲의 악마' 라는 표제가 붙어있는데, 공정치 못했을지는 모르나 적어도 쾌활한 기분으로 묘사했다.

한편 우리의 작은 사교 단체의 색다른 사람들은 그래도 어느 정도 서로 감회를 주었다. 우리들은 때로 각자의 습관과 생활양식에 의해서 억제되었고, 때로는 앞서 말한 바와 같은 주부의 특별한 방식으로 다독거려졌다. 왜냐하면 이 주부는 자기 주위에서 일어나는 사건들에 대해서는 거의 동요를 받지 않았고, 마음을 언제나 관념적인 일에만 돌리고 있으며, 그러한 생각을 부드럽고 친절하게 표현할 줄 알았기 때문에 모임 속에 일어나는 모든 충동을 완화시키며 굴곡을 원활히 할 줄 알았기 때문이었다.

메르크는 적절한 시기에 작별을 했다. 그래서 사람들은 가장 좋은 상황에서 서로 헤어지게 되었다. 나는 메르크와 그의 가족들과 함께 마인츠로 돌아가는 요트를 타고 라인 강을 거슬러 올라갔다. 이 요트는 원래 속도가 느린 데다가 우리들은 뱃사공에게 너무 빨리 달리지 말라고 부탁했다. 이리하여 우리들은 화창한 날씨에, 시시각각으로 더욱 아름다워지고 사물들의 크기도, 유쾌한 인상도 끊임없이 변화하는 듯한 이 무한히 다양한 대상을 마음껏 즐기며 구경했다. 나는 다만 라이펠스, 성^聖고아르, 바하라하, 빙겐, 에펠트, 비브리히의 이름을 들음으로써 독자 여러분이 이 지방을 회상할 수 있기만을 원하는 바이다.

우리들은 열심히 그렸다. 그래서 적어도 그것으로 인해서 절묘한 강안江岸의 천태만상의 변화가 인상에 굳게 박혔다. 이렇게 오랜 시간 동행이 되어 여러 가지 사물에 관해서 흉금을 터놓고 서로 이야기함으로써 우리들의 우정은 더욱 깊어져, 나는 메르크에게 큰 영향을 받았으며, 메르크는 나를 좋은 동행으로 여기고 자기 존재를 유쾌하게 하는 데 없어서는 안 될 사람으로 여겼다. 자연을 통해 예리해진 나의 눈은 또다시 예술 감상으로 향했다. 그것에는 프랑크푸르트에 있는 훌륭한 회화와 동판화의 수집이 절호의 기회를 주었다. 그리고 에틀링 씨나 에렌라이히 씨 두 분의 호의와 특히 성실한 노트나겔 씨에게 많은 은혜를 입었다. 예술 속에서 자연을 보는 것이 나에게는 하나의 정열이 되어 그것이 최고도에 달할 때는 열광적인 다른 예술 애호가들에게까지도 마치 미친 사람처럼 보였을 것이 틀림없다. 그리고 이와 같은 취미를 육성하는 데는 네덜란드의 걸작들을 지속적으로 보는 것이 제일이었다. 그런데 노트다겔은 내가 정력을 다하여 이런 일에 능통할 수 있게 해주려고 나에게 방 하나를 비워 주었다. 그 방 안에서 나는 유화를 그리는 데 필요한 모든 것을 발견했다. 그래서 나는 실물을 묘사해서 몇 개의 간단한 정물을 그렸다. 그 중의 하나인 은銀 상감이 되어있는 귀갑龜甲으로 만든 칼자루를 그린 것은, 한 시간 전에 나를 방문했던 선생이 다시 돌아와서 몹시 놀라며 자기의 제자가 그 동안 내 옆에서 도와주었을 것이라고 말했을 정도였다.

내가 끈기있게 이런 물건들에 대해서 연습을 계속하여 그것의 빛이나 음영이나 표면의 특징을 파악할 수 있었더라면, 어느 정도 실질적인 경험을 쌓고 한층 높은 단계까지 나아갈 수가 있었을 것이다. 그러나 나도 모든 애호가들이 빠지게 마련인 과오에 빠져 가장 어려운 것부터 시작하려고 했다. 그뿐인가! 내가 할 수 없는 것까지도 하려고 했다. 그래서 이내 대작大作을 기도하려는 유혹에 빠져 거기서 막혀버리고 말았다. 한편으로는 그 대작이 나의 재능을 능가했기 때문이기도 했고, 또 한편으로는 섬세한 주의와 그것만 있으면 초보자라 할지라도 어떻게 해낼 수 있는 차분한 근면을 순수하고 유효하게 유지해 나가지 못했기 때문이었다.

그 무렵 우연히 나는 고대의 두상頭像의 훌륭한 석고형을 얻을 기회가 있었다. 그래서 나는 더 높은 세계로 끌려 들어갔다. 즉 이탈리아인들이 대목장에 늘 그와 같은 좋은 표본들을 가지고 와서 모형을 떠서 팔았던 것이다. 이런 식으로 나는 라오콘과 그 아들들, 그리고 니오베의 딸들의 두상들을 차츰 수집했고, 또 예술 애호가의 유품 중에서 고대의 중요한 작품의 모작模作을 사들여 조그만 박물관을 만들었다. 그리하여 나는 지난달 만하임에서 받았던 강한 인상을 가능한 한 생생하게 소생시키려고 노력했다.

이와 같이 나는 재능이나 도락이나 혹은 취미나 그 밖에 내 마음속에 살고 있다고 생각하는 모든 것을 육성하고 조장하고 유지하려고 노력하는 동시에, 아버지의 소원에 따라서 하루의 상당한 시간을 변호사 업무에 바쳤다. 우연히도 그 방면의 실행에 가장 좋은 기회를 발견했다. 할아버지가 돌아가신 뒤 나의 백부 텍스토르 씨가 시의회에 들어가 내 힘으로 할 수 있는 작은 사건들을 나에게 양보해 주었다. 실로서 형제도 역시 그랬다. 나는 이 서류들에 정통했다. 아버지도 역시 만족해서 그것들을 읽었다. 왜냐하면 아버지는 아들의 일이 원인이 되어 오랫동안 중지하고 있던 업무를 다시 볼 기회가 생겼기 때문이었다. 우리들은 그 일에 대해서 상의했다. 그리고 나는 손쉽게 필요한 문서를 작성했다. 우리들은 뛰어난 필생筆生을 쓰고 있었다. 이 필생에게는 동시에 재판소 관계의 일체 수속절차를 일임할 수가 있었다. 그래서 이 일은 나를 아버지에게 한층 가깝게 해주었기 때문에, 나에게는 더욱 더 유쾌한 일이었다. 아버지는 이 점에 대한 나의 태도에 완전히 만족했으며, 내가 얼마 있으면 저술가로서 명성을 떨치리라는 것을 열망하고 내가 하고 있는 다른 모든 일을 하나도 책망하지 않게 되었다.

그런데 어떤 시대에 있어서나 지배적인 사상이나 의견은 복잡한 방법으로 가지를 뻗치고 그것에 의해서 모든 것이 서로 관계를 맺기 마련이기 때문에, 법률학 방면에 있어서도 차츰 종교나 도덕이 취급하는 것과 같은 원리에 따르게 되었다. 소장少壯 변호사 사이에서도, 또한 노장 재판관 사이에서도 인도주의가 퍼지게 되어서 모두가 서로 겨루다시피하면서 법률적 관계에 있어서 가능한 한 인도적이 되려고 했다. 감옥은 개선되고, 범죄는 변호되었으며, 형벌은 경감되고, 적출인지嫡出認知도 간편하게 되고, 신분이 다른 결혼이나 이혼도 간단히 처리되었다. 그리고 우리들 중에 우수한 변호사 하나가 사형집행인의 아들을 의사회醫師會에 가입시키는 데 성공함으로써 최고의 명성을 획득했다. 여러 조합과 단체가 이에 반대했으나 소용없었다. 둑은 하나하나 무너져 갔다. 종교 단체들의 상호간의 관용도 말뿐이 아니라 실제로 실행되었다. 그리고 유태인에 대한 관용이 사려깊고 총명하게 또 힘있게 이 관대한 시대를 향해서 열심히 권고되었을 때, 공민의 제도는 더한층 큰 힘으로 위협을 받았다. 법적으로 취급해야 할 이와 같은 새로운 대상이 법률과 관습의 범위 밖에 있어 공정한 판단이나 온정있는 동정만을 요구하고 있었으며, 동시에 더욱 자연적이고 생기있는 양식을 요구했다. 여기에서 우리 젊은이들에게 하나의 밝은 무대가 열렸고, 우리들은 거기에서 유쾌하게 활동했다. 한 번은 한 황실 고문관이 나에게 매우 정중한 찬양의 편지를 보내 준 것을 아직도 나는 분명하게 기억하고 있다. 프랑스 변호사의 변론은 우리들에게는 모범이 되었고 자극이 되었다.

이리하여 우리들은 법률가보다도 훌륭한 변론가가 되려고 했다. 견실한 게오르그 실로서는 어느 날 이 점을 비난하며 내게 주의를 준 적이 있었다. 내가 나의 변호 의뢰인에게 심혈을 기울여 작성한 변호문을 낭독해 주자 매우 만족해하더라는 이야기를 했더니, 그 말에 대해 실로서는 이렇게 대답하였다.

"당신은 이 경우 변호사로서보다 저술가로서의 장점을 보여주었소. 문제가 되는 것은, 이 같은 변호문이 소송 의뢰인의 마음에 드느냐 하는 것이 아니라, 재판관 마음에 들 수가 있느냐 하는 것입니다."

그런데 누구나 제아무리 중대하고 긴박한 사무가 있어 그 일에 낮시간을 다 바친다고 하더라도 밤이면 연극을 구경할 시간이 없는 사람은 없다. 나도 역시 그랬다. 우수한 극장이 없었기 때문에 나는 어떻게 하면 결국에 가서 독일 극단에 실제로 영향을 줄 수 있는가 하는 것을 연구하기 위해서 늘 독일 극단에 대해 생각하고 있었다. 지난 세기 후반에 있어서의 독일 연극계의 상태는 잘 알려져 있었고, 그것을 알려는 사람은 어디서나 손쉽게 연구 재료를 발견할 수가 있었다. 그러므로 나는 여기에서 몇 가지 일반적인 사항만을 적으려고 한다.

무대상의 성공은 작품의 가치보다도 배우의 인물에 의하는 수가 더 많았다. 모든 것이 희극배우의 유머와 재능에 달려있는 절반 혹은 완전히 즉흥적인 작품에 있어서는 특히 그랬다. 이 같은 각본의 제재題材는 극히 일반적인 생활에서 취재해야 하며 관객인 민중의 풍습에 적합할 것이라야 한다. 각본이 언제나 받을 수 있는 대갈채는 바로 일상생활에 적용할 수 있는 그런 성격에서 생기는 것이다. 이와 같은 작품들은 옛날부터 남부 독일을 본거지로 오늘날까지 그런 것을 연출해 내려오고 있다. 다만 배역을 바꿈으로써 어릿광대의 성격에 때때로 변화를 약간 부여할 필요가 있을 정도인 것이다. 그러나 독일의 연극은 국민의 진실한 성격에 순응하여 곧 도덕적인 것으로 전향해 갔고, 이 경향은 외부적인 동기에 의해서 더욱 촉진되었다. 즉 엄격한 기독교도들 간에는 도대체 극장은 여하한 경우에 있어서도 기피해야 할 죄가 되는 것이냐, 혹은 선량한 사람들에게는 좋은 것이며 악인들에게는 나쁜 것이 될 수 있는, 아무래도 좋은 것이냐 하는 문제가 나타났던 것이다. 엄숙하고 광신적인 신자들은 후자를 부정했으며, 성직자들은 절대로 극장에 들어가서는 안 된다고 고집했다. 그래서 극장은 해가 없을 뿐 아니라 차라리 유익한 곳이라고 하기 전에는 그것을 강력하게 반박할 수가 없었다. 그런데 유익한 것이 되기 위해서는 도덕적이어야만 했다. 북부 독일의 연극은 이러한 방향으로 더욱 발달해 나갔으며, 마침내는 어릿광대의 역할이 일종의 반도락성半道樂性 때문에 무대에서 쫓겨나기에 이르렀다. 재능있는 인사들이 어릿광대를 변호해주었음에도 불구하고 그들은 무대를 이미 독일적인 한스부르스트의 소박성을 이탈하여, 이탈리아 및 프랑스적 하를레킨[6]의 속물성과 우아함에 빠져 있었기 때문이다. 스카펭[7]과 크리스펭까지도 차츰 자취를 감추었다. 내가[8] 마지막에 본 것은 노령의 코호가 연기한 크리스펭이었다.

이미 리처드슨의 소설이 비교적 퇴폐한 도의에 대해서 시민 계급의 주의를 환기시켰다. 〈클라리세〉에는 어느 부인의 탈선에서 나타나는 피할 수 없는 준엄한 결과가 잔인한 방법으로 분석되어 있었다. 레싱의 〈미스 사라 샘프슨〉도 같은 주제를 취급했다. 또 〈런던의 상인〉에서는 유혹된 청년의 참경慘景을 보여주고 있다. 프랑스의 희곡들도 같은 목표를 가지고 있었으나, 다소 온화하고 결말에 가서는 화해和解가 되기 때문에 환심을 살 수가 있었다. 디드로의 〈가장家長〉, 〈정직한 범죄자〉, 〈식초장수〉, 〈자기를 모르는 철학자〉, 〈외제니〉와 그 외의 그러한 작품들은 그 당시 점점 세력을 뻗치기 시작한 훌륭

---

6) 하를레킨(Harlekin). 한스부르스트(Hanswurst)처럼 광대극에 나오는 우스꽝스런 인물. 고대 프랑스어 헬레귄(Helleguin, wilder Jäger)에서 나온 말로 알려져 있음.
7) 스카펭(Scapin, 이탈리아어 Scapino)은 이탈리아 극에 자주 등장하는 교활한 노예역. 크리스펭(Crispin)은 프랑스 극에 있어서의 똑같은 인물.
8) 라이프치히에서 로마누스(Romanus)작 《Crispin als Vater》를 상연할 때의 일이다.

한 시민정신과 가족정신에 적합한 것이었다. 우리나라에서도 〈은혜에 보답하는 아들〉[9]이나 〈자식 사랑으로 인한 탈부병〉, 기타 그런 종류들은 같은 길을 걷고 있었다. 게블러의 〈재상宰相〉, 〈클레멘티네〉나 기타 작품들, 게밍겐의 〈독일의 가장〉 등은 모두 중류계급 혹은 하류계급의 가치를 유쾌하게 묘사 하여 대중을 즐겁게 했다. 에크호프[10]의 고결한 인격은 배우계급에 부족했던 일종의 위엄을 주었는데, 그의 인격은 이런 작품들의 주인공의 품위를 적지않게 높였다. 그 자신이 성실한 인물이었기 때문에 성실한 성격을 완전히 표현할 수가 있었던 것이다.

이제 독일 극단이 아주 쇠퇴해 가고 있을 때, 작가인 동시에 배우로서 슈뢰더[11]가 나타나, 함부르크와 영국간에 관련이 맺어진 것을 계기로 영국 희극을 개작했다. 그때 그는 그 작품들의 소재를 극히 일반적인 점만을 이용할 수밖에 없었다. 왜냐하면 원작의 대부분이 형태가 없었는데다가, 처음에는 훌륭하고 정연하게 시작해도 결말은 끝도 없이 흐려져 버렸기 때문이었다. 이들 희극작가들의 유일한 목적은 아마도 가장 기발한 장면을 나타내는 데 있었던 모양이었다. 그래서 실질적인 예술작품에 익숙해진 사람은 결국에 가서 끝도 없는 것을 강요당하는 불쾌한 기분을 갖게 된다. 게다가 또 전체를 통하여 거칠고 비도덕적이며 야비하고 방종한 성격이 참을 수 없을 만큼 뚜렷하게 침투해서 각색과 인물에서 이와 같은 모든 나쁜 점을 제거하는 일은 매우 곤란했다. 이 작품들은 반쯤 타락상태에 있는 대중만이 어느 특별한 시기에 즐기고 소화시킬 수 있는 거칠고 위험한 음식인 것이다. 시뢰더는 일반적으로 하는 것보다 훨씬 더 깊이

---

9) 엥겔(Engel)의 작품임.
10) 에크호프(Eckhof)는 1740년에 첫 무대를 밟았다. 하노버, 바이마르 등의 극장에서 명배우로 이름을 날렸고, 바이마르의 아마추어 극장에서 괴테와 함께 공연한 일이 있다.
11) 슈뢰더(Schröder)는 1771년에 함부르크 극장의 감독이 되었고, 자신의 작품 및 영국극의 번안을 상연했다.

이런 작품들에 손질을 가했다. 그는 근본적으로 개조했으며, 독일정신에 맞도록 가능한 한 그것들을 완화시켰다. 그러나 역시 이러한 작품들 속에는 여전히 불쾌한 핵심이 남아있었다. 왜냐하면 이 작품들은 대개가 어느 인물이 정당한 이유가 있건 없건 간에 타인에 의해학대받은 것을 야유의 원인으로 취급했기 때문이다. 이 같은 상연이 극장에서 유행하게 되었는데, 거기에는 앞서 말한 너무나 연약한 도덕성에 대해서 숨은 평형력平衡力이 있어 쌍방이 서로 작용함으로써 그렇지 않았더라면 빠져들 수도 있는 단조로움이 다행히 방지되었던 것이다.

본래가 선량하고 관대한 독일인은 사람이 학대받는 것을 보기 싫어한다. 그러나 어느 인간이나 설령 아무리 선량한 생각을 갖는 자라 할지라도 자기 취미에 반대되는 것을 강요당하지 않으리라고 안심할 수는 없는 것이며, 또 희극이란 것은 대개 관객을 만족시키려 할 때, 관객이 남의 불행을 좋아한다고 예상하고 또 그런 감정을 유발하기 때문에, 자연적 방법으로 이제까지 부자연하다고 생각했던 태도를 취하게 되는 것이다. 상류계급을 모욕하고 그들을 다소라도 공격하는 것이 그것이었다. 종래에는 산문이나 운문의 풍자는 궁정이나 귀족에게 언급하는 것을 늘 피해왔다. 라베너는 그런 방면에는 일체 조롱을 삼갔으며 하류계급만을 취급했었다. 짜하리에는 지방 귀족들을 많이 취급했고 그들의 취미와 특성을 우습게 표현했지만, 멸시하지는 않았다. 튀멜의 〈빌헬미네〉는 규모는 작지만 재치있는 구조였고, 매우 유쾌하고 대담하여 갈채를 받았다. 아마도 귀족인 동시에 궁정적인 작가 자신이 자신의 계급을 준엄하게 취급했기 때문이었으리라. 그러나 가장 단호한 1보를 내디딘 것은 레싱의 〈에밀리아 갈로티〉였다. 거기엔 상류계급의 정욕과 음모에 가득 찬 실정이 예리하고 신랄하게 묘사되어 있다. 이 같은 모든 작품들은 높아져 가는 시대정신과 완전히 일치했다. 그리고 지성이나 재능이 부족한 인간들까지도 그와 같은, 혹은 그 이상의 것을 할 수 있다고 믿고 있었다. 예를 들면 그로스만은 맛도 없는 여섯 장의 〈접시〉[12] 속에 그의 하급의 주방으로부터 산해진미를 남의 불행을 좋아하는 대중에게 대접했다. 정직한 궁정 고문관인 라인하르트는 이 재미도 없는 향연에서 모든 손님들을 위로하고 격려하기 위해서 집사 역할을 했다. 이때부터 무대상의 악인은 언제나 상류계급에서 선출되었다. 그러나 이와 같은 선발의 자격을 갖기 위해서는 인물을 시종侍從이나 최소한 비서관으로는 해야만 했다. 그러나 가장 심한 죄악적인 역할을 연출하는 인물로는 방명록 속의 궁정인물이나 시민 가운데서 최고의 계급이나 지위의 인물이 선출되었다. 그러나 그 중에서도 재판관이 결국 제1급의 악인의 지위를 차지했다.

그러나 우리는 이미 그런 것을 문제로 삼을만한 시대는 이미 지나가지 않았나 염려되므로, 나 자신으로 되돌아가서 틈나는 대로 내가 한때 생각하고 있었던 연극의 계획에 손을 대보려고 한 충동에 대해서 말해보겠다.

셰익스피어 작품에 계속적으로 흥미를 갖고 있으므로 해서, 나는 정신적 시야를 확대했기 때문에, 좁은 무대와 연출에 할당된 짧은 시간으로는 어떤 중요한 것을 연출하기에는 아무래도 불충분하다고 생각되었다. 성실한 괴츠 폰 베를리힝겐 자신이 쓴 그의 전기는 나로 하여금 역사적 방법을 취하도록 촉진시켰다. 그리고 나의 상상력은 나의 희곡 형식이 극장의 모든 한계를 초월하여 살아있는 현실의 사건에 더욱 접근하려고 노력할 정도까지 확장해 나갔다. 나는 이 방법을 촉진하면서 그것에 대해서 누이동생과 자세히 이야기했다. 그녀는 이런 일에 대해서 진심으로 흥미를 갖고 있었다. 그리고 내가 좀처럼 작품에는 손을 대지도 않고 이 이야기를 언제나 반복했기

---

12) 그로스만(Grossmann)작 〈Nicht mehr als sechs Schüsseln〉.

때문에 누이동생은 끝내는 초조해져서 다만 공중에 대고 말로만 떠들 것이 아니라 생생하게 상상한 것을 종이에다 똑똑히 적어놓으라고 친절히 독려하며 나에게 부탁하는 것이었다. 이 자극에 힘입어 나는 어느 날 아침, 계획과 각색을 미리 세우지도 않은 채 쓰기 시작했다. 나는 처음 몇 장면을 써서 저녁에 누이동생에게 읽어주었다. 동생은 그것들에 박수갈채를 보냈다. 그러나 동생은 내가 계속해서 쓸 것인가를 의심하고 있었기 때문에, 그 박수갈채는 조건부였다. 그뿐만 아니라 누이동생은 나에게 그런 인내력이 있는지조차 의심한다고 말했다. 그것이 더욱 나를 자극하여 나는 다음날도, 3일째도 계속해서 썼다. 매일 보고할 때마다 누이동생은 차츰 희망을 갖게 되었다. 더구나 소재가 철저히 내 것이 되었기 때문에, 일보 전진함에 따라 모든 것이 더욱 생생하게 되었다. 이리하여 나는 작품을 중단함이 없이 일로매진했고 우왕좌왕함이 없이 뒤도 돌아보지 않고 계속하여, 약 6주일 후에는 가철한 원고를 볼 수 있는 즐거움을 갖게 되었다. 나는 그것을 메르크에게 알렸다. 그것에 대해서 그는 쉽고 친절하게 말해주었다. 헤르더에게도 그것을 보냈더니, 그는 불친절하고 가혹한 의견을 표명했으며, 몇 줄의 즉흥 비방시誹謗詩를 지어 나에게 조소적嘲笑的인 이름을 붙이는 일까지 했다. 나는 그것에 미혹되지 않고 나의 대상을 예리하게 관찰했다. 주사위는 이미 던져졌다. 다만 말을 어떻게 유리하게 말판 위에 늘어놓는가가 문제였다. 나는 여기서 나에게 충고해 줄 사람이 하나도 없으리라는 것도 잘 알고 있었다. 그리고 다소 시간이 경과한 다음에 나의 작품을 마치 타인의 작품처럼 관찰할 수가 있었을 때, 나는 확실히 때와 장소의 통일을 포기하는 것을 시도함으로써 더욱 요구되는 더 높은 통일까지도 파괴해버린 것을 발견했다. 나는 구상도 계획도 세우지 않았지만, 다만 상상력과 내적 충동에 따랐기 때문에 처음에는 중심을 벗어나는 일이 거의 없었다. 처음 몇 막은 적당하다고 인정할 만한 가치가 있었다. 그러나 그 다음 막들, 특히 끝부분에서는 무의식중에 지나친 정열에 몰입되어 있었던 것이다. 아델하이트를 사랑스러운 여성으로 그려내려고 노력하는 사이에 나 자신이 그녀에게 반하여 그 운명에 대한 관심이 우세해져서, 무의식중에 펜이 그녀만을 위해서 쓰여졌던 것이다. 그리고 더구나 결국에는 괴츠도 비활동적인 인물이 되어버리고 말았다. 다만 농민 전쟁에 불운한 참가를 하기 위해서 돌아온 것이 되고 말았다. 그래서 예술상의 모든 구속을 떠나서 새로운 분야에서 자신의 실력을 시험해보려던 작가에게서 매력 있는 한 여성이 괴츠를 쫓아낸 것은 극히 당연한 일이었다. 내 창작의 본래 성격이 나로 하여금 언제나 통일로 향하게 했기 때문에, 나는 이 결점, 오히려 비난해야 할 이 과잉을 즉시 알아차렸다. 그래서 괴츠의 자서전이나 독일의 고문서古文書 대신에 내 작품을 염두에 두고 그 작품에 역사적이고 국민적인 실질적 내용을 더욱 많이 부여하고, 여기에 부수되는 공상적이거나 단지 정열적인 점을 말소하려고 노력했다. 이 일을 함에 있어 나는 인간적인 애정을 예술적인 소신에 양보하지 않으면 안 되었기 때문에 많은 것을 희생했음은 말할 나위도 없다. 예를 들면 나는 무서운 밤의 집시 장면에서 아델하이트를 등장시켜서 이 미녀의 출현이 기적을 일으키게 한 것을 잘했다고 자만하고 있었다. 그러나 더욱 자세히 검토한 결과 그녀는 축출되었다. 또 제4막과 5막에서 자세하게 묘사되어 있는 프란츠와 그의 여주인과의 정사도 단축되어, 다만 그 중요한 점만이 빛을 볼 수 있게 하였다.

그러므로 나는 아직 원형대로 보관하고 있던 초고를 전혀 수정하지 않고, 전체를 완전히 개작하려는 계획을 세웠던 것이다. 이 일도 매우 열심히 했기 때문에, 2,3주일 후에는 전혀 새로운 작품이 나타났다. 이 둘째번 작품도 후일에 인쇄할 생각을 하지 않고, 오히려 이것 역시 장차 더욱 연구하고 생각하여 새로이 제재를 다루어 시작을 쓸 때 기초로 삼으려는 예비 연습으로밖에는 생각지 않았기 때문에 그만큼 일이 빨리 진행되었다.

그런데 이제부터 시작하려는 여러 가지 계획을 메르크에게 이야기하기 시작했을 때, 그는 나를 조소하며 도대체 끝없이 제작하고 개작하는 것이 무슨 뜻이 있는가, 하고 반문했다. 그런 것을 통해서 작품들은 다른 것이 될 뿐이지 절대로 좋아지는 것은 아니며, 하나의 작품이 어떠한 효과를 나타내는가를 보고나서 다시 새로운 작품을 계획해야 한다고 그는 말했다. "적당한 때에 울타리에 널면 기저귀는 마르는 법이야" 하고 그는 격언 비슷하게 외쳤다. 또 지체하거나 주저하는 것은 자신없는 인간을 만들 뿐이라고 했다. 그 말에 대해서 나는 자기가 많은 애정을 기울인 작품을 서점에 제공하여 혹시 거절하는 답장이라도 받게 되면 불쾌한 노릇이라고 대답했다. 사실 젊고 이름도 나지 않은, 더구나 무모한 작가를 그들은 어떻게 판단할 것인가? 내가 약간 소중히 했던 〈공범자〉도 나의 인쇄에 대한 공포가 점점 사라졌을 때, 인쇄하고 싶은 생각이 있었지만, 호의를 가진 출판업자를 찾지 못했던 것이다.

여기서 내 친구의 기술적이고 상업적인 흥미가 갑자기 움직였다. 그는 프랑크푸르트 신문에 의해 이미 학자들이나 서점들과 관계를 맺고 있었다. 그의 의견에 의하면, 이같이 귀중하고 틀림없이 이목을 끌게 될 작품을 자비로 출판하자고 했다. 그러면 막대한 이익이 나올 것이라는 것이었다. 그도 다른 여러 사람들처럼 항상 출판업자의 이익금을 계산하고 있었다. 많은 저작들을 출판함에 있어서 출판업자의 이익은 특히 딴 저작에 의한 손실이나 기타 거래상의 손실을 계산에 넣지 않으면 분명히 거액이 된다고 계산하고 있었다. 결국 용지를 조달하고 그가 인쇄를 책임지기로 결정했다. 이리하여 일은 힘차게 시작되었다. 난폭한 희곡의 원고를 하나하나 깨끗한 견본인쇄로 해나가는 것은 결코 불쾌한 기분은 아니었다. 그것은 나 자신이 예상한 것보다 훨씬 깨끗하게 되었다. 책은 완성되어 많은 소포로 발송되었다. 이내 도처에서 큰 동요가 일어났다. 그것이 일으킨 반응이 널리 퍼졌다. 그러나 우리는 만사에 여의치 못하여 신속하게 각 지방에 배부하지 못했기 때문에 어느새 복제본複製本이 나타났다. 그뿐만 아니라 보낸 책에 대해서도 대금이 금방 회전될 턱도 없고 특히 송금을 받는 일이 거의 없었기 때문에, 상속도 아직 못 받고 돈도 넉넉지 못한 나는 사방에서 주목을 받고, 대단한 박수갈채를 받으면서 나의 천분을 세상에 알려 준 이 용지 대금을 어떻게 지불해야 할지 몹시 당황했다. 그와 반대로 나보다 먼저 해결책을 강구할 수 있었던 메르크는 얼마 안 있어 모든 것이 해결되리라고 극히 낙관하고 있었다. 그러나 나는 조금도 그러한 기미를 볼 수가 없었다.

이미 전에 내가 익명으로 출판했던 조그마한 책자로 인해서 치렀던 희생으로 대중과 비평가들에 대해 알고 있었기 때문에 칭찬과 비난에 대처할 다소 마음의 준비가 되어 있었다. 특히 나는 내가 특별히 주목해왔던 작가를 세상이 어떻게 취급하는가를 수년 전부터 관찰해왔던 것이다.

그때 나는 스스로는 자신이 없었지만, 얼마나 많은 근거없고 일방적이고 제멋대로의 말들이 세상에 터져 나오는가를 확실히 인식할 수 있었다. 이제 나도 똑같은 일에 부딪쳤다. 만일에 나에게 약간의 근거나마 없었더라면, 나는 교양있는 사람들의 항의에 얼마나 당황했을 것인가! 예를 들면 《독일 메르쿠르》에는 어느 편협한 인간이 쓴 호의적이기는 하나 동떨어진 비평이 실려 있었다. 그가 비난하는 점에 나는 동의할 수가 없었다. 작품을 달리 취급할 수도 있었을 것이라고 한 것에 대해서는 더구나 동의할 수 없었다. 그 후 즉시 비일란트가 전체적으로 이 비평자를 논박하고 나를 위해서 변론해 준 명쾌한 단언에 부딪쳤을 때는 기뻤다. 그러나 여하한 그런 비판이 인쇄로 나타나, 교육도 받고 교양도 있는 사람들의 우둔한 정신상태의 일례를 보게 되었다. 그러니 일반 대중들에게 있어서는 그야말로 어떤 상태였겠는가.

이러한 일들에 대해서 메르크와 담화하고 나를 계몽하는 즐거움은 오래 계속되지 않았다. 왜냐하면 총명한 헷센·다름슈타트의 방백方伯 부인이 페테르스부르크로 가는 여행에 그를 자기의 수행원으로 데리고 갔기 때문이었다. 그가 나에게 보내 준 자세한 편지로 인해서 나는 세상을 한층 넓게 전망할 수가 있었다. 또 그 서술敍述이 가장 잘 알고 친한 사람의 손으로 씌어진 것이므로 그것을 더욱 많이 섭취할 수가 있었다. 그러나 이런 사정 때문에 비교적 오랫동안 매우 적절한 생활을 계속했고, 또 바로 이 중대한 시기에 내가 참으로 필요로 하는 그의 계몽적 조력을 얻지 못한 것은 유감이었다. 왜냐하면 우리들이 군인이 되어서 전쟁에 나가 용감하게 위험이나 곤란들을 이겨내고 또 부상이나 고통뿐만 아니라 죽음까지도 감수할 수 있는 결심을 할 경우에는, 이같이 막연하게 일반적으로 예측되던 재난이 별안간 생겨나서 미처 생각지 못하는 법이지만, 용감히 이 세상에 발을 들여 놓은 모든 사람은, 특히 작가는 그런 재난을 당하게 마련이며, 나도 역시 같은 경우에 처했던 것이다. 일반 대중들의 대부분은 작품의 구성보다도 소재에 흥미를 느끼는 법이어서, 내 작품에 대한 젊은 청년들의 관심도 대개가 소재에 관한 것이었다. 그들은 그것을 군기軍旗를 보는 것처럼 생각하고, 깃발을 날리며 전진하는 젊은이의 가슴 속에 살고 있는 횡포하고 야성적인 모든 것이 세상을 만난 것처럼 생각했다. 그리고 이미 전에 그와 비슷한 생각에 매혹된 바 있었던 수재들이야말로 그것으로 해서 좋아서 정신이 없게 되는 것이었다. 탁월하고 여러 모로 보아서 독특한 한 시민이 쓴 편지를 지금도 나는 간직하고 있는데, 누구에게 보낸 것인지는 모르겠으나 그 당시 그 작품이 야기한 영향이 중요한 증거라고 할 수 있는 편지다. 한편 또 분별있는 사람들은 내가 강자들의 권리를 그들에게 유리한 색채로 묘사했다고 비난했다. 더구나 내가 그와 같은 무질서한 시기를 또다시 초래하려고 한다는 의견까지 말했다. 또 그 밖의 사람들은 나를 학식이 깊은 사람으로 생각하고 선량한 괴츠 이야기의 원전에다 새로운 주석을 달아서 출판할 것을 바라고 있었다. 내게 그런 재주가 있으리라고는 조금도 생각지 않았지만 나는 재판再版의 표제에 내 이름을 넣자는 요망을 받고 그것을 승낙했던 것이다. 나는 어느 위대한 존재의 꽃을 따는 재주를 알고 있었기 때문에 사람들은 나를 꼼꼼한 원예가라고 생각했다. 그러나 한편으로는 나의 학식이나 전문적 지식을 의심하는 사람도 있었다. 어느 명망있는 실업가가 예기치도 않게 나를 찾아왔다. 나는 이 방문을 대단한 영광으로 생각했다. 더구나 그는 담화 첫머리에 나의 《괴츠 폰 베를리힝겐》과 독일 역사에 대한 나의 정확한 이해를 칭찬했기 때문에 나의 기쁨은 더욱 크다고 생각했다. 그러나 사실은 그가 나에게 괴츠 폰 베를리힝겐은 프란츠 폰 지킹겐의 매부가 아니라는 것, 그래서 내 작품의 결혼관계는 역사적 사실과는 매우 상반되고 있다는 것을 가르쳐주고자 왔다는 것을 알았을 때, 나는 몹시 당황했다. 나는 괴츠 자신이 그 사람을 그렇게 불렀다고 변명했다. 그러나 그는 대답하기를, 그것은 다만 비교적 친한 우인友人 관계를 나타내는 어법에 불과하며, 마치 요즘에 우리들이 아무 혈연관계도 없는 우편마차의 마부까지도 Schwager(남매간, 친구, 자네 등의 호칭)라고 부르는 것과 같은 것이라고 했다. 나는 이 교훈에 최대의 감사를 표시하고, 이미 정정할 길이 없음이 유감이라고 말했다. 이 점에 대해서는 그분도 역시 매우 유감으로 여겼고 동시에 독일 역사와 제도를 깊이 연구하도록 나에게 매우 친절하게 충고했으며, 그러기 위해서 그는 자기의 장서를 제공하겠다고 말했다. 그리하여 후일에 나는 역시 그 책들을 충분히 인용했던 것이다.

그런데 이 같은 종류의 사건 중에서 가장 기분좋았던 일은, 어느 서적상이 찾아와서 명랑하고 솔직한 태도로, 그런 작품을 한 다스 요청하면서 충분한 사례를 하겠다고 약속한 일이다. 이 일을 우리가 매우 우습게 생각했던 것은 말할 것도 없으리라. 그러나 사실은 그가 잘못한 것도 아니었다. 왜냐하면 나는 혼자서 이미 독일 역사의 이 전환기의 전후에 열심히 마음을 기울였으며, 주요한 사건들을 같은 정신으로 취급하려고 일을 시작했기 때문이었다. 이것은 칭찬할 만한 계획이었으나 여러 다른 경우처럼 신속하게 지나가는 시대로 인해서 좌절되고 말았던 것이다.

그러나 나는 그 희곡을 구상하고 집필하고 고쳐 쓰고 인쇄하고 배부하는 동안에 머릿속에 더 많은 다른 형상들과 계획들이 움직이고 있었다. 무엇보다도 희곡으로 취급하려고 했던 것이 가장 빈번히 숙고되고 완성되기에 이르렀다. 그러나 동시에 그 표현방식은 희곡이라고는 여길 수도 없으나 그와 매우 밀접한 인연이 있는 것으로 변해갔다. 이 변천은 독백까지도 대화로 개작한 작가의 성격에 주로 기인하는 것이었다.

사람들과 시간을 보내기를 가장 좋아했던 습관에서, 나는 혼자서 생각한 것도 타인과의 대담식으로 변경시켰으며, 그것은 다음과 같은 방법으로 했다. 즉 자기 혼자 있을 때, 나는 내가 아는 사람 하나를 흔히 머릿속에 불러들이곤 했던 것이다. 그 사람에게 자리에 앉으라고 하고는 그 사람 옆을 왔다갔다 하면서, 그 사람 앞에 서서 때마침 자기가 생각하고 있던 문제를 그 사람과 토의하는 것이었다. 그 사람은 때때로 그것에 대답을 하기도 하고 또는 평상시와 같이 몸짓으로 찬부贊否의 뜻을 나타냈다. 대체로 이런 몸짓에는 누구나 특징이 있는 것이다. 그리고 이야기하는 사람은 말을 계속하며, 손님이 좋아할 것 같은 제목은 더욱 자세하게, 손님이 수긍치 못한 것은 조건을 붙여 한층 상세하게 규정을 짓고, 또 마지막에는 자기의 주제를 깨끗이 철회하기도 했다. 이 일에 있어서 가장 신기한 것은 자기와 비교적 친근한 친구가 상대로 선출되는 일은 절대로 없었으며, 간혹 만나는 사람이든가 혹은 멀리 떨어져 있으면서 일시적인 교제밖에는 없었던 사람들이 선출되었다는 사실이다. 그러나 그 사람들은 대개가 타인에게 주기보다는 오히려 받는 편이었으며, 자기가 견문할 수 있는 사물에 순수한 마음으로 침착한 관심을 나타내는 사람들도 이 토론의 실습에 불러들였다. 이 초청에는 남녀 노소와 귀천을 불문하고 모든 사람이 응했던 것이다. 그 사람들은 화제가 분명히 자기들이 좋아하던 것뿐이어서 만족하고 기분좋은 태도를 나타냈다. 그러나 많은 사람들은 실제로 담화를 하러 오는 것은 아마 곤란했을 것이므로 자기가 이와 같은 관념상의 대담에 늘 초청을 받았다는 것을 알았더라면 몹시 놀랐을 것이다.

　이와 같은 머릿속의 대화가 서신왕래와 대단히 비슷하다는 사실은 아주 명백한 일이다. 다만 후자에 있어서는 털어놓고 말하자면 응답이 있는데, 전자에 있어서는 응답이 없으며, 새롭고 변화하는 것을 자기가 창조해 낼 수 있다는 것뿐이었다. 그래서 절박한 불행도 없는 인간이 인생에 대해 느끼는 권태증을 묘사하는 경우에는 작가는 이내 그의 생각을 편지로 표현하지 않을 수 없는 것이었다. 왜냐하면 모든 불만은 고독의 산물이며 원인이기 때문이다. 불만에 사로잡힌 자는 자기에게 거역하는 모든 것을 회피한다. 그리고 모든 유쾌한 사교보다도 더 그런 인간의 기분에 거슬리는 것이 무엇이겠는가? 타인의 생활 향락은 그에게는 고통스러운 비난이며, 그는 자기를 자기자신 속에서부터 유혹해 낼 만한 것에 의해서 도리어 자기의 내부로 쫓겨 들어가는 것이었다. 그런 것에 대해서 별 수 없이 그가 마음을 털어놓는다 해도 그것은 편지를 통해서 나타나게 될 것이다. 왜냐하면 글로써 심중을 토로할 경우에는 그것이 유쾌하거나 불쾌하거나 직접 대고 이론을 말하는 사람이 없기 때문이다. 그러나 반대의 이유를 들어서 씌어진 회답은 고독한 자에게 그를 우울한 기분 속에 고착시키고 또 그를 더욱 완고하게 만드는 기회를 주는 것이다. 이런 의미에서 씌어진 저 베르테르의 편지들도 그 여러 가지 내용이 처음에는 몇 사람의 개인을 상대로 한 이 같은 관념상의 대화로써 기술되어 있지만, 후에는 구성에 있어서 친구인 동시에 관계자인 유일한 인물에게 보낸 편지처럼 되었기 때문에 여러 가지 매력을 지니고 있는 것이다. 많은 논평이 있었던 작은 작품의 수법에 관해서 이 이상 언급하는 것은 적당하지 못할지도 모르겠다. 그러나 내용에 대해서 좀더 이야기하고자 한다.

인생에 대한 그와 같은 혐오에는 육체적인 원인과 정신적인 원인이 있다. 전자는 의사에게, 후자는 도학자에게 연구하도록 위임하자. 우리들은 자주 충분히 연구한 제재題材에 대해서 그러한 현상이 가장 명확하게 나타나는 주요점만을 주의해보겠다. 인생의 모든 향락은 외부적 사물의 규칙적인 회귀回歸에 기인한다. 주야, 사계절, 개화와 결실의 순환, 기타 시기에 따라 돌아오는 우리가 향락할 수 있고 또 해야 하는 것이야말로 진정한 지상 생활의 원동력인 것이다. 이 같은 향락에 대해서 개방적이면 개방적일수록 우리들은 한층 행복감을 느끼는 것이다. 그러나 우리들 앞에서 이와 같은 종류의 현상이, 우리들의 관여도 없이 기복회전起伏回轉할 때, 우리들이 이 같은 호의적인 제공을 감수하지 못하면, 거기서 최대의 불행과 최악의 질병이 나타나는 것이다. 즉 인생이 지겹고 무거운 짐으로 여겨지는 것이다. 날마다 옷을 입고 벗기가[13] 싫어서 목매달아 죽었다는 영국인에 관한 이야기도 있다. 나는 어느 큼직한 공원을 관리하고 있는 정직한 정원사를 알고 있었는데, 그는 어느 날 화를 내며 이렇게 외쳤다. "도대체 1년 내내 서쪽에서 동쪽으로만 흐르는 비구름을 쳐다보아야 한단 말인가!" 또 우리나라의 어느 훌륭한 인사는[14] 봄이 다

---

13) 괴테의 〈에그몬트〉 제2막에 "인생은 옷을 입고 벗고 할 뿐인 가치가 있는가" 하는 구절이 있다.
14) 레싱이 자연심취에 대하여 비꼰 역설적인 말.

시 푸르러지는 것을 보자, 화를 내면서 변화있게 한번 좀 빨갛게 되었으면 좋겠다고 원했다는 이야기도 있다. 이런 상태는 사실 인생 권태의 징조로서, 이 권태는 마침내는 자살이 되는 수도 적지 않으며, 사색적이고 내성적인 인간에 있어서는 상상 이상으로 자주 나타나는 것이었다.

그러나 이 같은 권태를 유발하는 것은 연애의 회귀回歸보다 더한 것이 없다. 첫사랑이 유일한 것이라고 하는 것은 옳다. 왜냐하면 두 번째 사랑에 있어서는 그것이 두 번째라는 이유로 이미 사랑의 최고의 뜻이 상실되기 때문이다. 본래 연애를 북돋우고 유지하는 영원한 것, 무한한 것의 개념은 파괴되고, 연애는 모든 회귀적인 것과 똑같이 무상한 것으로 보인다. 이 복잡한 문화사회에서 사랑의 감정과 욕망의 감정을 분리하는 감각적인 것과 도덕적인 것의 분리는 이때도 과장되어 나타나지만, 그것은 아무런 효과를 가져올 수 없다.

더구나 청년은 자기 자신에 있어서는 그렇지 않으나 타인에 있어서 도덕적인 시기가 마치 사계절처럼 교대하는 것을 이내 알게 된다. 위인들의 은혜, 권력가들의 애호, 활동가들의 격려, 대중의 호감, 개개인의 사랑, 그것들은 모두 나타났다 사라졌다 하는 것이며, 마치 태양이나 달이나 별과 같이 잡아둘 수 없는 것이다. 그러나 그것들은 단순한 자연현상이 아닌 것이다. 우리들 자신의 혹은 타인의 죄과에 의해서 또 우연과 운명에 의해서 이런 것들은 우리에게서 떠나가 버린다. 그러나 그것들은 교대한다. 그리고 우리들은 절대로 그것들을 확실하게 파악하지 못하는 것이다.

그렇다고는 하나 다감한 청년을 가장 불안하게 하는 것은 끊임없는 과오의 반복인 것이다. 왜냐하면 우리들은 자기의 장점을 높이는 한편 자기의 결점을 기르고 있다는 것을 알게 되는 것은 훨씬 후일의 일이기 때문이다. 장점은 그 자신의 근원을 토대로 하듯이 또한 결점을 토대로 하고 있다. 그리고 장점은 공공연히 힘차고 다채롭게 가지를 뻗어나가는데, 결점은 암암리에 뻗어나가는 것이다. 그런데 우리들의 장점은 대개의 의지와 의식에 의해서 실현되지만, 결점은 무의식중에 돌발하는 것이기 때문에, 전자가 거의 기쁨이 되는 수가 드문 것에 비해서 후자는 언제나 고통과 가책을 준다. 여기에 자기 인식을 거의 불가능하게 만드는 최대의 난점이 놓여있는 것이다. 더구나 용솟음치는 청춘의 혈기, 하나하나의 대상에 마비되기 쉬운 상상력, 나날이 변하는 동요. 이런 것을 생각하면, 이 같은 곤경에서 빠져나오려고 초조하게 애쓰는 것을 누구나 부자연스럽게 생각하지는 않을 것이다.

이러한 우울한 관찰은 그것에 몰두하는 사람을 끝없이 끌고 가는데, 이런 관찰도 만일 외부의 뛰어난 독일 청년을 자극하여 그런 일을 하지 않도록 했더라면 그들의 감정 속에 그렇게 철저히 퍼질 수는 없었을 것이다. 그것을 초래한 것은 영국 문학, 특히 시를 통해서였고, 영국시의 뛰어난 점에는 그것을 읽는 사람이면 누구나 느끼는 엄숙한 우수憂愁가 있다. 영리한 영국인은 어려서부터 자기의 모든 능력을 자극하는 위대한 세계에 둘러싸여 있는 사실을 본다. 그리고 그 세계에 순응하기 위해서 자기의 모든 재간을 집중할 필요가 있다는 것을 조만간 깨닫게 된다. 영국시인 중에는 젊었을 때 방탕하고 소란한 생활을 보냈고, 일찍부터 현세의 사물의 공허함을 한탄할 자격이 있다고 생각한 자가 얼마나 많았던가! 또 그들 중 많은 사람들은 이 세상의 실무實務에 종사하려고 노력했고, 의회·궁정·내각·사신使臣 등의 높은 지위나 혹은 하급 지위에서 국내의 소란이나 국가 및 통치의 변혁에 관여하는 실력을 보여주었고, 그 결과 자기를 위해서가 아니라 친구나 보호자를 위해 기쁜 경험보다는 언제나 슬픈 경험을 겪었다. 얼마나 많은 사람들이 추방당하고 배척당하며 투옥당하고 또 재산을 잃었던가!

그런데 이같이 중대한 사건에 대해서는 단지 방관자라 할지라도 인간은 엄숙해지지 않을 수 없는 것이다. 그리고 엄숙한 것이 끌고 가는 곳은 지상의 모든 사물의 무상無常과 무가치에 대한 고찰인 것이다. 독일인은 진지하므로 영시英詩는 그들에게 매우 적합했다. 또 그것은 비교적 고상한 심경으로 씌어진 것이어서 장엄했다. 영시 속에는 으레 위대하고 유능하고 세상 물정에 밝은 오성悟性, 깊고 우아한 심정, 탁월한 의지, 열정적인 행동 등이 나타나 있으며, 이런 점들은 재간있고 교양있는 인간들에 대해서 칭찬할 수 있는 가장 훌륭한 특징인 것이다. 그러나 이 모든 것을 합쳐도 한 사람의 시인을 만들어낼 수는 없는 것이다. 진정한 시는 현세의 복음으로서, 내면적 쾌활함과 외부적 쾌활함에 의해서 우리들을 압박하고 있는 지상의 무거운 짐을 제거해주는 점에 있다. 마치 풍선과도 같이 시는 우리들을 우리들이 가지고 있는 모래주머니와 함께 더욱 더 높이 끌어올려서 지상의 착잡한 미로迷路를 전개시켜 준다. 가장 경쾌한 작품도 가장 엄숙한 작품도 똑같이 교묘하고 재치있는 표현으로, 쾌락이건 고통이건 적당히 조화시키는 목적을 가지고 있다. 이 같은 견지에서 대개는 도덕적이고 윤리적인 영시의 대부분을 관찰해보면, 그것들은 대개가 음울한 인생의 권태만을 나타내고 있을 것이다. 교묘하게 이 주제를 일관시키고 있는 영국의 《야상夜想》뿐 아니라, 그 외의 명상적인 시도 역시 어느새 이와 같은 슬픈 영역으로 끌려들어가서 거기에 지성으로는 해결할 수 없는 과제가 생기는 것이다. 지성은 원래 종교까지도 창립할 수 있는 것인데, 그 종교조차 지성으로 해결하지 못하는 것이다. 다음과 같은 놀랄만한 원시原始의 주석註釋이라고 할 수 있는 것을 출판한다면 큰 책이 될 것이다.

> 그리하여 노령老齡과 경험은 손을 맞잡고
> 그를 죽음으로 인도하며
> 괴롭고 오랜 탐구 끝에 그를 깨닫게 한다.

그가 일생을 과오 속에 살아왔다는 것을.

영국 시인을 더욱 인간 증오자로 만들고 또 그의 작품에 모든 것에 대한 혐오와 불쾌의 감정이 차게 하는 것은 국내가 여러 가지로 분열되어 있기 때문에 그들은 누구나 전생애까지는 아닐지라도 인생의 전성기를 어느 당파에 바치지 않으면 안 되었던 점이다. 사실 시인은 자기가 심복하고 있는 사람들이나 좋아하는 사물을 찬양하고 칭찬할 수 없는 것이다. 왜냐하면 만일에 그렇게 한다면 질투와 반발을 일으키기 때문이다. 그래서 시인은 적에게 가능한 한 나쁘게 욕을 퍼붓고 또 풍자의 무기를 가능한 한 예리하게 갈아서 독毒까지 바르는 데 자기의 재능을 다했다. 이러한 일은 양측에서 일어났고, 그 중간 지대는 파괴되고 깨끗이 쓰러져 현명한 활동을 하고 있는 일대 민족 집단의 내부에서는 아무리 관대하게 말해도 우매와 광기 이외는 아무것도 찾아낼 수가 없게 되었다. 애정을 노래하는 그들의 시까지도 비참한 소재를 취급하고 있다. 어느 시에서는 버림받은 소녀가 죽으며, 또 어느 시에서는 진실한 애인이 익사하고, 급히 헤엄쳐 달려간 그의 애인이 도착하기도 전에 상어에게 먹히곤 하는 것이었다. 그레이 같은 시인이 어느 교회 묘지에 자리잡고 저 유명한 선율을 노래하기 시작하면 반드시 그 주위에는 한 떼의 우울한 친구들을 모을 수 있다. 밀턴의 《쾌활한 사랑》은 매우 조심스런 환락의 기운이 넘치고 있으나 거기에 가기 전에 먼저 격렬한 시구로 불평을 축출하지 않으면 안 되는 것이었다. 또 쾌활한 골드스미드까지도 그의 〈황촌荒村〉에서 그의 〈나그네〉가 온 지상을 찾아다녔던 잃어버린 낙원을 포근하고 슬프게 표현할 때에는 비가적悲歌的인 감정에 잠기게 해준다.

사람들이 내게 명랑한 작품이나 쾌활한 시들을 제시해 줄 수 있으리라는 것도 의심치 않는다. 그러나 그런 것의 대부분이나 혹은 가장 뛰어난 것들은 반드시 비교적 옛 시대에 속하는 것들이며, 그런 부류로 칠만한 비교적 새로운 것은 한결같이 풍자적이었고 신랄하며 특히 여인들을 경멸하는 것들이다.

요컨대 대개 위에서 말한, 엄숙하고 인간의 본성을 매장하는 그러한 시가 무엇보다도 우리들이 찾아낸 애독서였다. 어떤 사람은 자기 성향에 따라 비교적 가볍고 비가적인 애수哀愁를 구했으며, 또 어떤 사람은 심각하고 모든 것을 단념하게 하는 절망을 탐구했다. 그보다 기괴한 것은 그같이 순수한 쾌활함을 전파시킬 수 있었던 우리들의 아버지이며 스승인 셰익스피어가 앞서 말한 불만을 강화했다는 사실이다. 햄릿과 그의 독백獨白은 젊은 사람들의 가슴에서 가슴으로 그 환영을 달리게 한 요물이었다. 누구나 중요한 부분을 암기하여 그것을 낭독하기를 좋아했다. 또 아무도 망령을 보지도 못했고 부왕父王의 원수를 갚아야 할 이유도 없었는데, 덴마크의 왕자와 같이 자기도 우수에 잠길 이유가 있는 것처럼 생각했다.

그런데 이 모든 애수에 아주 적합한 장소를 제공하려고 했는지, 오시안은 우리들을 지구끝 둘레까지 유인해갔던 것이다. 그곳에서 우리들은 암담하고 끝없는 벌판 위에 뾰죽하게 내민 이끼낀 묘비墓碑가 늘어서 있는 사이를 방황하며, 무서운 바람에 몸서리치는 풀밭을 바라보고 무거운 구름이 내리깔린 하늘을 바라보는 것이었다. 그때 달빛으로 칼레도니아의 밤은 비로소 밝아졌다. 말로末路의 영웅시들은 소녀들이 우리들 주위에 둥실거리며 드디어는 무서운 모습을 한 로다의 망령이 실제로 보이는 것처럼 생각되었다.

이와 같은 분위기와 환경에 놓여서 이런 종류의 연구를 일삼고, 채워지지 않는 열정에 고민하고, 가치있는 행동쪽으로 자극되는 일도 없이 다만 질질 끌려서 맥빠진 시민생활에 매달려 있을 수밖에 없고, 사람들은 불평을 일삼고 여하간에 싫어지면 마음대로 생명을 버릴 수 있다는 생각을 가지고 그것으로써 하루하루의 불쾌감과 권태감을 겨우 견뎌나가고 있는 상태였다. 이런 기분은 널리 퍼져 있었기 때문에 〈베르테르〉는 큰 효과를 나타냈는데, 그 이유는 이 작품이 어디서나 감정을 울리며 또 병적인 청년의 망상의 내면을 노골적으로 알기 쉽게 표현했기 때문이다. 영국인들이 이 같은 비애를 얼마나 잘 알고 있었는가 하는 것은 〈베르테르〉 이전에 씌어진 의미심장한 다음의 몇 줄이 증명하고 있다.

> 비탄에 빠지기 쉬운 자는
> 자연이 준 상처보다 더 많은 상처를 알았으리라.
> 그의 망상이 비참의 모습을
> 어둡고 관념적인 가공의 색조와 공포로 그려내는 동안.

자살에 대해서는, 이미 수없이 논의가 되었다 할지라도, 그것은 모든 인간의 관심을 끌며 어느 시대에 있어서나 논의를 거듭하지 않으면 안 되는 인간 본성에 관한 사건인 것이다. 몽테스키외는 자기 작품 속의 영웅이나 위인들에게 마음대로 죽음을 택하는 권리를 부여하였으며, 자기 비극의 제4막을 자기가 끝내고 싶을 때 끝내는 것은 각자의 자유가 되어야 한다고 말하고 있다. 그러나 여기서 문제로 삼고 있는 것은 활동 속에 뜻깊은 일생을 보내고, 어느 위대한 국가를 위해서라든가 자유를 위해서 일생을 바쳤고, 그들을 고무했던 사상이 지상에서 사라져서 그것을 피안彼岸에서 추구하려고 해도 하나도 나쁘게 생각되지 않는 그런 사람들에 대한 일이 아니다. 여기서는 극히 평온한 환경 속에서 살며 본래 활동이 부족하여 자기 자신에 대한 과다한 요구로 인해서 인생이 싫어진 사람들을 문제로 삼고 있는 것이다. 나 자신이 그런 경우에 처했고 그때 내가 얼마나 고통을 받았으며, 또 그 고통에서 빠져나가기 위해서 얼마만한 노력이 필요했는가를 나 자신이 가장 잘 알고 있으므로 여기서 사람들이 선택할 수 있는 갖가지 죽는 방법을 고찰한 것을 숨김없이 말해보려고 한다.

인간이 자기 자신에게서 이탈하고 자기를 해칠 뿐 아니라 멸망시키는 것, 그리고 그 계획을 실행하기 위해서 대개 기계적인 수단을 취하는 것은 매우 부자연스런 일이다. 아이아스가 자기 칼 위에 쓰러질 때, 그에게 최후의 충성을 다한 것은 그의 몸의 무게뿐이었다. 전사戰士가 자기의 신체를 적의 수중에 넘겨주지 않기 위해서 그 졸병에게 명령할 때 역시 외부적 힘을 믿고 안심하는 것인데, 이때 외부의 힘은 물적物的 힘이 아니라 도덕적인 힘인 것이다. 여인들은 물속에 몸을 던져서 절망의 냉각을 구한다. 또 총기의 극히 기계적인 수단은 최소의 노력으로 신속한 행동을 보증한다. 목을 맨다는 것은 천한 죽음이기 때문에, 아무도 말하기를 싫어한다. 영국에서는 어렸을 때부터 많은 사람들이 교수형을 당하는 것을 보며 그 형벌이 반드시 불명예스러운 것은 아니라고 생각하고 있으니까 첫번째 선택으로서 목을 매달 것이다. 독을 사용하거나 혈관을 절개하여 서서히 생명을 끊으려는 사람도 있다. 독사를 이용해서 가장 세련되고 가장 신속하며 동시에 가장 고통이 적은 죽음은, 일생을 부귀영화로 보낸 여왕[15]에게 적합한 것이었다. 그러나 이 모든 것은 외적 수단이며 적이다. 그 적과 인간은 동맹하여 자기 자신에 저항한다.

이제 나는 이와 같은 모든 수단을 생각해보고 또 그 밖에 역사 속에서 찾아볼 때, 모든 자살자 중에서 오토 황제만큼 정신의 위대성과 자유를 보여주며 그 일을 수행한 사람을 찾아낼 수 없었다. 오토 황제는 물론 패군의 장군이었지만 결코 최후의 궁지까지는 다다르지 않았을 때, 자기에게 속해있던 국가를 위해 또 수천의 사람들을 구하기 위해서 세상을 떠날 결심을 했던 것이다. 그는 친구들과 즐

---

15) 클레오파트라.

거운 만찬회를 갖고 그 다음날 아침에 예리한 단도로 자기 손으로 가슴을 찢는 것이 발견되었다. 이 행동만은 모방할 가치가 있다고 나에게는 생각되었다. 그래서 나는 자살을 함에 있어 오토처럼 행동할 수 없는 자는 자기 마음대로 이 세상에서 떠나는 것이 용서될 수 없다고 확신했다. 이와 같은 확신으로 인해서 나는 자살할 결심보다도 차라리 화려한 평화시절에 게으른 청년의 마음 속에 스며들었던 자살의 망상에서 벗어나던 것이다. 나는 상당히 많은 무기를 수집하고 있었는데, 그 중에 훌륭한, 날을 세워 갈아둔 한 자루의 단검이 있었다. 이 단검을 언제나 침대 옆에 놓고 불을 끄기 전에 그 예리한 칼끝을 2,3인치 가슴에 찌를 수 있는지 없는지 시험해보았다. 그러나 한 번도 성공할 것 같지 않았다. 그래서 드디어 나는 자기를 조소하고 일체의 우울증적인 어리석은 행동을 포기하고 살아나갈 것을 결심했다. 그러나 생존을 명랑하게 해나가려면 시인으로서의 임무를 실행하고 내가 이 중요한 제목에 대하여 느끼고 생각하고 공상한 것들을 말로 표현하지 않으면 안 되었다. 그 때문에 나는 2,3년 동안 마음 속에 꿈틀거리고 있었던 재료를 모았고, 나를 가장 괴롭히고 불안하게 했던 경우를 눈앞에 다시 떠올려 보았다. 즉 나에게는그것들이 구체화될 수 있는 사건이나 이야기가 없었던 것이다.

뜻밖에 나는 예루살렘이 사망했다는[16] 전갈을 들었고, 또 소문이 퍼지고 난 직후 그 사건의 가장 정확하고 자세한 보고를 들었다. 그 순간에 〈베르테르〉를 구상하게 되었다. 마치 결빙점結氷點에 있는 단지 속의 물이 조그만 진동 하나로 순식간에 단단한 얼음으로 변하는 것과도 같았다. 이 희한한 수확을 확보하고, 흔하게 볼 수 없는 복잡한 내용을 지닌 작품을 마음속에 그리고, 그 모든 부분을 완성하는 것은 나로서 더욱 중요한 관심거리였다. 왜냐하면 나 자신이 이미

---

16) 1772년 10월 30일에 있었던 일.

오래 전부터 더욱 희망이 없고, 또 혐오까지는 아니지만 불만의 감정만이 예상되는 고통스러운 경지에 또다시 빠져들고 있었기 때문이었다.

자기가 낯설고 새로운 관계 속에 들어간다는 것은 언제나 불행한 일이다. 우리들은 자주 우리들의 의사와는 달리 잘못된 관계에 유혹되며, 이런 상태의 미완성이 우리들을 괴롭히고 게다가 그런 상태를 개선하고 거부할 수단도 발견되지 않는 것이다.

라 로슈 부인은 장녀를 프랑크푸르트에 출가시키고 항상 방문했으나, 그 가정의 상태는 부인 자신이 선택했는데도 불구하고 적응이 원활하지 못했다. 딸은 시집이 자기 집 같은 기분이 들 수가 없었으며, 그렇다고 무슨 변화를 일으킬 수도 없어 불평만 할 뿐이었다. 사람들은 딸이 아무 부족함 없이 살고 있으며 남편도 아내에게 아무런 비난도 하지 않았기 때문에 도대체 어떤 점이 불행한지 알 수가 없었다. 그러나 실제로 그 딸이 불행하다고 생각하지 않을 수 없게 되었던 것이다. 그런데 나는 그 가정에서 환대를 받았으며, 또한 그 결혼에 협력했거나 행복한 결과를 원했던 모든 사람들과 접촉하게 되었다. 성聖 레온하르트 수도원의 원장인 뒤메는 나를 신용했으며, 우정을 아끼지 않았다. 그는 내가 친밀히 교제한 최초의 가톨릭 사제이고 또 매우 견식이 있는 분이었으며 고대 교회의 신조信條, 관례, 내외 사정 등에 관해서 나에게 재미있고 자세한 설명을 해준 최초의 인물이기도 했다. 젊지는 않았으나, 세르비에르라는 부인의 아름다운 모습은 지금도 확실히 기억하고 있다. 알레지나 슈바이처의 가정이나 그 밖의 가정들과도 교제하게 되었는데, 이 가족들의 자제들과는 그 후로도 오랫동안 친교를 계속했다. 그래서 나는 별안간 미지의 사람들과 사귀게 되었고, 그들이 하고 있는 일이나 오락 또는 종교적인 행사까지도 흥미를 갖게 되었으며, 권유까지 받았던 것이다. 젊은 부인에 대한 과거의 나의 관계는 원래 남매 같은 것이었고 결혼 후에도 계속되고 있었다. 그것은 그 부인과 내 나이가 비슷했고 또 부인이 어려서부터 습관이 된 마음의 움직임을 아직도 알아낼 수 있는 사람은 일행 중에서 나 혼자뿐이었기 때문이다. 우리들은 어린애처럼 서로 신뢰하며 교제했다. 우리들의 교제에는 아무 열정적인 것이 섞이지 않았지만 매우 고통스러운 것이었다. 왜냐하면 부인 자신이 새로운 환경에 순응할 줄 몰랐고 또 재산상의 혜택은 받았지만 쾌활한 탈·에렌브라이트슈타인으로부터, 그리고 즐거운 처녀시절로부터 음침한 도시의 상가로 옮겨지고, 게다가 몇몇 어린애의 계모로서 처신해야 했기 때문이었다. 나는 여러 새로운 가정관계 속으로, 진심으로 관심을 갖지도 않고 또 협력도 하지 않고 있었다. 서로 만족하고 있으면 그것이 당연한 것 같았지만, 불쾌한 사건이 일어나면 대개 나에게 어떤 사건을 가져왔으며, 그럴 때 나는 열렬한 관심을 기울이면서도 사태를 좋게 하기는커녕 오히려 악화시켰다. 얼마 안 가 나는 이런 상태를 도저히 견뎌내지 못하고 이 같은 엉거주춤한 상태에서 생겨나기 쉬운 인생의 싫증이 이중 삼중으로 나를 괴롭히는 것같이 생각되었다. 그래서 여기서도 해방되고자 하는 새로운 굳은 결심이 필요하게 되었다.

자기 친구의 부인에게 쏟은 불행한 애정이 원인이었던 예루살렘의 죽음이 나를 꿈에서 깨웠다. 나는 나와 그가 부딪쳤던 사실을 다만 정관적靜觀的으로 관찰했을 뿐만 아니라, 때마침 나에게 일어났던 비슷한 사건에 나 자신이 심한 감동을 받고 있었기 때문에, 그때 계획했던 창작에는 시적인 것과 현실적인 것의 차별이 없을 정도로 모든 정열적인 감정이 삽입되지 않을 수 없었다. 나는 외부와 아주 인연을 끊고 친구의 방문까지도 거절했으며, 또 내면적으로도 여기에 직접적으로 관련되지 않은 것은 모두 옆으로 젖혀놓았다. 그 대신에 나의 계획에 다소라도 관계가 있는 것은 전부 모았고, 또 아직 그 내용을 시적 소재로 이용하지 않았던 최근의 나의 생활을 다시 한 번 마음 속에 반복해보았다. 이와 같은 사정 아래서 오랫동안 남몰래 여러 가지 준비를 끝마친 뒤, 드디어 〈베르테르〉를 전체의 설계나 부분적인 취급에 대해서 하나도 미리 메모해놓지도 않고 4주일 만에 써버렸던 것이다.

이제 완성된 수기는 거의 수정이나 변경을 하지 않고 초고로서 내 앞에 놓였다. 나는 즉시 가철을 했다. 왜냐하면 철한다는 것은 마치 그림의 틀과 같은 역할을 하기 때문이다. 그러면 그것이 실제로 저 작으로서 독자적인 것인가 아닌가 하는 것을 훨씬 알기 쉽게 된다. 나는 마치 몽유병자처럼 거의 무의식중에 이 소품을 썼기 때문에 약간 손을 댈 셈으로 통독했을 때, 나 자신이 이 작품에 대해서 놀랐다. 그러나 다소 시일이 경과한 후 일정한 거리를 두고 보면 여러 가지 좋은 생각이 떠오를지도 모른다는 기대를 갖고, 이 작품을 손아래 친구에게 읽어주었다. 그런데 평상시의 습관과는 달리 그것에 대해서는 아무에게도 이야기하지 않았고 또 내 의견도 숨기고 있었기 때문에 한층 더 큰 효과를 나타냈다. 여기서도 물론 실제로 영향을 끼친 것은 소재였던 것이다. 그래서 그들은 나와는 전연 반대의 기분 속에 잠겨 있었다. 왜냐하면 나는 다른 모든 작품들보다도 이 작품의 구성을 통하여 폭풍과 같은 분위기에서 구출되었기 때문이었다. 나는 그와 같은 분위기 속에서 나의 죄과와 타인의 죄과로 인해서, 우연히 그리고 또 스스로 선택한 생활양식으로 인해서, 계획이나 경솔함으로 인해서, 완고와 양보로 인해서 난폭하게 이리저리 쫓겨다니고 있었던 것이다. 나는 마치 총참회總懺悔를 하고 난 것처럼 쾌활하고 자유로운 느낌을 되찾았고, 새 생활을 시작할 권리가 주어진 것처럼 느꼈다. 낡은 가정약家庭藥이 이번에도 훌륭한 역할을 했던 것이다. 현실을 시로 바꿈으로써 나는 무거운 짐을 내려놓은 것처럼 상쾌한 기분이었으나, 나의 친구들은 시를 현실로 바꾸어 이런 소설을 모방하고 끝내는 자살이라도 해야 할 것이라고 생각하고 있었으므로, 이 작품 때문에 혼란이 일어났던 것이다. 처음에는 일반 대중에서도 이러한 혼란이 일어나 나에게는 매우 효과가 있었던 이 작은 작품이 몹시 해로운 것이라는 악평을 받았다.

그러나 이 작품이 초래한 모든 해독과 불행은 이 작품이 나온 직후 그것이 재로 변할 뻔함으로써 우연히 예방되었는지도 모른다. 즉 다음과 같은 일이 있었던 것이다. 얼마 전에 메르크가 페테르스부르크에서 돌아와 있었다. 그는 늘 바빴기 때문에 그와 이야기할 겨를이 적었고, 내가 마음 속에 간직하고 있었던 〈베르테르〉에 대해서도 다만 대략 말할 수 있었을 뿐이었다. 어느 날 그가 나를 방문한 일이 있었는데, 그는 별로 이야기할 기분이 없는 것처럼 보였기에 내 이야기를 들어달라고 청했던 것이다. 그가 소파에 앉자 나는 사랑의 모험담을 실은 편지를 차례차례 읽기 시작했다. 한참 읽어내려 갔으나 그가 격려하는 기미가 없었기에 나는 더욱 감동적인 목소리로 읽었다. 그리고 잠깐 말을 끊었을 때 그는 "아니, 그것 참 훌륭하군"이란 한 마디만 나에게 남기고 말 한 마디 없이 가버렸을 때의 내 마음은 무어라 말할 수 없었다. 나는 완전히 당황했다. 왜냐하면 나는 이 작품에 대해서 기쁨을 느끼고 있었지만 아무런 판단도 갖지 못했기 때문에 나는 처음부터 모두 의심스러운 제재나 음조音調나 양식을 가진 채 과오를 범했고, 전연 용납되지 못하는 것을 작성했다는 생각이 들었던 것이다. 만약에 옆에 난롯불이 있었더라면 그 자리에서 그 작품을 불살랐을 것이다. 그러나 나는 다시 마음을 가라앉혀 괴로움 속에서 며칠을 보냈다. 드디어 에르크는 나에게 고백하기를, 그 때는 인간이 빠질 수 있는 가장 무서운 상태에 자기가 빠져있던 순간이었다고 했다. 그래서 아무것도 보이지 않았으며, 내 원고가 무슨 이야기인지 전연 모르고 있었다는 것이었다. 사태는 최대한도로 다시 회복되었다. 메르크는 원기왕성한 연령의 남자였고 비상한 일에도 순응할 수 있었다. 그는 다시 쾌활한 기분을 되찾았으며 전보다도 더욱 가까워졌다. 그는 내가 〈베르테르〉를 개작하려고 결심한 것을 몹시 나무라며 힐책하고 그대로 인쇄에 부칠 것을 요망했다. 정서한 원고는 내 수중에 오래 남아있지 않았다. 왜냐하면 누이동생이 게오르크 실로서와 결혼하여, 결혼 잔치[17]로 떠들썩하고 집안이 온통 축제 분위기였던 그날, 우연히도 라이프치히의 바이칸트에게서 원고 청탁 편지가 왔기 때문이었다. 나는 이것을 길조라고 생각하고 〈베르테르〉를 발송했다. 그것에 대해서 받은 원고료는 《괴츠 폰 베를리힝겐》으로 인해서 지고 있었던 부채를 청산하고도 남을 정도여서 나는 매우 만족했다.

이 책은 크나큰 영향을 끼쳤다. 정말 굉장한 것이었다. 또 그것이 시기를 잘 만났기 때문에, 더욱 대단한 것이었다. 강력한 지뢰를 폭발시키려면 조그만 도화선만 있으면 되듯이 이때 대중 속에서 일어난 폭발은 젊은 세대가 이미 스스로 동요되어 있었기 때문에 더욱 강렬했으며, 그 진동은 각자가 극단적인 요구나 메워지지 않는 정열이나 망상적인 고민을 폭발시켰기 때문에 더욱 컸던 것이다. 일반 대중에게 정신적 작품을 정신적으로 받아들이라고 요구하는 것은 바랄 수 없는 일이다. 이미 내 친구들에게서 경험했듯이, 실제로는 내용과 소재만이 주의를 끄는 것이다. 동시에 한편으로는 인쇄된 책이 갖는 품위에서 나오는 선입견, 즉 그 속에는 교훈적인 목적이 있으리라는 종전의 선입견이 다시 나타났던 것이다. 그러나 진실한 묘사는 목적이 없는 것이다. 진실한 묘사는 긍정도 부정도 하지 않는다. 그저 생각과 동작을 순서를 따라 전개하는 것이다. 그 결과 계몽도 교훈도 하게 되는 것이다.

비평에 대해서는 나는 조금도 주의하지 않았다. 저 선량한 사람들

---

17) 이것은 사실과 합치하지 않다. 결혼일은 1773년 11월 1일이었고, 〈베르테르〉의 착수는 이보다 3개월 후의 일이다.

이 어떻게 이 작품을 처리하고 싶어하건 나로서는 이미 일이 끝난 것이었다. 그러나 나의 친구들은 이런 비평을 빠짐없이 수집했고 이미 내 의견을 잘 알고 있었기 때문에 그런 것들을 웃음거리로 삼았다. 니콜라이[18]가 《젊은 베르테르의 기쁨》으로 주목을 끌었으나, 그것은 우리들에게 여러 가지 농담거리를 제공했다. 성실하고 공로와 학식이 풍부한 이 사람은 매우 편견적이어서 자기의 의견을 순수하고 유일한 것으로 여기고 있었기 때문에, 자기 의견에 맞지 않는 것은 모두 억제하고 배척했던 것이다. 그래서 나에 대해서도 이내 시험해보지 않을 수 없었다. 그의 가철본假綴本도 즉시 우리들 수중에 들어왔다. 코도비키[19]의 온화한 표지 그림이 매우 내 마음에 들었다. 나는 이 예술가를 지극히 존경하고 있었다. 장정 자체는 손으로 짠 거친 천[20]을 잘라낸 것 같았고, 그런 거친 천을 만드는 데 온 가족의 상식을 이용해서 겨우 만들어 낸 것 같았다. 여기서는 아무것도 이미 타협될 수 없다는 것, 베르테르의 청춘은 처음부터 치명적인 독충毒蟲에 찔려 있었다는 사실을 전혀 망각한 채 내 작품의 214페이지까지의 취급을 시인하고, 혼돈에 빠진 주인공이 죽음의 준비를 하고 있을 때 현명한 정신과 의사가 그 환자에게 닭피가 장정된 권총으로 바꾸어 줌으로써, 지저분한 광경을 빚어내긴 하나 다행히도 불행은 일어나지 않고, 로테는 베르테르의 아내가 되고 모든 일이 누구에게나 만족스럽게 끝을 맺었다는 것이다.

그것에 대해서 그 정도만 기억하고 있다. 왜냐하면 그 책은 그 후 한 번도 내 눈에 띄지 않았기 때문이다. 표지 그림은 도려내서 내가 가장 좋아하는 동판화와 함께 간직했다. 그 후 나는 혼자서 위험이 없는 복수로서 《베르테르의 무덤 위의 니콜라이》라는 짧은 풍자시를

---

18) 계몽주의의 철학자, 문학자. 레싱의 친구로서. 괴테, 실러 등의 신흥문학에 대하여 이해가 없었다.
19) (1729~1801). 유명한 동판화가.
20) 니콜라이의 풍자소설의 조잡함을 야유한 것임.

지었는데, 그것은 말할 수 없다. 이 기회에 다시 한 번 전체를 희곡화하고 싶은 마음이 일어났다. 나는 로테와 베르테르와 대화를 산문으로 썼으나 조롱하는 듯한 것이 되고 말았다. 베르테르는 닭피로 인한 구제가 나쁜 결과로 끝난 것을 한탄한다. 그는 살아남기는 했으나 자신의 눈을 쏘았던 것이다. 그래서 로테의 남편이 되고서도 그녀를 볼 수 없는 절망에 빠지고 말았다. 촉각을 통해서 확인할 수 있는 감미로운 부분보다는 전체의 용모를 쳐다보는 것이 그에게는 훨씬 좋았을 것이다. 누구나 다 알고 있는 로테에게는 눈먼 남편은 달갑지 않은 존재였다. 그래서 니콜라이의 시도는 바라지도 않는 쓸데없는 일이 되어 몹시 비난을 당하는 꼴이 되어버렸다. 나는 전체를 쾌활한 기분으로 썼다. 그리고 함부로 예감이 움직이는 대로 힘에 겨운 일에 관여하는 니콜라이의 불쌍하고 거만한 처사를 묘사했던 것이다. 그래서 결과적으로 그는 후에 자신과 타인에게 불쾌감을 주었으며, 드디어는 그렇게 공로가 컸었는데도 불구하고 그의 문학적 명성을 완전히 상실하고 말았다. 이 희작戱作은 한 번도 정서된 일이 없었으며 벌써 오래 전에 없어지고 말았다. 나는 이 소품에 특별한 애착을 갖고 있었다. 젊은 두 사람의 깨끗하고 열렬한 애정은 희비극적 상태로 인해서 약화되지 않고 오히려 두터워졌다. 열렬한 애정이 전체를 지배하고 있으며, 적수인 니콜라이까지도 심하게 취급하지 않고 다만 해학적으로 취급했다. 다만 이 책 속에서 '베르테르'가 말하는 언사는 그렇게 점잖지는 못했다. 그것은 낡은 운율을 모방하여 다음과 같이 표현했다.

> 우쭐한 그 사내가
> 나를 위험하다고 소리쳐도 좋다.
> 수영도 할 줄 모르는 바보가
> 물을 비난하려는가!

베를린 추방령도 나에겐 아무 소용이 없다.
몰취미한 허풍쟁이 같은 것!
나를 이해하지 못하는 놈은
더 잘 읽도록 배우도록 해라.

　〈베르테르〉에 대해서 예상되는 모든 비난에 대해서는 각오하고
있었기 때문에, 그 많은 반대론이 하나도 불쾌하지 않았다. 그러나
관심을 가진 친절한 사람들에게서 참을 수 없는 고통을 받으리라고
는 생각지도 못했다. 왜냐하면 내 작품에 대해서 좋은 말을 해주는
사람은 한 사람도 없었으며, 모두가 그 사건에 있어서 도대체 어디
까지가 사실인가 하는 것을 꼭 알고 싶어했기 때문이다. 그것에 대
해서는 나도 어지간히 화가 나서 대개 몹시 퉁명스럽게 대답해주었
던 것이다. 그런 질문에 대답하려면 내가 많은 요소에 시적 통일을
주기 위하여 그렇게 오랫동안 고안을 거듭하던 나의 작품을 또다시
찢어발기고 형체를 파괴하지 않으면 안 되었으며, 그렇게 하면 진실
한 구성 요소 그 자체가 파괴까지는 아니더라도 최소한 분산되기 때
문이다. 그러나 더 자세히 생각해보면 일반의 그러한 요구를 나쁘게
만 여길 것도 아니었다. 예루살렘의 운명은 큰 이목을 끌었다. 학식
이 많은 신학자인 동시에 저술가의 아들로서 교양도 있고 훌륭한 청
년이 건강하고 유복한 데도 불구하고, 별안간 분명한 원인도 없이
세상을 버렸던 것이다. 그래서 누구나 어찌하여 그런 일이 벌어졌는
가를 알고 싶어했다. 그리고 불행한 연애사건을 알았을 때 모든 청
년들은 흥분했으며, 또 비교적 상류 사교계에서 그가 당했던 여러
가지 사소하고 불쾌한 경험이 화제에 오르면 모든 종류의 계급이 흥
분해서 누구나 더 자세한 사실을 알고 싶어했다. 그런데 〈베르테르〉
속에는 그 청년의 생활이나 기분을 찾아볼 수 있다고 여겨지는 상세
한 묘사가 있었던 것이다. 장소와 인물도 부합했다. 또 표현도 매우

자연스러웠기 때문에, 사람들은 그것으로 완전한 소식을 알았다고 생각하여 만족했다. 그러나 더욱 자세히 관찰해보면 부합되지 않는 점도 많이 있어서, 진실을 찾고 있는 사람들에게는 참을 수 없는 일이 나타났다. 분석적인 비판을 하면 틀림없이 수많은 의혹이 나타날 것이기 때문이었다. 그래서 그 사건의 근원을 도저히 찾아낼 수가 없었다. 왜냐하면 내가 내 생활과 고민 중에서 작품 구성에 사용한 사건들은 눈에도 띄지 않는 한 청년인 나의 비밀까지는 되지 못하지만 남몰래 행동했던 것이어서 알려지지도 않았었기 때문이었다.

내가 이 작품을 쓸 당시, 나는 저 미술가가 베누스의 상을 만드는 데 몇 사람의 미인들로부터 좋은 부분만을 따가지고 옴으로써 매우 좋은 결과를 얻었다는 것을 알고 있었다. 그래서 나도 로테를 만드는 데 있어서 주요한 특징은 가장 사랑하는 애인에게서 땄지만, 그 외의 여러 아름다운 소녀들의 용모와 성격을 따오는 일을 했다. 그래서 탐색하는 사람들에게는 여러 여인들의 유사점이 발견되었던 것이다. 또 여인들도 자기가 로테처럼 보이는 것이 반드시 대수롭지 않는 것만도 아니었다. 그러나 이 같은 여러 명의 로테로 인해서 나는 무한한 고통을 받았다. 왜냐하면 나를 보는 사람마다 도대체 실제로 로테는 어디에 살고 있느냐 하는 것을 가르쳐 달라고 요구했기 때문이었다. 나는 나탄[21]이 3개의 반지 이야기로 모면했던 것과 같이 달아날 길을 마련하려 했으나 원래 둔사遁辭라는 것은 좀더 고차원적인 인간이 사용할 수 있는 것이어서 내 것에는 잘 믿는 사람이건 독자이건 하나도 만족하지 않았다. 이와 같은 고통스러운 탐색도 얼마 지나면 모면하리라고 나는 기대했다. 그러나 그것은 일생 동안 나를 따라다녔다. 남몰래 여행이라도 해서 피해보려고 애써 보았으나, 이 방법도 아주 소용이 없었다. 이리하여 그 소품의 작가는 설령

---

21) 레싱의 《Nathan der Weise》를 말함(1779).

다소 부도덕하고 해로운 것을 내놓았다 하더라도, 그것에 대해서 충분히 과분할 정도로 이같이 모면할 수 없는 괴로운 일로 벌을 받았던 것이다.

나는 작가와 대중이 거대한 심연으로 갈려 있으며, 동시에 다행히도 그것을 쌍방이 전연 모르고 있었다는 것을 이 같은 일을 당해서 너무나 똑똑히 알게 되었던 것이다. 그래서 모든 서언序言이 무의미하다는 것을 일찍이 통찰했다. 왜냐하면 각자가 자기의 의도를 밝히려고 생각하면 할수록 더욱 더 혼란을 일으키기 때문이다. 또 설령 작가가 서언을 쓴다 하더라도, 대중은 역시 작가가 처음부터 피하려고 노력했던 요소를 끄집어내려고 할 것이다. 나는 또한 이런 비슷한 독자의 성벽을 일찍부터 알고 있었다. 특히 자기의 비판을 출판시키는 사람들을 보면 정말 웃음을 금할 수 없다. 독자들은 말하자면 하나의 망상에 사로잡혀 있는 것이다. 즉 작가는 어떤 작품을 완성함으로써 자기들에게 부채를 지는 사람이 되며 언제나 자기들이 처음부터 원하고 희망했던 것에서는 훨씬 뒤떨어지는 것이라고 생각하고 있는 것이다. 그런데도 그들은 우리의 작품을 보기 직전까지, 그 작품 속에 나타나는 사실이 실제로는 존재할 수 있는 것이냐, 혹은 가능한 것이냐 하는 것에 대해서는 아무런 지식도 없었던 것이다. 이러한 모든 일을 젖혀놓고, 그처럼 당돌하고 대담하게 나타난 신기한 젊은 작가를 모든 사람들이 알고 싶어하던 것은 최대의 행복 혹은 불행이었을 것이다. 사람들은 그를 만나 함께 이야기할 것을 열망했고, 먼 곳의 사람들은 무엇인가 알고 싶어했기 때문에, 그는 때로는 기쁘고 때로는 불쾌한, 그러나 어느 때나 번잡한 군중의 쇄도를 경험해야 했다. 그는 착수했던 일이 많이 있었다. 사실 그가 애정을 기울여서 열중할 수 있었다면 수년 간의 시간이 필요할 정도의 일이었을 것이다. 그러나 순수한 제작을 촉진시킬 수 있는 적막과 조명과 암흑에서 그는 백주의 소란한 환경 속에 끌려나오고 말았던 것이다. 거기에서 타인 속에서 자기 자신을 망각하게 되며, 관심과 냉대에 의해서 혹은 찬양과 힐책에 의해서 현혹되고 마는 것이다. 왜냐하면 외부와의 여러 가지 접촉은 결코 우리들의 내면적 교양의 시기와 일치하는 것이 아니며, 따라서 우리에게 이익이 될 수 없고 반드시 해가 될 수밖에 없기 때문이다.

그러나 모든 현실의 산만보다도 작가가 비교적 큰 작품에 착수하고 완성하는 것을 더욱 방해한 것은 그 당시 그런 친구들 간에 지배적이었던 욕망, 즉 인생에 나타나는 조금이라도 중요성이 있는 것은 전부 희곡화하려는 욕망이었다. '희곡화'라는 술어(術語, 이 말은 창작하는 친구들에게는 술어가 되어 있었다)가 대체 어떤 것을 의미하였는가를 여기서 설명해야겠다. 몹시 유쾌한 날에 총명한 사람들의 모임에 참석하여 기분이 고조되면 그들은 내가 전부터 더 큰 작품을 구성하려고 모아왔던 모든 재료를 일시적이고 짧은 표현으로 잘라버리고 마는 것이 보통이었다. 하나하나의 단순한 사건, 소박하고 단순한 말, 오해, 역설, 재치있는 언사, 개개의 특징 혹은 습관, 눈에 띄는 표정, 기타 화려하고 소란한 인생에서 나타날 수 있는 사건이 대화, 문답, 움직이는 동작, 연극 등의 형태로 표현되었고, 때로는 그것이 산문인 경우도, 때로는 운문인 경우도 있었다.

이와 같은 천재적이고 정열적으로 이루어진 실습에 있어서 본래의 시적인 사고방식이 확증됐던 것이다. 즉 여러 가지 제목, 사건, 인물들을 단독으로 또는 모든 연관 속에 있어서 성립시키며, 그것을 명확하게 파악하여 생생하게 표현하려고 노력했던 것이다. 모든 비판은 찬성이건 반대이건 보는 사람 눈앞에서 생생한 형체로 활동해야만 하는 것이었다. 이런 작품들은 활기있는 격언시格言詩라 부를 수 있겠지만, 예민하고 신랄한 점은 없다 하더라도, 적절하고 결정적인 특색은 풍부하게 지니고 있었다. 〈연시제年市祭〉는 그런 작품중 하나였으나, 차라리 격언시를 모아놓은 것이라 하겠다. 거기에 등장하는 모든 가장인물假裝人物 중에는 실제로 그 사회에서 생활하고 있는 사람들이나 적어도 그들과 관계가 있거나 다소간이나마 그들을 알고 있는 사람들이 그려져 있다. 그러나 수수께끼의 뜻을 대부분의 사람들은 모르고 있었다. 대부분의 사람들이 웃었고, 소수의 사람들만이 자기들의 독특한 특성이 웃음거리가 되고 있다는 것을 알고 있을 뿐이었다. 〈바아르트[22]의 가장 새로운 계시의 서사序詞〉는 이와 같은 증거문헌의 다른 종류로 여겨지고 있다. 즉 그 가장 짧은 것중 몇 개는 《잡시雜詩》 속에 남아있으나, 대부분은 흩어져 없어지고 말았다. 다소 남아있는 것들은 발표하지 않는 것이 좋을 것 같다. 그 중 인쇄되어 햇빛을 본 것은 일반의 동요를 증가시켰고 작가에 대한 호기심을 북돋웠을 뿐이었다. 수기로 발표된 것은 점점 늘어가는 친구들을 즐겁게 해주었다. 그 당시 기센에 있던 바아르트 박사가 나를 방문했다. 그는 태도가 예절바르고 믿음직했다. 그는 〈서사〉에 대해서 농담을 하며 친밀한 교제를 희망했다. 그러나 우리 젊은이들은 여전히 연회가 있을 때마다 남의 버릇을 들추어 교묘하게 묘사하고서는 짓궂은 기쁨을 느끼며 즐거워했던 것이다.

문학계의 유성流星으로 경탄을 받는 것은 젊은 작가에게는 결코 불쾌한 일이 아니다. 그래서 그는 기꺼이 겸손한 태도를 취하고 조국에서 가장 저명한 사람들에게 경의를 표시하려고 노력했다. 그런 사람들 중에 먼저 손꼽아야 할 훌륭한 인물은 유스투스 뫼저[23]였다. 비할 데 없는 이 인물이 애국적인 내용으로 하여 쓴 소논문들은 이미 수년 전부터 《오스나브뤼크의 인텔리겐츠》지에 게재되고 있었다. 그리고 그 시대에 조금이라도 가치가 있는, 특히 인쇄된 우수한 것은 무엇이건 배척하지 않았던 헤르더를 통해서 나는 그것을 알게 되

---

22) 바아르트 박사(Dr. Bahrt). 교육가로서 다방면에 관한 저술을 내고 있었다.
23) (1720~1794). 역사학자. 오스나브뤼크에서 일생을 보냈다. 괴테와 헤르더에게 깊은 영향을 끼쳤다.

었던 것이다. 뫼저의 딸인 폰 포이크츠 부인이 이 흩어진 신문을 수집하는 일에 종사했다. 우리는 이 논집의 출판을 기대할 수 없었기 때문에 나는 일정한 범위 내의 사람들을 위해서 씌어진 뜻있는 논문이 제재와 형식으로 보아 모든 방면에 유익할 것이라는 것을 증명하기 위해서, 그 여인과 서신 왕래를 시작했다. 그 여인과 그녀의 부친은 다소 알고 있는 이 타향사람의 말을 잘 받아들여 주었으며, 이 설명으로 인해서 그들이 품고 있었던 불안도 일단 풀렸던 것이다.

모두가 한 정신으로 씌어져 전체를 이루고 있는 이들 소논문들에 있어, 최고의 주목과 찬양의 가치가 있는 것은 시민의 본질에 관한 가장 전문적인 지식이다. 우리들은 여기서 하나의 제도가 과거에 기초를 두면서 아직도 생생하게 존재하고 있는 것을 볼 수 있다. 우리들은 한편으로는 전통을 고집하고 있으나, 그렇다고 사물의 운동이나 변화를 멈추게 할 수는 없는 것이다. 어떤 경우에는 유익한 혁신도 두려워하고, 또 어떤 경우에는 새로운 것이라면 그것이 무익하고 해로운 것이라도 흥미와 기쁨을 갖는 것이다. 저자는 편견없이 모든 계급의 상태나 도시·읍·촌락 상호간의 관계를 해명해주고 있다. 우리들은 그것들의 권능과 동시에 그 법적 근거를 알 수가 있으며, 또 국가의 기본 재산의 소재所在와 그것이 어떠한 이익을 가져오는가 하는 것을 알게 된다. 소유권과 그 이익, 조세와 각종 지출, 각종 소득 등에 대해서도 알게 된다. 여기서도 역시 신구新舊 시대가 대치되고 있다.

한자 동맹의 일원이었던 오스나브뤼크 시는 전시대에는 상업 활동이 성행했던 것을 우리는 알고 있다. 그 당시의 정세에 비추어볼 때, 이 도시는 주목할 만한 좋은 위치를 차지하고 있었다. 즉 육산물陸産物을 흡수할 수도 있으며, 바다에서 그다지 떨어져 있지 않으므로 해상활동에도 참여할 수가 있었다. 그러나 그 다음 시대에는 이미 육지 깊숙이 들어간 토지가 되어버렸고, 차츰 해상 교역에서 멀어지고 제외되었다. 어째서 그렇게 되었는가 하는 것이 다방면으로 논의되었다. 영국과 해안지방 및 항구와 내륙지방 간의 분쟁도 논의되었다. 그와 함께 해변에 사는 주민의 큰 이점이 열거되었고, 내륙의 주민도 동일한 혜택을 받을 수 있는 방법에 대해서 진지한 제언이 시도되었다. 이어서 우리는 상업과 수공업에 대해서도 대단히 많은 지식을 얻었다. 그리고 어떻게 해서 큰 공장이 그것들을 능가했으며, 또 소매상이 그것을 매장시켰는가 하는 것을 우리들은 알게 된다. 여러 가지 원인의 결과로서의 쇠퇴, 그리고 그 결과가 또 새로운 쇠퇴의 원인이 되어 끊을 수 없는 영원한 순환을 이루고 있는 것을 알게 된다. 그러나 견실한 시민은 그가 이 순환에서 벗어날 수 있다고 아직껏 믿을 정도로 명확한 방법으로 묘사하고 있다. 저자는 특수한 환경에 대한 철저한 통찰을 보여주고 있다. 그의 제안이나 충고는 결코 허공에서 나온 것이 아니지만, 거의 실행할 수 없는 것이 적지 않았으므로, 그는 이 논문집을 〈애국적 공상〉이라고 불렀다. 그러나 그 속에 있는 것은 모두 현실과 가능의 범위를 벗어나지 않고 있다.

그러나 모든 공공적인 것은 가족제도에 근거하고 있기 때문에 그 방면에도 그는 역시 시선을 돌렸다. 그의 진지하고도 해학적인 관찰의 대상이 된 것은 도덕 · 습관 · 음식 · 가정생활 · 교육 등의 변혁이다. 그가 취급한 문제들을 충분히 논의하려면 우리들은 시민세계와 도덕세계에서 일어나는 모든 사상事象을 항목별로 분류해야 할 것이다. 그리고 이와 같은 그의 취급 방법은 경탄할 만한 것이다. 완전한 실업가인 그는 국민에게 현명하고 친절한 정부의 계획과 실천에 대해서 사실대로 명확히 이해시키려고 주간지에서 말하고 있다. 그것도 결코 교훈적이 아니고 시적이라고 부를 수 있으며, 좋은 의미에서는 수사적修辭的이라 불러야 할 것이다. 그는 언제나 그 대상을 초월하고 극히 엄숙한 사물의 쾌활한 면을 우리에게 보여주는 수법을 알고 있다. 때로는 가면 뒤에 숨어서 또 때로는 자신의 말로써 언제나 완전하고 충분하게 논술하며, 동시에 유쾌하게 풍자도 섞어가며 어디까지나 힘차고 진지하고 친절하게 이야기한다. 또 더러는 통명 스럽고 과격한 때도 있지만, 모든 것이 조화를 이루고 있기 때문에 누구나 필자의 정신·지성·경쾌·수완·취미·성격 등에 대해서 경탄하지 않을 수 없다. 공인적 대상물의 선택, 깊은 통찰, 자유로운 관망, 교묘한 취급, 심각한 동시에 쾌활한 해학 등에 관해서 나는 프 랭클린을 제외하고는 그와 견줄 수 있는 인물을 모른다.

이와 같은 인물은 우리들을 한없이 경탄시키고 우수한 것을 요구 하며, 그것을 파악하려는 그런 청년에게는 더할 수 없는 영향을 주 었다. 우리들은 그의 논술 형식에는 따라갈 수도 있다고 생각했다. 그러나 이처럼 풍부한 내용을 자기 것으로 만들고, 매우 다루기 힘 든 제목을 이처럼 자유롭게 다룰 수 있는 사람이 프랭클린 외에 또 누가 있겠는가?

그러나 우리들이 존중하고 숭배하고 있는 것을 가능한 한 자기 것 으로 할 뿐 아니라, 그런 것을 자기 자신 속에서 만들어내고 표현하 고 싶은 것은 우리들의 가장 아름답고 달콤한 공상이며, 그 때문에 인생에 있어서 많은 고통이 생긴다 해도 우리들은 그것을 단념할 수 가 없는 것이다.

제14장

　일반 대중 사이에 퍼진 그 동요動搖[1]와 함께, 저자에게는 아마도 더 중요한 뜻을 가진 또 다른 동요가 신변에 일어났다. 일대 파란을 일으킨 이 작품들을 이미 원고로 알고 있었고, 일부를 자기 것으로 생각하고 있었던 나이든 친구들은 그들이 대담하게 예언했던 좋은 성과를 자랑하고 있었다. 이 사람들에게 다시 새로운 참가자 특히 창작력을 마음 속에 느끼고 혹은 자극하고 육성하려는 사람들이 생겼다.

　전자들 중에는 렌츠가 가장 활발했고, 특히 이채로움을 띠고 있었다. 이 괴상한 인물의 외모는 이미 윤곽을 묘사한 바 있으며, 그의 해학적 재능에 대하여 호의적으로 서술한 바 있다. 여기서 나는 그를 묘사하려는 것이 아니라, 그의 성격에서 오는 결과를 말하려고 한다. 왜냐하면 그의 인생행로의 굽이굽이마다, 그를 따라가며 그의 특성을 묘사하여 전한다는 것은 불가능하기 때문이다.

　그 당시 일반적으로 유행한 자학自虐은 외부로부터나 타인으로부터 아무런 고난을 받지 않았기 때문에 탁월한 사람들을 불안하게 했다. 자기 자신을 관찰하지 않는 평범한 인간들에게는 다만 일시적인

---

1) 〈베르테르〉가 불러일으킨 파란을 말함.

괴로움을 일으키는 일들, 그들이 자기 염두에서 일소해버리려는 일들을 탁월한 사람들은 예민하게 인정하고 주목하여 작품 · 서한 · 일기 속에 보존했던 것이다. 그런데 자기와 타인에 대한 가장 엄격하고 도덕적인 요구는 실행에 있어 가장 심한 태만과 합쳐졌고, 이 어중간한 자기 인식에서 생겨난 자부심에 유혹되어 괴상한 습관과 악덕이 생겼다. 이와 같은 자기 관찰에 대한 정력 소모를 정당화시킨 것은 그 당시 생겨난 경험심리학이었다.[2] 경험심리학은 우리의 마음속에 불안을 야기시키는 모든 것을 나쁜 것, 배척할 것이라고 단언하지는 않았으나, 또한 이리하여 영원히 해결될 수 없는 투쟁이 일어났다. 계속해서 이 투쟁을 일으킬 수 있었다는 점에서, 자기의 내면을 파괴한 다른 모든 반+활동가 내지 비활동가를 능가한 것은 렌츠였다. 그래서 그는 전체적으로 〈베르테르〉에서 완전히 서술해놓은 시대 정신으로 고민하고 있었다. 그러나 그의 성격은 솔직 · 성실하다고 평가되지 않을 수 없는 사람들의 내면과는 전혀 달랐다. 그는 책략에 대해 철저한 애착 즉, 바로 책략 그 자체를 좋아했으며, 본래의 목적, 곧 명백하고 주관적이며 성취할 수 있는 목적이 없었다. 오히려 그는 언제나 기발한 것을 머릿속에서 생각했으며, 기발한 것이기 때문에 그에게는 끊임없는 즐거움이 되었던 것이다. 이런 식으로 그는 일생 동안 공상 속의 악한이었으며 사랑도 증오도 모두 공상적인 것이었다. 그는 끊임없이 무슨 일을 하고 싶어도 상상이나 감정으로 멋대로 다루었다. 그는 가장 그릇된 수단으로 자기의 취미나 반감에 현실성을 부여하려 했다. 그리고는 늘 자기의 일을 파괴하는 짓을 반복했다. 이리하여 그는 자기의 사랑하는 사람에게 한 번도 유익함을 준 일이 없었고, 증오하는 사람에게 한 번도 해를 끼친 일도 없었다. 대체로 그는 다만 자기를 벌하고 싶은 나머지 죄를

---

2) 영국 학자의 영향을 받아 일어났으며, 독일에서는 멘델스존(Mendelssohn), 가르베(Garve), 에버하르트(Eberhardt) 등이 이 학문을 퍼뜨렸다.

범하고, 새로운 이야기를 낡은 이야기에 잇대기 위해서만 음모를 계획한 것처럼 보였다.

그의 재능은 참된 내심의 무진장한 창작력에서 기인하는 것이었다. 이 재능 속에서 민감과 활동성과 영리함이 서로 앞을 다투고 있었다. 그러나 그것은 또 모든 미점美點을 가지고 있었음에도 불구하고 철저히 병적인 것이었다. 이러한 재능이야말로 참으로 비판하기가 곤란한 것이다. 렌츠의 작품은 도외시할 수 없는 몇 가지 현저한 특징을 내포하고 있었다. 가장 어리석고 기괴한 장난 속에 일종의 사랑스런 감정이 흐르고 있었다. 이 같은 장난은 철저하고 다른 데서 찾아볼 수 없는 유머와 참다운 희극적 재능을 나타내고 있기는 하나, 도저히 용납할 수 없었다. 그의 나날은 완전히 허무로 가득 차 있었으나, 그는 자기의 활동적 성격으로 거기에 어떤 의의를 부가시킬 줄 알았다. 그리고 그가 독서에 소비했던 시간은 탁월한 기억력에 의해서 많은 수확을 가져왔고, 그의 독창적인 사고방식을 여러 가지 재료에 의해서 풍부히 했기 때문에 놀 수 있는 더욱 많은 시간을 얻을 수 있었다.

그는 리플란트의 귀족들과 함께 슈트라스부르크에 파견되었다. 이런 사람을 가정교사로 선택한 것은 적지않은 불행이었다. 맏형인 남작은 한동안 고국으로 돌아갔는데, 굳게 약속한 애인 하나를 남겨두고 갔다. 그래서 이 여인의 사랑을 구하고 있던 남작의 동생과 그 여인을 사모하고 있던 그 밖의 여러 사람들을 쫓아버리고, 부재중인 친구를 위해 그 귀중한 애인을 지키기 위해서 렌츠 자신이 그 아름다운 여인에게 사랑하는 척하거나 경우에 따라서는 실제로 사랑할 결심을 했던 것이다. 그는 이 여인을 이상화하고 그 이상에 집요하게 집착함으로써 자기의 계획을 실행하려 했으나, 다른 사람들처럼 그녀의 유희나 오락에 봉사하고 있다고 인정되기를 원치 않았다. 그에게는 그러는 것이 더욱 좋았다. 왜냐하면 그것은 하나의 유희였기 때문에 그녀 편에서도 똑같이 유희적으로 응하여, 어떤 때는 그를 가까이하고 혹은 멀리하고 칭찬을 하는가 하면 또 어떤 때는 무시하고 해서 이 유희는 오래 계속할 수 있었기 때문이었다. 그는 때때로 의식한 상태에 있을 때도 있었지만, 이 같은 책략에 유쾌한 축복을 했을 것이라고 믿어도 좋을 것이다.

그 외에도 그는 자기 제자들이나 마찬가지로 대개 위수장교衛戍將校들과 함께 생활을 했기 때문에 후일에 희극 〈병정〉 속에서 보여준 신기한 관찰을 할 수 있었던 것이다. 이처럼 일찍이 군대를 알게 된 것은 그에게 특수한 결과를 가져오게 했으며, 그는 자기를 대단한 군사통軍事通이라고 생각했다. 사실 그는 이 방면을 차츰 자세히 연구하여 수년 후에 프랑스 육군 대신을 위해 많은 기록서를 기초했고 그 자신도 최대의 성공을 기대하고 있었다. 하지만 그는 프랑스 군대의 결함은 상당히 잘 관찰했으나, 그 시정 방법은 웃음거리였으며 또한 실행 불가능한 것이었다. 그러나 그는 그것으로 궁정에서 상당한 세력을 획득할 수 있었으리라고 확신하고 있었다. 그래서 친구들이 이유를 들어 설명하고 극구 반대하여 이 공상적인 작품의 발송을 저지하고 후에 태워 버리게 했다. 그 작품은 그때 벌써 정서되어 편지까지 첨부해 봉함해서 정식으로 주소까지 적어놓고 있었던 것이다. 그러나 그는 결과적으로 이 일을 불쾌하게 생각했던 것이다.

그는 앞서 말한 여인에 대한 복잡한 관계의 우여곡절을 뒤에 나에게 담화 혹은 편지로 모두 털어놓았다. 가장 평범한 일도 시화詩話하는 그의 능력에 나는 항상 경탄하고 있었다. 그래서 이 복잡한 모험의 핵심부를 정채精彩가 나에게 윤색해서 그것으로 단편소설을 쓰라고 간곡히 부탁했다. 그러나 그런 일은 그가 할 일이 아니었다. 마치 한없이 자질구레한 일에 몰두하여 끝도 없는 실을 목적도 없이 잡고 있는 것 같은 그런 일은 그에게는 적합지 않은 일이었다. 이러한 전제를 토대로 그가 광증에 걸린 시기까지의 경력을 어떻게든 분명하게 서술하는 것은 아마 장래에 어느 때든 할 수 있게 되리라. 지금은 여기서 빠뜨릴 수 없는 요점만을 적어두겠다.

《괴츠 폰 베를리힝겐》이 세상에 나오자, 바로 렌츠는 나에게 장문 長文을 보내왔다. 그 글은 그가 늘 사용하는 값싼 원고지에 쓰여졌으며, 상하좌우가 조금도 여백 없이 **빽빽**하게 채워져 있었다. 이 글은 '우리의 결혼에 대하여' 라는 제목이 붙어 있었다. 만일 이 글이 지금도 보존되어 있다면, 내가 그와 그의 사람됨에 대해서 파악을 하지 못하고 당황하던 당시보다는 그에 관해서 지금 훨씬 더 잘 알 수 있었을 것이다. 끝없이 질질 끌고 가는 이 글의 주목적은 나의 재능과 그의 재능을 서로 비교하는 것이었다. 그는 자기를 나의 하위에 놓기도 하고 때로는 나와 동등하게 놓기도 했다. 그러나 전체가 해학에 찬 경묘한 어구로 쓰여졌기 때문에, 그가 나에게 표시하려고 했던 의견을 나는 기쁘게 받아들였다. 특히 나는 그의 재능을 매우 높이 평가하고, 그가 무궤도한 방황을 그만두고 몸을 가다듬어, 타고난 창작의 재능을 예술가적인 태도로서 이용하도록 언제나 절실하게 바라고 있었기 때문에 더욱 기쁘게 받아들였던 것이다. 나는 그의 신뢰에 대해 친절히 보답했다. 그는 그 글 속에서 가장 긴밀하게 결합하자고 요구했기 때문에(기이한 표제가 암시하듯이), 나는 그때부터 완성된 작품과 계획중인 작품을 모두 그에게 알려 주었다. 그것에 대해서 그는 차례로 자기의 원고를 보내왔다. 그것은 플라우트스[3]의 모작인 〈가정교사〉, 〈신新메노짜〉, 〈병정〉, 그리고 〈연극 소견小見〉의 부록으로 된 영국 연극의 번역물 등이었다.

이 논문에 있어서 나에게 약간 기이하게 생각된 것은 그가 짧은 서언에서 언급하기를 이 논문은 일반적인 연극을 통렬하게 비난한 것인데, 이미 수년 전에 문학 동호인 회합에서 강연하여 알려진 내

---

3) 티투스 마키우스 플라우트스(Titus Maccius Plautus, BC 250?~184). 로마의 희극작가. 셰익스피어, 몰리에르 등도 그의 영향을 받았다.

용이라고 말하고 있다는 점이었다. 수년 전이라면 아직 〈괴츠〉가 쓰여지지 않았을 때였다. 렌츠의 슈트라스부르크의 친구간에 내가 모르는 문학 단체가 있었다는 것은 의심스러운 일이었다. 그러나 나는 그것을 불문에 부치고, 그에게 이 논문과 그 외 작품의 출판자를 소개해주었다. 그러나 그가 나를 공상적 증오의 절호의 대상으로 삼고, 모험적이고 망상적인 박해迫害의 목표로 삼았던 것을 나는 꿈에도 알지 못했던 것이다.

그 다음 나는 또 한 사람 좋은 친구에 대해서 말해두고 싶다. 이 사람은 비상한 천재는 아니었지만, 우리들 친구 가운데서 손꼽히는 존재였다. 그는 처음엔 슈트라스부르크, 다음에는 프랑크푸르트에서 우리들의 일원이었던 바그너란 친구로, 그는 재기·재능·교양을 고루 갖추고 있었다. 그는 또 노력가로 알려져, 우리들에게 환영을 받았다. 게다가 그는 나에게 충고했다. 나는 내가 계획한 모든 것을 비밀에 부치지 않는 인간이었기 때문에, 다른 사람에게 하듯이 그에게도 나의 《파우스트》 구상, 특히 그레트헨의 파멸을 들려주었다. 그는 이 재료를 택하여 비극 《영아살해嬰兒殺害》에 이용했다. 이것이 자신의 계획을 다른 사람에게 도용당한 최초의 일이었다. 나는 매우 불쾌했으나, 그에게 나쁜 마음을 먹지는 않았다. 나는 그 후 자신의 구상을 여러 번 표절 또는 사취당했지만, 나 또한 자신이 계획한 것, 상상한 것을 그 동안에 마구 털어놓았기 때문에 불평을 할 수 없는 일이었다.

연설가나 저술가는 자기의 이야기나 문장에 큰 효과를 나타내기 위해, 일부러 찾아내서라도 흔히 대조를 사용하려 하는 법인데, 내가 여기서 렌츠에 이어 클링거에 대해 언급하게 되니 양자를 뚜렷하게 대조시킬 수 있게 되어 극히 유쾌한 일이 아닐 수 없다. 이 두 사람은 같은 시대 사람이며 청년시절에는 다같이 노력했다. 그러나 렌츠는 하늘을 스쳐가는 유성처럼 독일문학의 지평선 위에 순간적으로 흘러갔으며, 이 세상에 아무런 흔적도 남기지 않고 홀연히 사라져버렸다. 그와는 반대로 클링거는 감화력이 풍부한 작가로서 그리고 근면한 실무가로서 현재까지 그 명성을 유지하고 있다. 두 사람의 차이는 자연히 나타날 것이므로 이 이상 비교하지 않기로 하고, 그에 관해서 필요한 점만을 말하려 한다. 그의 여러 가지 업적이나 행동은 숨겨져 있는 것이 아니고, 멀고 가까운 각 계층에서 아직도 기억되고 있으며 또 존경되고 있기 때문이었다.

클링거의 외모는 — 나는 언제나 사람의 외모부터 쓰기를 좋아한다 — 매우 호감을 주었다. 그는 키가 크고 늘씬하며 체격이 좋고 단정한 용모였다. 자신을 존중하고 말쑥한 복장을 하고 있었으며 우리의 작은 단체에서 가장 풍채가 좋은 회원이라고 할 수 있었다. 그의 태도는 싹싹한 편도 무뚝뚝한 편도 아니었다. 그리고 마음 속에서 격동이라도 일으키지 않을 때는 절도節度가 있었다.

우리는 소녀를 있는 그대로 사랑하며 청년을 사랑하는 데는 그가 나타내는 바를 사랑한다. 그래서 나는 클링거를 안 순간, 그의 친구가 되었다. 그는 마음이 순수하여 사람들에게서 호감을 받았고 착실한 성격으로 인해 누구에게나 신뢰를 얻었다. 그는 어려서부터 점잖은 편이었다. 또 그는 자기처럼 아름답고 선량한 누이동생과 함께 모친을 도와야 했다. 모친은 과부였고 살아나가기 위해서는 자식들의 도움이 필요했다. 그가 가지고 있는 것은 전부가 자기 자신이 만든 것이므로 그의 모든 거동에 나타나는 자랑스런 독립의 기상을 나쁘게 여기는 사람은 없었다. 모든 천재적인 인간의 공통점인 민첩한 이해력, 탁월한 기억력, 어학의 재능을 그는 다분히 소유하고 있었다. 그러나 이런 모든 것들보다도 그는 자신의 확고부동한 성격을 소중히 여기는 것 같았다. 이 성격도 역시 타고난 것이지만, 여러 가지 경우를 통해서 충분히 입증되었던 것이다.

이와 같은 청년에게 루소의 저작이 적합한 것은 당연한 일이었다.

그에게 있어서 《에밀》은 가장 소중히 여기는 책이 되었다. 그는 이 책의 사상이 그 당시의 교양인들에게 끼친 일반적 영향이나 타인에게 끼친 영향보다 훨씬 더 많은 영향을 받았다. 그것은 클링거 역시 자연아自然兒로서 하류계급에서 성장한 사람이었기 때문이었다. 타인이 버려야 할 사항을 그는 처음부터 가지고 있지 않았다. 타인이 탈출해야 할 관계의 속박을 하나도 받은 일이 없었다. 그래서 그는 저 자연의 복음의 가장 순수한 사도使徒의 한 사람으로 보아도 좋았다. 그리고 그의 진지한 노력과 그의 인간으로서 그리고 자식으로서의 행동을 생각할 때 참으로 "모든 것은 자연의 손에서 나온 그대로가 좋다!"라고 외칠 수 있는 인간이었다 — 그러나 또 그것에 이어지는 "모든 것은 인간의 손에서 나빠진다!"는 말이 그의 마음에 깊이 새겨진 것은 어느 불쾌한 경험에 의해서였다. 그는 자기 자신이 아니라 자기 외의 인습의 세계와 싸워야 했고, 이 세계의 속박에서 제네바 시민 루소는 우리들을 해방시키려고 생각했던 것이다. 그러나 청년의 경우로서는 이 투쟁은 어렵고 힘든 것이어서, 아무래도 그는 즐겁고 기분좋은 완성의 경지에 이를 수 없을 정도로 더욱 무리하게 자기 자신 속으로 쫓겨 들어가는 것을 느꼈다. 차라리 그는 돌진을 거듭해나가지 않을 수 없었다. 그래서 그의 인품에는 일종의 신랄한 기질이 스며들었다. 후에 그는 이 기질을 일부는 스스로가 조정한 점도 있었지만, 그러나 그보다도 그것과 투쟁함으로써 정복했던 것이다.

내가 기억하는 한, 그의 작품 가운데는 엄밀한 오성悟性, 순수한 감정, 활발한 구상력, 인간의 다양성에 대한 적절한 관찰, 각종 차이에서 오는 특색있는 묘사가 있다. 그가 그리는 소녀나 소년은 솔직하고 귀여우며, 청년은 정열적이고, 어른은 소박하고 총명했다. 그가 좋지 않게 묘사한 인물들도 지나친 과장에 치우치는 일은 없었다. 쾌활함과 유쾌한 기분, 기지機智나 교묘한 착상도 모자람이 없었다.

비유와 상징도 마음대로 구사했다. 그는 우리를 즐겁게 하고 만족시키는 재주가 없었다. 만약에 그가 명랑하고 뜻깊은 해학을 때때로 씁쓸한 파흥으로 뒤엎어, 자타를 불쾌하게 하지 않았더라면, 그의 작품에서 받는 즐거움은 한층 순수했을 것이다. 그러나 이것이야말로 그를 바로 그답게 만들어 준 것이다. 그리고 누구나 논리적으로는 인식과 미망 사이를, 실천적으로는 창조와 파괴 사이를 왔다갔다 하게 마련이며, 그 때문에 생활하는 사람, 저작하는 사람의 종류가 다양하게 분화되는 것이다.

클링거는 자기 속에서 자기의 정서와 지성에 의해 세상의 교양을 완성한 사람 가운데 하나다. 그런데 그것이 비교적 큰 집단 속에서 완성되었고, 또 그 사람들은 상호간에 보편적인 성격과 민중적 특성에서 생겨나는 알기 쉽고 힘과 효과를 갖는 언어를 쓰고 있었으므로, 학구적인 형식은 그들에게 조만간 불쾌한 것이 되고 말았다. 특히 이 형식이 살아있는 원천을 떠나서 상투화常套化되어버림으로써 당초의 신선한 의의를 아주 잊어버린 경우에는 더욱 그러했다. 이러한 사람들은 또 새로운 의향·견해·체계를 대하는 것처럼 새로운 사건, 큰 변혁을 약속 또는 실현하는 탁월한 사람들에 대해서 반대의견을 표명했다. 그러나 그런 것에 대해서 그들을 나무랄 것도 없다. 왜냐하면 그들이 그렇게 하는 것은 자신의 존재와 교양의 기초가 되어 있는 것이 근본적으로 위태롭게 보이기 때문이었다.

그러나 그와 같은 유능한 성격의 견인력堅忍力은 그것이 세속적·실무적 생활을 통하여 유지된다면, 또 연달아 일어나는 사건의 취급방법이 많은 사람들 눈에 거칠게, 아니 무법적으로 보일지라도 적절한 시기에 사용되고 가장 확실하게 목적을 달성한다면 더욱 가치있는 것이 된다. 클링거에 있어서는 그것이 그대로 실현되었다. 즉 그는 탄력성(이것은 순수한 독일 국민의 덕德이 결코 아니었다)이 없었고, 그렇기 때문에 더욱 근면하고 견실하고 정직하게 중요한 지위에 승진하여 그 지위를 유지할 수가 있었고, 최고의 보호자의 갈채와 은혜를 받으면서 활동을 계속하였는데, 동시에 자기의 옛 친구나 자기가 걸어온 길을 절대로 잊지 않았던 것이다. 사실상 그는 제아무리 소원해지거나 떨어져 있어도 추억을 가장 완전한 기억으로 보존하려고 노력했다. 예컨대 그가 제2의 빌리기스[4]로서, 그의 문장을 훈장으로 장식하고 그가 훨씬 젊었을 때의 표장標章을 영구히 기념하였던 사실 등은 확실히 특기할 만한 가치가 있는 것이다.

얼마 안 가서 나는 라바터와 알게 되었다. 그의 동료에게 보낸 〈목사의 서한〉[5]을 그는 매우 잘 이해해 주었다. 그의 쉴새없는 활동 속에서도 우리들의 편지 왕래는 얼마 안 가 매우 빈번해졌다. 그는 그 무렵 마침 그의 관상학의 대저를 위해서 열심히 준비를 하고 있었으며, 그 책의 서문은 이미 전에 발표되어 있었다. 그는 모든 사람에게 그림, 실루엣 특히 그리스도의 화상을 보내 줄 것을 요구했다. 그리하여 나는 거의 그림을 그릴 줄 몰랐는데도 불구하고, 그는 내가 상상한 대로의 그리스도를 꼭 그리게 하려고 했다. 이 같은 불가능한 일의 요구는 나에게 여러 가지 풍자의 기회를 주었으며, 그의 특이한 성격에 대해서는 나 자신의 성격을 드러냄으로써 뚫고나갈 수밖에 없었다.

관상학을 믿지 않는 사람이나 혹은 적어도 그것을 불확실하고 기만적인 것이라고 생각하는 사람의 수가 상당히 많았다. 그리고 라바터에게 호의를 가지고 있던 많은 사람들도 그를 비웃으며 가능한 한 장난을 치고 싶은 충동을 느꼈다. 그는 프랑크푸르트에서 어떤 상당한 화가에게 여러 저명인사의 프로필을 그려달라고 주문했다. 발송자는 우선 내것이라면서 바아르트의 초상화를 보내는 장난을 쳤다.

---

4) 마인츠의 대주교 빌리기스(Willigis)는 마차 수리공의 자식에서 입신한 것을 기념하여 수레를 그의 문장紋章으로 삼았다.
5) 제12장 참조.

이에 대해서 벼락 같은 쾌활한 답장이 날아왔다. 그 속에서 그 그림이 내것이 아니라는 것을 극구 단언했고, 그 외에도 관상학을 증명하기 위하여 이 기회에 할 수 있는 모든 말을 다 털어놓았다. 그 후에 보낸 나의 초상화는 바로 승인했지만, 이때도 그가 화가와 각 개인에 대해 품고 있는 반감이 나타났다. 그에 의하면 화가는 결코 진실하고 정확한 제작을 할 수 없는 존재였으며, 개인은 그들의 모든 장점에도 불구하고 그가 생각하고 있는 인간성과 인간의 이념에 비하면 너무나 뒤떨어져 있었다. 그리하여 개개의 인간이 한 개의 인격이 되기 위한 특수성에 의해서 조금이라도 반발을 받는 느낌을 갖지 않을 수 없다는 것이었다.

그의 마음 속에서 자기 인간성에 의해서 육성된 인간성의 개념은 그리스도에 대해서 마음 속에 지니고 있던 생각과 일치된 관계를 가지고 있다. 그래서 그에게는 인간은 기독교도가 아니고는 생활할 수가 없는 거라고 생각했던 것이다. 나의 그리스도에 대한 관계는 단지 정신적·감정적인 것이었으며, 라바터의 온 정성을 기울인 육체적 친화親和라는 것에 대해서는 하나도 이해가 가지 않았다. 그래서 총명하고 우정 깊은 그가 나나 멘델스존이나 그 밖의 사람들을 공박하여 자기 같은 기독교도, 즉 자기식의 기독교도가 되어야 하며, 그렇지 못할 바에는 자기를 우리 쪽으로 끌어당겨 우리에게 안심의 경지를 주고 있는 것을 그에게 납득하게 해주어야 한다고 주장한 과격한 공박을 나는 참을 수가 없었다. 이 요구는 내가 차츰 귀의하고 있었던 자유로운 사회성과 대립하는 것이었으므로, 나에게 좋은 영향을 끼치지 못했다. 성공하지 못하는 모든 개종改宗의 노력은 권유받은 사람을 완고하고 냉정하게 만드는 법이다. 라바터는 최후에 "기독교도냐, 그렇지 않으면 무신론자냐" 하는 과격한 양단논법을 내세웠기에 내가 더욱 완고해질 수밖에 없었다. 나는 그것에 대하여, 내가 갖고 있는 그리스도교를 그가 허용하지 않는다면 이 양자의 참된 뜻을 아무도 모르기 때문에 나는 무신론을 택할 것이라고 단언했다.

주고받은 서한의 내용은 격렬했으나, 우리들의 친분관계는 파괴되지 않았다. 라바터는 놀라운 인내력과 완강함과 끈기가 있었다. 그는 자기 학설에 확신이 있었고 자신의 소신을 세상에 보급시키려는 굳은 결심을 하고 있었으며, 힘으로 실현할 수 없는 시기를 기다려 온화한 수단으로 수행하려고 했다. 도대체 그는 외적 직업과 내적 사명이 완전히 일치하여, 젊은 시절의 교양이 언제나 후일의 교양과 관련을 맺어 모든 능력을 자연적으로 발전시키는 소수의 행복한 사람 중의 하나였다. 그는 가장 예민한 도덕적 기질을 타고났기 때문에 자기 직업으로서 목사를 선택한 것이다. 그는 필요한 학문을 배웠고 다방면에서 능력을 발휘했다. 그러나 본래 학구적이라고 부르는 교양을 좋아하는 편이 아니었다. 왜냐하면 우리보다 연령이 많았던 그는 모든 사람의 귀에 유쾌하게 울렸던 시대의 자유 정신·자연 정신에 사로잡혀 있었기 때문이었다. 여러 외부적인 보조수단에 의하지 않더라도 우리들은 자기 내부에 재료와 내용을 충분히 가지고 있으며, 그것을 적절히 발전시키는 것만이 중요하다고 생각한 것이다. 목사의 의무, 즉 일상생활의 뜻으로 도덕적으로 그리고 보다 높은 뜻으로 종교적으로 타인에게 감화를 준다는 것은 그의 생각과 완전히 일치했다. 그가 느끼고 있었던 것과 같은 성실하고 경건한 심정을 사람들에게 전하고 그것을 사람들의 마음속에 불러일으키는 것이 청년으로서의 그의 강렬한 충동이었다. 그리고 가장 좋아한 일은, 자기 자신에 대한 것과 같이 타인에게도 주의를 하는 것이었다. 자기 자신에 주의하는 것은 자기 내심의 섬세한 감정에 의해서 하며 타인에 주의하는 것은 그들의 외모에 대한 날카로운 관찰에 의해서 용이하게 되었고 오히려 강요당하기도 했던 것이다. 그러나 그는 원래 관조觀照하는 천분도 없었고 참된 의미에 있어서 묘사의 천분도 없었다. 오히려 그는 전력을 다하여 사업과 활동에 쏠리는 것을 느졌던 것이다. 그래서 나는 그처럼 끊임없이 활동하는 사람을 보지 못했다. 그러나 우리들은 가족이건 계급이건, 조합이나 도시나 국가이거나 어느 것에 속하든 우리들의 내부의 도덕적 본질은 외적인 여러 조건 속에서 구체화되는 것이므로 그가 활동하려고 하는 한 이 모든 외부적인 것과 접촉하여, 그것에 동요를 주지 않을 수 없었던 것이다. 그것으로 인해서 물론 많은 충돌과 갈등이 생겼다. 특히 그가 한 사람으로서 태어난 국가[6]는 가장 엄밀하고 명확한 제한 속에서 찬양할 만한 전통의 자유를 향유하고 있었기 때문에 갈등은 전혀 피할 수 없었다. 이미 어렸을 때부터 공화주의자였던 그는 공적인 문제에 대해서 생각하고 관여하는 일이 습관이 되어 있었다. 청년인 그는 꽃다운 시절에 직업 조합원으로서 공공 문제에 대해서 찬부贊否의 태도를 결정해야 할 입장에 섰다. 공평하고 독자적인 판단을 내리려면 그는 우선 같은 시민의 참된 가치를 확인해야 했다. 그들을 알고 그들의 의향이나 능력을 규명해야 한다. 그리하여 타인을 탐구하려고 애쓰면서, 항상 자기 자신의 심정으로 되돌아가지 않으면 안 되었던 것이다.

라바터는 일찍이 이런 일에 습관이 되어서 이런 활동에 많은 시간을 빼앗겨, 언어 연구나 그에 관련된 목적인 동시에 기초인 분석적 비평법을 배우는 시간이 부족했던 것 같다. 훗날 그의 지식과 식견이 무한히 확대되었을 때 그는 진담인지 농담인지 자기가 학자가 아니라는 말을 자주했다. 성서의 문자, 아니 성서의 번역에 몰두하여 그가 찾고 기획한 것을 위한 양식이나 보조 수단이 거기에 충분히 있다고 생각한 것은 이처럼 철저한 연구가 결핍했던 데에 원인이 있다고 하지 않을 수 없다.

그러나 결사나 조합의 성격으로서 일이 신속하게 돌아가지 않기

6) 라바터는 스위스 취리히에서 태어났다.

때문에 이러한 활동 범위는 활발한 성격의 인간에게는 이내 답답해지고 말았다. 공정하게 하는 것은 청년으로서는 어려운 일이 아니다. 순결한 감정은 자기가 범한 적도 없는 부정을 미워하는 것이다. 어느 주지사州知事의 압정壓政이 시민의 눈앞에 폭로되었지만, 그것을 법정에 내놓는 것은 곤란했다. 라바터는 한 친구와 협력하여 익명으로 벌을 받을 그 인간을 위협했다. 사건은 물의를 일으켜 심리하지 않을 수 없게 되었다. 죄가 있는 자는 벌을 받았다. 그러나 이 심판을 촉진한 주동자는 욕은 먹지 않았지만 비난을 받았다. 질서가 있는 국가에서는 정당한 일이라도 부정한 방법으로 해서는 안 되는 것이다.

라바터는 독일 국내를 편력할 때 학자나 사상가와 접촉했다. 그러나 그는 그 때문에 더욱 자기의 사상과 소신을 공고하게 할 뿐이었다. 고향에 돌아와서 그는 한층 자유롭게 독자적 입장에서 활동했다. 고귀하고 선량한 인간으로서 그는 자기 마음 속에 인간성에 대한 고매한 개념을 느꼈다. 그리고 실제의 경험에 있어서 이 개념에 모순되는 것 또는 모든 인간을 완전함으로부터 떼어놓는 일체의 명백한 결함은 신성神性의 개념에 의해서 보충해야 했다. 이 신성이 이전에 자기 모습을 완전히 재현시키기 위하여 현세의 한복판에서 인간의 성격 속에 강림降臨한다는 것이었다.

이 기발한 인간의 초기에 대해서는 우선 이 정도로 하고, 이제는 무엇보다도 우리 두 사람의 개인적 회합과 교제의 유쾌한 서술로 옮기기로 하겠다. 우리가 편지 왕래를 시작한 지 얼마 안 되서 그는 나와 다른 사람들에게 계획하고 있는 라인 강 여행 도중에 프랑크푸르트에 들르겠다고 통지해왔다. 순식간에 민중 사이에 큰 동요가 일어났다. 누구나 할 것 없이 이와 같은 기발한 인간을 보고 싶은 호기심이 생겼다. 여러 사람들은 자기의 도덕적·종교적 교양에 도움이 있을 것을 기대했다. 그의 학설을 의심하는 자는 유력한 반대 의견을 제출하여 두각을 나타내려 했고, 자신만만한 자는 자기의 소신을 강하게 뒷받침하는 논증을 내놓아 그를 혼란시켜 체면을 깎으려고 했다. 그 밖에도 모든 즐거운 일과 불쾌한 일이 이렇듯 혼돈된 세계를 상대하려는 한 저명인사를 기다리고 있었다.

우리의 최초의 회견[7]은 진실함이 넘쳐 있었다. 우리들은 애정을 다해 포옹했다. 나는 여러 초상화가 보여 준 그대로의 그를 발견했다. 아직까지 본 일이 없었고 앞으로도 볼 수도 없을 독특하고 탁월하며 개성이 넘치는 활동적인 모습을 눈앞에 보았던 것이다. 이와는 반대로 그 쪽에서는 처음 순간 예상이 어긋난 듯 두서너 번 기성을 올렸다. 이에 대해 나는 선천적이며 또한 후천적으로 이같이 만든 것은 신과 자연의 의향에 의한 것이니 우리는 참을 수밖에 없다고 단언했다. 그리고 이내 편지에서 의견의 일치를 보지 못했던 가장 중요한 논점이 화제에 올랐다. 그러나 그 논점을 자세히 논할 여유가 없었다. 그러는 동안에 나는 이제까지 만나본 일이 없는 경험을 하게 되었던 것이다.

대체로 우리는 정신이나 감정에 관한 사건에 대해서 이야기할 때는 대중으로부터, 아니 친구들로부터도 멀어지는 것이 보통이다. 왜냐하면 사고방식과 교양 정도가 각기 다르기 때문에 소수의 사람들과도 서로 이해하는 것이 곤란하기 때문이었다. 그런데 라바터는 전연 다른 생각을 가지고 있었다. 그는 자기 의견을 과장하여 남에게 퍼뜨리는 것을 좋아했다. 또 사람들 속에서 일하는 것을 가장 좋아했다. 그것은 대중을 가르치고 즐겁게 하는 특수한 재능이 있었기 때문이었다. 이 재능은 저 뛰어난 관상의 천분에 기인하고 있었다. 그는 타인의 인간성과 정신을 정확히 식별하는 능력이 있었기 때문에, 모든 사람과 접촉하여 바로 그 기분을 알아보았다. 그 위에 누가 정직한 고백이나 성실한 질문을 할 경우에, 내외 양면의 풍부한 경

---

7) 1774년 6월 23일, 괴테의 양친 집에서의 회견.

험에 입각하여 누구에게나 만족할 수 있는 적절한 대답을 할 수 있었다. 그의 깊고 부드러운 시선, 떠도는 애교, 고지高地 독일어와 함께 섞여나오는 소박한 스위스 방언, 기타 그의 특징을 나타내는 여러 가지 점이 상대방의 모든 사람들에게 기분좋은 안도감을 주는 것이었다. 그뿐 아니라 평평한 가슴이 약간 앞으로 굽은 자세도 그와 대면할 때 받은 위압적인 느낌을 부드럽게 해주는 역할을 적지않게 하고 있었다. 잘난 체하는 불손과 거만에 대해서는 그는 침착하고 능숙한 태도로 다룰 줄 알았다. 즉 그는 몸을 빼는 것처럼 보다가는 별안간 우둔한 상대가 생각지도 못할 위대한 견해를 다이아몬드의 방패[8]처럼 내세우고 거기서 반짝이는 광채를 불쾌하지 않을 정도로 흐려놓을 수 있었다. 그래서 그런 상대는 적어도 그 사람 앞에서는 가르침을 받으며 납득이 가는 것처럼 느꼈다. 아마도 이 인상은 여러 사람에게 그 작용을 계속했을 것이다. 왜냐하면 자아적인 인간은 동시에 선량하기 때문이며 다만 생산적인 핵을 싸고 있는 딱딱한 외피外皮에 부드러운 작용을 가해서 그것을 용해시킬 일만 필요한 것이다.

한편 그에게 큰 고통이었던 것은 외모가 추하게 생긴 탓으로 용모의 중요성을 강조하는 학설에 대해 결정적으로 적대적인 입장을 취하지 않고는 못배기는 인물들을 대할 때였다. 그들은 대개 자기들의 인격을 모욕하는 것처럼 눈앞의 이 학설을 무력화시키기 위해서, 그들의 풍부한 상식과 기타 천분과 재능을 다해 열렬한 반감과 편협한 회의심을 가지고 대했다. 그리고는 소크라테스 같은 위대한 사상가는 쉽사리 나타나는 것이 아니기 때문이라는 것이다. 이와 같은 반대자의 우매와 고루는 그에게는 무서운 것이었다. 이에 대한 노력도 맹렬하지 않을 수가 없었다. 그것은 마치 용광로의 불길이 반항하는 광석을 우매한 적으로 보고 용솟음치는 것과 같은 것이었다.

---

8) 탓소의 〈해방된 예루살렘〉에서 따온 비유.

이와 같은 사정에서 우리 두 사람에 대한 화목한 대화는 생각할 여지도 없었다. 그가 인간을 어떻게 취급하는가 하는 것을 관찰함으로써 배운 점이 많았다. 그러나 감화를 받은 것은 없었다. 왜냐하면 나의 경우는 그와는 전연 달랐기 때문이었다. 도덕적으로 활동하는 사람은 그 노력 일체를 헛되이 하지 않는 법이다. 왜냐하면 복음서에서 씨뿌리는 사람에 대해서 너무나 겸손하게 표명한 것보다는 수확이 훨씬 풍부한 것이기 때문이었다. 그러나 예술 방면에서 활동하는 사람은 만약에 작품이 예술품으로 인정되지 않는 경우에는 모든 것을 잃는 법이다. 나의 작품에 흥미를 갖고 있는 친애하는 독자가 언제나 나를 초조하게 만든다. 내가 무슨 이유로 그들과 교섭하는 것을 몹시 꺼려했는가를 알 것이다. 이제 나는 나와 라바터의 활동 효과의 거리를 너무나 뼈저리게 느꼈다. 그의 영향은 눈앞에 나타나고 나의 영향은 없는 데서 나타났다. 멀리 떨어져서 그에게 불만을 가졌던 사람들도 곁에 있으면 친밀감을 느꼈다. 그러나 나의 작품을 통해서 나를 좋아했던 사람들도, 완고하고 배타적인 인간과 만나면 환멸을 느꼈던 것이다.

서둘러 다름슈타트에서 돌아온 메르크는 메피스토펠레스의 역할을 맡고 나섰으며, 특히 여인들의 몰염치를 조소했다. 몇몇 여인들이 예언자를 위해서 비워둔 방을 특히 침실까지 조심스럽게 조사했을 때, 이 장난꾸러기는 "경건한 여인들은 주主가 어디 놓여 있는가를 알고자 했노라" 하고 말했다. 그런 짓을 하면서 딴 사람들과 똑같이, 그도 역시 속박을 당하지 않으면 안 되었다. 그것은 리바터의 동행인 립스9)가 그의 옆얼굴을 유명무명의 인물들의 초상화처럼 정밀하게 그렸기 때문이었다. 이들 초상화들은 후일 관상학의 대저大著속에 실리게 되어 있는 것이다.

---

9) 괴테의 초상을 묘사한 것은 립스(Lips)가 아니고, 프리드리히 슈몰(Friedrich Schmoll)이었다.

나로서는 라바터와의 교제는 매우 중대하고 유익했다. 왜냐하면 그의 격렬함이 나의 평온하고 예술가적 관조로 기우는 마음을 흔들어 혼란시켰기 때문이었다. 물론 내가 사로잡혀 있던 주의의 헛갈림은 점점 심해졌기 때문에 그와의 교제는 당장에 이익이 되지는 않았다. 그러나 우리들 사이에는 여러 가지 문제가 화제에 올랐기 때문에, 내 마음 속에 이 대화를 계속시키고 싶은 욕망이 일어났다. 그래서 나는 그가 만일 엠스로 간다면 동행할 결심이었고, 도중에 마차 속에 들어앉아 세속을 떠나 우리 두 사람의 관심사인 문제를 터놓고 토론하려고 생각했던 것이다.

그러나 나에게 무엇보다도 주목할 만한 가치와 많은 수확이 있었던 것은 라바터와 클레텐베르크 양과의 대담이었다. 여기에 철저한 두 사람의 기독교도가 대좌하고 있었다. 그리고 같은 신조信條가 다른 인간의 의향에 따라 얼마나 모습이 달라지는가를 뚜렷이 볼 수 있었다. 저 관용주의가 지배하던 시대에는 각자는 자기 나름의 종교와 배신의 양식을 갖는다는 주장이 반복되었다. 나는 이것을 단적으로 주장하지는 않았지만 하여튼 현재의 경우 남자와 여자는 다른 구세주가 필요하다는 것을 인정했다. 클레텐베르크 양은 자기 구세주에 대해, 무조건 헌신하는 애인을 대하는 태도였다. 모든 기쁨과 희망을 그 인격에 걸고, 아무런 의심도 주저도 없이 인생의 운명을 그에게 의탁했다. 그와는 반대로 라바터는 구세주를 친구로서, 시기심 없이 오직 깊은 애정만을 품고 모방하려 하며, 공적을 인정·찬양하고, 그를 닮으려고, 아니 같아지려고 노력했다. 이 두 방향에는 얼마나 큰 차이가 있는가! 이것에 의해서 일반적으로 남녀 양성의 정신적 요구가 표현되어 있는 것이다. 이 일로부터 설명을 할 것같이 생각되는 것은 비교적 얌전한 남자가 성모에 매달리며 자나짜로[10]가

---

10) 자꼬뽀 자나짜로(Jacopo Sannazaro). 1458년 나폴리에서 태어난 시인.

한 것처럼 성모를 여자의 미와 덕의 모범으로 모시며 생명과 재능을 바치고 있으며, 하나님의 아들 예수에 대해서는 기껏 놀이 친구와 같은 태도를 갖는다는 사실이다.

나는 이 두 친구가 서로 어떠한 관계에 서 있었던가를 서로 상대편을 어떻게 생각하고 있었던가 하는 것을, 내가 같이 있을 때의 두 사람의 대화로 알았을 뿐 아니라, 이 두 사람이 개인적으로 나에게 말해 준 말로도 알았다. 나는 그들의 어느 편에도 동의할 수가 없었다. 그 까닭은 나의 그리스도는 나의 생각에 따라 독자적인 모습을 가지고 있었기 때문이었다. 그런데 그들은 나의 그리스도를 승인하려고 하지 않았기 때문에 나는 갖은 역설이나 극단론을 내세워 그들을 괴롭히다가 그들이 화를 터뜨리려고 하면 농담으로 얼버무리고는 뺑소니를 쳤다.

신앙과 지식 사이의 투쟁은 그 당시는 그다지 유행하고 있지 않았다. 그러나 이 두 말이나 그것에 관계된 개념은 때때로 사람들 입에 오르내렸다. 그리고 진짜 견유적犬儒的인 냉소가들은 이 두 가지는 모두 기댈 것이 못 된다고 주장했다. 그래서 나는 이 신앙과 지식의 두 가지 모두의 편에 서는 것을 표명하고 싶었다. 그러나 친구들의 찬성은 얻을 수 없었다. 나는 말했다. 신앙에 있어서는 믿는다는 것이 모두이며 무엇을 믿는가 하는 것은 아무래도 좋은 것이다. 신앙은 현재와 미래에 대한 커다란 안정의 감정이며, 이 안심은 엄청나게 위대하고 강력한, 탐구되지 않는 존재에 대한 신뢰에서 생겨난다. 이 신뢰는 확고부동하다는 것이 무엇보다도 중요한 일이며, 그 존재를 우리가 어떻게 생각하느냐 하는 것은 우리의 각기 다른 능력과 경우에 따르는 것이며, 사실 아무래도 상관이 없는 것이다. 신앙은 신성한 그릇이며 그 속에다 각자는 가능한 한 자신의 감정·오성·상상을 기꺼이 넣어서 바치는 것이다. 한편 지식은 이것과 사정이 전혀 다르다. 중요한 것은 안다는 것 자체가 아니라 무엇을 아는가,

어떻게 잘, 어떻게 많이 아는가 하는 것이다. 그러므로 지식에 대해서는 여러 가지 토론이 따르게 된다. 왜냐하면 지식은 수정하거나 확장하거나 국한하거나 할 수가 있기 때문이었다. 지식은 하나하나의 일에서 시작하여 무한하고, 또 형태가 없으며 결코 총괄될 수 없는 것이고, 총괄된 것처럼 보이다가도 그것은 기껏 공상적인 것밖에 되지 못한다. 그러므로 언제나 신앙과는 정면으로 대립하는 것이다.

이상과 같은 설익은 진리 및 그것에서 생겨나는 미망迷妄은 시적으로 표현한다면 자극도 되고 흥미도 있겠지만, 실생활에서는 회화를 방해하고 혼란에 빠뜨린다. 그래서 나는 그를 따르며 그와 함께 깊은 신앙을 얻으려는 모든 사람들에게 기꺼이 내맡겼다. 그리고 그동안 그와 떨어져 있었던 일은 엠스로와 함께 여행한 일로 충분히 보상된 셈이었다. 우리는 다행히 여름날의 쾌청한 날씨를 만났으며 라바터는 쾌활하고 기분이 좋았다. 왜냐하면 그 정신적 경향은 종교적·도덕적이며 결코 불안에 몰리는 일이 없었기 때문에 생활상의 일로 사람들이 유쾌하고 즐거우면 그도 덩달아 즐거워지기 때문이었다. 그는 무엇에 대해서나 관심을 나타내며 재기가 있고 기지가 넘칠 뿐 아니라 또 그런 사람들을 좋아했다. 다만 그것이 민감한 그의 기분 한도의 경계선을 넘지 않아야 했다. 만일 무슨 일로 해서 그 경계선을 넘는 일이라도 있으면 그는 그 사내의 어깨를 두드리며 이 염치없는 인간에게 솔직하게 "점잖게 하시오" 하고 경고를 주어 예의바른 태도로 돌아가게 했다. 이 여행에 의해서 나는 여러 가지 교훈이나 격려를 받았으나, 그것은 나의 성격에 질서를 주고 교화를 주었다기보다는 차라리 그의 성격을 아는 데 도움이 되었던 것이다. 엠스에 가서 그는 또 바로 여러 단체에 둘러싸이게 되었다. 그런데 나는 나의 자질구레한 일들이 마침 한창 진행되고 있던 중이었기 때문에 프랑크푸르트로 돌아왔다.

그러나 나는 금방 그전의 침착한 상태로 되돌아갈 수도 없었다.

왜냐하면 바제도가 프랑크푸르트에 도착하여 다른 방면에서 나에게 접촉하여 나를 가만두지 않았기 때문이었다. 라바터와 바제도, 이 두 사람만큼 커다란 대조를 드러내는 사람들도 달리 볼 수 없었다. 바제도는 얼굴에서 벌써 라바터와 정반대의 모습을 드러내고 있었다. 라바터의 얼굴 생김은 맥이 풀어진 듯 개방되어 있었다. 그러나 바제도의 얼굴은 일그러져 마치 안쪽으로 당겨지고 있는 것 같은 얼굴이었다. 라바터의 눈은 두터운 눈꺼풀 아래서 맑고 온화하게 빛났으나, 바제도의 눈은 우묵하고 조그맣고 검고 날카롭게 치켜올라간 눈썹 아래서 반짝이고 있었다. 그와 반대로 라바터의 이마는 부드러운 갈색 머리칼이 둥그스름하게 둘러싸고 있었다. 바제도의 목소리는 거칠고 쉰 목소리로 말이 빠르고, 가시가 돋은 듯한 일종의 조소를 띤 웃음을 띠우며, 갑자기 대화를 뒤엎는 것이었다. 그 밖의 그의 특징을 나타내는 모든 것이 라바터와는 정반대였다. 라바터는 웬지 그에게 가까이 가고 싶도록 부드러운 거동으로 우리를 대해주는 것이었다. 바제도도 역시 프랑크푸르트에서 매우 인기가 있었고, 그의 위대한 정신적인 재능은 많은 사람들로부터 찬양을 받았다. 그러나 그는 인심을 교화하고 지도하는 인간이 아니었다. 그가 할 수 있는 유일한 일은 자기의 것으로 삼고 있는 커다란 영역을 더 잘 개척함으로써 후일 인류가 거기에서 더 편하게 살 수 있게 해주는 일이었다. 그는 이 목적을 향해서 일로매진하였다.

나는 그의 계획을 잘 알기는커녕 그가 의도하는 것조차도 전혀 알 수가 없었다. 그러나 모든 교수법을 활기있고 자연에 맞는 것으로 만들고 싶다는 그의 요구는 나의 마음에 들었다. 고대어古代語는 현대에 다시 배워져야 한다는 설도 찬양할 만한 것으로 생각되었다. 그리고 또 활동과 더욱 청신한 세계관을 장려하기 위해서 그가 기획한 일을 나는 기꺼이 승인하였다. 그러나 나의 마음에 들지 않는 것은 그가 쓴 입문서였다. 그의 입문서는 광막한 것을 대상으로 쓴 것이었는데, 입문서가 대상보다 훨씬 더 막연했다. 왜냐하면 현실 세계에는 언제나 가능한 것만이 모여 있기 마련이며, 복잡하기 짝이 없고 혼란이 범람하는 것처럼 보이지만, 그래도 모든 부분에 정돈된 모습을 가지고 있게 마련이다. 그와는 달리 그의 입문서는 모든 부분을 분열시키고 있었다. 즉 세계관으로 말하자면 결코 일치되지 않은 것이 개념이 닮았다고 해서 어수선하게 늘어 놓았을 뿐인 것이다. 그러므로 우리가 아모스 코메니우스[11]가 쓴 이와 비슷한 저작물을 읽을 때에 승인하지 않을 수 없는 그 구체적인 방법적 장점이 갖추어져 있지 못한 것이다.

학설보다도 한층 기이하고 이해할 수 없는 것은 바제도의 행동이었다. 그는 이번 여행에서 대중을 그의 인격에 의해서 그의 박애적 계획을 위하여 협력하게 하려는 의도, 다시 말하면 인심을 얻으려고 한다기보다는 그 사람들의 경제적 지원을 받으려는 의도를 가지고 있었다. 그는 자기의 계획에 대해서 장담을 하고 사람들을 설득하는 재주를 가지고 있었다. 그리하여 모든 사람들은 그가 주장하는 바에 기꺼이 찬성을 표하였다. 그러나 그는 이상하게도 기부금을 내놓게 하려는 사람들의 감정을 건드렸을 뿐만 아니라 종교적 문제에 대해서 자신의 의견이나 일시적인 생각들을 함부로 지껄여댔기 때문에 공연히 그 사람들을 화나게 만들었다. 이 점에 있어서도 바제도는 라바터와 대조적이었다. 라바터는 성서를 글자 그대로, 내용 모두가, 말 한마디 한마디가 현재에 이르기까지 타당한 것으로 보여 응용할 수 있는 것으로 생각했다. 그러나 바제도는 모든 것을 혁신하고 신앙의 교리도 교회의 외부적인 행사도 자기가 가진 일시적인 생각에 따라서 개조해버리겠다는 매우 초조한 욕망을 가지고 있었다. 그런데 가장 냉혹하고 참으로 신중치 못한 태도로 그가 다룬 말들이

---

11) 아모스 코메니우스(Amos Comenius, 1592~1670). 뵈멘의 교육학자.

있었다. 그것은 직접 성서에서 나온 말이 아니라 성서의 해설에서 나온 여러 가지 관념이나 또는 교부敎父 및 종파회宗派會가 표현하기 어려운 것을 분명하게 하고, 혹은 이단자를 따지기 위해서 찾고 있었던 표현이나 철학상의 술어나 감각적 비유였다. 그는 또 사람들 앞에서 매우 가혹하고 무책임한 방법으로 삼위일체가 불구대천의 원수라고 공언하고, 또한 일반적으로 승인되고 있는 이 비의秘義를 반박하는 말을 끊을 줄을 몰랐다. 나도 또 그와 개인적인 대담을 할 때에 이 이야기로 매우 시달림을 받았다. 그리하여 독립의 존재 형태, 본질, 인격이라는 말을 그리스어로 수없이 들어야 했다. 이것에 대하여 나는 역설이라는 무기를 써서 그의 의견을 압도했으며 흥분된 말을 타파하는 데 더욱 흥분된 말로 대항했다. 그런데 이것이 또 나의 정신에 새로운 자극을 주었다. 바제도가 나보다 훨씬 박식하고 또 토론의 전술에 있어서 자연주의였던 나보다 능숙한 기술을 가지고 있었기 때문에 토론하는 일이 중요하면 할수록 나는 더욱 더 노력할 필요가 있었다.

계몽을 받는다고 할 것까지는 없으나 나의 훈련에 분명히 도움이 되는 이 절호의 기회를 나는 잠깐 동안 하다가 그만둘 수는 없었다. 꼭 처리해야 할 용무는 아버지와 친구에게 맡길 수가 있었기 때문에 나는 바제도를 따라서 프랑크푸르트를 출발했다. 그러나 라바터의 사람됨에서 풍겨 나오는 온화한 기품을 생각해보면 그는 얼마나 차이가 컸던가! 라바터는 그 자신이 순결했기 때문에 자기 주위도 순결한 분위기를 조성했다. 그의 곁에 있으면 사람들은 그에게 불쾌감을 주지 않기 위해서 처녀같이 조심스러워지는 것이었다. 그와 반대로 바제도는 마음이 너무나 내면적으로만 향하여 자기 외모에 주의를 기울일 여유가 없었다. 끊임없이 독한 담배를 피우는 그 자체가 이미 지극히 불쾌했다. 더구나 한 대 피우고 나면 곧바로 값싸고 빨리 불이 붙긴 하지만 불쾌한 냄새가 나는 부싯깃(schwamm)을 뿌려 몇 모금 빤다. 그러면 이내 참을 수 없이 공기가 탁해지기 때문에 더욱 기분이 나빴다. 나는 이 제품을 '바제도식 악취균(惡臭菌 · Stink-schwamm)'이라고 불렀고, 이 명칭을 붙여서 박물학에 넣었으면 좋겠다고 했다. 그는 그것을 매우 재미있다고 하면서 구역질이 날 정도로 불쾌한 그 제조방법을 자세히 설명하여, 내가 싫어하는 것을 짓궂게 좋아했다. 그것도 그가 사람을 조롱하기 좋아했고, 순진한 사람들을 심술궂게 놀려대는 것을 좋아하는 짓이 이 탁월한 인간의 근성중 하나였기 때문이었다. 그는 아무도 편안히 있게 하지 않았다. 쉰 목소리로 이빨을 드러내고 조소하여 격분시키고, 기이한 질문으로 당황케 하여, 목적을 달성한 것을 보면 씁쓸하게 웃었다. 그러나 상대방이 바로 정신을 차려 그를 역습해서 한 대 때리면 만족했다.

그래서 라바터에 대한 나의 동경은 더욱 깊어져갔다. 그도 나와 재회했을 때는 기쁜 것 같았다. 그래서 이제까지 경험한 여러 가지 일을 이야기했고, 특히 동거인들의 각양각색의 성격에 대해서도 이야기했다. 그 사람들 중에 그는 이미 많은 친구와 귀의자歸依者를 만들 수 있었다. 나 자신도 많은 옛 친구를 거기서 발견했다. 그리고 수년 동안 만나지 못했던 사람들을 보면서 청년으로서는 오랫동안 알 수가 없게 마련인 사실을 알게 되었다. 그것은 즉 남자는 나이를 먹으며 여자는 변한다는 사실이었다. 친구들의 수는 날이 갈수록 늘어갔다. 무도회가 연속적으로 열렸고, 근처의 두 채의 큰 온천 여관에 묵으면서 접촉하고 있었기 때문에 친근한 친구들끼리 여러 가지 놀이가 벌어졌다. 나도 한 번은 시골 목사로 가장하고 어느 이름난 한 친구가 나의 부인으로 분장했다. 우리는 바보스런 공손한 태도로 점잖은 좌중에 매우 귀찮음을 주었으나 그것 역시 여러 사람들을 유쾌하게 했다. 저녁, 한밤중, 이른 아침의 세레나데도 빠짐없이 개최되었으므로 대부분의 젊은이들이 수면 부족을 일으킬 정도였다.

이 같은 오락을 즐기면서도 나는 저녁의 일부를 반드시 바제도와 함께 보냈다. 그는 잠시도 침대에 누워있지 않고 끊임없이 구술口述하고 있었다. 때때로 그가 자리에 누워서 졸고 있을 때면, 그의 서기는 펜을 손에 쥔 채 조용히 앉아 있다가 졸던 주인이 다시 깨어 말을 하기 시작하면 즉시 필기할 준비를 하는 것이었다. 이 같은 일은 담배 연기와 부싯깃 연기로 가득 찬 밀폐된 방에서 이루어지고 있었던 것이다. 나는 무도가 한 번씩 끝날 때마다 바제도한테 달려갔다. 그는 단번에 여러 가지 문제에 대해서 논의하고 싶어했다. 그리고 잠시 후에 내가 춤추러 달려 나가면, 나의 등뒤의 문이 닫혀지기도 전에 마치 아무 일도 없었던 것처럼 그의 논술을 침착하게 구술하기 시작하는 것이었다.

우리는 또 자주 근방 일대를 돌아다녔으며, 넓은 저택 특히 귀부인들의 저택을 방문했다. 이 부인들은 남자들보다도 정신적·종교적인 일을 받아들이는 경향이 더 컸다. 나사우에 있는 폰 시타인이라는 훌륭한 부인[12]이 사람들의 존경을 받고 있었으며, 그 댁에는 여러 사람들이 모여 있었다. 라 로슈 부인도 거기에 와 있었고, 젊은 여인들과 어린이들도 있었다. 여기서 라바터는 관상학 실험을 하도록 되어 있었다. 그것은 대개는 모습의 우연한 특징을 그가 잘못하는 근본형태로 착각하도록 꾸며져 있었으나, 그는 충분한 안목을 구비하고 있었으므로 속아 넘어가는 일이 없었다. 나는 여전히 베르테르의 슬픔의 진실성과 로테의 주소를 밝혀야 할 입장에 몰렸다. 나는 이렇듯 무리한 요구에서 그럭저럭 도망칠 수는 있었으나 그것이 그리 썩 솜씨있게 하는 짓은 못 되었다. 그와는 달리 어린이들을 주위에 모아놓고, 일상생활을 모아서 엮어낸 진기한 동화를 들려주었다. 그러나 매우 다행한 것은 청중의 어느 누구도 이야기 속에서 어

---

12) 마인쯔 선제후국의 고문관 폰 시타인(von Stein)의 부인.

느 것이 진실이고, 어느 것이 조작인가를 귀찮게 물어대는 아이가 없었다는 사실이다.

바제도는 급선무라고 생각한 유일한 일, 즉 청년교육의 개선을 제안하고, 그것을 위해서 귀족들과 부유한 사람들에게 거액의 기부를 요구했다. 그는 그의 논거와 열변으로 사람들을 설복시키지는 못했을망정 어느 정도 호감은 갖게 할까 하고 생각 중이었는데, 반삼위일체론의 악마에 사로잡혀 장소에 대해서는 하나도 헤아리지 않고 기상천외의 연설을 시작했던 것이다. 이것은 그의 생각으로는 지극히 경건한 이야기였지만 다른 사람들의 신념으로 볼 때는 지독한 독신론이었던 것이다. 그래서 라바터는 온순하고 진지한 이야기로, 그리고 나는 농담으로 그의 말머리를 돌리고 또 부인들의 기분을 바꾸어 산책으로 이끌고 나옴으로써 이 불상사를 막으려고 애썼다. 그러나 한번 틀어진 기분을 되돌릴 수는 없었다. 사람들은 라바터의 참석으로 기독교에 관한 이야기를 기대했고, 바제도에게는 교육에 관한 담화를 기대했고, 그리고 내가 준비했던 인정 이야기를 듣기를 예상했는데, 이 일로 별안간 방해를 받고 모두 그만두게 되어버렸다. 돌아오는 길에 라바터는 바제도를 비난했으나 나는 유쾌한 방법으로 그에게 벌을 주었다. 때마침 더운 때였다. 게다가 담배 연기 때문에 바제도는 더욱 갈증을 일으킨 것 같았다. 그는 맥주 한 잔을 마시고 싶은 생각이 간절했다. 그래서 한길 옆에 음식점이 하나 있는 것을 멀리서 발견하자, 못견디겠다는 듯이 거기서 마차를 세우라고 마부에게 명령했다. 그러나 나는 마부가 마차를 세우려고 하는 순간, 호령하듯 "빨리 달려라!" 하고 소리쳤다. 바제도는 너무나 놀라, 쉰 목소리로 항변하지도 못하고 있었다. 나는 더욱 심하게 마부를 몰아댔고 마부도 내 말에 복종했다. 바제도는 나를 저주하면서 주먹질을 할 기세였다. 그러나 나는 침착한 태도로 그에게 대답해 주었다.

"아버지, 좀 진정하세요! 아버지는 저에게 아주 고맙다고 하셔야 해요. 다행히 저 때문에 맥주 상표를 안 보셨으니까요. 삼각형을 두 개 얽어놓은 표였어요. 아버지는 삼각형 한 개만[13] 있어도 늘 머리가 도시는데 만약 두 개나 눈에 띄었다면 쇠사슬에 매이게 되셨을 거예요."

이 농담은 그를 못견디게 웃게 했다. 웃으면서도 그는 나를 꾸짖으며 저주했다. 라바터는 이러한 어리석은 일에 그답게 꾹 참고 있었다.

7월 중순 라바터는 출발 준비를 했다. 바제도는 그와 동행하는 것이 자기에게 유익하다고 생각했다. 나는 이런 인물들과 함께 생활하는 것이 습관이 되어버렸기 때문에 도저히 그들과 헤어질 수가 없었다. 우리는 유쾌하고 즐거운 뱃놀이를 하면서 라인 강을 내려갔다. 나는 신기한 폐성廢城을 보고 〈고탑[14] 위에 높이 서서〉라는 시를 리프스의 기념첩에 적어 넣었다. 이 시는 칭찬을 받았으나, 또 나의 나쁜 버릇에서 그 다음 페이지에 여러 가지 딱딱한 시구와 미치광이 시구절을 적어 넣어 처음 인상을 흐려놓는 것이었다. 나는 눈부신 라인 강의 절경을 다시 보니 즐거웠다. 이 절경을 아직 감상한 일이 없었던 두 사람이 의외의 경치에 놀라는 것도 즐거웠다. 우리는 코블렌츠에 상륙했다. 어디를 가나 사람들이 쇄도했다. 우리 세 사람은 각자 자기식으로 모여든 사람들의 관심과 호기심을 자아냈다. 바제도와 나는 누가 더 예의가 없는가 경쟁이라도 하는 것 같았다. 라바터는 사려 깊고 현명한 태도를 취하고 있었으나, 그 마음 속의 의향을 감출 수는 없었다. 그래서 그것 때문에 순수한 의사를 가졌는데도 불구하고, 모든 범인凡人들에게는 매우 드러나 보이기도 하는 것

---

13) 바제도가 삼위일체에 반대하고 있음을 야유한 것임.
14) 괴테는 이 시를 립스의 기념첩에 쓴 것이 아니고, 라바터의 기념첩에 자신이 불러주는 것을 기록하게 했다는 설이 있음.

이었다.

코플렌츠의 식당에서의 기묘한 추억을 나는 크니텔 시로 지어서 남겨놓았다. 이 시들은 이제 같은 종류의 작품들과 합쳐져서 나의 새로운 저서에 들어갈 것이다. 나는 라바터와 바제도 사이에 자리잡고 있었다. 라바터는 시골 목사에게 요한계시록의 숨겨진 뜻을 이야기했고, 바제도는 말 상대도 되지 않는 완고한 무용 교사에게 세례라는 것은 우리 세대에는 맞지도 않는 낡아빠진 관습이라고 역설하고 있었다. 우리가 쾰른을 향해 어떻게 나아갔는가 하는 것을 나는 어느 기념첩에 적어 놓았다.

> 에마우스라도 향하듯이 앞으로 앞으로
> 폭풍 같은, 불길 같은 걸음걸이.
> 오른쪽에 예언자, 왼쪽에 예언자,
> 속세의 아들은 그 사이에.

다행히도 이 속세의 아들은 신비적인 것을 보여주는 일면을 가지고 있었다. 그 일면이 이제야 아주 독특한 방법으로 활동하게 된 것이다. 이미 엠스에서 쾰른에 가면 야코비[15] 형제를 만나리라는 소식을 듣고 나는 매우 좋아하고 있었다. 이 형제는 다른 훌륭하고 친절한 사람들과 함께 나와 우리 두 진객珍客을 마중나왔다. 나는 그들로부터 나의 사소한 잘못에 대해 관대한 용서를 받고 싶었다. 그것은 헤르더의 날카로운 유머로 유발된, 우리의 매우 큰 무례[16]에서 나온 것이다. 글라임과 게오르크 야코비가 서로 공공연하게 상대방을 찬양한 서한과 시는 우리에게 여러 가지 풍자의 재료를 주었다. 좋

---

15) 요한 게오르크 야코비(Johann Georg Jacobi, 1740~1814)는 시인. 프리드리히 하인리히 야코비(Friedrich Heinrich Jacobi, 1743~1819)는 소설가, 철학자. 그라임과 야코비와의 왕복 서한집은 1768년에 출판되었다.
16) 괴테는 〈야코비의 무례〉라는 풍자 희극을 썼다. 이것은 전해지고 있지 않다.

은 기분에 있는 타인을 슬프게 하는 것은 자기 자신이나 친구에게 과분한 친절을 베푸는 경우와 마찬가지로 자만심에 속한다는 것을 우리는 깊이 생각하지 않았던 것이다. 그래서 라인 강 상류지방 사람과 하류지방 사람 사이에 서로 어색한 낌새가 생겼던 것이다. 그러나 그것은 대단치 않은 것이었기 때문에 쉽사리 풀렸다. 그리고 이 조정 역할에는 여인들이 가장 적합했다. 이미 조피 라로슈가 이 고생한 형제의 인품을 우리에게 잘 이해시켜 주었었다. 또 뒤셀도르프에서 플아크푸르트로 옮겨와 그 지방의 친구들과 관계가 깊었던 팔머[17] 양은 그녀의 지극히 섬세한 마음씨와 비범한 정신적 교양으로써 그녀가 자라난 사교계의 가치를 증명했던 것이다. 그녀는 극성스런 남부 독일의 관습을 극복함으로써 우리를 차츰 부끄럽게 했고, 관용 정신의 모범을 보여줌으로써 우리도 사실 관용이 필요하다는 것을 느끼게 했다. 야코비의 누이동생의 정성과 프리츠 야코비 부인의 쾌활한 성격이 우리들의 마음을 더욱 사로잡았다. 프리츠 야코비 부인은 완전히 내 마음을 끌었다. 감상적인 데는 털끝만큼도 없이 사물을 바르게 느끼고, 쾌활하게 이야기하는 그녀는 관능적인 표정은 찾아볼 수 없는 야무진 성격에 의해서 루벤스 그림의 여인을 연상시키는 훌륭한 네덜란드 여자였다. 이상의 여인들은 그 기간의 장단은 있었지만 프랑크푸르트에 체류했을 때, 나의 누이동생과 극히 친밀한 관계를 맺고 있었기 때문에, 코르넬리아의 진지하고 딱딱하고 약간 냉정한 성격이 어느 정도 쾌활하게 되었던 것이다. 그리고 우리들은 프랑크푸르트에 있으면서도 정신적으로나 심정적으로는 뒤셀도르프나 펨펠포르트에 있는 기분이었던 것이다.

그래서 쾰른에서 우리들이 처음 만났을 때도 당장에 흉금을 터놓고 친해졌던 것이다. 그것은 우리들에 대한 그 여인들의 호감이 가

---

17) 요한나 팔머(Johanna Fahlmer). 야코비 형제의 백모. 후에 괴테의 매부 실로서의 두 번째 부인이 됨.

정에 영향을 끼치고 있었기 때문이었다. 나는 이제까지의 여행에서처럼 두 유성遊星을 따라다니는 별그림자 같은 대우를 받지 않았을 뿐더러, 사람들은 특히 나에 대해서 많은 호의를 표시하려 했고, 또 나로부터 호의를 받고자 원하는 것같이 보였다. 나는 그때까지 이 여행 중 나의 감정이나 정서가 거의 무시당하고 있다는 데 대한 불만을 속에 감추고 어리석고 체면없는 행동만 해왔으나 그것도 이제는 지쳐버리고 말았다. 그래서 내 마음 속에 있던 것이 별안간 힘차게 고개를 들었다. 이런 사정 때문인지 나는 그때의 사건을 일일이 기억할 수가 없다. 머리로 생각했던 일이나 눈으로 본 형상 같은 것은 오성이나 상상으로 재현할 수가 있다. 그러나 감정은 그렇게 마음대로 되지 않는 법이다. 우리들의 아름다운 감정은 되풀이되지 않는다. 특히 열광적인 순간을 다시 눈앞에 전개시킨다는 것은 힘든 일인 것이다. 그러한 순간은 예상도 하지 않은 순간에 내습하는 것이며, 우리들은 무의식중 그것에 몸을 맡기는 것이다. 그렇기 때문에 그 순간에 대해서는 당사자보다도 그때 우리들을 지켜보던 타인이 오히려 더 명확하고 순수한 견해를 갖게 되는 것이다.

나는 이제까지 종교적인 이야기는 넌지시 사양해왔고 총명한 질문을 받아도 겸손하게 대답한 적이 드물었다. 왜냐하면 그런 이야기는 내가 구하고 있는 것에 비해서 너무나도 협소한 것으로 생각되었기 때문이었다. 누가 내 작품에 관해서 자기의 소감이나 의견을 강요하거나, 특히 상식적인 요구를 하여 나를 괴롭히거나, 혹은 내가 어떻게 하면 좋았을 것이라고 강경하게 말하는 사람이 있을 때는, 나는 끝내 자제하지 않았기 때문에 담화는 산산이 부서져버렸다.

그러나 나로서는 물론 친절하고 부드럽게 사람을 대하는 것이 마땅했을지도 모른다. 그러나 내 기분은 선생티를 내며 가르쳐 주려 하는 것을 싫어했다. 오히려 너그러운 호의를 가지고 저절로 마음을 터놓게 하고 참된 동정에 의해서 나의 복종심을 유인하는 방법을 원했던 것이다. 마음 속에서는 매우 기세가 높아지면서도 밖으로 분명하게 드러낼 수 없었던 나의 감정은 과거와 현재를 하나로 융합시키는 느낌이었다. 즉 유령 같은 것을 현실에 되살아나게 하는 직감이었다. 그것은 나의 크고 작은 여러 작품에 좋은 효과를 가져왔다. 그러나 그것이 직접 생활에 관련되어 나타나거나 생활 그 자체 속에 나타나는 순간에는 누구에게나 기이하고 이해할 수 없는 것으로 보이며, 아마도 불쾌한 것으로 생각되지 않을 수 없었던 것이다.

퀼른은 고대 시대가 내게 이상과 같은 알 수 없는 영향을 줄 수 있었던 땅이었다. 대성당의 폐허는(왜냐하면 완성되지 않은 건축은 파괴된 것과 같으니까) 슈트라스부르크 이래 늘 느끼던 감정을 일으켜 주었다. 나는 예술적인 관조는 할 수가 없었다. 나에게 주어지는 것이 너무나 많거나 적었기 때문이었다. 그것은 오늘날에 있어서는 근면하고 끈기있는 친구들에게 기대할 수 있는 일이겠지만, 그 당시에는 건축의 성과와 원래의 의도에 대해서 또 실행과 계획에 대해서 건축물과 그것이 암시하는 것에 대해서 미궁으로부터 우리들을 건져 낼 수 있는 사람이 한 사람도 없었기 때문이었다. 나는 친구들과 함께 그것을 구경했을 때 아닌 게 아니라 그 신기한 회랑이나 원주에 경탄했다. 그러나 혼자서 볼 때는 창조 도중이며 완성이 요원한 채 말라붙은 이 소우주를 나는 언제나 우울한 기분으로 물끄러미 쳐다보는 것이었다. 여기서도 놀라운 상념이 실현되지 못하고 고갈해버렸던 것이다!

사실 이 건축은 많은 사람들의 손으로 많은 시간을 소비해도 그것만으로는 아무것도 성취되지 못한다는 것을 의미하며 또 예술이나 사업에 있어서는 미네르바와 같이 성장하고 준비를 갖춘 뒤에 창작자의 머리에서 튀어나온 것만이 완성된다는 것을 우리에게 증명해주기 위해 있는 것처럼 여겨졌다.

기분을 돋구어 준다기보다 억압하는 이 순간에, 바로 근처에 매우 우아하고 아름다운 감정이 나를 기다리고 있을 줄은 꿈에도 몰랐다. 사람들은 나를 야바하의 집[18]으로 안내했다. 그런데 나는 거기서 이제까지 마음 속으로만 늘 공상하고 있던 것을 실제로 눈앞에 보게 되었다. 이 집안은 이미 오래 전에 멸망한 것 같았다. 그러나 정원에 이어진 집 아래층에는 조금도 변한 곳이 없었다. 적갈색의 마름모꼴 벽돌이 가지런히 깔려있는 마루, 수를 놓은 좌석과 등받이가 달린 훌륭하게 조각된 안락의자, 묵직한 다리가 달린 정밀하게 세공한 책상, 금속제 샹들리에, 대형 난로, 그것에 적합한 화구火具 등 모든 것이 지난날에 어울리는 것들이었다. 우리 이외에는 그 장소에는 새로운 것, 오늘날의 것은 하나도 보이지 않았다. 그런데 그런 것으로 이상하게 자극된 감정을 극도로 흥분시키고 부족함이 없게 한 것은 난로 위에 걸려 있던 가족의 그림이었다. 그림에는 유복한 왕년의 이집 주인이 부인과 아이들에게 둘러싸여 앉아있었다. 모든 것이 어제 오늘의 사람같이 눈앞에 생생하게 살아있는 듯했으나, 그 사람들은 이미 모두 세상을 떠났다. 이 원기왕성하고 볼이 통통한 소년들도 늙어버린 것이다. 예술적인 이 초상화가 없었더라면 그들을 기념하는 것은 하나도 남은 것이 없었을 것이다. 내가 이 인상에 압도되어 어떤 거동을 했는지는 말할 수 없다. 나의 인정적인 소질과 시인적인 능력의 가장 깊은 근원이 무한한 감동으로 인해 밖으로 그대로 드러나며 나의 감정 속에 숨어있던 모든 선량한 것, 사랑스러운 것이 별안간 베일을 벗어젖히고 나타나는 것 같았다. 이 순간부터 나는 천책賤冊과 토론을 걷어치우고, 일생 동안 그 훌륭한 사람들의 사랑과 신뢰를 받게 된 것이다.

이렇듯 정신적으로 결합된 사이에서는 각자 마음 속에 움직이고 있던 것이 전부 말이 되어 나오는 것이다. 그래서 나는 최근에 지은

---

18) 어둠침침한 스테른골목(Sterngasse)에 있었으며, 13년간이나 집지기 외에는 사는 사람이 없었다.

가장 마음에 드는 나의 담시譚詩를 낭독하겠다고 자청했다. 〈툴레 왕王〉과 〈불성실한 소년〉은 좋은 인상을 주었다. 그 시들은 아직 내마음 속에 살아있었고, 거기다 거의 입 밖에 내놓은 일이 없었기 때문에 나는 더욱 기분좋게 낭독할 수 있었다. 그때까지 공개하지 않은 것은 내 앞에 있는 누군가가 나의 너무나도 섬세한 감정을 좋아하지 않는 경우가 있었기 때문에 자칫하면 방해를 당하기 때문이었다. 나는 낭독할 때 혼란을 일으켜 자주 틀렸고 다시 정정할 수가 없었다. 그 때문에 나는 고집세고 지나치게 망상적이라고 얼마나 비난을 받았는지 모른다.

내가 가장 전념하는 것은 시적 표현 방법으로, 내 성격에 적합한 것이었으나 다른 모든 문제에 대해 사색하는 것도 역시 서투르지 않았다. 그리하여 신비한 것을 지향하는 야코비의 독창적인, 그 성격에서 나올 경향도 나에게는 매우 환영할만하고 마음에 드는 것이었다. 야코비와의 사이에 있어서는 라바터와의 사이에서 일어나는 그리스도교에 관한 논쟁이나, 바제도와의 사이에서 일어나는 교육상의 논쟁 같은 충돌은 전연 일어나지 않았다. 야코비가 나에게 말한 범사상은 그의 순수한 감정에서 나온 것이었다. 그가 절대적인 신뢰감으로 가장 심오한 혼의 요구를 나에게 숨김없이 고백했을 때, 그것이 이상하게도 내 마음을 감동시켰다. 이 욕구 · 정열 · 이념의 신비로운 결합에서, 아마도 후일에나 더욱 분명하게 알게 될 그 예감만을 느낄 수 있었다. 다행히도 나는 이 방면에 대해 교육을 받았다고는 할 수 없으나, 훈련을 쌓아 어느 비범한 한 인물의 생활이나 사고방식을 이미 받아들였던 것이다. 그것은 사실 불완전하고 생소한 것이었으나, 그래도 나는 거기서 큰 영향을 받았다. 이와 같이 나를 강하게 움직이고 내 사고방식에 크나큰 영향을 끼친 인물은 스피노자였다. 나는 도처에서 나의 특이한 성격에 대한 교양 자료를 구하던 중 마침내 이 사람의 《윤리학》을 대하게 되었다. 내가 이 책에서 어떤 뜻을 읽어냈는지, 어떤 뜻으로 읽었는지에 대해서 설명하는 것은 불가능한 일이다. 요컨대 나는 이 책에서 나의 격정을 가라앉혀 주는 것을 발견했으며, 나에게는 감성적 세계와 윤리적 세계의 크고 자유로운 전망이 열리는 것 같았다. 그러나 특히 내가 그 사람에게 끌린 것은 어귀마다 빛나고 있는 철저한 무사無私였다.

"신을 진실로 사랑하는 자는 신이 자기를 사랑해주기를 원해서는 안 된다."

이 놀라운 말이 그 말의 바탕을 이루고 있는 모든 근본 사상과 거기서 나오는 모든 결론과 더불어 나의 모든 사고를 남김없이 충족시켰다. 만사에 있어서 무사한 것, 사랑과 우정에 있어서 가장 무사한 것이 나의 최대 욕구이며 주의主義이며 실천이었던 것이다. 그래서 후년의 저 대담한 말 "내가 너를 사랑해도 이것은 너에게 무슨 관계가 있으랴?"는 진실로 내 마음 속에서 우러난 말이었다. 또 하나 여기서 지나칠 수 없는 것은, 본래 가장 긴밀한 결합은 대립에서만 생긴다는 것이다. 모든 것을 조화시키는 스피노자의 평온은 일체를 동요시키는 나의 성향과 대립했으나, 그의 수학적인 방법은 나의 시적인 사고방식 및 표현방식과는 정반대였다. 그의 일률적인 취급 방법까지도 나로 하여금 그의 열렬한 제자로 만들었고, 절대적인 숭배자가 되게 했다. 정신과 심정, 오성과 감각은 필연적인 친화력으로 서로를 찾고 있는 것이며, 이 친화력에 의해서 전연 다른 종류의 것끼리도 합일이 이루어지는 것이다.

그러나 모든 것이 아직 초기의 작용과 반작용 속에서 발효하고 들끓고 있었다. 나의 이와 같은 혼동상태를 털어놓고 보여 준 최초의 사람이 프리츠 야코비였다. 본성이 역시 가장 심오한 곳에서 움직이고 있었던 그는 나의 고백에 진심으로 귀를 기울여 주었으며, 그도 역시 마음을 터놓고 대해주었고, 나를 자기 사상 속에 이끌어 들이려고 노력했다. 그도 역시 말로 표현할 수 없는 정신적인 욕구를 느끼고 있었다. 그리고 그도 타인의 조력으로 그것을 가라앉히지 않고, 자기 힘으로 그것을 만들어내어 해명하려고 했다. 그가 자기의 심경을 나에게 고백한 것을 나는 이해할 수가 없었다. 나는 나 자신의 심경조차 이해하지 못했기 때문에, 더욱이 이해가 가지 않았다. 그러나 철학적 사색에 있어서 또 스피노자의 고찰에 있어서 나를 월등히 능가하고 있었던 그는, 나의 애매한 노력을 지도해주고 계몽해주려고 했다. 그와 같은 순수한 정신적 공명共鳴은 처음 있던 일이라 나는 더욱 흉금을 터놓고 이야기하고 싶은 충동을 느꼈다. 밤이 되어 일단 헤어져 침실에 돌아갔다가 또다시 나는 그를 찾아갔다. 달빛은 넓은 라인 강 수면에 반짝이고 있었다. 우리들은 창가에 서서, 저 찬란한 발전의 시기에 흘러나오는 풍부한 사상의 교환에 몰두했던 것이다.

그러나 그 형언할 수 없었던 일들에 대해서 이제는 설명할 수가 있다. 그보다 더욱 기억에 확실한 것은 라인 강 오른쪽 기슭에 자리잡고 있어 매우 웅장한 전망을 즐길 수 있는 벤스베르크 수렵용 별장으로 소풍을 갔던 일이다. 거기서 무엇보다도 나를 감동시킨 것은 베닉스[19]의 손으로 조각된 벽화였다. 수렵으로 잡을 수 있는 모든 동물들이 마치 넓은 주랑柱廊의 대좌臺座 위에 올려놓은 것처럼 질서정연하게 늘어서 있었다. 그리고 그 저편에는 넓은 경치가 내다보였다. 이들 생명이 없는 그림 속의 동물들을 살리기 위해서 이 비범한 인물은 그의 모든 재능을 기울였고, 갖가지 동물의 모피, 강모剛毛, 털, 날개, 뿔, 발톱을 생긴대로 묘사했으며, 그 효과는 실물을 능가하고 있었다. 사람들이 이 작품 전체에 적지아니 경탄한 이상, 나는 이 화상畵像들을 이같이 교묘하고 기계적으로 그려낼 수 있었던 솜씨를 생각해보지 않을 수 없었다. 이것이 어떻게 인간의 손으로 이루

---

19) 베닉스(Weenix). 1719년에 사망. 네덜란드의 동물 화가.

어졌는가, 어떤 도구가 사용되었는가 하는 것은 알 길이 없었다. 화필畵筆로는 도저히 따를 수 없었다. 이처럼 가지각색의 동물을 그려낼 수 있는 아주 독특한 장치를 가정하지 않을 수 없었다. 가까이에서 보나 떨어져서 보나 똑같은 경탄을 자아냈다. 그 동기는 효과에 못지않게 경탄할 가치가 있었다.

라인 강을 따라 내려가는 다음 여행은 유쾌하고 순조롭게 진행되었다. 강폭이 넓어질수록 마음이 저절로 넓어지고 멀리 내다볼 수가 있었다. 우리들은 뒤셀도르프에 상륙하여 거기서 펨페포르트로 갔다. 그곳은 상쾌하고 쾌적한 체류지였다. 넓고 손질이 잘된 정원을 마주보고 있는 웅장한 저택에는 총명하고 예절바른 사람들이 모여 살고 있었다. 가족수가 많고, 또 이 호화롭고 기분좋은 환경을 몹시 좋아하는 손님들도 와 있었다.

뒤셀도르프의 화랑에서 나의 네덜란드 파派에 대한 호기심은 충분한 자양慈養을 발견했다. 뛰어나고 힘차고 또 풍요한 자연성에 의해서 광채를 띠고 있는 그림이 화랑 전체에 충만했다. 비록 그로인해서 나의 감상력은 늘지는 않았지만, 지식은 풍부해졌고 애호심은 더욱 깊어졌다.

이 가족의 중요한 특징으로 나타나고 있는 지극한 평온과 한가함, 인내는 금방 손님들의 눈앞에 선명하게 떠올랐다. 즉 광범위한 활동권이 이 집을 기점起點으로 하여 다른 지방에 미치고 있는 것이 인정되었던 것이다. 인근 도시나 촌락의 활기와 부유함은 마음 속의 만족감을 앙양시키는 데 적지않이 도움이 되었다. 우리들은 엘베르펠트에도 갔으며, 정비되어 있는 여러 공장들의 활동을 보고 기뻐했다. 우리들은 전에 코플렌츠에서 우리들을 영접해주었던 시틸링이라고 부르는 융과 여기서 다시 만났다. 그는 신에 대한 신앙과 인간에 대한 성실을 언제나 자기의 귀중한 반려로 삼고 있었다. 이제 우리들은 그의 친구들 속에 있는 그를 보았고, 이 세상의 생업에 종사하면서도 천상의 보물을 등한시하지 않는 그의 친구들이 그에게 신뢰를 바치고 있는 것을 보고 기뻐했다. 번영을 누리는 이 지방에는 유익한 것이 질서와 청결에서부터 비롯되었기 때문에, 보는 사람의 마음을 흐뭇하게 해주었다. 이러한 관찰을 하면서 우리들은 행복한 나날을 보냈다.

그 다음에 나는 다시 친구 야코비에게로 돌아가 진심으로 결합하는 환희를 맛보았다. 우리 두 사람은 공동으로 활동한다는 활기있는 희망으로 생기를 띠었다. 나는 그에게 마음 속에 움직이고 있는 모든 것을 어떤 형식으로 힘차게 표현할 것을 간곡히 권유했다. 그것은 나 자신이 거듭되는 혼돈에서 탈출했던 방법이었고, 그에게도 적용되리라고 기대했다. 그는 망설이지 않고 과감하게 그것에 착수했다. 그는 좋은 것, 아름다운 것, 기쁜 것들을 얼마나 많이 이루었던가! 이리하여 우리들은 영원한 결합의 행복감을 가지면서 작별했다. 그러나 우리의 노력이 반대 방향으로 흘러가리라고는 꿈에도 예측하지 못했다. 그것은 시간이 흘러감에 따라 너무나도 명백히 드러났다.

라인 강을 거슬러 올라가는 귀로歸路에서 일어난 그 밖의 사건들은 내 기억에서 영원히 사라져버렸다. 왜냐하면 두번째 본 것은 첫번째 본 것과 머릿속에서 혼합되는 것이 상례이며, 또 나는 사색에 잠겨 경험한 여러 가지 사건들을 정리하고 인상을 받은 것들을 소화시키는 데 노력했기 때문이었다. 이제 여기서 나는 내게 창작을 촉구함으로써 한동안 나를 몹시 바쁘게 한 하나의 중요한 성과에 대해서 이야기하고자 한다.

지나치게 자유롭고 아무런 목적과 계획이 없는 생활과 행동을 하고 있었던 내가 라바터와 바제도가 사회적인 목적을 위하여 정신적·종교적 수단을 사용하고 있는 것을 언제까지나 모르고 있을 리가 없었다. 자기의 재능과 시간을 무계획하게 낭비하고 있던 나에게는 이 두 사람이 각자 독특한 방식으로, 가르치고 교도敎導하고 설득하는 데 노력하면서도 그 이면에 일정한 의도를 숨기고 있는 것을 갑자기 주목하지 않을 수 없었다. 그들에게는 그 의도의 촉진이 매우 중요했던 것이다. 라바터는 온순하고 또 현명하게, 바제도는 과격하고 무리하게, 그리고 횡포하고 졸렬하게 일을 실행했다. 게다가 두 사람은 자기들의 도락 또는 계획에 대해서 그리고 또 그 행동의 우월성에 대해서 너무나 자신이 있었기 때문에, 우리들은 그들을 정직한 사람으로 존경하지 않을 수 없었다. 특히 라바터에 대해서는 그가 사실보다 높은 목적을 가지고 있었으며 설사 처세술을 교묘하게 부리고 있었다 하더라도 목적은 수단을 신성화한다는 말을 믿고 착한 마음을 가졌다는 것을 그의 명예를 위하여 말할 수 있다. 나는 또 이 두 사람을 관찰한 뒤 나의 견해를 솔직하게 고백하였고, 그것에 대한 그들의 의견을 들으면서 다음과 같은 생각이 떠올랐다. 그것은 즉 뛰어난 인간은 분명히 자기의 마음 속에 있는 신성神性을 외부를 향해서 선포하고 싶어한다는 것이다. 그러나 이때 그는 거친 세상에 부딪히게 된다. 그리고 이 세상에 영향을 주기 위해서는 스스로 몸을 낮추고, 그것과 같은 룰에 서지 않으면 안 된다. 그 결과 그는 그렇게도 탁월한 장점을 너무나 많이 포기하여 드디어는 완전히 상실하게 된다. 신성한 것, 영원한 것은 지상적地上的인 여러 가지 의도의 전체 속에 매몰되어 무상한 운명 속에 휩쓸려 들어가버리고 만다. 그래서 이러한 견지에서 이 두 사람의 생애를 관찰해보면 그들은 존경할 만한 동시에 또 불쌍한 인간으로 생각되는 것이다. 왜냐하면 이 두 사람은 보다 높은 것을 보다 낮은 것 때문에 희생하지 않으면 안 되리라는 것을 나는 예측했기 때문이었다. 그러면서 나는 이 같은 관찰을 극단에까지 밀고 갔으며 동시에 나의 좁은 견문을 넘어서 역사상의 유사한 경우를 찾아본 결과 기만자欺瞞者라 볼 수 없는 마호멧의 생애를 빌어 내가 현실에서 이같이 분명하게 관찰한, 복지보다는 오히려 파멸에 이르는 도정道程을 희곡으로 표현할 계획이 마음 속에 발전해갔다. 얼마 전에 이 동양의 예언자[20]의 전기를 비상한 흥미를 가지고 읽고 연구했었기 때문에, 이 생각이 떠올랐을 때는 상당한 준비가 되어 있었던 것이다. 전체는 오히려 내가 미리 관심을 기울이고 있었던 규칙적인 형식에 접근해 갔다. 그러나 시간과 장소를 임의로 처리할 수 있는 연극이 취득한 자유를 적절하게 이용했던 극劇은 마호멧이 청명한 밤하늘 아래서 홀로 읊는 송가로 시작되는 것이다. 그는 처음에 무수한 별들을 그만한 수의 신들로 숭배한다. 그러나 다정한 별 가트(우리의 유피테르)가 떠오르자, 이 별만이 별의 왕으로 존경을 독차지한다. 그러자 얼마 안 있어 달이 떠올라 숭배자의 눈과 마음을 사로잡지만, 이윽고 이 인간은 솟아오르는 태양에 마음이 청신해지고 힘을 얻어 새로운 숭배에 마음이 기울어간다. 그러나 이같이 숭배의 대상이 변하는 것은 즐겁기도 하지만 마음이 가라앉을 수가 없다. 사람의 마음은 또 그것을 넘어서 올라가지 않을 수 없는 것을 느낀다. 그래서 장려한 사물들에 그 존재를 주고 있는 유일자, 영원자, 절대자에게도 높아지는 것이다. 이 송가를 나는 깊은 애정을 기울여 시작했던 것이다. 이제 그 시는 없어지고 말았지만, 교성곡交聲曲을 위해서 다시 한 번 써도 좋을 것이며, 그 표현이 다양하기 때문에 아마 음악가의 마음에 들 것이라고 생각된다. 그러나 그 당시의 의도가 이미 그랬지만, 대상隊商의 수령은 그의 아내나 일가 족당族黨과 함께 전체적으로 생각해야 한다. 그렇게 하면 음의 변화나 합창의 효력이 잘 나타나리라고 생각된다.

마호멧은 자기가 개종한 후에 그의 감정과 의향을 가족에게 알렸다. 처와 알리는 무조건 그에게 복종한다. 제2막에서는 마호멧 자신이, 알리는 그보다 더 열렬하게 이 신앙을 널리 종족에게도 전도하려고 노\력한다. 이때 사람들은 그들의 성격에 따라 동의도 하고 반

20) 괴테는 마호멧의 전기를 베일레(Bayle)의 《Dictionaire》에서 연구했다. 이미 1774년에 《마호멧》의 계획이 이루어졌다.

항도 한다. 알력이 생기고 투쟁이 격화된다. 드디어 마호멧은 도망하고 만다. 제3막에서 그는 적대자를 굴복시키고 자기 종교를 공식적인 것으로 만들고, 카바에서 많은 우상을 제거해버린다. 그러나 모든 일이 반드시 힘에 의해서 이루어지기란 힘든 것이어서, 궁할 때는 술책을 쓰지 않을 수 없다. 이리하여 세속적 요소가 증대하고 신적 요소가 후퇴하여 혼탁해진다. 제4막에서는 마호멧이 그의 정복을 전진시켜, 교리는 목적이 아니라 오히려 구실이 되고, 모든 수단을 사용하지 않으면 안 되게 되어 잔인한 행동까지 하게 된다. 마호멧이 처형시킨 자의 아내가 그에게 독약을 먹인다. 제5막에서는 그는 중독되었음을 느낀다. 침착하고 위대한 태도, 자기 자신으로의 복귀, 더 높은 정신으로의 복귀는 그를 경탄할 만한 인물로 만든다. 그는 자기의 교리로 나라를 순수하게 견고히 만들고 죽어간다.

　이것이 내가 오랫동안 머릿속에서 구상하고 있었던 작품의 윤곽이었다. 나는 대체로 무엇을 실행에 옮기기 전에 우선 무언가를 마음속에서 엮어보지 않을 수 없었다. 나는 성격과 정신을 통해 만인보다 뛰어난 천재가 수행할 수 있는 일체를 묘사하여 어떻게 승리하며 패배하는가를 묘사하려 했다. 여기에 삽입될 수편의 시는 이미 만들어져 있었다. 그러나 지금은 그 중에 〈마호멧의 노래〉라는 제목으로 내 시집 속에 들어 있는 것이 한 편 남아있을 뿐이다. 이 노래는 극劇 속에서 마호멧이 성공의 절정에 있을 때, 독약으로 인해서 자아낸 전향轉向 바로 직전에, 알리가 자기 스승을 찬미하기 위해 부르도록 되어있었다. 나는 하나하나의 장면의 계획을 아직도 기억하고 있지만, 그것을 여기서 진술한다는 것은 지나친 일일 것이다.

제15장

　이러한 여러 가지 산란한 사건들, 그렇지만 대개는 엄숙하고 오히려 종교적인 관찰의 동기가 된 사건들로부터, 나는 언제나 나의 고귀한 여자 친구인 폰 클레텐베르크에게로 돌아갔다. 그녀 면전에서는 나의 격렬한, 사방으로 쏠리는 취미나 정열도 적어도 순간적으로는 진정되는 것이었다. 이상과 같은 여러 가지 계획에 대해서도 여동생 다음으로는 가장 자세히 그녀에게 설명해주었다. 차츰 그녀의 건강이 쇠약해지는 것을 알 수 있었으나 모르는 척해 두었다. 더군다나 병과 더불어 그녀의 쾌활함이 증가했기 때문에, 더욱 그럴 수 없었다. 그녀는 자주 우아하고 청초한 모습으로 창가의 안락의자에 앉아서는, 나의 소풍 이야기나 낭독을 기분좋게 듣고 있었다. 나는 때때로 내가 보고 온 지방의 설명을 알기 쉽게 묘사해주는 일도 있었다. 어느 날 저녁에 마침 이 같은 여러 가지 형상들을 마음 속에 그리고 있노라니, 문득 석양의 빛을 받아 그녀와 그 주위가 성광聖光을 내뿜는 것같이 보였다. 나의 미숙한 솜씨가 허용하는 한, 그녀의 용모와 실내의 물건들을 한 폭의 그림 속에 그려 넣고 싶은 충동을 느끼지 않을 수 없었다. 이 같은 그림은 노련한 화가, 이를 테면 케르스팅[1]

---

1) G.F. 케르스팅(G.F. Kersting). 드레스덴 출신의 화가.

같은 사람의 손에 의해서 착수된다면 틀림없이 우아한 그림이 되었을 것이다. 나는 그것을 다른 곳에 있는 여자 친구에게[2] 보냈고, 해설 및 보충설명으로 시 한 편을 첨가했다.

보라, 이 마법의 거울 속에 깃든
한가닥 꿈을, 그 얼마나 귀엽고 곱게
신의 날개에 안겨
우리 친구가 애절하게 요양하고 있는가를.

보라, 이승의 물결을 떠나
먼데로 떠나려고 몸부림치는 벗을
그대의 모습을 그녀와 견주어 보라,
또한 그대를 위해 고통받는 신을.

설레는 가슴으로 부지런히
이 그림을 그리고 있을 때,
하늘의 에테르 떠도는 가운데
내가 느낀 것을 느껴보라.

이 시 구절 속에서, 나는 전에도 가끔 그랬듯이 나 자신을 이방인, 타향인, 혹은 이교도로까지 취급했다. 그러나 그녀는 그것을 싫어하지 않았을 뿐만 아니라 이전에 내가 사용해서 한 번도 성공했던 일이 없었던 그리스도교의 용어를 썼을 때보다도 더욱 좋다고 단언했다. 실제로는 전부터 전도보고傳道報告를 그녀에게 낭독해 줄 때마다 내가 전도사에 대항하여 이교도의 편을 들어 그들의 종전의 상태를

---

2) 실제로 보낸 것은 라바터에게라는 설이 있음.

새로운 상태보다도 훌륭한 것이라 말했을 때도 그녀는 내 이야기를 즐겁게 듣고 있었다. 그녀는 언제나 다정하고 온순했으며 나와 나의 구제에 대해서 전혀 근심을 하는 것 같지 않았다.

그러나 내가 점차 저 신앙에서 멀어져 간 것은 내가 너무나 지나친 열성과 열렬한 사랑으로 그것을 잡으려고 노력했기 때문이었다. 내가 동포교단同胞敎團[3]에 접근한 이래 그리스도의 승리의 깃발 아래 모여든 이 단체에 대한 나의 친밀한 정은 점점 두터워져 갔다. 모든 기성 종교는 발전도상에 있을 때 언제나 최대의 매력을 발휘하는 것이다. 모든 일이 청신하고 직접 정신적으로 나타났던 저 사도使徒 시대가 매우 흐뭇하게 생각되는 것도 그 때문이었다. 동포교단이 이 점에 있어서 어떤 마술적인 점을 지니고 있었다. 그리하여 저 초기의 상태를 영구화한 것처럼 보였다. 이 교단은 그 기원이 매우 오래 전에 발생한 것이지만, 아직 한 번도 완성된 일이 없었다. 다만 보이지 않는 덩굴 속에서 이 거친 세상을 굽이쳐 왔을 뿐이었다. 그런데 또 한 개의 싹이 한 분의 경건하고 탁월한 인물의 보호 아래 뿌리를 내리고, 사람 눈에 띄지 않는 우연으로 보이는 단서에서 시작하여 전세계에 퍼지려 했다. 여기서 가장 중요한 점은, 종교제도와 시민제도가 떨어질 수 없는 하나로 얽혀서, 선교사는 동시에 명령자가 되고 교부敎父는 동시에 재판관이 되었다는 점이다. 게다가 더욱 중요한 것은, 종교상의 일에 대해 무한한 신임을 받고 있던 성스러운 교주敎主가 사회적 사건의 지도에까지도 초청되어 그의 답변은 추첨 심판에 의해 나타났으며, 통치 전체의 일을 결정하는 경우에 있어서나 각 개인의 일을 결정하는 경우에 있어서나 공손한 태도로 경청되었던 것이다. 적어도 이 교단의 외부가 보여주고 있는 아름다운 정숙은 사람을 매혹하는 점이 있었다. 물론 다른 면에서는 전도의 직

---

3) Brüdergemeinde. 헤른후트라고도 하는 경건파에 속하는 교단.

무에 의해서 인간에 내재하는 모든 실행력이 요구되었던 것이다. 나는 이젠부르크 백작의 대리인인 모리쓰 참사관과 함께 마리엔보른의 성당 회의에서 알게 되었던 탁월한 인물들에게 나는 모든 존경을 표시했다. 나를 그들의 것으로 만들려고만 했었다면, 그들 마음대로 할 수도 있었을 것이다. 나는 그들 교파의 역사 · 교리 · 유래 · 발달을 조사한 뒤 그것에 대해서 설명할 수도 있었고, 또 그것에 관심이 있는 사람들과 담화를 할 수도 있게 되었다. 그러나 신자들이 클레텐베르크 양과 같이 나를 기독교 신자로 인정하지 않으려는 것을 내가 모를 수가 없었다. 이것은 처음에는 내 마음을 불안하게 했고, 후에는 이 교파에 대한 나의 애착심을 약간 냉각시켰던 것이다. 나와 그들을 분리시키는 본래의 근원은 매우 명백한 것이었는데, 오랫동안 발견하지 못하다가 드디어 연구에 의해서라기보다 우연히 마주쳤던 것이다. 즉 나로 하여금 동포 교단이나 기타의 존경하는 기독교 신자들로부터 떨어지게 한 것은 교회가 이제까지 수차 분열했던 원인과 똑같은 것이었다. 일부 사람들은 인간의 성품은 인류 타죄他罪에 의해서 부패했으며, 뼛속까지 털끝만큼도 선善을 발견할 수 없게 되었기 때문에, 인간은 자기의 힘을 완전히 단념하고 모든 것에 있어 하나님의 은총을 바라며 그의 영향을 기다려야 한다고 주장하는 것이었다. 또 다른 사람들은 인간의 세습적인 결함은 물론 인정하지만, 인간 성품의 내면에는 아직 어떤 종류의 싹이 있는 것을 용인하며, 그것이 하나님의 은총에 의해서 생명을 얻고 행복한 수목樹木으로 성장할 수 있는 것이라고 보고있는 것이다. 나는 설령 입이나 붓으로는 그 반대편에 찬성을 표명하고 있었지만, 나도 모르게 이 후자의 신념에 철저히 마음이 굳어져 있었다. 그러나 나는 몽롱하게 지내는 동안, 사실상의 딜레마를 자신에게 명확히 표명한 일은 한 번도 없었다. 그러나 어느 때 우연히도 이 꿈에서 깨어났다. 그것은 내가 하등의 죄가 없다고 생각한 이 의견을 어느 종교상의 대화 중

숨김없이 공개했던 바, 그 때문에 혹독한 징계 설교를 받게 되었을 때였다. 상대방이 나를 공격한 바에 의하면, 그것이야말로 진실로 펠라기우스주의[4]라는 것이며, 이 해로운 교리가 또다시 만연하려는 것은 진정 현대의 불행이라는 것이었다. 나는 그 말을 듣고, 깜짝 놀라 몸서리쳤다. 나는 교회사敎會史로 되돌아가서, 펠라기우스의 교리와 운명을 상세히 조사해보았다. 그러니까 이 일치하기 어려운 두 의견은 수세기에 걸쳐 우왕좌왕했으며, 어떤 사람이 더 능동적이냐 수동적이냐에 따라 그 중 어느 한 편이 신봉되고 인정되어 왔다는 사실이 명확해졌다.

지난 수년간 나는 끊임없이 자기 힘을 단련하기 위해 노력했다. 나의 내부에는 도덕성의 함양을 목표로, 최선의 의지를 가지고 쉴새 없는 활동이 계속되었다. 외부의 세계는 이 활동을 정리하고 타인을 위해 이용할 것을 요구했다. 나는 이 위대한 요구를 나 자신 속에 잘 음미하지 않으면 안 되었다. 모든 방면에서 나는 자연에 의지하지 않을 수 없게 되었다. 자연은 그 영광을 내 앞에 비춰주었다. 나는 의무를 위해 의무를 다하려고 노력하는, 선량하고 훌륭한 사람들과도 알게 되었다. 그들뿐 아니라 나 자신도 버릴 수는 없다고 생각했으나, 나와 앞서 말한 교리 사이의 간격이 분명해지고 따라서 그 사람들과도 헤어질 수밖에 없었다. 그러나 성서와 개조開祖, 그리고 지난날의 신도들에 대한 애착은 내게서 빼앗아갈 수 있는 성질의 것이 아니었다. 그래서 나를 위해 개인용 그리스도교를 구상하여 그것을 열렬한 역사적 연구와 내 의견에 기울어졌던 사람들의 세밀한 주의를 토대로 기초를 쌓아올려 보려고 시도했다.

그러나 내가 애정을 가지고 나 자신 속에 섭취한 것은 이내 바로

---

4) 펠라기우스(Pelagius). 4세기 말의 스코틀랜드인. 금욕적인 도덕을 세운 수도사. 도덕적인 의지의 힘을 중시하고, 자유의지를 주장하였음. 아우구스티누스 등으로부터 비난을 받았고, 이단자로서 배척을 받음.

시적 형식을 취해버리기 때문에, 나는 하나의 묘한 착상을 하게 되었던 것이다. 그것은 훨씬 전에 통속문고에 의해서 깊은 인상을 받았던 영원한 유태인의 이야기를 서사시적으로 취급하여, 이것을 실마리로 하여 종교사와 교회사의 여러 가지 중요한 점을 내 생각대로 묘사해보려는 것이었다. 내가 이 우화를 어떻게 구성했고 그것에 어떠한 뜻을 부여했는가를 이제부터 이야기해보고자 한다.

예루살렘에 한 제화공製靴工이 살고 있었다. 전설에서 그는 아하스베루스라고 불렀다. 이 사람의 여러 가지 특징을 나에게 알려준 사람은 나와 아는 사이인 드레스덴에 사는 제화공이었다. 나는 이 인물에게 같은 직업인인 한스 작스의 정신과 유머를 부여했고, 또 그리스도에 대한 사랑으로 훌륭한 인물로 만들었다. 그는 활짝 열어놓은 일터에서 행인과 이야기를 즐겨했고, 농담을 했고, 또 소크라테스처럼 제멋대로 각자에게 격려를 하기도 했다. 그래서 인근 사람들과 시민들이 그 앞에서 말을 멈추기를 좋아했다. 바리사이인이나 사두가이인들까지도 이야기를 주고받았다. 구세주 자신도 제자들을 거느리고 그 앞에 발걸음을 멈춘 일이 한두 번이 아니었던 것 같았다. 그러나 속세에만 마음을 기울이고 있던 그 제화공은 우리의 구세주에 대해서는 특별한 호감을 갖고 있었다. 그 호감은 주로, 그로서는 그 정신을 이해할 수 없는 이 고귀한 분을 자기 식의 사고방식과 실행방식으로 개종시키려는 생각으로 나타났던 것이다. 그래서 그는 그리스도에게 제발 명상을 집어치우고 저 게으름뱅이들과 국내를 돌아다니거나 민중을 일에서 떠나게 하여 광야로 유인하지 말라고 간청했던 것이다. 군중이란 언제나 선동되기 쉬운 것이니, 좋은 일은 하나도 생겨나지 않을 것이라고 말했다.

그것에 대해 주主는 자기의 높은 견해와 목적을 비유에 의해서 그에게 가르쳐 주려고 노력했으나, 이 교양없는 인간에겐 아무 효과가 없었다. 그래서 그리스도가 점점 저명해지고 천하의 인물이 되었을 때, 호의를 갖고 있던 이 제화공은 더욱 날카롭고 과격하게 의견을 토로하여, 이 결과로 반드시 소동과 반란이 일어날 것이며, 그리스도 자신이 본의는 아니겠지만 어쩔 수 없이 두목이라고 지칭되지 않을 수 없으리라고 경고했다. 이 사건의 진행은 다 알다시피 그리스도가 체포되어 처형되게 되었기 때문에, 아하스베루스의 흥분은 마치 주를 배반한 것처럼 되어 절망에 빠져 작업장에 돌아와 통곡하여 자기의 잘못을 말하는 유다보다도 더 크게 흥분하였다. 유다는 말하기를 자기는 제자들 중에서 가장 현명한 사람들처럼, 그리스도가 스스로 통치자인 동시에 인민의 장으로 나서리라고 굳게 믿고 있었으므로 아직까지도 주저하고 있는 주를 무리하게 행동으로 나오게 하려고 기도하여, 그때까지도 감히 행동은 취하지 못하고 있던 사제들의 폭력 행위를 선동했다는 것이다. 제자 측에서도 무장을 갖추지 않을 수 없었기 때문에 만약에 주가 스스로 투항하여 제자들을 가장 비참한 상태에 방치해버리지 않았던들 아마도 모든 일은 좋은 결과가 되었으리라는 것이다. 아하스베루스는 이 이야기를 듣고 아무래도 조용한 마음으로 있을 수가 없어서 오히려 이 가련한 사도의 심경을 더욱 괴롭게 하여, 마침내 유다는 목매어 죽을 길밖에 없게 만들어 버렸던 것이다.

한편 그리스도가 처형을 받기 위하여 구두장이의 작업장 앞을 끌려가고 있을 때, 마침 그 자리에서 저 유명한 장면이 나타난다. 즉 수난자가 십자가의 무게에 눌려 쓰러져 시레네의 시몬이 할 수 없이 대신 메게 된 것이다. 거기에 아하스베루스가 나타난다. 완고한 사람이 흔히 그렇듯이, 누가 스스로의 과실로 불행에 빠진 것을 보면 동정을 느끼기는커녕 오히려 경우에 맞지 않은 정의감에 몰려서 비난을 퍼부음으로써 불행을 더하게 하는 것이다. 제화공은 앞으로 튀어나가 예전의 자기 충고를 남김없이 되풀이하는데, 그것은 준열한 규탄으로 변해간다. 그것도 수난자에 대한 애정에서 나오는 것이기 때문에 그에게 그럴 권리가 있는 것처럼 보인다. 수난자는 대답을 하지 않는다. 그러나 그 순간에 주를 사랑하는 베로니카가 주의 얼굴을 높이 쳐들었을 때 아하스베루스는 거기에서 주의 면모를, 그것도 현재 수난을 받고 있는 주가 아니라 장엄하게 변모하여 천국의 생명으로 빛나는 주의 면모를 보게 된다. 이 현상에 그는 눈이 부셔 시선을 돌린다. 그러자 "그대는 이 모습의 나를 다시 볼 때까지 지상을 방황하리라"는 말이 들려온다. 깜짝 놀란 그는 잠시 후 겨우 정신을 차리게 된다. 모든 사람들이 처형장으로 가버린 후인지라, 예루살렘의 거리가 황막한 것을 발견한다. 불안과 동경이 그를 몰아대어 방랑이 시작된다.

이 방랑에 대해서, 그리고 이 시의 끝을 이루고 있으나 완성되지는 못하고 마는 사건에 대해서는, 아마 다른 기회에 다시 쓰게 될 것이다. 처음 부분과 여러 장면과 결말은 이미 써놓았지만 마음을 집중시킬 수 없었고, 또 이 사건에 마음먹은 대로 내용을 넣는 데 필요한 연구 시간이 없었다. 더구나 《베르테르》를 썼고, 그 반향을 봄으로써 필연적으로 시작한 새로운 시기가 나에게 전개되었기 때문에 그만큼 더 이 몇 장의 종이조각들을 방치해버렸던 것이다.

우리가 모두 짊어져야 할 인간 보편의 운명은 정신적으로 비교적 일찍 광범위하게 발달한 사람의 어깨에는 가장 무겁게 놓이는 것이다. 우리는 양친이나 친척의 보호를 받고 성장할지도 모른다. 형제나 친구들에게 의뢰할지도 모른다. 또 친지에게 부양되고 애인에 의해서 행복하게 될지도 모른다. 여하간 종말에는 언제나 인간은 자기 자신으로 돌아간다는 것이다. 하나님도 인간에 대해서 인간이 품은 외경畏敬, 신뢰, 사랑에 반드시 보답하지는 않는다. 적어도 긴급한 경우에는 보답하지 않게 마련이라는 태도를 지녀왔던 것처럼 보인다. 내가 어렸을 때 우리들 인간이 가장 구제를 필요로 할 때 "의사醫師여, 그대 자신을 고쳐라!"라고 부르짖는 것을 빈번히 들었다. 그리고는 "나 혼자서 포도를 짜자" 하며 얼마나 자주 비통한 생각에 잠겨 탄식해야 했던가! 이리하여 나는 나의 독립성의 확증을 찾아보았으며, 가장 확실한 기초로서 자신의 창조적 재능을 발견했다. 이 재능은 수년 전부터 한 순간도 내게서 떠난 일이 없었다. 낮에 눈으로 본 것이 밤에는 일정한 꿈으로 나타나는 일도 자주 있었다. 그리고 눈을 뜨면 이상하고 새로운 것의 전체 혹은 기존 사물의 일부가 눈앞에 나타나는 것이었다. 나는 보통 모든 것을 새벽에 썼다. 그러나 저녁이건 혹은 밤중까지 술과 사교에 의해 생기가 높아지면 무엇이건 요구하는 대로 쓸 수가 있었다. 즉 조금이라도 기회다운 기회만 주어지면 나는 언제든지 그것에 응할 수 있었던 것이다. 그리고 이 타고난 재능을 반성해 볼 때 그것은 순전히 나 자신에 속해 있는 것이며 타인에 의해 조장되거나 방해되는 것이 아니라는 것을 깨달았기 때문에, 거기에 나의 전 존재의 기초를 세우고 싶었다. 이 생각은 하나의 형상形象으로 화했다. 제신諸神으로부터 떨어져나가 자기 일터로부터 세계에 사람을 만들어 공급했다는, 저 프로메테우스의 옛 신화적인 모습이 내 눈을 끌었다. 나도 어떤 뜻있는 것은 세상과 격리되어 고독할 때만 창조된다는 것을 충분히 느끼고 있었다. 사회의 칭송을 받은 나의 작품들도 고독의 산물이었다. 그런데 전보다도 사회와 넓은 관계를 맺고나서부터는 구성 능력이나 흥미가 결핍하지도 않았는데 완성이 진척되지 않았다. 그것은 결국 산문에 있어서나 운문에 있어서나 원래 형식이라는 것이 없었고, 새로 작품을 쓸 때마다 대상이 변함에 따라 몇 번이고 처음부터 새로 모색하고 새롭게 시도하지 않으면 안 되었기 때문이었다. 이 경우 사람의 원조는 거절, 아니 차단하지 않으면 안 되었으며, 심지어 나는 프로메테우스식을 따라 제신諸神에게서까지 떠나버리고 말았다. 나의 성격과 사고방식에 있어서는 항상 하나의 의향이 다른 모든 것을 떠밀어버리기 때문에 그들과의 결별도 그만큼 무리없이 이루어질 수 있었다.

프로메테우스 신화는 내 마음 속에 생동하고 있었다. 나는 고대 거인의 의상을 내 몸에 맞게 재단하여, 그 이상 숙고도 하지 않고 창작에 착수했다. 그것은 프로메테우스가 손수 인간을 만들어 미네르바의 은총을 받아 그들에게 생명을 불어넣어 제3왕국을 수립함으로써 제우스 및 새로운 신들과의 알력을 묘사하고자 했던 것이다. 사실 현재의 지배권을 장악하고 있는 신들은 거인과 인간 사이에 끼어든 부당한 존재로 생각될 수 있으므로, 신들도 불평할 만한 충분한 근거가 있다. 이 진기한 구상의 일부를 이루는 독백으로 예의 시가 들어있다. 이 시가 계기가 되어 레싱이 사유와 감각의 중요성에 관해 야코비에 반기를 들음으로써 독일 문학사상 유명해진 바 있는 바로 그 시다. 이것이 폭발의 도화선이 되어 훌륭한 사람들의 은밀한 관계(다른 점에서는 지성이 고도로 발달된 그들 사회에 있어서 그들 자신도 알지 못하는 사이에 잠들어 있던 관계)가 폭로되어 화제의 대상이 되었다. 이 폭발의 파열은 너무나 강렬했으며 그 때문에 동시에 일어난 우연한 사건으로 멘델스존 같은 가장 훌륭한 인물을 상실하게 되었던 것이다.

이제 이 제재의 경우에도 전과 마찬가지로, 철학적인 아니 종교적인 관찰을 할 수도 있겠지만, 원래는 순전히 시의 분야에 속하는 것이다. 거인족이란 다신교를 뒷받침하는 금박金箔이다. 그것은 마치 악마를 일신교의 금박으로 여길 수 있는 것과 같다. 그러나 이 악마나 그것과 대립하는 유일신은 시적 인물이 아니다. 밀턴의 악마는 훌륭히 묘사되어 있지만 상급 존재자의 훌륭한 창조물을 파괴하려고 함으로써, 언제나 예술적 관계라는 약점이 있다. 프로메테우스는 그와는 반대로 보다 높은 존재자에 반항하여, 창조하고 제조할 수 있는 장점이 있다. 또 인간을 최고 세계 지배자의 피조물로 삼지 않았다. 인간을 창조한 것은 하나의 중간적 인물, 더구나 최고왕조의 후예로 그것을 할 수 있는 충분한 품위와 관록을 가진 인물에 의해서 창조되었다고 하는 것은 더욱 아름답고 시적인 사상이 되는 것이다. 대체로 그리스 신화는 끝없이 풍부하게 신과 인간에 대한 상징을 제공해주고 있다.

그러나 거인적이고 반항적이고 의기충천하는 정신은 내 시작에 아무 소재도 되지 않았다. 오히려 저 평화스럽고 조소적彫塑的이고 결국 인내하며 주권을 승인하면서도 그것과 동등하게 되고 싶다는 저항을 묘사하는 것이 내 성격에 어울렸다. 그러나 이 종족에서 한층 용감한 거인족인 탄탈로스, 익시온, 시시포스 등은 나의 성자聖者들이었다. 그들은 신들의 사회에 받아들여지면서도, 적당히 복종의 태도를 취하려 하지 않고 거만한 손님으로서 주인격인 은인들의 분노를 사, 처참한 추방을 당했던 것이다. 나는 그들을 동정했다. 그들은 이미 옛 사람들에게도 비극적인 존재로서 인정되고 있었다. 또 나는 그들을 내 작품 〈이피게니아〉의 배경에 강력한 대항자로서 묘사했는데, 다행히 작품이 나타낸 효과의 일부는 그들에 의한 것이었다.

그 당시 나는 어쩔 수 없이 시작과 회화를 함께 했다. 나는 친구들의 옆모습의 초상화를 흰색 종이에 흑색 분필로 그렸다. 또 구술하거나 낭독시키거나 할 때마다 필기자나 낭독자의 모습을 그 주위와 함께 그렸다. 틀림없이 실물과 비슷했기 때문에 그 그림들은 환영을 받았다. 아마추어 예술가들은 언제나 무보수로 자기의 작품을 주는 까닭에 언제나 칭찬을 받았다. 그러나 이런 묘사에 불만을 느끼게 되면 나는 다시 내가 더욱 잘 쓸 줄 아는 언어와 운율 쪽으로 향하는 것이었다. 그때 얼마나 내가 활발하고 쾌활하고 그리고 신속하게 일을 했는가는 많은 시[5]가 그것을 증명하고 있다. 이 시들은 예술적 자연과 자연적 예술을 감격적으로 전하며, 그것이 성립하는 순간에 나와 친구들에게 언제나 새로운 용기를 불어넣어 주었던 것이다.

---

5) 《Kunst》라는 표제하에 모인 여러 시를 말함.

이 시기의 어느 날, 나는 일에 쫓기어 빛을 가리고 내 방 안에 앉아있었다. 적어도 방 안은 마치 화가의 화실 같은 모습을 띠었고, 더구나 벽에까지 제작 도중의 작품들이 못에 꽂히거나 달려 있었으므로, 무슨 대작에 종사하고 있는 것 같은 착각을 일으켰다. 거기에 몸매가 날씬한 남자가 들어왔다. 나는 처음에 어둠 속에서 프리츠 야코비인가 했으나, 곧 나의 잘못을 알고 초면의 인물로서 인사를 했다. 그의 활달하고 예의바른 거동에서 어떤 군대식 태도를 느꼈다. 그의 이름은 폰 크네벨[6]이라고 했다. 간단한 자기 소개에서 그가 프러시아군에 복무하고 있으며, 상당 기간 베를린과 포츠담에 체류하여 그간 그 지방의 문학자들과 일반 독일 문학계와 친밀하고 적극적인 관계를 맺고 있다는 것을 알았다. 특히 그는 라뮬러에 열중했고, 그의 시의 낭독법을 체득하고 있었다. 그는 또 그 당시 독일인 사이에서 아직 이름이 알려지지 않고 있던 괴츠[7]가 쓴 모든 작품에 정통하고 있었다. 그의 알선으로, 이 시인의 《소녀의 섬》이 포츠담에서 출판되어 국왕에게까지 바쳐졌으며, 왕이 그것을 찬양했다는 것이었다.

이 같은 독일 문학 일반에 관한 화제를 대략 끝마치기도 전에 유쾌했던 것은 그가 현재 바이마르에 부임하고 있으며, 더구나 콘스탄티누스 왕자에게 시종하고 있다는 것을 알게 된 것이었다. 그 지방 사정에 대해서는 이미 좋은 소식을 적지 아니 듣고 있었다. 왜냐하면 그 곳에서 많은 손님들이 와서 전하는 바에 의하면, 아말리아 왕비께서 공자公子들의 교육을 위하여 훌륭한 인물들을 초빙하고 있으며, 예나 대학에서도 저명한 선생들을 파견하여 그 훌륭한 목적에 공헌하고 있고, 모든 예술이 왕비에 의해 보호를 받고 있을 뿐만 아

---

6) (K.L. von Knebel, 1744~1834). 바이마르 공작의 둘째 아들 콘스탄티누스의 가정교사.
7) (J.N.Götz, 1721~1781). 신학자인 동시에 시인. 아나크레온, 사포 등의 시를 번역했다. 헤르더는 그를 높이 평가했다.

니라, 왕비 자신이 철저하고 열렬히 예술에 종사하고 있는 것을 목격했다는 것이다. 또 비일란트는 특히 총애를 받고 있으며, 타지방에 살고 있는 많은 학자들의 저작을 모은 《독일의 메르쿠르》가 그것을 출판한 도시의 명예에 적지않게 공헌하고 있다는 소식이었다. 독일에서 가장 훌륭한 극장 중 하나가 거기에 세워졌으며, 거기서 종사하는 배우와 작가를 통해서 유명해졌다. 이같이 아름다운 설비와 건물이 동년 5월에 일어난 무서운 궁성의 화재[8]로 인해서 장애를 받아 오랫동안 지체될 위험이 있는 듯했으나, 황태자의 덕망이 매우 컸기 때문에 누구나 이 손상이 곧 보상되어, 손상에도 불구하고 다른 모든 희망까지도 충분히 이루어지리라고 확신했다. 나는 마치 구면처럼 그런 사람에 관하여 또 여러 가지 일에 관하여 물어보고, 그곳 사정을 더 자세히 알고 싶은 희망을 전했더니, 이 새로운 손님은 매우 다정하게 그것보다 쉬운 일은 없다고 말했다. 즉 황태자는 동생인 콘스탄틴 왕자를 동반하여 프랑크푸르트에 도착했으며, 두 왕자께서는 나를 만나 이야기하고 싶어한다는 것이었다. 그러자 그는 왕자들의 체류가 길지 않을 터이니 시간을 끌면 안 된다고 말했다. 그 준비를 하기 위해서 나는 그를 양친에게 데리고 갔다. 양친은 그의 방문과 사명에 크게 놀랐고 만족하여 그와 회담했다. 그리하여 나는 그 친구와 함께 젊은 왕자들을 만나기 위해 서둘러 길을 떠났다. 왕자들은 나를 부담없이 친절하게 맞아주었으며, 태자의 보도관 輔導官 괴르츠 백작도 나와 만나는 것을 기뻐하는 것 같았다. 거기서도 문학적 화제가 빠질 리 없었다. 그리고 하나의 우연한 사건이 도화선이 되어, 어느덧 담화는 뜻깊고 유익한 것이 될 수 있었다.

즉 뫼저의 《애국적 공상》의 제1부가 가철되어 재단도 하지 않은 채로 책상 위에 놓여 있었다. 다른 사람들은 아직 모르고 있었으나,

---

8) 1774년 5월 6일에 있었던 일임.

나는 이미 이 책을 잘 알고 있던 터였으므로 그 책에 관해서 자세한 이야기를 할 수 있는 유리한 입장에 놓여 있었다. 이것은 자신의 지위를 최대한 신용하여 영향력을 미치려 하는 최선의 의지, 확고부동한 계획을 가지고 있던 황태자와의 대화를 나눌 절호의 기회였다. 뫼저의 논술은 내용으로 보나 정신으로 보나 독일인의 흥미를 끌만한 것이었다. 일반적으로 독일 제국은 분열, 무정부 상태, 무력 등으로 비난을 받고 있으나, 뫼저는 소국小國의 무수한 분립이야말로 매우 다양한 여러 지방의 위치나 상황에 따라 나타나는 모든 욕구에 응한 독특한 개별적 문화의 발전을 위해 무엇보다 바람직한 것이라는 견지를 취하고 있었다. 뫼저는 또한 오스나브뤼크 시 및 수도원에서 출발하여 베스트팔리아 행정구 전체를 논하면서 더욱이 베스트팔리아의 모든 제국에 대한 관계를 논술하며 이에 비판을 가함으로써, 과거와 현재를 관련시켜 후자에서 전자를 추론하고 그 추론을 통해 변혁을 단행하는 것이 타당하느냐의 여부를 명확하게 규정했다. 따라서 각국의 행정관도 자기 영역의 상태, 인접국 내지 전 제국과의 결합 관계를 가장 잘 이해하고 현재와 미래를 판단하고자 한다면, 각자 자기의 위치를 안중에 두고 상술한 바와 같은 방법을 취하기만 하면 된다는 것이었다.

이 기회에 고지高地 작센 여러 나라와 저지低地 작센 여러 나라의 차이에 관한 여러 가지 일이 화제가 되었다. 어떻게 해서 풍속·법률·습관을 위시해서 자연의 산물까지 옛날부터 다른 형태를 취해 왔는가, 또 통치 형태나 종교가 다름에 따라 어떻게 각각 다른 방법으로 지도되어 왔는가 하는 것들이 문제였다. 우리들은 양자의 차이를 좀더 정확하게 지적해보려고 노력했다. 그래서 결국 좋은 모범을 갖는 것이 얼마나 유리한가 하는 사실이 밝혀졌다. 그 모범의 개개의 점을 보는 것이 아니라 모범에 의거하는 방법을 보아가면 여러 경우에 응용할 수 있으며, 그것에 의해서 판단을 내리는 데 최대의 편의를 얻을 수 있는 것이다.

식사중에도 이러한 대화가 계속되었다. 그리하여 나로서는 아마 과도한 선입관을 그분들에게 갖게 했던 것이다. 왜냐하면 나는 나의 작품들을 화제로 삼거나 희곡이나 소설 전체에 주의를 끌게 하기보 다 차라리 뫼저를 논하여 그 사람처럼 실제생활에서 출발하여 바로 실제생활 속으로 돌아가서 직접적으로 이익을 주는 재능을 가진 저 술가를 추천하는 형식이 되었기 때문이었다. 그런데 시적 작품은 원 래 도의나 관능을 초월하여 부동하고 있는 것이어서, 기껏 우회적 또는 우연한 이익을 줄 수 없다고 말했다. 헌데 이 대화의 진행방식 은 마치 《천일야화》처럼 하나의 중요한 제재가 다른 제재 속으로 미 끄러져 들어가 반복되곤 했다. 여러 제목은 그저 손을 대었을 뿐 계 속하지 못했다. 이리하여 나는 젊은 왕자들의 프랑크푸르트 체류가 단시일이었기 때문에, 마인츠까지 동반하여 수일간 그곳에서 지내 도록 약속을 해야 했다. 나는 물론 기꺼이 그 약속을 승낙했으며, 양 친에게 이 기쁜 소식을 전하려고 집으로 달려갔다.

그러나 아버지는 조금도 기뻐하지 않았다. 그는 제국 공민으로서 의 자기 사고방식에 따라 전부터 귀족들과 소원한 관계를 유지해왔 기 때문이었다. 사방의 왕족들이나 귀족의 대리인들과 교섭은 했으 나 그들과 개인적으로 관계를 맺지는 않았다. 궁정은 그가 즐겨 조 롱하는 풍자의 좋은 대상의 하나였다. 누가 궁정에 대해 뭐라고 반 대를 해도 역시 좋아했다. 다만 그런 경우에 그의 눈에 재능과 기지 가 풍부한 것처럼 하면 되었다. 그가 말하는, "유피테르와 낙뢰落雷를 멀리하라"는 것은 지당하지만, 낙뢰의 경우는 "어디서"보다는 "어디 로"가 문제라고 그에게 주의를 하면, 그는 "높은 사람들과 같이 먹으 면 버찌도 맛이 없다"라는 옛 격언을 끄집어내는 것이었다. 우리들 은 이에 "식충이와 함께 먹으면 더 맛이 없다"라고 응수했다. 이것은 부인하려고 하지 않았지만, 아버지는 즉석에서 다른 격언을 끄집어내어 우리들을 꿇리려고 했다. 왜냐하면 속담이나 금언은 일반적으로 금언을 강요하기 때문에 최소한 말이라도 하고 싶은 서민 계급에서 나온 것이며, 상류 계급은 그것에 대하여 행동으로 보충할 수 있었고, 게다가 16세기의 시가詩歌는 철두철미하게 교훈적인 것이어서 우리 국어에는 아래에서 위를 향해 사용하는 진지한 말이나 풍자적인 말이 조금도 부족하지 않기 때문이었다. 거기서 우리 젊은이들은 자기를 무슨 훌륭한 인물로 생각하고 스스로 귀족의 편을 들어 위에서 아래로 향하는 말들을 연습했던 것이다. 그같이 주고받는 말 중에서 몇 개를 적어본다.

A
오랜 벼슬은 오랜 지옥!

B
그곳에서는 적지 않은 선남선녀가 불을 쬔다.

A
나는 이대로 내것이다.
누구에게도 은혜를 받고 싶지 않다.

B
은혜를 어째서 수치로 여기나?
은혜를 주고 싶으면 받기도 하라.

A
벼슬의 고충을 말하자면
긁고 싶은 곳을 긁지 못하는 격!

B

변사가 서민에게 말하는 것은
가렵지도 않은 곳을 긁는 격.

A

시종의 신분을 택했더라면
당장 반생을 잃었으리라.
어떻게 되든, 잊지를 말라.
남은 반생은 악마의 것이라는 것을.

B

군주에게 순종할 줄 아는 자는
오늘 아니면 내일 성공하리라.
천민의 인기를 얻고자 하는 자는
전 생애를 저주받는다.

A

성 안에서 너의 보리[麥]가 핀다 해도
아무 소용도 없는 줄 알라.
창고에 간직할 줄 알고 있지만
거기야말로 한데나 똑같다.

B

보리도 꽃이 피면 여무는 것은
예부터 내려오는 관례다.
우박이 수확물을 망쳐놓는다 해도
해가 바뀌면 또 여물게 마련.

A

마음 내키는 대로 살고 싶으면

오막살이에서 살자.

처자와 더불어

값싼 포도주나 마시고

맛없는 음식이나 먹어라.

그러면 평생 별 탈 없이 지낼 수 있으리라.

B

제왕을 피하려 하는가?

어디로 도망치려 하는가?

그런 답답한 소리는 할 게 아니다.

어차피 너는 엄처시하.

그리고 어리석은 자식이 그대 마누라를 쥐고 흔드니,

그대는 집안의 노예다.

　마침 이런 시 구절을 낡은 비망록에서 찾아내고 있으려니까, 그와 같은 재미있는 습작들을 많이 찾아낼 수 있었다. 우리는 독일의 낡고 간결한 어귀들을 확대해서 그 경험상 같은 진실성을 갖는 다른 격언을 그것과 비교하는 연습을 했다. 이런 것을 발췌해두면, 언제나 인형극의 에필로그로서 유쾌한 착상의 동기가 될 것이다.

　그러나 이러한 종류의 어떤 응수에도 불구하고 아버지는 신념을 굽히려고 하지 않았다. 그는 가장 유력한 논거는 대개 담화의 끝까지 감추어 두었다가, 마지막에 가서 볼테르와 프리드리히 대왕의 기담을 자세히 설명하는 것이 상례였다. 즉 어떻게 해서 지나친 은총과 친밀과 상호간의 의리가 돌연 흔적도 없이 사라졌는가, 그리고 저 비범한 시인인 동시에 저술가가 주재관 프라이타크의 요청에 의해서 시장 폰 피히아르트의 명령으로 프랑크푸르트 시의 시민병市民兵에게 체포되어, 상당 기간 짜일 거리의 '장미 여관'에 구금당했는가 하는 것이 그것이었다. 그 사건에 대해서 반박하려면 여러 가지로 반박할 수도 있었고, 특히 볼테르 자신에게도 죄가 없다고는 할 수 없을 것이지만, 우리들은 언제나 자식으로서의 존경의 표시로 지고마는 것이었다.

이번 경우에도 이런 일 또한 그와 비슷한 일들로서 암시되었기 때문에 어찌하면 좋을지 몰라 쩔쩔맸다. 왜냐하면 아버지는 내게 노골적으로 이번 초청은 단지 나를 유인해서 총아인 비일란트에게 저지른 장난에 대해 복수하기 위한 것에 지나지 않는다고 주장했다. 나는 우울증적 망상에 기인하는 편견이 존경하는 아버지에게 공포감을 주고 있다는 사실을 너무나도 뚜렷하게 알고 있었다. 그러나 아무리 내가 강력한 반대의 확신을 가지고 있다 할지라도 정면으로 아버지의 확신을 반대하는 행동을 취하고 싶지는 않았다. 그렇다고 해서 호의를 저버림으로써 실례가 되지 않도록 전의 약속을 철회할 수 있는 구실도 찾아낼 수가 없었다. 유감스럽게도 이런 경우에 항상 도와 주던 우리들의 친구 폰 클레텐베르크 양은 병상에 누워있었다. 나는 그녀와 모친을 훌륭한 조력자로 여기고 있었으므로, 두 분을 조언助言의 실행자라고 부르고 있었다. 즉 클레텐베르크 양이 그 명랑하고 법열에 빛나는 시선을 지상의 사물에 던지면 우리 같은 평범한 인간의 자식을 혼란하게 하던 것이 그녀 앞에서는 쉽게 풀리고 마는 것이었다. 또 그녀는 인생의 미로를 위에서 내려다보고, 자기는 그 속에 사로잡히지 않았기 때문에 대개 올바른 길을 가르쳐 줄 수 있었다. 결심이 서고 나면 이번에는 어머니의 열성과 실행력에 만사를 맡기는 수밖에 없었다. 전자에게는 직관直觀이 도움이 되었듯이 후자에게는 신앙이 도움이 되었다. 어머니는 항상 쾌활함을 잃지 않았기 때문에, 계획이나 소원을 수행하기 위한 수단·방법에 전혀 부족함이 없었다. 그래서 이번에도 어머니는 의견을 듣기 위해서 그 병든 친구에게 갔다 왔던 것이다. 의견은 나에게 유리했으므로, 다음에 나는 아버지의 동의를 얻도록 해달라고 어머니에게 간청했다. 그래서 아버지도 할 수 없이 양보해주었던 것이다.

나는 지독히도 추운 날, 정해진 날짜[9]에 마인츠에 도착했다. 젊은 왕자들과 그 수행원들에게서 초대받은 정도에 어울리는 환대를 받았다. 프랑크푸르트에서 주고받던 대화가 상기되곤 한다만 이야기들은 계속되었다. 그리고 최근의 독일문학과 그의 대담성이 문제가 되었을 때 극히 자연스런 순서로, 저 평판이 높은 한 편 〈신과 영웅과 비일란트〉가 화제에 올랐다. 이야기가 나오자 바로 그들이 이 사건을 명랑하고 유쾌하게 보고있는 것을 알고 대단히 반가웠다. 그건 어쨌든 큰 소동을 불러일으킨 이 희작戱作이 대체 어떻게 해서 씌어졌는가를 말해달라고 요청해왔기 때문에, 나는 무엇보다 먼저 우리 토박이 고지대의 라인 사람들은 좋아하건 싫어하건 한계를 지킬 줄 모른다는 점을 고백하지 않을 수 없었다. 셰익스피어에 대한 존경은 우리들 사이에 있어서는 숭배의 정도에까지 이르고 있었다. 그런데 비일란트는 그의 절제할 줄 모르는 성격에서 자기의 번역의 주해註解 속에서 위대한 작가에게 많은 비난을 퍼부어서 자기에게도 독자의 흥미를 감소시키고 감격을 냉각시켰다. 더구나 그 방법은 우리를 극도로 격분시켰고, 우리 눈에 이 번역의 공로를 경시輕視하게 만드는 그런 것이었다. 시인으로서 우리가 매우 존경하고, 번역자로서 우리에게 많은 이익을 가져다 준 비일란트가 이제 비평가로서는 변덕쟁이이고 편협하고 불공평한 것처럼 생각되었다. 더구나 그는 우리의 우상인 그리스인에 대해서도 적의敵意를 표명했고, 그 때문에 그에

---

9) 1774년 12월 13일.

대한 우리의 적대감이 더욱 날카롭게 되었던 것이다. 그리스의 신과 영웅들이 도의적 특징을 근원으로 하고 있다는 것은 너무나도 잘 알려져 있는 터이다. 그렇기 때문에 예술가에 대해 그처럼 훌륭한 모습을 제공하는 것이다. 그런데 빌란트는 그의 〈알케스티스〉[10]에서 영웅이나 반신半神을 현대풍으로 묘사했다. 그뿐이라면 물론 아무것도 할 말이 없을 것이다. 왜냐하면 시적 전통을 자기의 목적이나 사고방식에 의해서 개작하는 것은 순전히 각자의 자유이기 때문이었다. 그러나 다만 그는 그 가극에 대해서 《메르쿠르》지에 게재한 서한 문체의 논문 속에서 이 같은 취급방법을 너무나도 편파적으로 과시하고 있는 것 같았고, 또 전설의 기초가 되고 있는 순박하고 건전한 본성을 조금도 인정하지 않으려고 하는 것은 훌륭한 고대인과 그 고상한 양식에 대해서 무책임하게도 죄를 범하고 있는 것같이 생각되었다. 이 같은 불만을 우리들 친구 사이의 조그만 회합에서 열렬하게 토론했는데, 어느 일요일 오후에 그런 토론이 끝나자마자 나는 모든 것을 희곡화하고 싶은 격렬한 감정에 사로잡혀 한 병의 고급 부르군트 포도주를 옆에 놓고, 지금 있는 그대로의 전편을 회합 중에 다 써버렸다. 그것은 그 자리에 참석해있던 친구들에게 낭독되었으며, 그들에게 대환영을 받았다. 그것이 끝나자 나는 원고를 슈트라스부르크에 있는 렌츠에게 보냈다. 그도 역시 감탄했는지 즉시 인쇄에 부쳐야 한다고 말해왔다. 수차 서신이 왕래된 후에 비로소 나는 인쇄할 것에 동의했다. 그는 급히 서둘러 그것을 슈트라스부르크에서 인쇄하였다. 훨씬 후일에 비로소 알게 된 사실이지만, 사실 그것은 렌츠가 나를 훼손하고 나의 사회적 평판을 악화시키려는 속셈의 첫단계였는데, 그 당시에는 그런 것을 알 턱이 없었던 것이다.

이리하여 나는 새로운 애호자들 앞에서 이 작품의 허물없는 기원

---

10) 빌란트의 가극(1773년).

을 나 자신이 알고 있는 한, 솔직하게 말해주었다. 그리고 또 거기에는 인신공격이나 그 밖의 어떤 의도가 하나도 없었다는 것을 납득시키기 위해서 우리들이 평소에 얼마나 재미있고 무모하게 서로 놀리고 조롱하는가를 말해주었다. 그래서 모든 사람들의 기분이 한결같이 명랑해진 것을 보았다. 그리고 그들은 우리 친구 사이에 어느 누가 조그마한 성공에 안심하는 것을 몹시 우려하고 있다는 말에 대하여 경탄할 정도였다. 이런 단계를 그들은 저 플리부스티어라는 해적단에 비유했다. 이 해적단은 잠깐의 휴식 동안이라 할지라도 그 때문에 연약해지는 것이 두려워 절도와 약탈을 했고, 할 것이 없을 때에는 수령이 주연의 식탁 밑에서 권총을 발사하여 평화시에 있어서도 부상과 고통이 근절되지 않도록 했다는 것이다. 또 이 문제에 관해서 여러 가지 문답이 있은 다음, 결국 나는 빌란트에게 친밀하고 우호적인 서한을 써보내도록 권유를 받았다. 이 기회를 나는 기쁘게 받아들였다. 왜냐하면 그는 이미 《메르쿠르》 지상에서 이러한 청년들의 장난에 대해 매우 관대한 의견을 발표했으며, 또 문학적 논쟁에서 그가 대개 그랬듯이 재치있는 결말을 지으려고 했기 때문이었다.

　마인츠에서 체류하는 동안은 참으로 유쾌하게 지냈다. 새로운 애호자들이 집에 남아서 여러 사람의 초상화를 그리거나 얼음을 지쳤다. 얼음지치기에는 성城의 얼어붙은 호濠가 좋은 장소를 제공했다. 체류를 마친 나는 그 곳이 나에게 베풀어 준 호의를 가슴에 듬뿍 안고 집으로 돌아왔다. 그리고 집에 들어서자마자 그동안의 상세한 이야기를 털어놓고 마음을 가볍게 하려고 했다. 그러나 보이는 것은 괴로운 얼굴들 뿐이었다. 조금 후에 알았지만 우리의 친구 클레테베르크 양이 세상을 떠났던 것이었다. 그 말을 듣고 나는 매우 당황했다. 왜냐하면 지금이야말로 더욱 그녀가 필요했기 때문이었다. 사람들은 나를 위로해주기 위하여 다음과 같은 이야기를 들려주었다. 그녀는 행복한 일생에 뒤따르는 경건한 죽음으로 끝을 맺었고, 그녀의 종교적이고 쾌활한 마음씨는 임종할 때까지 흐트러지지 않고 간직되었다는 것이다.

또 하나의 다른 장애물이 나의 공개 보고를 방해했다. 그것은 아버지가 이 조그마한 사건의 좋은 결과를 기뻐하지 않고 자기의 의견을 고집하여, 그런 것은 모두 상대방의 위장에 지나지 않는 것이며, 장차 나에게 더 흉악한 짓을 하려는 꼬임이라고 주장한 것이다. 그래서 나는 나의 이야기를 젊은 친구들에게 할 수밖에 없었다. 그들에게는 물론 이 사건을 아무리 자세하게 전해도 부족했던 것이다. 그런데 이 경우에도 또 친근함과 선의에서였지만 나에게 불쾌한 결과가 생겼다. 즉 그로부터 얼마 안 가서 《프로메테우스와 그 비평가들》이라는 희곡 형식의 소책자가 출판되었다. 그 속에는 인물의 이름 대신에 작은 목판화를 대화 사이에 끼워넣고 있었다. 단 나의 작품들과 그것에 관련된 사건들에 대해서 공공연하게 의견을 발표한 비평가들을 여러 가지 풍자화로 나타내는 짓궂은 장난을 했던 것이다. 거기에는 머리가 없는 알토나의 파발꾼 기사騎士가 나팔을 불기도[11] 하고, 곰이 으르렁대고 그러는가 하면, 거위가 시끄럽게 울어대기도 했다. 이 책에 대해 《메르쿠르》지도 가만히 있지 않았다. 여기서는 많은 야생 혹은 사육 동물들이 일터에서 조각가의 마음을 혼란시키려고 애쓰고 있으나 본인은 열심히 일을 계속하고 있으며, 동시에 자기가 취해야 한다고 생각하는 태도에 대해서는 입을 다물고 있지 않았다. 불의에 의해 나타난 이 장난은 나를 몹시 놀라게 했다. 왜냐하면 그 문제나 가락으로 볼 때 우리 친구들 가운데 누가 한 짓이 틀림없었고, 자칫하면 나 자신이 그 책을 냈다고 생각하게 될 판이었기 때문이었다. 특히 불쾌했던 것은 프로메테우스를 통해 나의

---

11) 《Reichs-Postreiter》지誌를 풍자한 것임.

마인츠 체류와 그곳에서 말했던 일에 관한, 나밖에 모르는 몇몇 사건을 말하고 있다는 점이었다. 이 사실은 저자가 나와 극히 친한 사이이며, 그 사건과 사정을 내게서 자세히 들은 사람 중에 있었다는 것을 증명하는 것이었다. 우리들은 서로 의심하는 눈으로 쳐다보았다. 그리고 각자 자기 외의 사람들을 의심했다. 정체를 알 수 없는 저자는 교묘하게 몸을 피할 수 있었다. 나는 그 사람을 맹렬하게 비난했다. 내가 그렇게 호의적인 대우를 받고 뜻깊은 담화를 교환하고 또 빌란트에 대해서는 친밀한 편지를 쓴 뒤에 여기서 다시 의혹을 초래하는 근원을 만들고 새로운 불쾌한 일을 당하게 되는 일이 나에게는 한없이 기분이 나빴다. 그러나 이것은 발각되지 않은 채 오래 계속되지는 못했다. 내가 방에서 왔다갔다 하면서 그 책을 큰소리로 낭독하고 있으려니, 그 착상이나 어구의 용법에서 뚜렷이 바그너의 음성이 들렸던 것이다. 사실 그가 장본인이었다. 그것은 내가 그 발견을 어머니에게 전하려고 아래층으로 달려갔을 때, 어머니는 벌써 그것을 알고 있다고 말했기 때문이었다. 이 저자는 자기로서는 매우 선량하고 좋은 의도로 행했던 일이 나쁜 결과가 된 것을 몹시 근심하여 그녀에게 모든 것을 고백했던 것이다. 그리고 신임을 악용한 이 저자와는 절대로 교제를 하지 않겠다고 언명한 나의 위협이 그에게 실현되지 않도록 중개 역할을 해달라고 부탁했다. 그런데 여기서 나 자신이 그것을 발견했고 간파했기 때문에, 무엇이고 자기가 알아냈을 때 그렇듯이 기분이 좋아 화해할 마음이 났던 것은 그로서는 다행한 일이다. 이런 식으로 나의 날카로운 눈을 증명할 기회를 주었다는 것으로 그의 과오를 용서했던 것이다. 그러나 이 책의 독자들은 바그너가 저자이고 내가 그것에 하등의 관계가 없다는 것을 쉽사리 납득하려 들지 않았다. 누구 하나 그 사람에게 그와 같이 다방면의 재능이 있다고는 기대하지 않았던 것이다. 왜냐하면 재능있는 친구들 사이에 오랫동안 농담하고 논의하던 사항들을 파악해가지고 특수한 재능도 없는 그가 잘 알려진 수법으로 멋있게 묘사할 수 있다고는 생각할 수 없었기 때문이었다. 이리하여 나는 나 자신의 어리석은 행동뿐만 아니라 친구들의 경솔하고 지나친 소행 때문에 이번에나 후일에나 자주 벌을 받지 않으면 안 되었던 것이다.

이렇듯 여러 가지 사정으로 생겨났으므로 두드러진 몇 사람의 인물들에 관해서 언급하고자 한다. 그 사람들은 저마다 다른 시기에 여행 도중 우리집에 숙박했거나 혹은 우리들의 친절한 대접을 받은 사람들이다. 클로프시토크가 여기서 손꼽히는 것은 당연한 일이라 하겠다. 이제까지 나는 그와 몇 차례 서신 왕래를 하고 있었는데, 한 번은 그가 자기는 카알스루에서 지내달라는 초대를 받았다는 통지가 왔다. 그래서 며칠, 몇 시에 프리트메르크에 도착하게 되어 있으니, 그곳으로 마중을 나와달라는 것이었다. 나는 틀림없이 정각에 마중을 나갔다. 그러나 그는 도중에 우연히 붙들렸던 것이다. 나는 2,3일간 공연히 기다린 후 집으로 돌아왔다. 얼마 안 있어 드디어 그가 찾아왔다. 그는 공연히 기다리게 했던 것을 사과하며 마중나갔던 나의 호의를 몹시 기뻐했다. 그는 키는 작으나 체격이 좋았다. 그의 태도는 근엄했고 꼼꼼했다. 어색한 데가 없이 말은 명확하고 정다운 태도였다. 대체로 그 사람 앞에서는 마치 외교관 앞에 있는 것 같은 기분이 들었다. 이런 사람은 자기의 위엄과 동시에 자기가 책임을 지는 윗사람의 위엄까지 지니고 있으며, 그보다 더욱 중요한 군주의 이익, 나아가서 국가 전체의 이익을 촉진하고 또 이와 같이 용이하지 않은 입장에 있으면서 무엇보다도 상대방에게 호감을 주는 매우 어려운 임무를 자진해서 맡으려고 하는 것이다. 마찬가지로 클로프시토크는 자기 자신이 가치있는 인물로서 더 높은 존재, 즉 종교·도덕·자유의 대변자로 행동하고 있는 것처럼 보였다. 또 사교가로서의 다른 특색도 겸비하고 있었다. 즉 상대방이 대화를 기대하거나 원할 것 같은 제목에 관해서는 좀처럼 말을 하지 않았다. 그래서 시나 문학에 관한 것에 대해서는 거의 듣지 못했다. 그러나 나와 내 친구들이 열렬한 스케이팅 애호가라는 것을 알게 된 그는 이 고상한 기술에 대해서는 우리와 광범위하게 이야기했다. 그는 이 기술을 철저히 연구했으며, 이 기술에서 찾아야 할 것, 피해야 할 것을 깊이 생각했던 것이다. 그러나 그의 친절한 가르침을 받기 전에, 우리는 잘못된 용어 자체에 대해서 정성을 들이지 않으면 안 되었다. 즉 우리는 정확한 고지독일어로 활빙화(滑氷靴, Schlittschuh)라는 말을 사용했는데, 이 말은 결코 작은 활목을 달고 달린다는 뜻의 Schliten(썰매)에서 온 것이 아니라, 호메로스의 신들처럼 날개 달린 발바닥으로 대지로 화한 바다 위를 활보하는 Schreiten(활보하다)에서 나온 말이라는 것이었다. 다음에는 기구이야기로 옮겨졌다. 그는 높고 홈이 파진 스케이트는 문제시하지 않았고, 빨리 달리는 데 적합한 낮고 폭이 넓은 판판한 프리이슬란트 강철제를 권장했다. 그러나 그는 사람들이 연습할 때 흔히 잘하는 곡예는 좋아하지 않았다. 나는 그의 가르침에 따라 긴 끝이 달린, 납작한 구두를 한 켤레 마련했으나, 그것은 약간 불편한 것이었다. 그러나 나는 그것을 오랫동안 사용해왔다. 승마의 기술, 말의 조련 등에 관해서도 그는 설명할 수 있었으며, 실제로 타기도 좋아했다. 또한 비전문적인 취미로 삼고 있는 재주에 대해서는 더욱 스스럼없이 이야기했으나, 자기의 본직에 대한 이야기는 피하는 것이 보통이었다. 이 비상한 인물의 이와 같은 유의, 또는 다른 유의 특징에 대해서 언급하자면 더 많은 것을 들 수 있겠지만, 나보다도 더 오래 그와 함께 생활해 온 사람들이 이미 충분히 그런 것에 관해서 보고해주었기 때문에 그럴 필요는 없었다. 다만 한 가지 관찰만은 쓰지 않을 수 없다. 그것은 자연으로부터 비범한 재능을 타고났으면서도 협소하거나 적어도 자기에게 맞지 않는 활동 무대에 놓인 사람들은 대개 괴상한 습관에 빠지는 것이며, 자기의 선천적인 재능을 직접 활용할 수 없는 데서 그것을 괴상한 방향으로 발휘하려고 노력한다는 사실이다.

찜머만[12] 역시 한동안 우리 집 손님으로 있었다. 이 분은 체격이 크고 건강했고, 성격은 과격하고 단순했다. 그러나 자기의 외모와 거동에 대해서는 충분히 자제했기 때문에, 교제하는 데 있어서는 붙임성있는 의사로 보였다. 그리고 그의 내부의 분방한 성격은 글이나 친밀한 교제에 있어서만이 비정상적인 궤도로 나타났다. 그의 담화는 다양하면서도 깊은 뜻을 간직하고 있었다. 그래서 만일 그가 자기의 인격과 공로에 대해서 몹시 예민한 자아의식을 가진 점만 너그럽게 받아들일 수 있다면 그보다 더 좋은 교제는 찾아낼 수가 없을 정도였다. 한편 나는 사람들이 허영이라 부르는 것에 조금도 감정을 상해 본 일이 없었으며, 오히려 허영을 허락하고 있었다. 즉 나는 나 자신에 대해서 내가 기뻐하는 점을 숨김없이 나타냈으므로, 그와 나는 매우 잘 어울렸으며 우리들은 서로 존중하고 자유롭게 행동했다. 또 그는 철저하게 개방적이고 공개적이어서, 나는 단시일에 그로부터 매우 많은 것을 배웠다.

그러나 이 같은 인물을 감사와 호의를 가지고 철저히 판단한다면 그가 결코 허영적이라고는 말할 수 없다. 대체로 독일인은 허영이라는 말을 너무나 빈번히 남용하고 있다. 이 말은 본래 공허의 개념을 나타내는 것이어서 그 말로 정당하게 나타낼 수 있는 것은 자기의 무가치에 대한 기쁨이나 공허한 존재에 대한 만족을 감출 수 없는 사람뿐인 것이다. 찜머만에 있어서는 그와 정반대였다. 그는 큰 공로를 세우고도 조금도 즐거워하지 않았다. 누구나 자기의 천부적 재능을 기뻐하지 못하는 사람이나 천분을 발휘하는 데서 이미 스스로 보수를 받지 못하고, 타인이 자기의 업적을 인정하고 정당히 평가해 주는 것만을 기대하고 희망하는 사람은 불행한 경우에 있는 것이다.

---

12) (J.G.Zimmermann, 1728~1795). 스위스의 의사이며, 《Über die Einsam keit》, 《Von Nationalstolz》 등의 저서에 의해서 유명해졌다. 라바터의 친구.

왜냐하면 세상 사람들은 갈채를 아끼며, 칭찬을 에누리하고, 게다가 자칫하면 그것을 비난으로 전환하는 것은 너무나도 명백한 사실이기 때문이었다. 이 점을 각오하지 않고 공중 앞에 서는 사람은 불만 이외에는 아무것도 기대할 수 없다. 그런 사람은 자기에게서 나타난 것을 과대평가하지는 않을지라도 무조건 존중하는 것인데, 우리들이 받는 평가는 어느 것이나 조건부이기 때문이었다. 또 칭찬이나 갈채를 위해서는 모든 쾌락에 있어서와 같이 어떤 감수성이 필요한 것이다. 이런 것을 찜머만에게 적용해 보면 여기에서도 역시 "이미 내가 가지고 오지 않은 것은 받을 수 없다"고 하는 말을 인정하지 않을 수 없다.

만일 이상과 같은 변명을 인정하지 않는다면 이 주목할 만한 인물의 또 하나의 다른 결점은 더욱 해명할 수가 없을 것이다. 왜냐하면 그 때문에 다른 사람들의 행복이 파괴되었기 때문이었다. 그것은 그의 자기 자식들에 대한 태도였다. 그와 함께 여행 나온 딸이, 부친이 근방을 구경하는 동안 우리 집에 머물러 있었다. 나이는 16세 가량 되었다. 날씬하고 발육상태가 좋은 소박한 모습이었다. 단정한 용모에는 만일 그 속에 다정스런 표정이 조금이라도 담겨져 있었더라면 좋았을 것이다. 그러나 그녀는 마치 그림처럼 조용해보였으며, 말도 좀처럼 하지 않았고, 부친 앞에서는 절대로 말을 하는 법이 없었다. 그러나 며칠간 나의 어머니와 지내더니 이 인정깊은 부인의 쾌활하고 애정에 찬 사랑에 감동되었는지, 그녀는 어머니에게 자기를 맡기듯 가슴 속을 터놓으며 눈물을 흘리며 자기를 이 집에 남게 해달라고 애걸하는 것이었다. 하녀 취급을 받아도 좋으니 일생을 이 집에 있고 싶다며, 부친과 함께 집에 돌아가지 않을 수만 있으면 좋겠다, 부친의 잔인함과 횡포는 다른 사람은 결코 알 수가 없을 것이라고 열정적으로 설명하는 것이었다. 자기의 오빠는 부친의 학대로 인해서 발광했고, 자기가 오랫동안 고통을 참아온 것은 어느 가정에 있어서나 매 한 가지이며 별로 나을 것이 없다고 생각했기 때문이라는 것이었다. 그런데 이제 이같이 친절하고 명랑하고 자유로운 대우를 받고 보니 자기의 처지는 참으로 무서운 지옥으로 바뀌었다는 것이었다. 어머니는 매우 감동하여 이 열렬한 호소를 나에게 알려주었다. 그뿐 아니라 내가 그 소녀와 결혼할 결심이라면 기꺼이 집에 두고 싶다는 의향을 밝힐 정도로 동정을 하고 있었다. "혹시 그 소녀가 고아였더라면 결혼 문제로 삼아 볼 여지가 있겠지만, 그런 부친이 장인이 되는 것은 참을 수 없습니다"라고 나는 대답했다. 나의 어머니는 선량한 그녀를 위해 무척 애를 썼으나, 오히려 소녀는 더 불행해질 뿐이었다. 최후로 방책을 강구하여 소녀를 어느 기숙사에 넣기로 하였다. 그러나 결국 그녀는 오래 있지 못했다.

당연히 비난을 받아야 할 이 같은 성격도, 만일 그것이 공공연히 화제에 오르지 않았던들 그토록 공헌이 많은 인물이라 나도 그것을 언급하지 않았을 것이다. 특히 그의 만년에 있어서 자기 자신과 타인을 괴롭혔다는 운명적인 우울증이 그가 죽은 후 세상에 알려졌기 때문이었다. 그래서 그의 자식들에 대한 그같은 냉혹성도 우울증 때문이며 국부적인 광증狂症이며 지속적인 정신적 살인이었다. 그것은 자식들을 희생시킨 나머지를 자기 자신의 목표로 삼았던 것이다. 그러나 우리는 건장하게 보이는 이 남자가 원기왕성한 나이에 병이 들었다는 것, 불치의 육체적 결함이 대단히 노련한 의사이며 지난날 많은 환자를 치료했고 현재도 치료하고 있는 그를 항상 괴롭히고 있었다는 사실을 우리는 잘 생각해보고 싶다. 참으로 이 훌륭한 인물은 표면상의 존경·명성·영광·지위·재산에도 불구하고 가장 비참한 일생을 보냈던 것이다. 누구나 현존하는 출판물에서 더 상세하게 그것에 관해서 알아본다면, 그 사람을 규탄하기보다는 오히려 가련하게 여기게 될 것이다.

이제 이 저명한 인물이 나에게 끼친 영향에 대해서 더 자세한 보고를 독자들이 기대한다면, 나는 다시 한 번 그 시대를 전반적으로 상기하지 않으면 안 되겠다. 우리가 살고 있던 시대는 '요구의 시대'라고 불러도 좋을 것이다. 우리는 자기나 타인에 대해 아직 아무도 실행하지 않았던 것을 요구했던 것이다. 즉 사색과 감정이 뛰어난 사람들은 자연에 관한 직접적이고 독창적인 견해, 그리고 이에 입각한 행동이야말로 인간이 요망할 수 있는 최선의 것이며, 또 그것을 획득하는 것은 결코 어려운 일이 아니라는 사실을 깨닫기 시작했다. 그래서 경험이라는 말이 또다시 우리들의 신호가 되었고 누구나 가능한 한 눈을 크게 떴다. 그러나 가장 많이 경험을 주장할 만한 많은 근거와 경험을 얻기 위한 노력의 기회를 가지고 있는 것은 의사들이었다. 여기서는 모든 바랄만한 것 중에서도 모범으로 삼을만한 하나의 성좌星座가 그들을 향하여 고대로부터 빛을 발하고 있었다. 즉 히포크라테스의 이름 아래 우리에게 전해진 문서는 어떻게 인간이 세계를 관조해야 하며, 또 자기 자신을 그 속에 혼합시키지 않고 어떻게 결과를 전달해야 하는가의 모범이 되었던 것이다. 그러나 아무도 우리가 그리스인처럼 사물을 보지 못하며, 절대 그들처럼 시작詩作이나 조각이나 치료를 못 하리라고 생각하는 사람은 없었다. 설령 우리가 그들에게서 배울 수 있다는 것을 인정한다 하더라도, 이제까지 수없이 많은 또 반드시 순수하다고는 할 수 없는 경험을 해왔던 것이며, 더구나 경험은 여러 종류의 의도에 따라서 형성되었던 때가 많았다. 이 점을 이해하고 구별하고 선택해야 했다. 그리하여 다시 한 번 중대한 요구가 생겼던 것이다. 우리들은 다시 자기 주위를 둘러싸고 행동하며, 건전한 자연을 마치 그것을 처음으로 관찰하고 취급하듯이 인식해야 한다는 것이었다. 그렇게 함으로써 진정하고 정당한 것만 나타내야 했다. 그러나 학문은 박학과 현학이 없이는 절대로 생각할 수 없으며, 실천은 경험과 속임수 없이는 생각할 수 없는 것이기 때문에, 오용을 적용과 구별하고 핵심을 외각보다 우위에 놓기 위해 격렬한 갈등이 생겼던 것이다. 이때에도 역시 실행할 단계에 이르면 결국 천재의 도움을 찾아, 그 마술적인 천분에 의해 분쟁을 중재하고 여러 가지 요구를 해결하는 것이 사건을 해결하는 첩경이라는 것을 알았다. 동시에 오성悟性이 이 문제 속에 끼어들었다. 즉 일체의 선입감을 제거하고 모든 미신을 타파하기 위해서 모든 것을 저마다 명석한 개념에 담아넣고 논리적 형식으로 표현하려는 것이었다. 그런데 뵈르하아베와 할러 같은 탁월한 인물들이 믿을 수 없는 큰 일을 완성했기 때문에, 세상 사람들은 그들의 후계자들에게는 더 많은 것을 요구할 권리가 있다고 생각하는 것이었다. 사람들은 길은 개척된 줄로 믿었다. 그러나 사실은 지상의 모든 사물에 있어서 새로운 길이 문제가 될 수 있다는 것은 극히 드문 일이다. 말하자면 배가 헤쳐나간 물결이 배가 지나가면 뒤에 다시 쏟아져 내리듯이 탁월한 사람들이 오류를 헤치고 나가면 그 뒤에는 자연적으로 오류가 이내 다시 모여드는 것이었다.

그런데 그 견실한 찜머만도 이 점에 대해서는 어떠한 이해도 가지려 하지 않았다. 이 세상은 원래 불합리로 충만해있는 것을 인정하려 하지 않았다. 그는 자기가 부정이라고 인정하는 모든 것에 대해 미친 사람처럼 성급하게 덤벼들었다. 싸움의 상대가 강호인이건 파라켈수스이건 또 아첨자이건 화학자이건 상관없었다. 그는 몇 번이고 덤벼들었다. 그리하여 발광을 하다가 숨이 끊어지도록 피곤해졌을 때, 자기가 짓밟은 줄 안 구두사九頭蛇의 머리가 다시 생생하게 살아나 수 많은 턱에서 이빨을 드러내는 것을 보고는 몸이 오싹해지는 것이었다.

그의 저술, 특히 《경험에 관해서》를 읽은 사람은 이 탁월한 인물과 나와의 사이에 토의된 일들을 더욱 명확하게 알 것이다. 그가 나보다 나이가 20세나 많았던 만큼 그것은 나에게 더욱 강한 영향을 끼칠 수밖에 없었다. 저명한 의사로서 그는 주로 상류계급에서 일을 하고 있었기 때문에, 연약(軟弱)과 과도의 향락에서 오는 시대의 병폐가 늘 화제가 되었다. 그의 의사로서의 담화도 철학자의 담화나 문학하는 친구들의 담화처럼 나를 다시금 자연으로 되돌아가게 했다. 그의 격정적인 개혁론에는 완전히 동감할 수가 없었다. 그와 작별한 후에는 이내 다시 나의 본분으로 돌아가서, 자연으로부터 부여받은 재능을 적당한 노력으로 응용했고, 시인할 수 없는 것에 대해서는 유쾌한 항쟁을 벌이며 나를 위하여 다소의 활동의 여지를 확보하려고 노력했다. 그 경우 나의 영향력이 어디까지 미칠 것이며, 어디로 나를 데리고 가느냐 하는 것은 염두에도 두지 않았다.

마르실린스에 큰 기숙사를 건설한 폰 잘리스[13]도 우리 집에 들른 일이 있다. 성실하고 명석한 인물이었고, 우리의 작은 집단의 천재적이고 광적인 모습을 보고는 속으로 기묘한 주석을 달았을 것 같다. 같은 느낌을 프랑스 남부를 여행하는 도중 우리를 방문했던 줄쩌도 느꼈던 모양이었다. 적어도 나를 상기하는 그의 여행기의 한 구절은 그것을 암시하는 것처럼 생각된다.

그러나 이같이 유쾌하고 유익한 방문객 중에는 거절했으면 하는 종류의 사람들도 끼어있었다. 사실상의 가난뱅이나 철면피한 사기꾼들이 긴박한 자기네의 요구를 사실 혹은 엉터리의 친척관계나 운명 같은 것을 구실삼아, 믿기 쉬운 청년인 나에게 들고 오는 것이었다. 그들은 나에게서 금전을 차용해 감으로써 내가 다시 다른 사람에게 돈을 빌려야 할 입장에 몰아넣었다. 그로 인해서 나는 부유하고 친절한 친구들과 매우 불쾌한 관계에 놓일 입장이었다. 그래서 나는 이런 철면피한 사람들은 까마귀 밥이나 되라고 했지만 나의 아버지 역시, 예의 마법사의 제자 ─ 자기집을 깨끗이 청소해주었으면 하면서도, 정작 홍수가 문턱과 층계를 넘어 들어오는 것을 보고는

---

13) (1728~1800). 스위스의 시인인 동시에 교육학자.

깜짝 놀랐다는 사내의 입장에 자신이 놓인 느낌이라고 했다. 왜냐하면 좋은 일도 정도가 지나쳤기 때문에, 아버지가 나를 위해 마련해 준 생활 방침이 한 발짝 한 발짝 어긋나고, 연기되고, 더욱이 하루하루 기대와는 어긋나는 모습으로 변해갔기 때문이었다. 레겐스부르크나 빈 체류는 중지된 것이나 다름없었다. 다만 이탈리아로 가는 도중에 그 곳을 통과하며 아쉬운 대로 구경하자는 것이었다. 그러나 한편 실생활로 뛰어들기 위해 길을 그렇게 돌아가는 것은 찬성할 수 없다는 친구들도 있었다. 이 같은 여러 좋은 조건이 구비된 기회를 이용하여 고국의 도시에서 영구적으로 들어설 자리를 찾아야 한다는 것이 그들의 견해였다. 왜냐하면 할아버지나 숙부님으로 인해서 시의원이 되는 길은 막혔지만, 그래도 내가 요구할 수 있는 한, 한동안 거기에 정착해서 장래를 기대할 만한 시인적 지위라는 것이 적지 않게 있었기 때문이었다. 여러 가지 대리업도 많았다. 또 주재관의 지위도 명예로운 것이었다. 나는 이런 이야기를 듣고 당연하다고 생각했다. 더구나 내가 그것에 적합하다고 믿기까지 했다. 그러나 사실은 이같이 기분풀이로 덤벙대면서 실제적인 일을 하는 데 필요한 생활 양식이나 업무의 성격이 나에게 맞는 것이냐 아니냐 하는 점은 검토해 본 일도 없었다. 그런데 이 같은 제안이나 계획에 이번에는 부드러운 인정까지 끼어들었다. 그것은 나에게 안정된 가정생활을 갖게 했으며, 방금 말한 결심을 촉진시킨 것같이 생각된다.

그게 무엇이냐 하면 앞에서도 말한 바 있지만, 내 누이동생이 발기인은 아니나 그 결속에 공헌했던 젊은 청년들과 처녀들의 단체는 누이동생이 결혼해서 떠난 후에도 여전히 존속했다. 왜냐하면 그들은 서로 친밀해졌고, 일주일에 한 번 이 모임에서 지내는 것보다 더 즐거운 일도 없었기 때문이었다. 제6장에서 이미 말한 바 있는 저 진기한 연설가도 여러 가지 운명을 겪은 뒤 더 붙임성있고, 또 짓궂게 되어 우리에게로 돌아와서, 다시 이 소국가의 입법자가 되었다. 그는 이전의 유희의 계속으로 비슷한 것을 생각해냈다. 즉 일주일마다 제비를 뽑아서 이번에는 전과 같이 한 쌍의 애인이 아니라 실질적인 부부를 정하자는 것이었다. 우리는 애인에 대해 어떠한 태도를 취해야 하는가는 이미 잘 알고 있었지만, 부부가 사교계에서 어떻게 행동해야 하는가는 전혀 모르고 있다. 그리고 나이가 들어가므로 우선 그것을 배워야 한다는 것이다. 그는 일반적인 규칙을 내세웠다. 그 요지는 누구나 아다시피 부부는 서로 상대방을 자기의 소유물이 아닌 것처럼 행동해야 하며, 옆에 나란히 앉아서도 안 되고, 서로 이야기가 너무 많아도 안 되며, 더구나 서로 애무해서도 안 된다는 것이다. 동시에 서로 의심과 불쾌를 자아내는 짓은 절대로 피해야 함은 물론이요, 무리 없는 방법으로 자기의 아내와 결합하게 된다면 더없는 칭송을 받게 될 것이라는 것이었다.

이리하여 부부를 결정하기 위하여 제비를 가지고 왔다. 제비에 의해서 어울리지 않는 부부가 몇 쌍 생겼다. 그래서 웃음거리가 되고 놀림을 받았다. 그리고 세상 어디를 가나 똑같은 결혼생활의 희극이 매우 익살스럽게 시작되었고, 그것이 매주 한 번씩 반복되었다.

이때 매우 신기한 일은 제비가 처음부터 두 차례나 나에게 같은 여자를 결정했던 일이다. 그녀는 매우 선량하고 참으로 나의 아내로 생각해 볼 만한 여성이었다. 아름다운 모습과 균형잡힌 용모는 호감을 주었다. 거동에는 침착함이 깃들어 있었으며, 그것은 육체와 정신이 건전하다는 사실을 입증했다. 그녀는 언제 어느 때나 변함이 없었다. 가정내에서는 칭송이 자자했다. 비교적 말이 많지는 않았지만 그 말에는 소박한 상식과 천진한 교양이 엿보였다. 이런 분을 친절과 존경으로 대하는 것은 매우 쉬운 일이었다. 다시 말해서 나는 이미 일반적 감정으로 그런 태도를 취하는 데 익숙해 있었지만, 이번에는 습관적인 호의가 사교적 의무로 활동하게 된 것이다. 그런데 세 번째 제비가 또다시 우리 두 사람을 결합시켰을 때, 장난꾸러기

입법자는 엄숙하게, 하늘의 명령이니 두 사람은 절대로 이혼할 수 없을 것이라고 선언했다. 우리들은 그 말에 이의가 없었다. 그리고 서로가 결혼생활의 공적인 의무에 훌륭하게 복종했기 때문에, 두 사람은 모범으로 여겨졌다. 그런데 일반적 규칙에 따라 그날 밤 맺어진 부부는 한동안 상대방을 "여보"라고 불러야 했기 때문에 우리는 이 유쾌한 호칭에 몇 주일이나 습관이 되어 평상시에 길가에서 만나도, "여보" 하고 스스럼없이 튀어나오곤 했다. 습관이란 이상한 것이다. 우리 두 사람은 차차 이 관계가 무엇보다도 자연스러운 것처럼 생각되었다. 그녀가 나에게는 점점 그리운 존재가 되었다. 나에 대한 그녀의 태도는 아름답고 고요한 믿음을 나타내고 있었다. 그래서 만일에 목사가 그 자리에 있었더라면 아마도 우리는 그리 생각할 것도 없이 그 자리에서 결혼식을 올렸을지도 모른다.

이제 우리는 이 사교적인 모임이 있을 때마다 어떤 새로운 것을 낭독해야만 했다. 그래서 나는 어느 날 저녁에 아주 새로운 것으로서 보마르셰의 클라비고에 대한 회상록을 원문 그대로 들고 나왔다. 그것은 대갈채를 받았다. 그것을 계기로 여러 가지 의견이 끝없이 나왔고 많은 논의가 있은 다음, 나의 사랑하는 커플이 이렇게 말했다.

"만일 제가 당신의 아내가 아니라 당신의 명령자라면 저는 당신에게 이 회상록을 각본으로 개작하라고 부탁하겠습니다. 제 생각에는 그것이 각본으로 만들기에 안성맞춤이라고 생각됩니다."

"여보, 두고 봐요" 하고 나는 대답했다. "명령자와 부인이 한 사람이 될 수 있다는 것을 당신에게 보여주기 위해 그렇게 하겠다고 약속해요. 다음 주 오늘 이 책의 재료를 각본으로 만들어, 이 책을 읽은 것처럼 낭독하겠어요."

모인 친구들은 이 같은 대담한 약속에 깜짝 놀랐다. 나는 즉시 약속의 이행에 착수했다. 이런 경우 보통 '착상'이라고 부르는 것이 나에게는 순간적으로 나타나는 것이었다. 그래서 나는 명목상의 아내를 집에 바래다 줄 때, 침묵에 잠겼었다. 그녀는 왜 말이 없느냐고 물었다.

"구상중이거든요"하고 나는 대답했다.

"지금 각본을 한창 구상하고 있습니다. 나는 당신을 위해서라면 무슨 일이라도 하고 싶다는 것을 보여드리고 싶습니다."

그녀는 내 손을 꼭 잡았다. 그것에 답하여 나는 열렬한 키스를 해주었다. 그랬더니 그녀는 이렇게 말했다.

"역할을 잊으시면 안 돼요! 사람들이 말하지 않았어요, 부부간이 너무 정다우면 안 된다고요."

"멋대로 말하라고 해요" 하고 나는 대답했다.

"우린 우리 식대로 합시다."

매우 먼 길을 돌았지만 집에 도착하기 전에 작품은 대부분이 구상되었다. 그러나 큰소리치는 것처럼 보이기가 싫어서 고백하지만, 실은 이미 그 책을 한 번 읽고 두 번 읽었을 때, 나는 이 재료가 희곡적이고 무대적으로 보였던 것이다. 다만 이런 자극이 없었더라면 이 작품도 역시 많은 다른 작품과 함께 이 세상에 나타나지 않았을 것이다. 내가 그때 그것을 어떻게 각색했는지는 널리 알려져 있다. 즉 복수·증오 혹은 좁은 소견으로 고결한 인물에 대항하고 그것을 멸망시키는 이른바 악당들에게는 싫증이 났기 때문에, 〈카를로스〉에서는 진실한 우정이 따르는 처세적 지혜를 활동시켜서 정열·애정·외부적 곤란 등에 대항시켜 나감으로써 비극의 동기로 삼으려했다. 우리의 시조 셰익스피어가 한 것처럼, 중요한 장면이나 원래가 극적인 표현은 조금도 주저할 것 없이 직역을 했다. 마지막에 결말을 짓기 위해서 어느 영국의 담시의 끝을 인용했다. 이리하여 금요일이 오기도 전에 벌써 완성했던 것이다. 낭독에 있어서 좋은 효과를 올린 것은 독자도 쉽게 인정해 줄 것이다. 나의 명령자인 아내는 매우 기뻐했다. 그래서 두 사람의 관계는 정신적인 사물이 생긴 것처럼 되었으며, 이 작품으로 인해서 더욱 긴밀하게 결합되고 굳게 맺어진 것 같았다.

그러나 여기서 처음으로 메피스토펠레스 메르크가 나를 크게 한 대 매겼다. 즉 내가 이 작품을 보내 주자, "이런 쓰레기 같은 것은 이제 두 번 다시 쓰지 마라. 이런 것은 다른 사람도 쓸 수 있다"는 답변이 나왔던 것이다. 이 점에 있어서 그의 생각은 잘못이었다. 작품은 쓰는 대로 이미 파악된 모든 개념을 초월한 것이라야 한다는 법은 없다. 많은 것이 상식의 범위를 벗어나지 못하고 있다는 것도 좋은 일이다. 만일 당시 내가 조금만 격려를 받았더라면 이런 작품을 한 다스쯤은 쓰기 쉬운 일이었을 것이고, 그렇게 되었더라면, 아마도 그 중 3,4편은 무대에서 상연되었을 것이다. 상연 작품을 평가할 줄 아는 무대 감독이라면 누구나 그것이 얼마나 유익한 것인지 알 것이다.

이 같은 혹은 그 밖의 재치있는 장난을 통해서 우리의 진기한 결혼 장난은 도시의 평판까지는 되지 않았지만, 집집마다 사람들의 입에 오르내리는 이야깃거리가 되었고, 커플이 된 미인들의 모친의 귀에도 결코 불쾌하게 들리지는 않았다. 나의 어머니에게도 이 같은 우연히 거듭된 결합이 싫지는 않았다. 왜냐하면 전부터 어머니는 나와 이상한 관계가 된 그녀에게 호감을 가지고 있었으며, 그녀라면 좋은 아내도 될 수 있고 좋은 며느리도 될 수 있을 것이라고 믿고 있는 것 같았다. 나는 예의 쓸데없는 대소동으로 세월을 헛되이 보내고 있었으니 어머니가 기분이 좋을 리가 없었다. 사실 그 때문에 어머니는 큰 곤란을 겪고 있었다. 밀려드는 손님들을 잘 대접하는 것은 어머니의 일이었기 때문이었다. 그리고 문인들을 숙박시키는 대가는 그들이 향응을 받으려고 아들에게 표시한 존경 외에는 아무것도 없었다. 또 대개 재산도 없는 그렇게 많은 젊은 사람들이 지식과 시작詩作을 위해서뿐 아니라 오락을 위해서 모이는 것은 상호간에, 그리고 결국에는 나에게 책임과 손해를 주리라는 것을 어머니는 잘 알고 있었던 것이다. 다시 말하면 내가 경솔하게 무엇이고 남에게 주기를 좋아하고 보증서기를 좋아하는 것을 어머니는 잘 알고 있었기 때문이었다.

그래서 어머니는 아버지가 재차 권고하기 전부터 생각해 온 이탈리아 여행이야말로 이러한 모든 관계를 일시에 끊어버리는 데 가장 확실한 수단이라고 생각했다. 그러나 넓은 세상에 나가서 새로운 위험이 따르지 않게 하기 위해서는 이미 인연이 생긴 두 사람의 사이를 이리도 굳게 맺어놓음으로써, 내가 여행에서 고향으로 돌아오기를 갈망하게 만들어 마지막에 결혼을 하여 가정을 이룰 수 있도록 하려고 생각했던 것이다. 이 계획은 어머니의 혼자 생각으로 나온 것인지 혹은 어머니가 죽은 친구와 상의하여 계획한 것인지는 나에겐 상관없는 일이다. 요컨대 어머니의 행동은 심사숙고한 끝에 나온 결심인 것 같았다. 왜냐하면 나는 때때로 우리 가정이 코르넬리아가 결혼한 후, 너무나 적적하게 되었다는 말을 들어야 했기 때문이었다. 내게는 누이동생이, 어머니에게는 도와주는 일손이, 아버지에게는 가르치던 제자가 떨어져나갔다는 느낌이 들었던 것이라고 생각되었다. 그러나 이런 소리는 그것으로 끝나지 않았다. 우연히 부모가 산책하는 도중에 그녀를 만났는데 부모는 그녀를 정원에 안내하여 상당히 오랫동안 이야기를 하게 되었다. 이 일에 대해서 저녁 식사 때 재미있는 농담이 오갔고 아버지가 감식가로서 살펴본 결과, 여자에게 요구되는 중요한 성격이 모두 그녀에게 구비되어 있기 때문에 매우 아버지 마음에 들었다는 등의 유쾌한 이야기가 있었다.

이런 일이 있은 다음, 마치 손님이라도 기다리는 것처럼 2층에서 이것저것 준비가 시작되었다. 아마亞麻 천으로 덮은 가구들이 검토되고, 이제까지 내버려 두었던 몇 가지 집기들에 대해서까지도 생각이 난 것처럼 이야기되었다. 그러던 어느 날 나는 어머니가 다락방에서 낡은 요람을 들여다보고 있는데, 별안간 나타나서 어머니를 깜짝 놀라게 한 일이 있었다. 그 중에서 상아와 흑단黑檀으로 세공細工된 호두나무로 만든 유난히 큰 것이 눈에 띄었다. 옛날에 나를 태워 흔들어 주던 요람이었다. 내가 이와 같은 그네식 요람은 지금은 완전히 유행에 뒤떨어지는 것이며, 요즘에는 어린아이의 수족을 자유롭게 해서 예쁜 광주리에 넣어 끈으로 매고서 조그마한 상품들처럼 구경시킨다고 설명했을 때, 모친은 그다지 찬성하는 것 같지 않았다.

여하간에 변해가는 가정생활의 이와 같은 전조前兆가 자주 나타났다. 나는 이때 완전히 수동적인 태도를 취하고 있었다. 그리고 앞으로 일생 동안 계속될 상태를 상상하는 동안 오랫동안 누려보지 못한 평화가 우리 가정과 가족 사이에 깃드는 것이었다.

제4부

신神을 제외하고 신神에 맞설 자 없느니라

제16장

　흔히 불행은 혼자서 찾아오지 않는다고 말하고 있는데, 행복에 있어서나, 또는 조화된 방법으로 우리들의 주위로 모여드는 행幸 · 불행不幸 이외의 다른 상태에 있어서도 역시 같다고 말할 수 있을 것이다. 운명이 우리들에게 운명과 같은 것을 안겨 주거나, 혹은 연관된 사물을 끌어당기는 힘을 우리 인간이 지니고 있거나, 그 어느 쪽이든 같다고 할 것이다.

　적어도 나는 이번에 모든 것이 일치해서 외적인 그리고 내적인 평화를 이룩하기 위해서 작용하고 있음을 경험했다. 외적인 평화는 사람들이 나를 위해서 생각해서 처리해 준 일의 결과를 침착하게 기다림으로써 내게 주어졌다. 그러나 내적인 평화는 연구를 다시 시작함으로써 얻을 수 있게 되었다.

　오랫동안 나는 스피노자에 대해서 생각하지 않았으나, 이번에 반대론을 보고서 그에게 마음이 끌리게 되었다. 나는 시 도서관에서 어떤 소책자[1]를 발견했는데, 이 책의 저자는 저 독특한 사상가를 맹렬하게 공격하고, 더군다나 그 효과를 더욱 확실히 하기 위해서 스피노자의 초상을 표지에 싣고, 그 밑에다 Signum reprobationis in

---

1) 네덜란드의 신교 목사인 요한 콜러(Johann Coler)의 《스피노자 전기傳記》

vultu gerens, 즉 그는 얼굴에 영겁永劫의 벌을 받을 징후를 지니고 있다는 글을 함께 싣고 있다. 이것은 초상화를 보았을 때에는 물론 부정할 수 없었다. 왜냐하면 이 동판화銅版畵는 가엾을 정도로 졸렬하고, 틀림없는 회화였던 것이다. 나는 이것을 보고, 자기가 악의를 갖는 사람을 우선 고의적으로 왜곡해 놓고 그리고 나서 괴인물怪人物로서 공격하는 비난자가 있다는 것을 생각하지 않을 수 없었다.

그러나 이 소책자는 내게 어떠한 인상도 주지 않았다. 왜냐하면 나는 언제나 어떤 사람이 어떻게 생각했어야 했는가를 제3자에게서 듣는 것보다는 오히려 어떻게 생각했는가를 당사자 자신에게서 듣는 편이 낫다고 생각하고 있었으며, 대체로 논쟁이란 것을 좋아하지 않았기 때문이었다. 그렇지만 나는 호기심에 페일의 사전에서 '스피노자'의 부분을 찾아보았다. 이 사전은 비방과 요설로 인해서 어리석고 해로운 사전임과 동시에, 박식博識과 형안炯眼으로 인해서 또한 귀중하고 유익한 책이기도 했다.

스피노자의 부분은 내 마음에 불쾌감과 불신의 생각을 불러일으켰다. 맨 처음에 이 인물은 무신론자이며, 그의 의견은 극히 방자한 것이라고 적혀있었다. 그런데 나중에는 그는 조용히 사색에 잠겨 연구에 몰두하는 학자이고, 선량한 공민公民이며, 인정이 있는 사람이고, 또한 조용한 야인野人이었음을 인정하고 있었다. 이렇게 되면 그 복음서 안의 "너희는 그들의 열매를 보고 그들을 알라"라는 구절을 완전히 잊어버리고 있다고만은 생각할 수 없었다. 왜냐하면 사람과 신을 기쁘게 하는 이와 같은 생활이 어찌해서 해로운 이념에서 나올 수 있겠는가.

내가 예전에 이 주목할 만한 인물이 남겨놓은 작품을 읽었을 때, 나는 얼마나 마음이 편안하고 맑게 가라앉았었는가를 아직껏 잘 기억하고 있었다. 이 인상은 자세한 점까지는 기억해 낼 수 없지만, 아직 내게는 확실하게 남아있었다. 그렇기 때문에 나는 다시 한 번 그토록 내가 많은 가르침을 받은 바 있는 그 작품을 급히 손에 들고 읽었는데, 똑같은 평화의 미풍이 또다시 나를 향해서 불어오는 것이었다. 나는 이 책을 읽는 데 몰두했다. 그리하여 내 내부를 돌이켜보고, 이제까지 세상을 이처럼 명백히 바라본 적이 없다고 생각했다.

이 문제에 대해서는 과거에는 물론 최근에도 자주 논쟁되어 온 일이기 때문에 나도 초래하고 싶지도 않고, 그토록 두려워하고 싫어했던 사고방식에 관해서 여기에 두어 가지 사건을 적지 않을 수가 없다.

우리의 육체적 및 사교적 생활, 풍속과 습관, 처세술, 철학, 종교뿐만이 아니라 우발적인 사건, 이러한 모든 것들이 우리들을 향해서 체념하라고 외치고 있다. 우리는 가장 고유한 것으로서 우리 내부에 소유하고 있는 많은 것을 외부에 나타내서는 안 된다. 그리고 우리의 본질을 보충하기 위해서 외부로부터 필요로 하는 것을 우리에게서 빼앗아 가고, 이와 반대로 우리에게 있어서 매우 귀찮기도 하고 관계도 없는 많은 일들이 강요당한다. 애써서 획득한 것과 호의적으로 허락받은 것도 우리에게서 강탈당하고, 그리고 이것을 미처 확실하게 의식하지 못한 사이에, 우리는 자신들의 인격을 버리도록 강요당하고 있음을 깨닫는다. 처음에는 일부분이지만, 나중에는 완전히 버리지 않으면 안 된다. 더군다나 그 때문에 거친 행동을 취하는 자는 존경받지 못하는 것이 관례가 되어있다. 술잔이 쓰면 쓸수록 오히려 달콤한 듯한 표정을 짓고 있어야 하며, 얼굴을 찡그려 평안한 방관자의 감정을 해쳐서는 안 된다.

그러나 이 어려운 과제를 풀기 위해서 자연은 인간에게 풍부한 힘과 활동력과 강인함을 부여했다. 그 중에서도 특히 인간에게 도움이 되는 것은 파괴되지 않는 것으로서 부여된 '변덕'이라는 특징이다. 인간은 이 변덕이 있기 때문에, 어느 순간에도 바로 다음 순간 어떤 새로운 일을 착수하기만 하면 하나하나의 일을 단념할 수가 있다.

그래서 우리는 부지불식간에 우리들의 전 생활을 끊임없이 재건해 나가고 있는 것이다. 우리는 한 가지 정열을 단념하고 다른 정열로 옮아간다. 일과 기호嗜好와 도락道樂과 취미 등 모든 것에 손을 대지 않는 것이 없고, 결국은 모든 것이 허무하다고 탄식을 하게 된다. 아무도 이와 같은 신을 모독하는 그릇된 잠언箴言을 들어도 의심하는 사람은 없다. 그뿐만이 아니라 이런 말을 하는 사람은, 무엇인가 현명하고 부정할 수 없는 말을 한 것으로 생각한다. 오직 소수의 사람들만이 모든 것이 허무하다는 견딜 수 없는 감정을 예감하고, 모든 부분적인 단념을 피하기 위해서 한꺼번에 전체로서 단념한다.

이 사람들은 영원한 것, 필연적인 것, 법칙적인 것을 확신하고, 이와 같은 무너지지 않는 관념, 무상한 것은 관찰에 의해서 폐기되기는커녕 오히려 확증되는 관념을 자신이 이룩하려고 노력한다. 그런데 이러한 생각에는 실로 그 어떤 초인적이 것이 잠재되어 있기 때문에, 그러한 사람들은 흔히 신을 모멸하고, 세상을 모멸하는 비인간으로 취급당한다. 그뿐만 아니라 모든 것이 날조되고 비방을 당할지도 모른다.

나의 스피노자에 대한 신뢰는 그가 내 마음 속에 불러일으킨 부드러운 영향에서 기인되는 것이었다. 그리하여 존경하는 신비 사상가들이 스피노자주의 때문에 탄핵당했을 때에도, 또 라이프니쯔 자신이 이 비난에서 벗어날 수 없었음을 듣고서도, 또 뵈르하르베와 같은 사람도 같은 사상을 가졌다는 혐의를 받고서 신학에서 의학으로 옮기지 않을 수 없었다고 들었을 때에도, 나의 신뢰하는 마음은 더할 뿐이었다.

그러나 그렇다고 해서 내가 그의 저작著作을 전적으로 시인하고, 문자 그대로 그의 설을 신봉했다고 생각해서는 안 된다. 왜냐하면 나는 이미 그 누구도 다른 사람을 이해하지 못한다는 것, 같은 말을 읽어도 그 누구도 다른 사람과 같은 생각을 하지는 않는다는 것, 같은 회화나 같은 독서가 각자에게 다른 사상을 불러일으킨다는 것을 너무나도 명백하게 깨닫고 있었기 때문이었다. 거기에다 이러한 종류의 오해는 충분히 체험하고 있었기 때문에, 그와 같은 한 사람의 인간을 완전히 이해한다는 자만심은 전혀 갖고 있지 않다는 것을 독자들은 아마도 《베르테르》와 《파우스트》의 저자인 나의 말로써 의심치는 않을 것이다. 더군다나 스피노자로 말하면, 데카르트의 제자로서 수학과 유태 신학의 교양을 쌓아 사상의 절정에 다다랐으며, 오늘날에 있어서도 온갖 사변적思辨的인 노력의 목표이기도 한 학자이다.

그런데 내가 스피노자에게서 무엇을 얻었는가는 저 《영원한 유태인》[2]이란 시의 귀중한 한 요소로서 생각해 낸, 즉 〈영원한 유태인인 스피노자의 방문〉이 만일 집필되어 남아있다면 극히 명백하게 그것을 나타냈을 것이다. 그러나 내게는 이 생각이 마음에 들어 조용히 생각을 가다듬으며 즐기고 있었기 때문에 끝내 이것을 쓰지 못하고 말았다. 그리하여 그 때문에 간단한 해학으로서는 가치가 없는 것도 아니었던 이 착상은 너무 거창한 것이 되어 그 매력을 잃고, 나 또한 귀찮아져서 이것을 생각지 않기로 했다. 그러나 스피노자에 대한 나의 관심의 중요한 점이 나의 그 후의 생활에 커다란 영향을 미쳐, 내게 있어서 아직도 얼마나 잊기 어려운 것이 되었는가를 될 수 있는 대로 간단히 여기 기술해 보려고 한다.

자연은 영원한, 필연적인, 신 자신도 어느 하나 변경시킬 수 없는 신성한 법칙에 따라서 움직이고 있다. 이 점에 있어서는 모든 사람들이 무의식중에 완전히 일치하고 있다. 시험삼아 오성과 이성을 암시하는 자연현상이 아닌, 오직 자의恣意를 암시하는 자연현상일지라도 우리를 얼마나 경탄시키고 또 전율시키는가를 생각해 보도록 하자.

동물에게 있어서 어떤 이성 비슷한 것이 나타날 때, 우리는 놀라

---

2) 1774년 8월에 괴테는 이 시를 지었는데, 미완성으로 그쳤다.

운 마음에서 벗어날 수가 없다. 그 이유는 동물은 우리 인간과 매우 가깝기는 하지만, 그러나 무한한 심연에 의해서 우리들로부터 떨어져서, 필연성의 영역에 몰려있는 것처럼 보이기 때문이었다. 그러므로 우리는 그들 동물이 갖는 한없이 정묘精妙하기는 하나 엄밀히 제한된 기술을 완전히 기계적인 것이라고 말하는 사상가들을 비난할 수는 없다. 더군다나 식물에게로 눈을 돌려보면 우리의 주장은 더욱 확실하게 확인된다. 함수초含羞草에 손을 대면, 그것은 그 날개와 같은 잎을 한 장씩 접어 나중에는 그 줄기를 마치 관절처럼 구부려 접는데, 이것을 볼 때 우리가 느끼는 감정은 무어라고 설명할 수가 없다. 나는 이 느낌에 대해서 아무 이름도 붙이려고 생각지는 않지만, Hedysarum gyrans(계관화鷄冠花의 일종)를 볼 때, 이 느낌은 더욱 고조된다. 이 풀은 특별히 눈에 띄는 외부로부터의 유인誘因도 없는데, 그 잎을 아래 위로 움직여서, 마치 자기 자신과 장난치고 있는 것처럼 보이기도 하고, 또 우리들의 이해력을 희롱하고 있는 것처럼 보이기도 한다. 가령 바나나 나무가 이와 같은 능력을 가지고서, 거대한 우산 모양의 잎사귀를 자신의 힘으로 번갈아 위 아래로 올렸다 내렸다 하는 광경을 상상해 보도록 하자. 이것을 처음 보고 놀라서 뒤로 물러나지 않을 사람은 없을 것이다. 우리들 자신의 우월성의 관념은 우리에게 이처럼 뿌리깊게 스며들어 있기 때문에, 외계가 조금이라도 이 우월성을 갖는 것을 절대로 용인하지 않고 우리와 비슷한 것에 대해서도 가능한 한 우리는 방해하려고 한다.

그런데 이와 똑같은 놀라움은 인간이 일반적으로 승인된 도덕적 법칙에 반해서 도리에 어긋난 행동을 하고, 자타의 이익을 돌보지 않고 무분별한 행동을 하는 것을 볼 때에도 우리를 엄습한다. 이런 경우에 느끼는 전율을 모면하기 위해서 우리는 이 전율을 비난과 혐오의 염으로 바꾸어 버린다. 그리하여 사실상, 또는 관념적으로 이와 같은 인간으로부터 빠져나가려고 노력한다.

스피노자가 힘을 주어 강조한 이 대립을 나는 기발하게도 나 자신에게 적용해보았다. 그래서 사실은 이제까지 말한 것은 다음에 말하려고 하는 것을 알기 쉽게 하는 데 도움이 되기만 하면 된다.

나는 이미 나에게 내재內在해 있는 시적 재능을 완전히 자연으로서 관찰하게 되어 있었다. 더군다나 외부의 자연을 이 재능의 대상으로 보도록 배워왔기 때문에 더욱 그렇게 보게 되었던 것이다. 물론 이 시재의 실현은 유인誘因에 의해서 자극되고 규정되기도 하지만, 그러나 그것이 가장 기쁘고 풍부하게 발휘되는 것은 무의식중에, 아니 오히려 의지에 반해서 나타나는 경우였다.

들과 숲을 헤치고
내 노래를 휘파람으로 불면서
이렇게 하루 해를 보낸다.

한밤중에 눈을 떴을 때 역시 똑같은 일이 생겼다. 그래서 나는 종종 나의 선배중 한 사람[3]처럼 가죽 조끼를 만들게 하고, 문득 떠오른 생각을 어둠 속에서도 손으로 더듬어 적어두는 습관을 갖고 싶다고 생각하는 일이 있었다. 나는 한편의 곡을 입 속으로 외어도 나중에 그것을 정리할 수가 없는 습관이 되어있었다. 그래서 이런 경우에 책상머리로 달려가서 비뚤어지게 놓여있는 종이를 바로 놓을 사이도 없이 꼼짝도 하지 않고 처음부터 끝까지 비스듬하게 써 내려가는 일도 몇 번인가 있었다. 이때에는 나는 즐겨 연필을 사용했다. 연필이 훨씬 글씨를 쓰기가 편했다. 왜냐하면 펜은 찍찍 소리가 나고 종이에 긁혀서 몽유병자와 같은 나의 시흥詩興을 깨뜨리고, 내 마음을 헝클어지게 해서 머릿속에 만들어진 소품을 출산시에 질식시킨 일

---

3) 이탈리아 시인 페트라르카.

이 몇 번 있었기 때문이었다. 나는 이런 시에 대해서는 마치 암탉이 부화한 병아리들이 그의 주위를 삐약거리면서 돌아다니는 것을 바라보고 있는 듯한 생각이 들었기 때문에 이런 종류의 작품에 대해서 특별한 외경심을 갖고 있었다. 이러한 시는 단지 낭독에 의해서 사람들에게 전달하고 싶다고 생각하던 나의 옛날 버릇이 다시 머리를 들었으나, 그러나 그것을 돈으로 바꾼다는 것은 역겹게 생각되었다.

　나는 여기에서 후에 일어난 일이기는 하지만, 한 가지 사건을 말해두려고 생각한다. 그것은 나의 작품에 대한 수요가 점점 높아지고, 작품집까지도 요구되었으나, 앞에서 말한 의향에서 나 자신이 출판하는 것을 삼가고 있을 때에, 출판업자 힘부르크[4]가 나의 망설임을 이용했다. 그리하여 나는 뜻밖에 인쇄된 나의 저작집을 몇 부 받게 되었다. 이 부탁한 일도 없는 출판업자는 뻔뻔스럽게도, 공중公衆에 대해서 보인 봉사를 나를 향해서 자랑해왔다. 이것을 읽었을 때 나는 베를린의 유태인들은 왕립공장王立工場의 매상고를 올리기 위해서, 그들이 결혼할 경우 일정한 수량의 도자기를 사야 할 의무가 있다는 사실을 깨닫게 되었다. 이 일로 해서 생긴 철면피한 저작권 침해자에 대한 멸시감이 약탈을 당하면서 느끼지 않을 수 없었던 불평을 나로 하여금 참을 수가 있게 해주었다. 나는 그에게 회답을 하지 않았다. 그리하여 그가 나의 소유물을 멋대로 다루고 있는 동안에 나는 다음과 같은 시를 지어 남모르게 그에게 보복했다.

　　달콤한 꿈속에서 보낸 몇 해 동안에 만들어진 정다운 것들
　　퇴색한 꽃들이며, 신에게 바친 몇 묶음의 머리카락
　　짓눌려 약간 구겨진 베일과 낡은 리본
　　모두 사라져간 이 사랑의 슬픈 표적

---

4) 베를린의 출판업자.

이미 나의 아궁이의 불 속에 집어넣은 것들
뻔뻔스러운 소시아스[5]가 모두 훔쳐 갔네
마치 시인의 작품과 명예를
유언으로 물려받은 것처럼
이 살아있는 나에게 차나 커피를 대접했다 하더라도
어찌 그의 하는 짓을 기분좋게 생각할 수 있겠는가?
도자기와 사탕 바른 빵을 당장에 집어치워라
힘부르크 무리들에게는 나는 죽은 것과 다름없으니.

    그렇지만 이와 같은 크고 작은 여러 가지 작품은 원하지도 않는데 나로 하여금 창작하게 한 자연 그 자체가 때때로 오랫동안 휴식을 계속해서, 아무리 오랫동안 내가 애써도 창작해 낼 수 없고, 그 대문에 종종 싫증을 느끼는 일이 있었다. 그래서 그 두드러진 대로로서, 다음과 같은 생각이 내 마음에 떠오른 것이다. 즉 나는 한편으로 나의 인간적 · 이성적 · 오성적인 방면을 자신과 타인의 실용과 이익을 위해서 사용하고, 그리하여 휴식을 하는 때에는 이제까지 행하기도 하고, 또 한층 강하게 요구되고 있기도 한 일이었지만, 세속적인 일에 몸을 바쳐서 나의 힘을 남김없이 쓰는 것이 나의 가야할 길이 아닌가 하고 생각했던 것이다. 이 생각은 앞에서 말한 일반적인 관념으로부터 나온 것이라고 생각되었으나, 나의 성질이나 경우와 일치된다고 생각했다. 그래서 앞으로는 이 방침으로 행동하고, 그것으로써 종래의 동요와 주저를 끝맺고자 결심했다. 이렇게 해서 나의 실제적인 근로에 대해서는 다른 데서 실제의 보수를 요구할 수가 있고, 한편 그 아름다운 자연의 선물은 신성한 것으로서 사욕私慾을 떠나 계속해서 남에게 줄 수 있다는 것은 생각만 해도 즐거운 일이었

---

5) 로마(호라츠 시대)의 출판업자.

다. 나는 실로 이와 같은 생각에 의해서 불쾌한 감정으로부터 벗어났던 것이다. 왜냐하면 사람들이 그토록 요구하고 감탄해마지 않는 재능도 독일에서는 법률의 보호를 받지 못하고 멋대로 유린당하고 있음을 인정하지 않을 수 없었을 때, 내 마음 속에 이 감정이 일어났을지도 몰랐던 것이다. 그 이유는 저작권의 침해가 지장이 없는 일, 오히려 흥미로운 일로 여겨진 것은 베를린에서 뿐만이 아니고 그 선정善政으로 칭송을 받는 바덴의 후작侯爵과 같은, 그리고 또 세인世人들의 온갖 기대를 저버리지 않는 요제프 황제까지도 출판업자를 비호해서 전자는 마클로트를, 후자는 귀족인 트라트너를 총애해서, 천재의 권리와 소유권이 무조건 직공과 공장주工場主의 손에 맡겨져 있는 것이 공공연한 사실이었기 때문이었다.

우리는 언젠가 이 일에 관해서 바덴에서 찾아온 어느 한 사람에게 불평을 말했을 때, 그는 우리에게 다음과 같은 이야기를 했다. 후작의 부인은 활동적인 분으로서 제지공장까지 세웠으나 그 제품이 매우 질이 나빠져서 어느 곳에도 팔아먹을 수 없었다. 그래서 출판업자인 마클로트가 제의해서 종이값을 조금이라도 올리는 수단으로서는 이 종이를 사용해서 독일의 시인이나 작가의 작품을 인쇄하면 좋을 것이라고 말을 했고, 모두 두 손을 들어 찬동했다고 한다.

우리는 물론 이 악명 높은 소문을 지어낸 이야기라고 주장했으나 그래도 이 이야기를 들었을 때는 재미있었다. 마클로트라는 이름은 그 당시에 하나의 별명이 되어, 좋지 않은 사건이 생길 때마다 되풀이해서 사용되었다. 이리하여 한 경솔한 청년[6]은 비열한 상인들이 그의 재능을 이용해서 배를 불리고 있는데, 자신은 종종 돈을 주어 쓰지 않으면 안 되었기 때문에 이와 같은 재미있는 착상으로 충분히 보상된 기분이었다.

---

6) 괴테 자신을 말함. 그는 종종 자신의 이 성격에 대해서 이야기했다.

행복한 소년과 청년들은 일종의 도취상태 속에서 자신의 길을 걸어 나간다. 선량한 사람, 순진한 사람은 그때그때 주위의 상황을 거의 깨닫지 못하고, 더구나 그것을 확실히 확인할 수가 없으므로 이와 같은 도취상태는 더욱 눈을 끌게 된다. 그들은 세상을 자신들이 형성해야 할 소재, 내 것으로 삼아야 할 저장물로 보고 있다. 모든 것이 그들에게 속하고 그들의 뜻에 의해서 모든 것이 관철될 수 있는 것으로 보인다. 따라서 그들은 흔히 방자한 거동이 된다. 그러나 우수한 자는 이 방향은 하나의 도덕적 감격으로까지 발전해서 그것은 때에 따라서 실제적인, 또는 외견상의 선을 향해서 자발적으로 나가지만 그러나 종종 사람에게 이끌리고 유혹을 당한다.

우리가 여기에서 화제로 삼는 청년도 그러한 경지에 있었다. 일반인에게는 기이한 인간이라고 생각되었지만, 그래도 그를 기꺼이 환영해 주는 사람도 적지 않았다. 처음 만났을 때 곧 아무것에도 구속당하지 않는 자유로운 마음을 알 수 있고, 그 이야기하는 태도에는 천진난만한 솔직함이 보이고, 또 때를 맞추어 주저없이 행동하는 것을 알 수 있었다. 이 마지막 특성에 대해서 몇 가지 이야기를 하겠다.

집들이 빽빽이 들어서 있던 유태인 거리에 심한 불[7]이 일어난 일이 있었다. 나도 자신의 박애심博愛心과 거기에서 생기는 구조작업의 흥미에 끌려, 언제나 외출할 때처럼 몸차림을 단정하게 하고 현장으로 달려갔다. 사람들은 만성가萬聖街로부터 밀려왔다. 나도 이 인파를 따라서 갔다. 그 곳에서는 많은 사람들이 물을 나르기에 바빴고, 물이 가득 찬 물통을 들고 사람들 틈을 헤치고 달려갔다가는, 다시 빈 통을 들고 돌아왔다. 나는 이 모양을 보자 만일 이 사람들이 한 줄로 서서 물통을 받아서 넘겨주면 구조작업이 배가될 것이라고 생각했다. 나는 두 개의 물을 든 통을 들고 서서 다른 사람들을 불러 세웠

---

7) 1774년 5월 28일 한밤중에 일어난 사건.

다. 오는 사람들로부터는 그 짐을 받아들였으며, 그리고 되돌아가는 사람들은 다른 쪽에 순차적으로 줄을 지어 세웠다. 나의 이 생각은 칭찬을 받았다. 내가 다른 사람들에게 권하고 나도 거기에 참가한 것은 잘한 일이었다. 이렇게 해서 삽시간에 거리 입구에서부터 불타고 있는 현장까지 빈틈없이 줄이 지어졌다. 그러나 이러한 작업에 수반되는 쾌활함이, 이 합리적으로 운전하고 있는 살아있는 기계에 즐거운 기분 혹은 유쾌하다고 해도 좋을 기분을 일으킴과 동시에 갑자기 변덕스러운 마음이 머리를 들어 남의 불행을 기뻐하는 짓궂은 장난기가 나타났다. 불쌍한 피난민들이 비참한 꼴이 된 짐을 질질 끌 듯이 짊어지면서, 일단 이 태평스러운 통로 속으로 들어오면 이곳을 지나가지 않을 수 없고, 또 혼이 나는 것을 면하지도 못했다. 장난꾸러기 꼬마들이 그 사람들에게 물을 끼얹어 그렇지 않아도 비참한 데다가 모욕과 무례를 더 많이 더했던 것이다. 그러나 내가 조용하게 설득하고 좋은 말로 나무랐기 때문에 짓궂은 장난도 거의 중지되었다. 특히 그들이 그것을 그만둔 것도 — 나는 옷 같은 것은 개의치도 않았는데 — 아마도 나의 산뜻한 복장을 의식했기 때문인 것 같았다.

호기심이 많은 나의 친구들이 불구경을 하러왔다. 그리고 자기들의 동료가 단화에다 비단 양말 차림으로 — 그것은 이것이 그 당시 외출할 때의 습관이었다 — 물 나르는 일에 종사하고 있는 것을 보고 기가 막힌 모양이었다. 내가 불러들일 수 있는 친구는 몇 사람 되지 않았으며, 다른 친구들은 웃으면서 고개를 흔들었다. 우리는 끝까지 버티었다. 피하는 사람도 많았지만, 자진해서 참가하는 사람도 많았다. 구경하기 위한 사람들이 계속 밀려왔다. 이렇게 해서 나의 순진한 모험이 널리 알려져, 자연 나의 이 이상한 착상이 당시 거리의 화제가 되었던 것이다.

이같이 일종의 순진하고 쾌활하며 우연히 떠오른 생각에 따라 행동할 때의 경쾌한 기분은 복된 자부심에서 생기는 것으로서 자칫하면 허영심이라고 비난받기 쉬운 것이지만, 이 경쾌한 기분이 또한번 다른 기행奇行으로 우리의 주인공을 유명하게 만들었다.

몹시 추웠던 어느 겨울날의 일인데, 마인 강은 얼음으로 꽁꽁 얼어붙어버렸다. 바쁘게 움직이는 사람들이며, 모두가 즐겁게 흥겨워하고 있던 사람들의 빈번한 왕래가 얼음 위에서 활기를 띠고 있었다. 끝없는 스케이트 활주로, 매끄럽게 얼어붙은 넓은 표면은 스케이팅을 즐기는 사람으로 베를 짜는 것 같았다. 나도 이른 아침부터 달려가지 않을 수 없었다. 그래서 나중에 어머니가 떠들썩한 광경을 구경하러 오셨을 무렵에는 옷을 얇게 입고 있던 나는 완전히 얼어붙어 있었다. 어머니는 빨간 빌로오드 모피 외투를 입고 마차를 타고 계셨는데, 이 외투는 가슴 언저리를 질긴 황금빛 리본으로 잡아매어 매우 멋이 있어 보였다. 나는 앞뒤를 가릴 생각도 없이 순간적으로 "어머니, 그 외투를 빌려 주세요. 아주 추워요" 하고 소리 질렀다. 어머니는 조금도 주저하지 않았다. 나는 얼른 외투를 몸에 걸쳤다. 이 새빨간 검은 표범털로 단을 대고 황금 장식을 단 외투는 내 무릎 밑까지 내려와 머리에 쓰고 있던 다갈색 가죽모자와 잘 어울렸다. 나는 이와 같은 차림으로 태연하게 이리저리 미끄럼을 타고 돌아다녔다. 거기에다 매우 혼잡했기 때문에 아무도 이 이상스러운 꼴에 대해서 주목을 하지는 않았다. 그렇다고 전혀 알아보지 못했다는 것은 아니다. 왜냐하면 나중에 이 사건이 진지하게 또는 농담으로 나의 변태적 성향의 한 예로서 거론되었기 때문이었다.

이 같은 즐겁고 무분별한 행위의 추억에 이어서 이야기의 본래 줄거리를 좇아 이야기를 진행시키기로 하자.

재기가 넘치는 어느 프랑스인이 이미 말한 적이 있지만, 두뇌가 뛰어난 자가 가치있는 저술에 의해서 공중의 주의를 끌게 되면 세상 사람들은 그가 언제든 다시 똑같은 것을 만들어내는 것을 극력 방해한다.

바로 이 말 그대로다. 세상과 전혀 교섭이 없는 조용한 청년시절에 어떤 좋은 것, 재치있는 것을 만들어내면 세상의 칭찬을 받기도 하지만 독립과 자주성은 상실당한다. 사람들은 그의 집중된 재능을 분산상태로 끌어당긴다. 이것은 그의 인격에서 무엇인가 뜯어내어 자신의 것으로 만들 수가 있다고 생각하기 때문이었다.

이러한 의미에서 나는 종종 초대를 받았다. 혹은 초대라고 할 수는 없을지 모르지만, 친구나 아는 사람이 나를 이리저리 안내하겠다고 제안해왔다. 그것이 독촉을 하는 태도 이상으로 나올 때도 종종 있었다.

거의 타국인으로 간주되고 있던 나는 때때로 무뚝뚝하게 거절한다고 해서, '곰'이라는 이름으로 통하고, 또 때로는 볼테르의 '유로느인'이라든가, 캄버란드의 '서인도인西印度人'이라고 불리어 풍부한 재능을 가진 자연아自然兒로서 사람들의 호기심을 끌고 있었다. 그래서 이 집 저 집에서 이 사나이를 맞이하기 위한 적당한 거래가 이루어지고 있었다.

그 중에서도 한 친구가 어느 날 밤 캘빈 파派의 거상巨商의 집에서 개최되는 조그마한 음악회에 가자고 나를 졸랐다. 이미 밤이 늦었으나, 나는 무슨 일이든지 즉석에서 단행하는 것을 좋아했기 때문에 여느 집처럼 단정하게 옷을 입고 그를 따라갔다. 그곳은 널따란 방으로서 원래는 가족의 거실이었다. 많은 손님들이 모여 있고 한복판에는 날개 모양의 피아노가 놓여 있었다. 곧이어 이 집의 외동딸이 피아노 앞에 앉아 훌륭하고 우아하게 연주를 했다. 나는 그녀의 모습과 말씨, 태도를 잘 볼 수 있도록 피아노 끝에 서있었다. 그녀의 거동에는 어딘지 모르게 앳된 모습이 스며있었다. 연주를 하기 위한 몸짓은 자연스럽고 경쾌했다.

소나타가 끝나자, 그녀는 나를 향해서 피아노 끝쪽으로 걸어왔다.

사중주重奏가 이미 시작되었기 때문에 우리는 단지 인사만 하고 그 이상 이야기를 나누지 않았다. 곡이 끝나자 나는 보다 가까이 다가가서, 알게 되자마자 곧 재주를 보여주어 매우 감사하다는 인사말로 두어 마디 찬사를 보냈다. 그녀는 내 말에 대해서 매우 정중하게 답례를 하고 자기 자리에 앉았다. 나도 내 자리로 돌아왔다. 나는 그녀가 나를 주의깊게 지켜보았기 때문에 다른 사람들의 구경거리가 되고 있음을 깨달았다. 그렇지만 다른 사람들도 매우 기분 좋은 모습을 내게 보이고 있었기 때문에 주목당하고 있는 것이 조금도 고통스럽지 않았다. 그 동안에도 우리는 서로 시선을 교환하고 있었다. 그리고 내가 마치 부드러운 어떤 인력人力을 느낀 것 같은 기분이 든 것을 지금 여기서 부정하려고는 생각하지 않는다. 그러나 그날 밤은 좌석이 떠들썩하고 여러 가지 연주가 행해졌기 때문에 그 이상 가까워질 수는 없었다. 그러나 작별할 때에 그녀의 어머니는 나를 향해서, 곧 또 만나고 싶다는 말을 했고 딸도 역시 친절함을 보이고 여기에 동의하는 것같이 보였을 때 기분이 좋았음을 나는 밝히지 않을 수 없다. 나는 적당한 간격을 두고 방문을 되풀이하는 것을 게을리 하지 않았는데, 그런 때에도 쾌활하고 분별있는 대화가 나누어져 정열적인 관계가 생기리라고는 전혀 생각할 수 없었다.

그러나 한편으로 우리집이 손님을 맞이하기 시작하게 된 후로는 선량한 양친이나 나 자신이 여러 가지로 많은 곤란을 당하게 되었다. 보다 높은 것을 주목해서 그것을 인식하고, 촉진하고, 가능하면 그것을 모범으로 삼아 똑같은 것을 만들려고만 마음먹고 있던 나의 경향은 방해를 받아 조금도 진보되지 않았다. 내가 접촉한 바에 의하면 선량한 자는 반드시 믿음이 깊고, 활동적인 자는 어리석고 때로는 비겁했다. 전자는 조금도 나의 도움이 되지 못했고, 후자는 나를 당황하게 했다. 그중 어떤 진기한 사건을 나는 정성껏 적어두었다.

1775년 초의 일이었다. 후에 시덜링이라는 이름으로 알려진 융이

니덜라인 지방으로부터 편지를 보내 안과眼科 대수술을 하기 위해서
초청을 받아 프랑크푸르트로 간다고 알려왔다. 나와 나의 양친은 그
가 오는 것을 기뻐하며 그에게 숙소를 제공했다.

폰 레르스너[8] 씨는 상당한 연배의 존경할 만한 인물로서 공자公子
들의 교육과 훈육을 맡고, 또 총명한 행동으로 궁정宮廷에서나 여행
길에서나 어디를 가나 존경을 받고 있었다. 그는 이미 오랫동안 완
전히 장님인 불행을 견디어 오고 있었으나, 그래도 역시 구원받고
싶다는 염원을 완전히 버리지는 못했다. 그런데 융은 최근 수년 동
안 쾌활한 기력과 신앙에서 오는 대담한 태도로 니덜라인 지방에서
여러 차례 내장안內障眼 수술을 해서 널리 명성을 떨치고 있었다. 독
실한 마음과 신뢰할 수 있는 성격과 순수한 신앙심으로 일반의 신용
을 모아, 이 평판은 여러 종류의 상업관계를 따라 상류 지방에까지
퍼져 나갔다. 폰 레르스너 씨와 그 가족은 어느 현명한 의사의 권고
를 받아 이 성공한 의사를 초청할 것을 결심하고, 치료에 실패한 프
랑크푸르트의 어느 상인이 극구 말리는 것도 듣지 않았다. 그처럼
많은 성공의 예에 비해서 단 한번의 실패가 무슨 근거가 되겠는가.
마침내 융이 왔다. 그는 이번에는 이제까지 별로 얻지 못했던 막대
한 보수에 유혹되어 온 것이다. 그는 또한 자신의 명성을 한층 더 높
일 심산으로 자신을 갖고 당당하게 찾아왔다. 우리는 이 정력적이고
쾌활한 손님의 성공을 빌었다.

여러 가지로 의료상의 준비를 한 후에 마침내 양쪽 내장안 수술이
행해졌다. 우리는 매우 긴장하고 있었다. 환자는 수술 직후 붕대가
다시 햇빛을 가리기 전에 눈이 보였다고 했다. 그러나 융은 안심되
지 못하고 어쩐지 마음에 걸리는 일이 있는 것같아 보였다. 내가 웬
일인가 싶어 묻자, 그는 치료 결과를 걱정하고 있음을 고백했다. 나

---

8) 폰 레르스너(Friedrich Max von Lersner)는 당시 40세로서, 괴테의 집 근처에 거주하고 있었다.

자신 슈트라스부르크에서 여러 차례 본 일이지만 보통 이 수술만큼 간단한 것은 없는 것으로 생각되었다. 시덜링으로서도 이제까지 여러 차례 성공을 했던 것이다. 무감각한 각막이 고통없이 절개되면, 극히 경미한 압박에 의해서 흐려진 수정체가 저절로 튀어나와서 환자는 금방 물체를 볼 수 있었던 것이다. 그리고 치료가 성공해서 이 귀중한 기관을 자유롭게 쓸 수 있을 때까지 눈에 붕대를 감고 참고 있으면 되는 것이다. 참으로 많은 가난한 사람들이 융의 덕분으로 이러한 행복을 얻고, 그들의 은인을 위해서 신의 축복과 은총을 빌었던 것이다. 그런데 이제야말로 이 보수가 이 유복한 환자에 의해서 그에게 지불되도록 되어있었다.

융은 이번에는 그토록 쉽게 잘되지 않았다고 털어놓았었다. 수정체가 저절로 튀어나오지 않았기 때문에 이것을 끄집어 내고 더군다나 이것이 고착되어 있었기 때문에 절단하지 않으면 안 되었다. 거기에는 다소의 무리가 있었다고 한다. 그런데 그는 다른 눈도 동시에 수술해버린 것을 자책하고 있었다. 그러나 양쪽 눈을 동시에 처치하는 것은 처음부터 결정되었던 일이며, 이와 같은 우연한 일이 생기리라고는 예상치도 못했었다. 그래서 일단 이러한 일이 생기고 보니 순간적으로 침착함을 회복해서 깊이 생각할 수는 없었다. 즉 제2의 수정체도 저절로 나오지 않고 간신히 떼어내어 끄집어 내지 않으면 안 되었던 것이다.

그처럼 선량하고 친절하며, 믿음이 두터운 사람이 이런 경우 얼마나 괴로운 생각을 했는지 도저히 글귀로 설명할 수는 없다. 이러한 천성에 관해서 여기에서 일반적으로 설명하는 것은 아마도 마땅한 일일 것이다.

자신의 도덕상의 교양을 위해서 정진하는 일은 인간이 계획할 수 있는 가장 간단하고 가장 행하기 쉬운 일이다. 이 충동은 인간이 타고난 것이다. 인간은 시민적인 생활에 있어서 상식과 사랑에 의해서 그렇게 하도록 이끌리고, 아니 차라리 강요당하는 것이다.

시덜링은 도의적·종교적인 사랑의 감정으로 살아가고 있었다. 그는 다른 사람들에게 자신을 전하고 또 다른 사람으로부터 호의받지 않고서는 살아가지 못했다. 그는 상호간의 애정을 요구하고 있었다. 낯선 사람들 사이에 있을 때는 침묵을 지키고 있었으나, 자신이 알고 있는 자를 사랑하지 않는 사람을 보면 그는 슬프게 생각했다. 따라서 그는 자신의 좁고 평화로운 직업의 권내圈內에 있으면서, 다소 편안한 기분으로 자기 완성에 노력하고 있는 선의의 사람들 사이에 있을 때, 가장 기분좋게 느꼈던 것이다.

이런 사람들은 허영심을 버리는 일이며, 외면적인 영예의 추구를 단념하는 일이며, 담화를 할 때에 신중한 태도를 취하고, 또 동료나 이웃에 대해서 친절하고 거리감없는 행동을 하는 것도 어렵지 않게 할 수 있다.

이런 경우 개성에 의해서 변화는 있을지라도 불명료한 어떤 정신의 틀이 왕왕 그 밑바닥에 있었다. 이런 사람들은 어떤 일이 생겼을 때, 자신의 경험상의 경로를 심히 중요시하게 된다. 신이 직접 간섭하고 있다는 확신을 안고서 모든 것을 초자연적인 숙명으로 생각한다.

거기에다 인간에게는 자연의 상태를 고집하려고 하는 어떤 경향과 동시에 다른 것으로부터 밀리고 이끌리려고 하는 어떤 경향이 존재하며, 또 자신이 행동하는 데 어떤 종류의 결단성이 결여되고 있는 경향이 있다. 이 결단성의 결여는 가장 총명한 계획이 실패했을 경우 혹은 뜻하지 않은 사정이 알맞게 겹쳐서 우연히 성공하는 경우, 마침내 그 도를 더하는 것이다.

이와 같은 생활양식으로서는 주의깊은 남성다운 태도도 위축되는 것이기 때문에 어찌하여 이러한 상태로 빠지는가 하는 것은 중대하기도 하고 또 고찰할 가치도 있는 일이다.

같은 사고방식을 갖는 이런 사람들이 무엇보다도 즐겨 이야기하는 것은 소위 각성覺醒이라든가 회심回心이라는 것이며, 우리는 그 심리적 가치를 부정하지는 않는다. 이것은 본래 우리가 학문이나 문학상에 있어서 아페르시Apercus ─ 달관達觀이라고 부르는 것이다. 즉 어떤 위대한 원리를 인지認知하는 것으로서 일종의 천재적인 정신 작용이다. 이 인지에 도달하는 것은 오직 직관에 의할 뿐이고, 사고思考나 학설이나 전승에 의해서는 도달할 수가 없다. 여기서 말하고 있는 인지란 신앙 속에 닻을 내리고, 그 때문에 굽이치는 파도 한복판에서도 태연하게 확신을 잃지 않는 정신적인 힘을 인지하는 것이다.

이와 같은 달관은 독특한 방법으로 무한을 암시하는 것이기 때문에 그것을 발견한 자에게 최대의 기쁨을 가져다 준다. 이 확신에 이르는 데는 시간의 경과라는 것을 조금도 필요로 하지 않는다. 이 확신은 순간적으로 완전무결하게 나타난다. 그렇기 때문에 고대 프랑스의 천진난만한 시 구절에 이런 것이 있다.

신이 하는 일에
시간은 필요치 않다.

En peu d'heure
Dieu Iabeure.

외적인 동기에 의해서 이와 같은 회심이 갑자기 돌발하는 일이 있다. 그러면 사람들은 계시나 기적을 본 것으로 생각한다.

신뢰와 사랑이 나를 시덜링과 진심으로 맺어놓았다. 나는 이제까지 그의 생활에 좋은, 그리고 고마운 영향을 주고 있었던 것이다. 거기에다 그는 그를 위해 행해진 모든 일을 감사하는 마음 속에 깊이 새기는 것이 그의 천성에 맞는 일이었다. 그러나 그 당시의 나의 생활 상태에 있어서는 그와의 교제는 결코 유쾌한 것도, 유익한 것도 아니었다. 나는 물론 누구에게나 그 사람의 하루하루의 수수께끼를 어떤 식으로 정돈하고 형성하려고 하는가는 기꺼이 그 사람의 의견에 맡겼다. 그러나 이 모험에 찬 인생항로에 있어서 합리적으로 우리가 부딪치는 모든 선행을 신의 직접적인 간섭으로 돌리는 것은 나로서는 너무나 외람된 일이라고 생각되었다. 그리고 또 우리의 경솔과 자만심으로 총총히 처리하거나 등한히 하여, 그 때문에 참기 어려운 나쁜 결과가 생기면 그 모든 것을 똑같이 신의 교훈으로 돌리는 사고방식은 나로서는 전혀 이해할 수 없는 일이었다. 그렇기 때문에 나는 선량한 친구에게 귀를 기울일 뿐이고 무엇 하나 그를 기쁘게 해주는 대답도 해줄 수 없었다. 그래도 나는 다른 많은 사람들을 대하는 것과 같이 기꺼이 그가 하는 대로 내버려두었다. 그리하여 사람들이 너무나도 세속적인 생각으로 그의 유순한 사람됨을 해치는 경우에는 언제나 그를 감싸주었다. 그래서 어떤 심술궂은 사나이가 언젠가 정색을 하고 "아냐, 만일 내가 융만큼 신과 사이가 좋았더라면 '돈을 내려 주십시오' 하고 빌지는 않겠어. 나 같으면 저런 식으로 돈을 쓰고, 더군다나 훗날까지 빚을 지고 곤란을 겪는 어리석은 짓은 하지 않도록 지혜와 형안炯眼을 주시라고 기도를 하겠어"라는 재미있는 말을 했을 때에도 나는 이것을 그의 귀에 들어가지 않도록 했다.

왜냐하면 당시에는 물론 이러한 농담이나 욕설을 그에게 들려줄 처지는 아니었다. 그리고 근심과 희망이 뒤섞인 가운데 며칠이 지났다. 근심은 더해가고 희망은 줄어들어 마침내 완전히 사라져버렸다. 선량하고 참을성이 있는 환자의 눈은 염증을 일으키고 치료가 실패로 끝난 것은 의심할 여지도 없었다.

우리들의 친구가 그 때문에 겪게 되는 심경은 글로 표현할 수 없었다. 그는 가장 악질적인, 가슴 아프고 심각한 절망과 싸우지 않으면 안 되었다. 왜냐하면 이 경우에 그가 잃어버리지 않은 것이 있었겠는가.

우선 첫째로 빛을 보게 된 환자의 절대적인 감사를 잃었다. 이 감사야말로 의사가 받을 수 있는 최대의 영예인 것이다.

다음에는 그의 구제를 필요로 하는 많은 환자들의 신뢰를 잃어버렸다. 거기에다 또 이와 같은 의술의 실패로 인해 온 집안을 궁지에 빠뜨리고 금전상의 신용도 없어져 버렸다. 요컨대 우리는 바람직하지 못한 욥 극을 처음부터 끝까지 연출한 셈이 되며, 이 경우 정직한 욥이 비난을 하는 친구들의 역까지도 자신이 떠맡은 것이다.

그는 이번 사건을 지금까지의 과실에 대한 처벌로 간주하려고 했다. 그에게는 우연히 생각해 낸 눈의 치료법을 하늘이 그에게 명령한 일로 생각한 것이 죄악으로 생각되었다. 그는 이 극히 중요한 전문 기술을 철저하게 연구하지 않고 경솔하게 운에 맡겨 치료한 것을 스스로 꾸짖었다. 그러자 그의 마음 속에 자신을 좋지 않게 생각하는 자들이 말한 험담이 문득 떠오르는 것이었다. 그 험담도 진실을 말한 것이 아닌가 하고 의심스러워졌다. 거기에다 또 그의 이제까지의 생활에 있어서 신앙심이 깊은 사람들에게는 위험한 경솔이며, 또는 유감스럽게도 자만심과 허영심이 죄를 짓지 않으면 안 되도록 했다고 생각하면 이러한 고통은 더욱 심각했다. 그런 때에는 그는 침착성을 잃고 말았다. 그리하여 우리가 아무리 의견의 소통에 노력해도 결국은 하늘의 뜻은 측량할 수 없다는, 도리상 지극히 당연한 결론에 도달했을 뿐이었다.

만일 내가 이러한 정신상태를 이제까지와 똑같은 방법으로 진지하고 호의적인 고찰考察의 대상으로 삼고, 이것을 자기 나름대로 해석하지 않았더라면, 나의 쉬지 않고 전진하는 쾌활한 마음은 더 한층 타격을 받았을 것이다. 나로서는 오직 선량한 어머니가 그의 마음가짐과 가정상의 노고에 대해 너무나도 받는 것이 적은 게 슬펐다. 그러나 어머니는 쉬지 않고 일하고, 언제나 변함없는 편안한 마음의 소지자였기 때문에 그것을 별로 느끼지 않았다. 내가 가장 가엾게 생각한 것은 아버지였다. 아버지는 오직 나를 위해서 이제까지 굳게 닫혀있던 가정을 망설이면서도 개발을 했던 것이다. 그래서 아버지는 특히 손님이 머물러 있기 때문에 가까운 친구들이며, 또는 끊임없이 모여드는 여행자들이 함께 앉은 식탁에서 기꺼이 떠들썩한 역설적인 대화에 참가했으나, 그것도 내가 여러 방면에 걸친 변론 투쟁으로써 적지 않게 아버지를 기쁘게 하고 아버지의 기분 좋은 웃음을 짓게 만들었기 때문이었다. 즉 내게는 남이 하는 말에 대해서는 무엇이든지 항변하려고 하는 불손한 버릇이 있었던 것이다. 특히 내가 완강하게 항변하는 것도 옳은 의견을 가진 사람이 볼 때에는 하여튼 웃음거리가 되는 정도에서 멈추었다. 그러나 이 여러 주일 동안은 도저히 그럴 수가 없었다. 왜냐하면 중요한 수술 때문에 그와 같은 불행을 맛본 친구에게 있어서는 그 밖의 작은 수술이 성공해서 생긴 대단한 행복이나 유쾌한 일도 아무런 효과도 없었고, 더군다나 그 슬픈 기분을 얼버무릴 수 있는 방법도 되지 못했기 때문이었다.

이 사건 중 하나는 이젠부르크에서 온 늙은 유태인 장님 거지가 사소한 일로 우리를 웃긴 사건이었다. 그가 아주 가련한 모습으로 프랑크푸르트로 이끌려 왔을 때에는 비바람을 피할 장소도 없고 입에 풀칠을 하지도 못하고 돌봐 주는 사람도 없었다. 그러나 동양 민족의 강인한 체질이 적지 않게 도움이 되어 아무런 고통도 없이 완전하게 치유되었을 때, 그는 미칠 듯이 기뻐했다. 수술이 고통스러웠느냐는 질문에, 그는 "가령 내가 백만 개의 눈을 가지고 있다 할지라도 나는 눈 하나에 대해서 반 코프슈덕(금화의 이름)의 비율로 하나씩 하나씩 모두 수술하게 하겠다"고 과장을 해서 말했다. 그는 구약성서에 나오는 것 같은 훌륭한 문구를 외어 신에게 감사하고, 그리고 신이 보낸 기적을 낳는 명의名醫를 극구 찬양했다.

이렇게 해서 그는 이 번화하고 긴 거리의 다리쪽을 향해서 유유히 걸어갔다. 상인도 손님도 모두 가게에서 뛰어나와 여러 사람들 앞에서 열성적으로 외치고 있는 이처럼 기특하고 독실한 신앙심을 가진 자의 모습을 보고 놀라지 않을 수 없었다. 그는 모든 사람들의 동정을 사서 조금도 조르거나 구걸하지 않고도 여행길의 양식을 충분히 얻을 수 있었던 것이다.

그러나 이런 유쾌한 사건도 우리들 사이에서는 입 밖에 내서 말하는 것을 피하지 않으면 안 되었다. 그것은 마인 강 저쪽의 모래땅에 사는 매우 가난한 거지가 비참한 생활에도 불구하고 가장 행복한 사람으로 여겨지는 것과는 반대로 마인 강 이쪽의 유복하고 당당한 신사는 무엇보다도 간절히 원하고 무엇보다도 바꿀 수 없는 위안을 잃었기 때문이었다.

그런 까닭으로 이 대범한 환자가 호기있게 지불한 천 굴덴의 돈은 어찌되었든 약속된 돈이기는 하나 그것을 받는다는 것은 저 선량한 융에게 있어서는 마음 괴로운 일이었다. 그는 이 현금을 고향으로 가지고 돌아가서 그것으로 부채의 일부를 갚기로 했다. 부채는 그의 비참하고도 죄스러운 처지를 더욱 견딜 수 없도록 졸라매고 있었던 것이다.

이렇게 해서 그는 울적한 기분으로 우리들과 헤어졌다. 왜냐하면 지금 그가 고향으로 돌아감에 있어서 자기를 맞아줄 아내의 걱정스러운 모습이며, 자기에게 호의를 가지고 있던 그의 처부모의 돌변한 태도가 눈에 선하게 보였기 때문이었다. 그의 처부모는 너무나도 자신만만한 그가 초래한 막대한 부채의 보증인이 되고 보니, 딸의 배우자를 잘못 택했다고 생각하지 않을 수가 없었다. 그리고 또 그가 행운을 안고 있던 시절에도 그에게 악의를 품고 있던 사람들의 모멸과 조소가 이집 저집, 이창 저창에서 바로 눈앞에 보이는 것 같은 생각이 들었다. 거기에다 자기가 없는 동안에 이미 줄어든 환자들이 이번 재난으로 해서 근본적으로 타격을 입을 것을 생각하면 극도의 괴로움을 느끼지 않을 수 없었다.

이렇게 해서 우리는 그를 떠나보냈으나, 우리들 쪽에서는 그에게서 희망을 잃은 것이 결코 아니었다. 왜냐하면 그의 강인한 자질이 초자연적인 조력助力을 받고 있다는 확신으로 지탱되어 그의 친구들 사이에 조심스러운 신뢰의 염念을 일으키고 있었기 때문이었다.

제17장

내가 지금 여기에서 릴리와 나와의 관계의 역사를 다루는 데 있어서, 혹은 그녀의 어머니가 동석을 하고 혹은 그녀와 단둘이서 가장 즐거운 시간을 보낸 것을 회상하지 않을 수 없다. 사람들은 나의 저서에서 미루어보아 나를 당시 흔히 말하던 인정어린 마음의 소유자라고 믿어 의심치 않았다. 이런 의미에서 우리들의 대화는 모두 정신적으로 흥미가 있는 것이었다.

그렇지만 심중을 서로 이야기하자면 아무래도 서로 흉금을 털어놓을 필요가 있다. 그래서 릴리도 얼마 안 있어 조용한 기회를 이용해서 그녀의 어린 시절의 이야기를 내게 들려주었다. 거기에 따르면 그녀는 온갖 사교적인 편의와 세속적인 쾌락을 누리며 자라왔다고 한다. 또한 그녀는 나에게 형제와 친척에 관한 것과 신변의 환경 같은 것을 소상하게 말해주었으나, 어머니에 관해서만은 경원하며 언급하지 않았다.

그녀는 자신의 사소한 결점에 대해서도 이야기했다. 그녀는 자신에게 사람을 끄는 일종의 천성이 있다는 것을 깨닫지 않을 수 없었다고 하며, 동시에 치근치근하게 사람을 따르지 않는 성격이 이 천성과 결부되어 있는 것도 무시할 수가 없었다. 이런 이야기를 여러 가지로 되풀이하고 있는 사이에, 이야기는 그녀가 이 천분을 나에 대해서도 작용해보았으나 그 벌을 받아 자기 자신도 내게 끌리게 되었다는 아슬아슬한 점에까지 이르렀다.

이와 같은 화제는 실로 청순한 어린애 같은 성격에서 나타난 것으로서 이로 인해서 릴리는 내 마음을 단단히 자신의 것으로 만들었다.

우리들 사이에는 만나고 싶어하는 서로의 욕구, 그리고 그 습관이 바야흐로 시작되었다. 그렇지만 만일 내가 그녀의 무리들 사이에서 그녀와 만난다는 결심이 서지 않았더라면, 나는 몇날 며칠 밤을 꼬박 만나지 못함을 참지 않으면 안 되었을 것이다. 실로 이 일로 해서 내게는 여러 가지 괴로움이 생겼다.

그녀에 대한 나의 관계는 인격적인 관계, 아름답고 사랑스러운 한 사람의 교양있는 처녀에 대한 관계였다. 이것은 내가 이전에 가졌던 여러 관계와 비슷하기는 했으나 좀더 고상한 것이었다. 그러나 거기에 여러 가지 외면적인 사정과 사교적인 사정이 서로 뒤엉켜 있는 것은 내가 미처 생각하지 않았던 일이었다. 억제할 수 없는 욕구가 물씬 솟구쳤다. 나는 그녀 없이는 견딜 수 없고 그녀도 나 없이는 견디지 못했다. 그런데도 그녀는 그녀의 무리들에게 둘러싸이고, 또 그 개개인으로부터 영향을 받았기 때문에 종종 말할 수 없는 불유쾌한 날과 불편한 시간이 많았던 것이다.

그중 불유쾌한 생각으로 끝난 교외 산책에 관한 이야기인데, 어느 날 나는 그녀의 오빠와 함께 뒤늦게 출발하게 되어 있었다. 그런데 이 오빠는 나를 골탕먹이고서 그것을 기뻐할 심산이었는지 아닌지는 모르지만, 출발을 하기 전에 태평하게 느릿느릿 그의 일을 끌었기 때문에 처음부터 잘 상의해두었던 약속도 완전히 엉망이 되어버렸던 것이다. 그 밖의 불의의 해후와 어긋남, 초조감과 단념 등 어떤 소설 속에서 좀더 상세하게 썼더라면 분명히 독자들의 동정을 얻었을 모든 괴로움에 대해서 여기서는 사양할 수밖에 없다. 그러나 이 고찰을 수반하는 서술에 생생한 구상성具象性과 젊은이다운 공감을

주기 위해서 두서너 개의 시를 삽입해두고자 한다. 이 시들은 이미
세상에 알려져 있지만, 여기서는 아마도 특별히 인상깊게 느껴질 것
이다.

마음이여, 내 마음이여, 어찌된 일인가
무엇이 너를 이다지도 심히 괴롭히는가?
아아, 전혀 새로운 낯설은 생명!
너는 잘못 착각할 정도로 변했구나.
네가 사랑하던 것은 모두 사라지고
너를 슬프게 했던 것도 사라지고
너의 정진精進도, 너의 안식도 사라져버렸다.
아아, 너는 어찌하여 이 지경이 되었는고.

청춘의 꽃이, 그리운 그 모습이
너를 붙들어매고 있느냐.
진정眞情과 자비로 가득 찬 눈길이
무한한 힘으로 너를 사로잡느냐.
단숨에 멀어지려고 하고
자신을 격려해서 빠져나가려고 하자
아아, 나의 길은 그 순간
나를 그 사람 곁으로 되돌려버린다.
끊을래야 끊을 수 없는
이 마술의 가느다란 실로써
귀여운 장난꾸러기 처녀가
마다하지 않고 나를 얽어맨다.
이제는 이미 마력의 권내圈內에서
이대로 살지 않으면 안 된다.

그 얼마나 심한 변화냐.
사랑아, 사랑이여, 나를 놓아다오.

어찌 그대는 무조건 나를
저 화려한 사람들 가운데로 끌어내려고 하는고.
착한 젊은이인 나는 외로운 밤에
그토록 행복하지 않았던가.
나의 작은 방에 남몰래 틀어박혀
달빛 아래 조용히 누워서
몸에 스며드는 달빛에 싸여서
이내 나는 잠이 들었다.
그러자 둥그런 황금빛의, 얼마 동안의
순진한 쾌락을 꿈속에서 그렸다.
그 무렵부터 이미 그대의 귀여운 자태를
내 가슴 속 깊이 품고 있었노라.
수많은 불빛 아래서 그대의 트럼프 상대가
되는 것도 역시 나였을까.
보기 싫은 사람들을 마주 보고
앉은 것도 몇 번이던가.

들에 피는 봄의 꽃도, 이제는 이미
그대만큼 내 마음을 끌지 않는다.
그대는 천사,
그대 계신 곳에 사랑과 자비가 있다.
그대가 계신 곳에 자연도 있다.

만일 독자께서 주의를 기울여 이 시를 낭독한다면, 아니 차라리 감정을 담아서 노래부른다면, 행복에 넘친 당신의 숨결이 감도는 것을 느낄 것이다.

그러나 나는 그처럼 서둘러서 그 번거럽고 화려한 상대로부터 붓을 돌리려고 생각하지는 않는다. 그러기 전에 두어 가지 설명을 더 첨가해두지 않으면 안 되겠다. 특히 두 번째 시의 끝 구절에 주석을 달고자 한다.

좀처럼 옷을 갈아입는 일이 없는 검소한 평상복 차림만이 눈에 익은 부인이 지금 화려한 유행의 몸치장을 하고 눈부신 모습으로 나를 맞이했던 것이다. 그러나 역시 똑같은 부인이었다. 그녀의 정숙하고 친절한 태도에는 아무런 변화도 없었다. 다만 그녀의 매력이 평소보다 한층 더 뛰어나 보였음을 말해두고 싶다. 그것은 아마도 그녀가 여기서는 많은 사람들을 대하고 있었기 때문에 평소보다도 활발하게 이야기를 하고, 또한 상대방이 달라짐에 따라서 여러 가지로 언동을 바꾸지 않으면 안 되었기 때문이리라. 요컨대 이들 타인들은 어떤 점에서는 불유쾌했지만, 그러나 덕택으로 매우 기쁘게 생각한 것은 부정할 수 없었다. 왜냐하면 그것으로서 그녀의 사교상의 장기를 알 수가 있었고, 또한 그녀가 더욱 넓은 사교장에 나가도 결코 뒤떨어지지 않으리라는 것을 확신할 수 있었던 것이다.

지금 이처럼 장식물로 감싸여 있는 가슴, 이 가슴이야말로 바로 그 밑바닥까지 내게 헤쳐서 보여준 바로 그 가슴, 자신의 것과 같을 정도로 내가 똑똑히 꿰뚫어 볼 수가 있었던 바로 그 가슴이다. 그리고 또 그 입술도 벌써 옛날에 그녀가 자라온 긴 세월의 환경을 이야기해 준 바로 그 입술이다. 서로 교환하는 눈짓이며 거기에 따르는 미소 하나하나가 남모르는 귀중한 이해를 말해주는 것이었다. 그리고 나는 여기에서 이처럼 많은 사람들 속에서 우리들의 순진한 묵계를 생각하고 놀랐다. 그것은 극히 자연스럽게 맺어진 것이었다.

그런데 봄이 되자 조심스러운 시골식의 자유가 이러한 관계를 더욱 밀접하게 결부시켜 주었다. 마인 강가에 있는 오펜바하는 그 당시에 이미 장래성 있는 도시로서 발전될 것이라는 희망이 뚜렷하게 보였다. 아름다운 그 시대로서는 훌륭한 건물이 이미 여러 개 세워져 있었다. 베르나르트 숙부[1]는 — 나는 그를 갑자기 가정에서 통용되는 이름으로 부르련다 — 제일 큰 집에 살고 있고, 그것에 접해서 넓은 공장 건물이 늘어서 있었다. 도르빌레라는 사람이 그 맞은편에 살고 있었다. 그는 숙부보다도 나이가 젊은 씩씩한 남자로서 호감을 받는 성질이었다. 본채에 접한 정원과 테라스는 마인 강까지 계속되어 어디서나 자유로이 경치가 좋은 근교로 나갈 수가 있었기 때문에, 잠시 들르는 사람이나 체류하는 사람이나 굉장한 쾌감을 느끼게 했다. 사랑을 하는 사람들에게 있어서는 이만큼 기분에 맞는 장소는 달리 찾아볼 수 없었다.

나는 요한 앙드레[2]의 집에서 머무르고 있었다. 그는 나중에는 꽤 이름이 알려진 사람인데 지금 그의 이름을 여기에 들추어냈기 때문에 당시의 가극계歌劇界에 대해서 몇 가지 설명을 하기 위해 잠시 옆길로 빠져야겠다.

그 무렵 프랑크푸르트에서는 마르히안트라는 사람이 극장 감독이었는데, 자신의 활동으로 가능한 일을 해보려고 노력하고 있었다. 그는 한창 일할 수 있는 연배로서 키가 크고 잘 생긴 미남자였다. 그의 인품에는 여유있고 온화한 점이 두드러지게 보였다. 그래서 그를 무대에서 보는 것은 아주 기분 좋은 일이었다. 그리고 또 그 당시 음악적인 작품을 연출하는 데 최소한으로 필요로 하는 정도의 성량은 가지고 있었던 모양이었다. 그런 연유로 그는 크고 작은 프랑스 가극을 이 나라에 이식하려고 노력했다.

---

1) 니콜라우스 베르나르트 앙드레(Nicolaus Bernard Andre). 오펜바하의 연초 공장 주인, 괴테의 숙부.
2) 베르나르트의 아우.

그레트리의 가극 《미녀와 괴수》[3]의 아버지 역은 그가 출연해서 특히 성공한 역이었다. 이 가극에서 비단 망網의 장막帳幕에 비쳐 연출되는 환영의 장면 같은 것은 참으로 표현이 풍부한 것이었다.

이런 종류의 작품으로서는 성공을 거둔 편인 이 가극은 고상한 양식에 가까운 것으로서 아무리 섬세한 감정이라도 자극하는 데에 알맞았다. 이에 반해서 사실주의의 악귀惡鬼가 가극 극장을 풍미하고 있어, 여러 가지 생활상태며 직업을 취급한 가극이 나타났다. 《사냥꾼》이라든가, 《통桶장이》[4]라든가, 그밖에 어떤 것이 있었는지 모르지만, 이러한 것들이 선두에 서 있었다. 앙드레는 가극의 소재로 도기공陶器工을 골랐다. 그는 자신이 가극을 쓰고 자작 대본에 자신의 음악적 재능을 전부 쏟아 넣었다. 나는 그의 집에서 동거하고 있었다. 그래서 나는 언제나 재치있게 해나가는 이 시인 겸 작곡가에 대해서 여기에 필요한 것만을 적어두려고 한다.

그는 선천적으로 활동적인 재능을 가졌고, 원래 기술자겸 공장주로서 오펜바하에 정주하고 있었다. 그는 관현악지휘자와 예술원호자 사이에서 갈팡질팡하고 있었다. 전자로서의 공적을 올리기 위해서, 악단에 확고한 발판을 굳히기에 심혈을 기울였다. 후자로서는 자신의 작곡을 몇 번이고 되풀이하면서 지칠 줄을 몰랐다.

당시 우리 서클을 충실하게 만들고 활기를 띠게 하기 위해서 크게 활동한 사람들 중에는 에발트 목사[5]를 들지 않을 수 없다. 그는 사교장에서는 재기가 넘치고 쾌활했으나, 혼자 있을 때에는 자신의 의무와 자신의 계급에 관한 연구를 완성할 수가 있었다. 따라서 그는 나중에 신학계에서 명예를 얻을 수 있었다. 그는 또 동료들 사이에서 이해력이 좋고 인정이 있어서 없어서는 안 될 한 사람으로 여겨졌던

---

3) 이 오페라의 대본은 《Marmontel의 Zemire et Azor》.
4) 아우디노트(Audinot)의 《Le tomelier》
5) 요한 루드비히 에발트(Johann Ludwig Ewald, 1747~1822).

것도 당연하다.

릴리의 피아노 연주는 선량한 앙드레를 완전히 우리와 한패로 만들어버렸다. 가르치고 나무라고 자신이 직접 연주도 하면서 밤낮할 것 없이 항상 가족 속에 있지 않을 때에는 사교적인 행사에 참가했다.

뷔르거의 〈레노오레〉[6]는 마침 그 무렵에 갓 발표되었고, 독일인으로부터 열광적인 환영을 받았는데, 여기에 작곡을 한 것은 앙드레였다. 그는 몇 번이고 이것을 즐겨 낭송했다.

평소 자주 활발하게 음송식吟誦式으로 낭독하기를 즐기던 나도 이곡을 언제든지 사람들 앞에서 낭송할 수가 있었다. 그 당시의 사람들은 아직 같은 것을 몇 번이고 되풀이해서 들어도 싫증을 내지 않았던 것이다. 우리 두 사람 중에서 어느 쪽을 듣고 싶은지 모인 사람들의 선택에 맡겨지는 경우에는 대부분이 내가 좋다는 결정이 내려졌다.

그러나 이러한 모든 일들은 그것이 무엇이 되었든, 단지 애인끼리 만나는 시간을 연장시키는 데 도움이 되었다. 두 사람은 언제까지고 헤어지려고 생각하지 않았다. 그래서 선량한 요한 앙드레는 두 사람이 시키는 대로 한밤중까지 반복해서 쉴 새 없이 음악을 계속하지 않으면 안 되었다. 사랑하는 두 사람은 이렇게 해서 없어서는 안 될 귀중한 대면의 기회를 확보할 수 있었다.

아침 일찍 문 밖에 나가면 넓디넓은 대기에 싸였으나, 하지만 우리가 원래 시골에 있던 것은 아니었다. 당시로서는 도시로서도 손색 없는 굉장한 건물, 평탄한 화단이며 그 밖에 화려한 화단이 있는 극장, 관람석처럼 한눈에 바라볼 수 있는 정원, 강 건너편 기슭까지 바라볼 수 있는 널따란 전망, 종종 아침 일찍부터 뗏목이며 경쾌한 시

---

6) 뷔르거(Bürger)의 유명한 담시(Ballade), 1773년에 완성되다.

장배市場船며 조그만 배들의 왕래, 느슨하게 미끄러져 가는 듯한 살아 있는 세계는 애정을 간직한 짙은 감정과 조화되고 있었다. 미동하는 흐름의 외로운 잔물결과 갈대의 살랑거리는 소리에도 마음은 상쾌해지고, 이곳을 찾아오는 사람에게 분명히 마음을 부드럽게 해주는 매력을 느끼게 했다. 가장 아름다운 계절의 맑게 개인 창공이 이 모든 것 위를 덮고 있었다. 그리고 이와 같은 경치에 둘러싸여 사랑하는 사람끼리 아침에 다시 만나는 것은 참으로 즐거운 일이었다.

그러나 진지한 독자가 있어서 이러한 생활방식이 너무나도 방종하고 경박하다고 생각된다면, 그런 사람은 여기에 서술하는 형편상 연속해서 일어난 것처럼 이야기한 사건의 사이에는 만나지 않고 지낸 여러 날 여러 주일이 있고, 다른 용무와 일이 있었다는 것, 거기에다 또 참을 수 없는 지루한 생각도 들어 울화가 치밀기도 했다는 것을 생각해주기 바란다.

남자도 여자도, 각자의 의무의 테두리 안에서 열심히 일을 했다. 나도 또한 현재와 미래를 생각해서 내가 해야 할 일을 게을리하지는 않았다. 그리고 또한 재능과 정력이 불가항력적으로 내게 강요한 일을 완수할 시간도 충분히 있었다.

새벽 몇 시간 동안은 시작을 위해 보내지 않으면 안 되었다. 오전 중의 몇 시간을 세속적인 일을 위해 보냈으나, 나는 이것을 완전히 자기 나름대로 처리했다. 나의 아버지는 조예가 깊고 고상한 법률가로서 자신의 재산을 관리하기 위한 사무와, 또 존경하는 친구들과의 교제에서 생기는 사무도 자신이 처리했다. 그리고 법률을 업으로 삼는 것은 추밀고문관樞密顧問官의 직함이 허용하지 않았지만 많은 친구들에게는 법률고문으로서 상담역이 되어주었다. 즉 아버지가 서류를 작성해서, 본직인 변호사의 서명을 받으면 되었던 것이다. 물론 서명에 대해서는 일일이 상당한 보수를 받았다.

아버지의 이러한 활동은 내가 참가함으로써 한층 활기를 띄었다.

아버지는 나의 실무보다도 서적 재능을 높이 평가해주고, 내가 문학의 연구와 창작을 위해서 충분한 시간을 가질 수 있도록 여러 가지로 배려해 준 것은 잘 알고 있었다. 아버지는 비공식 배석판사陪席判事로서 소송서류를 철저하게 열심히 연구하고 있었는데, 그러나 복안을 세워 이것을 작성하는 데는 오랜 시간이 걸렸다. 우리가 함께 있게 되자 그는 내게 그 일을 시켰다. 그러자 나는 이것을 쉽게 완성해 버렸으므로 아버지는 부모로서 무한한 기쁨을 느끼고, 한 번은 네가 만일 남이었다면 아마도 너를 시기했을 것이라고 입 밖에 내어 말하지 않을 수 없을 정도였다.

이러한 사무를 한층 진척시키기 위해서 서기를 한 사람 두었다. 이 사람의 성격과 행동을 잘 묘사했더라면 쉽사리 한 편의 소설로 꾸며 그것을 장식할 수 있었을 것이다. 학교 시절을 유익하게 보내고, 특히 라틴어를 완전히 습득하고 그 밖의 유익한 지식도 흡수했으나, 너무나도 방종한 대학생활 때문에 그 후의 생활에 파탄을 초래하고 말았다. 얼마 동안은 병구病軀를 이끌고 간신히 곤궁을 견디어 내고 있었으나, 나중에 겨우 필적이 아주 훌륭하고 계산 능력이 뛰어난 것이 도움이 되어 약간 순조로운 환경에 놓일 수가 있었다. 그는 몇몇 변호사 밑에서 일을 돕다가 차츰 법률상의 여러 가지 수속절차도 익혀, 정직하고 착실하기 때문에 그를 써준 사람들의 후원을 얻게 되었다. 그는 우리집에도 의리가 있어 법률이나 회계에 관한 일은 무엇이나 맡아서 도와주었다.

그런데 우리집의 일은 법률사무뿐만이 아니라 여러 가지 위탁사업이며 주문과 운송업까지도 관계를 해서 점점 확장되어 갔는데 그도 자신의 분야를 담당해주었다. 그는 시청에서는 앞길 뒷길 할 것 없이 통하고 있었다. 신구新舊 두 시장의 면접시에는 그의 독자적 방법으로 면회를 허용받고 있었다. 거기에다 그는 많은 의원들을 취임 초 아직 물정을 알지 못할 때부터 잘 알고 있었기 때문에, 그 사람들

안에서 어떤 신뢰를 얻고 있었다. 그 중에는 바로 배심관陪審官으로 승진한 사람도 두세 명 있었다. 이 신뢰는 일종의 세력이라고 해도 좋았다. 그는 이 모든 것을 자신의 후원자를 위해서 이용할 줄을 알고 있었다. 그렇기에 그의 건강상태가 과도한 활동을 허용치 않았는데도, 그는 어떠한 주문이든 어떠한 용건이든 언제나 쾌히 떠맡아 성심껏 달성했다.

그와 함께 있는 것은 결코 불유쾌하지 않았다. 날씬한 몸매에다 이목구비가 반듯한 얼굴이었다. 그의 거동에는 위압을 하는 점은 없었으나, 해야 할 일에 대한 확고한 신념이 나타나 있었다. 더군다나 장해를 제거하는 경우에도 쾌활하고 숙달되어있었다. 그는 거의 50대가 가까운 연배인 것 같았다. 나는 지금도 — 이미 말한 것을 다시 반복해서 말해도 좋겠지만 — 어떤 단편 소설의 구상 속에 이 사람을 주륜主輪으로서 끼워 넣지 않은 것을 후회하고 있었다.

이제까지 말한 것으로서 나의 근엄한 독자도 다소 만족했으리라고 기대하고, 이제부터 또 우정과 사랑이 가장 아름다운 빛을 받고 나타난 저 화려한 시절의 일로 돌아가도 상관없는 것으로 생각한다.

생일을 정성들여 즐겁게 여러 가지로 취향을 바꿔서 축하하는 것은 이러한 사교 사회에 있어서는 당연한 일이었다. 에발트 목사의 생일 축하 때에 다음과 같은 시가 만들어졌다.

> 사랑과 술로 기분은 들뜨고
> 마음 기쁠 때에는
> 함께 노래하자, 이 노래를.
> 소리를 맞추어 노래 부르자.
> 신께서 우리를 이곳으로 불러
> 우리를 한데 묶으셨네.
> 자, 밝히자, 우리 불길

신께서 태우시는 불길을.

이 노래는 오늘날까지도 그대로 남아서 유쾌한 연회석 같은 데서는 반드시 새삼스럽고 즐겁게 불려지기 때문에 우리는 이 노래를 후배들에게 권장하고 싶다. 그리고 또 이 노래를 읊조리고 노래하는 모든 사람들에게 우리가 그 당시에 품었던 것과 똑같은 마음 속에서 우러나는 기쁨과 만족을 갖기 바란다. 그런 경우 우리는 특별히 다른 넓은 세계에 대한 생각을 하지 않고 우리들이 좁은 영역내에 있으면서도 하나의 세계까지로 뻗어서 퍼져 있었던 것 같은 기쁨과 만족을 느끼고 있었던 것이다.

그런데 1775년의 6월 23일은 마침 릴리의 열일곱 번째 생일이어서, 우리가 이것을 특별히 축하했어야 하는 점은 독자들도 기대하리라. 릴리는 정오에 오펜바하로 오기로 약속되어 있었다. 여기서 나는 그녀의 친구들이 다행히 같은 의견이어서 이 축제에는 틀에 박힌 미사여구의 축사 같은 것을 일체 배제하고, 정말로 그녀를 축하하는데 알맞은 꾸밈없는 진정만으로 환대와 향응의 준비를 했다는 것을 말해두지 않으면 안 되겠다.

이러한 기분 좋은 의무에 종사하면서 나는 해가 지는 것을 바라보고 있었다. 저녁 해는 다음날의 맑은 날씨를 알려, 우리의 축제일에는 즐겁고 빛나는 햇빛이 틀림없이 비치리라고 생각했었다. 그 때 릴리의 동생 게오르게가 찾아왔다. 자신을 꾸밀 줄 모르는 이 소년은 무뚝뚝한 모습으로 방으로 들어와서는 우리의 내일의 축연에 지장이 생긴 것을 서슴없이 분명하게 보고했다. 그 자신은 왜 그런지, 무슨 까닭인지는 모르지만 누님은 내일 낮 오펜바하로 와서 그녀를 위해서 열리는 축하연에 참석하는 것이 전혀 불가능하다고 전해주도록 누님으로부터 부탁을 받았다고 했다. 하지만 석양 무렵에는 어떻게 해서든지 올 수 있으리라는 것이었다. 거기에다 누님은 자신의 불참이 나와 내 친구들에게 얼마나 불쾌한 생각을 갖게 할 것인지는 충분히 알고 있지만, 이 일을 모든 사람들에게 알리는 것은 내가 맡아서 이 불유쾌한 통지를 적당히 궁리해서 완화시켜, 가능하다면 그 보상을 하도록 잘 부탁하며, 미리 사죄와 아울러 감사를 드린다고 말하는 것이었다.

나는 잠시 동안 잠자코 있었으나, 곧 기분을 전환시켜 마치 하늘에서 영감을 얻어 해야 할 일을 깨달은 것처럼 이렇게 외쳤다.

"게오르게 군, 빨리 돌아가서 누님에게 안심하라고 전해라! 그리고 석양에는 꼭 올 수 있도록 하라고 전해다오. 이 화는 반드시 복이 되도록 해보이겠다고 내가 약속하더라고, 전해다오."

소년은 호기심을 불러일으켜 어떻게 해서 전화위복이 되는가를 알고 싶어했다. 그는 우리 일동의 사랑하는 여인의 동생으로서의 지위를 십분 이용해서 온갖 재주와 힘을 다했으나, 나는 단연코 거기에 응하지 않았다.

그가 떠나자 나는 묘한 자기 만족의 감정에 젖어서 방 안을 거닐었다. 그리고 이제야말로 그녀의 충복忠僕임을 나타내는 절호의 기회라고 생각하고 유쾌하고 시원한 기분이 되어 즉흥시에 알맞도록 몇 장의 종이를 고운 비단으로 철해가지고 허둥지둥 표제를 썼다.

그녀는 오지 않는다.

1775년 6월 23일 마인 강가 오펜바하에서 가장 자연스럽게 상영될 가엾기 그지 없는 가정극, 그 진행은 아침부터 저녁까지 계속됨.

이 장난기섞인 연극에는 초안도 사본도 남아있지 않았기 때문에 나는 사람들에게 여러 모로 물어 보았으나 여기에 대해서는 전혀 알 수가 없었다. 그렇기 때문에 지금 여기서 새로 정리해야만 되는데 그것은 본시 그렇게 어려운 일은 아니다.

무대는 오펜바하의 도르빌레 가의 저택과 정원, 진행은 종비從婢들에 의해서 시작되고 그 각자각자가 자기의 맡은 역을 충실히 연출하여 축연祝宴의 준비를 하고 있다는 것을 분명히 알 수 있었다. 어린아이들도 자연의 모습대로 여기에 참가한다. 그리고 주인과 주부가 나타나서 특별한 일을 지시한다. 이렇게 모두가 뒤섞여서 바삐 일하고 있는데, 원기왕성한 이웃에 사는 작곡가 한스 앙드레가 찾아온다. 그는 날개 모양의 피아노에 마주 앉아, 지금 막 완성한 축가를 들려주고 비평을 듣기 위해서 식구들을 불러 모은다. 온 집안 식구들이 빠짐없이 모였다가 곧 다시 바쁜 일을 끝내기 위해서 흩어져 간다. 한 사람이 다른 한 사람에게 불리어서 되돌아오고, 또 어떤 사람은 다른 한 사람에게 도움을 청한다. 그동안 정원사가 도착하여 정원과 샘물 쪽으로 주의가 쏠린다. 화환이며, 매우 아름다운 글귀가 적혀 있는 리본 등이 철저히 준비가 되어 있다.

마침 모두들 훌륭하게 갖추어진 물건들 주위에 모여 있을 때에, 한 사람의 심부름꾼이 들어온다. 이 사나이는 이리저리 뛰어다니는 재미있는 심부름꾼으로서 일역을 맡을 만한 자격을 갖추고 있었다. 그리하여 너무나도 많은 팁을 받았기 때문에 이 자리의 형편에 대해서는 대개 짐작이 가는 모양이다. 거드름을 피우면서 꾸러미를 내보이며 포도주 한 잔과 밀가루 빵을 원한다. 그리고서 서너 번 건네 주기 싫은 시늉을 하고서 겨우 속달 편지를 내준다. 그러자 집주인의 팔이 축 늘어져 편지는 방바닥에 떨어진다. 주인은 외친다.

"식탁으로 데려다 다오, 장총이 있는 곳으로 데려다 다오, 쓰다듬을 수 있도록."

원기왕성한 사람들의 재치있는 모임의 특색으로서는 무엇보다도 상징적인 말과 몸짓이 행해지는 법이다. 거기서는 일종의 은어가 생기고 이것은 함께 어울린 사람들에게는 더없이 유쾌하지만 다른 사람들에게는 언제까지도 알 수 없으며, 혹은 알았을 때에도 화가 치미는 것이다.

릴리의 가장 정답고 부드러운 특징 중 하나로서 여기에 말과 몸짓으로 나타난 것은 단지 쓰다듬는다는 것이 있었다. 이 특징은 무슨 기분 나쁜 이야기를 들었거나 말을 할 때에 특히 식탁에 앉아있을 때라든가 어떤 평평한 것 옆에 있을 때에 행해지는 것이었다.

일의 시초는 언제나 식사 때에 그녀 옆에 앉아있던 낮모르는 남자가 어떤 조심스럽지 못한 일에 대해서 말하기 시작했을 때, 그녀가 대단히 애교있는 무례한 짓을 행한 것이었다. 온화한 얼굴빛은 조금도 변하지 않고, 오른손을 뻗쳐 아주 귀여운 모습으로 식탁보 위를 쓸어서 털고, 그녀의 침착한 손의 움직임이 미치는 데까지, 모든 식기를 유유히 마룻바닥 위로 떨어뜨렸다. 나이프며 소금 그릇이며, 그 밖에 모든 것, 옆사람 것까지도 모두 바닥 위로 떨어뜨려버렸다. 모두가 깜짝 놀랐다. 하인들이 달려왔다. 아무도 영문을 알지 못했으나 오직 주의깊은 사람만이 릴리가 조심스럽지 못한 말에 대해 이런 귀여운 방법으로 복수를 하고 얼버무린 것을 기뻐했다.

이렇게 해서 불쾌한 일을 거부하는 경우의 하나의 상징이 발견된 것이다. 물론 이런 불쾌한 일은 훌륭한, 가장 뛰어난, 존경할 만한, 선량한, 그러나 충분한 교양을 갖지 못한 사교사회에서는 흔히 있는 일이다. 이 오른손으로 한번 쓰다듬는 동작은 거절의 표시로서 우리 모두가 행한 일이지만, 진짜 물건을 쓸어내는 일은 후에 릴리가 자신이 조심스럽게 더구나 품위있게 행했다.

그렇기 때문에 이 장난기섞인 연극의 작자가 우리 동료들에게 있어서 제2의 천성이 된 습관인 한 번 쓰다듬고 싶어하는 욕구를 저택의 주인공에게 무언극으로서 건넸다고 한다면 누구든지 의의있는 일이며 영향이 큰 일이라고 인정한 것이다. 즉 이 주인공이 평평한 표면에서는 무엇이든지 쓸어서 떨어뜨리려고 하기 때문에 모두가 그를 말리려고 하나, 주인은 결국 지쳐서 안락의자 위에 주저앉아버린다.

모두가 "무슨 일입니까, 그 아가씨가 병이라도 났나요. 누가 죽었습니까?"라고 외친다.

"읽어보라, 읽어봐! 여기 마룻바닥 위에 떨어져 있다"라고 도르레가 외친다. 속달편지를 집어 들고 모두가 함께 읽고 "그녀는 오지 않는다"라고 일제히 소리친다.

커다란 놀라움이 사람들에게 더욱 큰 놀라움을 예상하게 했다. 그러나 그녀는 아픈 것도 아니었고 아무 일도 없었던 것이다! 아무 이상도 없었다! 가족 중의 아무도 재난을 입지 않았다. 희망은 저녁에 걸었다.

그동안 줄곧 음악을 계속하고 있던 앙드레는 마침내 달려와서 사람들을 위로하고 자신도 안심하려고 노력했다. 에발트 부부도 또한 불유쾌하기는 하지만 분별을 잃지 않고 억지로나마 기분을 돌리며 개성적이고 점잖은 태도로 등장했다. 그러나 참으로 모범적이고 침착한 베르나르트 숙부께서 맛있는 아침 식사와 유쾌한 일을 기대하고 마침내 모습을 나타내기까지 어수선하고 혼잡한 분위기는 아직도 가라앉지 않았다. 이 사건을 올바른 관점에서 보고 있는 것은 오직 그 한 사람뿐으로서 조리에 맞는 말로 모두를 설득시켜 마치 그리스 비극 속의 신이 희세稀世의 영웅들의 분규를 겨우 몇 마디로 조정하듯이 원만하게 수습해버렸다.

나는 이 모든 것을 밤에, 짤막하게 몇 자 적어서 심부름 온 사람에게 주면서 이 속달편지를 가지고 다음날 아침 정각 10시에 오펜바하에 도착하도록 일러 보냈다.

다음날 아침 눈을 떠보니, 참으로 기분 좋은 맑은 날씨였다. 나도 또한 정오 정각에 오펜바하에 도착하기 위해 준비를 시작했다.

나는 환호에 찬 과분한 환영을 받았다. 축하연에 지장이 생긴듯한 눈치는 조금도 보이지 않았다. 그들은 내가 묘사한 그들의 인물이

지나치게 표현되었다고 말하고 나를 타박하며 몰아세웠다. 하인들은 주인과 함께 같은 무대에 오를 수가 있는 것을 만족스러워했다. 다만 철저하고 속임수에 넘어가지 않는 현실주의자인 아이들만은 이런 말을 한 기억이 없으니 여기에 적혀 있는 것은 모두가 사실과 다르다고 완강하게 주장했다. 나는 식후에 나올 과자를 미리 조금씩 주어서 그들을 달랬기 때문에 아이들은 예전처럼 나를 따랐다. 즐거운 점심으로 거기에다 의식적인 것을 일체 피함으로써 우리는 꾸밈이 없이 더욱 마음 속으로부터 릴리를 맞을 기분이 되었다.

마침내 그녀가 도착했다. 그리하여 자신을 맞아주는 사람들이 유쾌한, 아니 아주 들뜬 얼굴 표정을 하고 있었기 때문에 자기가 없었음에도 불구하고 어찌하여 모두들 이렇게 들떠있는지 이상스럽게 생각할 정도였다. 사람들은 릴리에게 자초지종을 이야기하고, 나의 각본을 빠짐없이 읽어 들려주었다. 그래서 릴리도 그 여자에게서만 찾아볼 수 있는 아름답고 사랑스러운 태도로 내게 감사의 인사를 했다.

릴리가 자기를 위해서 개최된 축연에 참석하지 못한 이유는 우연한 사정 때문이 아니고, 우리들의 관계에 대해서 이러쿵 저러쿵 말이 많았기 때문임은 두말 할 나위도 없는 일이었다. 그러나 그것은 우리들의 기분이나 태도에 눈꼽만큼도 영향을 미치지 않았다.

마침 이 계절에는 도시로부터 많은 방문객이 끊임없이 밀려왔다. 나는 종종 해가 저문 후에야 비로소 모임에 참가했으나, 릴리는 겉으로는 재미있는 것처럼 행동하고 있었다. 그리고 나는 극히 짧은 시간밖에 있을 수가 없었기 때문에 그녀에 대해서 큰 일이나 작은 일이나 여러 가지로 도와주거나 부탁받은 일을 맡아서 그녀의 도움이 되어주고 싶었다. 아마도 이러한 봉사야말로 사람이 경험할 수 있는 가장 즐거운 일일 것이다. 릴리가 나를 지배하고 있는 것은 숨길 수 없었다. 옛날의 기사전騎士傳이 — 확실하지는 않지만 — 힘있게 우리에게 전해진 것도 이러한 봉사정신 때문일 것이다. 릴리가 나를 지배하고 있는 것은 숨길 수 없었다. 그리고 그녀는 이 자랑을 자기것인 양 행세할 수도 있었다. 여기서는 정복자도 피정복자도 다같이 승리를 축복하고, 양쪽이 똑같은 자랑 속에서 기뻐하고 있는 것이다.

나는 이처럼 되풀이해서 대개는 극히 짧은 시간 동안만 모임에 참가했는데 이것이 오히려 효과적이었다. 요한 앙드레는 항상 음악적인 여유가 있었다. 나도 또한 남의 것이나 나의 새 작품을 가지고 있었다. 시와 음악의 꽃이 비 오듯 쏟아져 내렸다. 완전히 잠이 깨는 듯한 시기였다. 모인 사람들이 모두가 정신없이 기뻐하며, 분위기가 깨질 틈이 없었다. 이것은 의심할 여지도 없이 우리 두 사람의 관계가 다른 사람들에게 전해졌기 때문이었다. 왜냐하면 애정이나 정열이 있는 그대로의 대담한 모습으로 나타날 때에는 소심한 자까지도 여기서 용기를 얻어 자신들의 똑같은 권리를 감출 필요가 어디에 있느냐 하는 식으로 생각하기 때문이었다. 그래서 이제까지 다소라도 사람들의 눈을 피하고 있던 애정관계가 눈에 띄게 되어 이제는 더이상 주저하지 않고 서로 어울리는 것이었다. 아직 공공연하게 할 수 없는 사람들 앞에서는 은밀하게 즐겼다.

나는 다방면으로 벌어진 일 때문에 낮에는 여러 날 동안 그녀에게 가지 못할 날도 있지만, 그래도 날씨가 좋은 날 석양에는 야외에서 한가롭게 그녀와 함께 지낼 기회는 있었다. 사랑을 하는 사람들은 다음에 적는 사항을 기꺼이 받아 주리라.

우리들의 사이는 어느 책엔가에도 씌어 있는 것처럼 '나 비록 잠이 들었을지라도, 내 마음은 깨어있다'[7] 하는 정도였다. 밝을 때나 어두울 때나 한결 같았다. 한낮의 빛도 사랑의 빛을 빼앗지 않고, 밤은 정열의 빛으로 휘황찬란한 대낮이 되었다.

---

7) 솔로몬의 아가雅歌 중의 한 구절.

우리들은 맑게 개인 밤하늘의 별빛을 받으며 널따란 들판을 밤늦게까지 거닐었다. 그리고 그녀와 그녀의 친구들을 제각기 자기 집으로 바래다주고, 그녀와도 작별한 후에도 좀처럼 잠이 오지 않아서 다시 또 산책을 했다. 나는 갖가지 상념과 희망에 잠겨 프랑크푸르트로 가는 거리를 향해 걸었다. 길목에 있는 어느 벤치에 걸터앉아 빛나는 별과 달의 밤하늘 밑에서 맑은 밤의 고요에 휩싸이면서 자신과 그녀 단 두 사람의 일만을 생각하려고 했다.

내 바로 옆에서 정체를 알 수 없는 음향이 들리는 것 같았다. 졸졸거리는 물소리도 아니고 살랑거리는 나뭇잎이 스치는 소리도 아니었다. 잘 주의해서 들으니, 그것은 고슴도치나 족제비거나 아니면 이 시각에 이와 같은 짓을 하는 동물의 짓인 듯했다.

그리고 나는 시내쪽을 향해서 계속 걸어 뢰더베르크에 이르렀다. 그 곳에서는 포도원으로 올라가는 회백색의 계단이 유난히 눈에 띄었다. 나는 그 곳으로 올라가 털썩 주저앉은 채로 잠이 들어버렸다.

다시 눈을 떴을 때는 이미 훤하게 동이 텄고 내 앞에 높은 성벽이 우뚝 솟아있는 것이 보였다. 이것은 그 옛날에 이쪽으로 맞닿아서 늘어진 신에 대한 성채城砦로서 세워진 것이었다. 작센하우젠 강이 눈밑에 바로 놓여있고 엷은 안개가 강줄기를 가득 메우고 있었다. 실로 상쾌하고 기분좋은 전망이었다.

내가 그 곳에 앉아있는 사이에, 태양은 내 등뒤에서 차츰 올라와 눈앞에 보이는 온 누리를 밝게 비추었다. 그 곳은 내가 다시 연인과 만날 장소였다. 그리고 나는 아직 잠들고 있는 연인을 에워싸는 낙원을 향해서 천천히 귀로에 올랐다.

그러나 나는 그녀를 사랑하는 일념에서 일을 벌여 거기에 정진하려고 애썼으나, 일의 범위가 더욱 확대되고 또한 거기에 따라서 나의 오펜바하 방문도 차츰 드물어짐으로써, 일종의 마음 괴로운 곤혹을 초래하게 된 것은 바로 장래를 걱정하는 나머지 현재를 소홀히 하여 그것을 잃는다는 느낌을 피할 수 없게 했다.

그런데 나의 장래에 대한 기대가 차츰 개선됨에 따라서 나는 그것을 사실 이상으로 크게 생각했다. 거기에다 이런 공공연한 관계는 이 이상으로 오래 계속해나가면 반드시 불쾌감을 초래할 것이 틀림없을 것이므로 우리는 한시라도 빨리 결단을 내려야 한다고 생각했다. 그리고 언제나 이와 같은 경우에 그러하듯이 우리는 이 일에 대해서 분명하게는 이야기하지 않았다. 그러나 상호간의 절대적인 만족스러운 감정, 헤어질 수가 없다는 절대적인 확신, 어느 한쪽도 뒤떨어지지 않는 상호간의 신뢰 — 이 모든 것들이 나를 진지하게 만들어버렸기 때문에 두 번 다시 뒤를 질질 끄는 관계는 맺지 않겠다고 예전에 굳게 결심했음에도 불구하고, 또다시 좋은 결과를 얻을 확신도 없이 이와 같은 관계에 빠진 나는 심기가 몽롱해져서 마치 무감각한 상태와 다름없었다. 나는 이 경지를 벗어나기 위해서 중요하지도 않은 세속적인 일에 점점 몰두했던 것인데, 그것도 역시 일의 이익과 만족을 오직 연인에게 줄 희망이 있었기 때문이었다.

이러한 묘한 상태 때문에 괴로운 경험을 한 사람도 겪지 않으리라 생각하는데, 우리가 이런 궁지에 빠져 있을 때 절친한 한 여인이 두 사람을 구출해주었다. 그 여인은 그들끼리의 관계며 모든 사정을 샅샅이 알고 있었다. 그 여인은 델프[8] 양이라고 불리고 있었다. 언니와 하이델베르크에서 조그마한 상점을 경영하고 있었는데, 여러 가지 일이 있을 때마다 프랑크푸르트의 큰 어음교환소에서 많은 신세를 지고 있었다. 그녀는 릴리를 어렸을 때부터 알고 있고 귀여워하고 있었다. 좀 색다른 성격의 부인으로서 점잖고, 남자 같은 모습을 하고, 걸음걸이는 언제나 같은 보조로 확실하고 빠르게 한눈 파는 일이 없이 걸었다. 그녀는 특별히 세상에 순응해나가지 않으면 안 될

---

8) 헬레네 도로트네아 델프(Helene Dorotnea Delph), 당시 40대로서 1808년에 죽다.

이유가 있었기 때문에 적어도 어떤 의미에서는 세상을 잘 알고 있었다. 꾀를 부린다는 것은 아니지만 언제나 모든 사정을 오랫동안 조용히 주시하면서 남몰래 자신의 의도를 가슴 속에 품고 있었다. 그러나 기회를 간파하는 명민함을 지녔고, 당사자의 의향이 의혹과 결심 사이를 갈팡질팡하고 있는 것을 보면, 마침내 결단을 내릴 수밖에 달리 도리가 없는 경우라면 자신이 지니고 있는 확고한 기질을 발휘해서 사이에 끼어들어, 대개의 경우 틀림없이 자신의 계획을 관철시킬 수 있었다. 그녀는 본시 이기적인 목적을 갖고 있지 않았다. 무슨 일인가를 하고, 무엇인가를 완성하고, 특히 결혼을 성사시킬 수가 있으면 그것만으로 그녀는 보답을 받을 것이었다. 그녀는 우리들의 관계를 특별히 간파하고 있었다. 여러 차례 이곳에 와 있는 동안에 모든 것을 다 알게 되었다. 그래서 그녀는 마침내, 이 애정은 힘을 빌려주지 않으면 안 되겠다는 것과 두 사람의 의도는 본심에서 우러나기는 했지만 수행하는 힘이 충분치 못하므로, 그 의도를 원조해서 될 수 있는대로 빨리 이 조그마한 한편의 소설의 결말을 지어야 되겠다는 것을 믿게 된 것이었다. 델프양은 다년간 릴리의 어머니의 신용을 얻고 있었다. 내 소개로 우리집에도 드나들게 되었는데, 나의 양친에게도 호감을 사고 있었다. 왜냐하면 자유시에는 그녀와 같은 무뚝뚝한 태도도 사람들로부터 불쾌하게 여겨지지 않고 마음 속에 분별력만 가지고 있으면, 오히려 사람들로부터 환영을 받았기 때문이었다. 그녀는 우리들의 소원과 희망을 잘 알고 있었다. 그래서 남을 보살펴주기를 좋아하는 그녀의 이 일을 자신에게 맡겨진 일이라고 생각했다. 요컨대 그녀는 나의 양친과 상의를 해주었던 것이다. 어떤 식으로 말을 끄집어냈는지, 또 그녀가 당면했을 장해를 어떤 식으로 해결했는지, 그것을 차지하고서 어느 날 밤 우리들이 있는 곳으로 찾아와서 양친의 승낙을 전해 주었던 것이다. 그리고 "자, 악수를 하세요" 하며 특유의 과장된 명령적인 태도로 외쳤다. 나는 릴리와 마주 보고 서서 내 손을 내밀었다. 그녀는 망설이지는 않았으나 천천히 자신의 손을 내 손과 맞잡았다. 깊은 숨을 내쉰 뒤에 우리는 몹시 감동하여 서로 포옹을 했다.

이렇게 해서 색다른 나의 생활 항로에서 어찌되었든 신랑의 기분이 어떤 것인가를 경험하게 된 것도 우리를 지배하는 신의 불가사의한 뜻이었다.

이 기분은 교양있는 남자에게 있어서 온갖 추억 가운데 가장 기분좋은 것이라 해도 과언이 아니리라. 말로 표현하기도 설명하기도 곤란한, 그 당시의 감정을 되씹는다는 것은 즐거운 일이다. 약혼의 성립에 의해서 종전의 상대는 완전히 일변했다. 험악한 대립은 해소되고 집요한 분열도 조정되어, 이제까지는 주제넘게 참견하는 성정性情과 끊임없이 경고를 알리는 이성, 폭위暴威를 떨치는 본능, 오성의 법칙들이 끝없는 분쟁에 의해서 우리에게 거역해왔던 것인데, 그것이 지금은 일치하여 화기애애하게 우리를 향해서 다가오고 있었다. 그리하여 많은 사람들 앞에서 엄숙하게 거행되는 식에 의해서 이제까지 금지되었던 일이 요구되고, 이제까지 처벌을 면치 못했던 일들이 소홀히 할 수 없는 의무가 되었다.

그러나 그 순간 이래로 내 마음에 어떤 종류의 변화가 일어났다는 것을 들으면 독자께서는 이에 대해서 도덕적인 찬의를 표해주리라고 믿는다. 이제까지 애인은 내게 있어서 아름답고 우아하고 매력이 있는 것으로 생각되었으나, 지금은 훌륭히 가치있는 것으로 여겨지게 되었다. 말하자면 그 사람은 이중인격자였다. 그 사람이 갖는 우아함과 사랑스러움은 바로 내 것이었다. 이것은 전부터 느껴오던 것과 같다. 그렇지만 그 성격의 가치, 확고한 자신, 만사에 있어서 위험성이 없는 믿음직스러움, 이것은 영원히 그 사람 자신의 것이었다. 나는 그것을 바라보고, 그것을 간파함으로써 일생 동안 이식을 받을 수 있는 자본을 보는 듯한 기분이 들어 기뻤다.

어떠한 경우든 그 결정에서는 오래 머물러 있을 수 없다는 것은 이미 예로부터 전해지고 있는 근거도 있고 의의도 있는 말이다. 오직 델프양의 알선에 의해서 획득할 수 있었던 쌍방의 양친의 동의는 이제는 결정적인 것으로 보였으나, 그것도 아직 무언중의 양해로서 그 이상 특별한 의식 같은 것은 행해지지 않았다. 그런데 이와 같은 약혼도 그 한 가지 경우라고 말할 수 있겠는데, 어떤 관념적인 일이 현실 세계에 나타날 경우, 이미 완전히 정리되었다고 믿고 있을 때에, 거기에 생각지 않은 위기가 생기기 쉬운 법이다. 외부의 세계는 어디까지나 무자비한 것이다. 그런데 그것도 이 외부의 세계가 단호히 자기를 주장하지 않으면 안 되는 이상 당연하다. 정열의 자신은 아주 크기는 하지만, 우리가 너무나도 자주 이 자신이 거기에 반대되는 현실에 부딪혀 좌절하는 것을 눈으로 보고 있다. 충분한 재산이 없이 신혼생활로 들어가는 부부는 — 특히 나이를 먹어서는 더욱 더 — 결코 밀월蜜月 같은 것을 기대하지 못한다. 세상은 조금도 용서 없는 요구를 내걸고 그들을 위협한다. 만일 젊은 부부로서 이 요구에 불응하면 바보 취급을 받게 된다.

내가 목적 달성을 위해서 진지하게 강구한 수단이 아직 불충분했다는 것은 그것을 일찍 깨닫지 못했다는 것이다. 왜냐하면 어떤 점까지는 이 수단으로 충분했기 때문이었다. 그런데 지금 바야흐로 목적이 바로 눈앞에 가까워지고 보니 여기저기 어려운 형편이 생길 것 같았다.

정열이 지나쳐 자칫하면 경솔하게 내리기 쉬운 억단臆斷은 이제야 그 모순의 전모를 차례차례로 폭로했다. 우리 집안의 일이며 가정적인 사정의 특수한 점을 다소 냉정하게 고찰할 필요가 있었던 것이다. 모든 일에 있어서 장래의 며느리를 맞이하기 위한 준비가 갖추어져 있다는 인식은 물론 근본적으로 갖고 있었다. 그러나 준비가 갖추어져 있었다고 해도 그럴 경우 기대되고 있었던 것은 도대체 어떤 종류의 부인이었을까?

우리는 제3부의 마지막 부분에서 얌전하고, 사랑스럽고, 영리하고, 아름답고, 허식이 없고, 언제나 변덕스럽지 않고, 인정 많고 그러면서도 격정에 들뜨는 일이 없는 한 부인과 알게 되었다. 이 부인이야말로 이미 벽도 쌓이고, 둥근 윤곽도 만들어진 둥근 천정에 대해서 바로 안성맞춤의 매김돌이 될 수 있는 사람이었다. 그러나 이번 경우 조용히 허심탄회하게 고찰해보고, 새로 약혼한 부인에게 이러한 지위를 부여하기 위해서는 전혀 새로운 둥근 천정을 다시 세울 필요가 있다는 것은 부정할 수 없는 사실이었다.

그러나 이 사실을 나는 아직 분명히 알지 못했다. 그녀 역시 마찬가지였다. 그런데 지금 우리 가정의 경우를 잘 관찰해보고 이제 그녀를 우리 집으로 끌어들이려고 생각해보니, 어쩐지 그녀는 내게 적합하지 않다고 생각되는 것이었다. 그렇게 말한다면, 이제까지도 역시 그녀의 교제 그룹 속에 얼굴을 내밀려고 할 때에, 나는 현대식의 사치스러운 신사들과 비교해서 지지 않기 위해 그때그때 더군다나 새로이 옷을 갈아입지 않으면 안 되었다. 그러나 이러한 현대적인 행동은 우리집처럼 신축을 한 당연한 시민의 집이면서 지금은 시대에 뒤떨어진 장식이, 말하자면 설비를 거꾸로 옛날 식으로 바꾼 것 같은 가정의 구조로서는 도저히 할 수 있을 것 같지 않았다.

그런 연유로 양친의 승낙을 얻은 후에도 쌍방의 양친들 사이에서는 아무런 교섭도 개시되지 않았다. 가족들 사이의 교제도 생기지 않았다. 종교가 다르면 풍습도 다르다. 그리하여 사랑스러운 릴리가 다소라도 종전대로의 생활을 계속하려고 해도 상당히 넓은 우리집에서 그럴 기회도 없고 그럴 장소도 없었던 것이다.

내가 이제까지 이러한 일에 일체 무관심했던 것도, 어떤 조건이 좋은 일자리를 얻을 수 있으리라는 아름다운 희망이 외부로부터 열려져서 내게 안심과 용기를 주었기 때문이었다. 활발한 정신은 도처에서 발판을 굳히고, 능력과 처분은 신뢰를 얻는 것이다. 오직 방향을 바꾸는 것이 문제임은 세상 사람 누구나가 생각하는 일이다. 고집센 청년은 사람의 애호를 받는다. 천재가 할 수 있는 일은 일정한 일에 국한되어 있는데, 세상은 천재가 무슨 일이나 다 할 수 있다고 기대한다.

당시의 독일 사상계와 문학계는 거짓이 없는 신개간지新開墾地라고 할 수 있었다. 실업가 중에는 총명한 사람들이 있어, 새로이 개간해야 될 지면에 대해서 유능한 개척자와 총명한 관리인을 구했다. 신용도 두텁고 기초도 확립되어 있던 비밀공제조합의 지부까지도 교묘한 방법으로 나를 끌어들이려고 기도했을 정도였다. 내가 이 조합의 중요한 위치에 있는 회원들과 알게 된 것도 릴리와의 교제를 통해서였다. 그러나 나는 훗날 생각해보면 자신으로서도 제 정신이 아니었다고만 생각할 수 없는 자유분방한 정신에 의해서 다소라도 그들과 가까워지는 것을 거부했다. 이 사람들이 설사 보다 높은 의미에서 결합되어 있다 할지라도, 나의 목적이 그들의 목적과 매우 비슷했기 때문에 틀림없이 내게도 이익이 되는 점이 있으리라는 것을 깨닫지 못한 것이었다.

나는 가장 특수한 일로 돌아가겠다.

프랑크푸르트와 같은 도시에는 주재관駐在官이라든가 대리업처럼 여러 가지 일을 겸한 직업이 있어 그 범위는 활동 여하에 따라 무제한으로 확정할 수가 있다. 그리고 이와 같은 직업이 내게도 제공되었던 것이다. 얼핏 보면 그것은 이익도 되고 명예가 되기도 하는 것으로 생각되었다. 주위 사람들은 내가 거기에 적임자라고 처음부터 기정 사실화하려고 했다. 또 실제로 앞에서 말한 세 사람[9]의 합동 사무실로 이끌어간다는 조건이었으며, 이 또한 아마도 잘 되었을 것이

---

9) 세 사람은 괴테 자신, 아버지, 서기를 뜻함.

다. 의심은 묵살해 버린 채 서로 형편이 좋은 점만을 이야기하고, 마음의 동요는 최선을 다해서 억제해버린다. 그런데 이러한 일의 결과는 심경에 어떤 진실하지 못한 점을 가져오고, 그 때문에 정열이 가라앉는 일은 없다.

평화로운 시대에는 많은 사람들에게 있어서 최근의 세계 정세를 신속히 알려주는 신문 잡지보다 재미있는 기사거리는 아마도 없을 것이다. 태평무사한 시민은 죄없는 방법으로 그것에 의해서 당파심을 기르는데, 그것은 전지전능하지 못한 우리로서는 피할 수 없는 일이며 또 굳이 피할 필요도 없다. 그래서 마음 편한 사람들은 마치 내기라도 할 때처럼 제멋대로 이해를 느끼고 아무래도 좋다는 식으로 손실과 이득을 머릿속에서 만들어내어 연극 구경을 할 때처럼 남의 행·불행에 대해서 극히 발랄한, 그러나 단지 공상만으로 그치는 관심을 갖는다. 이 관심은 왕왕 제멋대로인 것처럼 보여진다. 그렇지만 이는 도의적 기초에 근거를 두고 있다. 즉 칭찬해야 될 기도에 알맞은 갈채를 보내고, 혹은 또 혁혁한 성공에 마음을 빼앗겨, 그 의도에 있어 원래 비난을 받아야 할 사람에게 마음이 이끌리게 되는 것이다. 이러한 것의 재료가 되는 것을 이 시대는 풍부하게 공급하고 있었다.

프리드리히 2세는 자기의 힘을 토대로 해서 여전히 유럽과 세계의 운명을 마음 속으로 비교하고 있는 것처럼 보였다. 마땅히 자신이 왕위에 취임해야 된다고 생각하고 있던 여걸 예카테리나는 유능한 총신들에게 충분한 활동의 여지를 주어서 여왕의 권세를 더욱 더 확장하고 있었다. 그런데 이 권력의 확장이 터키인들에게 미치자, 평소부터 그들이 우리를 경멸하고 깔본데 대해서 마음껏 보복을 하는 일에 대해 익숙해있던 우리는 이교도들이 수천 명씩 전사한다 해도 인간이 희생되고 있는 것으로는 여겨지지 않았다.

초스메 항구에서 함대가 불탄 것은 모든 문명 세계에 걸쳐 도처에서 축하연을 베풀게 했다. 그리고 이 대사건의 실제 광경을 남겨두기 위해서, 예술가들의 연구재료로 제공하기 위해 리보르노 선착장에서 전함을 한 척 폭파·침몰시키기까지 했을 때는, 모든 사람들이 승리에 취한 마음의 흥분을 같이했던 것이다. 그 후 오래지 않아서 북쪽의 젊은 국왕[10]이 똑같이 자신의 힘으로 주권을 장악했다. 그에게 압박당한 귀족들은 세상 사람들의 동정을 받지 못했다. 왜냐하면 일반적으로 귀족계급은 그 성격상 은밀하게 활동을 하고, 사람들의 입에 오르내리는 일이 적을수록 안전하기 때문에 민중들 사이에 인기가 없었다. 그리고 이 경우 젊은 국왕은 상류계급에 대항하기 위해서 하류계급에 대해서 은혜를 베풀어 회유하지 않으면 안 되었기 때문에, 더욱 그들의 호감을 사고 환영을 받았던 것이다.

그러나 세상이 한층 더 치열한 흥미를 보인 것은 한 민족 전체가 자기 해방에 대해서 기세를 보였을 때였다. 이미 이전에 소규모이기는 했지만 똑같은 단막극이 즐겁게 방관된 일이 있었다. 즉 코르시카는 오랫동안 세상 사람들의 눈이 쏠리는 표적이 되어 파올리[11]가 그의 애국적 계획을 그 이상 진행시키지 못하고 독일을 거쳐 영국으로 향했을 때 모든 사람들의 동정을 샀던 것이다. 그는 지나치게 여윈 금발의 미남으로 품위있고 친절했다. 나는 그를 베트만[12]의 집에서 만났는데, 그는 거기에서 잠시 체류하면서 밀어닥치는 호기심 많은 사람들을 명랑하고 사귐성있는 태도로 응대하고 있었다. 그러나 이제 다시 멀리 떨어진 대목에서는 비슷한 사건이 되풀이되고 있다는 이야기였다. 사람들은 미국 사람들을 축복했다. 프랭클린과 워싱턴을 안락하게 만들기 위해서 정치와 군사상의 세계가 찬연히 빛나기 시작했다. 이미 여러 가지 일이 인류생활을 안락하게 만들기 위

10) 스웨덴 왕, 구스타프 3세.
11) 파올리(Pasquale Paoli, 1726~1807). 코르시카 섬의 애국자. 코르시카 독립을 위해 싸움.
12) 요한 필립 베트만(Johann Philipp Bethmann). 은행가.

해서 행해지고 있었는데, 특히 지금 자비로운 프랑스의 신왕[13]까지도 많은 누습陋習의 일소와 가장 고귀한 목적수행만을 위해서 전념하고, 틀림이 없는 유효적절한 재정 정책을 채택해서 일체의 횡포한 권력을 버리고, 질서와 법에 의해서만 통치를 하겠다는 최선의 의사를 표명했을 때, 가장 명랑한 희망이 온 세계에 전파되어, 잘 믿어버리는 청년들은 자신들과 같은 시대의 사람들에게 아름답고 빛나는 장래를 기대해도 좋으리라고 믿었던 것이다.

그러나 나는 이러한 여러 사건에 대해서 단지 사회의 대부분이 흥미를 느낀 정도의 관심만을 가졌던 것이다. 나 자신과 얼마 되지 않는 나의 주위 사람들은 신문이나 시사에는 접촉을 갖지 않았다. 우리가 목적하는 바는 인간을 아는 일이었고, 인류 전체에 대한 것은 되어가는 대로 방기하고 있었다. 내가 태어난 도시도 독일로 편입된 이래 이미 1세기 이상을 경과했으나, 이 조국의 평화로운 상황은 여러 차례의 전쟁과 동란이 있었음에도 불구하고 완전히 옛 모습을 보존해왔다. 가장 고귀한 자로부터 가장 비천한 자에 이르기까지, 위로는 황제로부터 밑으로는 유태인에 이르기까지 천차만별의 계급이 존재하면서, 그것이 모든 개개인을 이간시키기는커녕 오히려 결합시키고 있는 것처럼 보인 것은 일종의 유쾌한 마음을 금할 수 없었다. 황제 밑에 여러 왕이 종속되어 있었으나, 그들은 그들 황제의 선거권과 거기에 수반해서 획득하고 주장된 권능에 의해서 확실한 대항력이 부여되어 있었다. 그런데 상위의 귀족은 일류의 왕족과 맺어져있었기 때문에, 자신의 눈부신 특권을 생각하고 자신을 가장 고귀한 자에 필적하는 사람, 아니 어떤 의미에서는 그 이상의 존재로까지 생각하게 되었던 것이다. 실로 승적僧籍을 가진 선제후選帝侯 같은 이는 다른 모든 사람들의 상위에 서서 교권제도敎權制度의 후예로서

---

13) 루이 16세, 1774년 왕위에 오름.

불가침의 존엄한 지위를 주장하고 있을 정도였다.

그런데 이 예로부터 내려오는 유서 깊은 집안들이 이것과 동시에 각종 공공사업, 기사단, 협회, 교단 등에서 받고 있던 특수한 특권을 합쳐서 생각하면, 이들의 예속적임과 동시에 동등하다는 자각을 갖고 있던 대집단의 귀족들이 그들의 일상생활을 최고도의 만족과 규칙적이고 사회적인 활동을 하면서 보내고, 똑같은 쾌적한 생활을 별로 노력도 하지 않고 자손들을 위해 준비해서 물려준 것임을 쉽게 상상할 수 있다. 거기에다 이들 계급에는 정신적인 교양도 결여되어 있지는 않았다. 즉 1세기 전부터 먼저 고도의 군사적 내지 상업적인 교양이 현저하게 진출해서 상류사회 전체 및 외교사회에 침투되어 있었는데, 이것과 동시에 또 문학과 철학에 의해서 다수의 인재를 획득해서 그들의 현재로서는 별로 유리하지도 않은 높은 위치에 둘수가 있었던 것이다.

독일에서는 아직 위에서 말한 거대한 특권적 집단을 질시嫉視하거나, 혹은 그들에게 행복한 세속적인 특권을 주는 것을 인식하거나 하는 일은 거의 아무도 생각할 수 없었다. 중류계급은 자유로이 상업이나 학술에 몰두해서, 그것에 의해서 혹은 그것에 관계되는 기술에 의해서 자신을 우세한 대항 세력으로 높이고 있었다. 자유시 또는 반자유시는 시민들이 어느 정도 평온하고 쾌적한 생활을 할 수 있게 되자 이러한 활동을 위조했다. 부를 늘린 사람이라든가 정신적 활동, 특히 법률 방면과 정치 방면으로 발전한 사람은 도처에서 세력이 있는 커다란 지위를 차지할 수 있었다. 제국 대법원 혹은 그 외의 장소에도 귀족의 의자에 대해서 학자의 의자가 놓여졌으나 한쪽의 보다 자유로운 개관적 의견은 다른 쪽의 보다 깊은 통찰과 기꺼이 협력해서 생활상 서로 경쟁하는 흔적조차도 전혀 보이지 않았다. 귀족은 다른 사람에게는 손이 미치지 않는 오랜 세월에 걸쳐 신성시해온 것은 자신의 품위를 추락시키는 일이라고 생각했다. 상인과 기술자는 자기 나라보다도 빨리 진보하는 타국민과 어느 정도 경쟁을 하기 위해서도 매우 분주했다. 결국 흔히 있을 수 있는 그날 그날의 동요를 무시하고 말한다면, 전체에게는 다분히 순수한 노력의 시대라고 불러도 좋고, 또한 이러한 시대는 그 이전에도 존재하지 않았고, 또 그 후에도 내외의 발전의 결과로 오래 계속될 수 없었다.

그 무렵 나의 상류계급에 대한 태도는 매우 호의적인 것이었다. 과연 〈베르테르〉 속에서는 정해진 두 종류의 신분의 접촉점에서 생기는 불유쾌한 일이 성미가 급한 상태로 표현되어 있기는 하나, 이 책의 나머지 부분의 정열적인 줄거리를 보면 그것도 당연한 것이었다. 이 작품이 그 점에 직접적인 효과를 노린 것이 아님은 누구나가 분명히 느낀 일이다. 《괴츠 폰 베를리힝겐》에 의해서 나는 상류계급에 대해서는 매우 좋은 입장에 놓여 있었다. 즉 종래의 문학상의 법칙은 아무리 침범이 되었다 해도, 그러나 거기에는 조예를 나타내는 견실한 작풍으로 위로는 신성불가침의 황제가 있고, 그 밑에는 여러 계급이 있는 옛 독일의 사정이 묘사되며, 또 일반적으로 무법률의 시대에 살면서, 한 사람의 사인私人으로서, 법률적이라고는 할 수 없어도 하여튼 공정하게 행동하려고 생각하고, 그 때문에 극히 비참한 처지에 빠진 한 기사가 그려져 있었기 때문이었다. 이 복잡한 구조는 그러나 단순한 허구는 아니고, 어디까지나 명랑하고 생기있게, 그렇기 때문에 때로는 다소 근대적으로 되어 있기도 하지만, 항상 이 강직한 대장부가 자신의 손으로 쓰고, 따라서 자신에게 다소 유리하게 전기 속에다 쓴 그 정신을 짐작해서 서술되었다.

이 일가[14]는 당시에도 번영하고 있었다. 그 프랑켄 기사계급에 대한 관계는 설사 당시의 많은 다른 것처럼 다소 퇴색되어 힘이 없어졌다고는 하나 역시 완전하게 남아있었다.

---

14) 괴츠 형제의 후예.

그래서 갑자기 약스트의 작은 개울과 약스트하우겐의 성채城砦[15]는 문학상 중요한 것이 되고, 하일브론의 시의사당과 똑같은 많은 방문객이 모여들었다.

세상에서는 내가 그 시대의 역사 속에서 다시 다른 여러 가지 점을 염두에 두고 있었음을 알고 있었기 때문에, 그 시대부터 지금도 아직 훌륭하게 이어져 내려오고 있는 많은 가족은 그들의 조상도 똑같이 세상에 알려졌으면 하고 바라고 있었다.

어떤 국민의 역사를 흥미있게 묘사해서 기억을 다시 새롭게 할 때에는 독특한 쾌감을 모든 사람에게 불러일으킨다. 사람들은 자기 조상의 아름다운 점을 기뻐하고 그 결점은 이미 옛날에 극복한 것으로 믿고 미소로 바라본다. 그렇기 때문에 이러한 이야기는 동감과 칭찬을 잃는 일은 거의 없다. 이런 의미에서 나는 복잡한 효과를 거둘 수 있었던 것이다.

그러나 나에게 접근하는 많은 사람에게도, 또 내 친구가 된 많은 젊은 사람들 중에도 단 한 사람도 귀족이 없었다는 것은 주목할 만한 일일 것이다. 한편으로는 또 이미 30고개를 넘은 많은 사람들이 나를 찾아내어 방문하곤 했는데, 그들의 의욕과 노력 가운데는 조국적인, 그리고 좀더 범인류적인 정신으로 진지하게 자신을 대성시키려고 하는 즐거운 희망이 넘쳐 흐르고 있었다.

이때에는, 즉 15세기에서 16세기에 걸친 중간적 시기에 대한 흥미를 갖는 경향이 일반적으로 일어나서 왕성해졌던 것이다. 내게도 울리히 폰 후텐[16]의 작품이 입수되었다. 더구나 참으로 이상하게 여긴 것은 우리들의 새로운 시대에 그 시기에 일어난 것과 똑같은 일이 다시 나타나고 있는 것처럼 생각된 일이었다.

다음에 기재하는 울리히 폰 후텐이 빌리발트 피르크하이머에게

---

15) 괴츠가 머물던 성이 있던 곳.
16) 폰 후텐(Ulrich von Hutten, 1488~1523). 인문주의자. 성직자에게 반항했음.

보낸 편지를 그렇기 때문에 여기에 삽입하는 것이 마땅하다고 할 수 있을 것이다.

　행운은 우리에게 가져다 준 것을 대개의 경우 다시 도로 빼앗아 간다. 그리고 그뿐 아니라 다른 모든 것도 그것이 외부로부터 부착되어 있는 한, 우연에게 지배당하고 있음을 우리는 알고 있다. 그렇지만 나는 명예를 얻고자 노력한다. 그것을 어떠한 방법으로든 세상의 시기 없이 얻고 싶다고 했다. 즉 명예에 대한 격렬한 갈망이 나를 사로잡고 있어, 나는 될 수 있는 대로 고귀한 신분이 되고 싶어 한다. 나는 현재의 이 계급에, 이 가족 속에, 현재의 양친 사이에서 태어나기는 했으나, 만일 내가 자신의 노력에 의해서 고귀한 신분이 되는 것이 아니고 지금 이 상태에서 자신을 귀족의 한 사람으로 생각한다면, 친애하는 빌리발트여, 그것이야말로 나는 불행할 것이다. 그래서 나는 굉장히 큰 사업을 계획하고 있다! 좀 더 원대한 것을 생각하고 있다! 그것은 자신이 보다 고귀하고, 보다 호화로운 신분이 되어보고 싶다는 것은 결코 아니다. 다른 장소에서 하나의 샘을 찾아서 그 곳에서 독자적인 귀족의 신분을 얻고 싶은 것이다. 조상으로부터 물려받은 것에 만족하고 공허한 귀인의 대열에 끼어있고 싶지 않은 것이다. 차라리 종래의 재보財寶에다 새로이 내 힘으로 자손들에게 물려 줄 무엇인가를 첨가하고 싶었던 것이다.

　그래서 나는 그 현존하는 모든 것을 가지고 만족해하는 사람들과는 정반대의 의견으로 자신의 연구도 노력도 그 방향으로 돌려 노력하고 있다. 즉 나로서는 그런 것이 모두 불만스럽다는 것은 이런 종류의 야심을 자네에게 고백한 것으로 보아도 알 수 있을 것이다. 그래서 다시 한 번 고백하거니와 나는 가장 비천한 계급에서 입신해서 나보다도 더 훌륭한 신분이 된 사람을 부러워하지 않는다. 그리고 나와 같은 계급의 사람들은 자신의 수완에 의해서 출세한 하층 출신의 인물들을 헐뜯는 버릇이 있으나, 나는 이 점에 있어서 그들과 결코 같은 생각을 하지 않는다. 왜냐하면 우리들 자신이 돌보지 않았던 명성의 재료를 스스로 움켜잡아서 소유한 사람들은 우리들보다도 우월한 지위에 오를 수 있는 권리가 충분히 있다고 생각되기 때문이었다. 그들이 설사 세탁공이나 제화공製靴工의 제자였을지라도 그렇다. 그들은 우리가 겪는 것보다도 더 어려운 곤란을 극복하고 그 명성을 획득한 것이다. 학식에 의해서 입신하는 자를 시기하는 무학자無學者는 어리석은 사람이라고 불려도 좋을 뿐만 아니라, 차라리 불쌍한 인간, 아니 가장 불쌍한 자 중의 한 사람이라고 말해야 할 것이다. 실로 오늘날의 귀족은 특히 이러한 병폐에 물들어 이런 종류의 영예를 시기하게 되었다. 도대체 자신들이 돌보지 않는 것을 소유했다고 해서 그 사람을 미워한다는 것은 언어도단이다. 왜 우리는 법률 공부를 하지 않았던가? 훌륭한 학문과 최고의 기술을 왜 그들 자신은 배우지 않았는가? 그 때문에 지금은 세탁공이, 제화공이, 마부가 우리를 추월한 것이다. 왜 우리는 직장을 버리고, 왜 가장 자유로운 연구를 하인들에게 — 실로 우리의 치욕이다! — 그들의 더러운 손에 맡겼느냐? 우리가 천시한 귀족의 상속분을 재능이 많고 근면한 자가 제각기 정당하게 자신의 소유물로 만들고, 그 노력을 함으로써 이용할 수가 있었던 것이다. 가장 천한 자들끼리 우리 이상으로 끌어올릴 수 있는 것을 버리고 돌보지 않는 우리는 불쌍한 인간들이다. 하여튼 시기하는 일을 그만두고, 우리도 또한 다른 사람들이 자기 소유물로 만들어 우리를 비참하게도 치욕감을 느끼게 한 것을 획득하도록 힘쓰자.

명성에 대한 갈망은 모두가 존경할 일이고 훌륭한 것을 얻으려고 하는 싸움은 모두가 찬양할 일이다. 각 계급에 독자적인 자랑거리가 주어지는 것이 바람직스럽기에, 저 조상의 초상화를 나는 경멸하고 싶지는 않다. 화려하게 장식된 가계에 대해서도 또한 그렇다. 그러나 그러한 것들의 가치가 어떻게 되었든, 만일 그것이 우리의 공적에 의해서 비로소 자신의 것이 되는 게 아니라면, 우리 자신의 것이라고 말할 수는 없다.

뿐만 아니라 귀족이 그들에게 알맞은 풍습을 지키지 않는 한 그것은

지속될 수도 없다. 그 자신의 무의도식하고 그를 위해서 훌륭한 모범을
보여준 저 조상에게 견줄 것도 없이 오히려 목상木像과도 같은 자가 귀족
답게 비만한 체구만이 조상의 입상立像을 연상시키기는 하나 무슨 소용이
있으랴.

　이 이야기를 나는, 나의 명예심과 그 성격에 대해서 숨김없이, 그리고
자세하게 그대에게 털어놓고 싶었던 것이다.

　반드시 이와 같은 연관성있는 줄거리를 갖지는 않았다 할지라도
이미 나는 상류층의 친구나 친지들로부터 이와 똑같은 훌륭하고 강
력한 의견을 들은 바 있다. 그리고 그 성과도 충실한 활동에 의해서
실증되었다. 누구든지 귀족 신분을 얻지 않으면 안 된다는 것이 신조
가 되어 있고, 저 아름다운 시대에 만일 경쟁이라는 것이 있었다고
하면, 그것은 위에서부터 아래를 향해서 행해지고 있는 것이었다.

　우리들 다른 계급의 사람은 이와 반대로 우리가 원하는 것을 달리
갖고 있었다. 우리가 자연으로부터 부여받은 재능을, 어쨌든 간에
시민으로서의 입장과도 양립될 수 있는 방법으로 자유롭고 정당하
게 사용한다는 것이 바로 그것이었다.

　왜냐하면 내가 태어난 마을은 이 점에 있어서 충분히 주목받지 않
는 아주 특이한 위치에 있었기 때문이었다. 북부의 제국 직할시가
발달된 상업을 기초로 해서 선다고 하면 프랑크푸르트 암 마인에는
일종의 혼합된 상태가 엿보여, 그것은 상업, 자본화된 재산, 가옥과
토지의 소유 등과 지식욕智識慾 · 수집욕蒐集慾 등으로 섞어서 짜여진
것처럼 보였다.

　루터 파의 신앙이 지배적인 지위를 차지하고 있었다. 림푸르크 가
에서 유래되어 그 이름을 따서 쓰고 있는 역사가 깊은 가문과 그 공
동상속단이 있고, 처음에는 단순한 한 클럽에 불과했던 프라우엔시
타인 가에서는 하층계급에 의해서 야기된 소요 때에 신중한 태도를

지켜 법률가와 그 밖의 유산자 · 유식자는 모두가 예외없이 시참사회원市參事會員의 자격을 가졌으며, 직공까지도 위기를 당해서 질서를 유지한 사람은 설사 그 지위는 오르지 않았을지언정 시참사회원이 될 수 있었던 것이다. 그 밖에 법규에 의해서 제정된 대항기관對抗機關, 법률로서 정해진 모든 제도, 그리고 이러한 법규와 관련있는 모든 것은 다수의 인사에게 활동의 여지를 주고, 한편 상업과 공업은 지리적 위치의 혜택을 받아 그 발전을 어떠한 의미에 있어서도 방해 당하는 일이 없었다.

상류층 귀족은 시기를 당하지 않고, 거의 주목도 받지 않고, 자신을 위해서 활동했다. 여기에 따르는 제2의 계급은 처음부터 보다 더 한 노력을 하지 않으면 안 되었으나, 유서가 있는 유복한 가정적 기초를 발판삼아 법률이나 국가에 관한 지식을 가지고 두각을 나타내려고 했다.

소위 개혁파의 신도는 다른 지방에 있어서의, 도망쳐 온 신교도新와 마찬가지로 한 계급을 형성하고, 일요일마다 예배를 보러 보켄하임을 향해서 아름답게 꾸민 마차를 타고 갔는데, 그것은 날씨가 좋으나 궂으나 도보로만 교회에 갈 수 있는 부류의 시민에 대한 일종의 승리를 뜻하는 것이었다.

가톨릭 교도는 거의 주의를 끌지 않았다. 그러나 그들도 또한, 다른 두 종파가 자기의 것으로 만든 이익에 대해서 의식을 하고 있었다.

제18장

    문학상의 여러 문제로 되돌아가서 나는 그 시대의 독일의 시에 큰 영향을 준 어떤 사정을 특별히 다루지 않으면 안 된다. 이 사정은 또한 그 영향이 실로 독일 시 예술의 오늘에 이르기까지의 발달 경로 전체에 미치고 있으며, 아마도 앞으로도 사라지는 일은 거의 없을 것이기 때문에 특히 주목할 필요가 있다고 본다.

    독일인은 예로부터 각운脚韻에 친숙해져 있었다. 각운은 매우 소박한 방법으로 거의 음절만을 세기만 하면 된다는 편익便益을 가져왔다. 문화가 향상됨에 따라서 다소간에 본능적으로 음절의 뜻이나 중요성에 대해서 주의를 기울이게 된 것은 찬양할 일이었으므로 이 찬양을 차지한 것은 많은 시인들이었다. 각운은 시장詩章의 결말을 나타내며, 비교적 짧은 행의 경우에는 비교적 작은 구분마저 명백해지는 것으로서, 또한 선천적으로 좋은 귀는 변화와 성조聲調의 미에 대해서도 염려했었다. 그런데 음절의 가치는 아직 결정되지 않고 있다는 것, 아니 그 결정은 어렵다는 것마저도 깊이 생각하지 않고 갑자기 각운이 버려졌다. 클로프슈토크가 선수를 쳤다. 그가 얼마나 애를 썼는지, 어떤 성과를 올렸는가는 주지의 사실이다. 그 누구도 이 일에 불안을 느끼고, 모험을 피하기를 원하지 않았다. 그리하여 그 자연을 찾는 경향에 따라, 사람들은 산문시에 손을 뻗쳤다. 게스너[1]

의 극히 사랑스러운 전원시는 무한한 진로를 개척했다. 클로프슈토크는 〈헤르만의 싸움〉의 대화와 〈아담의 죽음〉 같은 것을 산문으로 썼다. 세속적인 비극을 통해서, 또는 정극政劇을 통해서 감정이 풍부하고 고상한 양식의 연극을 재배한 데 대해서, 시는 영국 시인의 영향을 받아 우리들 사이에 유행한 오각의 억양격 때문에 산문으로 끌어내려졌다. 그러나 사람들은 음률과 음운에 대한 요구를 전반적으로 버릴 수는 없었다. 람러[2]는 불확실한 원리에 의해서이기는 하지만 자기 자신의 작품에 대해서도 엄격했고, 또 다른 사람의 작품에 대해서도 그 엄격한 태도를 적용하고 있었다. 그는 산문을 운문으로 바꾸어 남의 작품에 손을 대어 수정을 했으나, 그것으로 감사를 받은 일은 거의 없고 문제를 점점 시끄럽게 만들었다. 그러나 음절의 진가를 어느 정도 관찰하고, 재래의 운을 쓰고, 또 자신의 취미에 이끌리면서 미결정의 불문율을 지키던 사람들이 가장 좋은 성과를 올렸다. 예를 들면 빌란트 같은 사람이 그 예이며, 그는 다른 사람이 따르기는 어려웠지만 오랫동안 평범한 시인들의 모범이 되어 있었다.

그러나 실천하는 점에 있어서는 어느 경우에 있어서나 불안은 사라지지 않았다. 누구나 가장 우수한 사람끼리도 당장은 미혹迷惑이 되지 않을 수 없었다. 그렇기 때문에 우리나라 시의 참다운 천재시대가 그 종류의 것으로서 본격적이라고 할 수 있는 작품을 거의 만들어내지 못했다는 불행한 일이 생긴 것이다. 그 시대는 이 점에 있어서도 분류와 같고, 또 도전적이며 활동적이었지만, 그러나 관조적이 못되고 자신에게 만족하지 못하고 있었다.

그래도 우리는 시에 있어서 발판이 될 수 있는 기반을 찾아내려고 하고, 또 자유로운 기분으로 호흡을 할 수 있는 분위기를 발견하기 위해서 성실하고 뛰어난 것이 혼돈상태에서 찬연하게 두각을 나타

---

1) 게스너(Gesner)의 전원시는 1754년부터 쓰이기 시작했다.
2) 베를린의 예술원 회원.

낸 과거 수세기를 회고하고, 또 그 시대의 시 예술에 대해서도 친근감을 느꼈다. 중세 연애시인은 우리에게서 너무나 멀리 떨어져 있었다. 우리는 먼저 그 말을 연구해야 했으나 그것은 우리의 일은 아니었다. 우리들은 삶을 원했지 학습하는 것을 원하지 않았던 것이다.

실로 거장이라고 할 수 있는 시인 한스 작스는 우리와 가장 가까웠다. 그는 진짜 영재로서 — 물론 기사나 정신 같은 사람은 아니고 — 우리 자신도 그것을 자랑으로 여긴 소박한 시민이었다. 교훈적인 사실주의는 우리들의 뜻에 맞았다. 우리들은 많은 기회에 이 평이한 운율과 자유롭게 구사할 수 있는 각운을 이용했다. 이런 종류의 것은 그 시대의 시에는 편리했고, 우리는 항상 그와 같은 시를 필요로 했던 것이다.

그런데 수년 동안의, 아니 평생을 통한 주의와 노력을 필요로 하는 중요한 갖가지 작품이 그와 같은 주먹구구식의 바탕 위에 경솔한 동기에 의해서 많든 적든 구축되었다고 하면, 다른 일시적인 작품이 간혹 얼마나 난폭하게 만들어졌는가는 상상하기 어렵지 않은 것이다. 예를 들면 서한체의 문학이라든가, 우화라든가, 또는 여러 가지 형식의 비방이 곧 그것으로서 우리는 그 형식을 빌어서 자조하고, 혹은 다른 사람을 향해서 싸움을 걸어왔던 것이다.

이러한 종류의 것은 이미 인쇄된 것 이외에는 남아있는 것이 극히 드물지만, 그것은 아직도 보존되어 있을 것이다. 간단한 주석을 달았다면, 기원과 의도를 생각이 깊은 독자에게 다소 좀더 명백하게 밝힐 수가 있을지도 모른다. 좀더 투철한 생각을 가진 자가 훗날 이러한 작품을 보았을 때에는 이와 같은 상궤常軌를 벗어난 작품도 그 밑바닥에는 진지한 노력이 있었다는 것을 인정하기에 인색하지 않을 것이다. 성실한 의욕이 오만에 대해서, 자연이 인습에 대해서, 재능이 형식에 대해서, 천재가 자기 자신에 대해서, 힘이 우유優柔에 대해서 도전한 투쟁이었던 것이다. 그런 까닭에 당시의 일체의 태도는 선전포고의 뒤를 이어서 격렬한 교전交戰을 예고하는 전초전前哨戰으로 간주될 것이다. 즉 엄밀하게 이것을 관찰해 보면, 과거 50년의 싸움은 아직 종식되지를 않고 지금도 여전히, 단지 더욱 높은 영역에서 계속되고 있는 것이다.

나는 옛날 독일의 인형극과 가설무대의 연극을 모방하여 터무니없는 코미디를 고안해서, 그 제목을 〈한스부르크의 결혼식〉이라고 붙이기로 했다. 줄거리는 다음과 같았다. 부유한 농군의 집에서 태어난 고아인 한스부르크가 이제 성년이 되어 무르젤 블란디네라는 부잣집 딸과 결혼하려고 한다. 그의 후견인인 킬리안 브르스트플레크, 그리고 또 그녀의 어머니인 우르젤 등은 그것을 매우 만족하게 생각하고 있다. 그들의 다년간의 계획과 소원은 마침내 그것으로 달성된 것이다. 거기에는 아무런 장해도 없다. 즉 전체의 바탕이 되고 있는 것은 실로 오직, 젊은이가 지닌 함께 결합하고 싶다는 소망으로 인해 결혼식의 준비며, 거기에 수반되는 부득이한 형식적인 일 때문에 마음을 졸일 뿐이다. 서곡으로서 결혼식의 초대자가 등장해서 관례적인 평범한 연설을 늘어놓고, 그리고 다음과 같은 시 구절로 끝을 맺는다.

황금의 이관離館에서
결혼 축하연이 열린다.

장소의 통일을 파괴하는 데 대한 비난을 모면하기 위해서 무대 안쪽에는 그 요정이 간판을 내걸고 훌륭하게 보인다. 단 그것은 축 위에서 회전하여 어떤 방향으로 돌아가게 되어 있었다. 그렇지만 거기에 따라 무대 전면의 측경側景은 적당히 변화시키지 않으면 안 되었다.

제1막에서는 거리에 면한 그 정면이 나와 있으며, 태양 현미경으로 확대한 황금빛의 이(匜) 간판이 걸려있다. 제2막에서는 가까이 있는 정원을 향한 쪽을 보이고, 제3막에는 숲을 향한 쪽, 즉 제4막에서는 가까이 있는 호수를 향한 쪽이 나온다. 그것으로써 장래에는 배경화가 무대 전면 프롬프터박스(후견석) 옆까지도 물결치게 하는 일도 그토록 어렵지 않다는 것을 예고하는 것이다. 그러나 이 극의 본래의 재미는 이것만으로는 아직 완전히 표현되어 있지 않다. 왜냐하면 철저한 해학은 그 정도가 광적인 것이었고, 이 극의 등장인물 전체의 이름이 독일 고유의 별명만으로 되어있고, 또 그 이름에 의해서 각 개인의 성격이 용이하게 분명해져 상호간의 관계도 설명되어 있었던 것이다.

어떤 연극의 광고전단에도 흔히 있듯이, 극중 인물의 이름을 여기에 차례로 늘어놓으면, 혹은 그 인물이 가장 선명하고 그 면목을 발휘하고 있는 장면을 여기 소개해보면, 그것으로써 재미있고 우습고 죄가 없는 관계이며, 기지가 넘치는 해학이 매우 간단하게 확실해질지라도 현재 이 책은 고상한 사교계 또는 예의바른 가족끼리 모인 자리에서도 낭독되기를 기대하고 있는 형편이기 때문에, 그것은 단연코 해서는 안 될 일이다. 채택 여부의 판단은 간행자에게 일임하기로 하고 시험삼아 한 것 중에서 한 편을 첨가해두겠다.

사촌인 슈프트(Schuft, 불량배)는 가족과의 관계에 의해서 축하연에 초대받을 자격이 있었다. 그것에 대해 아무도 이러쿵 저러쿵 말하지는 않았다. 그는 실생활에서는 완전히 무능력자였지만, 그러나 한 사람의 완전한 존재였으며, 그런 이상 예의상 무시해서는 안 되었던 것이다. 또 때로는 그에게 불만을 느낀 일이 있는 것을 이런 경사스러운 날에 생각해내어 말할 수도 없었던 것이다.

슈르케(Schurke, 악당)에 대해서는 문제가 더욱 복잡했다. 그는 자신에게 있어서도 분명히 문제가 더욱 복잡했다. 그는 자신에게도 분명히 이익이 되는 경우에는 이 가족에게도 이익을 주었던 것이다.

그러나 한편으로는 괴로움도 끼치고 있었으나, 그것은 다분히 그 자신의 이익을 위해서였을 것이며, 또 그렇게 하는 것이 유리하다고 생각했는지도 모른다. 조금이라도 빈틈이 없는 사람들은 그를 참석시키는 데 찬성을 표해 그를 제외시키고 싶다고 생각한 소수 사람의 주장이 꺾였다.

그런데 또 한 사람, 더욱 결정짓기 어려운 제3의 인물이 있었다. 접촉을 해보면 아무런 이상도 없는 인간이며, 또 남과 같이 체면도 지킬 줄 알고 호감도 주었으며, 여러 가지로 유용한 인간이었으나, 단 한 가지 자신의 이름이 불리는 것을 참지 못한다는 결점이 있었다. 그는 그의 이름을 부르는 소리를 듣자마자, 북유럽 사람들의 소위 저돌적인 무사의 광폭狂暴에 못지 않는 용사의 흥분을 순간적으로 나타내어, 주위 사람들 누구나를 막론하고 때려 죽인다고 날뛰며 그 발작으로 부상을 입히거나 부상을 당하였다. 실제로 이 극의 2막째에도 그 사람 때문에 대혼란으로 끝을 맺는 것이었다.

이 경우에 도둑놈 같은 마크르트를 징계할 기회를 잊을 리도 없다. 즉 그는 마크르트의 책의 외판을 하고 다니다가 결혼식 준비를 하고 있는 것을 보면, 여기에 잠입해서 남의 비용으로 자기의 뱃속을 채우려는 욕망을 억제할 수가 없다. 그는 안내해주기를 부탁한다. 킬리안 부르스트 플레크는 이 사나이의 요구를 음미했으나, 그를 거절하지 않을 수 없었다. 그 이유는 손님들은 모두 세상에 널리 알려진 명사뿐이기 때문에 그러한 점에서 이 청원자請願者는 실제로 자격이 있다고는 할 수 없다고 말하는 것이다. 마크르트는 그 사람들과 똑같이 자기도 유명하다는 것을 입증하기 위해서 무진 애를 쓴다. 그러나 엄격한 사회자인 킬리안 부르스트플레크는 응할 기색도 없었으나, 제3막 끝의 저돌적인 용사의 광폭이 다시 가라앉은 그 실명씨失名氏가 자신과 매우 인연이 가까운 출판업자를 위해서 열심히 알선에 힘써서 마침내 이 출판업자도 다른 손님들 속에 끼는 것을 허락받는다.

그 무렵 슈톨베르크 백작 형제[3]가 방문하겠다고 알려왔다. 그들은 여행길에 스위스를 들러 가고 싶은 생각이 들었던 것이다. 나의 재능을 최초로 세상에 보인 것이 《괴팅겐 문예연감》이었다는 연고로, 나는 이 사람들과 또 그 인물과 활동이 널리 알려져 있는 모든 젊은 사람들과 매우 친밀한 교제를 맺게 되었다. 그 당시에는 사람들이 우정과 사랑에 대해서 아주 기묘한 해석을 내리고 있었다. 원래 서로 흉금을 털어놓고, 뛰어난 재능으로 아직 갈고 닦아지지 않은 내면을 서로 내보이는 것은 발랄한 청년들의 당연한 일이었다. 그러한 관계는 물론 서로 신뢰하고 있는 것처럼 보이기는 했으나, 그것을 사람들은 사랑이라고 생각하고, 또 참다운 호의라고 생각했다. 나도 그 점에 있어서 다른 사람들과 똑같이 착각을 하고 있어서 다년간 여러 가지로 괴로움을 당했다. 그 무렵 뷜거가 보내준 편지가 아직도 한 통 남아있는데, 그것을 보면 그 사람들 사이에서는 도덕적·미적인 것은 일체 화제에 오르지 않았던 것을 알 수 있다. 누구나가 흥분을 느끼고 있었으며, 또 흥분된 기분에 따라서 행동하고 시작을 해도 좋다고 생각하고 있었다.

백작 형제가 도착했다. 하우크비츠 백작[4]도 동행이었다. 나는 마음의 문을 열고, 또 정답게 그들을 맞았다. 그들은 여관에 투숙했으나, 식사는 대개 우리집에서 했다. 처음의 쾌활한 회합은 매우 즐겁게 행해졌다. 그러나 곧 기교한 의견이 나오기 시작했다.

우리 어머니와의 사이에는 특별한 관계가 생겼다. 어머니는 그 확고하고 솔직한 기질로 이내 롬바르도나와의 사이에는 비잔틴 왕녀의 아야(保姆)로서 어울리는 중세식 사람이 될 수가 있었다. 그래서

---

3) 크리스티안 쭈 스톨베르크 백작(Graf C. zu Stolberg, 1748~1821), 프리드리히 네오폴트 쭈 스톨베르크 백작(Graf F. L zu Stolberg, 1750~1819).

4) H. K 폰 하우크비츠(Freiherr H. K. von Haugwitz, 1752~1837). 후에 프로이센의 장관.

'아야 부인'[5]이라고만 불렀다. 그 농담을 그녀는 자연스럽게 여기고, 이전에 괴츠 폰 베를리힝겐의 아내가 자신과 꼭 닮았다고 생각한 그녀는 이때에도 오히려 청년의 공상세계에 동참했던 것이다.

그러나 이러한 상태는 오래 계속될 리가 없었다. 겨우 서너 차례 회식을 한 후의 일이었는데, 포도주를 한두 잔 마시자마자 시인적인 증오가 고개를 들어 모두가 그와 같은 잔인한 폭군의 피에 목말라 있음을 표명했다. 아버지는 미소를 지으며 고개를 저었다. 어머니는 태어난 후로 폭군에 대한 이야기 같은 것은 거의 들은 일이 없었으나, 고트프리트의 《연대기》[6]에서 그러한 잔혹한 사람이 동판화에 그려져 있는 것을 본 일이 생각났다. 부친의 면전에서 그의 자식의 가슴에 활을 쏘아 맞히고 자랑스러워하고 있는 캄비제스 왕[7]의 그림이 어머니의 기억에 아직도 남아있었던 것이다. 어머니는 이처럼 이야기가 점점 광폭해졌으므로 그것을 좀더 명랑한 화제로 돌리려고 제일 오래된 포도주가 들어있는, 소중하게 간직해 온 큰 술통이 저장되어 있는 곳으로 갔다. 그 곳에는 1706년 산, 19년 산, 84년 산 등의 고급 술만이 있으며, 어머니 자신이 조심해서 소중하게 보관하고 있으면서 중요한 행사가 있을 때에만 사용을 하던 곳이다.

어머니는 유리병에 넣은 빛깔이 짙은 술을 내놓으면서 말했다.

"여기에 진짜 폭군의 피가 있어요! 이것을 드시고, 그 대신 사람을 죽이는 생각 같은 것은 완전히 집 밖에 내버리도록 하세요."

"이건 정말 폭군의 피다!" 나는 외쳤다.

"여러분 앞에 내놓은 것은 틀림없는 폭군의 심장의 피다. 그것으로 힘을 내도록 하시오. 그런데 달콤한 맛과 주정酒精으로 인해서 포로가 될 우려가 있으니까 도를 넘지 않도록! 포도는 근절시키지 않

---

5) 아야(Aja)부인은 상류 가정의 여자 가정교사를 뜻하며, 괴테 어머니의 별명이었다.
6) 고트프리트의 《연대기》. 제2권에 나옴.
7) 리쿠르구스(Lykurgus)가 바인고트(Weingott)에 의해서 멸망한 것은 《일리아스》에 나옴.

으면 안 될 천하의 폭군이야. 거기에는 우리가 트라키아의 성 리쿠르구스를 수호신으로 추대해서 모셔야 될 것이다. 그는 종교적인 사업에 크게 힘을 쏟았으나, 사람을 현혹시키는 귀신 바프스에게 속아서 타락되었으므로 그야말로 순난자殉難者 중의 순난자로서 첫번째로 손꼽아야 될 것이다.

이 포도야말로 가장 잔혹한 폭군이며 동시에 또 위선자·아첨꾼·폭력자이기도 하다. 그 피의 처음 한두 모금은 그대들의 입에 맞을 것이다. 그러나 한 방울 또 한 방울이 끝없이 뒤를 부른다. 그것은 마치 끊어지는 것을 두려워하는 끈에다 꿰놓은 진주처럼 계속된다."

지금 내가 일류의 역사가[8]들의 찡그림을 본떠서 당시의 담화 대신 허구의 말을 삽입했다고 의심받는다면, 나는 속기사가 당시 그 자리에서 이 연설을 기록해서 우리에게 전해주었더라면 좋았으리라는 희망을 말해도 좋으리라. 그것은 취지에 있어서는 조금도 다름이 없고, 이야기가 유창한 점에서는 아마도 좀더 경쾌하고 좀더 매력이 있었음을 확인할 수 있을 것이다. 요컨대 자의식은 있어도 정력과 재능을 어느 쪽으로 향하여 가야 할지를 모르는 청년의 장황한 요설과 넘쳐 흐르는 힘이 현재의 서술에는 전체적으로 결여되어 있는 것이다.

프랑크푸르트 같은 도시에서는 사람들이 기묘한 상태에 놓이게 된다. 바로 끊임없이 왕래하는 타국인들이 사람들에게 여러 지방을 생각나게 해서 여행욕을 자극하는 것이다. 나는 이미 예전에 여러 차례에 걸쳐 여행욕을 자극받았던 것이다. 마침 그때, 자신이 릴리와 떨어져 있을 수 있을 것인가 없을 것인가를 시험해 볼 필요가 있었을 때였다. 게다가 일종의 괴로운 불안 때문에 일정한 일을 전혀

---

8) 옛 역사가. 투키디데스(Thucydides), 타키투스(Tacitus) 등.

할 수 없게 되었던 때였으므로, 슈톨베르크 형제가 함께 스위스로 가자고 권유해 준 것은 기뻤다. 부친은 그 지방으로 여행가는 것을 매우 좋게 생각하고 계셨으며, 형편에 따라서는 이 기회를 놓치지 말고 이탈리아까지 다녀오기를 권유했는데, 나는 그 권유에 힘입어 곧 뜻을 결정하고 바로 여행 준비를 했다. 릴리에게는 이 일에 대해서 약간 암시를 해주기는 했으나 작별인사도 하지 않고 헤어졌다. 그녀는 내 마음 속에 깊이 뿌리를 박고 있었기 때문에, 나는 그녀에게서 조금도 멀어질 수 없다는 생각이 들었다.

나는 몇 시간 안에 쾌활한 일행과 함께 다름슈타트에 도착했다. 이곳 궁정에서는 더욱 예의바르게 행동하지 않으면 안 되었다. 그곳에서는 하우크비츠 백작이 실질적으로 향도역嚮導役을 맡았다. 그는 우리 중에서 나이가 가장 적었으며, 체격이 좋고 외양은 온순하고 우아했으며, 또 부드럽고 친절하게 생긴 용모였다. 그리고 언제나 기분에 동요가 없고, 사물에 관심을 느낀다 해도 그 정도가 다른 사람에 비하면 두드러지게 냉정했다. 그 때문에 그는 다른 사람들로부터 여러 가지로 욕을 먹기도 하고, 또한 별명을 얻지 않으면 안 되었다. 이것은 그들이 자연아로서의 행동을 허용받고 있다고 믿고 있는 한은 당연한 일이었는지도 모른다. 그러나 마침내 예의범절이 문제가 되어 예전처럼 다시 백작으로서의 태도를 억지로나마 부득이 보이지 않으면 안 되었을 경우에, 하우크비츠 백작은 매우 노련하게 처신했기 때문에 우리는 최상의 호평을 얻지는 못했으나 그럭저럭 면목을 유지할 수는 있었다.

나는 그 동안의 시간을 메르크를 방문해서 보냈는데, 그는 내가 계획하고 있는 여행을 메피스토펠레스처럼 백안시白眼視하고, 그리고 또한 역시 그를 방문한 나의 동반자를 염치불구하고 묘사하는 것이었다. 내게 대해서 그는 그 나름대로의 철저한 인식을 갖고 있었다. 나의 본성인 속일 수 없는 소박하고 선량한 성격이 그에게는 두통거리였고, 또 언제까지나 다른 사람에게 거역하지 않고 자신과 타인을 공존시킨다, 라는 관용의 태도가 그에게는 무서운 일이었다. 그는 외쳤다.

"자네가 저 사람들과 함께 여행한다는 것은 어리석은 일이다."

그리고 그는 나의 동반자에 대해서 정확하게 평가하기 시작했으나, 그것은 모두가 정당하지는 않았다. 거기에는 '호의'라는 것이 전적으로 결여되어 있었으므로, 나는 그보다도 이해면에 있어서 앞선다고 생각할 수 있었다. 아니 앞선다기보다는 차라리 그의 눈이 미치지 못하는 곳에 있는 측면을 나는 존중할 줄 알았다는 것뿐이다.

"자네는 저 사람들과 오래 있지는 않겠지!"

이것이 그의 이야기의 결론이었다. 그 말과 함께 나는 또 주의해야 될 어떤 말을 생각해냈다. 이것은 후에 그가 내게 거듭 말하고, 나도 자신에게 되풀이해서 들려 준 말이었으며, 또 일생 동안 나는 종종 이것을 의미심장한 말이라고 생각했던 것이다. 그는 이렇게 말했던 것이다.

"자네의 노력, 빛나가게 할 수 없는 자네의 침로針路는 현실에 시의 형상을 부여하는 일이다. 다른 사람은 소위 시적인 것, 공상적인 것을 현실화시키려고 시도하지만 그것은 어리석은 결말이 될 뿐이다."

이 두 방향의 현저한 차이를 이해하고 마음 속에 새기고, 그리고 그것을 적응해 보면 만사에 있어서 많은 해명을 얻을 수 있을 것이다.

불행하게도 우리 일행이 다름슈타트를 출발하기 전에 메르크의 설을 명확하게 뒷받침하는 사건이 생겼다.

사람은 자연 상태로 돌아가도록 힘써야 한다는 관념에서 나온 당시의 광기어린 행사의 하나로서 노천 목욕이라는 것이 있었다. 친구들은 어쨌든 간에 참고 예의범절을 지켜 왔으나, 이렇듯 예의에 벗어난 흉내를 내보지 않을 수 없었다. 물이 흐르는 하천은 없고 평탄한 모래 평야에 자리잡고 있는 다름슈타트에는 — 그래도 나는 이때 처음 들었지만 — 근교에 못이 하나 있었다. 선천적으로 열정적인 데다가 더욱 열정적이 된 친구들은 이 양어지養魚池에서 청량제를 구했다. 빛나는 태양 밑에서 벌거벗은 청년을 본다는 것을 아마도 이 지방에서는 기이한 일로 생각되었을 것이다. 어쨌든 소문이 크게 퍼졌다. 메르크는 그의 결론을 더욱 날카롭게 만들었다. 그래서 나는 일행의 출발을 서두른 것에 대해 불평을 하지 않는다.

우리는 공통적인 선량하고 고귀한 마음을 지니고 있었으나, 그럼에도 불구하고 사고방식이나 행동에 어떤 종류의 차이가 있다는 것이 이미 만하임으로 향하는 도중에 분명해졌다. 레오폴트 시틀베르크는 아름다운 영국 여인과의 깊은 연애 관계를 끊지 않으면 안 되었던 이유며, 또 그 때문에 이와 같은 먼 여행 계획을 세웠다는 것을 열정적으로 이야기했다. 곁에 있던 사람들은 그 이야기에 동정을 보이고 그러한 기분을 누군들 모르겠느냐고 말을 하자, 그는 끝없는 청춘의 감정을 폭발시켜 그 자신의 격정과 비통, 그리고 그의 연인의 아름다움과 사랑스러움은 이 세상에 비길 데 없는 것이라고 늘어놓는 것이었다. 이러한 논쟁을 친한 친구들 사이에 알맞도록 적당한 대화로 진정시키려고 했으나, 사태는 점점 어려워지는 것 같았다. 하우크비츠 백작이나 나는 드디어 이 문제를 중단시키고 싶다고 생각하지 않을 수 없었다. 만하임에 도착해서 우리는 좋은 여관의 깨끗한 방에 들었는데, 마음껏 포도주를 마신 첫 점심 식사의 디저트 시간에 레오폴트는 그의 애인의 건강을 위해서 건배를 하자고 우리들에게 요청하는 바람에 꽤 번잡하게 그것을 행했던 것이다. 잔을 비우고 나서 그는 소리쳤다.

"그런데 이 같은 신성한 일에 사용했던 잔으로는 더 이상 한 방울도 마셔서는 안 된다. 두 번째의 건배는 신성을 모독하는 것이 아닌가. 그러니까 이 잔을 깨뜨려 버리자."

그렇게 말하고 그는 즉석에서 다리가 높은 잔을 뒤 벽에다 내던졌다. 우리들도 그가 하는 대로 따랐으나, 나는 마치 메르크에게 멱살을 잡힌 채 끌려가는 듯한 기분이 들었다.

그러나 청년은 소년시절의 연장으로서, 선량한 친구들에 대해서 훗날까지도 원한을 품는 일은 없었으며, 또한 허물없는 호의는 물론 불쾌감을 느끼게 하는 일이나 마음을 다치게 하는 일은 없었다.

그런데 신성한 것이라고 말한 잔을 깨뜨렸기 때문에 음식값을 곱으로 물은 다음, 우리는 새로운 친구한테로 가서 아무 걱정 없이 쉬기 위해 명랑하고 힘차게 카알스루에로 향했다. 그 곳에서 우리는 클로프시토크를 만났다. 그는 그를 존경하고 있는 제자들에 대해서 예로부터 도의적인 지배권을 알맞게 행사하고 있었다. 그에게는 나도 또한 마음 속으로부터 복종하고 있었기 때문에, 다른 사람들과 함께 궁정으로 초대되었을 때, 새로 온 손님으로서는 무난하게 행동했다고 생각한다. 또 어느 정도 자연스럽고 위엄있는 태도를 취하도록 요청되고 있었던 것이다.

통치자인 변경후작邊境侯爵은 원로제후元老諸侯 중 한 사람으로서, 또한 특히 탁월한 시정방침施政方枕으로 인해서 독일 제후들 사이에서 매우 존경을 받고 있던 사람이었는데, 그는 재정상의 문제를 즐겨 화제로 삼았다. 부인은 예술과 다방면의 학문에 숙달되어 있었는데, 남의 기분을 상하게 하지 않는 화술로써 어느 정도의 관심을 나타나려 했다. 거기에 대해서 우리는 감사하는 태도를 보이기는 했지만, 그러나 숙소로 돌아와서 부인이 변변치도 않은 제지업과 번각자飜刻者인 바클로트를 비호하고 있는 것을 야유하지 않을 수 없었다.

내게 있어서 가장 의의가 깊었던 것은 작센 바이마르의 공자公子가 고귀한 신부 헤센 다름슈타트의 공녀公女 루이제와 정식 결혼을 하기 위해서 이곳에 온 일이었다. 그리고 또 그 때문에 폰 모저 장관이 그와 같은 중대한 양가의 관계를 분명히 하고, 또 궁내대신宮內大臣인 괴르츠 백작과 함께 충분한 타협을 짓기 위해 이내 이곳에 도착해 있었다. 나와 이 두 장관과의 면담은 가장 격의없는 것이었다. 그들은 또 작별을 위한 면담시에는 마지막 말로써 머지않아 바이마르에서 나와 다시 만나게 되면, 두 분에게 있어서는 다시 없는 기쁨이 되겠다고 거듭 강조했다.

클로프시토크와는 특별히 여러 차례 이야기를 나누었고, 또한 그가 나에게 친절한 태도를 보였기 때문에 마음놓고 숨김없이 이야기를 할 수 있는 심정이 되었다. 나는 《파우스트》의 최근에 집필한 몇 가지 장면을 그에게 말했다. 그것을 그는 매우 좋게 받아들인 것처럼 보였는데, 후에 내가 들은 바로는 다른 사람들 앞에서 그로서는 보통때와는 달리, 그 장면에 대해서 확실한 칭찬을 하고 그 작품의 완성을 원하고 있었다고 한다.

그 거칠었던 당시에는 흔히 천재적이라고 일컬어지던 행동은 카알스루에와 같은 점잖고, 말하자면 신성한 땅에서는 다소 삼가고 있었다. 나는 매부가 지사知事를 지내고 있던 엠멩딩겐으로 가기 위해서 옆길로 빠지지 않으면 안 되었기 때문에 일행과 헤어졌다. 나는 누이동생을 만나러 가는 이 발걸음을 하나의 참된 시련이라고 생각했다. 그녀의 생활은 행복하지 못했고, 더군다나 그 책임을 누이동생에게도, 매부에게도, 또한 환경에도 돌릴 수 없으리라는 것을 나는 알고 있었다. 누이동생은 말로 표현할 수 없는 그런 존재였다. 나는 여기에서 독자에게 말할 수 있는 것을 말해보려고 한다.

누이동생은 훌륭한 체격을 가지고 있었으나 용모는 거기에 미치지 못했다. 친절과 총명과 인정은 용모에 뚜렷하게 나타나 있었지만, 조화의 미가 부족했다. 게다가 우뚝하게 튀어나온 이마는 도덕적인, 그리고 또 정신적인 특성을 잘 증명하고는 있었으나, 머리를 위로 올려서 불끈 졸라맨, 매우 보기 흉한 유행의 머리 모양 때문에 어떤 불쾌한 인상마저 주는 것이었다. 만일 거울을 보고 자신의 용모를 최근에 유행되고 있는 것처럼 얼굴 위쪽을 고수머리로 가리고,

관자놀이나 양쪽 볼에다 감아올린 머리로 덮을 수가 있었다면 인상이 좀더 좋게 생각될 수 있었을 것이고, 자기는 물론 다른 사람들에게도 마음에 들지 않을지도 모른다는 걱정도 하지 않았을 것이다. 거기에다가 피부질환이 자주 생긴다는 악순환도 있었다. 이 피부병은 이미 어릴 때부터 마귀가 붙은 것처럼 재수없게도 축제일이라든가 음악회, 무도회, 그 밖의 초대를 받았을 때에는 정해놓고 생겨나는 것이었다.

그녀의 그런 것 이외의 뛰어난 특징이 점점 발전됨과 동시에, 그녀는 이러한 사정을 차츰차츰 극복해왔던 것이다. 확고하고 쉽사리 굴하지 않는 성격, 남에게 동정을 하고, 또 동정을 구하기도 하는 마음, 탁월한 정신적인 수양, 뛰어난 지식과 재능 같은 것을 갖고, 거기에다 수개국의 언어에 능통하고 글재주도 있었기 때문에, 만일 그녀가 외모만 아름다웠더라면 당시 가장 찬양받던 부인들 중에서도 손꼽혔을 것이다.

앞에서 말한 것 외에, 또 한 가지 이상한 점을 밝혀야 하겠다. 그것은 누이동생의 성격에는 조금도 관능적인 점이 없었다는 것이다. 누이동생은 나와 함께 자랐고, 그와 같은 남매간의 조화속에서 일생을 보내기를 원하고 있었다. 내가 대학에서 집으로 돌아온 후부터 우리는 헤어질 수 없는 관계를 유지해왔다. 마음 속으로부터 서로 신뢰하고, 사고 · 감정 · 공상 그리고 일체의 사건에서 받는 인상을 두 사람은 거의 공통적으로 받았던 것이다. 내가 베츨러에 갔을 때, 그녀는 고독함을 견디어 내지 못한 것처럼 보였다. 그래서 선량한 그녀에게 있어서 — 모르는 사이도 아니고 마음이 맞지 않는 것도 아닌 — 내 친구 실로서가 나 대신의 역할을 했다. 불행하게도 그의 마음속에서 남매와 같은 애정이 변해서 분명한 정열이 되었다. 그것은 엄격하고 양심적인 그로서는 아마도 처음 있는 일이었을 것이다. 거기서 흔히 말하는 매우 잘 어울리는 바람직한 결혼이 성립된 것이다. 누이동생은 여러 가지로 눈에 띄게 훌륭하고 유리한 결혼 신청을 쓸모없는 사람이나 자신이 싫어하고 있는 사람들로부터 받고 단호하게 거절해 왔는데, 마침내 이 혼담을 승낙하도록 설득당했다고 말해도 좋을 것이다.

솔직하게 말하자면, 나는 누이동생의 운명을 종종 상상해 보았을 때 주부로서 생각하는 것을 좋아하지 않았으며, 자칫하면 수녀원 원장이나 고귀한 교단의 단장으로 생각하고 싶었던 것을 고백해야겠다. 그녀는 그와 같은 비교적 높은 지위에 필요한 것을 모두 갖추고 있었다. 한편 세속적으로는 필요불가결한 것을 갖고 있지 않았다. 여성의 마음에 대해서 그녀는 압도적인 지배력을 철저하게 발휘했었고, 애정을 쏟아 젊은 사람들을 사로잡아 내면적인 장점을 가진 정신에 의해 지배했다. 착한 일, 인간적인 일은 아무리 이상한 점이 있어도 도리에 어긋나지 않으면 차별없이 이것을 받아들인다는 점은 누이동생도 나와 같았기 때문에, 아무도 자신의 어떤 현저한 천성이 두드러지게 나타나는 성벽을 조금도 누이동생에게 감추거나 삼갈 필요는 없었다. 그렇기 때문에 우리들의 교제는 앞에서 말한 것처럼 언제나 다양하고 자유롭고 예의바르게, 때로는 대담할 정도로까지 행해졌던 것이다. 젊은 부인들과 바르고 친절하게 교제를 해서 남을 꼼짝 못하게 속박하거나, 또는 남을 점유占有 하는 결과에 이르지 않았던 나의 습관은 그녀에게서 힘입은 것이었다. 그러나 여기에 쓰지 않은 암시적暗示的인 것을 읽어낼 수 있는 현명한 독자는 그당시 내가 엠멘딩겐으로 갈 때에 품었던 진지한 기분을 짐작할 수가 있을 것이다.

그러나 잠시 동안 머문 후 작별할 때 더욱 무겁게 내 마음에 걸린 것은 누이동생이 더없이 열심히 릴리와 헤어지기를 내게 권한, 아니 명령한 일이었다. 그녀 자신이 약혼시절이 싫증이 날 정도로 길었던 데에 대해서는 몹시 괴로움을 당했던 것이다. 실로서는 그 독실한 성격으로 바덴 대공국大公國에서의 지위의 대한 확신이 설 때까지, 아니 그보다도 임관任官이 될 때까지는 그녀와 약혼을 하지 않았다. 그러나 그의 지위의 실제적인 확정은 이상스럽게도 오래 끌었다. 거기에 대한 나의 추측을 말해 본다면, 정직한 실로서는 일에 대한 수완은 있었지만 그의 엄격한 결백성 때문에 군주에게 있어서는 직접 접촉하는 신하로서 바람직하지 못했고, 또 여러 대신에게 있어서 더군다나 가까운 동료로서는 바람직한 사람이 아니었다. 그가 기대했고 또 원했던 칼스루에에서의 임관은 실현되지 못했다. 그러나 엠멘딩겐의 지사 자리가 비어서 그가 바로 그곳으로 옮겨졌을 때에, 나는 이 지체된 진상을 확실히 알았다. 그가 받은 관직은 당당하고 수입이 많은 자리인 데다, 그는 완전하게 그 직책을 수행할 힘이 있음을 보여주었다. 이 당당한 지위에 취임해서 자기 소신에 따라 일을 행하고 칭찬을 하건 비난을 하건 모든 일에 대해서 자신이 책임을 지는 것은 그의 기질이나 그의 행동방식에 완전히 적합한 일인 것으로 생각되었다.

이 임관에 대해서는 아무런 의논도 할 수 없었다. 누이동생은 그를 따라가지 않으면 안 되었다. 그러나 자신이 원하고 있던 수도가 아니고 쓸쓸한 황야처럼 생각하지 않을 수 없는 지방으로 가지 않으면 안 되었다. 그들의 집은 많은 방문객에게 어울리는 훌륭하고 아름다운 구조였으나, 사교라는 것이 전혀 없었다. 오직 예전부터 친교가 있었던 서너 명의 젊은 부인만이 그녀의 뒤를 따랐다. 또 게로크 집안⁹⁾에는 많은 딸이 있어 교대로 찾아왔기 때문에 그녀는 여러 가지로 부자유스러웠지만 친밀한 교제를 오랫동안 즐길 수 있었던 것이다.

릴리와 헤어지기를 진지하게 내게 명령할 만한 자격이 자기에게

---

9) 상인 게로크(Gerock)의 집에는 딸이 다섯 명 있었다.

있다고 그녀가 믿은 것은 이러한 처지나 경험 탓이었다. 누이동생이 매우 존경하고 있던 릴리와 같은 부인을 화려하지는 않지만 떠들썩하게 활기가 넘치는 생활에서 벗어나, 칭찬할 만한 좋은 가정이라고는 하지만 특히 비사교적인 우리집으로 데려다가, 친절하고 입이 무겁기는 하나 훈계하는 버릇이 있는 아버지와 선천적으로 지극히 가정에 충실한 어머니, 더군다나 일을 끝낸 후에는 차분하게 수예手藝를 하면서 집으로 모여드는 젊은 사람들과 잘 어울리지 못하는 일 없이 즐겁게 담소하고 싶어하는 어머니 사이에다 둔다는 것은 그녀에게는 가혹하게 생각되었던 것이다.

동시에 누이동생은 릴리의 경우를 내게 명확히 설명해주었다. 왜냐하면 내가 그녀에게 이미 편지로, 혹은 정열적인 고백으로 모든 것을 소상하게 털어놓았기 때문이었다.

유감스럽게도 그녀가 설명한 것은 남의 험담을 하는, 그렇기에 차츰 신용을 잃어버린 친구가 남의 특징을 약간 들어 일러바친 일을 상세하게 선의적으로 설명한 것에 지나지 않았다.

나는 누이동생에게 설득당한 것을 고백하지 않을 수는 없었으나, 그녀에게 아무런 약속도 할 수는 없었다. 나는 자신의 가슴 속에 수수께끼 같은 감정을 품고 떠났다. 그것이 다시 내 격정激情을 불태운 불씨가 되었다. 왜냐하면 희망의 여신이 단연코 떠나가려는 자세를 취해도 사랑의 천사는 더욱 더 집요하게 그 옷자락에 매달리는 것이기 때문이었다.

엠멘딩겐과 취리히 사이에서 단 하나 지금도 확실히 기억할 수 있는 것은 샤프하우젠 기슭에 있는 라인 폭포다. 이 장대한 폭포는 우리가 들여가려고 하던 산악지대의 특징을 나타내는 제1단계를 분명하게 보여주고 있었다. 우리는 차츰 험준해져 가는 단계를 차례차례 더듬어서 애써 산을 올라가야 했다.

'검劍' 여관 문에서 본 취리히 호수의 경치는 아직도 내 눈앞에 선하다. '여관 문에서'라고 말한 것은 내가 여관 안으로는 들어가지 않고 곧장 라바터에게로 달려갔기 때문이었다. 거기서는 명랑하고 정성을 들인 더없이 정답다고 하지 않을 수 없는 환대를 받았다. 바로 그때의 그는 걱정이 없고, 인정 깊고, 사람을 행복하게 하고, 힘을 준다는 말 외에는 달리 생각할 수가 없었다. 그의 부인은 그와는 다소 달랐지만 온화하고 우아한 용모로써 그를 에워싼 다른 모든 것과 같이 그의 사고방식이나 생활태도와 완전히 조화되어있었다.

우리들의 화제의 실마리가 되고, 또 거의 중단됨이 없이 계속해서 한 이야기는 그의 《관상학》에 대한 것이었다. 이 귀중한 저작著作의 제1부[10]는 나의 착각이 아니라면 이미 완전히 인쇄가 끝이 났거나, 아니면 적어도 완성에 가까운 것이 되어 있었다. 이것은 다분히 독창적이고도 경제적이며, 또한 조직적이고도 총괄적總括的이라고 말할 수 있는 것이리라. 이 저작에 대해서 나도 실로 묘한 관계에 놓여있었다. 라바터는 모든 사람들을 협력자로 만들고 관계자로 만들려고 했다. 이미 라인 여행 때에 그는 많은 저명인사들의 초상화를 그리게 해서 그 사람들을 각각 저술著述을 위해 이용하려고 했던 것이며, 그 저술에는 그 당사자가 등장하게 되었던 것이다. 그는 미술가에 대해서도 그대로 했다. 그는 자신의 목적에 쓸 그림을 보내 달라고 한 사람 한 사람의 미술가에게 요구했다. 그 그림들은 도착했으나 목적에 꼭 들어맞지 않았다. 그리고 또 여기저기서 동판을 만들게 했으나 이것도 또한 특색을 나타내서 성공한 것은 드물었다. 또한 그 자신도 비상한 노력과 돈과 모든 노력을 바친 결과 대작이 준비되어 일체의 영예를 《관상학》에 걸게 되었다. 그 결과로써 이제야 한 권의 책이 완성되고 있으며, 관상학은 학설에 의해서 기초가 이루어졌고, 사례에 의해서 입증되어 과학의 존엄성에 가까워지려고 했던

---

10) 《관상학》 제1부는 그때 마침 출판되었다.

것인데, 어느 도표도 의도했던 표현을 하지 못하고 있었다. 모든 도판이 반드시 비난당하고, 조건부로 승인되고, 칭찬을 받기는커녕 간신히 용인되고, 그뿐만이 아니라 왕왕 설명에 의해서 말살당하지 않을 수 없는 것도 있었다. 전진하기에 앞서서 언제나 먼저 발판을 굳히려고 하는 나로서는 이것은 자신의 일로 과해진 것 중 가장 곤란한 과제중 하나였다. 이에 대해서는 독자 자신의 판단에 맡기겠다. 원고가 본문에 삽입된 도판과 함께 프랑크푸르트에 있는 나에게도 도착했다. 나는 내 마음에 들지 않은 점을 모조리 삭제하고, 마음에 든 것을 고쳐서 삽입할 권리를 갖고 있었지만, 나는 물론 그 권리를 조심스럽게 행사했다. 단 한 군데, 그는 부당한 비난자에 대한 어떤 격렬한 항변을 첨가해두었는데, 나는 그것을 없애고 그 대신 자연에 관한 명랑한 시를 삽입했다. 여기에 대해서 그는 나를 매우 나무랐으나, 후에 냉정을 돌이켜 나의 조치에 찬성을 했던 것이다.

《관상학》의 4권을 펼쳐 놓고 — 그것을 읽고 멸시하는 일은 없겠지만 — 그 내용을 통독하는 자는 우리들의 대담이 얼마나 흥미가 있는 것이었는지 생각할 수 있을 것이다. 이때, 이 책에 수록될 그림의 대부분은 이미 그려졌고, 또 그 일부는 동판으로 새겨지기도 했는데 그 그림을 앞에 놓고 비판이 행해졌다. 그래서 쓸모가 없는 것을 이 경우에 유익한 것으로 만들어 이용할 수 있는 묘안을 연구했던 것이다.

라바터의 작품을 다시 한 번 들여다보면, 나는 우습고 유쾌한 느낌을 받는다. 왜냐하면 예전에는 그들에 대해서 화를 내고 지금에 와서 기쁘게 생각할 수도 없는, 예전부터 이미 잘 아는 사람들의 환영을 눈 앞에 보고 있는 듯한 느낌이 들기 때문이었다.

그러나 볼품없이 만들어진 이처럼 많은 것을 어느 정도 정리할 수

---

11) 요한 하인리히 리프스(Johan Heinrich Lips, 1758~1817). 후에 괴테에 의해서 바이마르로 초빙되었다.

있었던 것은 뎃생가이며 동판조각가이기도 했던 리프스[11]의 확실하고 뛰어난 재능에 의한 것이었다. 그는 실로 현실 세계의 자유로운 산문적인 묘사에는 천부적인 재주가 있었던 것이다. 그것이야말로 이번 경우에 부응하기 위해 세밀하게 주의를 해야 했다. 이 다재다능한 농부의 아들은 많은 특전을 가진 도시에서 태어난 승적僧籍의 주인에 대해서 져야 할 모든 책임을 통감하고 자신의 일에 최선을 다했다.

동행한 친구와 별거하고 있던 나는 서로 불쾌한 감정은 조금도 없으면서도 날이 갈수록 그 사람들과 차츰 소원해졌다. 시내에서는 아직 서로 다소의 왕래는 하고 있었지만, 교외로 산책을 나가는 일은 거의 없게 되었다. 그들은 젊은 백작다운 거만한 마음을 지녔으면서도 역시 라바터를 방문했던 것이다. 물론 이 노련한 관상학자가 본 그들은 일반 사람들이 보는 것과는 다소 차이가 있었다. 거기에 대해서 그는 내게 의견을 말했다. 그는 레오폴트 시톨베르크에 대해 이야기하면서 이렇게 외친 것을 나는 분명히 기억하고 있다.

"나는 자네들 모두가 어떻게 말할지 모르지만, 그 사람은 고결하고 출중한 재능을 지닌 청년이다. 그러나 저 사람들은 그를 한 사람의 영웅으로서, 헤라클레스로서 내게 묘사했지만, 나는 이제까지 그만큼 연약하고, 유순하고, 또 필요에 따라서 임기응변하는 청년을 본 일이 없다. 나는 보다 확실한 관상학적 견식을 얻기에는 아직 요원하지만 자네들이나 다른 많은 사람들의 상태가 어떤가 하면, 너무나도 한심스러운 일이다."

라바터가 라인 하류지방으로 여행을 한 이래로 그와 그의 관상학 연구에 대한 흥미는 대단한 기세로 높아져서 여러 사람들이 그에게로 답례차 몰려 갔다. 그래서 그는 종교가로서 재기才氣가 있는 자 중의 제1인자로 보여지고, 또 자신의 힘으로 타향인을 끌어 모을 수 있는 인간으로 생각되는 데 대해서 약간 당혹감을 느꼈다. 그렇기 때문에 그는 모든 질투와 시의를 피하기 위해, 그를 찾아온 모든 사람들에 대해서 자기 이외의 저명인사들에게도 친밀하게 대하고 경의를 표하도록 주의시키고 권하는 것을 잊지 않았던 것이다.

여기서 노老 보드머[12]가 특히 존중되어, 우리는 그를 방문해서 젊은 사람으로서의 경의를 표하기 위해 찾아가지 않으면 안 되었다. 그는 호수가 합쳐져서 림마트 강이 되는 곳의 오른쪽 기슭에 있는 비교적 커다란 옛 마을의 건너편 언덕에 살고 있었다. 우리는 이 마을을 횡단해서, 최후에는 차츰 가파라진 골목길을 따라 성벽 뒤의 언덕에 다다랐다. 그 곳은 요새要塞와 옛날의 성벽 사이에 끼어, 보기에 기분이 좋은, 교외지구郊外地區가 반쯤 전원식으로 만들어져 있으며, 그 일부에는 집들이 늘어서 있고 다른 일부에는 집이 드문드문 산재해 있었다. 보드머가 평생을 두고 살아온 집도 그 곳에 있었으며, 탁트인 매우 밝은 환경에 둘러싸여 있었다. 우리는 집 안으로 들어가기 전에 한낮의 맑게 개인 아름다운 광경에 홀려 그 주위를 황홀하게 바라보지 않을 수 없었다.

우리는 계단을 올라가서 주위에 판자벽이 둘려 있는 방으로 안내되었는데, 중간키의 원기있는 노인이 그 방에서 우리를 맞았다. 그는 찾아오는 청년에게 정해놓고 하는 인사말을 우리들에게 했다. 그는 이토록 오래 이 세상을 하직하지 않고 있는 것은 우리들 청년을 후히 환대하고, 서로 사귀고, 또한 우리들의 재능을 즐기고 그 전도를 축복하기 위해서이므로, 그것도 청년들에 대한 성의의 하나라고 생각해 주기를 바란다고 말하는 것이었다.

거기에 대해서 우리는 시인인 그가 장로長老의 한 사람으로 헤아려지고, 또한 발전된 도시 근처에 살면서 참으로 목가적牧歌的인 주택을 평생 동안 소유하고, 더욱이 고원의 자연스러운 대기 속에서 그토록

---

12) 앞에서 나왔음. 당시 이미 77세의 고령이었다.

긴 세월 동안 이러한 전망을 즐기면서 끊임없이 눈을 기쁘게 하고 있는 행복을 찬양했다.

우리가 그 창에서 한눈으로 바라볼 수 있는 풍경을 보고 싶다고 청한 것은 그에게 기쁜 일이었던 모양이나, 실제로 그 경치는 마침 가장 좋은 계절의 맑은 태양빛을 받아 참으로 비길 데 없는 것으로 생각되는 것이었다. 큰 도시에서 계곡으로 내려가는 지세地勢에 있는 수많은 경치가 멀리 바라보이고, 또 림마트 강 건너편의 작은 마을과 서쪽이 되는 지르펠르트의 비옥한 들판이 바라보였다. 되돌아서 보는 왼편에는 취리히 호수의 일부가 그 수면에 반짝이는 잔물결을 일으키고, 산과 골짜기가 교대로 가까워지는 강가, 구릉丘陵, 식별하기 어려운 천태만상의 경치 등이 변화무쌍한 느낌을 보여주고 있었다. 이러한 경관에 눈을 빼앗긴 데다가, 또 멀리 산봉우리들이 푸르게 이어져 있는 약간 높은 지붕을 바라보자, 끝없는 동경이 우러나왔다. 우리는 그 산봉우리를 가리키며 이름을 듣곤 했다.

그에게 있어서는 다년간에 걸쳐 평범해진 이 희유稀有한 경치에 젊은 사람들이 환희를 느낀 데 대해서 매우 만족스러운 것 같았다. 그가 우리에게 동감의 뜻을 나타낸 것은 비꼬는 것 같기도 했다. 그리고 우리는 가장 친한 친구가 되어 작별을 고했는데, 그때 우리들의 마음속에는 저 푸른 산봉우리에 대한 동경이 가득 차 있었다.

나의 존경하는 장로에게 지금 작별하려는 마당에서 나는 그의 풍채와 용모에 대해서, 그리고 또 동작과 행동에 대해서 아직 한 마디도 말하지 않은 것을 비로소 깨달았다.

여행자가 자기가 방문한 명사名士의 특징을 마치 범인 체포 영장의 재료를 삼으려는 듯이 하나하나 기술하는 것은 원래 예의에 벗어난 일이라고 나는 생각한다. 그 누구도 자신이 그 사람앞에 나서서 호기심으로 관찰하고, 더군다나 단순히 자기나름으로 관찰하는 데 불과한 그 시간이 사실은 단 한 순간이라는 것을 생각하지 않는다. 그래서 방문을 받은 사람은 때로는 실제로, 또 때로는 의견상 오만, 또는 겸손, 과묵, 또는 다변, 유쾌, 또는 불쾌 등 그 어느 것으로 보일 것이다. 그러나 나는 지금의 특별한 경우에 있어서 변명으로서 이렇게 말하고 싶다. 보드머의 존경할 인품은 말로 표현해서는 똑같은 좋은 인상을 표현할 수가 없을 것이라고. 다행히 그라프[13]를 본떠서 바우제가 그린 초상화가 남아있다. 이 초상화는 우리가 본 그 사람을 완전하게 묘사했고, 더군다나 정관靜觀 · 성찰省察을 나타내는 그의 시선까지도 놓치지 않고 있었다.

일종의 특별한, 물론 예기치 않았던 일은 아니었지만, 그러나 실로 원하고 바랐던 기쁨이 취리히에서 나를 기다리고 있었다. 그것이 무엇이었나 하면, 나는 그 곳에서 젊은 친구 파사반트[14]를 우연히 만났던 것이다. 우리 고향의 캘빈 파를 믿는 명문가의 아들인 그는 스위스로 가서 훗날 선교사가 되어 선교를 하게 되어있는 교설敎說의 발상지 근처에서 살고 있었다. 키가 큰 편은 아니나 민첩하게 생긴 체구를 하고 있으며, 그의 용모, 그의 모습 전체가 인상이 좋고 늠름한 과단성이 엿보이게 하고 있었다. 또한 검은 머리와 수염, 생기있는 눈을 지닌 전체적으로 의욕있고 절도있는 활동가였다.

우리가 서로 부둥켜 안고 첫인사를 나누자마자 그는 즉시 조그마한 여러 고을로 가자고 제의했는데, 그는 오래 전부터 그 지방을 돌아다니는 일을 매우 재미있게 느끼고 있었기 때문이었다. 그래서 지금 그 지방을 보여주고, 나를 즐겁고 기쁘게 해줄 셈이었던 것이다.

내가 라바터와 당면한 중요한 문제를 숙의하고, 그리고 두 사람에게 공통적인 용건에 대해서 우리가 거의 상의를 끝내는 동안에, 나의 활달한 여행 친구들은 이미 사방팔방으로 돌아다니면서 그들의

---

13) 안톤 그라프(Anton Graff), 드레스덴의 궁정화가宮廷畵家.
14) 파사반트(Jakob Ludwig Passavant). 괴테보다 두 살 아래. 프랑크푸르트의 종교고문, 라바터와 친했다.

방식대로 그 지방에서 무엇인가 찾아다니고 있었던 것이다. 그렇기 때문에 진정한 우정으로 나를 감싼 파사반트는 나와의 교제를 독점할 권리를 얻었다고 생각하고, 그 일행들이 없는 틈을 타서 나를 산으로 이끌고 가는 데 성공했다. 그런데 나 자신으로서도 오래 전부터 원했던 이 여행을 될 수 있는 대로 안정되게 해서, 또 자기 나름대로 마치고 싶다고 간절히 원하고 있었기 때문에 쉽사리 이 권유를 받아들였던 것이다. 어느 쾌청한 날 아침, 우리는 배를 타고 아름다운 호수를 건너갔다. 여기에 삽입하는 시가 이 즐거웠던 때의 모습을 다소나마 전할 수 있다면 다행으로 생각한다.

> 이리하여 싱싱한 양분, 새로운 피를
> 활짝 트인 세계에서 나는 마신다.
> 나를 그 품안에 껴안아 주는 자연은
> 그 얼마나 아름답고 정다운가!
> 물결은 우리의 작은 배를 싣고
> 노를 젓는 박자를 따라 흔들며
> 구름 위로 높이 솟은 산들은
> 우리가 가는 길을 마중한다.
>
> 눈이여, 내 눈이여, 왜 내리까는가?
> 황금의 꿈이여, 다시 돌아오려는가?
> 사라져라, 꿈이여, 설사 그대가 황금일지라도!
> 여기에도 사랑과 생명은 있다.
>
> 물결 사이에 반짝이는 것은
> 떠도는 수많은 별들인가.
> 멀리 우뚝 솟은 산 주변은

엷은 안개에게 삼키우고
그늘진 호반에는
아침 바람이 날개를 펴며
익어가는 과일이
호수에 비친다.

우리는 라바터로부터 소개받은 호체 박사가 살고 있는 리히타스 빌에 상륙했다. 그는 의사이자 매우 총명하고 친절한 사람으로서, 그 마을과 그 지방 일대에서 대단한 평판과 명성을 떨치고 있었다. 우리는 라바터의 《관상학》 안의 그에 대해서 기록한 부분을 지적하는 것이 그의 추억에 가장 경의를 표하는 행동이라고 생각했다.

우리는 극진한 대접을 받고, 또 우리들의 여행중 다음 숙박지에 관한 매우 재미있고 유익한 이야기를 들은 후에 뒤쪽에 있는 산으로 올라갔다. 신데레기의 계곡으로 다시 내려가지 않으면 안 되었을 때, 우리는 다시 한 번 뒤를 돌아보고, 취리히 호수의 절경을 가슴 속에 간직해두려고 했다.

그때 메모를 해둔, 아직도 비망록에 남아있는 다음 몇 줄의 시는 나의 그때의 기분을 나타내고 있다.

사랑하는 릴리여, 그대를 사랑하고 있지 않다면
이 같은 전망이 어찌 기쁨을 주리오.
그러나 릴리여, 그대를 사랑하고 있지 않다면 도대체 무엇이 나의 행복이리까.

이 짤막한 감탄구는 내 시집에 인쇄되어 있는 것보다 여기서 보는 편이 훨씬 뜻깊게 생각된다.

그 곳에서 마리아 아인지데룬에 이르는 굴곡이 심한 험한 길에서도 우리들의 유쾌한 기분은 꺾이지 않았다. 산기슭의 호반에서 이미 발견한 순례자의 한 떼가 기도하고 노래 부르면서 보조를 맞추고 올라와 우리를 따라붙었다. 우리는 그들에게 인사말을 보내고 앞서 가게 했다. 이 사람들은 우리에게도 그들의 경신敬神 목적에 동조하도록 권유했는데, 그들로 해서 이 적적한 산중이 떠들썩해지고 일종의 기분좋은 느낌이 더해졌다. 우리는 앞으로 걸어가야 할 꾸불꾸불한 좁은 길이 순례자의 대열로 뚜렷하게 보이는 것을 바라보며 뒤따라가는 것이 한 때는 즐거웠다. 실제로 로마 교회에서 행해지는 모든 관습은 어디까지나 의미가 깊고 또 장엄한 것으로 신교도들에게는 생각된다. 왜냐하면 신교도는 그 관습을 만들어낸 최초의 것, 내면적인 것과 그것이 대대로 이어져 내려가는 원인인 인간적인 것을 이렇게 해서 핵심을 좇아서 인식하고, 그때에 외각이나 외피는 물론 나무 그 자체, 그 나무의 가지와 잎, 껍질, 뿌리까지도 문제삼지를 않기 때문이었다.

수목이 없는 황량한 골짜기에 이르니 화려한 교회당이 눈앞에 나타나고, 또 정연하게 정돈된 개간지의 중앙에는 수많은 방문객들을 접대하기 위한 상당한 면적을 차지하고 있는 넓은 수도원이 보였다.

교회 속의, 왕년에 성자聖者의 은거처였던 소회당小會堂은 대리석을 붙이고 손질을 해서 모양이 좋은 예배당으로 개조되었는데, 이것은 내가 아직까지 본 일이 없는 신기한 것으로서 말하자면 기둥으로 둘러싸여 둥근 천정을 얹어놓은 조그마한 그릇이었다. 도의와 경신敬神의 유일한 섬광이 여기에서 언제나 꺼지지 않고 밝게 불타는 불꽃을 밝히고, 그 불꽃을 향해서 많은 신도의 무리가 온갖 고생을 다해가면서 그 성화에서 자신의 초에다가 불을 붙이려고 순례해온다는 사실을 한번 엄숙히 생각해보지 않을 수 없었다. 여하간 이 사실은 저 최초의 성자聖者가 가장 심원한 심정과 확고부동한 신념 속에서 기르고 또한 맛본 그 빛, 그 따뜻함을 찾는 인류의 무한한 욕구를 상징하고 있었다. 우리는 이루 헤아릴 수 없이 화려장엄한 보물창고로 안내되었는데, 그 곳에서 제일 먼저 우리를 놀라게 한 것은 성자와 교단시조教團始祖들의 등신대等身大, 혹은 등신 이상이 되는 흉신이었다.

그러나 그 다음 열어 보이는 벽장의 광경은 또 다른 주의를 끄는 것이었다. 그 속에는 이곳에 헌납된 고대로부터의 귀중한 물건들이 보관되어 있었다. 진기珍奇한 황금 세공의 각종 왕관이 내 눈을 사로잡아 떨어질 줄 몰랐는데, 그 중에서 하나, 특히 내 시선을 끈 것이 있었다. 그것은 고대의 미술 양식으로 만들어진 위가 뾰족한 왕관으로서, 흔히 고대 여왕들이 그것과 비슷한 것을 머리에 쓰고 있는 그림을 본 일이 있는데, 참으로 아취雅趣가 넘치는 무늬가 그려져 있고, 온갖 정성을 기울인 세공의 흔적이 보이며 장식된 보석까지도 선택과 솜씨에 있어 배분과 대치의 묘를 얻고 있는 ─ 요컨대 첫눈에 그 인상을 예술적으로 설명할 수 없을지라도 완벽한 것이라고 단정할 수 있는 작품이었다.

예술은 이해하는 것이 아니고, 느끼는 이런 경우에 있어서까지도 사람의 마음은 흔히 실용 쪽으로 기울어지기 쉬우며, 사람은 이 귀중한 장식에 의해서 기쁨을 얻기 위해 그것을 소유하고 싶어지는 것이다. 나는 허락을 얻어 그 왕관을 꺼냈다. 그리고 그것을 정중하게 높이 쳐들었을 때, 내 뇌리에는 오직 그것을 릴리의 윤이 나는 머리털을 감아올린 머리에 씌워가지고, 거울 앞으로 데리고 가서 그녀가 자기 자신이 느끼는 기쁨과 그녀에 의해서 주위에 퍼지는 행복을 보았으면 하는 생각 외에는 아무것도 없었다. 그 후에 나는 이러한 장면을 훌륭한 화가에게 그리게 한다면 매우 함축성이 있고 정취가 풍부한 그림이 될 것이라고 종종 상상해본 일이 있다. 사실 이렇게 해서 새로운 신부와 새로운 국토를 손에 넣는 젊은 왕이 된다는 것은 아마도 노력의 보람이 있는 일이 아닐까.

수도원의 소장품을 빠짐없이 구경시켜 준다고 해서 우리는 미술품·골동품·표본 등이 있는 방으로 안내되었다. 그 당시 나는 그러한 물건들의 가치에 대해서는 거의 아는 바가 없었다. 그뿐만이 아니라 매우 존중해야 될 학문이라고는 하나, 아름다운 지표地表의 인상을 지적 관찰 앞에 세밀히 나누는 듯한 지구 구조학에 대해서는 매력을 느끼지 못하고 있었으며, 더군다나 공상적인 지구 생성학生成學의 미궁으로 끌려들어가지도 않고 있던 것이다. 그렇지만 안내하는 수도사에게 이끌려서, 그 방면의 사람들에게 매우 소중하게 여겨진다고 그 수도사가 말하는, 청판니암青板泥岩 속에 안전하게 보존되어 있는 화석이 된 조그마한 멧돼지의 목에 대해서는 나는 다소의 주의를 기울였다. 그것은 새까맣기 때문에 언제까지나 내 상상 속에 남아있는 것이다. 그 화석은 라파스빌 부근에서 발견된 것으로서, 그 지방은 태고 이래의 늪지대이기 때문에 이와 같은 미이라를 후세를 위해 잘 매장해서 보존할 수가 있었던 것이다.

그러나 그것과는 달리, 유리를 끼워 액자 속에다 넣어둔 마르틴 쉔[15]의 작품인 성모승천聖母昇天을 그린 동판화에 대해서는 전혀 다른 흥미를 느꼈다. 말할 것도 없이 완전한 견본만 있으면, 이 같은 대가大家의 예술품의 관념을 얻을 수 있으나, 각종 완벽한 것에 대한 경우와 같이 견본뿐만이 아니고 원작과 같은 것을 소유하고, 언제나 되풀이해서 바라보고 싶은 욕망을 — 상당한 세월이 경과해도 — 잊어버릴 수 없을 만큼 깊은 감명을 받기도 하는 것이다. 나는 또 이 판화의 복제품을 입수할 때까지는 오랜 훗날까지 흥미를 잃지 않았음을 이 자리에서 고백해도 좋으리라.

1775년 5월 16일 처음으로 여기에 날짜를 적어 보는데, 우리는 힘이 드는 길로 접어들었다. 우리는 황폐화된 돌멩이뿐인 산을 넘지 않으면 안 되었다. 더군다나 적막하고 인적이 드문 곳이었다. 저녁 7

---

15) 15세기의 독일의 유명한 화가.

시 56분에 우리는 두 개의 산봉우리가 서로 나란히 하늘에 우뚝 솟아있는 시바처 하켄의 정면에 섰다. 처음으로 길 위에 눈을 보았다. 또 그 톱니처럼 생긴 바위 꼭대기에는 겨울 이래로 쌓인 눈이 아직 남아있었다. 우리가 내려가지 않으면 안 될 광막한 계곡은 무서우리만큼 엄숙한 소나무 원시림이 계속되고 있었다. 우리는 잠깐 쉬었다가 힘차고 날랜 속력으로 절벽에서 평지로 평지에서 골짜기로 통하는 좁은 길을 뛰어내려 10시에 시바처에 도착했다. 피로와 동시에 원기를 느끼며 쓰러질 것 같으면서도 흥분하고 있었다. 허둥지둥 심한 갈증을 풀고 나자 점점 기운이 솟는 기분이 들었다. 약 2년 전에 〈베르테르〉를 쓴 젊은 청년과 그 놀라운 작품의 초고를 보기만 하고서도 충격을 받은 나이어린 친구 두 사람이 흘러간 정열을 역력히 회상하며, 현재의 정열에 마음을 기울여 공중누각을 세우고, 상쾌한 힘을 마음속으로 느끼고 공상의 세계를 노닐면서, 부지불식간에, 말하자면 자연상태로 돌아가 있는 상태를 독자들께서는 상상해 보라. 그러면 그때의 경지에 가까운 것을 상상할 수 있겠지만, 그 상태는 만일 일기에 '웃음소리와 함성이 한밤중까지 계속되었다' 라고 쓴 글귀가 없었더라면 나도 도저히 기술할 수가 없을 것이다.

17일 아침, 시바처 하켄이 창 앞에 보였다. 이 거대하고 불규칙하게 생긴 자연의 피라밋으로 구름이 뭉게뭉게 올라가고 있었다. 오후 1시 시바처를 출발, 리기로 향했다. 2시에 라우옐처 호상湖上과 쨍쨍한 햇볕이 얼마나 기뻤는지 눈에 아무것도 보이지 않았다. 건강해 보이는 두 소녀가 배를 젓고 있었는데, 그 풍치있는 광경을 우리는 넋을 잃고 바라보고 있었다. 섬에 닿았다. 거기에는 옛날에 폭군이 살고 있었다고 하는데, 그것은 어찌되었든 지금은 폐허 사이에 은자隱者의 오두막이 자리잡고 있었다.

우리는 리기로 올라갔다. 7시 반에 '눈 속의 성모聖母'에 이르렀다. 다음에 예배당과 수도원 옆을 지나 '암소' 여관에 들었다.

18일 일요일 새벽, 여관에서 예배당을 스케치함. 12시에 '세 자매의 샘'이라고 일컫는 칼텐 바트로 향하다. 2시 15분, 정상에 도착했으나 구름에 싸여, 이때에는 이중으로 불쾌했다. 전망을 가로막히고, 또 내리는 안개에 옷이 젖었다. 그러나 이 구름이 여기저기 조각이 나서 물결치는 액자처럼 맑게 개인, 장려하고 햇빛에 비친 세계를 에워싸고, 그것이 떠올라온 변화자재變化自在한 그림처럼 보였을 때에는, 우리는 이미 이 불운한 운명을 억울하게 생각하지 않았다. 이것은 이제껏 보지 못했고 또 두 번 다시 볼 수 없는 경치였기 때문이었다. 우리는 이 몹시 불쾌한 장소에 오랫동안 머물러 있으면서 햇빛이 비치는 대지의 한구석과 가느다란 호수의 벼랑과 수면의 한끝을 쉴새없이 흘러가는 층층이 쌓인 구름덩이의 틈바구니로 내려다 보았던 것이다.

저녁 9시에 우리는 숙소 문 앞에 돌아올 수 있었다. 그리고 구운 생선과 계란, 그리고 포도주를 마음껏 마시고 원기를 회복했다.

점점 어두워지고 차츰 밤이 깊어지자, 갖가지 음향이 혼연일체가 되어 들려왔다. 계속해서 울리는 예배당의 종소리, 샘의 물소리, 스치는 바람소리, 멀리서 들려오는 호루라기 소리 등 ― 상쾌하고 마음이 가라앉는 자장가 소리에 잠이 들 것 같은 순간이었다.

19일 아침 6시 반, 발트쉬테터 호를 따라서 처음에는 올라가고, 나중에는 내려가는 길을 지나서 피츠나우로 향했다. 그곳에서 호수를 건너 게르사우로 갔다. 정오에 호반의 식당으로, 2시경에 세 명의 텔[16]이 선서를 한 구뤼틀리의 대안에 이르고, 이어서 용사가 뛰어나온 숲속의 빈터 옆을 지났다. 이곳은 텔의 공적功績을 기념하고 그의 존재와 행위의 전설이 그림으로 그려져 영원히 전해지고 있는 곳이다. 3시, 그가 배에 탄 프뤼에렌으로 가다. 4시, 그가 능금을 쏘아서

---

16) 뤼틀리(Rütli)에서 회담한 세 명의 대표자를 스위스에서는 '세 명의 텔'이라고 부른다.

떨어뜨린 알트도르프에 도착.

묵묵히 말없이 깎아 세운 듯이 물 속에 비치고 있는 이 안벽岸壁의 미로를 지나서 우리는 당연히 시적인 전설의 실로 묶였다. 흔들리지 않는 바위는 쓸쓸하게 서서 마치 무대의 옆 배경과도 같았다. 행복도, 불행도, 기쁨도, 슬픔도 오직 오늘 프로그램에 실려 있는 인물에게 할당된 것에 지나지 않는다.

그러나 이와 같은 고찰은 전혀 우리들 청년의 시야 밖에 있었다. 방금 지나간 일은 곧 잊어버리고 눈앞에는 미래가, 그들이 탐험하려고 했던 산과도 같이 기묘하고 신비스러운 것으로 가로놓여있었다. 20일, 우리는 암스테크를 향해서 출발했다. 그 곳에서는 구운 생선을 아주 맛있게 먹을 수 있었다. 이 곳은 이미 상당히 적적하고 험준한 산에 접하고, 로이스 강이 더욱 험준한 바위 사이에서 힘차게 쏟아져 나와 눈이 녹은 맑은 물이 모래와 자갈바닥을 씻기우면서 흐르고 있었으므로, 나는 이 절호의 기회를 포착해서 졸졸 흐르는 개울 물에 목을 적시지 않을 수 없었다.

3시에 그 곳을 떠나 앞으로 나갔다. 짐을 실은 말이 줄을 지어 우리 앞을 지나가고, 우리는 그것과 함께 퇴설堆雪 위를 걸어가는데, 그 눈밑이 공동이라는 것은 나중에야 알았다. 이 곳은 겨울눈이 산골짜기에 괴이기 때문에 길을 돌아다니지 않으면 안 되었지만, 지금은 눈이 직선의 지름길을 이루고 있는 것이었다. 밑을 꿰뚫고 흐르고 있는 길은 차츰 눈을 깎아내어 열기를 토하는 여름의 대기 때문에 궁륭穹窿은 점점 크게 녹아서 지금은 넓게 걸친 다리처럼 되어 이쪽 저쪽을 이어주고 있었다. 우리는 약간 상류에서 위험을 무릅쓰고 넓은 골짜기로 내려가서 이 신기한 자연 현상을 확인했다.

그리고 더욱 높이 올라갔는데, 소나무 숲은 여전히 골짜기 밑에까지 있었고, 그 사이로 거품이 이는 로이스 강이 깎아 세운 듯한 암벽 위로 흘러가는 것이 눈에 띄었다.

7시 반에 바젠에 닿았다. 붉고 진하고 시큼한 롬바르디의 포도주로 원기를 회복했는데, 먼저 물을 타고, 그런 다음 자연이 포도송이에게 만들어 주지 않는 성분 대신 설탕을 많이 보완하지 않으면 안 되었다. 여관 주인은 아름다운 수정을 꺼내다가 보여주었으나 나는 그 당시 그러한 자연 연구와는 인연이 멀었기 때문에 아무리 값이 싸도 이 같은 산의 산물로 짐을 무겁게 만들 생각은 없었다.

21일 6시 반 등산. 바위는 점점 커지고 점점 무거워졌다. 악마의 다리가 보이는 악마의 바위까지 가는 길은 갈수록 힘이 들었다. 동행자는 그 곳에서 쉬기를 원하고, 이 눈부신 경치를 스케치하도록 내게 권했다. 나는 윤곽은 그릴 수 있어도 전경이나 배경은 제대로 그리지 못했다. 이 같은 경관을 표현할 말이 생각나지 않았다. 우리는 다시 힘든 걸음을 걷기 시작했다. 무서운 적막이 더욱 더해 가는 것 같았다. 평지가 산이 되고 저지低地는 계곡이 되었다. 이윽고 안내자의 선도를 따라 우르제헨의 동굴에 도착했으나 이 굴을 나는 몹시 불쾌한 기분으로 빠져나갔다. 그 때까지 본 것은 실로 숭고한 것이었으나 이 암흑은 모든 것을 지워버렸다.

그러나 이 곳을 빠져 나갔을 때, 내가 갑작스럽게 느끼지 않을 수 없었던 놀라움과 기쁨을 장난기가 있는 안내자는 물론 미리부터 상상하고 있었던 것이다. 약간의 거품을 내는 시냇물이 산으로 둘러싸이면서도, 상당히 넓어 살아보고 싶은 평탄한 골짜기를 잔잔하게 굽이치고 있었다. 우리들의 맞은편 평지에 있는 청초한 우르제렌의 작은 마을과 그 교회의 건너편에는 높은 소나무 숲이 이어져 있었는데, 이 소나무 숲은 높은 곳에서 무너져 내려오는 눈사태를 막아 산기슭의 이주민들을 보호하고 있어 신성시되고 있었다. 새파란 골짜기의 초원은 다시 냇물을 따라 계속되는 낮은 버드나무로 장식되어 있었다. 이 곳에서 우리는 오랫동안 보지 못했던 초목을 보고 기뻐했다. 기분은 훨씬 안정이 되었다. 평평한 길을 걷고 있는 동안 힘이

다시 회복되는 것처럼 느껴졌다. 동행한 친구는 이다지도 멋지게 꾸며 나를 갑자기 놀라고 기쁘게 한 것을 적지 않게 자랑스러워했다.

목장에는 유명한 우르제렌 치즈가 있었다. 우쭐해진 청년은 꽤 많은 포도주를 기분좋게 마시고 점점 기분이 좋아져 기상천외의 계획을 세우는 것이었다.

23일 3시 반에 우리는 숙소를 떠나 평탄한 우르제렌 계곡에서 돌투성이인 리핀 계곡으로 들어섰다. 여기서는 또 갑자기 토지의 드러남을 전혀 볼 수 없게 되었다. 눈이 쌓이고 벌거벗은, 혹은 이끼가 낀 바위, 눈을 몰아왔다가는 또 몰아가는 끊어졌다 이어지는 강풍, 폭포수의 울림, 오는 사람도 가는 사람도 보이지 않는 이 적막 속에서 우리는 짐 싣는 말의 방울소리, 이런 곳에서 심연 속의 용의 집을 상상해보는 것은 그다지 상상력을 필요로 하지 않는다. 그러나 매우 아름다운 것 중의 하나인 장엄하고도 여러 가지로 변화있는, 그림으로 그리기에 가장 알맞은 폭포의 경관으로 기분은 명랑해지고 힘이 솟아나는 것처럼 생각되었으나, 그 폭포는 이 계절에 눈이 녹은 물로 넘칠 정도로 수량이 늘어나고, 혹은 구름에 가리우고, 혹은 구름 속에서 나타나는 등 오랫동안 우리들의 발을 멈추게 했던 것이다.

간신히 조그마한 안개의 바다에 이르렀다. 그것은 몇 줄기의 대기의 띠와 구별하기 어려운 것이었으므로 그렇게 이름을 붙이고 싶다. 이내 안개 속에서 건물 하나가 나타났다. 그것은 순례자를 위한 숙소였다. 우리는 이제 곧, 그 손님을 기다리는 지붕 밑에 숙소를 정할 수가 있다고 매우 만족스럽게 생각했다.

제19장

우리들을 본 강아지가 가볍게 짖어대자, 나이가 꽤 들었지만 정정해 보이는 부인이 현관에 나와서 공손히 우리를 맞아주었다. 그 부인은 신부神父가 밀라노로 떠났지만, 저녁까지 반드시 돌아올 것이라고 말했다. 그 이상은 별로 할 말이 없었으므로 그녀는 우리들의 편의를 위해 시중들어 주었다. 우리는 따뜻하고 넓은 방으로 안내되었다. 빵과 치즈와 입에 맞는 포도주가 식탁에 올랐으며, 게다가 저녁 식사에는 음식을 많이 차리겠다고 약속했다. 이 날 낮에 있었던 여러 가지 의외로운 사건이 또다시 화제에 올랐고, 그 친구는 모든 것이 이처럼 성공적으로 이루어졌으며, 시에도 산문에도 재현할 수 없는 인상을 받은 하루를 보낼 수 있었음을 몹시 자랑했다.

긴 하루가 어두워질 무렵, 드디어 위풍당당한 신부가 들어와 매우 다정하고 위엄있는 태도로 인사를 한 뒤, 음식을 준비하고 있는 부인에게도 최대한으로 정성을 기울여 달라고 부탁했다. 우리들이 그가 인적이 드문 이 산꼭대기에서 모든 사회와 교섭을 끊고 일생을 보내게 된 것에 대해서 경탄을 금치 못한다고 말하자, 그는 자기는 결코 사교와 인연이 없는 것은 아니며, 지금도 당신들이 방문하여 자신을 즐겁게 해주고 있지 않느냐고 단언했다. 그리고 계속해서 그는 이탈리아와 독일간의 무역이 성행하고 있으며, 그 때문에 상호간의 운송이 끊기지 않기 때문에 일류 상점商店과 교섭이 이루어지고 있다는 것이다. 그는 종종 밀라노에 내려가며, 그 곳처럼 빈번하지는 않지만 루체른에도 가끔 간다는 것이다. 한편 루체른에서는 이 가도假道의 우편 사무를 맡고 있는 집에서 청년들이 몇 번이고 파견되어, 이 산정의 국경 지점에서 사무상 관계있는 제반 사정과 사건을 알게 된다는 것이었다.

우리는 그와 같은 이야기를 하면서 밤을 지새웠다. 그리고 벽에 고정되어 있는, 침대라기보다는 오히려 책장을 연상시키는 다소 키가 작은 침상에서 조용히 하룻밤을 지냈다.

이튿날 아침 일어나자마자, 나는 넓은 하늘 밑의 높고 둥근 산봉우리에 둘러싸인 좁은 공터로 나왔다. 그리고는 이탈리아 쪽으로 내려가는 오솔길 옆에 앉아서는, 애호가의 태도로 잘 그리지도 못하고 또 한 폭의 그림도 될 수 없는 경치를 그렸다. 우리는 눈이 녹아내리기 때문에 고랑과 검은 등을 나타내고 있는 산봉우리를 그렸다. 그러나 이 쓸데없는 노력으로 말미암아, 그 화면畵面은 내 기억에 지워지지 않고 남아있다.

동행한 친구가 신이 나서 나에게로 다가와서 말을 하기 시작했다.

"저 신부의 어제 저녁 이야기를 자넨 어떻게 생각하나? 자네도 나와 마찬가지로 이 용龍의 서식처와 같은 산봉우리에서 저 매혹적인 지방으로 내려가고 싶은 생각은 없었는지? 이 계곡을 따라 내려가는 것은 매우 훌륭한 것이고, 힘도 들지 않을 거야. 벨린조나 근처에 가서 동이 언제 터질는지는 몰라도 그것은 얼마나 유쾌하겠는가! 그 신부의 말을 들으니 넓은 호상湖上의 성들이 생생하게 눈앞에 떠오르네. 카이슬러의 여행기가 나온 뒤로, 그 여행에 관하여 여러 가지 일들을 듣고 보고 했기 때문에, 유혹을 억제할 수가 없네."

"자네도 그렇지 않은가?" 하고 그는 말을 계속했다. "자네는 마침 좋은 자리에 앉아있네. 이미 나는 여기에 서 있었으나, 뛰어 내려갈 용기는 없었네. 자, 주저말고 앞장 서게. 그리고 아이롤로에서 기다려 주게. 나는 친절한 신부에게 작별인사를 하고, 뒤처리를 하고는 인부와 함께 뒤따라 가겠네."

"아무런 준비도 없이 그러한 계획을 하는 것은 좋은 일이 아니야" 하고 나는 대답했다. "밀라노에 갈 정도의 돈은 충분히 가지고 있네. 빌려서 쓸 수도 있어. 우리 도시의 년시 이래로, 밀라노에서는 여러 사람을 알고 있어." 그는 더욱 재촉했다.

"가세!" 하고 나는 말했다. "그리고 출발 준비를 하는 것이 좋겠어. 그런 다음 결정을 짓도록 하세."

인간은 이런 순간에는 자신의 내부에 어떤 확고부동한 것을 느끼지 못하고 도리어 이전의 인상에 지배되고 좌우되는 것이라고 나는 생각했다. 롬바르디아와 이탈리아는 전연 미지의 다른 나라로서 내 눈앞에 놓여있었다. 독일은 친숙한 나라, 사랑스러운 나라로서 정답고 친숙한 풍경으로 가득 찬 곳이었다. 그리고 사실을 터놓고 이야기한다면, 나를 오랫동안 사로잡고, 나의 존재를 지지支持하고 있던 것이 이때에도 나에게는 감히 그 경계선 밖으로 나갈 수 없는 최상의 분위기였다. 가장 행복한 시절에 그녀에게서 받은 하트형 금메달은 지금도 그녀가 직접 달아준 리본에 매달려 따뜻한 사랑의 빛을 발하며 내 목에 걸려있었다. 나는 그것을 손에 들어 입술에 댔다. 이 순간 쓰여진 시를 여기에 삽입하고 싶다.

사라져 간 환희의 기념!
그것을 나는 아직도 목에 건다.
그대는 영혼의 연계보다 더 오랫동안 두 사람을 결합하고 있는 건가?
그대는 사랑의 짧은 나날을 오래오래 연장시키는 건가?

릴리여, 그대에게서 달아난 나는,

그런데도 그대의 리본을 몸에 붙이고서,

낯선 나라들을,

먼 계곡과 숲속을 방황하지 않으면 안 되는구나.

아! 릴리의 마음은,

좀처럼 내 마음에서 떠나지 않는구나.

붙들어 맨 실을 끊고서,

숲으로 돌아가는 새처럼,

감옥의 굴욕, 끊긴 실의 실오라기를 아직도

끌고 가노라.

그는 옛날의 자유의 몸으로 태어난 새는 아니도다.

이미 누군가에게 붙잡힌 몸이로다.

　나는 험한 곳을 피하기 위하여, 그리고 배낭을 멘 인부를 데리고 달려온 친구를 무리하게 계곡으로 끌고가지 않기 위해서 자리에서 일어섰다. 나도 저 경건한 신부에게 인사를 했다. 그리고는 한 마디 말도 없이, 온 길로 되돌아섰다. 친구는 잠시 주저했으나 나를 따라 나섰으며, 나를 사랑하고 몹시 따랐지만 잠시 동안 약간의 거리를 두고 따랐다가는 마침내 저 웅대한 폭포가 있는 곳까지 왔을 때, 거기에서 우리들은 하나가 되었다. 그리고 일단 결의된 일은 결국에는 제일 좋고 현명한 것이라 생각되었다.

　내려가는 길에 대해서는 한 가지만 이야기해두겠다. 바로 전날 우리들이 무거운 짐을 짊어진 일행과 함께 무사히 통과한 그 눈다리(雪橋)는 완전히 녹아떨어져 있었다. 그래서 우리들은 노출된 호반 모양의 계곡 둘레를 우회하지 않으면 안 되었는데, 그 때 자연 건축의 거대한 잔해를 보고 놀라며 감탄하지 않을 수 없었다.

　친구는 이루어지지 않은 이탈리아 여행을 완전히 단념할 수는 없었다. 그는 전부터 그것을 생각하고 있었으며, 애교있는 간계에 의해서 나를 당장 놀라게 하려 했던 것 같다. 그런 이유로 우리는 그다지 유쾌하지 못했다. 그렇지만 나는 묵묵히 내리막길을 걸어가면서 기억 속에서 자칫 시간과 더불어 위축되려는 저 거대한 인상을 최소한 느낄 수 있는 특정있는 순간순간에 대해서 견고히 파악해두고자 줄기차게 노력했던 것이다.

새로운 감상이나 다시 되풀이된 감상을 여러 가지로 가슴에 품으면서, 우리들은 페어발트시테터 호반湖畔의 유명한 산들 사이를 통과하여 퀴스나하트에 도착했다. 거기에 상륙하여 다시 여행을 계속했는데, 거기에서도 길가에 서 있는 텔 사당祠堂에 참배하여, 저 영웅적이고 애국적인 행위로 전세계의 찬양을 받고 있는 그 암살을 회상했다. 동시에 또한 리기에서 멀리 내려다보아 이미 알고 있는 쭈크 호를 건넜다. 쭈크에서 기억하고 있는 것은 여관방의 창문에 끼어 있던 그다지 크진 않으나 그런 종류로는 뛰어난 그림이 그려진 유리뿐이다. 거기서 우리는 알비스를 넘어 지일 계곡으로 내려갔다. 그 계곡에서 우리는 고독을 즐기고 있는 하노버 출신의 린다우를 방문했다. 그를 방문한 것은 전에 그가 취리히에서 동행을 청했을 때 다소 불친절하고 무례하게 거절한 불쾌감을 풀어주기 위해서였다. 내가 좋아하는 사람이었지만 이 사람이 있으면 거북했기 때문에 거절했는데, 그것은 실은 존경하는 파사판트의 질투에 찬 우정을 고려했기 때문이었다.

그런데 우리들이 이 장엄한 산에서 다시 호수와 쾌적한 환경을 갖고 있는 도시로 내려가기 전에, 경치의 소묘나 스케치로 이 지방의 무엇인가를 얻어 보려는 나의 시도에 대해서 한 마디 이야기를 해야겠다. 어려서부터 풍경을 그림으로 보는 습관은 나를 예민하게 해서, 자연 속의 경치를 그림으로 보게 되면 그 경치를 고정시키고 그 순간에 대한 확고한 기억을 정착시키려고 시도했던 것이었다. 이제까지 다만 한정된 대상에 대해서 다소 연습했을 뿐이기 때문에, 이같은 세계에서는 나는 곧 나 자신의 역부족을 느꼈다. 급한 경우이기도 하고, 필요에 따라 어쩔 수 없이 나는 기묘한 수단을 안출案出하지 않을 수 없었다. 즉 흥미있는 대상을 취하여 그것을 서너 번 긋는 식으로 대체적인 윤곽을 종이에 그리고, 거기에다 내가 연필로는 묘사할 수 없는 자세한 점을 바로 그 옆에 말로 첨가해서 적어 넣었다. 그런 식으로 나는 이들의 조망을 마음 속에 생생하게 인상지웠다. 그렇기 때문에 후일에 시나 소설에서 어떤 장면이 필요하게 되어도, 즉석에서 내 눈앞에 떠올라 마음대로 이용할 수 있었다.

취리히에 돌아가 보니, 시톨베르크 형제는 이미 보이지 않았다. 그들이 이 도시에 체류하는 묘한 연유로 그들의 체류가 단축되었던 것이다.

가정의 구속에서 멀리 떠나있는 여행자는 전연 미지일 뿐 아니라 완전히 자유로운 자연 속에 들어간다고 생각하는 것은 우리들이 일반적으로 인정하고 있는 바이다. 아직 경찰의 여권조사나 기타 번잡한 일 때문에 집을 떠나면 고향에 있는 것보다도 더욱 귀찮고 불쾌하다고 생각해야 할 필요가 없었던 그 당시에는 그러한 망상에 휩쓸리기 쉬웠다.

자연의 자유를 실현하고자 하던 그 당시의 분망한 경향을 먼저 상상한다면, 혈기왕성한 청년들이 스위스야말로 그들의 생기찬 젊은 기질로 야성인 채로 행동하기에 적합한 장소라고 생각했던 것은 용납될 수 있는 일이다. 게스너의 섬세한 시와 또 그의 매력있는 동판화는 실로 이와 같은 기분을 명백히 증명한 것이다.

실제로 그런 시적인 표현을 위해서는 야외의 연못이나 개울에서 멱감는 것이 무엇보다도 적합하다고 생각한다. 물론 여행 도중에는 그 같은 자연적인 행동은 근대적 풍습에 맞지 않는 것으로 여겨졌기 때문에, 우리들은 그것을 억제하고 있었다. 그러나 스위스에서는 물이 솟아올라 평지에 모여서는 점차로 퍼져가는 물의 흐름을 피부로 느끼자, 이 유혹을 물리칠 수가 없었다. 나 자신 친구들과 함께 맑은 호수에서 멱을 감은 것을 감추지 않겠다. 그것도 우리는 멀리 떨어져 있었다고 생각되었으나, 사람의 나체는 멀리까지 사람의 눈을 끌게 되었고, 그것을 본 사람은 모두 분개했었다.

선량하고 악의없는 청년들은 시 속의 목동처럼 반나체가 되고, 혹은 이교異敎의 제신諸神처럼 전 나체가 되는 것을 풍속을 해치는 것이라고 생각지 않았으나, 친구들로부터 그런 짓은 하지 말라는 주의를 받았다. 친구들은 원초적인 자연 속에서 살고 있는 것이 아니고, 중세부터 내려오는 오랜 제도와 풍습을 지키는 것은 좋은 일이며, 필요한 일이라고 생각하는 나라에서 살고 있다고 설명해주었다. 그들은 그것을 승인하는 데 인색하지 않았다. 특히 제2의 자연으로 존경할 가치가 있는 중세를 언급했기 때문이었다. 그래서 그들은 햇빛이 눈부신 호반을 떠났지만, 산을 산책하는 도중에 맑고 출렁대는 신선한 시냇물이 흐르는 것을 보고 7월 중순에 그와 같은 것을 참는다는 것은 그들에게는 불가능했다. 이렇게 긴 방랑 여행을 계속하는 동안에, 그들은 지일 강이 알비스 배후에서 쏜살같이 흘러내려 취리히 아래의 리마트 강으로 흘러 들어가는 쓸쓸한 계곡에 이르렀다. 모든 인가로부터 멀리 떨어져 있을 뿐 아니라, 사람이 왕래하는 오솔길에서도 멀리 떨어져 있었기 때문에, 이곳에서는 옷을 벗어젖히고 대담하게 물거품이 솟아오르는 물결 속에 들어간다 해도 아무 일 없으리라고 생각했다. 물 속에 들어가자, 곧 비명을 질러댔다. 물이 차갑고 기분이 상쾌하여 격렬하고 흥분된 환성을 올리지 않을 수 없었다. 이렇게 해서 그을리고 그늘져 어둠침침한 바위 위를 목가적인 곳으로 바꿀 생각이었다.

그러나 본래 악의를 품고 있던 자가 몰래 그들 뒤를 따라왔는지, 혹은 이 외딴 장소에서 이러한 시적인 소란을 피워서 비난자를 불러들였는지 등의 여부는 알 수 없다. 여하튼 위쪽 조용한 숲 속에서 계속해서 그들에게 돌멩이가 날아왔던 것이다. 던진 것은 많은 사람인지 소수의 사람인지 그리고 우연인지 고의로 한 것인지 알 수는 없었다. 그래서 그들은 상쾌한 물을 포기하고 옷을 찾는 것이 상책이라고 생각했다.

돌에 맞은 사람은 없었다. 놀람과 불쾌한 감정이 그들이 받은 정신적인 피해였다. 그 쾌활한 청년에게는 쉽사리 잊을 수 없는 기억이었다.

그러나 가장 불쾌한 결과를 입은 것은 라바터였다. 그가 이러한 파렴치한 청년들을 친절하게 맞아서, 그들과 함께 소풍도 하고, 더욱이 규율이 정연한 문명의 땅에서 그러한 파렴치한 행동을 하는 야만적이고 난폭하고 비기독교적·이교도적인 소양을 가진 청년들에게 호의를 베푼 것이 비난을 사게 된 것이다.

그러나 종교가인 이 친구는 이러한 사건을 다스리는 데 요령이 많아서 이번에도 잘 처리했다. 그리고 이 유성流星과 같은 여행자들이 떠난 뒤, 우리가 돌아왔을 때는 모든 것이 전과 같이 돌아가 있었다.

최근에 다시 인쇄되어 나의 작품집 6권에 수록된 〈베르테르의 여행기〉 단편 중에서, 나는 스위스의 칭찬할만한 질서와, 법률적인 속박과, 위에서와 같은 청년의 공상이 요구하는 자연생활과의 대조를 묘사하려고 시도했었다. 그러나 사람들은 시인이 아무 생각없이 말한 것을 곧 결정적인 의견이며 교훈적인 비난이라고 생각하기 쉬웠으므로, 스위스인은 그것에 의해서 크게 감정을 상했다. 그래서 나도 베르테르의 고민이 나타나는 시기까지의 그 심정의 변화에 어느 정도의 설명을 가하고는 세상 사람들의 환영을 받으려는 목적으로 그것을 계속하는 것을 중지해버렸다.

취리히에 돌아와서, 또다시 라바터의 집의 손님이 된 나는 대부분의 시간을 그를 위해서 소비했다. 관상학은 그 잘되고 못된 초상화로 인해서 이 탁월한 인물에게 더욱 많은 짐을 지웠다. 우리들은 이 모든 것에 대해서, 사정에 따라서 될 수 있는 대로 충분히 토의했다. 동시에 나는 고향에 돌아간 후에도 종전과 다름없이 협력을 계속할 것을 그에게 약속했다.

나로 하여금 이와 같은 약속을 하게 한 것은 자신의 민활한 이해력에 대한 청년다운 무조건적인 신뢰였고, 그보다는 도리어 극히 온순한, 어디에나 따르는 유연한 감정 때문이었다. 그것은 원래 라바터가 인상을 분석하는 방법이 내 성격에는 맞지 않았기 때문이었다. 내가 최초의 회견에서 받은 인상은 어느 정도 그 사람과 나와의 관계를 규정했다. 다만 내 마음 속에서 움직이는 일반적인 호의가 청년의 경솔과 결부되어 언제나 앞질러서 대상을 어느 정도 막연한 분위기 속에서 관찰하게 했다.

라바터의 정신에는 사람을 휘어잡는 완전한 위엄이 있었다. 그에게 접근하면 결정적인 영향을 받지 않을 수가 없었다. 그렇기 때문에 나도 역시 이마와 코, 눈과 입을 하나하나 관찰하여, 또한 그것들의 관계와 균형을 음미하는 방법을 시인하지 않을 수 없었다. 영시자靈視者인 그가 이러한 일을 한 것은 매우 명확하게 직관한 것을 완전히 체득할 필요를 느꼈기 때문이었다. 그러나 나로서는 눈앞의 인간의 요소를 분석하여, 그것에 의해서 그 인간의 정신적 특징을 탐색하려는 것은 일종의 음모이며 탐정이 하는 짓으로 보였다. 나는 오히려 그 사람이 스스로 자기를 폭로하는 담화를 듣는 쪽을 택했다. 따라서 나는 라바터 옆에 있는 것이 어느 정도 불안했던 것을 부정할 수 없다. 왜냐하면 그는 관상학적 방법으로 우리들의 특징을 파악하고, 담화를 할 때 약간의 통찰력을 활동시키면, 우리들의 사상을 통찰하는 것은 매우 쉬운 일이었기 때문이었다.

자신의 내면의 종합력綜合力을 충만하게 의식하는 사람은 당연히 분석할 권리를 갖고 있다. 그는 외부에 나타난 개개의 점을 음미하며, 그의 내부 전체를 이해하고 그의 증거를 세우는 방법을 택했다. 이 점에서 라바터는 어떤 방법을 취했는지 여기에 하나의 예를 들겠다.

일요일에 설교가 끝나면, 목사인 그는 짧은 손잡이에 달린 빌로오드 주머니를 나가는 사람들에게 일일이 내밀고서 공손히 희사喜捨를 받을 의무가 있었다. 그래서 그는 이번 일요일에는 사람을 보지 않고 다만 그 손만 관찰하여 그 인간의 모습을 알아내는 과제를 자기 자신에게 부여했다. 그러나 손가락 형태뿐 아니라, 희사를 할 때의 손가락의 움직임도 그의 관찰에서 벗어나지 못했다. 그리고 그것에 관해서, 여러 가지로 나에게 가르쳐 주었다. 이런 이야기는 역시 인간 묘사에 일가를 이루기 위해서 노력하는 나에게는 풍부한 교시와 자극을 부여했던 것이다.

그 후 일생 동안 친밀한 관계를 맺은 사람들 중에서 가장 훌륭한 인물중 하나였던 그를 자주 생각했다. 그래서 그에 관한 다음의 서술은 여러 시기에 걸쳐서 쓴 것이다. 우리들은 서로 다른 방향으로 정진함에 따라서 점차로 소원해지는 것은 어쩔 수 없는 일이었지만, 그의 탁월한 본질에 대해서 갖고 있는 나의 관념만은 지우지 않으려고 마음먹었다. 나는 종종 그를 연상했기 때문에 다음의 몇 페이지는 전연 연관없이 씌어진 것이긴 하나, 다소 중복되는 점이 있겠지만 모순은 조금도 없을 것이라고 생각한다.

원래 라바터는 현실적인 심성의 사람으로서, 도덕적 형식 외에는 관념적인 것을 전연 모르는 사람이었다. 이 점을 명심해서 그를 관찰하면 기이하고 색다른 이 인물을 가장 잘 이해할 수 있을 것이다.

그의 '영원의 전망'은 실제로 현재의 삶의 계속에 불과하다. 단지 거기에서의 여러 조건은 우리가 지금 참고 있는 것보다는 가벼울 정도다. 그의 관상학은 감각적인 현재와 정신적인 현재가 완전히 일치하는 것이며, 전자는 후자의 증명이 될 뿐 아니라, 스스로 후자를 표시하는 것이라는 신념이 그 기초를 이루고 있다.

그는 예술의 이상과는 쉽사리 친할 수가 없었다. 그는 그의 예리한 눈으로써 그런 것이 생명있는 유기체를 형성할 수 없는 것임을 근단적으로 간파하고 있었기 때문이었다. 따라서 그는 예술의 이상을 동화의 세계나 괴물의 세계로 추방했다. 관념적인 것을 현실화하려는 그의 끊임없는 욕구로 인해 그는 몽상가로 불리게 되었다. 그러나 그 자신은 자기만큼 현실에 육박하려고 노력하는 사람은 하나도 없다고 굳게 믿고 있었다. 따라서 그는 자신의 사고방식이나 취급 방법에서 결코 오류를 발견할 수가 없었다.

그처럼 세상에서 인정을 받으려고 열심히 노력한 사람은 드물었다. 주로 이런 점에서 그는 교사에 적합했다. 그러나 그가 타인의 마음과 도덕의 개선에 노력했다지만, 그것은 결코 그의 궁극적인 목적은 아니었다.

그리스도의 인격을 현실화하는 것이야말로 그의 최대의 목적이었다. 그리스도의 상을 하나하나 그리게 하고, 모사模寫시키고, 복사시키는 무의미한 일을 한 것도 바로 이 때문이었다. 물론 그 중에서 하나도 그에게 만족스러운 것은 없었다.

그의 저서는 오늘날에는 이미 이해하기 어렵다. 왜냐하면 그가 말하고자 한 참뜻을 정확히 파악하는 것은 누구에게나 용이한 일이 아니기 때문이었다. 그이만큼 그 시대에 관한 것과 그 시대 사람을 상대로 많이 쓴 사람은 없었다. 그의 저서는 실로 인간 신문이며, 당시의 역사에서 가장 특수한 주석을 필요로 하는 것이었다. 그리고 특수 계급에서만 사용되는 언어로 씌어졌기 때문에, 그 저서를 정확히 이해하려면 우선 그 말을 알아야 한다. 그렇지 않으면 총명한 독자에게는 온통 미친 것 같고 몰취미하게 여겨지는 점이 많을 것이다. 실제로 이 점에 있어서, 그는 생전에도 사후에도 사람들에게서 많은 비난을 받았던 것이다.

우리들은 예를 들면 우리들의 희곡으로써 그를 분개시켰던 일이 있었는데, 그것은 우리들이 모든 사건을 희곡 형식으로 표현하고 다른 형식을 인정하지 않으려 했기 때문이었다. 여기에 흥분한 그는 그의 〈폰티우스 필라투스〉에서 성서보다도 희곡적인 작품은 절대로 없으며, 특히 그리스도의 수난사受難史는 희곡 중의 희곡이라고 단언해도 좋다는 그의 설을, 격렬하게 표현하고자 노력했다.

그 작은 책자의 이 항목에서, 아니 저서 전반에 걸쳐서 그는 산타 클라라의 아브라함 신부와 매우 흡사하다. 왜냐하면 그러한 태도는 순간적으로 감화를 주려는 재능있는 사람은 누구든 빠지게 마련이기 때문이었다. 그런 인간은 당시의 경향과 감정, 혹은 일반 언어, 전문어 등에 능통하고, 그것을 이용하여 자기 쪽으로 끌어들이려고 하는 민중과 접근할 필요가 있기 때문이었다.

라바터는 그리스도를 성서나 많은 주석가의 방법과 마찬가지로, 문자 그대로 파악하고 있었기 때문에, 그 개념을 그 자신의 본질에 대하여 보충하는 데 이용하여, 신인 동시에 인간인 그리스도와 자신의 개성이 하나가 되는 것을 이상으로 삼았고, 드디어는 그리스도와 융합하고 일치하여 완전히 그리스도가 된 것으로 알고 있었다. 이와 같은 성서를 문자 그대로 믿음으로 인해서, 그는 오늘날에 있어서도 아직 그리스도의 시대와 같은 기적이 나타날 수 있다고 확신하게 되었다. 더욱이 전에 중대하고 긴박한 사건에 있어서, 당장이라도 위협할 듯했던 재난을 열정적이고 맹렬한 기도에 의해서, 순간적으로 다행히 피했던 경험이 있었기 때문에, 냉정한 이성의 반박으로는 조금도 그를 움직일 수 없었다. 더욱이 그리스도에 의해서 구원되어, 행복한 영세를 받은 인류의 위대한 가치에 감동했고, 한편 또 정신과 심정의 갖가지 욕구와 무한한 지식욕으로 별이 뜬 하늘만 쳐다보아도 유혹된다는 저 무한의 세계 속에 자신을 확장시키려는 욕구를 느끼면서, 그는 〈영원의 전망〉을 기초했던 것인데, 그러나 같은 시대 사람의 대부분은 그것을 매우 기이한 책으로 생각했을 것이다.

그런데 그러한 노력·소망·계획은 모두가 자연이 그에게 부여한 관상학적인 재능에 의해서 압도되었다. 왜냐하면 시금석試金石이 그 표면의 흑색과 거칠고도 반들반들한 성질에 의해서 시험하는 금속의 차이를 나타내는 데 가장 적합한 것처럼, 그도 역시 자신이 갖고 있는 인간성의 순수한 관념과 예리하고 섬세한 관찰 능력을 처음에는 본능적으로 단지 표면적으로 이용하고, 다음에는 숙고하여 의도적이고 규칙적으로 이용하여, 개개의 인간의 특징을 발견하고 인식하고 구별하고 나아가서는 그것을 표현하는데 적합했던 것이다. 확고한 재능을 갖고 있는 자는 우리에게 무슨 마술적인 것을 갖고 있는 것처럼 여겨진다. 왜냐하면 우리들은 마술 그 자체나 그것의 작용을 어떠한 개념으로 처리할 수가 없기 때문이었다. 그리고 실제로 라바터의 개개인에 대한 통찰력은 도저히 우리들이 따라갈 수 없는 것이었다. 우리들이 그 사람과 친밀하게 이것저것에 대해서 이야기하게 되면, 누구든 경탄하지 않을 수 없었다. 자연이 구별해놓은 여러 가지 개성의 한계를 명백히 식별해내는 이 사람 옆에서 생활하는 것은 참으로 두려운 일이었다.

누구든 자신이 소유하고 있는 것은 타인에게도 전할 수 있다고 생각한다. 라바터도 그 위대한 재능을 자기가 사용하는 데만 만족하지 않고, 그것을 타인에게서도 찾아낼 수 있고 작용시킬 수 있고 또 대중에게 전달해야 할 것으로 여겼다. 이 기괴한 학설이 얼마나 애매하고 또 악의에 찬 오해와 어리석은 해학과 비열한 조롱의 기회를 주었는가는 아직도 소수의 사람들의 기억에 남아있을 것이다. 거기에 대해서는 이 탁월한 인물 자신에게도 전연 책임이 없다고는 말할 수 없다. 왜냐하면 분명 그의 내면적 본질의 통일은 높은 도덕에 기초를 두고 있었지만, 철학적 사고나 예술적 재능이 아주 부족했던 그에게는 그의 다방면의 활동을 외면적으로 통일하지 못했기 때문이었다.

그는 사상가도 시인도 아니었다. 엄격한 의미에 있어서의 설교자도 아니었다. 어떤 것이든 질서 있게 다룰 수가 없었으며, 개개의 것을 따로따로 확고히 파악해서, 그 결과를 대담하게 일일이 나열했다. 그의 관상학의 대저는 이런 방법의 현저한 일례요 증거였다. 그 자신에게 있어서는 도덕적 또는 감각적 인간의 개념이 하나의 완전한 것이었을지도 모른다. 그러나 그는 이 개념을 밖으로 나타내는 데 있어서는 실제로 인간의 개개의 경우에 있어서 이해했듯이 역시 개개의 사실에 의해서 나타낼 수밖에 없었다.

유감스럽게도 바로 그 저작 자체가 어째서 그토록 영민한 사람이 그렇게도 일반적인 경험 속에서 모색했는지, 당시의 모든 미술가·동판화가에게 의뢰하여, 특색도 없는 그림이나 동판을 위해 믿을 수 없을 만큼 많은 비용을 소비하고, 결국에는 그 책 속에서 이 삽화도 저 삽화도 무의미하고 무용하며, 정도의 차이는 있으나 실패를 스스로 인정하고 있음을 폭로하고 있다. 물론 그는 그것에 의해서 자기 자신이나 타인의 판단을 예리하게는 했으나, 한편 그가 공기도 빛도 채취할 수 없을 정도로 과다하게 경험을 쌓으려고 하는 그의 성향에 쫓기고 있음을 증명하고 있는 것이다. 그리하여 내가 자주 간곡히 권유했음에도 불구하고, 그는 결국 결론을 향해서 조금도 진보할 수가 없었다. 후년에 그는 친구에게 그렇게 했다고 말하고 있으나, 내가 보기에는 그렇지 않았다. 왜냐하면 그것은 어떤 선이나 필촉筆觸의 집적이나, 아니 혹이나 주근깨가 모여서 된 것이며, 그에 의하면 일정하고 도덕적인 혹은 때로는 부도덕한 성질과 관련이 있는 것이었다. 그 중에는 놀랄만한 이야기도 있었다. 그러나 순서도 없이 일체가 우연히 혼잡을 이루어, 어디에고 서론이 될 만한 것이 보이지 않고, 또한 전후의 맥락이 보이지 않았다. 그의 다른 저작에도 역시 문필가로서의 방법이나 예술감이 나타나 있지 않으며, 그 내용은 오히려 항상 그의 사상이나 의도에 대한 열정적인 설명에 불과하고, 전체로써 이루지 못하는 점은 성실하고 재치있는 말로 보충되어 있다.

다음에 드는 고찰은 물론 앞서의 사정과 관계가 있으며, 그렇기 때문에 여기에 삽입해도 적당할 것으로 여겨진다.

누구나 부정할 수만 있다면 타인의 우월성을 인정하기 싫어하는 법이다. 천부의 재능은 어떤 것이건 무엇보다도 부정하기 어려운 것이다. 당시의 일반 어법에서 천재란 시인에게만 인정되어 있었다. 그러나 별안간 별천지가 열려진 것처럼 보였다. 사람들은 의사·장군·정치가, 그리고 마침내는 이론적인 혹은 실무적인 방면에 두각을 나타내려는 모든 사람에게 천재를 요망했다. 이와 같은 요구를 말로 표현한 것은 찜머만이었다. 라바터는 그의 《관상학》에서 의당 모든 종류의 정신적 재능이 보다 넓은 범위에 걸쳐서 분포되어짐을 지적하지 않을 수 없었다. '천재'란 말은 세상의 유행어가 되었다. 그리고 이 말을 너무나 빈번하게 듣게 되자, 사람들은 그 말이 의미하고 있는 바가 일반적으로 존재하고 있는 것처럼 생각했다. 그래서 또한 누구든 타인에게 천재를 요구하는 권리가 주어졌기 때문에 결국에는 자신도 천재를 갖고 있어야만 되는 것이라고 믿게 되었다. 천재란 그의 행위에 의해서 법칙을 부여하는 인간의 힘이라고 단언하게 된 것은 훨씬 후의 일이었다. 그 당시는 다만 기존 법칙을 타파하고, 기존의 규정을 뒤엎고, 모든 구속을 이탈했다고 자칭함으로써, 천재가 실증實證된 것처럼 생각하고 있었다. 그래서 천재가 되는 것은 쉬운 일이었고, 언어나 행위면에서의 이러한 남용이 모든 규칙적인 사람들로 하여금 이 같은 무질서에 반항케 한 것은 극히 당연한 일이었다.

만일 누가 이유도 목적지도 모르고서 도보 여행을 떠난다면, 천재 여행이라고 불렀다. 목적도 이익도 없는 폭동을 계획하는 자가 있다면, 그것은 천재의 장난이라고 했다. 원기왕성하고 때로는 천부의 재능이 있는 인간은 무절제한 상태에 빠지게 되고, 한편 비교적 연상의 분별 있는 그러나 재능이나 원기가 부족한 사람들은 그러한 여러 종류의 실패를 대중 앞에 기쁜 마음으로 재미있게 이야기할 수가 있었다.

그렇기 때문에 나는 나의 발전과 발표를 방해당하는 것이 의견을 달리하는 반대보다도 도리어 같은 생각을 가진 사람의 그릇된 협력과 간섭 때문이라는 것을 깨달았다. 이 최고의 정신적 재능을 욕되게 하는 언어나 형용 문구는 무지한 대중 사이에서 맹목적으로 유행되었고, 지금도 아직 종종 교양없는 인간들의 입에 오르내리고 있으며, 심지어는 사전에까지 들어가 있다. '천재'란 말이 이처럼 오해되어 이 말을 독일어에서 완전히 추방할 필요가 있다고 생각한 것도 당연했다. 어느 국민보다도 통속적인 것에 사로잡히기 쉬운 독일 국민 사이에서 만약 보다 깊은 철학의 힘으로 재건된 최고 지선至善에 대한 감각이 다행히도 재기되지 않았더라면, 가장 아름다운 언어의 꽃이며 외면상으로는 외국어이지만 국민들 사이에서 보편적으로 사용되는 이 말은 마침내는 소멸되고 말았을 것이다.

앞에서 나는 독일 문학사와 풍속사에서 빼놓을 수 없는 두 사람의 청년시절에 대해서 서술했다. 그러나 그 무렵의 그들은 동년배의 친구들과 함께 시대의 그릇된 사건에 현혹되어 과실을 범한 청년으로 우리에게 알려졌다. 그러나 이제는 그들의 자연 그대로의 모습과 본래의 성격을 당시 그들과 만난 라바터가 예리하게 갈파하였듯이, 정당하게 평가하고 존경하여 여기에 소개하는 것은 당연한 일이라고 하겠다. 그리고 저 방대하고 고가인 관상학의 대저大著는 소수의 독자들 이외에는 입수하기가 어려울 것이므로, 나는 여기서 서슴지 않고 그 저서의 제2부 및 제 244페이지의 단장斷章 제 30에서 두 사람에 관계된 중요한 부분을 여기에 인용하겠다.

지금 눈앞에서 그의 초상화와 영화를 보고 있는 두 청년은 마치 자신의 상을 그리게 하는 사람이 화가 앞에 앉아있는 것과 마찬가지로, 나의 관상학상의 서술을 위해서, 자리에 앉은 최초의 사람들이다.

나는 이미 이 고귀한 인사들을 알고 있었다. 그리고 자연 그대로의 모습에 따라, 또한 일체의 종래의 지식에 의해서 그들의 성격을 관찰하고 기술하려는 최초의 시도를 했다.

이것이 두 사람 전체에 관한 기술이다.

첫째, 동생에 대해서

보라, 25세의 꽃같은 청년을! 가볍게 둥실거리며 떠다니는 탄력있는 인간! 누워 있거나 서 있지도 않고, 기대거나 날지도 않고, 둥실거리거나 떠있다. 정지하기에는 너무 활기있고 꼿꼿이 서 있기에는 너무 느슨하다. 날기에는 너무 무겁고 부드럽다. 즉 대지에 닿지 않고 떠 있는 것이다.

그 전체의 윤곽 속에는 완전히 이완된 선도 없고, 또한 직선도 없고, 긴장된 선도 없고, 툭 튀어나오거나 흰 선도 없다. 이마에는 모가 나게 들어간 곳도 없고, 바위 같은 돌출도 없다. 엄격함이나 무골無骨함도 없고 돌진하는 포악성도 없고 위협적인 위력도 없으며 강철 같은 용기도 없다. 탄력이 있어 움직이기는 쉽지만, 강철 같지는 않다. 견고하고 탐구적인 통찰력도 없고, 유유히 숙고하는 점이나 총명한 사려심도 없다. 한 손에는 저울을 다른 한 손에는 칼을 든, 재는 점이라곤 어디에서도 찾아볼 수 없으나, 그의 안식과 판단에는 조금도 뻣뻣한 점이 없다. 그리고 매우 솔직한 오성과 진리에 대한 순수한 감각을 갖고 있다. 분명 열렬한 감정가이지만 깊은 사색가는 아니다. 결코 발명가도 아니며, 또한 신속하게 인식하고 신속하게 사랑을 느끼고 진리를 파악하는 사람도 아니다……. 영원히 부유하는 사람! 앞을 내다보는 사람! 이상화하는 사람! 미화美化하는 사람! 자신의 이념을 모두 형상화하는 사람! 자신이 생각하는 것을 보려는 시인은 언제나 취해있는 것이다. 우울한 생각에 속을 태우는 사람도 아니며, 좌절하는 사람도 아니다. 그러나 고상하고 고결하고 힘찬 사람이다. 온화한 '태양에의 갈망'을 갖고서, 공중을 날고 상하로 돌아다니며 위를 지향하고, 땅에 떨어지는 일도 없고, 대지에 돌진하여 '암석이 많은 흐름' 속에 잠기고, '벼락처럼 암석이 천둥치는' 속을 소요하는 사람이다. 그의 눈은 불꽃 같은 독수리의 눈동자가 아니다. 이마와 코에는 사자 같은 용기가 없다! 가슴에는 전쟁을 원하며 고함치는 말(馬)과 같은 결연함도 없다. 그러나 전체로 보아, 코끼리처럼 유유하고 부드러운 점이 많다.

날카롭거나 모가 나지 않은, 높은 코를 향해 불쑥 내민 윗입술은 다양한 취미와 예민한 감수성을 나타내고 있다. 얼굴 아랫부분은 매우 감각적이고 태만하여 주의가 부족함을 나타내고 있다. 얼굴의 옆모습 전체의 윤곽은 솔직·정직·인정이 나타나 있으나, 동시에 유혹되기 쉬운 성격, 자기 이외에는 아무도 해치지 않는 몹시 선량한 무분별함을 나타내고 있다. 입의 중앙선이 움직이지 않을 때는 정직하고 무계획하며 선량한 인간성을 나타내고 있으며, 그것이 움직일 때는 애정있고 다감하고 유혹적이며 친절하고 고귀한 인간성을 나타내고 있다. 눈까풀의 곡선과 눈동자의 광채 속에는 호메로스는 없지만, 그 대신 호메로스에 대한 가장 깊고 빠른 감식안과 이해가 있다. 서정시인이 아니라 송가시인頌歌詩人이 있다. 솟아오르며, 사물의 형체를 변경하고, 미화하고, 형성하고, 부유하며, 마술에 의하여 모든 것을 영웅적인 모습으로 변경하고, 또한 일체를 신성화하는 천재다. 이와 같이 곡선을 가진 반쯤 열린 눈까풀은 계획을 세워서 창조하고 서서히 일하는 예술가보다는 감정이 날카로운 시인이며, 엄격한 사람이라기보다는 사랑하는 사람임을 나타내고 있다. 이 청년의 전체적인 용모는 긴장되지 않고 너무 벌어진 옆모습보다는 훨씬 애교있고 매력적이다. 얼굴 정면은 조금만 움직여도 다감하고 조심스러우며, 창조적이고 선천적으로 내면적인 선량함과 부정을 싫어하고 자유를 동경하는 발랄한 움직임을 나타낸다. 순간적으로, 혹은 영속적으로 받는 많은 인상을 하나도 감추어 둘 수가 없다. 그와 가까운 관계에 있는 대상은 어느 것이든 체내의 피를 뺨과 코에 밀어낸다. 명예에 관해서는 처녀 같은 수치심이 번갯불 같은 속도로 민감한 그의 피부에 번진다.

안색, 그것은 일체를 창조하고, 일체를 집어삼키는 천재의 창백함도 아니고, 대담한 유린자의 야성적인 붉은색도 아니며, 수줍은 자의 우윳빛도 아니고, 완고한 자의 누런 빛도 아니며, 그렇다고 끈기있게 열심히 일하는 근로자의 갈색도 아니다. 그러나 흰색과 붉은색과 자주색이 그 사람의 전체적인 성격의 강약과 같이 매우 교묘하게 그리고 표정도 풍부하게 혼합되었다. 용모의 전체 또는 각 부분의 정신은 자유이며 또는 쉽게 내밀고 잡아당길 수 있는 탄력있는 활동이다. 얼굴 정면 전체와 머리의 위치에서는 관대하고 공명한 명랑함이 나타나 있다. 깨끗한 감정, 고상한 취미, 순결한 정신, 선량하고 고귀한 뜻, 근면한 힘, 강약의 의식 등이 얼굴 전체에 나타나 있기 때문에, 대체로 대담한 자의식은 고귀한 겸양 속에서 융합하고, 선천적이고 거만한 청년다운 허영심은 조금도 무리한 점이 없으며, 이 전체이고 빛나는 안색의 그늘 속에 아름답게 가려져 있다. 약간 흰빛의 머리털, 큰 키, 호리호리한 체구, 비틀거리는 걸음걸이, 평평한 가슴, 희고 주름살 없는 이마, 기타 여러 가지 특징이 그 사람 전체에 일종의 여성적이고 느낌을 주고 있으나, 그것에 의해서 내면의 민활함을 부드럽게 하여, 고의로 타인의 마음을 모욕하고 비열한 짓을 하는 것은 감정상 영원히 불가능하다. 그러나 이와 함께 용렬하고 정열적인 이 시인은 자유와 해방에 대한 솔직한 열망을 가지고 있으나, 자신은 분명하고 꼼꼼하며 인내심이 강한 실무가나 피비린내나는 전쟁터에서 영원히 명성을 떨칠 사람은 아니다. 이제 최후에 이르러 비로소 내가 가장 주목되는 특징에 대해 일언반구도 하지 않는 것을 알게 되었다. 즉 어떠한 허식도 돌보지 않는 단순한 성격이나 어린아이 같은 감정 또는 자기의 고귀한 신분에 대한 무관심이나 충고, 비난은 물론 부정까지도 감수하고 참아내는 말할 수 없는 호인이라는 점에 대해서는 아무것도 말하지 않았음을.

그러나 이와 같이 지극히 순진한 호인에 대해 그에게서 인정하고 느낀 것을 모두 말했다고 말할 수 있겠는가?

형에 대한 기록

동생에 대해서 말한 것 ― 대부분은 실은 형에 대해서도 말할 수 있는 것이다. 내가 말하고 싶은 것은 다음과 같다. 이 사람의 모습과 성격은 동생에 비하면 긴장되어 있고, 마음이 좁고, 동생은 깊고 온화한데 형은 짧고 폭넓고 둥근 맛이 있으며 곡선적이다. 전자는 이완했고 이쪽은 윤곽이 뚜렷하다. 이마가 그렇고 코가 그렇고 가슴이 또 그렇다. 산만하지는 않으나, 목적에 집중하는 힘과 활기가 보다 긴밀하고 보다 활발하다. 그리고 애교나 온후함은 동생과 같다. 눈에 띌 정도의 솔직함은 없고, 오히려 교활한 편이다. 그러나 근본적 혹은 실제적으로는 역시 정직하다. 부정과 악의에 대해서는 그에 못지않게 혐오하고, 간계나 술수라고 불리는 일체의 것에 대한 똑같은 배척심, 횡포와 전제에 대하여 용납하지 않는 것도 같다. 모든 고귀하고 선량하고 위대한 것에 대한 깨끗하고 더럽혀지지 않는 순수한 감정도 같다. 우정과 자유에 대한 욕구도 같으며, 다감한 성격이나 고결한 명예심도 같다. 유명 또는 무명이 인정되거나 오해된, 모든 선량하고 현명하고 순박하며 힘있는 인간에 대해서 공평한 마음을 갖는 것도 같다. 그리고 경솔한 무분별함, 아니 엄밀히 말하면 같지 않다. 얼굴의 윤곽이 보다 뚜렷하며 긴장감이 있고, 또한 짜임새가 있다. 일이나 실제적인 상담에 있어서는 보다 더 내적이고 발전성있는 적응성이 더 많다. 일을 수행하는 용기도 더 뚜렷하다. 현저하게 튀어나와 둥글게 나타난 안골眼骨이 이것을 잘 나타내고 있다. 넘쳐 흐르는 풍요나 순수하고 고상한 시인적인 감정은 없다. 동생에게 있던 창작력의 신속함도 분야에 따라서는 활기가 있고, 성의와 열성이 충분히 있다. 아침 햇살이 비치는 하늘을 바람처럼 날으며, 모습을 창조하는 빛의 천사는 아니고, 도리어 내면의 힘이 충만해 있으나 표현하는 것이 적은 편이다. 힘있고 무서운 점에서는 우월하나, 화려하고 원숙한 점에 있어서는 뒤진다. 그렇지만 그의 화필에서는 색채도 매력도 찾아볼 수 없다. 기지에 차 있고, 광기 섞인 기분에 특징이 있으며, 재미있는 목신牧神이다. 이마, 코, 시선, 모든 것이 아래를 향하고 불쑥 나와 있다. 외부에서 모아놓은 것이 아니라 내부에서 튀어나온 것이며, 모든 것에 생기를 주는 독특한 기지를 분명히 증명한다. 결국 이 성격의 모두는 보다 점진적이며, 모가 나 있으며, 보다 적극적이고 보다 광적이다. 어디든 평탄하고 이완된 점이 없다. 유일한 예외는 내려보는 눈으로서, 거기에는 이마나 코에 있어서와 같이 정욕이 엿보인다. 기타에 있어서 모든 것의 축도인 이마까지도, 또 시선까지도, 타고난 위대함, 강인한 인간의 충동, 견실·단순·결단의 속일 수 없는 표시이다.

그 이래, 다름슈타트에서 메르크를 만나 내가 저 유쾌한 일행과 곧 헤어지게 될 것이라고 예언했던 점에 대해서, 그에게 승리를 인정하지 않을 수 없었다. 그리고 그 곳을 지나 다시 프랑크푸르트에 돌아와 모두에게서, 또한 아버지로부터도 환영을 받았다. 그러나 내가 아이롤로에 내려가서 밀라노에 도착했다고 전하지 않았던 점에 대해, 말은 하지 않았지만 부친이 불만을 느끼고 있음은 무언중에 알 수 있었다. 특히 저 험악한 암석, 안개낀 호수, 용龍의 동굴에 대해선 전혀 흥미를 느끼지 않는 것 같았다. 그리고 정면에서 반대하지는 않았지만, 어떤 서두에서 할 것이라고 생각했던 것, 즉 "나폴리를 못 본자는 살고 있다고 할 수 없다"는 것을 암시했다.

나는 릴리와 만나는 것을 피하지도 않았고, 또 피할 수도 없었다. 우리 두 사람 사이에는 너그럽고 다정한 상태가 지속되었다. 내가 들은 바에 의하면, 내가 없는 사이에 그녀는 나와 헤어지지 않으면 안 된다는 것, 또 내가 여행을 하기 위해 고의로 그녀 곁을 떠난 것은 내 입장을 충분히 표명한 것이기 때문에, 헤어지는 것이 더욱 필요하며 도리어 실천하기가 쉽다는 것을 충분히 알았다는 것이다. 그러나 그 때까지의 사정을 모두 알고 있던 도시나 시골의 클럽 친구들은 이런 일로 헤어졌다고는 하지만 아직 서로 사랑하고 있는 우리들을 그대로 내버려 두지는 않았다. 그것은 어느 의미에서는 행복한 것 같기도 하고 불행한 것 같기도 한 사자들이 모이는 황천의 나라와도 흡사한 저주받은 상태였다.

지난날이 다시 돌아오는 듯했으나, 곧 환영처럼 허무하게 사라졌다. 친절한 친구들이 알려 준 것은 우리의 결혼을 방해하는 모든 요소가 그녀 앞에서 논의되었고, 릴리는 물론 나를 사랑하는 마음에서 당시 그녀에게 관련된 여러 사정과 관계를 일체 끊고서 나와 함께 미국으로 갈 계획을 하고 있었다고 이야기했다는 것이다. 아마 그 당시의 미국은 지금보다도 더욱 당면한 사정으로 고민하는 사람들의 이상향이었던 것 같다.

그러나 나에게 희망을 갖게 할 작정이었던 일이 거꾸로 희망을 억눌러 버렸다. 릴리 집에서 겨우 2,3백보 떨어진 아름다운 나의 아버지의 집은 멀리 떨어진 바다 저편의 불안정한 환경보다는 아직도 견딜 수 있는 좋은 환경이었다. 그러나 그녀를 보자 모든 희망과 소망이 또다시 고개를 들어, 마음 속에 새로운 동요가 일어난 것은 부인할 수 없다.

물론 누이동생의 명령은 강한 금지의 의미가 분명한 것이었다. 누이동생은 타고난 냉정한 마음으로 조리있게 사정을 설명했을 뿐만 아니라, 애처로울 정도로 간곡한 편지에는 언제나 똑같은 말을 힘차게 반복했다. "어쨌든" 하고 누이동생은 말했다. "만일에 오빠가 그것을 피할 수 없다면, 그것을 참지 않으면 안 됩니다. 그런 것은 참아야 할 일입니다만, 스스로 택해서는 안 되는 일입니다."

이러한 비참한 상태 속에서 수개월이 지났으며, 주위에서는 우리들의 결혼을 반대했다. 그녀에게는 모든 장해를 극복하는 힘이 있다는 것을 나는 잘 알고 있었다.

사랑하는 두 사람은 각자 자신의 입장을 자각하고, 단둘이 만나는 것을 피했다. 그러나 습관상 회합에서 만나는 것을 피할 수가 없었다. 그것은 참으로 괴로운 시련이었는데, 만약 내 마음을 터놓고 이야기한다면, 사리가 깊은 사람이라면 누구든 동감하리라고 생각한다. 사랑하는 자가 처음으로 알게 되고 처음으로 애정이 싹트기 시작할 때는 과거를 베일로 가리는 것이 상례인 것을 우리는 인정한다. 애정은 이전의 일에는 무관심하며 번개처럼 순간적으로 나타나는 영감이기 때문에, 과거도 미래도 알려고 하지 않는다. 물론 내가 릴리와 친밀한 사이가 된 것은 그녀의 어렸을 때에 관한 이야기가 원인이 되었다. 그녀는 어려서부터 많은 사람들에게 귀염을 받고, 특히 번잡한 그녀의 집을 방문하는 타향 사람들의 마음을 끌고, 그들 사이에 특수한 관계가 생길 정도는 아니었지만, 그런 일이 얼마나 그녀를 즐겁게 했는가 하는 것을 들었던 것이다.

진정한 애인간에는 지금까지 느꼈던 모든 것을 단지 현재의 행복의 준비로서 그들의 생활을 건설하는 데 필요한 토대로 보는 것이다. 과거의 애정은 먼동이 트면서 사라지는 밤의 유령처럼 생각된다.

그런데 어떤 일이 일어났는가! 대목장이 찾아옴과 동시에 이 망령의 집단이 그녀 앞에 실제로 모습을 드러냈다. 굴지의 상점商店인 그녀의 집에 거래처 상인들이 연이어 모여들었다. 그 중에 이 사랑스러운 딸에 대해 쏠리는 관심을 전연 포기하려거나 혹은 포기할 수 있는 사람은 하나도 없다는 것이 이내 명확해졌다. 젊은 사람들은 체면을 차리지 않았지만, 그래도 친구로서 행동하려 했다. 중년 남자들은 일종의 은근한 태도로 비위를 맞췄지만, 어떻게 해서든 한층 더 큰 요구를 하고 싶어했다. 그 중엔 상당한 재산을 가진 훌륭한 사나이도 끼어 있었다.

그런데 노신사들의 나이에 맞지 않는 태도는 도저히 참을 수 없었다. 그들은 무례하게 손을 내밀고, 징글맞게도 친밀한 태도로 키스까지 요구했다. 릴리도 뺨은 거절하지 않았다. 적당한 정도로 모든 사람들에게 만족을 주는 것은 그녀에게는 아주 당연한 일이었다. 그러나 담화는 걱정스러운 추억을 불러일으켰다. 수로나 육로로 소풍을 갔던 일, 유쾌했던 여러 가지 모험, 무도회나 저녁산책, 우스꽝스러운 구혼자의 조롱 등, 말하자면 여러 해의 수확을 일시에 거두어들인 가련한 애인의 가슴에 쓸데없이 질투의 분노를 일으키는 것들이 화제에 올랐다. 그러나 이러한 혼잡과 동요속에서도 릴리는 친구를 소홀히 하지 않았고, 이쪽을 돌아볼 때는 서로의 입장에 완전히 적합한, 가장 부드러운 마음을 몇 마디 말로 나타낼 줄 알았던 것이다.

그러나 생각만 해도 견딜 수 없는 이 고뇌에서 방향을 바꿔, 그 당시 내 마음에 뜻깊은 한가닥의 위로를 갖다 준 시에 대해서 말하겠다.

아마도 〈릴리의 뜰〉은 이 시기에 쓴 작품일 것이다. 이 시는 그 당시의 다정다감한 마음이 전혀 나타나 있지 않으며, 천재적인 격렬한 어조로 불쾌감을 과장하고, 또 우습기 짝이 없는 괴로운 모습을 그려서 단념을 절망으로 변화시키려는 욕구에 지나지 않기 때문에, 여기에 삽입하지 않겠다. 하지만 다음의 시는 불행한 상황을 아름답게 승화시키고 있으므로, 여기에 인용해 보겠다.

> 시들어가는 귀여운 장미인 그대여,
> 나의 사랑은 그대를 기르지 못했으니,
> 슬픔으로 넋을 잃은,
> 희망을 잃은 자를 위해 피어다오!
> 지난날을 슬프게 회상한다.

천사여, 그대를 그리고,
피어나는 꽃망울을 살피며,
새벽녘 뜰을 거닐던 그 때를,

모든 꽃과 열매를,
그대의 발밑에 바쳤으며,
그대의 얼굴을 바라보면 희망이 파도친다.
가슴 속에서는 희망이 솟아오른다.

시들어가는 귀여운 장미인 그대여,
나의 사랑은 그대를 기르지 못했으니,
슬픔으로 넋을 잃은,
희망을 잃은 자를 위해 피어다오!

　가극 〈에르빈과 엘미레〉는 골드스미스의 《웨이크필드의 시골 목
사》에 삽입되어 있는 담시譚詩에 의해서 이룩된 것이나, 이 담시는 가
장 행복한 시기에 우리들을 즐겁게 했으면서도, 그 때에는 우리들의
눈 앞에 그것과 흡사한 일이 일어나리라고는 꿈에도 생각지 못했다.
　이미 앞에서 나는 이 시대의 시적 작품으로 그것을 몇 편 삽입해
두었는데, 나는 그것들이 모두 그대로 보존되어 있기를 바란다. 행
복한 연애시절의 끊임없는 감격은 근심이 생기면서 더욱 심해져, 마
침내 시가詩歌를 남겼다. 그것은 과장된 점이 전혀 없으며, 그때 그때
의 느낌을 솔직하게 나타낸 것이다. 축제 때에 읊는 사교적인 노래
로부터, 다른 사람에게 바친 짤막한 시에 이르기까지 모두가 교양있
는 인사들의 공명을 얻은 생생한 것들이었다. 처음에는 즐거운 것,
다음에는 슬픈 것, 마지막에는 모든 행복의 절정, 비애의 심연深淵의
순으로 시구에 수록되지 않은 것이 없었다. 처음부터 마음에 들어

며느리로 삼고자 했던 사람을 집에 들여놓는 것이 점점 곤란해진 아버지는 이와 같은 나의 모든 내면적·외면적 사건을 불쾌하게 생각하는 일이 많았기 때문에, 그럴 때는 어머니가 매우 교묘한 방법으로 적당히 돌려댔다. 그러나 아버지가 어머니와 은밀히 대화를 나눌 때, 귀공주라고 부르던 여자는 전혀 아버지의 마음을 끌려고 하지 않았다.

그러는 동안, 아버지는 일을 되는 대로 내버려 둔 채, 자신의 소규모 법률사무를 묵묵히 계속했다. 젊은 상담역인 나 자신은 노련한 서기와 함께 사무실에서 점차 기반을 굳혀나갔다. 알다시피 부재자는 소홀히 생각되는 법인지라, 그러한 사람들은 나에게 가고 싶은 길을 가게 하고, 나로서는 성공하지 못할 분야에서 그들의 기반을 더욱 견고하게 하려고 계속해서 노력했다.

다행히도 아버지의 기분과 소망은 나의 방향과 일치했다. 아버지는 나의 시적 재능을 매우 존중했고, 초기의 작품이 얻은 명성을 유지하고 있음에 기뻐하며, 새로운 일이나 장래의 계획에 대해서 누군가와 의견을 교환할 정도였다. 그 대신에 사교상의 장난이나 연애시는 그에게 알려서는 안 되었다.

나는 《괴츠 폰 베를리힝겐》에서 중요한 세계사의 한 시대의 상징을 묘사한 다음, 국사國事와 같은 전환기를 주의깊게 찾아보았다. 네덜란드의 반란이 주목을 끌었다. 《괴츠 폰 베를리힝겐》 속에 그린 것은 무정부시대에는 힘있고 선량한 인간은 상당히 중요시된다는 그릇된 망상 때문에 멸망하는 유능한 인물이었다. 〈에그몬트〉에서는 기초가 확고한 국정도, 준엄하고 승산이 뚜렷한 전제정치 앞에서는 무력하다는 것을 쓰려고 했다. 내가 이 작품을 어떻게 써야 할 것인가, 어떻게 쓰려고 하는가를, 열심히 아버지에게 이야기했기 때문에 아버지는 매우 감동하여, 머릿속에 이미 작성되어 있던 이 작품이 인쇄되어 칭찬받기를 바란다고 했다.

이보다 앞서, 내가 릴리를 아내로 삼고 싶었던 시절에, 나의 모든 노력을 시민적인 일의 이해와 체험에 바친 일이 있었는데, 이번에는 우연히도 그녀와의 사이를 격리시킨 무서운 간격을 재기를 기울여, 정신을 쏟는 일로 충당하지 않으면 안 되었다. 그래서 나는 본격적으로 〈에그몬트〉를 쓰기 시작했다. 더구나 《괴츠 베를리힝겐》의 초고처럼 순서를 세우지 않고 머리말을 쓰고는, 여러 가지 관계를 고려하지 않고 즉시 중요한 장면에 착수했다. 나의 막연한 일솜씨를 잘 알고 있는 아버지가 과장이 아니라 밤낮으로 독려해주어 일은 잘 진행되었다. 아버지는 이렇게 쉽게 시작한 일은 역시 쉽게 완성되리라고 믿고 있었다.

제20장

이처럼 나는 〈에그몬트〉의 집필을 계속했다. 그 때문에 나의 격정도 어느 정도 완화되었으나, 나는 한편 유능한 예술가를 알게 되어 많은 괴로운 시간을 보내는 데 도움이 되었다. 그리고 이제까지도 자주 있었던 일이지만, 이번에도 다른 방법으로는 도저히 바랄 수 없는, 혼魂의 깊은 평화를 얻게 된 것은 자신은 없었지만 실제적인 교양을 따라 노력한 덕택이었다.

게오르크 멘키오르 크라우스는 프랑크푸르트 태생이며 파리에서 교육을 받은 사람이었는데, 마침 짧은 여행에서 북부 독일로 돌아와 나를 방문했다. 나는 이내 그와 친해지고 싶은 충동과 욕구를 느꼈다. 그는 쾌활한 향락주의자로서, 그의 경쾌하고 명랑한 재능을 양성하려면 파리가 가장 적합한 곳이었다.

그 당시 파리는 독일 사람에게는 살기 좋은 체류지였다. 필립 하케르트는 그 곳에서 인망이 높았으며 유복하게 살고 있었다. 수채와 유화구油畵具로써, 사생적寫生的으로 풍경을 묘사하는 성실한 독일식의 그의 수법은 프랑스 사람이 유달리 모색하고 있는 실제적인 기법과는 정반대의 것이어서, 매우 환영받고 있었다. 동판 조각사로서 존경을 받고 있던 빌레는 독일인의 공적에 기반을 다졌다. 이미 기반을 다진 그림은 같은 나라 사람들에게 적지 않은 이익을 주었다.

이곳에서는 직접 자연을 사생하기 위해서, 유쾌한 도보 여행이 성행하고 있어서, 그 결과 많은 이익이 있거나 혹은 준비되었다.

부셰와 바토는 선천적인 예술가로서 그 작품들은 시대의 정신과 감각을 추종하고 있었으나, 아직도 매우 존경받고 있었다. 이 두 사람은 새로운 경향에 공감하여, 단지 장난삼아 해본 것이었지만, 공동으로 일했다. 가정에 틀어박혀 한적한 나날을 보내고 있던 그루스는 즐겨 세속적인 장면을 화제로 삼았으며, 자신의 작품에 도취되어 우아하고 경쾌한 화필을 움직였다.

그러한 모든 화풍畵風을 우리 크라우스는 자신의 재능 속에 교묘히 받아들였다. 그는 사교에 의해서 자신을 사교적으로 훈련시켰다. 그리고 친절하면서 가정적인 단란함을 초상화 풍으로 그려냈다. 풍경화에 있어서도 그것에 못지않게 성공하고 있었다. 풍경의 묘사는 깨끗한 윤곽, 중후한 중국식 먹(墨)의 사용법, 부드러운 색채로 인해서 정다운 맛을 불러일으켰다. 일종의 소박한 진실함이 보는 사람의 내심을 만족시켰으며, 자신이 사생한 일체의 사물을 즉시 정리해서 그림으로 만들어내는 솜씨는 특히 감상자를 기쁘게 했다.

그는 매우 쾌활한 사교가였으며, 언제나 조용하고 명랑했다. 어디서나 비굴한 점이 없는 친절함과 오만한 점이 없는 과묵함을 나타냈다. 모든 인간 가운데서 가장 활동적임과 동시에 유쾌한 사람으로서 모든 면에서 사랑을 받았다. 그는 이와 같은 재능과 성격을 지닌 그는 곧 귀족사회에 들어가 라인 강가의 낫사우 성城의 폰 슈타인 남작으로부터 특별한 대접을 받았다. 그는 거기서 재능과 애교에 뛰어난 남작의 딸의 미술 연구를 지도하며, 성내의 사교계를 활기있게 했다.

뛰어난 이 영애가 폰 베르터 백작과 결혼한 후, 신혼 부부는 이 예술가를 튀링겐에 있는 그들의 넓은 영토로 데리고 갔다. 그래서 그는 바이마르에도 오게 되었다. 이곳에서 그는 더욱 유명해졌고, 그 재능을 인정받아, 그곳의 가장 교양있는 사람들이 오래 머물러 줄 것을 요청했다.

어디를 가나 온순한 그는 프랑크푸르트에 돌아와서도, 그때까지만 해도 미술품을 수집하는 정도로 그쳤던 나의 미술 취미를 자극하여 실습시켰다. 예술 애호가에게는 전문가가 필요하다. 왜냐하면 애호가는 전문가와 함께 있음으로써 자신의 존재를 보충할 수 있으며, 또한 애호가의 소원은 예술가에 의해서 이루어지는 것이기 때문이었다.

나는 어느 정도의 선천적인 재능과 연습에 의해서 윤곽을 그리는 일을 쉽게 해냈으며, 눈앞에 보이는 자연을 쉽게 그려냈다. 그러나 나에게는 특수한 인체적 형성력도 없었고, 명암을 적절히 사용하여 윤곽에 실체를 부여하는 탁월한 능력도 없었다. 나는 어떤 물건의 형체를 분명치 않게 암시하는 데 그쳤고, 내가 그린 인물은 단테의 《신곡》 중 〈지옥〉에 나타나는 허공에 뜬 환영과도 같았으며, 그림자 하나 던지지 않고 식물의 그림자 앞에서 놀라는 것 같은 모습이었다.

라바터의 관상광觀相狂 (그가 모든 사람에게 관상을 관찰할 뿐만 아니라, 그림이 되든 안 되든 실제로 초상을 그리도록 노력할 것을 강요한, 저 열렬한 설득을 그렇게 불러도 좋을 것이다) 덕택으로, 나는 친구들의 초상을 회색 종이에 검정색과 흰색 분필로 모사模寫하는 연습을 했다. 닮은 것은 누구든 인정했으나, 그것을 흐릿한 배경에서 뚜렷이 드러나게 하려면, 전문가인 친구의 손질이 필요했다.

친절한 크라우스가 여행에서 갖고 온 풍부한 화첩을 들춰보고 있을 때, 그가 인물화나 풍경화를 들추면서 즐겨 이야기한 것은 바이마르의 사교계와 그 주위周圍였다. 나도 기꺼이 거기에 눈을 멈췄다. 왜냐하면 그 많은 그림을 텍스트로 하여 그곳 사람들이 나를 만나고 싶다는 말을 몇 번이고 듣고서는 청년의 기분으로서 나쁠 리가 없었기 때문이었다. 그는 자신이 그린 그곳 사람들의 초상화를 보이면서, 그들의 인사와 초대를 생생하고 재미있게 이야기했다. 잘된 한 폭의 유화는 피아노 앞에 앉아있는 악장樂長 볼프와 그 뒤에 서서 노래를 부를 준비를 하고 있는 그의 부인을 그린 것이다. 그리고 화가 자신이 이 그림에 주석을 붙여, 이 친절한 부부가 나를 따뜻하게 환영하리라고 힘주어 설명했다. 그의 스케치 속에는 브뤼셀 부근의 산이나 산림 지방이나 산악지방을 화제로 한 것이 몇 장 있었다. 거기에 어느 선량한 산림경영가가 자신을 위해서보다는 귀여운 딸들을 위해서, 험한 바위와 밀림의 나무를 베어서, 다리를 놓고, 난간을 만들고, 다니기 쉬운 오솔길을 만들고, 사교적 산책을 할 수 있게 해놓았다는데, 다른 한 장의 그림에는 흰옷을 입은 부인들이 남자들과 기분좋은 오솔길을 거닐고 있는 것이었다. 남자들 가운데 제일 젊은 사람은 분명 베르투후였고, 큰 딸에 열중하고 있는 것이 틀림없었다. 둘째 남자를 크라우스라고 단정하고, 동생에 대해서 애정이 싹트고 있다고 감히 추정했지만, 그는 나쁘게 생각지 않았다.

베르투후는 빌란트의 제자로 그 학식과 활동에 있어서 매우 뛰어났고, 이미 공작의 비서관으로 임명되어 장래가 촉망되었다. 빌란트의 성실함·쾌활함·친절함에 관해서는 이미 모두 화제에 올랐었다. 그의 문학과 시에 관한 아름다운 계획은 이미 상세하게 알려졌으며, 《메르쿠르》가 독일에 끼친 영향에 대해서도 논의되었다. 그 밖에 문학·정치·사교 등 각 방면에 걸쳐 많은 이름들이 거론되었다. 그런 의미에서 무제우스, 키름스, 베렌디스, 루데쿠스 등의 이름도 나타났다. 부인들 가운데서는 볼프 부인, 코체브 미망인과 그녀의 귀여운 딸과 쾌활한 아들, 기타 여러 사람들에 의해서 각각 그들의 특징을 들어 찬사를 들어가며 이야기했다. 이 모든 이야기는 문학과 미술의 세계가 새로운 활기가 넘쳐있음을 나타내는 것이었다.

이처럼 젊은 공작公爵이 귀국한 후 활동할 수 있는 환경을 하나하나 서술하였으나, 이런 상황이 이룩된 것도 바로 후견인인 안나 아마리아 공작 부인의 힘에 의해서였다. 그러나 중요 사항의 수행에 관해서는 이러한 잠정적인 정부의 의무로서, 장래 통치자의 소신과 실행력에 맡겨졌다. 궁성의 화재에 의해서 생긴 참담한 폐허는 새로운 활동에 좋은 기회를 주는 것 같았다. 작업이 일시 중단되었던 일메나우의 광산도 상당한 비용을 들여 깊은 갱도坑道를 수리하면 발굴이 가능하다고 인정되었다. 그리고 다소 시대 정신에 뒤떨어져 있던 예나 대학도, 마침 유능한 교수를 잃게 될 위협을 받고 있었는데, 이러한 많은 문제들은 고귀한 공공심公共心을 자극했다. 재기를 하고 있는 독일에 있어서 각 방면에서 공헌할 수 있는 유능한 인물이 널리 물색되었고, 원기왕성한 청년에 대해서는 이보다 더할 나위없는 활약의 새로운 무대가 기대되었다. 그런데 젊은 왕비를 품격에 맞는 저택이 아니고 전연 다른 목적으로 세운 초라한 집에 맞이하는 것이 섭섭하게 생각되었으나, 한번 에테르스부르크나 벨베데레의 아름다운 장소에 놓인 시설 좋은 별장이나, 기타 살기 좋은 장원莊園은 당장히 위안도 되며 그 당시 필요하다고 생각했던 자연생활을 하면서 생산적이고 기분좋게 활동할 수 있다는 희망을 주었다.

이 자서전을 써나가는 사이에, 독자는 어떻게 어린이 · 소년 · 청년이 여러 길을 통해서 초감각적인 것에 접근하려고 노력했는가를 자세히 보았을 것이다. 처음에는 자연종교에 마음이 끌렸고, 나아가서는 내면적 집중을 통해 자기의 힘을 시험하고, 최후에는 흔쾌히 일반적인 신앙에 귀의하게 되었다. 그런데 이런 영역의 중간에서 이리저리 방황하고 탐구하고 돌아다니는 사이에, 그 어느 영역에도 속하지 않는 것 같은 여러 가지 일과 마주치게 되었다. 그런데 점차로 무서운 것, 알 수 없는 것에 대한 생각은 피할 수 없는 것임을 알게 되는 것 같았다.

나는 자연 속에서, 생명이 있는 것에도, 생명이 없는 것에도, 혼魂이 있는 것에도, 혼이 없는 것에도, 단지 모순의 모습으로서만이 그 존재를 나타내고, 따라서 어떠한 개념으로도 한 마디로는 도저히 파악할 수 없는 어떤 것을 발견할 수 있다고 믿었다. 이 어떤 것은 신과 같은 것은 아니었다. 왜냐하면 그것은 이성을 갖고 있는 것 같지 않았기 때문이었다. 그렇다고 해서 인간적인 것도 아니었다. 왜냐하면 오성을 갖고 있지 않기 때문이었다. 그것은 또한 악마적인 것도 아니었다. 왜냐하면 선의를 갖고 있기 때문이었다. 그렇다고 천사적인 것도 아니었다. 왜냐하면 종종 남의 불행을 보고서 즐기는 성격이 있었기 때문이었다. 그것은 어떤 연속을 나타내고 있지 않아서, 우연과 비슷하다. 그리고 인과관계를 암시하고 있으니, 신의 섭리와 흡사하다. 그것은 우리를 제한하는 모든 사물에 침입하여 우리의 존재에 필요한 요소를 마음대로 처리하는 것처럼 생각되었다. 그것은 또한 시간을 구축하고 공간을 확대시켰다. 종종 불가능 속에 나타나서 가능한 것을 멸시하고 배척하는 것처럼 보였다.

이 존재는 모든 다른 사물 속에 개입하여 그것을 분리시키고 결합시키는 듯이 보였으나, 나는 이것을 고대인이나 또는 이와 흡사한 경험을 쌓은 사람들의 예에 따라서, 악마적인 것이라고 이름붙였다. 나는 언젠가 나의 관례에 따라서 형상의 그늘에 숨어 이 무서운 존재에서 벗어나려고 노력했다.

세계사 가운데서 후일에 네덜란드를 그토록 유명하게 만든 사건은 내가 특히 주의해서 연구한 일부분이다. 나는 근원을 자세히 탐구하고, 가능한 한 직접 사실을 확인하여, 전체를 눈앞에 보는 듯이 생생하게 그려보려고 했다. 그 상태는 매우 극적으로 보였으며, 그 중심인물로서 내 눈에 띤 것은 에그몬트 백작이었다. 그 주위에는 다른 인물들이 적당히 배치되어 있었다. 그의 인간성과 무인武人다운 위대함이 무엇보다도 내 마음에 들었다.

그러나 희곡의 인물로서 내가 이용하기 위해서는 그의 성격을 바꾸어 상당한 연배의 남자나 청년 일가의 가장보다는 독신자, 아무리 자유로운 생각을 갖고 있다 하더라도 실은 여러 가지 사정에 속박된 인간보다는 독립, 자유의 인간이 적합한 것이었다.

이렇게 내 머릿속에서 그를 젊게 하고는, 모든 속박에서 해방시킨 후, 무한한 생활욕과, 무한한 자신감과, 모든 인간을 끄는 천부적인 힘을 그에게 부여하였다. 인민의 신망도, 왕비의 조용한 사랑도, 자연 그대로의 처녀의 숨김없는 사랑도, 탁월한 정치가의 동정도, 심지어 그의 최대의 적의 아들의 마음까지도 끌어들일 수 있는 힘을 가졌다.

이 영웅을 뛰어나게 만든 용감한 성격은 그의 모든 활동을 받쳐주는 기초이며, 모든 활동이 생겨나는 발판이고 모태母胎이다. 그는 위험이라는 것을 모르며, 자기에게 박두하는 최대의 위험에 대해서도 맹목적이다. 우리를 포위한 적군은 어떻게 해서든 이를 돌파할 수가 있겠지만, 국가 정책의 그물을 파괴한다는 것은 훨씬 곤란하다. 악마적인 것은 적과 아군의 양쪽에서 활동하며, 이 두 개의 충돌에 의해서 사랑하는 것이 망하고 미운 것이 승리를 하게 된다. 그러나 이 충돌에서 제3자가 태어나서는, 만인의 소망을 이룩할 것이라는 기대감이 느껴진다. 이 악마적인 것과 이러한 기대감, 이것이 아마도 이 작품이 오늘날까지 호평을 가져오게 한 원인일 것이다. 그래서 나는 많은 친애하는 독자를 위해서, 이 문제에 대해서 이야기할 기회가 또다시 있을지 없을지에 대해서는 알 수 없으므로, 후일에 가서야 겨우 내가 확신할 수 있었던 것을 미리 이야기하고자 한다.

저 악마적인 것은 유형무형의 모든 사물에서 나타날 수 있으며, 물론 동물에 있어서는 현저하게 나타나지만, 주로 인간과 가장 심오한 관계를 갖고 있으며, 도덕적 세계 질서에 대해서는 상반되지 않지만, 상호 교차하는 힘을 구성하고 있기 때문에, 그 하나를 날줄로, 다른 하나는 씨줄로 생각할 수 있을 것이다.

여기에서 생겨나는 형상에는 무수한 이름이 붙여져 있다. 왜냐하면 모든 철학이나 종교는 산문적으로 혹은 시적으로 이 수수께끼를 풀려고 하고, 이 문제에 최후의 단안을 내리려고 노력하기 때문이며, 또한 나중에도 자유로이 그 노력을 계속할 것이기 때문이었다.

그러나 이 악마적인 것이 가장 무서운 모습으로 나타나는 것은 어느 한 인간에게서 그 위력을 나타내는 경우이다. 그러한 예를 나는 일생 동안 가까운 곳에서 또는 먼 곳에서 여러 차례 관찰할 수 있었다. 이런 종류의 인간은 그 지력智力에 있어서나, 천부의 재능에 있어서나 반드시 가장 탁월한 인간은 아니며, 인정을 느끼는 일은 극히 드물다. 그러나 어떤 무서운 힘이 그들에게서 흘러나와 도저히 믿을 수 없을 정도의 위력을 모든 생물, 심지어는 현상에 이르기까지 끼치고 있다. 그 힘이 어디까지 미친다고는 아무도 말할 수 없다. 도덕의 힘을 모두 합친다 해도, 그의 적이 될 수는 없다. 이지理智에 밝은 일부 사람들이 그들을 '기만하는 자' 또는 '사람을 속이는 자'라고 지탄하려 해도 소용이 없다. 대중은 그들 쪽으로 끌려간다. 같은 시대의 사람으로서 그들과 맞설 수 있는 자는 극히 드물거나 전무하다. 그리고 그들은 우주宇宙에 대해서도 도전하는데, 그 우주를 제외하고는 그들을 정복할 사람은 하나도 없다. 이런 견지에서, 다분히 "신神을 제외하고서 신에 맞설 자는 없느니라"라는 기묘하고 놀랄 만한 잠언箴言이 생겼으리라.

이와 같은 고차원적인 관찰에서부터 다시 나의 개인적인 생활로 돌아가자, 거기에도 역시 악마적인 외모를 갖춘 희귀한 사건들이 나타났다. 나는 릴리 없이는 살 수 없었기 때문에 고트하르트 산에서 이탈리아를 등지고 집에 돌아왔던 것이다. 서로 자기 것이 되어 오래 함께 살겠다는 희망 위에 쌓인 애정은 쉽게 사라지는 것이 아니다. 오히려 우리 마음 속에 품고 있는 정당한 소망과 정직한 희망을 관찰함으로써 더욱 늘어나는 것이다. 이러한 경우에 여자쪽이 남자쪽보다 단념하는 것이 빠른 것은 지극히 당연한 일이다. 판도라의 후예인 아름다운 처녀들에게는 탐나는 재능이 부여되어 있다. 다시 말해서 사람의 마음을 유혹하고 유인하며, 애정보다는 반쯤 무의식적인 본능에 의해서 마음이 들떠 남자들을 주위에 끌어 모은다. 그러나 실제로 그들은 종종 저 마술사의 제자처럼 숭배자가 모여드는 것을 보고 공포를 느끼게 되는 것이다. 그래서 최후에는 선택을 해야 하며, 한 사람이 뽑혀 신부新婦를 데리고 가지 않으면 안 된다.

그러나 그 때 그 선택을 좌우하고, 선택자의 마음을 결정하는 것은 우연에 의한 것이 아닌가! 나는 확신을 갖고 릴리를 단념했다. 그러나 사랑하는 마음이 이 확신을 애매한 것으로 만들었다. 릴리도 역시 같은 마음으로 나와 헤어졌던 것이며, 그래서 나는 홀가분한 기분으로 여행을 떠났다. 그런데 이 여행은 반대의 결과를 초래했다.

내가 여행을 하고 있는 동안에, 나는 그녀와 떨어져 있다고는 생각했으나, 헤어졌다고는 믿지 않았다. 추억과 희망과 소망이 자유로이 오갔다. 이제 집에 돌아와 보니, 만약 이것이 자유롭고 즐겁게 이야기할 수 있는 사이라면 재회는 바로 천국이겠으나, 단지 도리상으로 작별한 두 사람의 재회는 참을 수 없는 연옥煉獄이요, 지옥의 앞뜰이었다. 릴리가 생활하고 있는 사회에 다시 돌아왔을 때, 나는 우리의 관계를 방해했던 부조화不調和를 통렬히 느꼈다. 릴리 앞에 나타났을 때, 그녀가 이미 내 것이 아니라는 것이 내 마음을 무겁게 했다.

그래서 나는 다시 한 번 도피할 결심을 했다. 마침 나에게 무엇보다도 다행스러웠던 것은 바이마르의 젊은 공작 부처가 카알스루에에서 프랑크푸르트로 와서는, 내가 그들에게 재삼 초대를 받고 바이마르로 가게 된 것이었다. 공작 부처가 나에게 보여준 호의와 신임은 여전했으며, 나도 거기에 대해서 진심으로 감사했다. 처음 보았을 때부터 느낀 공작에 대한 신뢰감, 모습은 한번 보았을 뿐이지만 오래 전부터 알고 있었던 공작 부인에 대한 존경심, 나에 대해서 그렇게도 관대했던 빌란트에게 개인적으로 어떤 친절을 표시해서, 내가 반은 무례함에서 그리고 반은 우연히 범한 실례를 직접 용서받겠다는 소망, 이것만으로도 설령 사랑에 고민하지 않았더라도 출발을 자극하고 결행決行하게 하는 충분한 동기가 되었던 것이다. 게다가 어디로건 릴리에게서 도망할 필요가 있었다. 아버지가 매일 이야기해 준 예술과 자연의 화려한 천국을 연상하게 하는 남국으로든, 훌륭한 인물들의 일단이 나를 초대해 주는 북국으로든지 간에.

젊은 공작 부처가 귀국 도상에 프랑크푸르트에 도착했다. 마이닝겐 공작 일가도 바로 그 때 이곳에 와 있었다. 나는 이 공작으로부터도, 또한 젊은 공작을 수행해 온 궁중 고문관 폰 뒤르크하임으로부터도 매우 정중한 환영을 받았다. 그러나 이럴 때 이상한 사건이 일어나는 것은 미숙한 청년에게는 있을 수 있는 일인데, 나는 아주 작은 실수로 인해서 믿지 못할, 우습고 낭패한 지경에 빠졌던 것이다.

바이마르 공公과 마이닝겐 공公 일행은 같은 여관에 투숙하고 있었다. 어느 날 나는 식사에 초대를 받았다. 내 마음은 바이마르 궁정에 대한 일로 가득 차 있었고, 또한 마이닝겐 공작 측에서도 나에 대해서 다소 주의를 기울이고 있다고 생각할 정도로 자만하지도 않았으므로 자세히 알아보지는 않았다. 나는 복장을 단정히 하고 '로마 황제'를 찾아갔으나, 바이마르 공작 일행의 방에는 아무도 없었다. 마이닝겐 공작 측에 가 있다고 일러주었으므로, 나는 그쪽으로 가서 친절한 환영을 받았다. 마음 속으로 나는 식사 전의 방문이거나 아니면 두 분이 함께 식사를 하려니 생각하며 끝나기만을 기다리고 있었다. 그런데 바이마르 공의 수행원이 돌연 자리를 뜨기 때문에 나도 물론 그들 뒤를 따랐다. 그러나 그들은 방으로 돌아가지 않고 곧 층계를 내려가서 마차에 타버리고, 나 혼자만 거리에 남게 되었다.

나는 현명하게 사정을 알아보고 결말을 지으려 하지 않고, 내 버릇대로 곧 마음을 돌려 집으로 돌아왔는데, 아버지와 어머니는 식사 후의 디저트를 들고 있었다. 어머니는 최선을 다해 나를 위로해 주었다. 저녁때 어머니가 내게 이야기한 바에 의하면, 내가 집을 떠난 후 아버지는 보통 때는 내가 바보도 아닌데 상대방이 나를 놀리고 창피함을 주려고 하는 것을 모르고 있는 것이 참으로 이상하다고 말했다는 것이다. 그러나 그런 말에 마음이 흔들리지는 않았다. 왜냐하면 나는 곧 폰 뒤르크하임을 만났기 때문이었다. 그는 타고난 유순한 태도로 점잖게 농담을 섞어가며 나를 비난하며 변명을 요구했다. 나는 꿈에서 깨어났다. 희망도 하지 않고 생각지도 않았던 고마운 초대에 대해서 감사하고 용서를 바랄 기회를 얻었다.

그래서 나는 그 친절한 바이마르 공의 제안을 당연한 이유로서 수락하고는, 승인하고 다음과 같은 일을 착수했다. 슈트라스부르크에서 제작중인 란다우식 마차를 기다리며 카알스루에 남아있는 공작의 수행원 중 한 귀족이 정해진 날짜에 프랑크푸르트에 오기로 되어 있어서, 나는 그와 함께 곧 바이마르로 출발하게끔 준비하기로 했다. 작별할 때 젊은 공작 부처에게서 받은 유쾌하고 정중한 인사와 궁신들의 친근한 태도가 이번 여행을 몹시 즐겁게 해주었다. 도로마저 이번 여행을 위하여 평탄하게 된 듯이 보였다.

그러나 이번에도 또한 우연한 실수 때문에, 이처럼 간단한 일이 잘못되어, 격렬한 나의 성격으로 인해서 혼란을 일으키고, 거의 일이 수포로 돌아갈 뻔했다. 왜냐하면 나는 여러 방면에 작별인사와 함께 출발시일을 알리고, 부지런히 짐을 꾸리고, 미발표의 원고도 잊지 않고 짐에 넣고, 전에 말한 궁정 신하가 새로 만든 마차를 타고 와서는 나를 새로운 땅, 새로운 환경으로 데려갈 시간을 기다리고 있었는데, 그 시간도 그날도 헛되이 지나고 말았던 것이다. 나는 두 번 작별하는 것을 피하고, 그러지 않아도 몰려드는 손님들에게 뒤덮이기 싫어서 그날 아침부터는 외출했다고 말해두었으므로, 집 안에서, 아니 방 안에서 조용히 있게 되어 묘한 처지에 빠지고 말았던 것이다.

그러나 고독과 칩거蟄居는 나에게는 언제나 절호의 기회였으며, 그리고 그러한 시간을 이용하지 않을 수 없었기 때문에, 〈에그몬트〉를 계속하여 거의 완성하기에 이르렀다. 나는 이것을 아버지에게 읽어 드렸으나, 아버지는 이 작품으로 자식의 명성이 높아지는 것을 희망하고 있었기 때문에 이 작품에 특히 애착을 느꼈고, 또한 그것이 완성되어 인쇄되기를 무엇보다도 바랐다. 그에게는 또한 이와 같은 위안과 새로운 만족이 실제로 필요했다. 왜냐하면 마차가 도착하지 않은 것에 대해서 그는 중대하게 해석했기 때문이었다. 그는 사건 전체를 또다시 꾸며낸 일에 불과하다고 생각하여, 간다우식 마차의 제작을 믿지 않았으며, 남아있다는 궁신을 가공의 인물이라 생각했다. 이러한 말을 아버지는 나에게 간접적으로만 암시했으나, 그는 만사가 나의 무례에서 나타난 결과로서, 궁성 인물들의 장난이며 내가 바라고 있는 명예 대신에 면목없이 버림을 받음으로써 내 마음을 손상시키고 치욕을 주려는 것이라고 생각했기 때문에, 그는 자신과 어머니를 괴롭혔다.

나 자신도 처음에는 물론 굳게 믿고 있었다. 친구들이나 손님들이나 혹은 사교상의 번잡함에서도 방해받지 않고, 이같이 조용한 시간을 얻게 된 것을 기뻐했다. 그리고 내심의 동요가 전혀 없는 것은 아니었지만, 원기있게 〈에그몬트〉를 써나갔다. 그리고 이런 기분이 아마 이 작품에 좋은 역할을 하였을 것임에 틀림없다. 왜냐하면 이와 같은 정열적인 작품은 정열이 부족한 사람으로서는 쓸 수가 없기 때문이었다.

일주일이 지나고 다시 얼마나 지났는지 기억할 수 없지만, 어느덧 칩거생활에 답답함을 느끼게 되었다. 수년간 푸른 하늘 아래에서 생활하는 것이 습관이 되어 있었고, 또 허물없이 부지런히 교제하고 있는 친구들과 어울리고, 떨어질 계획을 하고 있었지만, 서로 만날 수 있는 한 힘차게 끌어당기는 애인 옆에 있다는 이 모든 것이 더욱 더 나의 마음을 동요시키고, 따라서 나의 비극을 쓸 흥미도 감퇴되고, 창작력도 초조한 마음 때문에 고갈될 것 같았다. 집에 붙어있을 수 없는 저녁이 몇 번 있었다. 큼직한 망토에 몸을 감고, 시가지를 이리저리 돌아다니며 친구나 친지의 집 옆을 지나쳤다. 그리고 릴리의 창 밑에 서는 것도 잊지 않았다. 그녀는 모퉁이 집 1층에 살고 있었다. 녹색 커튼이 내려져 있었으나, 등불은 언제나 그 장소에 놓여 있음을 곧 알 수 있었다. 피아노 옆에서 노래를 부르는 그녀의 목소리가 들려왔다. 그 노래는 내가 그녀를 위해서 작사한 것으로서, 채 1년도 안 돼 "어째서 나를 어쩔 수 없는 힘으로 끄는가"라는 것이었다. 그녀는 그전보다 더욱 감상적으로 부르는 것 같았다. 한 마디 한 마디 분명히 들을 수 있었다. 그렇지만 나는 밖으로 내민 들창에 가능한 한 귀를 가까이 댔다. 커튼에 비치는 그림자로 노래가 끝나자 자리에서 일어나는 것을 알 수 있었다. 이리저리 거니는 그녀의 모습이 비쳤으나, 두꺼운 커튼을 통해 그녀의 귀여운 모습을 포착하는 것은 무리였다. 이 곳을 떠나자, 내가 나타나서 그녀에게 괴로움을 주지 말자, 그녀를 실제로 단념하려는 굳은 각오와, 만일 내가 다시 나타난다면 어떤 소동이 일어날 것임에 틀림없을 것이라는 생각이 들었기 때문에 겨우 그 곳을 떠날 결심이 섰다.

그리고 다시 며칠이 지났다. 카알스루에로부터는 마차가 지연되는 이유를 알리는 편지 한 통도 없었기 때문에, 아버지의 추측은 더욱 사실처럼 되었다. 나의 창작도 중단되었다. 그리고 내 마음 속의 불안에 편승하여, 아버지는 좋은 생각을 고안해 냈다. 아버지는 나를 향하여 "이제는 어떻게 할 수도 없다. 여장도 차려 놓았고, 이탈리아에 가는 여비와 소개장을 써줄 터이니, 즉시 출발할 결심을 하거라"고 말씀하셨다. 중대한 일이기 때문에 의심도 하고 주저도 했으나, 드디어 결심을 하고서, 만약 일정한 시일내에 마차도 소식도 오지 않으면 출발하기로 했다. 처음에는 하이델베르크로 가서, 거기서 다시 스위스를 통과하지 않고 그라우빈덴이나 티롤을 거쳐 알프스를 넘기로 결심했다.

혼자서도 잘못되기 쉬운 청년이 정열적인 노인에게 선동되어 잘못 길을 내디딘 경우, 진기한 일이 일어나는 것은 당연한 일이다. 그렇게 전쟁이 끝난 후에야 비로소 전술을 알게 되는 것은 청년이나 또는 보통 사람의 인생의 일반적일 일이다. 순수한 사무상의 과정에 있어서는 이러한 우연은 쉽사리 설명되겠지만, 마치 카드를 분배하기 전에 혼합하여 우연히 작용할 수 있는 여지를 남겨두듯이, 우리들은 오류와 결탁하여 평범한 진리에 배반하려고 했던 것이다. 악마적인 것은 즐겨 그러함 속에서 움직이며, 더욱이 이렇게 해서 움직일 수 있는 소지가 생기는 것이다. 그리고 악마적인 것의 접근을 예감하면 할수록 우리는 더욱 그것에 의해서 우롱당하게 된다.

최후의 하루가 지나, 이튿날 아침에 출발하게 되었다. 그렇게 되자, 마침 스위스에서 돌아온 친구 팟사판트와 다시 한 번 만나야겠다는 생각이 들었다. 만일 내가 끝까지 비밀을 지켜서 우리들 사이의 신뢰를 손상시킨다면, 그는 사실 화를 낼 이유가 있었다. 그래서 나는 이름을 밝히지 않고서, 어두워지면 어떤 일정한 장소에 나오도록 요청했다. 나도 망토로 몸을 감싸고 그곳에 갔다. 그도 나를 기다리게 하지는 않았다. 그는 이미 심부름꾼의 요청만으로도 놀라고 있었는데, 약속된 장소에 나타난 사람을 보고는 더욱 놀랐다. 그의 기쁨은 놀람과 다름이 없었다. 의논하고 충고할 입장은 못 되었다. 그는 단지 나의 이탈리아 여행의 성공만을 빌었다. 이튿날 아침 일찍 나는 이미 베르크 가에 나타나 있었다.

내가 하이델베르크에 가게 된 것은 몇 가지 이유가 있었다. 첫째는 상식적인 이유로 친구가 카알스루에에서 하이델베르크를 경유해서 온다고 들었기 때문이었다. 그래서 나는 하이델베르크에 도착하는 즉시, 역사驛舍에 들러서 여사여사한 모습을 갖춘 궁정 신하가 통과하는 경우에 전해달라고 편지를 한 통 맡겼다. 두번째 이유는 감정적인 것으로서, 릴리와의 이제까지의 교제에 관련된 것이었다. 즉 우리들 사랑의 상담역이고, 쌍방의 양친 사이에 서서 우리의 혼약을 중개해 준 델프 양이 거기에 살고 있었기 때문이었다. 나는 독일을 떠나기 전에 다시 한 번 경애하는 참을성 있고 관대한 이 노처녀와 만나, 지난날의 행복했던 시절의 이야기를 할 수 있다면, 더없이 행복할 것이라고 생각하고 있었다.

나는 크게 환영을 받았고, 여러 가정에 소개되었다. 영림서장營林署長 W씨의 가정은 나에게 특히 유쾌했다. 주인 부부는 예의바르고 친숙해지기 쉬운 분들로서, 딸 하나는 프리데리케를 닮았다. 때마침 포도 수확기로서, 날씨가 좋아 아름다운 라인 강, 네카 강의 계곡에서, 다시 한 번 알자스 시대의 감흥을 새롭게 했다. 이 시기에, 나는 자신에 대해서도 또한 타인에 대해서도 기묘한 경험을 했다. 그러나 모든 것은 아직 생성 과정에 있는 것이었고, 생활의 과실이 결실하기까지는 이르지 못했다. 내가 인식한 무한한 것은 도리어 내 마음을 혼란시킬 뿐이었다. 그러나 사람과의 교제에 있어서는 이제까지 여전했으며, 아니 이제까지보다는 더욱 친절하고 더욱 상냥해졌다. 나는 이 곳에서, 이 자유로운 하늘 밑에서, 쾌활한 사람들 사이에 끼어서, 젊은이에게는 언제나 신선하고 매력있는 그 옛날부터의 유희를 다시 한 번 해보려고 했다. 아직 사라지지 않은 지난날의 사랑을 가슴 속에 간직하고 있던 나는, 그것을 감추고 있었지만 뜻하지 않은 동정을 사게 되었고, 곧 이 사람들과는 친숙한 사이가 되었으며, 또한 없어서는 안 될 사람이 되어버렸다. 그리고 며칠 밤을 떠들어댄 후에는 여행을 계속하려는 계획마저 잊어버릴 정도가 되었다.

델프 양은 별로 책략을 즐기지는 않았으나, 언제나 일거리를 갖고 있었으며, 다른 사람도 가만두지 않고서 때로는 이것, 때로는 저것 하는 식으로 계획을 실행하기 좋아하는 인간의 한 사람이었다. 그녀는 나에게 두터운 우정을 갖고 있었기에, 그것만으로도 쉽사리 나를 유혹하여 장기간 체류시킬 수 있었다. 그것은 내가 그녀의 집에 묵고 있었기 때문에, 그녀는 나의 체류를 위안하기 위해서 모든 즐거움을 제공함과 동시에, 나의 출발에는 여러 가지 장애를 만들 수 있는 입장에 있었기 때문이었다. 내가 이야기를 릴리에게로 돌리려고 하면, 그녀는 내가 기대했던 것보다 들으려고 하지도 않았으며, 동정도 하지 않았다. 도리어 우리 두 사람이 그러한 사정에서 서로 헤어지기로 결심한 것을 찬양하고, 피할 수 없는 일은 참고, 불가능한 일은 잊어버리며, 새로운 생활의 취미를 갖는 것이 좋은 것이라고 주장했다. 계획을 좋아하는 그녀는 이 사건도 우연에 맡기고 싶어하지 않았다. 그녀는 나의 장래의 계획에 대해서 이미 어떤 복안을 갖고 있었기 때문에, 그것으로 미루어 생각하면, 이번에 하이델베르크로 나를 초대한 것도 겉으로 보기와는 달리 어떤 목적이 없는 것이 아님이 분명해졌다.

다시 말해서 선제후 카알 테오도르는 예술과 학문을 위해 많은 공헌을 한 사람인데, 그 당시 아직도 만하임에 살고 있었다. 궁정은 구교인데 국민은 신교였기 때문에, 신교측에서는 유력하고 유망한 인물들로 세력을 강화하려고 했다. 어쨌든 나는 이탈리아에 가서 예술상의 견식을 쌓지 않으면 안 되었다. 그동안에 나를 위해 노력하겠다는 것이었다. 그리고 내가 돌아올 때까지는 나에 대해 싹트기 시작한 W양의 애정이 자랄 것인가 소멸할 것인가가 명백해지며, 또한 명문의 가문과 결연結緣에 의해서 새로운 향토에 자신의 발판과 자신의 행복의 기초를 쌓을 것인지의 여부가 명백해질 것이라는 것이었다.

이런 모든 것을 나는 일체 거절하지는 않았지만, 계획 같은 것을 세우지 않는 나의 성격과 계획성 있는 델프 양과는 완전히 일치할 수 없었다. 나는 이 순간의 호의는 감사하게 받았으나, 한편으로는 자나깨나 릴리의 모습이 눈앞에 아른거려, 나를 즐겁게 하며 내 마음을 끄는 모든 것과 하나가 되어 방해하는 것이었다. 그렇지만 나는 여행 계획의 중대함을 생각하고 조용히 공손한 방법으로 작별하고서, 2,3일 내로 여행을 계속할 결심을 했다.

밤늦게까지 델프 양은 자신의 계획과 사람들이 나를 위해서 하려고 하는 일들을 자세히 설명했기에, 나는 그런 생각에 대하여 감사할 수밖에 없었으나, 일부 사람들은 나와 내가 장차 궁정에서 세력을 얻게 되는 것을 이용하여, 자기들의 위치를 강화하려는 목적이 있는 것을 어렴풋이나마 깨달았다. 우리는 한 시경에 겨우 자리에서 일어났다. 나는 그 짧은 시간 동안 숙면했다. 마침내 우편 마차부의 나팔 소리에 잠이 깼다. 델프 양이 등불과 편지를 들고서 내 침대 앞에 나타났다.

"편지가 왔어요!" 하고 그녀는 말했다. "읽어 보시고, 무슨 편진지 말씀해 주세요. 아마 바이마르에서 온 것일 거예요. 만일 초대장이면, 승낙하지 마세요. 우리 이야기를 기억해 주세요."

나는 등불을 받아들고서, 15분간 혼자서 조용히 있게 해달라고 부탁했다. 그녀는 불만스런 태도로 나갔다. 나는 잠시 편지를 뜯지 않고 머리를 떨구고 가만히 앉아있었다. 속달은 프랑크푸르트에서 온 것이었다. 봉인도 필적도 낯익은 것이었다. 그 친구가 역시 프랑크푸르트에 도착한 것이다. 나를 초대하고 있었다. 우리는 불신과 불확실한 탓으로 너무 서둘렀다. 확실히 약속한 사람이 오는 것을 조용히 마음놓고 기다리지 못했던가? 그 사람의 여정도 여러 가지 우연한 일로 늦어질 수도 있지 않은가? 처음으로 눈을 뜬 것처럼 모든 사실이 명확해졌다. 지난날의 호의 · 은총 · 신뢰가 또다시 생생하게 눈앞에 떠올라, 나 자신의 알 수 없는 변심이 몹시 부끄러웠다. 편지를 뜯었다. 일체의 경과는 아주 자연스러운 것이었다. 도착하지 않았던 나의 안내자는 슈트라스부르크에서 올 예정인 새 마차를, 마치 우리가 그를 기다리듯이, 매일 시시각각 초조히 기다리고 있었던 것이다. 그리고 용무가 있어서 만하임을 경유하여 프랑크푸르트에 도착하여, 내가 없는 것을 알고서 깜짝 놀랐던 것이다. 그는 속달로 편지를 보내어 잘못된 것을 안 이상 속히 되돌아와 달라는 내용과, 자기로서는 내가 없이 바이마르에 돌아가서 창피를 당하고 싶지 않다고 써 보냈다.

나의 분별력도 기분도 모두 이쪽으로 기울어지고 있었으나, 나의 새로운 방향에도 그에 대항할 만한 중대한 가치가 없는 것은 아니었다. 아버지는 나를 위해 훌륭한 여행 계획을 세워주셨고, 조그마한 안내서까지 동봉해 주셔서, 그것에 의해 나는 예비 지식을 얻게 되었고, 가는 곳마다 혼자서 지낼 수 있게 되었던 것이다. 이제까지 한가한 시간의 위안에는 이것 이외에는 아무것도 없었다. 최근의 짧은 여행 때도, 마차 속에서 그것만을 생각했던 것이다. 어려서부터 여러 가지 이야기와 그림 등과 친숙해져 온 것이 일시에 내 마음속에 떠올랐던 것이다. 내가 릴리와 결연히 헤어졌기 때문에, 이제부터는 이런 것들에 접근하는 것보다 더 기쁜 일은 없었다.

그 사이에 나는 옷을 입고 방 안을 왔다갔다 했다. 엄숙해 보이는 집주인이 들어왔다. "어떻게 할 작정이세요?" 하고 그녀는 외쳤다.

"델프 양" 하고 나는 말했다. "나에게 아무 말도 말아주세요. 나는 돌아가기로 결심했습니다. 그 이유를, 나는 혼자서 충분히 생각했습니다. 그것을 되풀이해 이야기해 봤자, 소용이 없습니다. 결국은 결심을 해야 하고, 결심해야 할 사람은 필경 그것과 가장 관계가 있는 당사자 이외에는 없겠지요."

나는 흥분하고 있었다. 그녀도 역시 그랬다. 그래서 긴장된 장면이 벌어졌으나, 나는 심부름꾼을 시켜 우편마차를 불러오도록 명령하여 결말을 지었다. 나는 여주인에게 냉정을 되찾아 어젯밤 모임에서 장난으로 한 작별인사가 사실로 변했다고 생각하라고 바랐으나 소용이 없었다. 그리고 나는 이번은 잠깐 동안의 방문으로 인사를 차리러 가는 것이며, 또한 내 이탈리아 여행은 중지되는 것이 아니고, 또한 이곳에 돌아오는 것을 포기한 것도 아니라고 말했다. 그녀는 아무 말도 들으려고 하지 않음으로서 이미 흥분한 나를 더욱 불안하게 했다. 짐을 실은 마차가 집 앞에 섰다. 마부는 기다리기가 지친다는 듯 신호를 했다. 나는 뿌리치고 떠나려 했으나, 그녀는 나를 그대로 보내려 하지 않고, 당면 문제의 논거를 하나하나 교묘히 설명했기 때문에, 나는 마침내 흥분하여 열광적으로 에그몬트의 말을 외쳤다.

"자! 자! 이제는 그만둬! 우리들의 운명의 가벼운 마차를 끄는 '때'의 말(馬)은 눈에 보이지 않는 영혼이 휘두르는 채찍질을 당하고 있는 듯이 통과한다. 우리들은 정신을 차려 말고삐를 단단히 움켜쥐고, 때로는 좌로 때로는 우로 마차를 돌게 하며, 이 돌과 저 절벽을 피해갈 수밖에 없다. 어디로 가는지는 아무도 모르는 것? 어디서 왔는지조차 생각해 낼 수 없거늘."

괴테와 〈시와 진실〉

1

괴테는 〈시詩와 진실〉(Dichtung und Wahrheit, aus meinem Leben)
제 1권 서문에서 이 작품을 집필하게 된 동기를 다음과 같이 밝히고
있다. 서문은 한 친구가 보낸 편지 형식으로 되어 있다. 그러나 실은
괴테 자신이 작성한 편지다. 괴테는 1806년부터 1810년 사이에 코
타Cotta출판사에서 처음으로 열두 권으로 된 전집을 출간하게 된다.
그 동안 하나하나 흩어져 있던 작품들을 묶어서 전집으로 꾸미는 과
정에서 괴테는 시인으로서의 자신의 경력이 하나의 전체로 뚜렷하
게 부상되지 못한 아쉬움을 느꼈던 것 같다. 이미 60세가 된 괴테는
그래서 자신이 이 세상에 내놓은 하나하나의 단편적인 고백들 사이
에 하나의 맥락을 붙여, 그것을 전체의 연관 속에서 바라보고, 유기
적인 발전의 족적을 묘사하여 자신의 과거에 대한 총결산을 시도하
고 싶었던 것이다.

우리들은 이번 열두 권으로 정리된 형의 작품 전집을 접하게 되었습니
다. 그것을 통독해 보았더니 이미 알려진 작품도 있으나 알지 못하는 작
품들도 있었습니다. 또한 잊고 있던 수편의 저작도 이 전집에 의해서 기
억을 새롭게 할 수 있었습니다. 같은 판형으로 된 이 열두 권을 우리는 전
체로서 보고 싶은 생각이 없지 않으며, 그리하여 이것을 재료로 하여 그

의 저자와 저자로서의 재능을 명확하게 그려보고 싶습니다. 그런데 저자가 작가로서 캐리어를 시작했을 때의 화려한 활동이며, 그 후 경과된 긴 기간에 비추어 보았을 때, 열두 권의 이 소 책자로서는 아무래도 불충분하다는 생각이 드는 것을 부인할 수는 없습니다.

괴테는 전집 출판을 계기로 하여, 한 작가로서의 전체적 발전의 역사적 서술에 대한 강한 욕구를 갖고 있었던 것 같다. 그것은 단지 그의 벗들만의 소망일 뿐 아니라, 자기 자신의 절절한 내부적 소망이었음이 분명하다.

2

〈시와 진실〉은, 그 내용이 하나의 위대한 정신의 발전의 족적을 나타내며, 우리들의 깊은 감동을 불러일으키는 동시에, 또한 그 자신의 손으로 쓰여진 자서전이다 하는 점에서 커다란 매력을 갖는다. 물론 작가인 괴테가 어떻게 자신의 과거의 전 생애를 회고하고 정리했는가, 어떻게 폭넓은 심오한 자신의 정신의 역사를 다루었는가, 어떻게 자신의 생활경력 그 자체를 하나의 예술품으로 보고 있는가, 거기에서는 무엇이 버려지고 무엇이 받아들여지고 있는가. 이러한 모든 것들이 우리들의 관심사가 아닐 수 없다.

괴테는 〈시와 진실〉을 집필하기에 앞서, 가능한 한 주도 면밀한 준비를 했다. 괴테는 많은 자서전을 알고 있었으며, 이 분야의 장르에 대해서도 커다란 관심을 갖고 있었다. 또한 그는 이탈리아 예술가 쎌리니(Benvenuti Cellini)의 자서전을 번역하여 자신의 작품집에 포함시키기도 했으며, 또한 융-슈틸링(Jung-Stilling 본명 Johann Heinrich Jung)의 전기를 출판하기도 했다, 루소의 〈참회록〉은 특히 애독한 책으로서, 〈시와 진실〉의 집필에 있어서 큰 자극제가 되었다.

1808년 8월 28일 괴테는 처음으로 문학이외의 다양한 작업에 대한 충동을 억제하겠다는 결심을 피력한다. 그로부터 일 개월 후에 어머니가 사망한다. 그는 어머니를 잃음으로서, 어린 시절에 대한 가장 자애롭고 가장 자상한 증인을 잃게 된다. 〈시와 진실〉은 자서전으로서 그의 탄생(1749년)에서 바이마르에의 초빙(1775년)까지의 기간을 다루고 있다. 성립의 동기는 위에서도 설명한 바와 같이, 자신이 지금껏 성취한 것에 대한 만족과 감사의 마음을 갖고서 회고하고 개관하고 보존하려는 노년기 특유의 욕구로 볼 수 있다. 유소년 시절에 대한 개인적인 기억은 당연히 이 작업에 있어서는 매우 중요한 정신의 원천이 된다. 어머니를 잃음으로서 괴테는 유년시절에 대해서는 블렌타노(Bettina Brentano) 여사로부터 많은 것을 듣는다. 그녀는 괴테의 어머니의 열광적인 친구였는데, 옛날 어머니로부터 들은 내용들을 괴테에게 스케치를 해가며 들려주었다.

다른 한편 그는 젊은 시절 머물던 여러 곳을 두루 찾으며, 많은 사람들과 좋은 관계를 가지려고 노력하였다. 그는 무엇보다도 모든 인상들을 직접 눈을 통해서 받아들이고, 그렇게 그림처럼 생생하게 받아들인 기억들을 그림과 스케치를 통해서 재현할 수 있는 재능을 갖고 있었다. 그의 모든 친구들이 경탄해 마지 않았던 천부적인 기억력을 그는 타고 났다. 괴테는 이 책에서도 그러하지만 에커만과의 대화에서도 30여년이 훨씬 더 지난 일에 대해서도 "지금도 역력하게 내 눈앞에 보고 있다"라고 자주 피력하고 있다. 이러한 시각표상의 출중한 재생능력이 〈시와 진실〉의 묘사에 생동감있는 직접성을 부여하고 있다. 〈시와 진실〉에 있어서 가장 특징적인 것은, 등장인물을 묘사함에 있어서 대체로 자신의 기억 속에 생생히 남아있는 그 인물들의 외모를 먼저 묘사하는 것으로부터 시작하고 있다.

괴테는 이 작업의 예비 작업을 매우 조심스럽게 그리고 계획성 있게 준비하였다. 1809년 10월 11일 그는 이 작업에 대한 제 1차 계획안을 만들었다. 1742년부터 1809년까지의 연대순으로 도표를 만들어, 삶의 기록에 대한 계획을 수립하였는데, 그 규모는 후에 드러난 것보다 훨씬 더 방대한 것이었다. 1810년 여름 카를바트에서 제2차 계획안이 완성되었는데, 그는 이 두 개의 계획안에서 이 작품 전체의 기본구조를 매우 간단명료하게 간추리고 있다.

3

1775년은 괴테의 생애에 있어서 '운명의 해'였다. 그는 연초에 릴리 Lili(본명은 안나 엘리자베트 쇠네만 Anna Elisabeth Schoenemann, 1758-1817)를 알게 되어 생애 중 가장 감격적이며 가장 행복한 시기를 체험하게 된다. 두 사람의 관계는 곧 약혼으로까지 발전하게 되었으나, 그러나 오래지 않아 헤어지게 된다. 괴테는 같은 해 10월 30일 고향도시 프랑크푸르트를 떠나게 된다. 그때 그의 나이 26세였다. 괴테는 바이마르의 카를 아우구스트 Karl August 공公의 초대를 받아, 일시적인 여행으로 생각하고 떠나게 되는데, 그 후 그는 57년간 죽음에 이르기까지 바이마르에서 보내게 된다.

〈시와 진실〉 제4부(제16장에서 20장까지)는 여러 서술 가운데 릴리에 대한 서술이 가장 큰 빛을 발하고 있다. 릴리와의 정열적인 연애는 그의 다른 연애와는 사정을 달리하는 면이 있으며, 이 사랑을 계기로 열두 편의 주옥같은 서정시가 탄생하게 된다.

릴리는 1758년 6월 23일 프랑크푸르트에서 태어났다. 괴테와 헤어진 뒤 그녀는 훗날 슈트라스부르크 시장이 된 폰 튀르크하임 Bernhard Friedrich von Tuerkheim 과 결혼한다. 그 후 그들은 프랑스혁명의 와중에 끼이게 되어, 순탄치 않은 고난의 길을 걸었다. 그러나 경건하고 성실하며 인내심 강한 그녀의 성격 탓으로 인생의 고난을 잘 극복하여 훌륭한 인물됨을 실증해 보여 주었다. 그녀는 1817년 5월 9일 슈타라스부르크 근교 크라우터게어스하임에서 세상을 떠났다. 괴테와 처음 알게 된 것은 1775년 이른 봄으로서 그의 나

이 아직 어린 16세의 소녀였다. 괴테는 〈시와 진실〉 제 16장에서 그녀를 처음 만났을 때의 기억을 상세히 서술하고 있다. 괴테는 한 친구에 이끌려 어느 가정집 소 음악회에 가게 된다.

　…많은 손님들이 모여 있고, 한복판에는 그랜드 피아노가 놓여 있었다. 곧 이어서 이집 외동딸이 피아노 앞에 앉아 훌륭하고 우아하게 연주를 하였다. 나는 그녀의 모습과 행동거지를 가까이에서 볼 수 있도록 피아노 끝에 서 있었다. 그녀의 거동에는 어딘지 모르게 앳된 모습이 스며 있었다. 연주를 하기 위한 몸짓은 자연스럽고 경쾌했다.

　소나타가 끝나자, 그녀는 나를 향해서 피아노 끝 쪽으로 걸어왔다. 사중주가 이미 시작되었기 때문에, 우리는 단지 인사만 하고 그 이상 이야기를 나누지 않았다. 곡이 끝나자 나는 보다 가까이 다가가서, 우리가 처음 알게 되자마자 곧 재능을 보여 주어 매우 감사하다는 인사말로 두어 마디 찬사를 보냈다. 그녀는 내 말에 대해서 매우 신중하게 답례를 하고 자기 자리에 앉았다. 나도 내 자리로 돌아왔다.

　…그 동안에도 우리는 서로 시선을 교환하고 있었다. 그리고 나는 최상의 부드러운 어떤 끌리는 힘을 느낀 기분이 들었다는 것을 여기서 부정하려는 생각은 없다.

이렇게 해서 릴리를 만나게 된 괴테는 릴리의 어머니의 권유도 있고 해서 그녀의 집을 자주 방문하게 된다. 그리고는 점차 두 사람 사이의 사랑은 깊게 된다. 마침내 괴테는 릴리의 매력에 구속당하게 된다. 그러나 그는 다른 한편 릴리를 둘러싼 환경에 대해서 반발을 느끼게 된다. 괴테의 이야기를 들어본다.

　나의 그녀에 대한 관계는 인격적인 관계, 아름답고 사랑스러운 한 사람의 교양 있는 처녀에 대한 관계였다. 이것은 나의 이전에 가졌던 여러 관계와 비슷하기는 했으나, 좀 더 고상한 종류의 것이었다. 그러나 거기에 여러 가지 외면적인 사정이 있고, 그리고 사교적인 사정이 서로 뒤엉켜 있는 것에 대해서 나는 미처 생각하지 못했던 것이다.

억제할 수 없는 욕구가 솟구쳤다. 나는 그녀 없이 존재할 수 없으며, 그녀도 나 없이 존재할 수 없었다. 그런데도 그녀는 그녀의 패거리들에게 둘러싸이고, 또 그 개개인으로부터 영향을 받기 때문에 종종 말할 수 없는 불유쾌한 날과 불편한 시간이 많았던 것이다.

두 사람은 그 해 4월 중순 델프 Delph양의 중개로 약혼하게 된다. 약혼이 끝나자 곧 괴테의 고뇌가 시작된다. 즐거운 사랑의 기쁨보다도 도리어 강한 속박감을 그는 느꼈다. 그해 10월 괴테가 바이마르로 떠난 뒤 이 사랑은 끝내 이루어지지 못하는데, 그 원인에 대해서는 학자들 사이에서 의견이 분분하다.

괴테의 릴리체험은 앞에서도 지적했듯이 〈시와 진실〉 제4부에서 가장 극명하게 그 전모를 드러내고 있다.

4

1810년 말 괴테는 "나는 세계사와 문학사로 돌아가지 않을 수 없었다. 나는 처음으로 내 자신이 내 자신에게 작용하는 관계 속에서, 내 자신을 보게 되었다. 이것이 바로 내가 기이한 성찰을 하게 된 동기가 되었다"라고 말한다. 그해 겨울 그는 자신의 일련의 문학작품을 연구 검토하게 되고, 이듬해인 1811년 초 〈시와 진실〉에 대한 최초의 서술이 시작된다. 괴테는 완성된 원고를 궁정에서 선택된 써클 앞에서 낭독하였다. 그리고 두 번째 수정원고에서 그는 텍스트에 따라 교정하고, 또 예술적으로 분리 정리하였다. 같은 해 7월 그는 그 원고를 완성하였다. 1811년 10월에 이미 제1부 (5개장)가 출간될 수 있었다. 괴테는 중간에 휴식하는 일 없이 제2부 (제6장~제10장)를 착수하였다. 이 파트에서는 프랑크푸르트의 유년시절로부터 이미 라이프치히와 슈트라스부르크의 세계로 관점이 확대된 시기를 다루고 있다. 제2부는 1812년 10월에 출간될 수 있었다. 제3부(제15장까지)는 – 천재시대를 포함하고 있는–1814년 5월에 출간되었다. 제4부도 역시 제3부가 끝나자 곧 착수하였다. 1816년 릴리의 생일에 대한 묘사 등 몇몇 부분을 썼으나, 제4부 전체는 고령이 된 1831년 가을에 이르러서야 완결되었다.

이 작품은 괴테의 결정에 따라서 1833년 그의 사후에 비로소 유고판으로 간행될 수 있었다. 제 4부가 중단을 거쳐 매우 늦게 완성된 것은 첫째로 새로운 과제의 쇄도로 인하여 그러하였으나, 실은 아직 살아 남아있는 인물들에 대한 어쩔 수 없는 고려에서 기인하고 있다. 간행년도를 종합하면,

〈시와 진실〉 제 1부 (1~5장) 1811년 간행
제 2부 (6~10장) 1812년 간행
제 3부 (11~15장) 1814년 간행
제 4부 (16~20장) 1831년 완성, 1833년(유고작) 간행

괴테는 이 결정적인 작품을 하나의 고귀하고 부분부분 훌륭하게 구축한 – 하나의 계획적으로 진행한 형상물– 하나의 예술작품으로 만들어내고 있다.

5

괴테는 이 작품(제7장)에서, 자신의 전 생애에서 자신을 떠난 일이 없는 하나의 경향이 시작되었음을 다음과 같이 피력하고 있다.

즉 그것은, 나를 기쁘게 하고, 나를 괴롭히고, 또는 나의 마음을 움직

이게 하는 어떤 다른 것을, 나는 하나의 형상으로 한 편의 시로 바꿔, 그것에 대한 내 자신의 태도에 하나의 획을 긋고 그것에 의하여 외계의 사물에 대한 내 자신의 관념을 시정하고, 동시에 내심을 안정시킨다고 하는 경향이다. 그러한 재능은, 항상 극단에서 극단으로 치닫는 성격의 소유자인 나에 대해서는 무엇보다도 필요했다. 그렇기 때문에 나에 의해서 세상에 알려진 모든 것은 커다란 자기고백의 단편斷片에 지나지 않는다. 그 모두를 하나의 완전한 것으로 만들려는 것이 이 작품의 대담한 시도이다.

우리 앞에 놓여 있는 이 〈시와 진실〉은, 앞에서도 지적했듯이 그 내용이 하나의 위대한 정신의 발전인 동시에 또한 작가 자신의 자서전이라는 점에서 우리들의 마음을 사로잡는다. 한마디로 표현하면, 여기에 묘사된 괴테의 모습과 함께, 이것을 쓴 괴테의 태도에 대해서도 여러 가지를 생각케 한다. 괴테는 자신을 자신의 시대에 자리매김함으로서, 〈시와 진실〉은 하나의 출중한 역사서가 되었다. '진실'은 무엇이고, '시'는 무엇을 의미하는가? 괴테는 이 책의 제명에 대하여 다음과 같이 말하고 있다.

이것은 단지 나의 삶의 결과이다. 그리고 여기에서 이야기하고 있는 여러 사실은, 단지 보편적인 관찰, 보다 높은 진실을 증명하기 위하여 그 역할을 하고 있는 것에 지나지 않는다.
… 그 속에 인생의 두셋 상징을 비유하고 있다고 생각한다. 나는 이 책을 〈시와 진실〉이라고 이름 붙였다. 왜냐하면 보다 높은 경향에 의하여, 낮은 진실의 세계로부터 높여지고 있기 때문이다. …우리들의 삶의 어떤 사실은, 그것이 진실이기 때문에 가치가 있는 것이 아니고, 어떤 의의를 갖고 있기 때문에 가치가 있는 것이다.

전집의 발간을 계기로 촉발된 괴테의 의도, 즉 작가로서의 자신의 모습과 자신의 재능을 밝히려는 그의 의도는 1809년 이후 괴테의 문학적 창작물들과는 많거나 적거나 간에 간단없이 동반하게 되었다.

6

〈시와 진실〉의 독자의 편의를 위하여 여기에 괴테의 간략한 가계도를 그린다.

(1) 부계父系

요한 크리스티안 괴테, 편자 대장쟁이
Johann Christian Goethe, 1633-1694
↓
프리드리히 게오르크 괴테, 음식점 여관집주인
Friedrich Georg Goethe, 1958-1730
+
셸호른 미망인(Cornelia Walter)와 결혼
↓
요한 카스파르 괴테, 박사, 황제추밀관
Johann Kaspar Goethe, 1710-1782
〔괴테의 아버지〕

(2) 모계母系

크리스토프 하인리히 텍스토르, 1666-1716
Christoph Heinrich Textor, 쿠르팔츠 궁정법률고문관
↓
요한 볼프강 텍스토르, 1693-1771

Johann Wolfgang Textor, 프랑크푸르트의 구청장

+

린트하이머(Anna Marg. Lindheimer)와 결혼

↓

카타리나 엘리자베트 텍스토르, 1731-1808

Kotharina Elisabeth Textor

〔괴테의 어머니〕

요한 카스파르 괴테와 카타리나 엘리자베트 텍스토르는 1748년 8월 20일 프랑크푸르트에서 결혼하였다.

요한 볼프강 괴테(Johann Wolfgang Goethe) 1749. 8. 28일 탄생
코르넬리아(Cornelia) 1750-1777
헤르만 야콥(Hermann Jakob) 1752-1759
카타리나 엘리자베트(Kathrina Elisabeth) 1754-1755
요한 마리아(Johann Maria) 1757-1759
게오르크 아돌프(Georg Adolf) 1760-1761

괴테의 밑으로 5남매가 태어났으나. 첫째 여동생 코르넬리아(Cornelia)만을 제외하고 모두 어려서 사망하였다. 코르넬리아는 27세의 나이에 세상을 떴다.

괴테는 1832년 3월 22일(82세의 고령)에 세상을 떠났다.

7

〈시와 진실〉 번역본이 처음 출간된 것은 1970년 범조사에 의해서였다. 그때는 출판사측에서 쫓기듯 출판하여 역자의 해설이나 발문도 싣지 않은 채 세상에 책을 내놓았다. 역자는 그 점이 두고두고 아

쉬웠다. 그러나 그 후 그 출판사는 문을 닫아 이 책은 오래전에 절판이 되어 다시 볼 수 없는 지경에 이르렀다.

최근 우연한 기회에 이 번역서를 살펴보니, 이대로 절멸시키기에는 너무 아쉬운 점이 많아, 다시 손질하여 세상에 내놓는 것도 의미가 있겠다고 생각하게 되었다. 그리하여 범우사 윤형두 회장님께 이 번역본을 다시 세상에 내놓고 싶다는 역자의 의향을 비쳤더니, 윤 회장께서 쾌히 승낙하시어 오늘 다시 독자의 손에 들어갈 수 있게 되었다. 범우사 윤형두 회장님과 편집부 여러분께 깊은 감사의 마음을 전하고 싶다.

여기에서 사용된 원전은 함부르크 판版 괴테전집〔Goethes Werke (Hamberger Ausgabe), Bd. 8, 3. Aufl. 1956〕이며 주해에는 이외에 인젤 판版 전집〔Goethes Werke (Insel-Verlag) Bd.5, 3. Ausgabe 1952〕도 함께 인용했음을 밝힌다.

2006년 7월 옮긴이

1749년

8월 28일, 자유시 프랑크푸르트 암 마인에서 태어남. 아버지 요한 카스파르는 무임소 궁중 고문관無任所宮中顧問官, 어머니 카타리나 엘리자베트는 시장의 장녀.

1750년

12월 7일에 누이동생 코르넬리아 출생. 그 후 네 명의 동생들이 태어났지만 모두 일찍 사망.

* 바하 사망.

1756년 (7세)

7년 전쟁이 시작됨. 프로이센을 응원하는 아버지와 황제의 편을 드는 외조부가 서로 대립.

1759년

1월에 프랑스군이 프랑크푸르트에 진주. 괴테의 저택의 절반이 1761년 5월까지 프랑스군 군정장관軍政長官의 숙소가 됨.

* 실러 출생. 헨델 사망.

1764년 (15세)

프랑크푸르트 시에서 신성 로마제국 황제인 요제프 2세의 대관식이 거행됨. 연상의 소녀인 그레트헨과의 첫사랑.

1765년 (16세)

10월에 라이프치히 대학에 입학. 법률학 전공.

1766년 (17세)

세 살 위의 소녀인 안나 카타리나(애칭愛稱 케트헨)와 연애.

1768년 (19세)

4월에 희곡 〈연인의 변덕〉을 지음. 5월에 케트헨과의 사랑이 파탄에 이름. 7월 말에 각혈. 8월 28일에 라이프치히를 떠나, 9월 1일에 프랑크푸르트의 생가로 돌아감.

1769년 (20세)

여러 차례의 위기를 넘기고 이 해 봄에 겨우 회복됨. 외가 쪽의 친척인 크레텐베르크 양과 친밀히 사귐. 중세의 신비사상이나 연금술에 관심을 가짐. 희극 〈동죄자同罪者〉를 지음. 첫 시집 《새로운 노래》 출판.

* 나폴레옹 1세 출생. 제임스 와트, 증기기관을 발명.

1770년 (21세)

4월에 슈트라스부르크 대학에 입학. 6월에 친구들과 알자스 및 로트링겐 지방을 여행. 9월에 법률학사 예비 시험에 합격. 동시에 체재 중이던 헤르더와 접촉하며 강한 영향을 받음. 10월에 제젠하임의 목사의 딸인 프레데리케 브리온을 사랑함.

* 헤겔 출생. 베토벤 출생.

1771년 (22세)

늦봄부터 초여름에 걸쳐 제젠하임을 자주 방문. 프레데리케와의 깊은 사랑과 이별 · 시 〈만나는 기쁨과 이별〉, 〈5월의 노래〉, 〈들장미〉 등 쓰여짐. 8월에 법률학사의 학위를 얻어 귀향. 얼마 후에 변호사업을 개업. 년말에 희곡 〈괴츠〉의 초고初稿 완성.

* 월터 스코트 출생.

1772년 (23세)

5월 중순에 법률 실습實習을 위해, 독일 제국의 고등 법원이 있던 베츨러로 떠남. 6월 초에 케스트너와 알게 되고, 그달 9일에 그의 약혼녀인 샤를로테 부프(애칭 로테)와 알게 되어, 그녀를 깊이 사랑함. 그 사랑의 고뇌를 견딜 수 없어 9월 11일에 베츨러를 떠남. 도중에 여류 작가인 조피 폰 라로쉬 부인을 코플렌츠로 방문하여, 그녀의 딸인 맥시밀리안(애칭 맥세)의 검은 눈동자에 마음이 끌림. 시 〈모하메드의 노래〉 등을 지음.

* 노발리스 출생.

1773년 (24세)

3월 초에 희곡 〈괴츠 폰 베를리힝겐〉의 원고를 고쳐 6월에 출판. 4월에 케스트너와 로테가 결혼, 11월에는 누이동생인 코르네리아가 법률가인 게오르크 실로서와 결혼.

1774년 (25세)

4월 소설 〈젊은 베르테르의 슬픔〉을 완성하여, 가을에 출판. 6월부터 7월에 걸쳐 스위스의 신학자인 라바터 및 교육자인 바제도우 등과 함께 라인 지방을 여행. 시 〈프로메테우스〉, 〈가니메트〉, 〈마부 크로노스에게〉, 〈툴레의 왕〉, 〈신新 아마디스〉 등을 지음.

* 골드스미스 사망.

1775년 (26세)

1월 초에 은행가의 딸인 아난 엘리자베드 셰네만(애칭 릴리)과 알게 되어, 4월 경에 약혼. 4월에 희곡 〈쉬텔라〉 완성(그 밖에 시 〈새로운 사랑, 새로운 삶〉, 〈호수〉, 〈릴리의 화원〉, 〈산상山上에서〉, 〈가을〉, 〈하수夏愁의 기쁨〉, 〈온화한 릴리〉 등을 지음). 5월부터 7월에 걸쳐 쉬트르베르크 백작 형제들과 함께 제1차 스위스 여행. 9월에 릴리와의 약혼을 취소. 희곡 〈에그몬트〉를 쓰기 시작하여 거의 완성. 작센 바이마르 공작인 카를 아우구스트의 초청을 받아, 11월 7일에 바이마르에 도착. 평생을 이곳에서 보내게 된다. 슈타인 남작의 부인인 샤를로테 폰 슈타인을 사랑함.

* 미국의 독립 전쟁이 시작됨.

1776년 (27세)

4월에 바이마르의 시민권을 취득. 6월에 추밀회의(내각內閣)의 의석과 투표권이 부여됨. 10월, 헤르더가 신교新敎 총감독으로 바이마르에 부임. 희곡 〈형제〉 완성. 시 〈사냥꾼의 황혼의 노래〉, 〈휴식 없는 사랑〉, 〈배(舟)〉 등을 지음.

* 미국의 독립 선언.

1777년 (28세)

2월에 소설 〈빌헬름 마이스터의 연극적 사명〉(후의 〈수업시대〉의 초고. 1785년 탈고)을 쓰기 시작함. 6월에 누이동생 코르넬리아 사망. 11월부터 12월에 걸쳐 혼자 말을 타고 하르츠를 여행(제1차). 시 〈달(月)에게〉, 〈겨울의 하르츠 기행〉 등을 지음.

1778년 (29세)

5월에 아우구스트 공작을 따라 포츠담, 베를린을 여행. 프로이센 정계의 수뇌들과 접촉. 시 〈어부〉, 〈인간의 한계〉 등을 지음.

*볼테르 사망. 루소 사망.

1779년 (30세)

1월에, 지금까지 맡고 있던 광산위원회 외에 다시 군사위원회와 도로 건설위원회의 장관으로 위촉됨. 3월 말에 희곡 〈이피게니에〉의 산문 초고를 완성(4월에 초연, 괴테 자신이 오레스트 역을 맡음). 9월부터 이듬해 1월에 걸쳐 아우구스트 공작과 함께 스위스를 여행(제2차). 시 〈물 위의 영혼들의 노래〉

지음.

1780년 (31세)

봄에 〈이피게니에〉 개고(改稿:자유율自由律로). 희곡 〈탓소〉를 구상. 7월에 아우구스트 공작 앞에서 〈파우스트〉를 낭독. 시 〈나그네의 밤의 노래〉, 〈요정의 노래〉 등을 지음.

1781년 (32세)

11월부터 이듬해 1월까지, 미술학교에서 1주일에 2회씩 해부학을 강의.

* 레싱 사망. 칸트가 《순수 이성 비판》을 펴냄.

1782년 (33세)

3월부터 4월에 걸쳐 외교상의 임무를 띠고 튜링겐의 여러 궁정을 역방歷訪. 4월 10일에 독일 황제인 요제프 2세에 의해 귀족의 지위에 오르게 됨. 5월 25일에 부친 사망. 6월 11일, 내각 수반이 됨. 11월에 〈베르테르〉를 개작改作하기 시작함. 시 〈마왕魔王〉, 창가극 〈어부의 딸〉 등을 지음.

1784년 (35세)

2월에 일메나우 광산 재개. 3월에 인간의 두개골에서 악간골顎間骨을 발견. 9월에 하르츠를 여행(제3차). 스피노자에 대한 연구를 하기 시작함. 1783년에 시 〈미뇽〉, 〈하프 연주자의 노래〉 등을 지음.

1786년 (37세)

6월 말에 라이프치히의 게셴 서점과 최초의 전집(8권) 출판을 계약. 7월 식물학 연구에 열중, 식물의 변태에 대해 구상. 7월 하순에 칼스바트로 향함. 9월 3일, 몰래 그곳을 떠나 이탈리아로 감. 베로나, 비첸차, 하도바, 베네치아, 페랄러 등을 거쳐 10월 29일에 로마로 들어감. 12월 말에 〈이피게니에〉의 결정고決定稿가 이루어짐.

* 프리드리히 대왕 사망.

1787년 (38세)

2월 말부터 3월 말까지는 나폴리에 체재하면서 지질학·식물학을 연구. 베스비오 화산을 세 번 오름. 4월부터 5월까지 시실리 섬에 체재. 다시 나폴리로 돌아와, 6월 6일에 로마에 귀착(즉 제2차 로마 체재). 9월에 〈에그몬드〉 완성.

1788년 (39세)

2월에 시인으로서의 천직을 확신하고, 조형미술가가 될 것을 최종적으로 단념. 4월 23일에 로마를 출발하여 피렌체, 밀라노 등을 거쳐, 6월 18일에 바

이마르로 돌아감. 슈타인 부인과의 관계가 이미 냉각되어, 7월 12일에는 조
화造花를 만드는 아가씨인 크리스티아네 브르피우스를 만나, 내연의 관계가
시작됨. 9월에 실러와 처음으로 만남. 괴테의 정무政務가 크게 경감됨.

* 칸트가 〈실천 이성 비판〉을 펴냄. 쇼펜하워 출생.

1789년 (40세)

8월에 〈탓소〉 완성. 12월 25일에 장남인 율리우스 아우구스트 발터가 태어
남. 괴테의 다섯 아이 중 이 아우구스트만이 유일하게 성인이 되었음.

* 7월 14일에 프랑스 대혁명 발발. 워싱턴이 미국의 초대 대통령이 됨.

1790년 (41세)

1월에 〈파우스트〉의 개고改稿가 끝남(〈파우스트 단편斷片〉이라는 이름으로 전집
제7권에 발표). 색채론의 연구가 시작 됨. 아마리아를 맞으려 베네치아로 감.
시 〈로마 애가哀歌〉, 〈베네치아 단창短唱〉 등을 지음.

* 칸트가 《판단력 비판》을 펴냄. 아담 스미스 사망. 벤자민 프랭클린 사망.

1791년 (42세)

5월에 괴테의 감독하에 바이마르 궁정극장이 열림. 여름에 희극 〈대 코프
타〉완성.

* 모차르트 사망. 루이 16세 체포됨.

1792년 (43세)

8월에 대프랑스 전쟁에 출정. 9월 20일에 바르미의 포격을 만나 퇴각하기
시작. 12월에 바이마르로 돌아감. 제2차 괴테 전집(7권)을 베를린의 윙커 서
점에서 출간하기 시작함.

* 프랑스 공화국 선언. 혁명 전쟁이 시작됨.

1793년 (44세)

4월에 서사시 〈라이네케의 여우〉와 희극 〈시민장군〉을 완성. 5월부터 8월
에 걸쳐 프랑스군에 점령당한 마인츠의 공방전에 종군.

* 루이 16세와 마리 앙뜨와넷이 처형됨.

1794년 (45세)

5월에 《빌헬름 마이스터의 수업시대》 제1권을 완성. 7월에 실러와 《근원식
물》에 대해 이야기하고, 그의 죽음에 이르기까지의 변치 않는 친교가 시작됨.

1795년 (46세)

7월에 괴테의 어머니가 프랑크푸르트의 저택을 매각함. 제3차 이탈리아 여
행을 계획했지만 실현되지 못함. 시 〈잔잔한 바다〉, 〈편안한 항로〉, 〈여인은

가까이에〉 등을 지음.

*키츠 출생. 칼라일 출생.

1796년 (47세)

1월부터 8월에 걸쳐, 실러와 공동으로 풍자적 단시短詩 〈크세니엔〉을 제작(9
백 편 이상). 2월 이후 체리니의 자전을 번역. 8월에 〈마이스터의 수업시대〉
탈고. 12월에 서사시 〈헤르만과 도르테아〉에 착수.

* 나폴레옹의 이탈리아 원정.

1797년 (48세)

5월 이후로 실러와 함께 발라드(담시譚詩)의 본질을 연구하고, 서로 발라드를
경작競作함 (〈보물찾기〉, 〈코린토의 신부新婦〉, 〈신神과 무희舞姬〉 등. 6월에
〈헤르만과 도르테아〉 완성. 〈파우스트〉의 작업을 재개. 7월 말부터 11월 말
에 걸쳐 스위스를 여행(제3차). 도중에 프랑크푸르트에서 어머니와 최후의
대면을 함.

1801년 (52세)

1월에 안면 단독丹毒이 악화되고, 목에까지 번져 질식될 위험성을 느끼게 되
자, 비엔나에서는 사망했다는 오보誤報까지 나왔다. 6월부터 7월까지 요양
을 위해 필몬트에 체재. 〈파우스트〉의 작업에 열중함. 시 〈이른 봄〉 등을 지
음. 1800년에는 시 〈자연과 예술〉을 지음.

* 노발리스 사망.

1803년 (54세)

3월 《체리니 자전》의 번역과 주석을 완성. 비극 〈서출庶出의 딸〉을 지음. 벤
자민 콘스탄과 함께 쉬타르 부인이 내방來訪. 1802년에는 시 〈기사騎士 쿠르
트의 신부맞이 기행〉을 지음.

* 헤르더 사망. 뒤마 출생.

1804년 (55세)

9월에 추밀고문관으로 임명되어, 각하의 칭호를 받음.

* 칸트 사망. 나폴레옹이 황제가 됨.

1805년 (56세)

1월 이후로 악성의 신장산통腎臟疝痛이 빈번히 재발. 5월 9일, 연래의 폐환
때문에 실러 사망. 4월, 디드로작 《라모의 조카》의 번역과 주석 및 논문 〈빈
켈만과 그 시대〉 완성. 7월부터 9월까지는 라오호슈테트에서 요양.

1806년 (57세)

2월부터 3월까지는 자주 병을 앓음. 4월에 《파우스트》 제1부 완성. 6월 말에는 요양을 위해 칼스바트로 가서 8월 초까지 체재.

10월 14일, 예나의 싸움에서 프로이센군이 패하여, 나폴레옹군이 바이마르로 들어감. 10월 19일에 크리스티아네와 교회에서 정식으로 결혼식을 올림.

* 신성 로마 제국 멸망.

1807년 (58세)

5월, 소설 〈빌헬름 마이스터의 편력시대〉의 구술口述 개시. 5월부터 9월까지는 칼스바트에 체재. 11월 이후 프로만가와 친밀히 교제하고, 그 집의 양녀인 민나 헤르츠리프(당시 18세)를 은밀히 사랑함. 연말부터 이듬해에 걸쳐 일련의 소네트를 지음.

1808년 (59세)

5월부터 9월까지 칼스바트에 체재. 소설 〈친화력〉의 집필 시작함. 9월 13일 어머니가 사망. 10월에 나폴레옹 황제와 회견(전후 3회). 나폴레옹은 애독서인 《젊은 베르테르의 슬픔》에 대해 괴테와 이야기함.

1809년 (60세)

10월에 소설 〈친화력〉 완성. 자서전인 〈시와 진실〉의 집필을 시작함.

* 포 출생. 테니슨 출생. 링컨 출생.

1810년 (61세)

5월에 〈색채론〉을 완성. 5월부터 9월까지 칼스바트 및 테프리츠에 체재. 시 〈꽃의 인사〉 〈5월의 노래〉 등을 지음.

1811년 (62세)

5월, 사망한 친구인 필립 하케르트로부터 의뢰받은 자서전 편집의 일 완료. 베토벤으로부터 〈에그몬드 서곡〉을 헌정한다는 편지를 받음. 5월부터 6월까지 칼스바트에 체재. 《시와 진실》 제1부 완성. 시 〈스위스 조調의 노래〉 등을 지음.

1812년 (63세)

5월부터 9월까지 칼스바트 및 테프리츠에 체재하면서 베토벤과 자주 회담함. 11월에 《시와 진실》 제2부 완성.

* 디킨스 출생. 나폴레옹의 러시아 원정.

1813년 (64세)

4월 말부터 8월 초까지 테프리츠에 체재. 9월~10월, 패주하는 프랑스군 때문에 국내가 혼란하여 괴테 일가도 피난 준비를 함. 10월 말에 러시아 황제인 알렉산더 등과 만남. 12월에 〈이탈리아 기행〉의 집필을 시작함. 시 〈뒤쫓는 종鐘〉, 〈찾아낸 꽃〉 등을 지음.

* 바그너 출생. 키르케고르 출생.

1814년 (65세)

5월에 《시와 진실》 제3부를 출판. 6월에는 페르시아의 시인 하피스의 시집을 읽고 자극을 받아 약 50편의 시를 지음(1819년에 출판된 〈서동시집〉의 일부). 7월부터 10월까지 라인 지방을 여행. 폰 비레머의 새부인 마리안느를 은밀히 사랑함. 시 〈어울림〉, 〈지복至福한 동경〉, 〈현상〉 등을 지음.

* 나폴레옹이 엘바 섬으로 유배됨.

1815년 (66세)

2월, 아내인 크리스티아네 위독. 5월부터 10월까지 라인 지방을 여행(제2차). 그때 약 1개월간 비레머 가家에 체재하는 동안, 마리안느에의 사랑이 깊어짐. 12월, 국무대신에 임명됨. 《서동시집》의 시 140편 이상을 지음.

* 워털루의 싸움. 파리 함락.

1816년 (67세)

7월에 《이탈리아 기행》 제1권 완성(10월에 출판). 6월 6일에 아내 사망. 7월부터 9월까지 바트 텐슈테트에 체재. 케스트너의 미망인인 샤를로테와 40여 년만에 재회.

1817년 (68세)

3월부터 7월까지 거의 예나에 체재. 4월, 궁정 극장의 감독 일을 그만 둠. 6월에 아들인 아우구스트가 오틸리에와 결혼. 8월에 《이탈리아 기행》 제2부 완성(10월에 출간).

1818년 (69세)

전년 11월부터 2월까지 예나에 체재. 4월에 첫 손자 발터 볼프강이 태어남(1885년에 사망). 7월부터 9월까지 칼스바트에 체재. 시 〈한밤중에〉 등을 지음.

* 칼 마르크스 출생. 투르게네프 출생.

1820년 (71세)

4~5월, 칼스바트에 체재. 9월에 둘째 손자인 볼프강 맥시밀리안이 태어남(1883년에 사망). 1812년 이후로 중단하고 있던 〈마이스터의 편력시대〉의 집필을 재개.

* 프리드리히 엥겔스 출생.

1821년 (72세)

5월에 《마이스터의 편력시대》 제1권 출판.

프랑크푸르트시에 괴테의 기념비를 세우겠다는 요청을 거절함. 7월~8월, 마리엔바트에 체재 중, 아마리에 폰 레베초 부인의 생가에 머물면서 그녀의 세 딸을 알게 됨. 11월에 멘델스존이 내방, 피아노를 쳐 괴테를 기쁘게 해줌.

* 보들레르 출생. 플로베르 출생.

1822년 (73세)

3월~4월, 《프랑스 출정》과 《마인츠의 공방》을 잇따라서 완성, 여름에 출판. 6월~8월, 마리엔바트에 체재. 레베초 부인의 장녀인 울리케(당시 18세)를 사랑함.

1823년 (74세)

2월~3월, 악성의 심낭염心囊炎을 앓음. 7월~9월, 마리엔바트 및 칼스바트에서 레베초 일가와 교제, 울리케에게 구혼했다가 마침내 단념함. 시 〈마리엔바트의 비가悲歌〉를 지음. 11월에는 경련을 수반한 심한 기침 때문에 고통을 받음. 러시아의 여류 피아니스트 마리스치마노브스카가 내방. 그녀의 연주를 듣고 위로를 받음.

1825년 (76세)

6월, 슈베르트가 괴테의 시 〈미뇽〉 외 2편을 작곡하여 괴테에게 바쳤지만, 회답하지 않음. 11월 7일, 괴테가 바이마르에 도착한 날을 기념하여 재직 50년 축하회를 개최함. 《시와 진실》 제4부, 《파우스트》 제2부, 《빌헬름 마이스터의 편력시대》의 작업을 계속함.

1829년 (78세)

1월에 폰 슈타인 부인 사망. 4월에 셋째 손자인 알마 코르네리아가 태어남 (1844년에 사망). 코타 출판사로부터 생전의 최후의 전집(40권, 1830년까지)을 간행하기 시작함.

* 페스탈로치 사망. 베토벤 사망.

1828년 (79세)

3월에 드라크로와의 삽화를 넣은 프랑스어역판 《파우스트》를 증정받음. 6월에 카를 아우구스트 공작이 베를린으로부터 돌아오는 길에 갑자기 사망. 시 〈떠오르는 만월滿月에게〉, 〈도른부르크에서〉 등을 지음. 이듬해까지 계속하여 〈실러와의 왕복 서간집〉을 출간함.

* 입센 출생. 레프 톨스토이 출생.

1829년 (80세)

초여름에 《빌헬름 마이스터의 편력시대》 출판. 연말에 《이탈리아 기행》 출판. 시 〈유언〉 등을 지음.

* 발자크의 〈인간 희극〉 완성.

1830년 (81세)

2월에 대공비大公妃 루이제 사망. 10월 26일에 아들인 아우구스트가 로마에서 죽음. 11월에 각혈.

* 파리 7월 혁명. 벨기에 독립.

1831년 (82세)

1월, 유고遺稿의 출판을 리머 및 에커만에게 위임함. 7월에 《파우스트》 제2부 완성, 원고에 봉인하여 사후에 출판하도록 지정함. 8월, 키케르 산에 올라, 50년 전에 움막의 벽에 써놓았던 자작시 〈나그네의 밤의 노래〉를 보고 눈물을 흘림. 10월, 열두 살인 클라라 비크(후의 슈만 부인)가 괴테를 위해 연주. 《시와 진실》 제4부 완성(사후 발표).

* 위고 〈노틀담 드 파리〉. 푸쉬킨 〈오네긴〉 완성. 헤겔 사망.

1832년 (83세)

1월, 봉인했던 《파우스트》를 다시 꺼내어 오틸리에에게 읽어 줌. 2월에는 영국의 친구로부터 리버풀 – 맨체스터 간의 철도가 개통되었다는 소식을 들음. 3월 16일, 마지막 질병이 시작됨("불쾌하여 종일 누워 있었다"고 일기에 마지막으로 기입). 3월 22일 오전 11시 반에 영면永眠.

* 스코트 사망.

옮긴이 **박환덕**

서울대 문리대 독문학과 졸업.
독일 뮌헨에서 독어독문학 연구.
서울대 교수, 오스트리아 카프카학회 회원,
한국 카프카학회 회장,
한국독어독문학회 회장, 한국문학번역원장 역임.
현 서울대 명예교수(문학박사).
저서 : 《문학과 소외》《카프카 연구》《독문학의 이해》《독일 현대 작가와 문학 이론(공저)》
역서 : 《양철북》《파우스트》《유리알 유희》《실종자》《수레바퀴 아래서》
　　　《아름다워라 청춘이여》《성(城)》《심판》《페터 카멘친트·게르트루트》
　　　《변신·유형지에서(외)》《서부전선 이상 없다(외)》《죽음에 이르는 병》등.

괴테 시와 진실(하)
—나의 생애에서—

초판 1쇄 발행 — 2006년 11월 20일

지은이　괴　테
옮긴이　박환덕
펴낸이　윤형두
펴낸곳　**종합출판 범우(주)**
교정·편집　김영석·장웅진
등록　2004년 1월 6일. 제406-2004-000012호
주소　(413-756) 경기도 파주시 교하읍 문발리 525-2 출판문화정보산업단지
전화　(031)955-6900~4
팩스　(031)955-6905
홈페이지　http://www.bumwoosa.co.kr
이메일　bumwoosa@chol.com
ISBN 89-91167-64-0　04850
　　　 89-91167-62-4 (세트)

각권
값 2,800원

연말연시, 입학과 졸업에
책으로 선물합시다

범우문고

▶전국 서점에서 낱권으로 판매합니다
▶계속 출간됩니다

www.bumwoosa.co.kr TEL 031)955-6900 범우사

2005년 서울대·연대·고대 권장도서 및

논술시험 준비중인 청소년과 대학생을

범우비평판

1 **토마스 불핀치** 1 그리스·로마 신화 최혁순 ★●
　　　　　　　2 원탁의 기사 한영환
　　　　　　　3 샤를마뉴 황제의 전설 이성규
2 **도스토예프스키** 1-2 죄와 벌(전2권) 이철 ◆
　　　　　　　3-5 카라마조프의 형제(전3권) 김학수 ★●
　　　　　　　6-8 백치(전3권) 박형규
　　　　　　　9-11 악령(전3권) 이철
3 **W. 셰익스피어** 1 셰익스피어 4대 비극 이태주 ★●●
　　　　　　　2 셰익스피어 4대 희극 이태주
　　　　　　　3 셰익스피어 4대 사극 이태주
　　　　　　　4 셰익스피어 명언집 이태주
4 **토마스 하디** 1 테스 김회진 ◆
5 **호메로스** 1 일리아스 유영 ★●●
　　　　　　　2 오디세이아 유영 ★●●
6 **존 밀턴** 1 실낙원 이창배

제인 오스틴의 러브 스토리
《오만과 편견》

7 **L. 톨스토이** 1 부활(전2권) 이철
　　　　　　　3-4 안나 카레니나(전2권) 이철 ★●
　　　　　　　5-8 전쟁과 평화(전4권) 박형규 ◆
8 **토마스 만** 1-2 마의 산(전2권) 홍경호 ★●●
9 **제임스 조이스** 1 더블린 사람들·비평문 김종건
　　　　　　　2-5 율리시즈(전4권) 김종건
　　　　　　　6 젊은 예술가의 초상 김종건 ★●●
　　　　　　　7 피네간의 경야(抄)·詩·에피파니 김종건
　　　　　　　8 영웅 스티븐·망명자들 김종건
10 **생 텍쥐페리** 1 전시 조종사(외) 조규철
　　　　　　　2 젊은이의 편지(외) 조규철·이정림
　　　　　　　3 인생의 의미 조규철
　　　　　　　4-5 성채(전2권) 염기용
　　　　　　　6 야간비행(외) 전채린·신경자
11 **단테** 1-2 신곡(전2권) 최현 ★●◆
12 **J. W. 괴테** 1-2 파우스트(전2권) 박환덕 ★●●
13 **J. 오스틴** 1 **오만과 편견** 오화섭 ◆
　　　　　　　2-3 맨스필드 파크(전2권) 이옥용
　　　　　　　4 **이성과 감성** 송은주
14 **V. 위고** 1-5 레 미제라블(전5권) 방곤
15 **임어당** 1 생활의 발견 김병철
16 **루이제 린저** 1 생의 한가운데 강두식
　　　　　　　2 고원의 사랑·옥중기 김문숙·홍경호
17 **게르만 서사시** 1 니벨룽겐의 노래 허창운
18 **E. 헤밍웨이** 1 누구를 위하여 종은 울리나 김병철
　　　　　　　2 무기여 잘 있거라(외) 김병철 ◆
19 **F. 카프카** 1 성(城) 박환덕
　　　　　　　2 변신 박환덕 ★●●
　　　　　　　3 심판 박환덕
　　　　　　　4 실종자 박환덕
　　　　　　　5 어느 투쟁의 기록(외) 박환덕
　　　　　　　6 밀레나에게 보내는 편지 박환덕
20 **에밀리 브론테** 1 폭풍의 언덕 안동민 ◆

溫故知新으로 21세기를! 범우사
T.031)955-6900 F.031)955-6905
www.bumwoosa.co.kr

미국 수능시험주관 대학위원회 추천도서!

위한 책 최다 선정(31종) 1위!

세계문학

151권
▶계속 출간

▶크라운변형판
▶각권 7,000원~15,000원
▶전국 서점에서 낱권으로 판매합니다

★ 서울대 권장도서
● 연고대 권장도서
◆ 미국대학위원회 추천도서

온고지신(溫故知新)으로 21세기를!

현대사회를 보다 새로운 시각으로 종합진단하여
그 처방을 제시해주는

범우사상신서

범우사 서울시 마포구 구수동 21-1호 전화 717-2121, FAX 717-0429
http://www.bumwoosa.co.kr (천리안·하이텔 ID) BUMWOOSA

온고지신(溫故知新)으로 21세기를!

범우고전선

시대를 초월해 인간성 구현의 모범으로 삼을 만한 책을 엄선

▶ 계속 펴냅니다

범우사 서울시 마포구 구수동 21-1호 TEL 717-2121, FAX 717-0429
http://www.bumwoosa.co.kr (E-mail) bumwoosa@chollian.net

범우학술·평론·예술

범우사 서울시 마포구 구수동 21-1
전화 717-2121 FAX 717-0429

서울대 선정도서인 나관중의 '원본 삼국지'

범우비평판세계문학 41-①②③④⑤
나관중 / 중국문학가 황병국 옮김

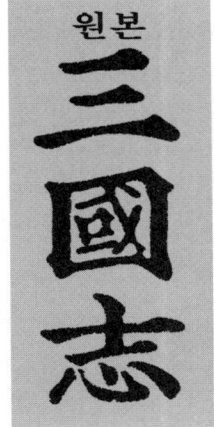

新 개정판

원작의 순수함과 박진감이 그대로 담긴 '원본 삼국지'!

원작에 가장 충실하게 번역되어 독자로 하여금 읽는 즐거움을 느끼게 합니다.

이 책은 편역하거나 윤문한 삼국지가 아니라 중국 삼민서국과 문원서국
판을 대본으로 하여 원전에 가장 충실하게 옮긴 '원본 삼국지'입니다.
한시(漢詩) 원문, 주요 전도(戰圖), 출사표(出師表) 등
각종 부록을 대거 수록한 신개정판.

제갈량

·작품 해설: 장기근(서울대 명예교수, 한문학 박사) ·전5권/각 500쪽 내외·크라운변형판/각권 값 10,000원

＊중·고등학생이 읽는 사르비아 〈삼국지〉
1985년 중·고등학생 독서권장도서(서울시립남하도서관 선정)
최현 옮김/사르비아총서 502·503·504/각권 6,000원

＊초등학생이 보면서 읽는 〈소년 삼국지〉
나관중/곽하신 엮음/피닉스문고 8·9/각권 3,000원

 **범우사**   서울시 마포구 구수동 21-1호 전화 717-2121, FAX 717-0429
http://www.bumwoosa.co.kr (E—mail) bumwoosa@chollian.net